Heaven Official's Blessing

BAND 4

DIE VERSAMMLUNG DER ZEHNTAUSEND GEISTER

MO XIANG TONG XIU

TOKYOPOP

Inhalt

Kapitel 68:
Unter Blutvergießen wird der betörte Junge zum Brokatheiligen

Als Xie Lian in die himmlische Hauptstadt zurückkehrte, um Bericht zu erstatten, grollte ununterbrochen ein ohrenbetäubender Donner, wie um die Neuigkeiten über den Berg Tonglu passend zu untermalen. Nachdem er den Shenwu-Palast betreten hatte, wandte Xie Lian sich unbewusst einem bestimmten Platz zu. »Was ist mit dem Donnermeister los?«

Erst nachdem er die Frage gestellt hatte, bemerkte er, dass der Platz, an dem der Windmeister immer gestanden hatte, nun leer war. Der Wassermeister, der immer in der ersten Reihe gestanden hatte, und der Erdmeister, dessen Platz in einer der hinteren Ecken gewesen war, waren ebenfalls nicht mehr da. Xie Lian blinzelte und seufzte dann leise.

Er legte den Kopf schief und sah, wie Lang Qianqiu den Saal betrat. Xie Lian hatte ihn lange nicht gesehen und sein ganzes Erscheinungsbild wirkte ausgezehrter und bedrückter als zuvor. Als sich ihre Blicke begegneten, drehte sich Lang Qianqiu weg, ohne ein Wort zu sagen.

Xie Lian sah sich im Saal um und musste feststellen, dass er niemanden fand, mit dem er sich hätte unterhalten können.

»Es ist nichts. Ein neuer Geisterkönig wird geboren. Die Geister heulen, die Götter lärmen und der Donner nimmt kein Ende«, beantwortete eine Stimme seine Frage.

Überrascht bemerkte Xie Lian, dass es Feng Xin war, der ihm geantwortet hatte. Aus irgendeinem Grund empfand Xie Lian seinen Anblick als beruhigend. Doch eines von Feng Xins Augen war schwarz und blutunterlaufen. Xie Lian konnte nicht umhin, sich nach Mu Qing umzudrehen, der am anderen Ende des Saals stand. Eine Seite seines Gesichts war geschwollen. Nach all den Jahren des gegenseitigen Grolls mussten sie diesmal in eine heftigere Auseinandersetzung geraten sein.

Jun Wu rief alle zur Ruhe. »Sicherlich wisst Ihr alle, warum ich Euch heute hergerufen habe.«

Die Himmelsbeamten bejahten geschlossen.

Jun Wu fuhr mit ruhiger Stimme fort: »Das Universum ist ein Schmelztiegel und die lebendigen Geschöpfe sind das Kupfer. Unendliche Widrigkeiten harren im Abgrund des Leids. Der Berg Tonglu ist ein von Natur aus düsteres, bedrohliches Reich, seine Landschaft birgt schlimme Gefahren. Er ist wie ein Vulkan, der jederzeit ausbrechen kann. Alle paar Jahrhunderte kommt es vor, dass die Stadt Gu in den Bergen ihre Tore öffnet. Ihr Ruf lässt das Reich der Geister erbeben. Die Erschütterungen, die sie hervorruft, treffen besonders die, die vormals siegreich als Geisterkönige aus ihr hervorgegangen sind. Jeder Dämon und jedes Geistwesen, das den Status eines Supremus zu erlangen wünscht, macht sich auf den Weg zum Berg Tonglu. Haben sich erst alle dort versammelt, versiegelt sich das Gelände von selbst wieder und das Gemetzel nimmt seinen offiziellen Anfang. Wenn nur noch einer übrig ist, wird er als neuer Geisterkönig geboren. Der Blumensuchende Blutregen und das Booteversenkende Schwarze Wasser sind beide auf diese Art als Supremi geboren worden. In dem Moment, da sie den Berg als einzige Überlebende verließen, wurden sie zu Geisterkönigen. Das Schwarze Wasser hat zwölf Jahre dazu gebraucht. Hua Cheng brauchte zehn.«

»Es ist schon schwer genug, mit dem Schwarzen Wasser und Hua Cheng fertigzuwerden. Ihr wisst ja, was sie getan haben«, kommentierte Mu Qing kühl. »Noch einer von dieser Sorte und wir werden nie mehr ruhig schlafen können.«

»General Xuanzhen, ich werde mich nicht zum Schwarzen Wasser äußern. Aber ich glaube nicht, dass Hua Cheng etwas wirklich Schreckliches getan hat«, sagte Xie Lian.

Mu Qing, die Wange dick geschwollen, warf ihm einen Blick zu.

»Es ist tatsächlich nicht leicht, sich mit ihnen zu arrangieren. Was bedeutet, dass wir verhindern müssen, dass sich die Millionen Geister versammeln, richtig?«, vermutete Pei Ming.

»Ganz genau«, bestätigte Jun Wu. »Der ganze Vorgang wird einige Monate dauern. Wir müssen dem Einhalt gebieten, solange wir noch können.«

»Was passiert, wenn wir sie nicht rechtzeitig aufhalten? Können wir es nachträglich noch stoppen?«, fragte Xie Lian.

»Ja. Aber ich hoffe sehr, dass es nicht so weit kommen wird«, entgegnete Jun Wu. »Unser Hauptproblem besteht derzeit darin, dass der Aufruhr der Geister eine Welle von Chaos verursacht hat. Viele Dämonen, die sicher verwahrt und versiegelt waren, konnten entkommen, darunter auch einige, die sehr gefährlich sind – wie zum Beispiel die Geisterfrau Xuan Ji, der Fötusgeist und der Brokatheilige. Während wir hier reden, sind sie wahrscheinlich schon auf dem Weg zum Berg Tonglu. Wir müssen dafür sorgen, dass sie so schnell wie möglich wieder eingefangen werden.«

»Sie sind alle entflohen? Das ist in der Tat beunruhigend«, bemerkte Xie Lian.

»Deswegen muss ich alle Kriegsgötter auffordern, die Mühe auf sich zu nehmen, ihr jeweiliges Herrschaftsgebiet nach diesen Geistern zu durchsuchen«, sagte Jun Wu.

»Und ... was ist mit mir?«, erkundigte sich Xie Lian.

Obwohl er momentan ein Schrottgott war, war er die ersten beiden Male als Kriegsgott in den Himmel aufgestiegen. Auch jetzt erfüllte er noch dieselben Funktionen. Der einzige Unterschied war, dass ihm kein eigenes Gebiet zugewiesen worden war.

Nachdem er eine Zeit lang darüber nachgedacht hatte, sagte Jun Wu: »Xianle, warum geht Ihr nicht mit Qiying?« Er ließ den Blick durch den Saal schweifen. »Wo ist Qiying?«

Xie Lian sah sich um, aber auch er konnte keine Spur des jungen Kriegsgotts entdecken.

Im Himmel hatten sich in der letzten Zeit die Ereignisse überschlagen, der Lingwen-Palast ertrank in Arbeit. Lingwens Augenringe waren sogar noch einen Ton dunkler als sonst. »Es ist schon lange her, dass Qiying zuletzt zu einer Versammlung kam. Wir können derzeit keinen Kontakt zu ihm aufbauen«, erklärte sie.

Einige Himmelsbeamte schnalzten mit der Zunge. »Wohin hat der Bengel sich verdrückt?«

»Schon wieder nicht hier? Ich beneide ihn, dass er sich vor all diesen Versammlungen drücken kann.«

»Wir wissen nicht, wo er sich momentan aufhält«, mahnte Jun Wu. »Sobald wir ihn gefunden haben, wird er sich mit Euch in Verbindung setzen.«

Xie Lian neigte den Kopf. »Gut.«

In der Sphäre der Sterblichen war inzwischen Herbst, es war kühl geworden – auch im Puqi-Schrein. Obwohl Xie Lian nur eine Schicht Kleidung trug, spürte er die Kälte allerdings nicht. Doch auf dem Heimweg kaufte er mit dem Geld, das er durchs Schrottsammeln verdient hatte, zwei Sätze warmer Kleidung für Lang Ying.

Hua Cheng war in die Geisterstadt zurückgekehrt und Qi Rong war mit Guzi im Schlepptau geflohen, außer Lang Ying hielt sich also niemand mehr im Puqi-Schrein auf. Die ganze Zeit hatte es sich beengt angefühlt, nun jedoch wirkte der Schrein einsam und verlassen. Als Xie Lian auf den Schrein zuging, sah er, wie Lang Ying schweigend das goldene Laub vor dem Eingang zu einem Haufen zusammenfegte.

Vielleicht irrte sich Xie Lian, aber es kam ihm so vor, als habe Lang Ying seine gewohnte leicht gekrümmte, ängstliche Haltung abgelegt und stehe nun aufrechter und gerader als zuvor. Es freute ihn, zu sehen, dass er sich mehr und mehr zu einem fröhlichen und optimistischen Jungen wandelte. Er nahm ihm den Besen ab und wollte ihn gerade hineinbringen, da stürmten die Dorfleute auf ihn ein, die schon lange versteckt auf ihn gelauert hatten. Junge und Alte veranstalteten einen Riesenlärm.

»Meister, Ihr seid zurück!«

»Wart Ihr wieder Schrott sammeln? Das ist harte Arbeit, wahrhaft harte Arbeit ... Also, sagt, wie kommt es, dass wir Xiao*-Hua so lange nicht mehr gesehen haben?«

»Ja, wir haben ihn schon tagelang nicht mehr gesehen. Wir vermissen ihn.«

Xie Lian lächelte schüchtern. »Xiao...Hua ... ist nach Hause gegangen.«

»Was?«, rief der Dorfvorsteher entrüstet. »Welches Zuhause? Ich dachte, das hier sei sein Zuhause? Ist er nicht hier bei Euch eingezogen?«

»Nein, nein. Er war nur zu Besuch. Gerade haben wir beide viel zu tun, daher ist er abgereist.«

Hua Cheng hatte ihn immer wieder nach jener denkwürdigen Nacht gefragt. Er wollte wissen, was passiert war, aber Xie Lian hatte stur darauf bestanden, dass sie in einen Kampf geraten seien. Und nun, da der Berg Tonglu sich geöffnet hatte, hatte Hua Cheng andere Sorgen. Sollte tatsächlich ein neuer Geisterkönig geboren werden, würde das an keiner der drei Sphären spurlos vorübergehen. Hua Cheng und das Schwarze Wasser hatten einen völlig unterschiedlichen Charakter – der eine war extrovertiert, der andere hielt sich im Hintergrund. Aber beide hatten ihre eigene Moral und ihren eigenen Stil. Sie wussten, wer sie waren, wo sie hingehörten und was sie sich erlauben durften. Niemand konnte vorhersehen, was für eine Art Geistwesen dieses Mal aus dem Berg hervorgehen würde. Nicht auszudenken, was für Schwierigkeiten es mit sich brächte, wenn der Berg einen Wahnsinnigen wie Qi Rong hervorbringen würde und er mit den anderen über die Aufteilung der Herrschaftsgebiete in Streit geraten würde. Daher hatte Xie Lian die Ausrede, diesen Herbst viel zu tun zu haben, vorgeschoben und gesagt, es sei das Beste, wenn jeder sich eine Zeit lang um seine eigenen Angelegenheiten kümmere. Und so hatten sie sich verabschiedet.

Das mochte plötzlich gekommen sein und abweisend erscheinen, als würde er einem Freund die kalte Schulter zeigen, doch er hatte sich nicht

* Verniedlichungsform.

anders zu helfen gewusst. Er glaubte nicht mehr daran, dass es ihm nun noch gelingen würde, seine Gefühle zu verbergen.

Plötzlich sagte Lang Ying hinter ihm: »Feuer.«

Da erst bemerkte Xie Lian, dass er die ganze Zeit so zerstreut gewesen war, dass er, ohne es zu merken, Topf und Kochlöffel zur Hand genommen hatte und das Fleisch und Gemüse, die Lebensmittel, die er gerade erst mit zum Puqi-Schrein gebracht hatte, vollkommen ruiniert hatte. Die Flammen unter dem Topf waren fast zwei Meter hoch, sie berührten beinahe die Decke.

Mit der Handfläche schlug Xie Lian das Feuer rasch aus. Doch er hatte viel zu kräftig zugeschlagen, sodass der ganze Herd zusammenbrach.

Als das Scheppern verklungen war, stand er ratlos da, den Topf noch in der Hand, und wusste nicht, was er tun sollte. Es war gerade Essenszeit. Die Dorfbewohner saßen vor ihren Häusern, hielten große Schüsseln in beiden Händen und ließen es sich schmecken. Der Lärm im Schrein lockte einige von ihnen wieder an.

»Was ist passiert? Meister, ist der Schrein wieder in die Luft geflogen?«

Xie Lian öffnete schnell das Fenster. Hustend antwortete er: »Es ist nichts, alles gut ...«

Der Dorfvorsteher kam ebenfalls zum Schrein, um nach dem Rechten zu sehen. »Du liebe Güte, das ist ja schrecklich! Meister, ich denke, Ihr solltet Xiao-Hua schleunigst zurückrufen.«

Xie Lian war kurz sprachlos. »Das ist nicht nötig. Er ... gehört schließlich nicht zur Familie.«

Als er sich wieder einigermaßen gesammelt hatte, hatte Lang Ying bereits den Boden aufgeräumt und sauber gemacht. Ein Teller mit leuchtend rot-violettem Inhalt stand auf dem Tisch – eine Speise, die Xie Lian wahllos zusammengeschüttet hatte, während seine Gedanken abgeschweift waren. Seine letzte Kreation hatte er »Suppe der hundertjährigen Harmonie« genannt, zu diesem neuen Gericht würde der Name »Gebratene

Farbexplosion« passen. Außer Hua Cheng gab es wohl niemanden auf der ganzen Welt, der dieses Zeug freiwillig essen würde. Nicht einmal Xie Lian selbst konnte den Anblick der Speise ertragen. Er drehte sich um, um den Topf zu spülen. Resigniert rieb er sich die Nasenwurzel. »Vergiss es, iss das nicht. Wirf es weg.«

Doch als er den Topf gespült hatte und sich wieder umgedrehte, sah er, dass Lang Ying den Teller genommen und wortlos gegessen hatte. Erschrocken hastete Xie Lian zu ihm, um ihn aufzuhalten. »Meine Güte, geht es dir gut?«, fragte er und fasste ihn an den Schultern. »Tut dir irgendetwas weh?«

Lang Ying schüttelte den Kopf. Da sein Gesicht vollkommen unter Verbänden verborgen war, war seine Miene nicht zu erkennen. Selbst Qi Rong und das Schwarze Wasser hatten fast den Verstand verloren, als sie von seinem Essen probiert hatten, aber Lang Ying schien es nichts auszumachen. War er so ausgehungert gewesen oder hatte er plötzlich eine Widerstandskraft erlangt, die die der beiden übertraf? Xie Lian musste bei dem Gedanken schmunzeln. Er machte Ordnung und ging dann zu Bett.

Im Puqi-Schrein gab es zwei Schlafmatten, eine pro Person. Bei der Erinnerung, dass er und Hua Cheng genau jene Matte, auf der er nun lag, geteilt hatten, war es Xie Lian unmöglich, zur Ruhe zu kommen. Er war hellwach, unterdrückte jedoch den Drang, sich hin und her zu wälzen, weil er Lang Yings Schlaf nicht stören wollte. Nachdem er sich eine lange Zeit so gequält hatte, dachte er sich, er könne genauso gut aufstehen und etwas Luft schnappen.

Da hörte er ein Knarren. Jemand stieß leise ein Fenster auf und sprang hinein.

Xie Lian lag auf der Seite, mit dem Rücken zum Fenster. Er erschrak. Wer war so verzweifelt, dass er hier etwas zu stehlen hoffte? Seine Bemühungen würden vergeblich sein.

Der Eindringling bewegte sich auf leisen Sohlen und war äußerst geschickt. Jemand, der nicht über Xie Lians überaus scharfe Sinne verfügte, hätte ihn niemals bemerkt. Nachdem er den Schrein betreten hatte, ging er direkt auf den Spendenkasten zu.

Xie Lian erinnerte sich sofort, dass dieser mit Goldbarren gefüllt gewesen war. War der Dieb deswegen gekommen? Xie Lian hatte das Gold längst an den Oberen Hof zurückgebracht und Lingwen gebeten, den Eigentümer zu ermitteln.

Mit gespitzten Ohren hörte Xie Lian, dass die Person nicht versuchte, den Spendenkasten aufzubrechen, sondern dass sie nach und nach lauter Dinge hineinsteckte.

Nachdem der Eindringling fertig war, wandte er sich wieder zum Fenster, um zu fliehen.

Xie Lian wollte ihm folgen, sobald er den Schrein verlassen hatte, um zu sehen, wer er war und wohin er ging. Doch die Dinge nahmen eine unerwartete Wendung: Im Vorbeigehen erblickte der Einbrecher die Teller mit Speisen auf dem Altar. Offensichtlich war er hungrig. Ohne lange nachzudenken, stopfte er sich mehrere Bissen der Gebratenen Farbexplosion in den Mund.

Mit einem lauten Schlag brach er wenige Augenblicke später auf dem Boden zusammen.

Xie Lian drehte sich um, setzte sich auf und dachte: *Das hat mir einige Mühe gespart.*

Er entzündete eine Lampe. Auf dem Boden lag ein Mensch lang hingestreckt. Sein Gesicht war violett angelaufen. Xie Lian eilte ihm zu Hilfe. Er flößte ihm Wasser ein, bis er langsam wieder zu sich kam. Das Erste, was er sagte, nachdem er wieder bei Bewusstsein war, war: »Was war das denn?«

Xie Lian tat so, als hätte er es nicht gehört. »Eure Hoheit Qiying, Ihr seid zu leichtsinnig«, tadelte er. »Ihr könnt Euch doch nicht einfach irgendetwas in den Mund stopfen, ohne zu wissen, was es ist.«

Der junge Mann hatte eine gerade Nase, markante Augenbrauen und einen rabenschwarzen Lockenkopf. Er konnte kein anderer sein als Quan Yizhen, der Kriegsgott des Westens. Er starrte Xie Lian an. »Ich hätte im Traum nicht gedacht, dass jemand das Essen in seinem eigenen Schrein vergiftet.«

Xie Lian rieb sich die Nasenwurzel. Er warf einen Blick in den Spendenkasten und sah, dass er wieder bis obenhin mit Goldbarren gefüllt war. »Wart Ihr es auch, der letztes Mal den Kasten befüllt hat?«

Quan Yizhen nickte.

»Warum bringt Ihr mir dieses Gold?«

»Weil ich reichlich davon habe.«

Auch wenn er die Wahrheit nicht aussprach, hatte Xie Lian eine Vermutung. Er glaubte, diese Großzügigkeit rühre daher, dass er beim Mittherbstbankett ein Stäbchen geworfen und damit den Vorhang des Schauspiels hatte fallen lassen. »Nehmt es wieder mit. Ich habe nichts getan, um es zu verdienen.«

Quan Yizhen antwortete nicht und hatte offensichtlich auch gar nicht zugehört. Xie Lian wusste nicht, ob er lachen oder weinen sollte.

»Er sagt, Ihr sollt es wieder mitnehmen«, erklärte Lang Ying kühl.

Wann war er aufgestanden? Xie Lian starrte ihn verwundert an. Lang Ying hielt sich normalerweise immer im Hintergrund, als sei er unsichtbar und würde er am liebsten im Erdboden versinken. Wie kam es, dass er heute so viel sprach, noch dazu in einem so unfreundlichen Ton? Aber Xie Lian dachte nicht weiter darüber nach.

»Eure Hoheit, Ihr kommt gerade recht. Ihr habt heute nicht an der Zusammenkunft im Shenwu-Palast teilgenommen, aber Jun Wu hat uns einen Auftrag erteilt. Habt Ihr die Schriftrolle gelesen? Schon in Ordnung. Ich weiß, dass Ihr sie nicht angesehen habt. Ich habe sie gelesen. Wir beide werden zusammenarbeiten und sind für den sogenannten Brokatheiligen verantwortlich.«

Der Erhabene der Schwarzmalerei wurde »Erhabener« genannt, weil man sich nicht traute, ihn als Gauner oder Teufel zu bezeichnen. Es war eine erzwungene Ehrung. Warum aber wurde der Brokatheilige als Heiliger bezeichnet? Der Grund war, dass dieses Wesen Legenden zufolge einst das Potenzial in sich getragen hatte, ein Gott zu werden.

Die Legende besagte, vor vielen Jahrhunderten habe in einem alten Königreich ein junger Mann gelebt. Er war von Natur aus einfältig, sein Intellekt war mit dem eines sechsjährigen Kindes vergleichbar. Wenn er aber das Schlachtfeld betrat, war er ein anderer: ein begnadeter Kampfkünstler, äußerst talentiert und zudem auch noch gütig und tapfer. Wann immer seine Armee in einen Kampf mit einem feindlichen Reich geriet, hing der Fortbestand seines Heimatlandes am seidenen Faden. Er stand in jeder Schlacht an vorderster Front, wo er sich abrackerte wie ein Tier, und es gelang ihm jedes Mal, die feindlichen Linien zu durchbrechen. Aber da er geistig zurückgeblieben war und keine Familie hatte, rissen sich andere die militärischen Verdienste, die ihm zustanden, unter den Nagel und er war arm wie eine Kirchenmaus. Keiner wollte seine Tochter einem solchen Mann zur Frau geben und kaum ein Mädchen wagte sich an ihn heran. Er war ohnehin ungeschickt im Umgang mit Mädchen und da er nicht darin geübt war, wagte er nicht, mit ihnen zu reden.

Doch trotz alledem besaß dieser Mann das Potenzial, als Gott in den Himmel aufzusteigen. Nur noch ein paar Jahre des Kämpfens wären nötig gewesen und er wäre aufgestiegen. Also spielte es keine Rolle, ob die Mädchen ihn mochten. Das Traurige war, dass er sich unsterblich verliebte.

Zu seinem Geburtstag schenkte das Mädchen, das er liebte, ihm ein Brokatgewand, das es selbst genäht hatte. Man konnte dieses Kleidungsstück als Gewand bezeichnen, doch es sah höchst seltsam aus, eher wie ein unansehnlicher Sack. Es war das erste Mal im Leben des jungen Mannes, dass ein Mädchen ihm etwas geschenkt hatte, und er war überglücklich darüber. Dank seiner angeborenen Einfalt bemerkte er nichts Ungewöhnliches und versuchte, in das »Gewand« zu schlüpfen.

Das Kleidungsstück hatte keine Ärmel, also fragte er das Mädchen: »Wieso kann ich meine Arme nicht herausstrecken?«

Das Mädchen lächelte ihn aufmunternd an. »Ich habe zum ersten Mal genäht und kann es noch nicht so gut. Das wäre kein Problem, wenn du keine Arme hättest.«

Also hackte der junge Mann sich die Arme ab, mit denen er stets die Waffen geführt hatte. Doch das war noch nicht genug. Er fragte weiter: »Wieso kann ich meine Beine nicht herausstrecken?«

Das Mädchen sagte: »Das wäre kein Problem, wenn du keine Beine hättest.«

Also bat der Mann jemandem, ihm auch die Beine abzuhacken. Zuletzt fragte er das Mädchen: »Wieso kann mein Kopf nicht herausgucken?«

Es ist nicht allzu schwer, sich den weiteren Hergang zusammenzureimen.

Xie Lian hatte angenommen, der Brokatheilige sei ein Dämon, der ein Brokatgewand trüge. Er wäre nie darauf gekommen, dass damit das Gewand selbst bezeichnet wurde. Als der Berg Tonglu sich geöffnet hatte und Millionen von Geistern in Aufruhr versetzt hatte, hatte jemand das Gewand gestohlen. Nachdem es das Blut jenes verliebten jungen Mannes aufgesogen hatte, war es zu einem äußerst bösartigen und mächtigen magischen Werkzeug geworden. Über die Jahrhunderte war es von einem Dämon zum anderen gewandert und stets dazu verwandt worden, anderen Schaden zuzufügen.

Das mag anderen als Warnung gelten, niemals alte, gebrauchte Kleidung anzunehmen, deren Herkunft unbekannt ist. Wenn ein Fremder euch nachts auf der Straße einen Brokatumhang schenken möchte, nehmt ihn nicht an – denn wenn ihr ihn tragt, wird er euren Geist verwirren. Ihr werdet wie in Trance sein und alles mit euch geschehen lassen, ohne euch zu wehren, bis er euch schließlich den letzten Tropfen Blut ausgesaugt hat.

Natürlich war das nur eine Geschichte, und eine ziemlich unglaubwürdige noch dazu. Vielleicht hatte sie jemand erfunden, um eine Erklärung für die besonderen Eigenschaften des Brokatgewandes zu liefern. Doch wie dem auch sei, der Brokatheilige musste aufgehalten werden. Sie mussten unbedingt verhindern, dass er den Berg Tonglu erreichte.

»Eure Hoheit Qiying? Eure Hoheit? Hört Ihr mir zu?« Xie Lian streckte eine Hand aus und fuchtelte Quan Yizhen vor dem Gesicht herum.

Dieser sah aus, als sei er mit den Gedanken weit weg, erst in diesem Moment kam er wieder richtig zu sich. »Oh«, machte er nur.

Es hatte den Anschein, als habe er überhaupt nicht zugehört. Xie Lian konnte dieses Verhalten nicht einschätzen. Also fasste er zusammen: »Unser Auftrag ist also, den Brokatumhang zu finden. Seine ursprüngliche Gestalt ist ...«

»Ein blutdurchtränkter, ärmelloser, sackartiger Umhang ohne Kopföffnung«, beendete Quan Yizhen seinen Satz.

Xie Lian schmunzelte. »Ihr wisst also doch Bescheid. Und ich dachte, Ihr hättet Euch nicht schlaugemacht. Dieser Umhang ist ein Objekt der Niedertracht. Er verfügt über mächtige Magie und kann in Tausenden Gestalten daherkommen. Es gibt Millionen Kleidungsstücke auf der Welt. Nach diesem einen zu suchen ist wie die Suche nach einer Nadel im Heuhaufen.«

»Oh. Wie sollen wir vorgehen?«, erkundigte sich Quan Yizhen.

»Geister und Dämonen, die dieses Kleidungsstück in der Vergangenheit in die Finger bekamen, verkleideten sich normalerweise als Händler und boten auf der Straße gebrauchte Kleidung zum Verkauf oder Tausch an. Aber das ist schon seit Jahrhunderten nicht mehr üblich, es würde auffallen, wenn jemand so etwas heutzutage versuchen würde. Geister ändern ihre Gewohnheiten nicht so leicht. Ich schlage vor, dass wir uns in der Stadt umhören, ob etwas Vergleichbares beobachtet wurde«, sagte Xie Lian.

Was diese Dinge anging, waren Geister aufmerksamer als Sterbliche. Die Gerüchteküche der Geisterstadt war wahrscheinlich bestens informiert. Mit anderen Worten: Sie könnten eine Menge Zeit sparen, wenn er Hua Cheng danach fragen würde. Aber Xie Lian hatte ihm gerade erst gesagt, dass sie sich eine Weile nicht treffen sollten. Nun, wo er etwas von ihm brauchte, seinen eigenen Entschluss über den Haufen zu werfen würde keinen guten Eindruck machen. Außerdem war der Brokatheilige gerade erst gestohlen worden. Der Dieb hatte wahrscheinlich noch gar keine Gelegenheit gehabt, ihn zum Schaden anderer einzusetzen.

Quan Yizhen nickte, stand auf und lief ihm ein paar Schritte hinterher.

Xie Lian bemerkte, dass Lang Ying es ihm gleichtat. »Du bleibst hier«, sagte er zu ihm.

Lang Ying schüttelte den Kopf. Bevor Xie Lian noch etwas entgegnen konnte, hörte er einen dumpfen Schlag. Quan Yizhen war hinter ihm erneut zusammengebrochen.

Xie Lian fuhr herum. »Was ist passiert?«

Quan Yizhens Gesicht zeigte verschiedene Abstufungen von Violett. Er versuchte, es zu unterdrücken, aber es gelang ihm nicht. Er kam auf alle viere und erbrach sich über den gesamten Boden.

Nachdem er sich übergeben hatte, wälzte sich Quan Yizhen auf den Rücken. Er sah aus, als würde seine Seele ihn durch seinen geöffneten Mund verlassen. »Qiying ... könnt Ihr überhaupt mitkommen?«, fragte Xie Lian vorsichtig.

Quan Yizhen lag da, alle viere von sich gestreckt. »Ich glaube nicht.«

Xie Lian blieb nichts anderes übrig, als den vollkommen kraftlosen Quan Yizhen in eine Ecke zu zerren, wo er eine Decke über ihn ausbreitete und ihn ausruhen ließ.

Erst am nächsten Tag sah Quan Yizhen etwas besser aus. Aber Xie Lian wagte es nicht, ihm irgendetwas aus dem Schrein zu essen zu geben. Er erbat sich im Haus des Dorfvorstehers etwas Reisbrei und brachte ihn in den Schrein, damit die anderen sich satt essen konnten. Quan Yizhen saß auf Xie Lians Platz und aus irgendeinem Grund starrte ihn Lang Ying die ganze Zeit über feindselig an.

Xie Lian stellte die Schüssel vor ihm ab und murmelte unbewusst: »San Lang ...«

Kaum waren ihm die Worte über die Lippen gekommen, drehten sich beide zu ihm. Xie Lian erstarrte und bemerkte in diesem Moment erst, was er da von sich gegeben hatte. Er räusperte sich leise und sagte: »Esst nur.«

Während die beiden am Altartisch saßen und den Reisbrei aßen, nahm Xie Lian eine Axt zur Hand und ging nach draußen. Beim Holzhacken dachte er noch einmal über die Hinweise nach, die er der Niederschrift entnommen hatte:

Der Brokatheilige war hinter einem äußerst mächtigen Siegel im Shenwu-Palast gefangen. Der Tempel verfügt über höchste Sicherheitsvorkehrungen und wird Tag und Nacht bewacht. Nur die fähigsten Kämpfer werden für den Wachdienst eingesetzt. Ein gewöhnlicher Aufruhr in der Geisterwelt hätte ihm eigentlich nicht so leicht zur Flucht verholfen dürfen. Jemand muss die Chance ergriffen haben, ihn in dem Durcheinander zu entwenden ...

Sonst hatte immer Hua Cheng das Holz gehackt. Nun, da er es selbst tat, kam es Xie Lian vor, als sei sein Holz nicht so hübsch gehackt wie das von Hua Cheng.

Quan Yizhen fühlte sich elend. Er nahm etwas wässrigen Reisbrei zu sich, dann legte er sich wieder hin und schlief ein. Lang Ying kam heraus, um Xie Lian zu helfen.

»Das musst du nicht. San ... Lang Ying, mach dir etwas Wasser heiß und nimm ein Bad.«

Nun, da er darüber nachdachte, fiel ihm auf, dass Lang Ying lange kein Bad genommen hatte. Geister mussten sich zwar keine Gedanken über Körperfett und Schweiß machen, aber Schmutz und Staub gab es dennoch abzuwaschen, wenn sie den ganzen Tag draußen unterwegs waren. Um den Jungen nicht zu beleidigen, formulierte er es jedoch nicht so direkt.

Lang Ying sah ihn fassungslos an, aber Xie Lian trug bereits einige Holzscheite in den Schrein, um das Wasser heiß zu machen.

»Ich habe gestern in der Stadt Schrott verkauft und dir warme Kleidung für den Herbst besorgt. Wie wäre es, wenn du sie nach deinem Bad anprobierst?«

Lang Ying war bereits dabei, die neuen Sachen anzuziehen. Als er Xie Lians Vorschlag hörte, drehte er sich ohne ein Wort um und ging.

Xie Lian packte ihn und hielt ihn fest. »Geh nicht weg. Du musst baden«, mahnte er. »Keine Sorge, ich mache die Verbände um deinen Kopf nicht ab.«

Lang Ying protestierte weiterhin. Es gelang ihm, zur Tür hinauszuschlüpfen, und er fing an, Holz zu hacken. Er weigerte sich, wieder in den Schrein zu kommen.

Ratlos legte Xie Lian mehr Holz auf, um nun selbst ein Bad zu nehmen. Während er das Wasser erhitzte, zog er seine Kleider aus. Ruoye wickelte sich Bahn für Bahn von seiner Brust ab.

In diesem Moment kam Lang Ying wieder herein, einen Stapel Holz auf den Armen. Als er Xie Lian mit nacktem Oberkörper sah, weiteten sich seine Augen.

Xie Lian prüfte gerade mit einer Hand die Temperatur des Badewassers. Er befand es als genau richtig und wollte mit seiner Hose ins Bad steigen. »Ah, du kommst gerade recht«, sagte er, als er Lang Ying sah. »Kannst du mir die Schriftrolle geben, die unter dem Bambushut an der Wand hängt?«

Lang Ying näherte sich ihm nicht nur nicht, er stolperte rückwärts wieder hinaus und schlug die Tür von außen zu. Xie Lian war verblüfft.

Nur einen Moment später war Lang Ying scheinbar etwas eingefallen und er trat die Tür gewaltsam wieder auf.

»Tritt nicht gegen die Tür! Sie ist …«, rief Xie Lian hastig aus.

Ohne in seine Richtung zu blicken, stürmte Lang Ying herein. Quan Yizhen lag wie ein Toter hingestreckt auf dem Boden, er leistete keinerlei Gegenwehr, als Lang Ying ihn nach draußen zerrte. Er schien so tief zu schlafen, dass ein Erdbeben nötig gewesen wäre, um ihn aufzuwecken. Er spürte nicht, wie er über den Boden geschleift wurde.

Xie Lian wusste nicht, ob er lachen oder weinen sollte. »Was machst du da? Es ist alles in Ordnung, ich bin doch kein Mädchen. Komm wieder herein.«

Tatsächlich hatte er nicht im Schrein gebadet, während Hua Cheng bei ihm gewesen war. Der Schrein war zu klein und die Bedingungen ungünstig. Xie Lian konnte sich schon glücklich schätzen, dass er überhaupt einen Badezuber hatte. Natürlich hatte er kein dreißig Meter langes Becken mit Sichtschutz, in dem er bootfahren und schwimmen konnte, wie es ihm beliebte. Ob es absichtlich passiert war oder nicht, jedenfalls hatte er nie in Hua Chengs Anwesenheit gebadet.

Aber der, der nun vor ihm stand, war nicht Hua Cheng, also sah er kein Problem.

Lang Ying drehte Quan Yizhen um, dann legte er ihm einige Kleidungsstücke über den Kopf. Er nahm die Schriftrolle, um die Xie Lian gebeten hatte, und reichte sie ihm mit gesenktem Kopf. Dann setzte er sich reglos in eine Ecke.

Xie Lian löste sein Haar und rollte die Niederschrift auf. Er las sie sorgfältig durch und zog die Augenbrauen zusammen. Der Dampf des Badewassers erhitzte sein Gesicht und ließ seine Haut rosig schimmern. Sein langes Haar und seine Wimpern waren feucht und glänzten schwarz.

Plötzlich fiel ihm die dünne silberne Halskette auf, die auf seiner nackten Brust lag, und der Diamantring, der an ihrem Ende funkelte. Xie Lian nahm den Ring und hielt ihn in seinen Fingern. Am Rande seines Blickfelds bemerkte eine kleine Blume, die auf der Ecke des Altartischs lag.

Ohne nachzudenken, hob er sie auf und hielt sie sich vors Gesicht. Er spürte, wie sich sein Geist umwölkte, der heißen, dampferfüllten Luft vor seinen Augen gleich. Er brauchte beide Hände, um den dichten Dunst zu vertreiben.

Da hörte er ein lautes Klopfen an der Tür. Das Geräusch riss ihn aus seinen Tagträumen und er legte die Blume wieder hin. Noch bevor er fragen konnte, wer es war, bemerkte er, dass es nicht an seiner Tür klopfte, sondern an der des Dorfvorstehers nebenan.

Die zarte Stimme einer Frau war zwischen den Klopfgeräuschen zu hören. »Ist jemand zu Hause? Ich tausche alt gegen neu, alt gegen neu. Ich habe einen nagelneuen Umhang, den ich nicht gebrauchen kann. Ich tausche ihn gegen alte Kleidung ein, die besser zu mir passt. Ist der Hausherr zu Hause? Ist niemand da?«

Er hatte sich gar nicht erst auf die Suche machen müssen, das Wesen, nach dem er suchte, war ganz von selbst zu ihm gekommen.

Es klopfte und rief an jedem Haus, doch niemand öffnete ihm. Das kam nicht unerwartet. Wenn Xie Lian nicht zum Schrottsammeln unterwegs war, hielt er im Puqi-Schrein Vorträge und brachte den Dorfleuten Hunderte kleine Tricks bei, wie sie Böses erkennen konnten. Keiner der Leute würde auf einen seltsamen, ungeladenen Gast hereinfallen, der mitten in der Nacht an die Tür klopfte – heutzutage waren die Leute nicht mehr so leicht zu täuschen wie in den alten Zeiten.

Die Frau klopfte und klopfte, aber niemand antwortete. Endlich kam sie zur Tür des Puqi-Schreins. Xie Lian hielt vor Anspannung den Atem an. Offenbar konnte das Geistwesen jedoch spüren, dass dies nicht die Art Behausung war, nach der es suchte. Xie Lian hörte, wie es enttäuscht »Ach Mist!« rief. Dann entfernten sich seine Schritte.

»Wartet! Ich möchte tauschen!«, rief Xie Lian hastig. Dann flüsterte er Lang Ying zu: »Öffne die Tür. Hab keine Angst, es wird nichts passieren.«

Lang Ying fürchtete sich kein bisschen. Er ging zur Tür, um sie zu öffnen.

Draußen stand eine junge Frau mit einer schlanken und verführerischen Figur. Schon ein Blick auf die untere Hälfte ihres Gesichts verriet, dass sie eine hübsche junge Frau war. Doch die obere Hälfte war von einem Kopftuch verdeckt. So schien es, als hätte sie keine Augen, was eine beunruhigende Wirkung hatte.

Sie warf einen Blick hinein und bedeckte ihren Mund, als sie gurrte: »Meister, welche alten Kleider wollt Ihr gegen meine neuen tauschen?«

Xie Lian blieb in der Wanne sitzen, um das Geistwesen aus der Reserve zu locken. Er lächelte.

»Das kommt darauf an, wie Eure aussehen.«

Die junge Frau streckte den Arm aus, schüttelte ihn etwas und zog ein Gewand aus glänzendem Brokat aus ihrer Tasche. Es war schön, sogar prächtig, wirkte allerdings etwas altmodisch und eine böse Aura ging von ihm aus.

»Schön, schön«, lobte Xie Lian. »Lang Ying, gib der Dame die Kleidung, die ich aus dem Dorf mitgebracht habe.«

Lang Ying reichte ihr die Kleidung mit einer Hand. Die junge Frau kicherte, als sie sie entgegennahm, und gab ihm im Tausch dafür das neue Gewand. Sie wollte sich gerade umdrehen, als ihr Ausdruck sich plötzlich veränderte. Als hätte etwas sie in die Hand gestochen, fing sie an zu schreien und warf die Kleider auf den Boden.

Ruoye war in einem unbemerkten Augenblick in die Hanfkleidung gekrochen und hatte sich dort versteckt gehalten. Wie eine züngelnde Giftschlange war es nun aus dem Kragen der Kleidung hervorgeschnellt.

Die junge Frau war kein gewöhnliches Mädchen. Nachdem sie schreiend zurückgewichen war, hatte Ruoye ihr Kopftuch heruntergerissen, sodass es zu Boden fiel und ihr ganzes Gesicht enthüllte. Die untere Hälfte war bezaubernd schön, die obere Hälfte dagegen war das Gesicht einer faltigen alten Frau. Der Kontrast sah schrecklich aus – von wegen junge Frau! Sie war eine achtzigjährige Greisin!

Kapitel 69:
Das Färberhaus weit geöffnet

Es war eine Halbgesichtdämonin!

Ein Halbgesicht war ein Geist niedrigen Ranges. Es waren Geister, die aus dem Neid entstehen, den alte Frauen jüngeren Mädchen gegenüber hegten. Sie konnten sich nicht damit abfinden, dass sie alterten, und glaubten, dass sie ihre Jugend zurückerlangen könnten, wenn sie das Blut und das Fleisch junger Mädchen zu sich nahmen. Sie quietschten mit hohen Stimmen, um junge Mädchen nachzuahmen, aber wie man sagte: Die Augen waren das Fenster zur Seele. So sehr sie sich auch bemühten, sie konnten ihr Alter nicht restlos vertuschen. Je mehr Blut und Fleisch sie verzehrten, umso jünger erschien die untere Hälfte ihres Gesichts. Die obere Hälfte mit den Augen alterte dagegen nur umso schneller. Der scharfe Kontrast, der sich daraus ergab, war schrecklicher anzusehen als echtes Altern, aber sie weigerten sich stur, sich einzugestehen, dass sie einem Irrweg folgten.

Tropfnass wie er war, stand Xie Lian auf, setzte einen Fuß auf den Zuberrand und machte sich bereit, sie mit einem Sprung anzugreifen.

Doch genau in diesem Moment kehrte Quan Yizhen von der Schwelle des Todes zurück. Er sprang auf und holte zu einem heftigen Schlag aus.

Die Halbgesichtdämonin war zu schwach, ihm etwas entgegenzusetzen. Laut heulend ging sie zu Boden. »Habt Gnade!«

Xie Lian griff hastig nach seiner Robe und warf sie sich über. »Ihr habt also den Brokatheiligen gestohlen?«

»Ich war es nicht, ich war es nicht!«, schrie die Halbgesichtdämonin. »Ich würde es niemals wagen, in den Shenwu-Palast einzubrechen!«

Xie Lian kam zu dem Schluss, dass sie mit großer Sicherheit die Wahrheit sprach. Eine niedere Dämonin wie sie würde wohl kaum den Mut aufbringen, einfach so in den Shenwu-Palast einzudringen. Sie würde umkommen vor Angst. Außerdem bestand vermutlich keinerlei Verbindung zwischen ihr und dem Brokatheiligen. Grob geschätzt betrug ihr Geistalter ungefähr achtzig Jahre, der Brokatheilige hingegen war mehrere Jahrhunderte alt.

»Wie ist dieser Brokatumhang dann in Eure Hände gelangt?«, hakte Xie Lian nach.

Die Dämonin hob ihr Kopftuch auf und bedeckte wieder die obere Hälfte ihres Gesichts. Mit einer hohen, quietschenden Stimme antwortete sie: »Meister ... ich sage es Euch ... ich habe ihn beim Bummeln in einem Geschäft in der Geisterstadt entdeckt ...«

Konnte das wirklich wahr sein? In einem Geschäft in der Geisterstadt?

Xie Lian war einen Augenblick lang sprachlos. Dann fragte er: »Wer hat ihn Euch verkauft?«

»Meister, ich flehe Euch an, lasst mich gehen!«, bat die Halbgesichtdämonin ängstlich. »Ich weiß es nicht. Um ein Geschäft in der Geisterstadt zu eröffnen, muss man keine Ahnentafel über achtzehn Generationen vorweisen.«

Das stimmte natürlich. Wenn solche Maßnahmen nötig wären, um in der Geisterstadt ein Geschäft zu betreiben, wäre dieser Ort nicht annähernd so lebhaft. Schlupflöcher und Gesetzeslücken ließen den Handel florieren.

Xie Lian befragte sie noch eine Zeit lang, aber es kam nichts weiter dabei heraus. Er gelangte zu der Feststellung, dass diese Dämonin nichts weiter war als eine ahnungslose kleine Geisterfrau. Er wandte sich an Quan Yizhen: »Qiying, lasst einen Eurer Himmelsbeamten kommen, um sie mitzunehmen.«

»Ich habe keine Himmelsbeamten in meinem Palast«, erwiderte Quan Yizhen.

»Nicht einen einzigen? Ihr habt keine Generäle ernannt?«

»Nicht einen einzigen«, bestätigte Quan Yizhen selbstsicher.

Es stellte sich heraus, dass der Kriegsgott des Westens stets allein arbeitete. Er hatte niemals jemanden auf einen Posten berufen, nicht einmal einen Assistenten, der ihn bei den alltäglichen Aufgaben unterstützte. In Xie Lians Fall lag es daran, dass er es sich nicht leisten konnte.

Quan Yizhens Situation war anders, die Erklärung war wohl, dass er zu exzentrisch war.

Xie Lian blieb keine andere Wahl, als einen Tontopf hervorzukramen und die Dämonin vorerst darin einzuschließen. Dann nahm er Lang Ying das Brokatgewand aus den Händen und breitete es aus, um es zu untersuchen. Seine Augenbrauen zogen sich zusammen.

Unverkennbar ging Boshaftigkeit von ihm aus, aber ... wie konnte man es beschreiben? Xie Lians Meinung nach lag die boshafte Aura dieses Kleidungsstückes nicht tief in seinem Inneren, sondern war auf seltsame Art oberflächlich. Als wäre sie nichts weiter als eine Schicht aus Puder und Rouge. Xie Lians siebter Sinn sagte ihm, dass dieses Ding nicht so gefährlich war, wie die Gerüchte behaupteten. Dennoch blieb er auf der Hut.

Quan Yizhen warf einen Blick auf das Gewand. »Es ist eine Fälschung.«

»Woher wisst Ihr das?«, stutzte Xie Lian.

»Es ist eine Fälschung. Ich habe den echten Brokatheiligen gesehen. Er ist weitaus mächtiger als dieses Ding.«

»Wann habt Ihr ihn gesehen?«, fragte Xie Lian neugierig. »Einige Menschen haben ihn zwar zu Gesicht bekommen, aber sie konnten ihn nicht so leicht erkennen. Wie kommt es, dass Ihr Euch so sicher seid?«

Quan Yizhen schwieg.

Doch da nahm Lingwen über den Kommunikationskanal Kontakt auf. »Eure Hoheit, wir haben gerade erfahren, dass ein kleiner Geist mit dem Brokatgewand ungefähr zehn Kilometer von Eurem Puqi-Schrein entfernt gesichtet wurde. Wir möchten Euch bitten, das zu überprüfen.«

»Noch einer? Na gut«, antwortete Xie Lian. Sein Blick fiel auf Quan Yizhen und ohne ein Geräusch von sich zu geben, fragte er wortlos über den Kommunikationskanal: »Noch etwas, Lingwen: Hat Quan Yizhen den Brokatheiligen schon einmal gesehen?«

»Qiying? Er hat ihn nicht nur gesehen. Es war viel mehr als das.«

»Was meint Ihr damit?«

»Es ist kompliziert. Ist Euch bewusst, dass Seine Hoheit Qiying nicht immer der Kriegsgott des Westens war? Diesen Posten hatte zuvor Seine Hoheit Yin Yu inne.«

Xie Lian erinnerte sich daran, wie der Windmeister ihm davon erzählt hatte, während er sich bei ihrem Abenteuer im Jile-Haus umgezogen hatte. Sein Herz zog sich zusammen. »Ich habe schon davon gehört. Waren die beiden nicht Schüler desselben Meisters?«

Vor Yin Yus Aufstieg war er der Hauptschüler seines Meisters gewesen. Eines Tages hatte er einen kleinen Herumtreiber auf der Straße aufgelesen. Er erweichte sein Herz und so bat er seinen Meister, ihn aufzunehmen. Der Junge war Quan Yizhen.

Lange Jahre lebten und lernten sie zusammen bei ihrem Meister, Yin Yu kümmerte sich während dieser Zeit immer um Quan Yizhen. Er stieg als Erster in den Himmel auf und berief Quan Yizhen als General.

»Ihr habt Quan Yizhen schon einige Male getroffen, also habt Ihr sicherlich bemerkt, dass er ... nun ... Er ist ein wenig ...«

»Unbeholfen? Naiv? Das ist doch nichts Schlechtes«, sagte Xie Lian.

Lingwen kicherte. »Ob gut oder nicht, das hängt ganz von dem Menschen und der Situation ab. Einige halten ihn für egozentrisch, unhöflich, grob und respektlos. Hätte Yin Yu nicht stets eine schützende Hand über ihn gehalten und ihm in der Anfangszeit alle Wege geebnet und sich immer wieder für ihn eingesetzt, wer weiß, wie viele Leute dann schon versucht hätten, ihn totzuschlagen.«

»Die beiden Hoheiten hatten also ein enges Verhältnis«, stellte Xie Lian fest.

»Es war ein gutes Verhältnis. Doch unglücklicherweise stieg Quan Yizhen dann selbst als Gott in den Himmel auf.«

Beide waren aus dem Westen aufgestiegen. Wie sollte damit umgegangen werden? Beide einigten sich, den Westen gemeinsam zu regieren.

Zwei Brüder, die sich ein Herrschaftsgebiet teilten, das klang wie eine schöne Geschichte. Doch am Ende war auf dem Berg nur Platz für einen Tiger.

Yin Yus Fähigkeiten konnten mit Fug und Recht als einer himmlischen Prüfung würdig bezeichnet werden. Er war ein Mensch, wie es nur einen unter einer Million gab. Quan Yizhens Begabung hingegen konnte drei himmlischen Prüfungen standhalten, er war ein Mensch, wie es unter einer Million vielleicht keinen einzigen gab. Zu Beginn war alles gut und der Unterschied zwischen ihnen fiel nicht weiter auf. Aber mit der Zeit entwickelten sie sich mehr und mehr auseinander.

Quan Yizhen war deutlich antisozial. Er versuchte nicht, freundschaftliche Beziehungen zu anderen Himmelsbeamten aufzubauen, und gab sich keine Mühe, sich mit seinen Anhängern gutzustellen. Er tat genau das Gegenteil. Von Yin Yu abgesehen merkte er sich nicht einen Namen der übrigen Himmelsbeamten und er war so anmaßend, dass er seine Anhänger beschimpfte und sogar schlug. Er war so unkonventionell, wie es nur irgend möglich war. Doch sein Herrschaftsgebiet wurde immer größer und die Zahl seiner Anhänger nahm zu. Der Palast von Yin Yu hingegen verlor immer mehr an Ansehen, bis er sich keinen Rat mehr wusste.

Die beiden Brüder schenkten sich jedes Jahr etwas zum Geburtstag und in einem Jahr schenkte Yin Yu Quan Yizhen eine Rüstung.

»Den Brokatheiligen?«, vermutete Xie Lian.

»Ganz genau.«

Der Brokatheilige konnte seinem Träger nicht nur das Blut abzapfen und ihn töten, er hatte noch eine weitere ungewöhnliche Eigenschaft: Wurde er verschenkt, musste der Beschenkte jeden Befehl des Schenkers befolgen.

Da die beiden Brüder immer freundschaftlich miteinander umgegangen waren, legte Quan Yizhen die Rüstung an, ohne auch nur eine Sekunde zu zögern. Bald darauf tat Yin Yu so, als würde er einen Witz machen, während Quan Yizhen sich durch den Brokatheiligen unter seiner Kontrolle befand. Hätte Jun Wu nicht bemerkt, dass etwas Seltsames vor sich ging, und ihn aufgehalten, hätte Quan Yizhen wohl seinen eigenen Kopf abgeschlagen und mit ihm wie mit einem Ball gespielt.

»Das war damals eine große Geschichte, die viel Aufsehen erregt hat. Selbstverständlich wurde Yin Yu für dieses schändliche Vergehen augenblicklich aus dem Himmel verbannt«, sagte Lingwen.

Es wäre nur folgerichtig, wenn es dadurch zu einem Zerwürfnis zwischen den beiden gekommen wäre ... aber Xie Lian erinnerte sich an das alberne Schauspiel, das die Anhänger des Palasts von Qiying beim Mittherbstbankett aufgeführt hatten. Der Clown, der hinter Quan Yizhens Rücken auf und ab gesprungen war, war höchstwahrscheinlich Yin Yu gewesen. Dennoch hatte es Quan Yizhen so aufgebracht, dass er in die Welt der Sterblichen hinabgestiegen und Leute zusammengeschlagen hatte.

»Ich vermute, dass Qiying trotz allem noch eine hohe Meinung von Seiner Hoheit Yin Yu hat. Könnte es vielleicht ein Missverständnis gegeben haben?«, fragte Xie Lian.

»Wer weiß, ob es ein Missverständnis war oder nicht – Yin Yu ist nun schon seit was weiß ich wie vielen Jahren in der Verbannung. Wen interessiert das noch?«

Xie Lian nickte und wollte sich gerade verabschieden, da fügte Lingwen hinzu: »Wartet, Eure Hoheit. Da ist noch etwas. Ich war noch nicht fertig. Dreißig Kilometer vom Puqi-Schrein entfernt ist noch eine weitere unbekannte Kreatur mit dem Brokatheiligen.«

»Ist das nicht ein bisschen zu weit? Und warum gibt es zwei?«, wunderte sich Xie Lian.

»Ich bin noch nicht fertig. Hört gut zu: zweiundzwanzig Kilometer im Nordosten, siebeneinhalb Kilometer im Südosten, elf Kilometer im Norden ...«

Nachdem sie ihm siebenundzwanzig oder achtundzwanzig Standorte in nur einem Atemzug genannt hatte, war Lingwen endlich fertig. »Ja. Das war es vorerst.«

Als sie ihren Bericht beendet hatte, hatte Xie Lian alles schon wieder vergessen und fühlte sich etwas bedrückt. »Euer Palast leistet wirklich gute Arbeit, nicht wahr? Aber was heißt ›vorerst‹? Soll das etwa bedeuten, es gibt noch mehr? Findet in der Geisterstadt ein Ausverkauf an Brokatheiligen statt?«

»Es sieht ganz danach aus. In der Geisterstadt gibt es unzählige fliegende Händler unbekannter Herkunft, die falsche Häute tragen und Fälschungen verkaufen. Wenn sie fertig sind, wechseln sie die Haut. Wer sich auskennt, kauft deshalb nichts von irgendwelchen Leuten auf der Straße. Aber es gibt auch Geister, die auf diese Art nach Kuriositäten und Schätzen jagen und auf ein Schnäppchen hoffen. Vielen der kleinen Händler ist das Gerücht zu Ohren gekommen, dass der Brokatheilige gestohlen wurde, und sie ergreifen die Chance, Käufer übers Ohr zu hauen und ihnen irgendwelche alten Mäntel als Brokatheiligen zu verkaufen. Es ist erstaunlich, wie viele Geister darauf hereinfallen und die Umhänge an Leuten ausprobieren. Für uns, die wir hier Informationen sammeln, ist das mehr als lästig.«

Bei ihrer Suche nach dem echten Brokatheiligen war dieser Umstand tatsächlich extrem hinderlich. Wenn überall gefälschte »Brokatheilige« im Umlauf waren, war es unmöglich für sie, den echten zu finden. Aber nun, da sie den Auftrag erhalten hatten, mussten sie einen Weg finden, ihn zu erfüllen.

»Ich denke, wir sollten hier anfangen und sie einen nach dem anderen untersuchen«, sagte Xie Lian.

Er selbst hatte keine spirituellen Kräfte, Quan Yizhen konnte keine Tausendmeilenabkürzung zeichnen und keiner von ihnen hatte Generäle unter sich. Von den Standorten, die Lingwen ihnen genannt hatte, war der nächste zum Glück nicht weit entfernt, es war ein verlassenes

Färberhaus in zweieinhalb Kilometern Entfernung. Obwohl es tiefste Nacht war, brachen sie dorthin auf.

Eigentlich wollte Xie Lian Lang Ying dazu bewegen, im Puqi-Schrein zu bleiben, aber er lief ihnen nach und ließ sich nicht fortschicken. Xie Lian dachte sich, dass es wohl nicht allzu gefährlich werden dürfte und es vielleicht gar nicht so schlecht wäre, wenn Lang Ying Erfahrungen sammeln könnte. Er hatte ohnehin vor, den Jungen künftig in der Kultivierung zu unterweisen. Also erlaubte er ihm schließlich, sie zu begleiten.

Die drei liefen durch die Nacht und nach einer Weile hörten sie weiter vorne auf der Straße gruselige Stimmen ein Arbeitslied singen: »I-schü-schi! I-schü-schi!«

Xie Lian blieb wie angewurzelt stehen, als er diesen vertrauten Gesang hörte. Vor ihnen kam nach und nach ein großer Schatten zum Vorschein, um den vier Geisterlichter schwebten. Quan Yizhen ging in Kampfstellung, bereit, sich zur Wehr zu setzen, ohne auch nur eine Frage zu stellen.

Doch Xie Lian zog ihn zurück. »Seid unbesorgt. Ich kenne sie.«

Kurz darauf erschienen die vier Skelette mit der Sänfte vor ihnen. Quan Yizhen sah die Sänfte mit weit aufgerissenen, leuchtenden Augen an, als sähe er zum ersten Mal etwas so Großartiges.

»Seid Ihr der Kronprinz von Xianle?«, sang das erste Skelett.

»Der bin ich. Ist etwas passiert?«

»Nein, nein, alles ist in Ordnung«, sang das goldene Skelett. »Wir Brüder haben nichts zu tun und da wollten wir nachfragen, ob Ihr es eilig habt. Vielleicht können wir Euch mitnehmen?«

Ihr Weg war nicht mehr weit, daher wollte Xie Lian schon dankend ablehnen. Quan Yizhen kam ihm jedoch zuvor und rief laut »Ja!«.

Da war er auch schon halb hinaufgeklettert, aufgeregt, diese seltsame, aber majestätische Sänfte auszuprobieren. Xie Lian wusste nicht, ob er lachen oder weinen sollte. Er wollte gerade Quan Yizhen hinterherklettern und ihn zurückziehen, da neigte sich die Sänfte zur Seite und stieß den

Eindringling herunter. Xie Lian geriet ebenfalls ins Wanken, doch jemand stützte ihn.

»San ...«, rief er – als er sich umwandte, sah er allerdings, dass es Lang Ying war. Er war ebenfalls hinaufgestiegen, ohne dass es jemand bemerkt hatte, und hielt Xie Lian am Arm fest. Ein Paar tintenschwarze Augen sah ihn wortlos an.

Die Skelette hoben eilig die Sänfte an und begannen zu rennen, ihre acht Beine wirbelten so schnell, dass sie wie Nezhas Wind-und-Feuer-Räder* aussahen.

So sausten sie davon und riefen dabei immer wieder: »Platz da! Macht den Weg frei! Macht den Weg frei!«

Quan Yizhen wurde achtlos auf den Boden geworfen, doch er kam sofort wieder auf die Füße und war nicht bereit, so schnell aufzugeben. Wild entschlossen, doch noch auf die Sänfte zu gelangen, sprang er auf, aber die Skelette waren zu schnell, er war immer einen Schritt hinterher. In wilder Jagd blieb er ihr dicht auf ihren Fersen. Er sah aus, als wolle er wirklich unbedingt in dieser Sänfte reisen, nur um zu sehen, wie es sich anfühlte, wenigstens einmal.

Xie Lian sah ihm zu, wie er der Sänfte hinterherjagte, und konnte nicht umhin, das etwas gemein zu finden. War das nicht so, als würde man ein kleines Kind von einem Spiel ausschließen? Obwohl er wusste, dass die Sänfte Hua Cheng gehörte und er es vielleicht nicht begrüßen würde, wenn andere Himmelsbeamte damit reisten, fragte er: »Wie ist das ... können drei Leute in der Sänfte sitzen?«

Die Skelette sangen: »Nein, nein! Nur zwei Personen haben Platz!«

Sie rannten den ganzen Weg mit Höchstgeschwindigkeit. Dennoch blieb Quan Yizhen stets dicht hinter ihnen, ohne sie jedoch einzuholen.

Als sie den Zielort erreichten, ließen die goldenen Skelette Xie Lian und Lang Ying aussteigen, nahmen die Sänfte wieder auf und eilten davon. Bald schon waren sie nicht mehr zu sehen.

* Nezha ist ein Schutzgott. Er erhält von einem Unsterblichen magische Räder, ein Wind- und ein Feuerrad. Diese sind zugleich Waffen und Fortbewegungsmittel.

Quan Yizhen, dem es nicht gelungen war, an Bord der Sänfte zu gelangen, blickte ihr bitter enttäuscht und sehnsüchtig hinterher.

Xie Lian hielt Lang Ying an der Hand, seit sie aus der Sänfte ausgestiegen waren. Vor sich sahen sie das Färberhaus. Lautes Geheul und Geschrei war von dort zu hören.

Xie Lian war verblüfft. Lingwen hatte doch gesagt, das Haus sei verlassen und menschenleer.

Als sie darauf zugingen, wurden die heulenden Stimmen immer lauter.

»Ihr niederen Geister werdet es nie wieder wagen, in Chengzhus* Gebiet Fälschungen zu verkaufen!«

»Wir werden es nie wieder tun, wirklich nicht! Bitte sagt Chengzhu, dass wir diese gefälschten Brokatheiligen von anderen Geistern bekommen haben! Wir sind selbst einem Betrug zum Opfer gefallen!«

Als die drei das Färberhaus erreichten, trat ihnen ein schwarz gekleideter Mann mit einer Geistermaske vor dem Gesicht entgegen. Es erweckte den Anschein, als habe er schon lange auf sie gewartet, und er verbeugte sich leicht zum Gruß. »Eure Hoheit.«

Die Stimme gehörte dem Geisterbotschafter, der Xie Lian einst geholfen hatte, Lang Ying in den Straßen der Geisterstadt einzufangen. Damals hatte Xie Lian an seinem Handgelenk eine Fluchfessel entdeckt.

Der Windmeister hatte ihm gesagt, dass es sich nur um Yin Yu handeln könne, denn es gab nicht allzu viele Himmelsbeamte, die in den letzten Jahren verbannt worden waren.

»Wie darf ich Euch anreden?«, fragte Xie Lian.

»Bitte, Eure Hoheit, das müsst Ihr nicht. Ich bin ein Niemand«, antwortete er.

Xie Lian staunte nicht schlecht, als sie das Färberhaus betraten. An hölzernen Kleiderstangen hingen alle möglichen Arten von Kleidung: Hochzeitsbekleidung, Beamtenanzüge, Damenwäsche, Uniformen, Kinderkleidung ... Auch grobe Hemden aus Hanffasern gab es, die mit so

* Die Nachsilbe »-zhu« ist ein Herrschertitel, in etwa einem Fürsten entsprechend.

vielen Blutflecken übersät waren, dass sie quasi herausschrien, dass mit ihnen etwas nicht stimmte. Sie lagen in Haufen übereinandergestapelt, alle strahlten dichtes, düsteres Yin-Qi aus und eine böse Aura umgab sie. Ein jedes Stück wirkte, als würde eine lebendige Leiche neben ihnen stehen. Selbst wenn der Brokatheilige nicht darunter war, war unschwer zu erkennen, dass sie Schöpfungen des Bösen waren.

Lange Stoffbahnen in allen Farben hingen aufgereiht, manche blass wie Leichentücher, andere starrend vor Dreck. Es war lange her, seit jemand sie zuletzt berührt hatte.

Quan Yizhen hockte sich neben einen großen Farbkübel und untersuchte versonnen die pechschwarze Farbe darin. Sie war flüssig und verströmte einen seltsamen Geruch. Xie Lian befürchtete, er könne jeden Moment seinen Finger hineinstecken und ihn ablecken, also zog er ihn schnell beiseite.

Draußen im Hof waren mehrere Geister mit einer eisernen Kette aneinandergefesselt. Sie hockten mit hängenden Köpfen da.

»Das sind ...?«, fragte Xie Lian.

»Alle Geister und Dämonen, die in der Geisterstadt Brokatheilige verkauft haben, und alle, die, die versucht haben, sie hier im Umkreis anzuwenden. Insgesamt wurden achtundneunzig Kleidungsstücke beschlagnahmt«, erklärte der Geisterbotschafter.

Sogar achtundneunzig, und sie mussten in kürzester Zeit gefunden worden sein. Xie Lian war beeindruckt.

»Wenn es neue Vorfälle gibt, werden wir schnellstmöglich einschreiten, um Eurer Hoheit willen«, fuhr der Botschafter fort.

Als Xie Lian das hörte, entgegnete er: »Das ist nicht nötig. Bitte sagt San ... Chengzhu, dass er diese Mühe nicht auf sich nehmen muss. Ich kann mich selbst darum kümmern.«

Das Resultat wäre dasselbe, es würde nur länger dauern und mühsamer sein. Immerhin war er ein Himmelsbeamter und im Auftrag des

Himmels unterwegs. Selbst wenn er nur wenige Anhänger hatte, war das seine Aufgabe.

»Selbstverständlich ist Chengzhu bewusst, dass Ihr diese Arbeit mühelos selbst verrichten könntet. Er möchte nur nicht, dass Ihr Eure Zeit mit niederen Aufgaben verschwendet, die jeder bewerkstelligen kann. Ihr solltet Eure Zeit und Mühe auf wichtigere Angelegenheiten konzentrieren.«

Xie Lian dachte kurz nach, dann fragte er: »Darf ich fragen, was Chengzhu derzeit …?«

Lang Ying stand neben Xie Lian und wippte unbeteiligt vor und zurück.

Der Botschafter mit der Geistermaske antwortete: »Chengzhu ist sehr beschäftigt.«

»Oh, das ist gut«, sagte Xie Lian hastig. »Ich hoffe, es läuft alles gut für ihn.«

Sie befragten jeden einzelnen Geist, der festgenommen worden war, und alle behaupteten, ein Maskierter habe ihnen die Gewänder gegeben. Sie schienen die Wahrheit zu sagen. Aber an einem Ort wie der Geisterstadt liefen jeden Tag Hunderte von Maskierten durch die Straßen. Die Befragung kam zu keinem Ergebnis.

Der Botschafter zerrte an der Kette und verabschiedete sich, dann führte er die jaulenden Geister ab. Die achtundneunzig konfiszierten Kleidungsstücke blieben zurück. In all den Jahren, in denen er abgelegte Kleidung gesammelt hatte, hatte Xie Lian noch nie so viele auf einem Haufen gesehen. Während er sie durchwühlte, gewann er den Eindruck, dass keines von ihnen der echte Brokatheilige war.

»Qiying, kommt her und helft mir«, rief er.

Doch Quan Yizhen kratzte sich nur sein lockiges Haar und sagte: »Es sind zu viele.«

Zu viele Geistergewänder. Und jedes einzelne dieser Kleidungsstücke strahlte böses Qi aus. Alles vermischte sich und niemand konnte mehr sagen, welche Aura zu welchem Stück gehörte. Jemand mit einem extrem feinen Geschmackssinn konnte vielleicht den Geschmack von kandierter Birnen- oder Apfelfüllung erkennen, aber wenn achtundneunzig Geschmacksrichtungen sich vermischten, wäre das ein Ding der Unmöglichkeit.

Xie Lian grübelte, ob es nicht noch eine andere Methode gäbe. Da sah er, wie Quan Yizhen eines der Gewänder aufgehoben hatte und es gerade anprobieren wollte. Xie Lian hielt ihn hastig auf und hängte das Gewand wieder auf. »Halt, halt, halt! Qiying, lasst uns zwei Regeln festhalten: Erstens, steckt Euch nicht einfach irgendetwas in den Mund, und zweitens, zieht nicht einfach irgendwelche Kleidung an. Beides kann sehr gefährlich sein.«

Quan Yizhen zeigte auf jemanden hinter Xie Lian. »Und was ist mit ihm?«

Xie Lian stieg plötzlich Brandgeruch in die Nase. Er blickte in die Richtung, in die Quan Yizhen deutete.

Lang Ying hatte ein Streichholz entzündet, das er in irgendeiner Ecke gefunden hatte, und war gerade dabei, seelenruhig den Saum eines Geistergewandes anzuzünden.

»Und ... wir spielen auch nicht mit Feuer!«, rief Xie Lian aus.

Das Geistergewand schien Schmerz zu empfinden, als es angezündet wurde. Sein Saum rollte sich nach oben und es wand und verdrehte sich in dem Versuch, der Flamme zu entkommen. Es sah eher aus wie ein lebendiger Aal als wie ein Kleidungsstück. Der Anblick wirkte überraschend grausam. Doch obwohl es angesengt roch, waren keine Brandspuren auf dem Stoff zu sehen. Der Umhang hatte eine so dichte Yin-Energie-Schicht um sich, dass Feuer ihm nichts anhaben konnte.

Als er Xie Lian sagen hörte, dass sie nicht mit Feuer spielen dürften, warf Lang Ying das Streichholz auf den Boden und trat es aus. Dabei sah er ihn gehorsam an.

Xie Lian wusste nicht, ob er lachen oder weinen sollte, und trat zu ihm. »Was ist heute nur mit dir los?«

Er hielt inne und seine Miene erstarrte. An einer Kleiderstange hoch oben hatte er ein langes weißes Stück Stoff entdeckt. Es wehte sanft in der nächtlichen Brise. Der Schatten einer menschlichen Gestalt kroch langsam über den Stoff. Und dieser Schatten hatte keinen Kopf.

Xie Lian zog Lang Ying hinter sich. Mit einer raschen Bewegung zog er sein Schwert und rief: »Passt alle auf!«

Sein Hieb schnitt den Stoff und den Schatten entzwei. Doch als das Stoffstück zu Boden fiel, war dahinter nichts zu sehen. Der kopflose Schatten war verschwunden.

Xie Lian kam nicht dazu, hinzueilen und nachzusehen, denn er spürte einen Schauer im Nacken. Er fuhr herum und seine Augen verengten sich. Eine hübsch gekleidete Frau war hinter ihm aufgetaucht.

Nein! Es war keine Frau, nur ein Gewand!

Was er gerade entzweigeschnitten hatte, war ebenfalls ein Gewand gewesen, und als es zu Boden gefallen war, hatten andere Kleidungsstücke es bedeckt. Von überall um ihn herum traten menschlich anmutende Gestalten auf sie zu, leicht schaukelnd kamen sie langsam näher und umringten die drei. Die achtundneunzig Gewänder waren überall aufgehängt gewesen: im Hof, auf der Veranda und im Inneren des Färberhauses. Ohne dass sie es bemerkt hatten, hatten sie sich alle von den Kleiderstangen befreit.

Xie Lian war starr vor Schreck. »Was ist los? Warum haben sich auf einmal alle befreit?«

Eine leise Stimme neben ihm sagte: »Zehntausend Geister in Aufruhr.«

Xie Lian wandte den Kopf und sah, dass es Lang Ying gewesen war. Sein Ausdruck war gelassen, aber an den Rücken seiner blassen Hände traten die Adern hervor. Auch er schien von irgendetwas beeinflusst zu werden.

Eine neue Welle des Geisteraufruhrs! Je näher der Tag rückte, an dem der Berg Tonglu geöffnet würde, desto ohrenbetäubender dröhnten seine Erschütterungen in den Ohren der Geister, um sie zu sich zu rufen.

Der erste Gedanke, der Xie Lian durch den Kopf schoss, war: *Wie es San Lang jetzt wohl geht?*

Doch in seiner gegenwärtigen Lage hatte er nicht viel Zeit zum Grübeln. Während er fieberhaft nachdachte, hatten sich schon mehr als zwanzig Geistergewänder an sie geheftet.

Quan Yizhen schlug mit der Faust zu, ohne weiter nachzudenken. Hätte sein Schlag eine Wand oder den Boden getroffen, hätte er die Erde zum Beben gebracht – aber nun schlug er in nichts als Kleider. Jedes Kind wusste, dass bei »Schere, Stein, Papier« das weiche Papier die harte Faust besiegte, und die weichen, leichten Kleider waren ebenso gut dazu geeignet, eine steinharte Faust einzuwickeln. Wie hart er auch zuschlug, der Stoff legte sich um seine Faust und nahm keinerlei Schaden.

Xie Lians Schwert zeigte da schon mehr Wirkung. Doch die Geistergewänder waren leicht und wendig. Wenn sie zurückzuckten, lagen sofort zwölf Meter oder mehr zwischen ihnen. Da sie ein so geringes Gewicht hatten, verursachten ihre Bewegungen kaum ein Geräusch oder einen Luftzug. Ihren Attacken auszuweichen war schwieriger, als wenn es sich um menschliche Gegner gehandelt hätte.

Normalerweise suchten Menschen sich ihre Kleider aus, aber hier war es umgekehrt: Die Kleider suchten nach Menschen. Die achtundneunzig Gewänder suchten eifrig nach Körpern, die zu ihnen passten, nach Trägern, die ihnen zusagten. Bei Menschen waren es vor allem die Frauen, die gern Kleider aussuchten. Unter den Geisterkleidern war es ebenso die Frauenkleidung, die nach Trägern suchte. Dutzende von Damenröcken, alle in verschiedenen Farben und Stilrichtungen, drängten sich gegen Xie Lian, nicht einmal mit dem Schwert konnte er sie vertreiben. Hätten Frauen um ein Kleidungsstück gekämpft, das sie alle haben wollten, hätte der Kampf nicht hitziger zugehen können. Xie Lian war umringt von Seide und bunten Blumenmustern. Eingezwängt zwischen den Damenkleidern wurde er in alle Richtungen zugleich gezogen.

Quan Yizhen befreite sich gewaltsam von mehreren Stücken Kinderkleidung, die beharrlich versuchten, sich über seinen Kopf zu stülpen, und schleuderte sie beiseite. Erstaunt sah er Xie Lian an. »Wie kommt es, dass die Damenkleider Euch so sehr mögen?«, wunderte er sich.

»Vielleicht finden sie, dass ich freundlich aussehe?«

Lang Ying blieb als Einziger von den Kleidern verschont. Vielleicht spürten die Kleider, dass er ein Geist war und bei ihm nichts zu holen war, und ließen ihn deshalb in Ruhe.

Xie Lian zerschlitzte mit einer ausladenden Bewegung seines Schwerts eine Reihe von Damenkleidern, doch die zerschnittenen Kleider wurden nur noch wendiger und drängten noch heftiger auf ihn ein. Aus dem Augenwinkel konnte Xie Lian sehen, wie einige Geistergewänder sich dem Fenster näherten.

»Macht die Tür zu! Versiegelt den Raum! Lasst sie nicht entkommen!«, rief er.

Zwei Götter und ein Geist konnten hier drinnen mit der Situation fertigwerden. Aber es würde deutlich schwerer werden, wenn die Kleider sich hinausschlichen und Ärger machten. Er hatte zu spät gerufen – ein langes Kleid war schon zum Fenster hinaus und in den Hof entkommen, seine langen Ärmel flatterten im Wind. Wie eine riesige Fledermaus erhob es sich in die Lüfte und verschwand am Nachthimmel.

Xie Lian stöhnte innerlich. Dann rief er: »Qiying! Ich überlasse das Färberhaus Euch!«

Er drückte sich mit den Fußsohlen ab und schoss nach draußen. Bald bekam er den Saum des langen Kleides zu fassen.

Das Kleid versuchte verzweifelt, stärker mit den Ärmeln zu flattern, vom Gewicht eines Menschen beschwert, hatte es jedoch keine Chance und fiel zu Boden. Xie Lian hielt den Saum fest umklammert. Doch das Kleid war findig und mit einem lauten Ratsch riss es seine untere Ecke ab, wie ein Krieger, der sich den eigenen Arm abhackte. Eilig entwand es sich Xie Lians Griff.

Ein Mensch, der von einem Trinkgelage heimkehrte, wurde zufällig Zeuge davon. »Aaaaaah! Ein Geist ohne Kopf! Er ist kopflos!«, brüllte er, als das Kleid auf ihn zuflog.

Xie Lian stürmte los und bekam das Kleid erneut zu fassen. Er zeigte es dem Mann, um ihn zu beruhigen. »Habt keine Angst. Seht Ihr? Es ist nicht kopflos, es hat gar keinen Körper.«

Der Mann sah nach und tatsächlich war das Kleid innen vollkommen leer. Das war jedoch noch grauenerregender als ein kopfloser Geist. Seine Augen verdrehten sich und er wurde auf der Stelle ohnmächtig.

Xie Lian fing ihn auf und legte ihn sanft auf dem Boden ab. »Das tut mir leid. Ich werde mich sofort darum kümmern.«

Nachdem das Chaos vorüber war, konnte Xie Lian sich daranmachen, alle Kleidungsstücke einzusammeln, die aus dem Färberhaus entkommen waren. Er zählte sorgfältig nach, um sicherzugehen, dass keines fehlte. Dann seufzte er erleichtert auf.

Nun, da es so weit gekommen war, schlug er vor: »Ich glaube, unsere einzige Möglichkeit ist, Qiyings Methode anzuwenden und jedes dieser Kleidungsstücke anzuprobieren.«

Es hätte ihm wenig ausgemacht, selbst die Kleider anzuprobieren, aber er war unsicher wegen seiner beiden Gefährten. Sollte er wirklich den Brokatheiligen anprobieren, würden sie mit möglichen Zwischenfällen umgehen können, die daraus resultieren könnten? Schließlich entschieden sie, dass er aufpassen würde, während die anderen beiden die Gewänder anprobierten.

Lang Ying und Quan Yizhen legten ihre Außengewänder ab und probierten die Gewänder eines nach dem anderen an. Jedes Mal, wenn sie eines angezogen hatten, gab Xie Lian ihnen einfache Befehle wie »Spring!« oder »Dreh dich um!«, um zu sehen, ob sie ihm gehorchten.

Sie testeten jedes der achtundneunzig Gewänder, jeder von ihnen vierzig bis fünfzig Stück, aber keiner der beiden zeigte eine außergewöhnliche Reaktion. Kein einziges dieser Kleidungsstücke war der Brokatheilige und sie hatten die ganze Nacht vergeudet.

Noch immer ohne Außengewand hockten sich Lang Ying und Quan Yizhen auf den Boden, während Xie Lian auf einem Haufen bunt zusammengewürfelter Kleidungsstücke saß. Er stützte die Stirn mit der Hand und murmelte: »Fälschungen zu kaufen ist so sinnlos ...«

So saß er eine Weile da, bevor er über den Kommunikationskanal Lingwen kontaktierte. »Lingwen, ich habe ein paar Geistergewänder eingesammelt. Obwohl der echte Brokatheilige wahrscheinlich nicht darunter ist, sind sie alle fürchterlich und lästig. Es war hier gerade alles etwas schwierig. Könnt Ihr jemanden schicken, der sie fortbringt?«

»Wird erledigt. Ich kümmere mich sofort darum. Wie viele Klcidungsstücke sind es?«

»Achtundneunzig.«

»Eure Hoheit, Ihr seid wirklich fähig. Das sind ja mehr als die, die ich Euch gemeldet hatte«, kommentierte Lingwen.

Xie Lian räusperte sich leise. »Das war eigentlich nicht ...«

Doch bevor er den Satz beenden konnte, spürte er ein vertrautes Schaudern sein Rückgrat hinunterrieseln. Er hielt inne und blickte auf.

Hinter den Reihen dünnen weißen Stoffes vor ihm war die dunkle Silhouette eines Menschen zu sehen.

Dieses Mal war der Schatten nicht kopflos und wehte auch nicht im Wind. Derjenige, der hinter diesen weißen Stoffbahnen stand, war ein echter Mensch, und seine Umrisse waren deutlich auszumachen – es war ein hochgewachsener junger Mann mit vollkommen zerwühltem Haar.

Kapitel 70:
Das neunundneunzigste Geistergewand, unter Gefahr verborgen

Xie Lian war mit einem Satz auf den Beinen. »Der Brokatheilige?!«

Der dunkle Schatten gab selbstverständlich keine Antwort. Er stand nur unbeweglich da.

Xie Lian legte den anderen beiden je eine Hand auf die Schulter und flüsterte ihnen zu: »Bewegt Euch nicht.«

Einen Moment später wehte eine nächtliche Brise herein und der Schatten schien zu seufzen, bevor er wie von einem Windhauch davongetragen verschwand.

Xie Lian stellte sich aufrecht hin. Dann erklang ein Klopfen an der Tür des Färberhauses. Alle drei wandten sich um.

»Wer ist da?«, fragte Xie Lian.

Eine Männerstimme antwortete: »Eure Hoheit, ich bin es.«

Xie Lian ging zur Tür und öffnete sie. Auf der anderen Seite stand ein Mann mit klaren, scharfen Gesichtszügen und einer majestätisch aufrechten Haltung. Er trat ein, die Hände hinter dem Rücken verschränkt.

Xie Lian sah ihn verblüfft an. »Lingwen, warum seid Ihr persönlich hergekommen?«

Lingwen richtete ihre Ärmel. »Als Ihr sagtet, es sei schwierig, dachte ich mir, dass gewöhnliche Himmelsbeamte Euch wohl keine Hilfe wären. Also hielt ich es für das Beste, mir selbst ein Bild der Lage zu machen. Seid gegrüßt, Eure Hoheit Qiying. Warum sitzt Ihr auf dem Boden? Was ist los, warum schaut Ihr so?«

Lingwen war in ihrer männlichen Gestalt erschienen.

Xie Lian trat vor und zog die aufgehängte weiße Stoffbahn beiseite, aber es war nichts dahinter. Er wandte sich wieder an Lingwen: »Der Brokatheilige hat sich gezeigt.«

»Was?«, fragte Lingwen erstaunt.

»Er muss es gewesen sein. Ich bin mir ganz sicher. Es war ein junger Mann, sehr groß – um die sieben Zentimeter größer als ich. Seinem Körperbau nach zu urteilen, ist er ein guter Kampfkünstler.«

Lingwen sah ihn zweifelnd an. »Eure Hoheit, seid Ihr sicher? In den letzten Jahrhunderten hat noch nie jemand berichtet, dass sich der Brokatheilige gezeigt hat. Außerdem habt Ihr doch gesagt, dass diese achtundneunzig Geistergewänder allesamt Fälschungen seien. Könnte Euch vielleicht jemand einen Streich gespielt haben?«

»Das kann nicht sein, fürchte ich. Nachdem die Welle des Aufruhrs vorüber war, haben wir Türen und Fenster geschlossen und einen Schutzzauber beschworen, um zu verhindern, dass die Geistergewänder sich hinausschleichen und Leute belästigen. Nichts und niemand konnte mehr herein- oder hinausgelangen. Und hier sind nur wir drei. Wer sollte mir da einen Streich spielen?«

Lingwen dachte eine Weile darüber nach. Dann sagte sie: »Wenn das so ist, gehe ich davon aus, dass das echte Gewand in eine außergewöhnliche Situation geraten ist. Oder dass Ihr einen Geist aufgeschreckt habt, der zu einem der anderen Geistergewänder gehört.«

Lang Ying und Quan Yizhen hockten beide auf dem Boden und starrten ins Leere, während Lingwen und Xie Lian mit verschränkten Armen dastanden und sich unterhielten.

Am Ende schlug Lingwen vor: »Wie wäre es, wenn ich diese Geistergewänder mit in meinen Palast nehme und sie von meinen Leuten untersuchen lasse? Wenn sie nichts herausfinden, erkundigen wir uns bei der nächsten Zusammenkunft. Am Oberen Hof gibt es bestimmt jemanden, der sich damit auskennt.«

Xie Lian dachte darüber nach und nickte dann. »Das ist wahrscheinlich das Beste. Aber ich möchte auch unserem Auftrag gerecht werden und dabei gründlich und gewissenhaft vorgehen. Angenommen, der echte Brokatheilige befindet sich in diesem Stapel dort – dann würde ich gern zuerst noch einmal darüber nachdenken, wie wir ihn identifizieren können. Wenn wir bis morgen nichts erreicht haben, werden wir Euch die Gewänder aushändigen.«

Allerdings unterlag dieser Auftrag nicht dem Urteil des Lingwen-Palasts. »Ihr seid zu freundlich«, sagte Lingwen. »Ach, und wenn Ihr sie morgen zu mir schickt, werden es hundertundein Kleidungsstücke sein, nicht wahr?«

Xie Lian war erstaunt. »Warum sollten es plötzlich drei mehr sein? Haltet Ihr die Gewänder, die wir gerade tragen, auch für verdächtig?«

»Es ist nicht ausgeschlossen«, bemerkte Lingwen.

Xie Lians Kultivierungsrobe war so abgetragen, dass an den Kanten schon der Stoff ausfranste. Er hob einen Zipfel seines Ärmels hoch, um es Lingwen zu zeigen. »Ich trage diese Robe schon seit mehreren Jahren, damit ist ganz bestimmt alles in Ordnung. Die Kleidung, die Lang Ying trägt, habe ich vor Kurzem erst gekauft, aber er hat meine Befehle nicht befolgt, also dürfte es damit auch kein Problem geben.«

Er hatte Lang Ying aufgetragen, keine Hausarbeit zu machen, und er hatte dennoch Holz gehackt. Er hatte ihm gesagt, er solle wie ein braver Junge zu Hause bleiben, aber er war ihnen nachgelaufen.

Doch Lingwen schüttelte den Kopf. »Das meine ich nicht. Eure Hoheit, es gibt etwas, das Ihr noch nicht wisst. Das böse Qi des Brokatheiligen ist ausgesprochen stark. Wenn er wirklich hier ist, könnte etwas davon auf gewöhnliche Kleidungsstücke übergegangen sein. Also tragt besser nicht mehr, was ihr gerade anhabt. Trennt Euch davon, nur zur Sicherheit.«

Als Xie Lian das hörte, trat er zu Lang Ying und Quan Yizhen und schälte sie aus ihren Außengewändern. »Tragt das nicht mehr. Zieht es aus, zieht alles aus. Ich packe die Kleider zusammen und bringe sie morgen zum Lingwen-Palast.«

»Ich kann jemanden schicken, der sie abholt«, bot Lingwen an.

»Nicht nötig. Es ist mir so schon unangenehm genug, Euch immer mit allem zur Last zu fallen. Heute musstet Ihr sogar selbst herkommen. Euer Palast hat genug zu tun – ich kümmere mich darum.«

Am nächsten Tag packte Xie Lian den großen Kleiderhaufen sorgfältig ein und trug mehrere große Bündel eigenhändig in die himmlische Hauptstadt.

Als er eintraf, schien Lingwen schon lange auf ihn gewartet zu haben. Ihr Palast war heute etwas weniger geschäftig als an gewöhnlichen Tagen, an denen stets ein reges Kommen und Gehen von Himmelsbeamten herrschte.

Xie Lian band die großen Säcke auf und die leuchtend bunten Geistergewänder ergossen sich auf den Boden. Er wischte sich den Schweiß von der Stirn, als Lingwen gemächlich zu ihm trat. »Konntet Ihr etwas herausfinden?«

Xie Lian seufzte ratlos. »Um ehrlich zu sein, leider nicht. Ich entschuldige mich im Voraus. Ich habe keine Helfer, daher ist alles etwas durcheinander. Gestern war alles so chaotisch. Ich bin nicht einmal mehr sicher, ob ich nicht ein oder zwei Gewänder vergessen habe.«

»Das macht nichts«, sagte Lingwen. Sie blickte auf den Boden und zählte grob durch. »Es fehlen tatsächlich einige Kleidungsstücke, Eure Hoheit. Ich glaube nicht, dass ich die Kleider hier sehe, die der kleine Geist neben Euch gestern trug.«

Xie Lian ballte die rechte Hand zur Faust und schlug sich damit leicht auf die Handfläche der linken Hand. »Ah, Ihr habt recht! Ich erinnere mich. Lang Ying hat die Kleider aus Gewohnheit angezogen. Ich habe vergessen, sie ihm abzunehmen. Ich hole sie noch schnell.«

Lingwen schmunzelte. »Kein Grund zur Eile. Gehabt Euch wohl, Eure Hoheit.«

Xie Lian machte jedoch keine Anstalten zu gehen, sondern stand stattdessen wie angewurzelt da. Seine Miene war ernst geworden.

Lingwen wollte gerade ihre Palastdiener herbeirufen, um sich um die Geistergewänder zu kümmern, als sie verblüfft bemerkte, dass er stehen geblieben war. Nur sie beide befanden sich in dem großen Saal. »Eure Hoheit, gibt es noch etwas?«

Xie Lian sah sie mit einem komplizierten Gesichtsausdruck an. »Nein, nichts. Ich frage mich nur ... wenn ich tatsächlich den echten Brokatheiligen hergebracht hätte, würdet Ihr ihn dann verstecken, sobald ich Euch aus den Augen lasse?«

Das Lächeln auf Lingwens Gesicht erstarb. Sie blieb jedoch höflich und fragte: »Eure Hoheit?«

Xie Lian blickte sie milde an. »Von Anfang an hatte ich so eine Ahnung.«

»Was für eine Ahnung?«

»Normale Menschen und gewöhnliche Geister oder Dämonen würden es niemals wagen, in den Shenwu-Palast einzubrechen. Außer Jun Wu selbst gibt es kaum jemanden, der sich im Tempel gut genug zurechtfindet, um Gegenstände zu entwenden, die so sicher verwahrt und streng bewacht werden, ganz zu schweigen davon, dann auch noch zu entkommen. Ich befürchte, Lingwen Zhenjun*, Ihr seid die einzige andere Person, die das bewerkstelligen könnte.«

Immerhin ging Lingwen in allen Palästen des Himmels täglich ein und aus, sie kannte sich überall bestens aus.

Lingwen grinste. »Eure Hoheit, das ist etwas zu einfach gedacht. ›Wer es am leichtesten schaffen kann, hat es auch getan‹ – wenn Ihr so denkt, wäre es dann nicht folgerichtig, anzunehmen, dass der Himmelskaiser sich selbst beraubt hat?«

Xie Lian nickte. »Ich muss zugeben, da habt Ihr recht. Aber ich habe schon, als die Halbgesichtdämonin zu mir kam, Verdacht geschöpft.«

»Was ist mit der Halbgesichtdämonin?«

»Sie hatte den Brokatheiligen in ihrem Besitz und kam ganz zufällig bei mir vorbei. Wie ist ein so großer Zufall möglich? Auf ihrem Gesicht stand buchstäblich das Wort ›verdächtig‹ geschrieben, als befürchte sie, ich könnte etwas übersehen. Ihre Absicht war zu offensichtlich.«

»Ach? Welche Absicht?«

* Zhenjun ist eine der vielen Stufen von männl. Unsterblichen mit eher geringen Kräften.

»Hat sie es nicht selbst gesagt? ›Tausche Altes gegen Neues.‹ Sie war auf die alte Kleidung aus meinem Puqi-Schrein aus.«

Der Shenwu-Palast hatte den Diebstahl des Brokatheiligen äußerst schnell bemerkt und ebenso schnell darauf reagiert. Kaum dass er gestohlen worden war, waren schon die Ermittlungen angestoßen worden. Der Dieb konnte folglich nicht riskieren, ihn in seinem Besitz zu behalten, und hatte ihn verstecken wollen. Aber wo wäre der geeignete Ort dafür?

Das beste Versteck für ein Blatt war in einem Wald.

Wenn Xie Lian den Brokatheiligen hätte verstecken wollen, hätte er ihn in ein vollkommen gewöhnlich aussehendes Hemd aus groben Hanffasern verwandeln und ihn im Reich der Sterblichen auf den Markt geworfen. Aus der Ferne hätte er ihn dann im Auge behalten. Ein solches Kleidungsstück war nicht besonders begehrt. Doch das Leben, das Xie Lian führte, konnte nicht als normal bezeichnet werden. Er hatte in den letzten Jahren ein und dieselbe abgewetzte Robe getragen. Mehr konnte er sich von seinem bisschen Geld nicht leisten. Solange die Kleidung sauber war und ihn warmhielt, reichte ihm das. Außerdem war er die Art Mensch, der es gelang, aus unzähligen Kleidern in einem Ausverkauf das gefährlichste Stück auszuwählen. Und so war es geschehen, dass er, während er sich noch gefreut hatte, so ein gutes Geschäft gemacht zu haben, den legendären Brokatheiligen mit nach Hause genommen hatte.

»Eure Hoheit, Eure Anschuldigungen sind haltlos. Ihr wart schließlich ein Kriegsgott. Eine Halbgesichtdämonin könntet Ihr mit Leichtigkeit besiegen, wenn sie an Eure Tür käme. Sie hätte keine Chance, Euch irgendwelche Kleider zu nehmen, egal ob alte oder neue.«

»Das hätte sie in der Tat nicht, aber wer sagt, dass sie das musste? Wenn es nicht zu dieser unerwarteten Wendung gekommen wäre, wie wäre es dann weitergegangen?«

Hätte Xie Lian den Verdacht gehegt, dass die Halbgesichtdämonin den echten Brokatheiligen bei sich hatte, hätte er umgehend Lingwen Bericht erstattet. Wahrscheinlich wäre sie persönlich hinabgestiegen. Und genau wie sie es am Tag zuvor getan hatte, hätte sie Xie Lian gesagt, dass alle Kleider in ihren Palast gebracht werden müssten, um untersucht zu werden – nur um ganz sicherzugehen.

Zu dumm, dass Quan Yizhen zu der Zeit da gewesen war. Lingwen hatte nicht damit rechnen können, dass er ein so gutes Gespür hatte, nachdem er den Brokatheiligen nur einmal getragen hatte, und das Kleidungsstück in den Händen der Dämonin augenblicklich als Fälschung identifizieren konnte. Das wiederum bedeutete, dass Lingwen keinen Grund mehr hatte, die Kleider aus dem Puqi-Schrein einzufordern.

Lingwen war Xie Lians einzige Informationsquelle. Sie konnte ihn offen nach allem fragen und seinen Fortschritt ununterbrochen überwachen. Als die Halbgesichtdämonin enttarnt war, hatte sie ihm augenblicklich neue Informationen über gefälschte Brokatheilige zukommen lassen, die in der Geisterstadt in Umlauf gebracht worden waren und um die er sich kümmern musste. Sie hatte keine Zeit verschwendet und ihn sofort auf eine neue Mission geschickt, um ihm ja keine Zeit zu lassen, genauer darüber nachzudenken, ob ihre Angaben verdächtig waren.

»Ich weiß nicht, ob Ihr diejenige wart, die die Fälschungen verbreitet hat, aber Ihr wart es definitiv, die mich mit Informationen versorgt hat. Ihr wolltet mich wahrscheinlich vom Puqi-Schrein weglocken, um Lang Ying zu entführen.«

Aber dieser war mit ihnen mitgegangen.

»Ob Ihr eingeplant hattet, dass der Brokatheilige sich so plötzlich zeigen würde, weiß ich nicht, auf jeden Fall habt Ihr offenbar keine Probleme damit zu improvisieren.«

Es waren so viele Geistergewänder gewesen, von denen niemand gewusst hatte, welches das echte war. Daraus ergab sich die Gelegenheit, den echten Brokatheiligen in dem Durcheinander verschwinden zu lassen. Und als er sich gezeigt hatte, hatte Lingwen eine gute Entschuldigung dafür gehabt, persönlich alle Kleidungsstücke zu konfiszieren. Zudem hatte sie freie Hand dabei, zu erklären, wie sie untersucht und identifiziert werden sollten und was das für eine Silhouette gewesen war, die Xie Lian gesehen hatte.

An diesem Punkt unterbrach Lingwen Xie Lian mit einer Geste. »Eure Hoheit, bitte hört jetzt auf. Ihr glaubt also, dass Lang Ying – das ist sein Name, nicht wahr? Ihr glaubt, dass das Gewand, das er trug, der Brokatheilige ist? Vergesst nicht, er hat Eure Befehle nicht befolgt, als er es angezogen hat. Ihr müsst wissen, dass der Brokatheilige unfassbar große Macht hat. Selbst ein Geistkönig wäre nicht in der Lage, sich einem direkten Befehl zu widersetzen, wenn er ihn trüge.«

»Ihr sagtet auch, dass es sein könnte, dass der Brokatheilige ›in eine außergewöhnliche Situation geraten ist‹«, entgegnete Xie Lian. »Was für eine Situation das sein könnte, wisst Ihr besser als ich. Ich hoffe, Ihr werdet mir cinc Antwort geben.«

Lingwen runzelte die Stirn und verschränkte die Hände hinter dem Rücken. »Eure Hoheit, soll das heißen, dass Ihr mich für die Diebin des Brokatheiligen haltet?«, fragte sie leise. »Entschuldigt meine Direktheit, aber das finde ich ... empörend.«

Xie Lian senkte den Kopf. »Entschuldigt.«

»Ich nehme die Entschuldigung an. Eure Hoheit, wenn Ihr mit Euren Anschuldigungen fortfahren wollt, bitte, solange Ihr auch Beweise vorbringen könnt. Bisher habt Ihr nur Vermutungen geäußert.«

»Ich hatte bis heute auch keine Beweise«, antwortete Xie Lian leise. »Tatsächlich hatte ich keine Beweise, bis ich heute den Lingwen-Palast betreten habe. Erst durch unser Gespräch habe ich Beweise erlangt.«

Lingwen bedeutete ihm fortzufahren. »Bitte.«

»Der Beweis ist folgender: Ihr habt Euch nicht die Mühe gemacht, die Geistergewänder genau nachzuzählen«, sagte Xie Lian.

Lingwens Ausdruck blieb unverändert, nur ihre Augenbrauen versteiften sich leicht. »Ich habe tatsächlich zu wenige Geistergewänder hergebracht. Aber es fehlt nicht nur ein einziges. Ich habe nur achtundachtzig Kleidungsstücke bei mir – ganze zehn zu wenig. Jedes Kleidungsstück, das mir verdächtig vorkam, habe ich behalten. Ihr habt mit keinem Wort erwähnt, dass die Zahl nicht stimmt, aber mit einem Blick konntet Ihr erkennen, dass die Kleidung, die Lang Ying getragen hat, nicht dabei war ... Also bitte, verratet mir doch, wie Ihr erkennen konntet, dass dieses eine Kleidungsstück fehlte?«

Lingwen hob eine Hand. »Wartet bitte.«

Sie zählte in aller Ruhe die Geistergewänder und stellte fest, dass es tatsächlich achtundachtzig waren. Gelassen sagte sie: »Ich denke, das kann man damit erklären, dass selbst jemand, der sehr genau und gründlich ist, manchmal etwas übersieht.«

»Sehr gut. Da Ihr dieses Mal sorgfältig nachgezählt habt und jedes Kleidungsstück angesehen habt, wüsste ich gern, ob Ihr nicht etwas bemerkt habt: Das Gewand, das Lang Ying gestern trug, ist unter diesen achtundachtzig Kleidungsstücken.«

»Eure Hoheit, was wollt Ihr damit sagen?«, fragte Lingwen.

Xie Lian bückte sich, zog ein Gewand aus einem der Kleiderstapel und entfaltete es. Es war ein einfaches weißes Gewand aus Hanffaser. »Das Gewand, das Lang Ying trug, ist ganz offensichtlich hier. Warum ist es Euch nicht aufgefallen, als Ihr nachgezählt habt?«

»Eure Hoheit, Ihr solltet wissen, dass nichts Besonderes an diesem Gewand ist. Ihr könnt mir nicht vorwerfen, dass ich es nicht auf einen Blick erkannt habe«, antwortete Lingwen.

»Es ist wirklich nichts Besonderes«, bestätigte Xie Lian. »Wie kam es dann, dass Ihr, die Ihr immer kompetent und verlässlich seid, immer fleißig und sorgfältig, ein so unauffälliges Gewand als fehlend deklarieren konntet, obwohl Ihr nicht einmal ordentlich nachgezählt hattet?«

Lingwen lächelte weiterhin. »Es sind zu viele Kleidungsstücke, sie türmen sich. Ich habe es übersehen. Es ist wie bei meinen Schriftrollen. Sind es zu viele, wird mein Kopf leer bei ihrem Anblick.«

»Ihr habt es nicht übersehen, das genaue Gegenteil ist der Fall. Eure Augen sind zu scharf. Lasst mich Euch noch etwas sagen – ich habe doch nicht das Gewand mitgebracht, das Lang Ying gestern getragen hat. Das, das ich gerade in den Händen hatte, ist nur eine Nachahmung. Ich war sehr sorgsam bei den Details. Wie also konntet Ihr mit nur einem Blick erkennen, dass das echte, das er trug, nicht hier ist?«

Lingwen war ratlos. »Echt oder nicht, ohnehin ist es mir nicht aufgefallen. Eure Hoheit, habt Ihr schon an zu vielen Fällen gearbeitet, dass Ihr inzwischen über alles zu viel nachgrübelt? Warum habt Ihr Euch solche Mühe gegeben, eine Nachahmung herzustellen?«

Xie Lian bemerkte, dass sie versuchte auszuweichen. »Das war noch nicht alles. Ein letzter Punkt.« Er hob das weiße Gewand an und fuhr fort: »Dieses Gewand ist einfach irgendeines, das ich aus dem Stapel gezogen habe. ›Nachahmung‹, ›sorgsam bei den Details‹, das war alles Unsinn, den ich mir ausgedacht habe. Wie Ihr schon sagt, warum sollte ich damit meine Zeit vergeuden? Ich habe Euch getäuscht. Dieses hier hat nicht einmal dieselbe Farbe wie das, das Lang Ying gestern trug. Kam es Euch nicht eigenartig vor, dass ich Euch damit als Beweisstück befragt habe?« Xie Lian starrte sie eindringlich an. »Lingwen, Ihr müsst mir nur eine einfache Frage beantworten: Welche Farbe hatte das Gewand, das Lang Ying gestern trug?«

Lingwen antwortete nicht sofort. Sie hob langsam ihren Blick.

Xie Lian ließ das weiße Gewand auf den Boden fallen. »Ihr seid die beste Zivilbeamtin, die oberste Göttin der Schriften, und unzählige Belange des himmlischen Hofes gehen Tag für Tag durch Eure Hände. Es kann nicht sein, dass Euer Gedächtnis so schlecht ist. Warum könnt Ihr Euch nicht einmal daran erinnern, welche Farbe Lang Yings Gewand hatte? Ihr könnt nicht antworten, weil Ihr Euch davor schützen wollt, von mir ausgetrickst zu werden. Ihr könnt nicht antworten, weil Ihr die Antwort nicht kennt. Denn was Ihr gestern an ihm gesehen habt, war ein abgenutzter Stoffsack ohne Kopföffnung und Ärmel!«

Er sprach überdeutlich, sodass sie jedes Wort seiner Anklage klar hören konnte. »Der Brokatheilige kann in Tausenden Gestalten erscheinen, aber das ist nichts als Illusion. Ganz egal wie mächtig die Täuschung ist, eine Person wird ihn immer erkennen – die, die ihn geschaffen hat. Ganz gleich welche Gestalt er auch annimmt, seiner Schöpferin wird er immer seine wahre Erscheinung zeigen. Ihr habt diese achtundachtzig Stücke durchgesehen und keinen seltsamen kopflosen, ärmellosen Sack darin gefunden. Natürlich wusstet Ihr augenblicklich, dass der Brokatheilige nicht darunter ist.«

Kapitel 71:
Der Geisterkönig ist durchschaut und wird zum Spaß hereingelegt

Xie Lian hatte vorgehabt, jene Geistergewänder, die ihm verdächtig vorkamen, zu behalten, um sie selbst eingehend zu untersuchen. Er hatte nicht damit gerechnet, durch Lingwens unbedachten Kommentar auf eine so große Schwachstelle in ihrem Lügengerüst zu stoßen. Nachdem er die Bedeutung dahinter begriffen hatte, war es ihm gelungen, sie anhand ihrer eigenen Lügen aufs Glatteis zu führen und sie mit seinen Worten schachmatt zu setzen.

Lingwen stand reglos da. »Natürlich könnt Ihr das alles abstreiten«, sagte Xie Lian. »Aber es wird nicht schwer sein, die Echtheit des Gewandes zu beweisen. Dazu muss ich es nur in den Shenwu-Palast bringen. Der Himmelskaisers soll veranlassen, dass es seine Gestalt ändert, und Ihr müsst sein Aussehen beschreiben. Mehr ist nicht nötig, um die Wahrheit ans Licht zu bringen.«

Während der Brokatheilige sich frei in der Sphäre der Sterblichen hatte bewegen können, hatte er mehr als fünfhundert Menschen das Blut ausgesaugt. Er war ein böses, finsteres Objekt der Niedertracht. Allein dass Lingwen in den Shenwu-Palast eingebrochen war, um das Gewand zu stehlen, auch wenn sie noch keine Gelegenheit gehabt hatte, es zum Schaden anderer einzusetzen, war schon ein unverzeihliches Verbrechen. Doch Lingwen war vor ihrem Aufstieg bereits eine berufene Generalin gewesen und die frühesten Geschichten über den Brokatheiligen waren erst in Umlauf geraten, nachdem sie diesen Posten schon lange innehatte. Was bedeutete, dass Lingwen den Brokatheiligen geschaffen hatte, nachdem sie bereits als Himmelsbeamte ihre Pflichten im Himmel angetreten hatte.

Eine Himmelsbeamte, die verpflichtet war, der Menschheit zu dienen und sie zu schützen, hatte einen Menschen verführt und ermordet. Das allein reichte schon für eine strenge Verurteilung. Erschwerend kam noch hinzu, dass derjenige, den sie getötet hatte, ein künftiger Himmelsbeamter gewesen war. Das himmlische Gericht würde in diesem Fall sicherlich keine Milde walten lassen.

Lingwen seufzte. »Eure Hoheit, Ihr seid wirklich …« Sie hielt kurz inne und fuhr dann fort: »Vielleicht hatte ich einfach nur Pech, dass ausgerechnet Ihr diesen Auftrag erhalten habt. Nur wir beide sind heute hier im Lingwen-Palast und seit Hunderten Jahren gehen wir freundlich miteinander um … Ich bezweifle, dass Ihr einverstanden wärt, wenn ich Euch bitten würde, ein Auge zuzudrücken. Ihr werdet mich ermutigen, mich dem Shenwu-Palast auszuliefern. Habe ich recht?«

Xie Lian seufzte ebenfalls. Obwohl er und Lingwen sich schon seit Jahrhunderten kannten, war ihr Verhältnis immer rein professioneller Natur gewesen, sie hatten sich nie näher angefreundet. Doch sie waren stets gut miteinander ausgekommen. Nachdem er zum dritten Mal aufgestiegen war, hatte sie nicht auf ihn herabgesehen, als die anderen ihn als Schrottgott verspottet hatten. Ganz im Gegenteil, sie hatte ihn damals unterstützt und sich um ihn gekümmert. Nun jedoch war er damit beauftragt worden, den Brokatheiligen zu finden. Jetzt, da er die Wahrheit kannte, fiel es ihm schwer, sie auszuliefern, aber noch schwerer wäre es, zu schweigen.

Aufrichtig sagte Xie Lian: »Ich habe aber auch Pech.«

Lingwen verschränkte die Arme und schüttelte den Kopf. »Eure Hoheit, Ihr … Manchmal seid Ihr klug, dann wieder überhaupt nicht. Manchmal seid Ihr weichherzig, dann wieder ist Euer Herz hart wie Stein.« Sie unterbrach sich und fragte dann: »Wo ist das Gewand jetzt?«

»In meiner Verwahrung. Wenn wir hier fertig sind, werde ich es persönlich dem Shenwu-Palast übergeben.«

Lingwen nickte nur, sie hatte nichts mehr zu sagen.

»Könnt Ihr mir etwas erklären? Warum hat der Brokatheilige nicht funktioniert, als Lang Ying ihn trug?«, erkundigte sich Xie Lian.

»Ich kann nur mutmaßen. Aber wenn Ihr eine Antwort möchtet, würdet Ihr zuerst zustimmen, mir einen Wunsch zu erfüllen?«

»Der da wäre?«

»Kann ich ihn sehen? Den Brokatheiligen.« Xie Lian sah sie verdutzt an. »Ich brauche nur einen Tag. Wenn ich mich dem Shenwu-Palast ausliefere, werde ich danach keine Gelegenheit mehr dazu haben. Versteht mich nicht falsch. Ich habe nichts weiter damit vor. Ich war nur erstaunt, als Ihr sagtet, er habe sich Euch gezeigt.« Sie schüttelte den Kopf, ihr Blick ging ins Leere. »In all den Jahren habe ich Bai Jing nicht ein einziges Mal erscheinen sehen.«

»Der Name des jungen Kriegers war Bai Jing?«, folgerte Xie Lian.

Lingwen war mit einem Mal wieder ganz präsent. »Oh. Ja. Aber alle nannten ihn nur »Xiao-Bai«.

»Xiao-Bai*?«, wunderte sich Xie Lian. »Das klingt wie …«

Das klang wie ein Name für einen Hund oder wie ein Spottname.

Lingwen schmunzelte. »Es ist so, wie Ihr denkt. Den Namen Bai Jing** habe ich ihm gegeben. Niemand hat ihn jemals so genannt. Aber es würde ihn bestimmt freuen, wenn Ihr es tut.«

In der Legende des Brokatheiligen machte das Mädchen einen grausamen und schrecklichen Eindruck. Wenn es ihn nicht aus tiefstem Herzen gehasst hatte, musste es ausgesprochen kaltblütig gewesen sein. Lingwen jedoch sprach in einem sanften Tonfall von dem jungen Mann – ohne besondere Zuneigung, aber auch ohne Hass.

»Also, gestattet Ihr es? Wenn Ihr befürchtet, dass ich fliehen könnte, könnt Ihr mich mit Ruoye fesseln. Ich würde nicht entkommen können, ich bin keine Kriegsgöttin.«

Aus irgendeinem Grund hatte Xie Lian das Gefühl, dass er ihr vertrauen konnte. Er überlegte kurz, dann nickte er vorsichtig. »Gut.«

Sie verließen den Lingwen-Palast, als sei alles in bester Ordnung. Wie sonst auch grüßten sie die anderen Himmelsbeamten auf der Shenwu-Allee. Lingwen sah aus wie immer, nichts an Ihr verriet, dass unter ihren Ärmeln Ruoye ihre Hände gefesselt hatte.

Sie kamen nicht weit, bevor sie auf Pei Ming trafen, der gerade von seinem Wachdienst zurückkehrte. Sie begrüßten einander, plauderten dann

* Neben der Verniedlichung »kleiner Bai« kann es auch »kleiner Weißer« oder »kleiner Dummkopf« bedeuten.
** »Bai Jing« bedeutet »weißer Brokat«.

eine Weile und tauschten Höflichkeitsfloskeln aus. Pei Ming starrte die ganze Zeit Xie Lian an.

Dieser fragte ihn vorsichtig: »Weshalb seht Ihr mich so an?«

Pei Ming fuhr sich mit der Hand übers Kinn. »Ich werde Eure Hoheit nicht anlügen. Jedes Mal, wenn ich Euch sehe, habe ich eine böse Vorahnung. Es ist, als würde jedem Unheil drohen, nachdem er nur neben Euch gestanden hat. Eben hat mein Herz wild angefangen zu schlagen, als ich Euch neben Lingwen gesehen habe. Lingwen, sei in der nächsten Zeit besonders vorsichtig, ja?«

Lingwen lachte. »Wie könnte das sein? General Pei, hör auf zu scherzen.«

Xie Lian wusste nicht, ob er lachen oder weinen sollte. In gewisser Weise lag Pei Ming mit seinem Instinkt goldrichtig.

Zurück in der Sphäre der Sterblichen sahen sie im Näherkommen Lang Ying, wie er an einen alten Baum gelehnt vor dem Puqi-Schrein stand. Sorglos drehte er den Besen in seiner Hand. Neben seinen Füßen lag ein sauber zusammengekehrter Haufen goldenen Laubs.

Xie Lian beobachtete ihn eine Zeit lang, bevor er absichtlich fester auftrat, um ihr Kommen anzukündigen.

Lang Ying drehte sich nicht um, aber er schien ihre Gegenwart bemerkt zu haben und änderte seine Haltung. Er fuhr fort, Laub aufzukehren, und tat so, als habe er Xie Lian und Lingwen gerade erst bemerkt.

Xie Lian räusperte sich. »Du fegst ja wieder.«

Lang Ying nickte. Xie Lian konnte sich nicht zurückhalten, ihm den Kopf zu tätscheln, wie es ein älterer Verwandter tun würde. »Guter Junge«, lobte er ihn.

Lang Ying nahm die Geste wortlos hin. Lingwen sah den beiden kommentarlos zu.

Xie Lian führte sie zum Schrein und öffnete die Tür. »Er ist hier ...«

Sobald er die Tür öffnete, erblickte er eine Gestalt, die vor dem Spendenkasten hockte und sie heimlich mit Goldbarren bestückte. Xie Lian hastete zu ihr und zog sie beiseite. »Qiying, hört auf damit, ihn so vollzustopfen! Das ist wirklich genug. Ich habe die vom letzten Mal nicht einmal herausgenommen. Nun geht er gar nicht mehr zu.«

Lingwen nickte. »Seid gegrüßt, Eure Hoheit Qiying.«

Quan Yizhen wandte sich ihr zu. »Guten Tag.«

In der Mitte des Schreins stand eine Kleiderstange aus Holz. Ein einfaches, grobes Gewand aus Hanffasern hing dort. Zumindest war es das, was Xie Lian sah.

Lingwen trat näher und betrachtete es schweigend, aber das Gewand zeigte keine Reaktion, auch nicht, nachdem mehrere Minuten verstrichen waren.

Sie legte den Kopf schief. »Hoheiten, ich würde es gern allein ansehen. Geht das?«

»Gut«, sagte Xie Lian.

Er hatte keine Bedenken. Ruoye hielt ihre Hände gefesselt und sie war keine Kriegsgöttin, also hatte sie nicht viele Möglichkeiten. Er legte Quan Yizhen eine Hand auf die Schulter. »Gehen wir hinaus.«

Dieser Fall war mehr oder minder abgeschlossen, Xie Lian konnte spüren, wie er sich entspannte. Die Nachbarn hatten ihm kürzlich haufenweise Früchte und Gemüse geschenkt. Diese trug er in die Küche und legte sie zum Kochen bereit. An seinem unbeugsamen Geist sollte sich jeder ein Beispiel nehmen.

Nun, da er seit einigen Tagen hier war, schien Quan Yizhen den Puqi-Schrein als fröhlichen kleinen Bauernhof zu betrachten. Er sprang überall herum, kletterte auf Bäume, stahl Kürbisse, angelte ab und zu und fing Frösche. Als Xie Lian kurz nicht aufpasste, schlich er sich in die Küche und nahm sich eine Süßkartoffel.

Xie Lian bemerkte den leeren Platz auf der Anrichte, drehte sich um, und sah gerade noch, wie Quan Yizhen sich aus dem Staub machte, die Süßkartoffel im Mund, wie ein Fisch, der aus dem Netz geschlüpft war. »Die ist noch roh! Die könnt Ihr nicht essen!«, rief er aus.

Gerade weil sie noch nicht gekocht war, musste sie so schnell wie möglich verzehrt werden. Nachdem er sie gekocht hätte, wäre sie sicher nicht mehr genießbar.

Xie Lian schüttelte den Kopf. Da sah er Lang Ying vorbeilaufen und strahlte ihn an. »Lang Ying, hast du gerade Zeit? Komm und hilf mir, das Gemüse zu schneiden.«

Lang Ying schien vorgehabt zu haben, die Süßkartoffel zurückzuerobern, aber als er Xie Lian hörte, trat er sofort zu ihm, um zu helfen. Er nahm seine Aufgabe sehr ernst, nahm ein Messer zur Hand und begann, sorgfältig und hochkonzentriert einen Kohl zu schneiden.

Xie Lian sah ihm einen Moment lang zu, dann drehte er sich um, um den Reis zu waschen. Dabei sagte er: »Lang Ying, du hast nun schon einige Götter und Geister an unserem kleinen Puqi-Schrein kommen und gehen gesehen, nicht wahr?«

Einer von ihnen verrückter und seltsamer als der nächste.

»Mhm«, antwortete Lang Ying.

»Lass mich dich etwas fragen. Wenn du einen auswählen müsstest – welcher dieser Götter und Geister sieht am besten aus?«

Lang Ying war in seine Arbeit vertieft und schien angestrengt nachzudenken.

Xie Lian zog die Augenbrauen hoch. »Sag schon. Sag einfach, was du denkst.«

»Du«, antwortete Lang Ying.

»Außer mir«, lachte Xie Lian.

»Der mit der roten Kleidung.«

Xie Lian hatte Mühe, sich ein Lachen zu verkneifen. »Mhm, das finde ich auch«, sagte er voller Ernst. Nach einem Augenblick fragte er weiter: »Und welcher, findest du, ist der stärkste?«

»Der mit der roten Kleidung.«

Xie Lian fragte schnell weiter: »Welcher ist der reichste?«

»Der mit der roten Kleidung.«

»Welchen bewunderst du am meisten?«

»Den mit der roten Kleidung.«

»Welcher ist der albernste?«

»Der mit der grünen Kleidung.«

Die Fragen kamen wie aus der Pistole geschossen, aber Lang Ying hatte es geschafft, rechtzeitig seine Antwort abzuändern. Das sprach für seinen wachen Geist und seine schnelle Reaktionsfähigkeit.

»Es scheint, als magst du den großen Bruder in Rot«, bemerkte Xie Lian. »Sein Name ist Hua Cheng. Merk ihn dir gut. Du magst ihn also?«

Das Messer in Lang Yings Händen bewegte sich immer schneller, scheinbar ohne dass er es bemerkte. »Ja, ich mag ihn sehr.«

»Was denkst du, wenn wir Zeit haben, sollten wir ihn dann wieder hierher einladen?«, fragte Xie Lian.

»Mhm. Unbedingt«, antwortete Lang Ying.

»Ich denke auch. Aber sein Botschafter sagte, er sei in letzter Zeit sehr beschäftigt. Bestimmt hat er wichtige Dinge zu erledigen. Es ist besser, wenn wir ihn nicht stören.«

Nachdem er diesen Satz gesprochen hatte, wurde das Geräusch des Gemüseschneidens plötzlich um ein Vielfaches schwerfälliger.

Xie Lian musste sich an der Herdkante festhalten, sein Bauch tat weh vor unterdrücktem Lachen.

Quan Yizhen steckte seinen Kopf durchs Fenster und ließ seinen Blick durch die Küche wandern, während er von der Süßkartoffel abbiss. »Du hast ihn kaputtgehackt. Jetzt wird er nicht mehr schmecken«, sagte er zu Lang Ying.

»Hm? Wie war das?« Lang Ying machte eine Drohgebärde.

Xie Lian drehte sich zu ihm. Der Kohl war nicht bloß zerhackt, er war buchstäblich zermahlen. Er räusperte sich leise. »Ach du meine Güte, du kannst wirklich nicht gut mit dem Messer umgehen.«

Nachdem er alle möglichen Gewürze in den Topf geworfen hatte, wusch sich Xie Lian die Hände. Er beschloss, alles für zwei Stunden köcheln zu lassen, und verließ die Küche. Er warf einen Blick auf Lingwen. Sie war brav im Schrein geblieben, also fuhr er mit seinen Hausarbeiten fort. Er nahm ein größeres Brett aus dem Stapel Brennholz und lieh sich vom Dorfvorsteher einen Pinsel und Farbe. Dann setzte er sich vor die Tür und gab sich seinen Gedanken hin. In einer Hand hielt er das Brett, in der anderen den Pinsel. Lang Ying trat zu ihm und er blickte auf. »Lang Ying, kannst du lesen? Schreiben?«, fragte er sanft.

»Ja«, antwortete Lang Ying.

»Wie ist deine Schrift?«

»Mittel.«

»Das macht nichts. Solange sie lesbar ist. Komm, hilf mir noch einmal.« Er reichte Lang Ying das Brett und den Pinsel und lächelte ihn an. »Unser Schrein hat keine Tempelinschrift. Kannst du eine für mich entwerfen?«

Lang Ying nahm den Pinsel in die Hand. Der kleine Pinsel in seiner Hand schien schwer wie Blei zu wiegen und es schien unmöglich, ihn zu bewegen. Einen Augenblick später gab Lang Ying sich geschlagen und legte den Pinsel und das Brett hin. Eine hilflose Stimme kam unter seinen Verbänden hervor. »Großer Bruder ... ich kann nicht.«

Das war nicht Lang Yings Stimme gewesen. Das war eindeutig Hua Cheng, nur etwas heller und jungenhafter, als er normalerweise klang. Xie Lian hatte mit verschränkten Armen an der Wand gelehnt. Nachdem er so lange zugesehen hatte, wie er mit sich gekämpft hatte, nur um dann doch aufzugeben, konnte er sich nicht länger zurückhalten und sank in einem Lachanfall zu Boden. »San Lang, du bist wirklich sehr beschäftigt!«

Sie hatten sich so lange nicht gesehen, dass Xie Lian ihn schon vermisst hatte – auch wenn »lange« in diesem Fall nicht mehr als ein paar Tage bedeutete. Wer hätte gedacht, dass Hua Cheng sich die ganze Zeit an seiner Seite versteckt gehalten hatte. Xie Lians Stimmung hellte sich augenblicklich auf und all seine Sorgen traten in den Hintergrund. Er lachte so sehr, dass er kaum aufstehen konnte.

»Großer Bruder, du hast mich reingelegt«, warf Hua Cheng ihm vor.

Xie Lian nahm den Pinsel und das Brett zur Hand. »Das ist nicht wahr, San Lang. Du hast mich zuerst hereingelegt. Lass mich raten ... du bist schon hier, seit ich den Herd zerbrochen habe, richtig?«

»Stimmt ganz genau. Großer Bruder, woher wusstest du das? Du hast wohl übernatürliche Fähigkeiten.«

Xie Lian winkte ab. »Übernatürliche Fähigkeiten? San Lang, wenn du dich tarnen willst, gib dir mehr Mühe. Wenn ich dich nicht durchschaut hätte, wäre das noch übernatürlicher gewesen. Und ich dachte allen Ernstes, es gäbe noch jemanden, der mein Essen ... Nun ja. Aber ganz ehrlich ... ›Wer sieht am besten aus? Wer ist der stärkste? Wer ist der reichste? Wen bewunderst du am meisten?‹ Ha ha ha ha ...«

»Großer Bruder, vergiss, dass das jemals passiert ist«, bat Hua Cheng leise.

Xie Lian lehnte rundheraus ab. »Niemals! Daran werde ich mich immer erinnern!«

»Ich freue mich ja, wenn du glücklich bist, aber ist das wirklich so lustig?«, fragte Hua Cheng in einem gequälten Tonfall.

Xie Lian hielt sich den Bauch vor Lachen. »Ja, natürlich! Erst seit ich dich getroffen habe, weiß ich, wie einfach es ist, fröhlich zu sein, ha ha ha ha ...«

Hua Cheng blinzelte, als er das hörte. Xie Lians Lachen wurde leiser, als er bemerkte, dass seine Worte etwas zu direkt gewesen waren. Nun, da er sich beruhigte, erschienen sie ihm selbst etwas abgedroschen. Er räusperte sich leise, wischte sich die Tränen aus den Augenwinkeln und zwang sich, sich zusammenzureißen. »Gut, genug davon. Wo ist der echte Lang Ying? Warum hast du seine Gestalt angenommen? Bring ihn schnell zurück.«

»Ich habe ihn als Gast in die Geisterstadt geschickt.«

Da es Hua Cheng war, der ihn fortgebracht hatte, machte sich Xie Lian keine Sorgen. Er nickte und wollte gerade ihr Gespräch fortsetzen, als sich die Tür quietschend öffnete.

Lingwen trat aus dem Puqi-Schrein, die Arme hinter dem Rücken. »Eure Hoheit.«

Hua Cheng hatte nicht vor, seine Identität zu enthüllen, also erwähnte Xie Lian nichts und tat so, als sei er noch immer Lang Ying. Als er Lingwens ernstes Gesicht sah, erstarb sein Lächeln. »Was ist los? Stimmt etwas nicht mit dem Brokathei… mit Bai Jing?«

»Nein, es ist alles in Ordnung. Aber da kommt ein merkwürdiger Geruch aus der Küche. Kocht Ihr gerade etwas?«

»Oh. Ja. Es köchelt auf dem Herd«, antwortete Xie Lian hastig.

Sie überlegte kurz und wählte dann höfliche Worte, um etwas sehr Unhöfliches zu sagen: »Bitte schüttet es weg, Eure Hoheit. Was auch immer es ist, es ist inzwischen wahrscheinlich ruiniert.«

Nach zwei Stunden war es Abend geworden. Im Inneren des Puqi-Schreins saßen Hua Cheng, Lingwen und Quan Yizhen am Altartisch. Xie Lian brachte einen Topf aus der Küche und stellte ihn auf den Tisch. Er hob den Deckel und zum Vorschein kamen viele jadeweiße, niedliche, glatte Fleischklößchen, die brav im Topf saßen.

»Hattet Ihr nicht eine Suppe gekocht? Wie sind plötzlich Fleischklößchen daraus geworden?«, wollte Quan Yizhen wissen.

Xie Lian stellte seine Kreation vor. »Ich nenne dieses Gericht ›Klößchen der tadellosen Reinheit‹.«

»Hattet Ihr nicht eine Suppe gekocht? Wie sind plötzlich Fleischklößchen daraus geworden?«, wiederholte Quan Yizhen.

»Fleischklößchen zu formen verlangt in gleichem Maße Kraft und Feingefühl – man darf sie nicht zu fest und nicht zu zögerlich rollen. Deswegen hat es so lange gedauert«, fuhr Xie Lian fort.

»Hattet Ihr nicht eine Suppe gekocht? Wie sind plötzlich Fleischklößchen daraus geworden?«, beharrte Quan Yizhen.

Da er so sehr darauf pochte, erklärte Xie Lian: »Es war ursprünglich eher eine Art Suppe, da habt Ihr recht. Aber wegen eines kleinen Missgeschicks, das mit der Kochzeit und der Temperatur zusammenhing, ist das ganze Wasser verkocht. Also habe ich noch einige Zutaten hinzugefügt und stattdessen Fleischklößchen gemacht.«

Lingwen lobte ihn voller Anerkennung. »Eure Hoheit, was für eine unkonventionelle und gute Idee. Ihr seid wirklich einzigartig. Ich bewundere Euch.«

»Ihr übertreibt«, winkte Xie Lian ab.

»Nicht doch. Zumindest bin ich der festen Überzeugung, dass es in der Geschichte der Menschheit keine zweite Person gibt, die in der Lage wäre, ein Gericht namens ›Klößchen der tadellosen Reinheit‹ zu kreieren.«

Xie Lian reichte die Stäbchen herum. »Danke, danke. Hier, bitte, nehmt.«

Lingwen und Quan Yizhen griffen mit einer Hand nach den Stäbchen und streckten die andere gleichzeitig nach den kalten Dampfbrötchen aus, die am Tischrand standen. Hua Cheng nahm sich als Einziger ein Klößchen der tadellosen Reinheit und steckte es sich in den Mund.

Einen Moment später sagte er: »Sehr gut.«

Quan Yizhens Augen weiteten sich bei dem Anblick.

»Etwas zu wenig Salz«, fügte Hua Cheng hinzu.

»Gut, ich merke es mir«, entgegnete Xie Lian.

Quan Yizhen beobachtete mit weit aufgerissenen Augen, wie der Junge mit den Verbänden neben ihm mehrere der unnatürlich glänzenden Fleischklößchen aß und so ernsthaft Rückmeldung gab. Nachdem er eine Zeit lang überlegt hatte, schien er überzeugt und griff ebenfalls nach einem Fleischklößchen.

Xie Lian behielt sein Lächeln bei. Er lächelte und sah zu, wie Quan Yizhen schluckte. Er lächelte, als sein Gesicht bleich wurde, und er lächelte immer noch, als er zu Boden fiel und reglos liegen blieb. Lächelnd fragte er: »Stimmt etwas nicht?«

»Wahrscheinlich hat er zu schnell gegessen und sich verschluckt«, vermutete Hua Cheng.

Lingwen grinste.

Mit einem Mal hörte Xie Lian eine vertraute Stimme in seinem Ohr. »Großer Bruder.«

Es war nicht Lang Yings undeutliche Stimme und auch nicht die klare von Hua Cheng in seiner jugendlichen Form. Es war Hua Chengs gewöhnliche Stimme und er sprach durch ihren privaten Kommunikationskanal.

Xie Lian zog die Augenbrauen leicht hoch. »Was gibt es?«

»Lingwen ist grausam und gerissen, kaltherzig und gnadenlos. Du hast sie hergebracht – ich fürchte, das könnte böse Folgen haben.«

Das war das erste Mal, dass Xie Lian hörte, dass jemand so über Lingwen sprach. Er dachte kurz nach, dann antwortete er: »Es scheint mir, als habe sie gute Absichten dem Brokatheiligen gegenüber. Das wirkt nicht unecht.«

»Gute Absichten hegen und Gnadenlosigkeit sind kein Widerspruch. Sie ist die oberste Göttin der Schriften und verfügt über großen Einfluss – sie hat ihre Augen und Ohren überall und eine große Reichweite. Du musst dich in Acht nehmen, falls sie ihre Helfer herbeiruft.«

»General Pei?«, fragte Xie Lian.

»Unwahrscheinlich. Sicher hätte sie das Unterdrückende Wasser gebeten, ihr zu helfen, diese Sache zu vertuschen, wenn er noch da gewesen wäre. Shi Wudu hat stets Freundschaften den Vorzug vor der Vernunft gegeben. Aber Pei Ming wird sich nicht auf ihre Seite schlagen, wenn du ihm nur die Wahrheit erklärst. Großer Bruder, sei wachsam.«

»Gut, ich werde aufpassen. Zum Glück geht ein Tag schnell vorbei.«

Hua Chengs Stimme in seinem Ohr wurde düster. »Nein, großer Bruder, du hast mich missverstanden. Ich warne dich vor etwas anderem. Es ist jemand da.«

In diesem Moment drang das helle, scharfe Klingeln einer Glocke an sein Ohr. Hua Cheng runzelte die Stirn. Xie Lian sah zum Fenster hinaus und erblickte einen Kultivierer mittleren Alters, der auf den Puqi-Schrein zulief und dabei mit einer Glocke klingelte.

Der Kultivierer war in eine prächtige Robe gekleidet und trug ein Schatzkästchen auf dem Rücken, das mit gelben Schutzamuletten behängt war. Während er ging, ließ er bei jedem Schritt sein Glöckchen bimmeln. Xie Lian kannte sich in diesen Dingen gut aus, er erkannte die Glocke als Werkzeug, das zum Schutz vor Geistern und Dämonen diente. Wenn gewöhnliche niedere Geistwesen das Klingeln hörten, verursachte es ihnen Kopfschmerzen und hielt sie daher auf Abstand.

Bevor der Kultivierer den Schrein erreichte, traten weitere Mönche zu ihm, alle groß gewachsen und mit gelben Kutten und langen weißen Augenbrauen. Jeder von ihnen hatte einen langen Zauberstab bei sich.

Bald hatten sich fünfzig oder sechzig von ihnen versammelt und den Puqi-Schrein umringt. Es sah aus, als hätten sie dieses Zusammentreffen geplant. Keiner wirkte überrascht, die anderen zu sehen.

Diese Leute waren nicht zum Spaß hier. Ihre Körper waren behangen mit magischen Waffen, ihr Auftreten souverän. Sie machten einen sehr fähigen Eindruck. Himmelsbeamte erhielten spirituelle Kräfte aus den Opfergaben ihrer Anhänger. Ebenso konnten bestimmte daoistische und buddhistische Kultivierer spirituelle Kräfte von den Himmelsbeamten erhalten, die sie verehrten. Es war also gut möglich, dass die Mönche und Kultivierer, die sich um den Puqi-Schrein versammelten, mächtiger waren als Xie Lian, ein Himmelsbeamter. Dass so viele von ihnen sich zusammenfanden, konnte nichts Gutes verheißen. Xie Lian spürte, dass diese Menschen nicht in guter Absicht gekommen waren, und Sorgenfalten traten auf seine Stirn.

Hua Cheng stellte seine Schüssel ab, legte die Stäbchen hin und stand auf. Xie Lian hörte, wie er im Kommunikationskanal schnaubte. Dann sagte er: »Diese alten Mönche und stinkenden Kultivierer sind mir den ganzen Weg hierher gefolgt. Es tut mir leid, großer Bruder, dass ich dir Umstände bereite. Ich gehe und führe sie weg.«

Xie Lian griff nach ihm. »Rühr dich nicht.«

»Was ist los?«, fragte Lingwen erstaunt.

Xie Lian sprach durch den Kommunikationskanal zu Hua Cheng. »Geh nicht. Sag mir die Wahrheit: Macht es dir sehr zu schaffen, dass der Berg Tonglu sich wieder öffnet?«

»Nein«, antwortete Hua Cheng.

Xie Lian fixierte das Augenpaar hinter den Verbänden. »Hör auf zu lügen. Du bist ein Geisterkönig. Vor Sterblichen wie ihnen brauchst du keine Angst zu haben. Warum solltest du sie wegführen, anstatt sie wegzuprügeln? Du hast diese Gestalt nicht nur angenommen, um mir einen Streich zu spielen, oder?«

Je mächtiger ein Geistwesen war, desto stärker beeinträchtigten es die Auswirkungen der Öffnung des Berges Tonglu. Xie Lian hatte mit eigenen Augen gesehen, wie sehr Hua Cheng beim ersten Geisteraufruhr gelitten hatte. Die Erschütterungen wurden nun immer heftiger, je näher die tatsächliche Öffnung des Berges rückte. Wenn er selbst es wäre, der dieses Leid durchstehen müsste, würde er seine wahre Gestalt vorläufig versiegeln. Um zu verhindern, dass er wahnsinnig würde, und um seine

Kräfte zu bewahren, würde er sich in irgendeine kleine Kreatur verwandeln und abwarten, bis der Berg sich schließlich geöffnet hätte.

Das wäre eine Möglichkeit, die Qualen zu umgehen, die mit der Öffnung des Berges einhergingen. Aber weil seine Kräfte versiegelt wären, würde er sich dadurch in eine Lage versetzen, die andere ausnutzen könnten. Xie Lian fluchte. »Qi Rong, dieser ...«

In jener Nacht hatte Qi Rong damit gedroht, alle daoistischen und buddhistischen Mönche herbeizuholen, die mit Hua Cheng noch eine Rechnung zu begleichen hatten. Xie Lian hatte das für einen Bluff gehalten und hätte nie gedacht, dass er es wahr machen würde. Umso geschockter war er nun.

Hua Cheng schüttelte seinen Kopf. »Großer Bruder, sie sind meinetwegen hier. Alles wird gut, wenn ich von hier verschwinde. In meiner gegenwärtigen Gestalt kann ich sie nicht töten, aber ich kann sie in die Irre führen.«

Doch Xie Lian drohte ihm: »Wenn du jetzt gehst, dann brauchst du nie mehr wiederzukommen.«

»Hoheit!«, rief Hua Cheng erschrocken aus.

Sonst war er immer ruhig und gefasst. Er hatte Xie Lian in der Vergangenheit bei unzähligen Gelegenheiten geholfen, und nun, da Xie Lian endlich die Chance hatte, ihm beizustehen, konnte er ihn auf keinen Fall allein weggehen lassen. »Setz dich. Ich rede mit ihnen«, sagte er finster.

Quan Yizhen öffnete unter großen Schwierigkeiten seine Augen. »Ist ... Sind ... sind da draußen Leute?«, fragte er wie in Trance. »Soll ich ... jemanden in die Flucht schlagen?«

Seine Stimme war heiser. Xie Lian half ihm, die Augen wieder zu schließen. »Qiying, bleibt einfach hier liegen. Ihr könnt keine Sterblichen zusammenschlagen. Das kostet Tugendpunkte.«

Xie Lian presste sein Ohr gegen die hölzerne Tür, um zu hören, was draußen vor sich ging. Einige Dorfbewohner, die gerade mit der Arbeit fertig geworden und noch draußen unterwegs waren, staunten nicht schlecht, so viele Daoisten und Mönche zu erblicken.

»Was tun alle diese Meister hier?«, fragten sie.

»Sind sie gekommen, um Meister Xie zu sehen?«

Ein Mönch mit blutlüsterner Miene legte die Hände zusammen und sprach: »Amitabha Buddha. Verehrter Wohltätiger, seid Ihr Euch bewusst, dass dieser Ort von bösen Wesenheiten eingenommen wurde?«

»Was?!«, fragten die Dorfbewohner erschrocken. »Böse Wesenheiten? Was für böse Wesenheiten?«

Ein anderer Mönch gab eine rätselhafte Antwort: »Ein böser König, eine Inkarnation des Teufels, die seit Anbeginn der Zeit existiert.«

»Was ... was sollen wir jetzt tun?«, fragten die Dorfbewohner.

Der Kultivierer in der prächtigen Robe, der als Erster eingetroffen war, antwortete: »Überlasst das uns. Wir, die wir denselben Pfad beschreiten, haben uns heute hier zusammengefunden, um eine Chance zu ergreifen, wie es sie nur einmal gibt. Wir werden diesen bösen Geist einfangen.«

Kaum hatte er ausgesprochen, wollte er weitergehen, doch der Dorfvorsteher hielt ihn auf. Der Daoist starrte ihn fassungslos an. »Wer seid Ihr? Was tut Ihr da?«

»Ähem, also, geehrte Meister, ich bin hier der Dorfvorsteher. Wir sind Euch sehr dankbar für Euer Kommen, es ist nur, he he he, um ehrlich zu sein, Ihr ... Ihr ... Ihr seht aus, als würde uns das einiges kosten ...« Der Dorfvorsteher lachte nervös.

»Wir sind gekommen, um das Böse zu besiegen. Denkt Ihr, wir sind auf eine Bezahlung aus?«, entgegnete der prächtig gekleidete Kultivierer. Wieder versuchten sie vorwärtszustürmen, doch die Dorfbewohner hielten sie erneut zurück. Obwohl die Mönche und Kultivierer nicht erfreut waren, konnten sie sich doch nicht einfach durchschlagen.

»Was ist noch?«, wollten sie wissen. Dabei versuchten sie, sich ihre Ungeduld nicht anmerken zu lassen.

Der Dorfvorsteher knetete nervös seine Hände. »Wenn Ihr kein Geld wollt, ist das großartig. Wir danken Euch für Eure selbstlosen, wohltätigen Herzen. Es ist nur ... hier in unserem Dorf ist es so, dass Meister Xie solche Aufgaben übernimmt. Wie soll ich als Dorfvorsteher ihm erklären, dass die Meister hergekommen sind, um ihm seine Arbeit wegzunehmen? Das ist nicht recht.«

Die Kultivierer und Mönche sahen einander unwillig an. »Meister Xie?«

Sie scharten sich zusammen, um sich zu besprechen. »Gibt es einen bekannten mächtigen daoistischen Meister namens Xie?«

»Ich glaube nicht.«

»Jedenfalls habe ich noch nicht von ihm gehört. Wahrscheinlich irgendein Niemand.«

»Wenn wir noch nie von ihm gehört haben und er nicht bekannt ist, was kümmert er uns dann?«

Nachdem sie fertig diskutiert hatten, wandte sich der prächtig Gekleidete wieder um. »Dieser Meister Xie, von dem Ihr redet, ist er derjenige, der hier lebt?«

»Ja.« Die Dorfbewohner riefen laut in Richtung des Puqi-Schreins. »Meister Xie! Meister Xie! Eure Kollegen sind hier! Es sind so viele! Seid Ihr zu Hause?«

Ein Mönch in einer gelben Kutte legte seine Hände zum Gebet zusammen. »Amitabha Buddha. Es spielt keine Rolle, ob Meister Xie hier ist oder nicht. Das böse Geistwesen versteckt sich in diesem Haus.«

Die Dorfbewohner waren verdutzt. »Was?!«

Da stieß Xie Lian die Tür auf und trat heraus. »Ich bin da. Was geht hier vor?«

»Meister, diese ehrwürdigen Mönche und Kultivierer sagen, dass ein ... dass in Eurem Haus ... dass ein Geist ...«, stammelten die Dorfbewohner.

»Oh? Das habt Ihr erkannt?«, fragte Xie Lian lächelnd.

Die Menge vor dem Schrein erschrak. »Es ist also wahr?«

»So schnell gesteht Ihr es ein!«

Xie Lian warf ihnen einen Tontopf zu. »Es stimmt, hier ist tatsächlich ein Geist.«

Der prächtig gekleidete Kultivierer fing den Tontopf auf und sah zunächst hocherfreut aus. Sein Lächeln erstarb jedoch, als er ihn geöffnet hatte. »Eine Halbgesichtdämonin?« Er machte ein mürrisches Gesicht und warf den Tontopf zurück. »Tut nicht so, Meister. Eine solch niedere Kreatur zählt nicht einmal als böse. Ihr wisst genau, wovon wir hier sprechen.«

Xie Lian fing seinerseits den Tontopf auf. Dabei bemerkte es, dass der Mann kräftig geworfen hatte. Es war leicht zu erkennen, dass er sich viele Jahre in der Kultivierung geübt hatte und alles andere als schwach war.

»Bruder, ich kann wahrnehmen, dass der Körper dieses Kultivierers zum Zerbersten mit bösem Qi angefüllt ist«, sagten einige Mönche zu ihrem Wortführer. »Könnte es sein, dass er ...?«

Der prächtig Gekleidete sprach: »Wenn ich das Himmelsauge öffne, kann ich mit einem Blick die Wahrheit erkennen.«

Als er geendet hatte, schrie er laut, biss sich in den Finger und malte sich eine Blutspur auf die Stirn. Einen Moment später erschien dort ein drittes Auge, als sei es plötzlich auf seinem Gesicht gewachsen. Xie Lian lobte insgeheim diese Zurschaustellung von Fähigkeiten und lehnte sich gegen den Türrahmen, um die Darbietung zu genießen. Der Kultivierer starrte ihn hochkonzentriert eine Weile an.

»Ich wusste es ... Da ist es, Geister-Qi! Düsteres Geister-Qi! Geisterkönig! Ihr habt Eure Haut gewechselt!«

Xie Lian erstarrte.

Wie konnte er, ein berufener Himmelsbeamter, Geister-Qi an sich haben? Gerade hatte er noch über die Fähigkeiten dieses Mannes gestaunt, warum redete er also nun so einen Unsinn?

Kaum war die Anschuldigung ausgesprochen, sahen die fünfzig oder sechzig versammelten Meister aus, als würden sie sich bereit machen, einem großen Feind gegenüberzutreten. Jeder von ihnen nahm Kampfhaltung ein.

»Diese Leute sind so lästig«, sagte Hua Cheng in ihrem privaten Kommunikationskanal.

»Schon in Ordnung«, antwortete Xie Lian. »Mach dir nichts daraus, warte nur ab.«

Sofort danach meldete sich der prächtig gekleidete Kultivierer wieder zu Wort, doch er klang zweifelnd. »Das kann doch nicht sein ...«

Die Mönche, die neben ihm standen, fragten: »Was kann nicht sein?«

Der Kultivierer rieb die Blutspur auf seiner Stirn. »Es ist seltsam. Wenn ich diesen Mann ansehe, ist er manchmal in Geister-Qi gehüllt, dann glüht er wieder in göttlichem Glanz und im nächsten Moment erscheint er trübe und farblos ... Das ist eigenartig.«

»Was? Wie kann das sein? Bruder, werdet Ihr mit ihm fertig? Wenn nicht, lasst uns das regeln.«

»Ja, wie kann etwas so Seltsames passieren?«

Der prächtige Kultivierer sagte zornig: »Was? Ich soll damit nicht fertigwerden? Denkt Ihr, wenn ich es nicht kann, könnt Ihr es schaffen? Ich, das Himmelsauge, mache das schon so viele Jahre und habe mich noch nie geirrt.«

Xie Lian rieb sich die Nasenwurzel und schüttelte den Kopf. »Dann seht mich doch bitte noch einmal an und sagt mir, welcher Teil von mir das stärkste Geister-Qi aufweist?«, bat er beschwichtigend.

Himmelsauge rieb sich die Stirn und musterte ihn einen Moment lang ganz genau. »Die Lippen«, erklärte er überzeugt.

Kapitel 72:
Der Puqi-Schrein bricht vor Lachen zusammen

»Jawohl, es sind Eure Lippen.«

Himmelsauge sprach mit voller Überzeugung, aber die Mönche und Kultivierer sahen ihn ungläubig an.

»Warum denn seine Lippen?«

»Wie kann er Geister-Qi nur an seinen Lippen aufweisen? Hat er es als Lippenbalsam aufgetragen?«

Unbewusst fuhren Xie Lians Hände zu seinem Mund. Die Essenz, mit der Hua Cheng ihn in jener Nacht, in der sie sich im Tempel der Tausend Lichter geküsst und umarmt hatten, auf seinem Körper hinterlassen hatte, war noch immer nicht verflogen.

Himmelsauge zeigte mit dem Finger auf ihn. »Sieh an, sieh an. Er ist sich seiner Schuld bewusst!«

Xie Lian ließ hastig seine Hände wieder sinken. Er unterdrückte den Drang, sich umzudrehen, um zu sehen, was für eine Miene Hua Cheng nach dieser Anschuldigung machte – ohnehin war sein Gesicht zur Zeit von Verbänden verdeckt und er hätte nichts erkennen können.

»Oh, mein lieber Mitkultivierer, Ihr missversteht«, erklärte Xie Lian. »Ich führe ein bescheidenes Leben. Jeden meiner Haushaltsgegenstände verwende ich für verschiedene Zwecke. Nehmt zum Beispiel diesen Tontopf.« Er hob den Topf in seiner Hand und fuhr in ernstem Ton fort: »Zwar benutze ich ihn manchmal, um Geister zu fangen, aber normalerweise lege ich darin Gemüse ein. Das Gemüse aus diesem Topf hat ein einzigartiges Aroma und wenn man davon isst, wird man ... Wenn Ihr mir nicht glaubt, könnt Ihr es selbst probieren.«

In der Theorie ergab diese Erklärung Sinn. Die Mönche und Kultivierer waren noch skeptisch, aber die Dorfbewohner hielten sich allesamt den Mund zu. »Was? Meister, ist das eingelegte Gemüse, das Ihr uns gegeben habt, auch so hergestellt worden?«

»Sind unsere Münder dann nicht auch voller Geister-Qi?«

Wenn die Dorfbewohner ihm frisches Obst und Gemüse schenkten, gab er ihnen zum Dank oft von seinem eingelegten Gemüse. Er winkte ab. »Seid unbesorgt. Ich benutze andere Töpfe, um das Gemüse einzulegen, das ich an Euch verteile.«

»Ihr seid ja wahnsinnig!«, rief Himmelsauge zornig aus. »Habt Ihr keine Angst, etwas zu essen, das Euch Jahre Eures Lebens kosten kann? Schluss jetzt mit dem Gerede! In Eurem Schrein versteckt sich noch jemand – mehr als eine Person. Macht Platz!«

Aus Angst, dass der Dorfvorsteher ihn wieder aufhalten könnte, stürmte er bereits vorwärts, bevor er zu Ende gesprochen hatte.

Nun, da die Situation sich rapide verschlechterte, zog sich Xie Lian eilig ins Innere des Schreins zurück. Er setzte den bewusstlosen Quan Yizhen auf, schüttelte ihn wie verrückt am Kragen und brüllte in sein Ohr. »Qiying! Hört mir zu! Ich gebe Euch noch ein paar Fleischklößchen der untadeligen Reinheit!«

Quan Yizhen riss die Augen auf, als er das hörte.

Himmelsauge war gerade in den Schrein gestürmt, da entfuhr ihm ein gellender Schrei und er sprang rückwärts wieder hinaus. Dabei hielt er sich eine Hand vor die Stirn. »Geht nicht hinein! Das ist ein Hinterhalt!«

Die Kultivierer wagten es nicht, den Schrein zu stürmen, und scharten sich schützend um ihn.

»Bruder Himmelsauge, was habt Ihr gesehen?«

»Ich habe nichts gesehen. Da war nur ein gleißendes Licht.«

»Meine Güte, Bruder, Euer Himmelsauge raucht ja!«

Himmelsauge tastete seine Stirn ab und tatsächlich war die rote Spur auf seiner Haut schwarz geworden. Ein dünner, heller Rauchfaden, wie von einer ausgeblasenen Kerze, stieg empor. Er wurde bleich und rief: »Das ... das ...!«

Lingwen legte gelassen ihr halb aufgegessenes Dampfbrötchen ab. »Was soll der Lärm da draußen? Was ist denn los?«

»Himmelsauge, seht!«, sagte einer der Mönche. »Im Schrein sind zwei Kinder, eine Frau und der Kultivierer. Welcher von den vieren ist ›er‹?«

Himmelsauge rieb sich die Stirn. Doch so sehr er sich auch bemühte, er konnte das Auge nicht mehr öffnen. Das gleißende Licht war Quan Yizhens spirituelle Aura gewesen. Wenn ein Himmelsbeamter sich einer großen Gefahr gegenübersah oder sein Leben bedroht wurde, konnte sich diese Aura explosionsartig ausweiten. Mit dem Lichtblitz, der dabei entstand, hatte Xie Lian das dritte Auge geblendet. Doch er hatte damit nicht tatsächlich zehn Jahre mühsamer Kultivierung zunichte gemacht, Himmelsauge würde sein drittes Auge nur einige Tage lang nicht verwenden können.

Xie Lian streckte die Hände nach dem Topf mit den Fleischklößchen aus. Quan Yizhen war inzwischen bei vollem Bewusstsein und packte ihn am Arm. »Ich will nichts essen«, krächzte er.

Xie Lian nahm seine Hand und versicherte ihm: »Habt keine Angst. Die sind nicht für Euch.«

Die Meister, die sich vor dem Schrein versammelten hatten, tauschten Blicke aus, dann schrien alle gleichzeitig und stürmten auf den Schrein los. Doch eine unsichtbare Barriere hielt sie auf, noch bevor sie Xie Lian erreichen konnten.

Eine tiefe Stimme war aus dem Himmel zu hören: »Ihr alten, stinkenden Mönche seid lästig wie ein Schwarm Schmeißfliegen. Macht es euch Spaß, andere zu belästigen? Ihr habt es gewagt, mich bis hierher zu verfolgen? Ihr seid wohl lebensmüde!«

»Hua ... Hua ... Hua ...«, stotterte Himmelsauge. Doch schlussendlich brachte er es nicht über sich, Hua Cheng bei seinem vollen Namen zu nennen, und gab klein bei. »Hua Chengzhu! Hört ... hört auf damit. Wir wissen alle nur zu gut, dass Ihr Eure Kräfte versiegelt habt, um den Auswirkungen der Öffnung des Berges Tonglu zu entgehen. Es ist unmöglich, dass Ihr so unverschämt auftreten könnt wie sonst. Gebt ... gebt ... gebt Euch geschlagen ...« Je mehr er sprach, desto kraftloser wurden seine Worte.

Xie Lian konnte spüren, wie zornig Hua Cheng war. Er eilte hinein und nahm ihn in die Arme. »Sag nichts mehr. Vergeude deine Kräfte nicht, spar sie dir lieber auf. Überlass alles weitere mir«, flüsterte er ihm zu.

Hua Chengs Körper war angespannt, in der Umarmung beruhigte er sich jedoch. »Ist gut«, antwortete er leise.

Als er ihn in den Armen hielt, konnte Xie Lian wahrnehmen, dass Hua Cheng noch jünger geworden war. Er mochte kaum älter als zwölf oder dreizehn sein. Xie Lian machte sich Sorgen. Mit Hua Cheng im Arm und Fangxin in der freien Hand trat er vor die Tür. »Ist eigentlich keinem von Euch der Gedanke gekommen, dass der Grüne Geist Qi Rong Euch getäuscht haben könnte?«

Die Mönche und Kultivierer sahen einander erstaunt an.

»Der Grüne Geist Qi Rong? Wie sollte er uns täuschen? Warum sollte er das tun?«, fragte Himmelsauge.

Xie Lian runzelte die Stirn. »War er es nicht, der Euch hierhergeschickt hat?«

Himmelsauge schnalzte mit der Zunge. »Für wen haltet Ihr uns? Denkt Ihr, wir sind auf den Rat eines Malus angewiesen? Warum sollten wir im selben Boot segeln wie so einer?«

Es war nicht Qi Rong gewesen? Wie war die Information dann nach außen gedrungen?

Noch bevor Xie Lian weiter darüber nachdenken konnte, gingen die Kultivierer wieder zum Angriff über. Mit einem einzigen Streich Fangxins wehrte Xie Lian mehrere Schwertstöße und Hiebe von ihren Zauberstäben ab.

»Amitabha Buddha, warum beschützt Ihr diese niederträchtige Kreatur?«, fragte einer der Mönche.

Xie Lian wich keinen Zentimeter zurück. »Meister, egal um wen es geht, einen Menschen zu überfallen, wenn er gerade geschwächt ist, ist kein feiner Zug.«

»Er ist ein Geist und kein Mensch! Ihr seid noch grün hinter den Ohren. Viel zu jung, um an überkommenen Moralvorstellungen festzuhalten!«, rief Himmelsauge.

Unzählige Zauberstäbe und magische Schwerter attackierten ihn zugleich. Würde Xie Lian Fangxin zu seiner Verteidigung verwenden, könnte jemand verletzt werden. Grundsätzlich konnten Menschen Himmelsbeamte schlagen, aber Himmelsbeamte durften keine Sterblichen verletzen. Himmelsbeamte mussten tolerant, großmütig und mitfühlend sein, allen Sterblichen Zuneigung entgegenbringen und durften niemals mit ihnen streiten. Ansonsten würden ihnen Tugendpunkte abgezogen. Xie Lian war nicht so aufbrausend und ungehalten wie Quan Yizhen, und auch nicht so reich. Er hatte gar keine Tugendpunkte, entsprechend würde er im Minus enden, wenn er eine Strafe riskierte.

Also packte er Fangxin ein und rief: »Ruoye! Komm her! Qiying, bewacht Lingwen!«

Ruoye fühlte sich stets unwohl, wenn es Männer fesseln musste. Wenn es eine Frau war, die es festhalten musste, sah die Sache schon anders aus. Xie Lian musste es mehrere Male rufen, bevor es sich widerwillig von Lingwens Handgelenken löste. Im nächsten Moment fuhr es wie ein weißer Blitz in die Menge der Mönche und Kultivierer und fuhr allen über die Handgelenke, sodass sie ihre Waffen fallen lassen mussten.

Verwundert fragten sie sich: »Was für eine magische Waffe war das?«

»War es eine magische Waffe? Es sah aus wie ein weißes Seidenband, wie es jemand benutzen würde, um sich zu erhängen. Es hatte böses Qi an sich ...«

»Nicht zu glauben, der Junge kann wirklich was!«

Lingwen machte sich zunutze, dass Xie Lian mit dem Mob vor dem Schrein beschäftigt war. Sie schüttelte den Kopf, klopfte sich den Staub von den Ärmeln und stand auf. »Eure Hoheit, ich bedanke mich vielmals für Eure Gastfreundlichkeit. Ich gehe jetzt.«

Xie Lian sah sie erstaunt an. »Lingwen, der Tag ist noch nicht vorbei. Wo geht Ihr hin? Brecht Ihr Euer Versprechen?«

»Ganz genau. Ich breche mein Versprechen.« Ihr Tonfall war ungerührt und entschlossen. Es war, als würde sie ankündigen, im Namen des Himmels gegen das Böse anzutreten.

Xie Lian war sprachlos. Kurz darauf sagte er: »Es war nicht Qi Rong, der sie informiert hat. Ihr wart es.«

Lingwen lächelte ihn an. »Ich bin vielleicht kein Kriegsgott und ich war durch Ruoye gefesselt, aber allein über den Kommunikationskanal lässt sich viel bewirken.«

Er hatte es geahnt. Doch woher hatte Lingwen gewusst, dass der Junge mit den Verbänden Hua Cheng war? Sie hatte kaum mit ihm gesprochen, ihn kaum gesehen – selbst Xie Lian hatte länger gebraucht, um darauf zu kommen.

Xie Lian konnte sich nicht aus dem Kampfgeschehen zurückziehen. Er sah, wie sie sich zum Gehen bereit machte. »Qiying! Lasst sie nicht entkommen!«, rief er.

Obwohl er von den Fleischklößchen der untadeligen Reinheit gegessen hatte, kam Quan Yizhen allmählich wieder zu Kräften und konnte sich inzwischen schon wieder aufrecht halten. Lingwen war eine schwache Bürokratin. Quan Yizhen könnte sie aufhalten, ohne auch nur einen Finger zu heben.

Xie Lian entspannte sich, als er ihn »Ist gut!« rufen hörte, und konzentrierte sich wieder auf die Menschenmenge vor seiner Tür.

Einen Augenblick später war ein lauter Krach zu hören und eine Gestalt flog durch das Dach des Schreins und hoch in die Luft. Entgeistert rief Xie Lian: »Qiying, kämpft nicht so brutal!«

Einem Kriegsgott hätte es nichts ausgemacht, so herumgeschleudert zu werden. Kriegsgötter wurden ihr Leben lang geschlagen. Aber Lingwen war eine weibliche Himmelsbeamte und eine Göttin der Schriften – sie würde in Stücke gerissen, wenn Quan Yizhen so rücksichtlos kämpfte.

Jemand spazierte zur Tür des Schreins heraus. »Bai Jing, kämpf nicht so brutal!«

Die frostige Stimme gehörte eindeutig Lingwen. Aber als sie heraustrat, sah Xie Lian eine undeutliche Illusion. Es war, als wäre die Person nicht Lingwen, sondern ein sehr hochgewachsener junger Mann mit einer Ausstrahlung, die bis zum Himmel nach Vergeltung schrie. Als er jedoch genauer hinsah, war es zweifellos Lingwen.

Sie war die oberste Göttin der Schriften, so viel stand fest. Auch wenn sie sich in der Vergangenheit bemüht hatte, ihre Stärke verborgen zu halten, wäre es ihr nicht möglich, Xie Lian zu täuschen. Wie hatte sie es fertiggebracht, Quan Yizhen durchs Dach fliegen zu lassen?

»Großer Bruder, pass auf!«, warnte Hua Cheng. »Sie hat das Gewand angezogen.«

So war das also. Auf den ersten Blick sah es so aus, als trüge Lingwen noch immer ihre gewohnte schwarze Kleidung, in Wirklichkeit jedoch umgab eine wabernde dunkle Aura ihren Körper. Es war diese Aura, die es erscheinen ließ, als habe sie sich in eine andere Person verwandelt. Eine unbändige Mordlust, so bedrohlich, dass man meinte, sie greifen zu können, ging von ihr aus und kontrastierte stark mit dem ruhigen Ausdruck auf ihrem Gesicht. Xie Lian stieß probeweise mit seinem Schwert zu, doch Lingwen parierte den Stoß mit einer einzigen kleinen Bewegung ihres Ärmels.

Quan Yizhen war genau zum richtigen Zeitpunkt wieder herabgestürzt, um Zeuge dieser Szene zu werden. Als er hart auf dem Boden aufschlug, leuchteten seine Augen sofort auf. »Nicht schlecht!«

Xie Lians Augen strahlten ebenfalls und er rief: »Nicht schlecht!«

Lingwens Parade war tatsächlich nicht schlecht gewesen. Nein, die Parade des Brokatheiligen war gut gewesen. Er hatte seine Kräfte benutzt, um Lingwen zu helfen, den Angriff abzuwehren.

Wenn andere den Brokatheiligen getragen hatten, hatten sie den Verstand verloren oder er hatte ihnen das Blut ausgesaugt. Aber nun, da

Lingwen ihn trug, wurde er zu einer Rüstung, die keine Waffe der Welt durchstoßen konnte, und er verlieh ihr unfassbare Fähigkeiten und Kräfte, sodass sie selbst als Göttin der Schriften den Kriegsgott des Westens mit Leichtigkeit in die Flucht schlagen konnte. Wer hätte gedacht, dass er ihr gestattete, seine Kräfte zu benutzen, obwohl sie ihm doch die Gliedmaßen und den Kopf abgehackt hatte.

Nicht nur die Bewohner des Dorfes Puqi waren geschockt, auch die Mönche und Kultivierer standen wie erstarrt da.

»Nicht schlecht? Was meint Ihr mit ›nicht schlecht‹? Findet Ihr es gut, geschlagen zu werden? Gibt es in diesem Schrein überhaupt einen normalen Menschen? Ich glaube, Ihr seid gar keine Menschen!«

Quan Yizhen juckte es in den Fingern. Er stand auf und wollte schon einen neuen Angriff starten.

»Ich sagte, du sollst nicht länger bleiben!«, zischte Lingwen.

Ihre Worte waren an den Brokatheiligen gerichtet, aber ihr Körper gehorchte ihr nicht. Ihr Ellbogen parierte Quan Yizhens Schlag und es kam zu einer Schlägerei. Die Erschütterungen von Schlägen und Abwehrmanövern ließen die Mauern des alten Puqi-Schreins erbeben, sodass er beinahe zusammenbrach. Der Brokatheilige trug das Potenzial zum Aufstieg in den Himmel in sich und so geriet Quan Yizhen allmählich ins Hintertreffen.

Xie Lian konnte nicht umhin zu rufen: »Ähm … Entschuldigt, könnt Ihr nicht etwas weiter weg kämpfen? Bitte, nicht hier!«

Doch noch während er sprach, umringten die Mönche ihn aufs Neue. Vierzig oder fünfzig Klingen, Schwerter, Hämmer und Zauberstäbe drangen auf ihn ein. Er stand da wie angewurzelt, riss die Hände hoch und rief: »Wartet, nicht!«

Während seines kummervollen Schreis fiel der Puqi-Schrein, der so lange Zeit tapfer unzähligen Stürmen getrotzt hatte, in sich zusammen.

Xie Lian stand verstört da. Sein Herz war erfüllt von Verzweiflung. »Natürlich. Keines meiner Häuser hält länger als sechs Monate. Nun muss ich wirklich um Geld für Reparaturarbeiten betteln …«

»Sei nicht traurig, großer Bruder. Es ist nur ein Haus. Es gibt noch so viele andere«, tröstete ihn Hua Cheng.

Xie Lian versuchte, stark zu bleiben. Aber da kam Himmelsauge auf ihn zugelaufen. Mit der einen Hand bedeckte er seine Stirn, mit der anderen zeigte er auf Xie Lian. »He, Junge! Du hast nichts als Tricks auf Lager! Du wagst es, meine Kultivierung zunichtezumachen?! Wer ist dein Meister? Zu welcher Generation gehörst du? In welchem Tempel bist du registriert? Welchen Gott verehrst du?«

Xie Lian fuhr herum. Er spürte plötzlich, wie ein sengender Schauder von seiner Stirn aus über sein Gesicht lief. »Ihr fragt, wer ich bin? Hört gut zu! Ich bin Seine Ehrwürdige Hoheit, der Kronprinz! Ihr ungehobelte Horde von Barbaren, kniet nieder vor mir!«

Seine Worte kamen wie ein Donnerschlag aus heiterem Himmel. Einige fielen tatsächlich auf die Knie und besannen sich erst, als ihre Kameraden sie wieder hochzogen. »Was macht Ihr da? Kniet Ihr wirklich nieder?«

»Ko… Komisch, ich habe es gar nicht bemerkt …«

In scharfem Ton fuhr Xie Lian fort: »Ich bin mehr als achthundert Jahre alt. Älter als Ihr alle zusammen. Ich habe mehr Brücken überquert, als Ihr Wege gegangen seid. Ich besitze Schreine und Tempel im ganzen Land. Ich habe Anhänger bis hin zu den vier Meeren. Wenn Ihr meinen Namen nicht kennt, dann, weil Ihr ungebildet und unwissend seid. Ich verehre keinen Gott. Ich *bin* ein Gott!«

Er hatte mit würdevollem Tonfall und beeindruckender Präsenz gesprochen, auch wenn seine Worte großspurig waren. Die Menge sah ihn erstaunt und mit weit aufgerissenem Mund an. »Was …?«

Genau deshalb hatte Xie Lian sich diesen ganzen Unfug ausgedacht. Auf diesen Moment hatte er gewartet. Er warf den Topf in die Höhe und die kleinen weißen Fleischklößchen flogen wie Geschosse in alle Richtungen davon. Sie sausten durch die Luft und landeten in den Mündern der fassungslosen Kultivierer.

Xie Lian wischte sich den Schweiß ab. »Bitte vergesst alle wieder, was ich eben gesagt habe. Ich bin nur ein einfacher Schrottsammler.«

Jeder, der ein Fleischklößchen gegessen hatte, wurde mit einem Mal leichenblass. »Ah! Wir ... wir wurden reingelegt!«

Einige, die besonders flink waren, hatten es geschafft, die auf sie zufliegenden Fleischklößchen mit ihren Schwertern aufzuspießen. Doch als sie hinsahen, stellten sie mit Schrecken fest, dass die Fleischklößchen mit so großer Geschwindigkeit um sich selbst rotierten, dass sie Funken schlugen. Die Menge war zu Tode erschrocken. »Was ... was ist das für eine Geheimwaffe? Sie sind hart wie Stahl und haben einen seltsamen Glanz – beinahe wie die legendären ...«

»Ganz richtig! Das sind die legendären Kugeln der untadeligen Reinheit! Sie sind außerordentlich giftig. Wenn Ihr nicht binnen eines Tages einundachtzig Schalen klares Wasser trinkt, um das Gift herauszuspülen, werden sie in Euren Bäuchen explodieren!«

Obwohl noch keiner von ihnen jemals davon gehört hatte, wurde ihre Panik immer größer.

»Was? Sind sie wirklich so giftig?«

»Was soll's, besser, wir trinken es. Das Gegenmittel ist bloß Wasser. Lasst uns verschwinden und nach Wasser suchen.«

Ein Großteil der Menge fiel auf den Trick herein und eilte davon.

Lingwen wurde in ihrem Kampf mit Quan Yizhen immer aggressiver und verbissener. Sie nahm ihn in den Schwitzkasten. Doch obwohl sie die Oberhand gewann, sah sie nicht gerade erfreut aus. »Bai Jing! Willst du ihn umzubringen?«, grollte sie mit leiser Stimme. »Lass es gut sein. Wir gehen, los!«

Glücklicherweise hatte Xie Lian noch genau ein Fleischklößchen übrig. Gerade als Lingwen »los« sagte, schleuderte er es ihr mit einem geschickten Wurf in den Mund. Der Glanz in ihren Augen erlosch augenblicklich, als hätte das Ding, das sie gerade verschluckt hatte, ihn ausgelöscht. Die schwarze Aura, die ihren Körper umgab, wurde um einen Ton heller. Mit einem Ausdruck im Gesicht, als würde sie einen Brechreiz unterdrücken, starrte sie Xie Lian mit zitternden Lippen an. Als sie es nicht mehr aushalten konnte, schleuderte sie Quan Yizhen zu Boden und ging. Dabei hielt sie sich die Stirn.

Quan Yizhen sprang auf und setzte ihr nach. Xie Lian wollte ihm folgen, aber die verbliebenen Mönche und Kultivierer versperrten ihm den Weg.

»Haltet aus! Verstärkung ist auf dem Weg!«, riefen sie.

Noch mehr von denen? Er konnte keinen Moment länger am Puqi-Schrein bleiben. Nachdenken konnte er später, er musste sofort verschwinden. Quan Yizhen verfolgte Lingwen, von ihm war nichts mehr zu sehen. Xie Lian nahm Hua Cheng auf den Arm. »Halt dich gut an mir fest!«

Er stieß sich ab und rannte los. Der versammelten Menge entkam er mit Leichtigkeit. Hua Cheng tat wie geheißen und klammerte sich an ihm fest. Aus irgendeinem Grund fühlte sich die Umarmung vertraut an, aber Xie Lian hatte jetzt keine Zeit, über die Vergangenheit nachzugrübeln. Er musste so schnell wie möglich dem himmlischen Hof Bericht erstatten. Ohne weiter nachzudenken, schickte er eine Nachricht in den Kommunikationskanal, wie er es immer tat. »Mit Lingwen ist etwas passiert! Ich ...«

»Ich weiß«, sagte Lingwen.

»Falsch verbunden ...«

Im nächsten Moment trennte Lingwen die Verbindung.

Xie Lian war sprachlos. Er hatte stets direkt mit Lingwen Kontakt aufgenommen, wenn es etwas zu berichten gab. Doch nun war Lingwen selbst das Problem. Er hatte nicht überlegt und tatsächlich sie selbst kontaktiert, um ihr zu berichten, dass es mit ihr ein Problem gab. Er wusste nicht, ob er lachen oder weinen sollte.

Während er mit Hua Cheng auf dem Arm floh, verband er sich mit dem öffentlichen Kommunikationskanal und rief: »Hört alle her! Alarmiert den himmlischen Hof! Lingwen trägt den Brokatheiligen, sie konnte entkommen!«

Doch niemand im Kommunikationskanal schenkte Xie Lians Worten Beachtung. Es herrschte ein ohrenbetäubendes Durcheinander, als wäre etwas vorgefallen.

»Eure Hoheit? Habt Ihr etwas gesagt?«, rief Feng Xin. »Es ist gerade etwas chaotisch ...«

»Feng Xin!«, antwortete Xie Lian mit lauterer Stimme. »Ich sagte, Lingwen ist die Schöpferin des Brokatheiligen! Sie ist entkommen und sie trägt ihn! Nehmt Euch vor ihr in Acht!«

»Was?! Das ist wirklich passiert?«

Xie Lian wollte gerade alles erklären, da riss der Lärm in seinem Ohr plötzlich ab und er konnte nichts mehr hören. Verwirrt versuchte er erneut, sich zu verbinden. »Hallo? Ist noch jemand da?«

Er probierte es mehrere Male, aber niemand antwortete ihm.

»Es ist zwecklos«, sagte Hua Cheng. »Lingwen hat den offenen Kommunikationskanal des Oberen Hofs erstellt. Sie muss ihn gerade zerstört haben. Er muss völlig neu aufgebaut werden.«

»Was sollen wir dann tun?«

Wenn er nicht mit Lingwen oder dem Windmeister sprach, kommunizierte er ausschließlich über den offenen Kommunikationskanal mit dem Oberen Hof. Er kannte keine privaten Passwörter anderer Himmelsbeamter.

Nun, da der Kanal zerstört war und er nicht auf Lingwen oder den Windmeister bauen konnte, war er ratlos.

Hua Cheng schien seine Sorgen zu erahnen. »Sei unbesorgt. Du hast die wichtigste Information übermittelt. Nicht alle Himmelsbeamten am Oberen Hof sind Dummköpfe und Jun Wu hält sich zurzeit im Himmel auf. Solange er davon erfährt, ist alles in Ordnung.«

Xie Lian hatte denselben Gedanken gehabt und nickte zustimmend.

In seinem wilden Lauf hatte er bereits mehrere Berge überquert und die Meister weit hinter sich gelassen. Es schien jedoch nicht so, als würde es ihnen gelingen, den Brokatheiligen und Quan Yizhen einzuholen.

»Großer Bruder, wenn du den Brokatheiligen noch einholen willst, solltest du ihm dicht auf den Fersen bleiben.«

Doch Xie Lian schüttelte den Kopf. »Das ist hoffnungslos. Und da Qiying sie jagt, haben wir Wichtigeres zu tun.« Er starrte Hua Cheng in seinen Armen mit einem festen Blick an. »San Lang, deine Gestalt ... hat sich wieder verändert.«

Zuvor, als Hua Cheng Lang Yings Gestalt angenommen hatte, hatte er das Aussehen eines fünfzehn- oder sechzehnjährigen Jungen gehabt. Es wäre nicht leicht für Xie Lian gewesen, ihn zu tragen, und es hätte auch nicht gerade schicklich ausgesehen. Aber Hua Cheng schien geschrumpft zu sein. Er sah nun aus, als sei er höchstens elf oder zwölf. Xie Lian konnte ihn mit Leichtigkeit tragen, er konnte ihn einfach auf den Arm nehmen. Doch auch wenn er jünger wirkte, seine gelassene und selbstsichere Ausstrahlung war unverändert. »Das macht nichts. Mach dir keine Sorgen, großer Bruder. Der Berg wird bald seine Tore öffnen. Die Gestalt zu ändern ist nur eine vorläufige Taktik. Wenn alles vorbei ist, werde ich wieder ganz der Alte sein.«

Während er sprach, wickelte er den Verband von seinem Kopf ab. Aus einem schneeweißen Gesicht blickte ein tiefschwarzes Augenpaar Xie Lian an. Die Züge des hübschen jungen Mannes waren bereits deutlich in dem Kindergesicht zu erkennen. Obwohl er ein Kind war, hatte er schon den vertrauten lässigen und entspannten Ausdruck.

Xie Lian schwieg und sah ihn wie gebannt an.

Hua Cheng runzelte die Stirn. »Hoheit, du ...«

Mit einem Mal streckte Xie Lian seine freie Hand aus und kniff Hua Cheng in die Wange.

Vollkommen überrumpelt starrte Hua Cheng ihn mit aufgerissenen Augen an, während Xie Lian an seiner Wange zog. »Großer Bruder ...!«

Xie Lian lachte laut auf. »Ha ha ha ha ha ha ... Entschuldige bitte, San Lang, aber du bist einfach zu süß. Ich konnte nicht anders, ha ha ha ha ...«

Xie Lian fuhr fort, ihn liebevoll zu kneifen. »Also, San Lang, wirst du dich noch weiter verändern?«, fragte er sanft. »Wirst du zu einem Kind von fünf oder sechs Jahren werden? Oder sogar zu einem Kleinkind?«

Als er die frohe Erwartung in Xie Lians Stimme hörte, antwortete er in hilflosem Ton: »Ich fürchte, ich muss dich enttäuschen.«

Xie Lian ließ seine Hand sinken und grinste. »Ach was. San Lang, du könntest mich niemals enttäuschen. Ich bin nur froh, dass ich dich beschützen kann.«

»Ich bin nicht froh«, brummte Hua Cheng düster.

»Wieso?«

Eisig sagte Hua Cheng: »Ich ... hasse es, so auszusehen.«

Xie Lian konnte eine Spur von Bitterkeit aus seiner Stimme heraushören. Er sah ihn erstaunt an.

Hua Cheng ließ den Kopf sinken. »Ich möchte nicht, dass du mich in so einem hilflosen Zustand siehst, und noch weniger möchte ich, dass du mich beschützen musst.«

Er machte einen so verletzlichen Eindruck – vielleicht lag es daran, dass er jünger geworden war. Xie Lian spürte, wie es sein Herz rührte. Schnell schloss er den Jungen in seine Arme und tätschelte ihm sanft den Rücken. Er schmunzelte. »Wenn es danach ginge, dürfte ich schon gar nicht mehr leben wollen – so oft, wie du mich schon gesehen hast, als ich völlig am Ende war. Außerdem bist du im Augenblick ja nicht wirklich nutzlos. Du musst nur deine Kräfte aufsparen, das ist alles.«

Hua Cheng vergrub sein Gesicht an Xie Lians Schulter und sagte bedrückt: »Das ist etwas anderes. Hoheit, ich muss unbedingt der Stärkste sein. Ich muss stärker sein als alle anderen. Nur so kann ich ...« Obwohl er mit seiner weichen, sanften Kinderstimme sprach, schwang ein Anflug von Erschöpfung in seinen Worten mit.

»Du warst immer schon der Stärkste. Aber du musst nicht in jedem einzelnen Moment jeden Tages stark sein«, beruhigte ihn Xie Lian. »Sieh es einfach so, dass ... du mir hilfst, mein Gesicht zu wahren, indem du dieses eine Mal zulässt, dass ich derjenige bin, der dich beschützt. Bitte, geht das?«

Es dauerte lange, bis Hua Cheng wieder den Kopf hob. Er legte Xie Lian die Hände auf die Schultern und blickte ihn an. »Hoheit. Warte auf mich.«

»Gut, ich warte auf dich«, versprach Xie Lian.

Hua Cheng versicherte ihm voller Ernst: »Gib mir etwas Zeit. Ich werde sehr bald wieder zurück sein.«

Xie Lian lächelte ihn an. »Du musst dich nicht hetzen. Lass dir ruhig Zeit.«

Am nächsten Tag erreichten die beiden eine kleine Stadt. Xie Lian hielt Hua Cheng an der Hand und die beiden, groß und klein, spazierten vergnügt plaudernd durch die Straßen.

»Die Erschütterungen des Berges Tonglu machen den Geisterkönigen älterer Generationen stark zu schaffen. Trifft das auch auf das Schwarze Wasser zu?«, fragte Xie Lian.

Hua Cheng hatte eine Hand hinter dem Rücken, mit der anderen hielt er Xie Lians Hand. »Ja. Aber unsere Situation ist nicht dieselbe, so wie auch unsere Kultivierungsmethoden nicht dieselben sind. Also reagieren wir auch unterschiedlich auf diese Belastung.«

»Wie könnte er zum Beispiel reagieren?«

»Vielleicht mit einem Winterschlaf.«

Vor Xie Lians innerem Auge tauchten plötzlich große Schriftzeichen auf: *Iss, wenn du hungrig bist, schlafe, wenn du satt bist.*

»Als das Schwarze Wasser noch ein Mensch war, musste er die Qualen des Gefängnisses erdulden. Wenn es nur alle drei Tage eine Mahlzeit gibt, isst man, selbst wenn es Dreckwasser ist. Der Hunger hat seinen Magen ruiniert. Manchmal isst er, ohne aufzuhören, manchmal verweigert er jegliche Nahrung«, erklärte Hua Cheng.

Xie Lian dachte nach und sagte: »Kein Wunder, dass er so gut darin ist, Dinge zu verschlingen.«

In Anbetracht seiner Lage hätte He Xuan sich darauf spezialisieren können, Hungergeister zu verschlingen. Da er dieselben Eigenschaften hatte, hätten sie seinem Appetit am ehesten entsprechen müssen. Doch die meisten der über fünfhundert Geister, die der Dunkle Wasserdämon Xuan aufgefressen hatte, waren Wassergeister. Der Grund dafür war wohl, dass er sich an Shi Wudus Gesicht erinnerte und auf diese Weise seine Wassermagie brechen wollte. Jedes Mal, wenn er sich überfressen hatte, musste er eine Verdauungspause einlegen.

»Ganz genau. Und wo wir gerade dabei sind: Qi Rong hat mit seinen Menschenfleisch-Fressorgien versucht, ihn zu imitieren«, sagte Hua Cheng.

Einen Moment lang war Xie Lian sprachlos. *Menschen essen und Geister essen, wie kann man das vergleichen?*

Nachdem er kurz nachgedacht hatte, fragte er: »Der Wald aus aufgehängten Leichen ... wollte er damit dich imitieren?«

»Ganz genau. Er wollte meine Blutregenszenerie für sich beanspruchen, aber er wusste nicht, wie ich es gemacht habe. Also hat er einfach reihenweise Leichen aufgehängt.«

Heute verstand Xie Lian endlich, warum niemand wusste, was er sagen sollte, wenn die Rede auf Qi Rong kam. Für den äußeren Schein hatte er genug getan, aber ihm fehlten Stil und Substanz. Xie Lian seufzte. *Qi Rong hat Guzi mit sich genommen. Wer weiß, ob er den armen Jungen verlassen oder aufgefressen hat. Und der Windmeister... wer weiß, ob das Schwarze Wasser ihn in seiner Gewalt hat. Ich hoffe nur, sie sind beide in Sicherheit.*

Dann fragte er: »Was ist eigentlich mit der Geisterstadt? Kann es nicht sein, dass jemand dort für Unruhe sorgt?«

»Ich habe die Stadt versiegelt, als ich gegangen bin, und ich habe falsche Informationen über meinen Verbleib in Umlauf gebracht. Wenn jemand Ärger macht und ich nirgends zu finden bin, wird man ihm das Leben schwer machen. Aber mit Sicherheit sind gerade viele Augen auf diesen Ort gerichtet.«

Hua Cheng konnte nicht in die Geisterstadt zurückkehren und Xie Lian konnte ihn nicht mit in den Himmel nehmen – die Gefahr, dass ein Himmelsbeamter Hua Cheng enttarnen könnte, war zu groß. Daher stromerten sie ziellos im Reich der Sterblichen umher.

Xie Lian runzelte die Stirn. »Du hast falsche Informationen in Umlauf gebracht – aber Lingwen hat wahre Informationen verbreitet. Ich habe immer noch nicht verstanden, wie sie deine Tarnung als Lang Ying durchschauen konnte.«

»Ich verstehe auch etwas nicht.«

»Was denn?«

»Dieser stinkende Mönch, Himmelsauge. Ich habe ab und an schon mit ihm zu tun gehabt. Seine Fähigkeiten sind nicht übel.«

»Ja, das stimmt. Er ist ziemlich talentiert.«

»Richtig. Warum also hat er behauptet, an deinen Lippen Geister-Qi zu sehen?«, fragte Hua Cheng.

Xie Lians Hände verkrampften sich, er lockerte seinen Griff aber augenblicklich wieder, als er sich erinnerte, dass er noch immer Hua Chengs Hand hielt.

Dieser ließ ihn nicht vom Haken. Grimmig sagte er: »Großer Bruder, versuch nicht, mich mit denselben Worten abzuspeisen wie diese Dummköpfe. Sag mir, was ich dir in dieser Nacht angetan habe.«

Es geht nicht um das, was du mir angetan hast. Eher, was ich dir angetan habe ..., dachte Xie Lian bei sich.

Plötzlich leuchteten seine Augen auf. »Moment mal, San Lang, sieh mal!«

»Großer Bruder?«

Aber da hatte Xie Lian ihn schon in ein großes, luxuriöses Geschäft am Straßenrand gezogen. Der Ladenbesitzer stand am Tresen und musterte die beiden von oben bis unten – einer groß, der andere klein, einer ein Kultivierer, der andere ein gewöhnlicher Mensch, was für ein seltsames Paar.

»Kann ich etwas für Euch tun, Meister?«, fragte er.

Xie Lian hob Hua Cheng hoch, damit der Ladeninhaber ihn besser sehen konnte. »Für mich nicht, aber für ihn.«

Hua Cheng legte den Kopf schief.

Nach einer halben Stunde trat Hua Cheng aus dem Hinterzimmer des Ladens.

Lang Yings Kleider waren für einen fünfzehn oder sechzehn Jahre alten Jugendlichen bestimmt gewesen und hatten dem gegenwärtigen Hua Cheng nicht mehr gepasst. Also hatte Xie Lian ihm eigens neue Kleider ausgesucht. Als er ihn nun erblickte, leuchteten seine Augen auf. Was für ein anmutiger kleiner Edelmann, die Haut so weiß wie Schnee.

Angetan mit einem Gewand so rot wie Ahorn und Feuer und einem Paar Stiefeln aus Hirschleder, die mit silbernen Kettchen verziert waren, sah Hua Cheng gleichzeitig hübsch und schneidig aus. Sein rabenschwarzes Haar trug er offen. Zuvor hatte er auf der rechten Seite einen einzelnen kleinen Zopf getragen, Xie Lian hatte allerdings nicht widerstehen können, ihm dazu passend an der linken Seite einen zweiten zu flechten. Damit sah er noch aufgeweckter aus. Das Beeindruckendste aber war sein Ausdruck. Seine Augen waren lebhaft und temperamentvoll, gleichzeitig ruhig und gefasst – er wirkte überhaupt nicht wie ein Kind. Der Kontrast machte es schwer, den Blick von ihm abzuwenden. Die Damen, die in dem Geschäft einkauften, scharten sich um ihn und hielten sich die Hände vor die Brust, während sie verwundert »Oh!« und »Ah!« ausriefen.

Hua Cheng schlenderte auf Xie Lian zu, der leise in die Hände klatschte. »Wie ich es mir gedacht habe. Rot steht dir am besten.«

Hua Cheng zupfte hilflos an dem kleinen Zopf an der linken Seite seines Kopfes. »Solange es dich glücklich macht«, murmelte er.

Xie Lian zog ihn in seine Arme und trat lächelnd mit ihm an den Tresen, um zu bezahlen. Die Kleider waren nicht billig und normalerweise hätte Xie Lian nicht genug Geld gehabt, um in einem so schicken Laden einzukaufen. Doch er hatte ein kleines Vermögen angespart, um den Schrein zu renovieren. Nun, da nichts mehr da war, was er hätte renovieren können, konnte er es sich leisten, Hua Cheng neue Kleider zu kaufen.

Während er Münze für Münze sein Geld abzählte, trat Hua Cheng vor und knallte dem verdutzten Ladeninhaber lautstark ein Stück Goldfolie auf den Tresen.

Alle Anwesenden waren sprachlos.

»Behaltet den Rest«, sagte Hua Cheng. »Komm, großer Bruder, wir gehen.« Er zupfte Xie Lian am Ärmel und verließ den Laden mit hinter dem Rücken verschränkten Händen.

Xie Lian lächelte und ging ihm hinterher, blieb aber überrascht stehen, als Hua Cheng sich plötzlich wieder umdrehte und ihm direkt in die Arme lief, als er den Laden gerade verlassen wollte.

Xie Lian fasste ihn an den Schultern. »Was ist los?« Er blickte nach draußen und sah eine bekannt aussehende Gestalt unter den vorbeilaufenden Menschen vor der Tür. Sein Herz verkrampfte sich.

»Möchtet Ihr noch etwas kaufen?«, fragte der Ladenbesitzer.

Xie Lian hob seine Hand. »Ja. Bitte bringt mir dieses Gewand dort.«

Kapitel 73:

Aufruhr im düsteren Gasthaus in der Einsamkeit der Berge

Der Ladenbesitzer sah ihn verblüfft an. »Was? Dieses dort? Meister, seid Ihr sicher?«

»Ja, dieses«, bestätigte Xie Lian.

Schnell trat er vor und nahm sich das Gewand selbst. Dann hob er Hua Cheng hoch, eilte ins Hinterzimmer des Ladens und verschwand hinter einem Vorhang. Das Kleidergeschäft war äußerst innovativ: Es verfügte über eine kleine Kabine, sodass die Käufer die Kleidung, die sie kaufen wollten, anprobieren konnten. Die Kunden begriffen nicht, was die plötzliche Hektik sollte.

Nur wenige Augenblicke später ging ein prächtig gekleideter Kultivierer an der Straße vor dem Laden vorbei. Er rieb sich murmelnd die Stirn. Ihm folgte ein Pulk aus seltsam aussehenden Mönchen und Meistern. Als er die Menschenansammlung in dem Laden sah, fragte er unwirsch: »Was gibt es denn da zu sehen?«

»Ach, kommt schon, kümmert Euch nicht darum. Lasst uns schnell gehen. Ich muss wieder auf die Toilette.«

»Wartet. Bruder Himmelsauge, hier sind so viele Leute. Wir könnten fragen, ob jemand sie gesehen hat.«

»Meine lieben wohltätigen Damen, habt Ihr vielleicht einen weiß gekleideten Kultivierer in Gesellschaft eines kleinen Kindes mit verbundenem Kopf gesehen?«

Die Kunden gaben keine Antwort, aber manche von ihnen warfen unbewusste Blicke in den hinteren Teil des Ladens. Die Mönche merkten auf, sie machten Gesten, die »Lasst uns mal nachsehen« besagten.

Himmelsauge betrat den Laden und ging mit angehaltenem Atem langsam auf den Vorhang der Kabine zu. Mit einem Ruck riss er ihn auf und ein spitzer Schrei drang aus dem Inneren.

Hinter dem Vorhang saß eine Frau. Ihr langes rabenschwarzes Haar war zu einem lockeren Dutt zusammengebunden, um ihren schlanken, weißen Hals trug sie ein schwarzes, fingerbreites Band und ein dünnes

Silberkettchen. Sie war gerade dabei, ihre Kleider auszuziehen, ihre schneeweiße Schulter und beinahe ihr ganzer Rücken waren entblößt. Es sah aus, als könnte ihr jeden Moment das Kleid ganz herabgleiten – ein Anblick, der einem die Schamesröte ins Gesicht trieb und das Herz schneller schlagen ließ.

Nachdem Himmelsauge den Vorhang aufgezogen hatte, hielt sie sich zitternd die Ärmel vors Gesicht und wimmerte leise, als wäre sie zu Tode erschrocken durch diesen plötzlichen und groben Überfall.

Himmelsauge ließ augenblicklich den Vorhang wieder los und stammelte: »Das ... das ... da...da... das tut mir leid!«

Die Mönche und Kultivierer, die ihm nachgelaufen waren, schrien ebenfalls: »Was für ein Vergehen!«

Sie hielten sich allesamt die Augen zu. Die »Frau« nutzte diese Gelegenheit und fuhr herum – natürlich war es kein anderer als Xie Lian. Hua Cheng hatte auf seinem Schoß gesessen und war durch seinen Körper vor ihren Blicken verborgen geblieben. Xie Lian war zwar ein Mann und seine Schultern waren breiter als die einer gewöhnlichen Frau, dadurch dass er die Kleider jedoch nur halb ausgezogen und sich in einem entsprechenden Winkel hingesetzt hatte, hatte er dennoch die gewünschte Wirkung erzielt.

Hua Cheng auf dem Arm tragend, hob er mit der freien Hand den Rock an und sauste wie der Wind an den schreienden Mönchen und Kultivierern vorbei, während diese sich noch die Augen zuhielten.

Der Ladenbesitzer und die Kundschaft blieben vor Schreck wie angewurzelt stehen. Als der Besitzer ihn davonlaufen sah, wollte er ihn zunächst aufhalten. Doch als er gerade den Mund auftun wollte, fiel sein Blick auf die Goldfolie auf seinem Tresen. Der Preis für die Kleidung war damit mehr als beglichen. Und so schloss er den Mund wieder, zuckte mit den Schultern und dachte nicht mehr darüber nach.

Mit Hua Cheng auf dem Arm rannte Xie Lian so schnell er konnte davon, nichts als ein Staubwölkchen blieb zurück. Die Passanten auf den

Straßen konnten nur das verschwommene Bild einer »Frau« mit einem Kind im Arm erkennen, die schnell und geschmeidig wie ein Jaguar an ihnen vorbeiraste. Wie eine Bugwelle zog sie eine Spur von aufgewirbeltem Staub hinter sich her, die die Leute husten ließ. Ein kleiner Essensstand am Straßenrand bekam besonders viel ab und der Besitzer schimpfte: »He, spinnst du?!«

Xie Lian nahm sich die Zeit, sich im Laufen zu ihm umzudrehen, und rief: »Ja, ich spinne, es tut mir leid!«

Hinter sich hörte er laute Rufe: »Bleibt stehen ...«

Als er sich erneut umwandte, sah er, dass die Gruppe aus dem Kleidergeschäft eilte.

Ich frage mich, was Leute, die »Bleibt stehen!« rufen, sich eigentlich denken. Es ist doch offensichtlich, dass die Person, die vor ihnen davonläuft, nicht stehen bleiben wird. Im Gegenteil, sie spart sich ihre Atemluft und kann dadurch noch schneller laufen, dachte er sich. Dabei konzentrierte er sich darauf, noch schneller zu laufen.

Die Menge, die nun durch die Straßen spurtete, wirbelte noch deutlich mehr Dreck auf. Die ganze Luft war von Staub erfüllt. Der Besitzer des Essensstandes konnte nicht einmal mehr schimpfen, voller Wut warf er seinen Wok auf den Boden. »Verdammt, kann man nicht mal mehr in Ruhe kochen?!«

Nach einer wilden Jagd von mehreren Stunden ging den Mönchen endlich die Puste aus und sie wurden langsamer. Xie Lian, der in der Kunst des Fliehens geübt war, gab keinen Laut von sich und hielt bis zuletzt durch. Nachdem er die Verfolger endgültig abgehängt hatte, setzte er Hua Cheng ab und blieb nach Luft schnappend am Straßenrand stehen.

Hua Cheng hielt ihn an den Schultern und sagte: »Atme nicht zu heftig ein, verletz dich nicht.«

Xie Lian sah, wie er die Stirn besorgt runzelte, aber da er das Gesicht eines kleinen Kindes hatte, konnte er sich nicht beherrschen und musste lachen. »Ha ha ha ha ha ha ... Ah!«

Er hatte so abrupt zu lachen angefangen, dass ihm ein scharfer Schmerz in die Rippen fuhr und er sich die Brust hielt. Als er sah, wie Hua Cheng bleich wurde, winkte er ab. »Es ist nichts ... He, sieh mal, ist das da drüben ein Gasthaus?«

Tatsächlich war nicht weit von ihnen entfernt ein Gasthaus. Ein warmer gelber Schein ging von ihm aus und erhellte den blauen Schleier der Nacht. Fast wirkte es, als wolle es Reisende anlocken.

Xie Lian richtete sich auf. »Lass uns dort einkehren und uns ausruhen.«

»Gut.«

Xie Lian fasste Hua Cheng bei der Hand und die beiden gingen auf das kleine Gebäude zu. Als sie vor der Tür standen, bemerkte Xie Lian, dass das Gebäude zwei Stockwerke hatte. Aus der Nähe sah es viel geräumiger aus. Er hob die Hand und pochte an die verschlossene Tür. »Ist jemand da? Wir suchen ein Quartier für die Nacht.«

Kurz darauf war eine Stimme von drinnen zu hören: »Wir kommen, wir kommen!«

Die Tür öffnete sich. Einige Bedienstete traten lächelnd vor, um sie zu begrüßen. »Willkommen der He...«

Sie hatten »der Herr« sagen wollen, aber als sie sahen, dass die Person, die vor ihnen stand, Frauenkleider trug, verbesserten sie sich schnell: »Willkommen, Fräu...«

Bevor sie aussprechen konnten, trat Xie Lian mit Hua Cheng an der Hand aus der Dunkelheit hervor. Wenn ein Kind dabei war, konnte das keine unverheiratete Frau sein, also verbesserten sie sich erneut. »Willkommen, die Da...«

Das Wort »Dame« hatte ihre Lippen noch nicht verlassen, da wurde Xie Lians Gesicht vom Licht aus dem Gasthaus erhellt. Dieser Gast trug zwar Frauenkleider, aber um ehrlich zu sein ... sein Gesicht mochte sanft sein und weiche Züge aufweisen, aber nichtsdestotrotz war es ein

Männergesicht. Sie verstummten augenblicklich und verfielen dann auf ihre ursprüngliche Grußformel. »Willkommen, der Herr. Bitte, kommt herein.«

Xie Lian nickte lächelnd. Er hatte schon jede Art von Kleidung getragen und war so geübt darin, dass er sich nicht mehr das Geringste dabei dachte. Mit Hua Cheng an der Hand trat er über die niedrige Schwelle und setzte sich an einen Tisch in einer Ecke des Gastraums.

Außer den Bediensteten war niemand da. Sie hatten die Tür sofort wieder geschlossen. Weiterhin lächelnd versammelten sie sich um den Tisch – doch es war ein Lächeln, das Xie Lian Unbehagen bereitete.

Er nahm die Speisekarte zur Hand. »Es ist nicht einfach, so weit draußen ein Gasthaus zu finden.«

»Ja, das stimmt wohl«, antworteten die Bediensteten. »Es ist auch nicht einfach, mitten in der Nacht Gäste wie Euch zu bekommen.«

Das Lächeln, das sie unentwegt im Gesicht trugen, wirkte falsch, fast wie aufgemalt. Xie Lian ließ sich sein Unbehagen nicht anmerken. Er überflog die Speisekarte und bestellte einige Gerichte. Die Bediensteten gingen fröhlich davon, um seine Bestellung der Küche zu übermitteln.

Hua Cheng spielte mit seinen Stäbchen. »Großer Bruder, wir sind in einem zwielichtigen Geistergasthaus.«

»Mhm«, machte Xie Lian.

Hier, mitten im Nirgendwo, wäre es schon beachtlich gewesen, wenn sie ein kleines einstöckiges Gasthaus mit einem oder zwei Bediensteten gefunden hätten. Dass es hier ein so großes Etablissement mit so vielen Angestellten gab, war an sich schon verdächtig. Das allein war aber natürlich noch kein handfester Beweis. Was Xie Lian überzeugt hatte, war der schwere Geruch nach frischem Blut, den er bemerkt hatte, sobald er eingetreten war. Gewöhnliche Leute hätten den Geruch vielleicht nicht wahrgenommen, aber für ihn mit seinen scharfen Sinnen und seinem Erfahrungsschatz war er überdeutlich.

»Im oberen Stockwerk sind viele Leute. Ich höre ihre Schritte. Ich frage mich, ob das auch Übernachtungsgäste sind«, sagte Xie Lian.

Wenn es welche waren, mussten sie sie retten. Die beiden saßen einander gegenüber und steckten für lange Zeit flüsternd die Köpfe zusammen.

Die Angestellten kamen mit den bestellten Speisen. »Hier, bitte.«

Gerade wollte Xie Lian etwas entgegnen, da nahm er draußen eine Bewegung wahr. Er stand auf und sagte: »Wir möchten uns im Zimmer ausruhen. Könnt Ihr das Essen hinaufbringen?«

»Natürlich doch.«

Xie Lian nahm Hua Cheng bei der Hand. Mit der anderen hob er mit gekonnter Leichtigkeit seinen Rock an, als sie die Treppe hinaufstiegen. Er wandte sich um. »Oh, noch etwas: Falls jemand nachfragen sollte, sagt bitte niemandem, dass Ihr uns gesehen habt.«

»Natürlich doch.«

Er ging hastig nach oben. Es dauerte nicht lange, da hörten sie ein donnerndes Klopfen an der Tür und eine laute Stimme rief: »Macht auf! Aufmachen!«

Die Angestellten öffneten lächelnd die Tür. Von Himmelsauge angeführt, strömte die unermüdliche Gruppe der Kultivierer ins Innere des Gasthauses.

Zu diesem Zeitpunkt hatten Xie Lian und Hua Cheng bereits ihr Zimmer im oberen Stockwerk betreten. Als sie die Tür hinter sich zuzogen, konnten sie noch hören, wie einige der Mönche »Toilette, Toilette, Toilette!« riefen und losrannten. Andere fragten derweil: »Habt Ihr Wasser?«

Voller Freude über die vielen Gäste antworteten die Bediensteten: »Wir haben Wasser. Wartet kurz, es wird sofort gebracht.«

»Hach, ich bin schon übervoll«, stöhnte Himmelsauge. »Diese absurden – wie heißen sie noch? – Kugeln der untadeligen Reinheit sind wirklich ein bösartiges Gift. Ich habe gerade einmal zwanzig Becher getrunken. Wie soll ich jemals einundachtzig hinunterbekommen?«

Xie Lian war sprachlos. Er hätte im Traum nicht gedacht, dass diese Menschen seine Worte so ernst nehmen würden. Er hatte ihnen gesagt, sie müssten einundachtzig Becher Wasser trinken, und genau das hatten sie vor.

»Amitabha Buddha. Ich habe schon fünfundzwanzig Becher Wasser getrunken und ich muss sagen, dass es ein sehr wirksames Gegengift ist. Ich fühle mich schon viel besser«, sagte einer der Mönche.

Als Xie Lian das hörte, wusste er nicht, ob er lachen oder weinen sollte. Er sah sich in dem Zimmer um und suchte nach Ritzen oder Spalten, durch die er etwas sehen konnte. Da hörte er Hua Cheng nach ihm rufen. Der Junge saß gebückt auf dem Boden an der Wand. »Großer Bruder, sieh mal hier.«

Xie Lian hockte sich zu ihm und betrachtete die Stelle auf dem Boden, auf die Hua Cheng zeigte, konnte allerdings nichts Ungewöhnliches entdecken. »Was ist denn hier?«

Hua Cheng stach plötzlich mit dem Finger in den Boden und augenblicklich tat sich an dieser Stelle ein kleines Loch auf. Ein dünner Lichtstrahl drang durch das Loch zu ihnen. »Hier, jetzt können wir etwas sehen.«

Xie Lian beugte sich über das Loch und spähte hindurch. Die Gruppe saß an einem langen Tisch in der Mitte des Gastraums. Himmelsauge schlug mit der flachen Hand auf den Tisch. »Hmpf! Wir waren zu unvorsichtig. Wenn wir diesen bösen Kultivierer das nächste Mal treffen, dürfen wir ihm keine Gelegenheit mehr bieten, uns reinzulegen! Wir müssen Hua ... Hua ... Hua Chengzhu ergreifen und im Namen des Himmels das Böse besiegen!«

»San Lang, wie hast du sie eigentlich so gegen dich aufgebracht?«, flüsterte Xie Lian.

Noch bevor Hua Cheng ihm antworten konnte, hörten sie, wie unten jemand dieselbe Frage stellte. »Ach, übrigens, das wollte ich noch fragen, wie kommt es, dass Ihr alle den Geisterkönig fangen wollt? Gibt es dazu eine Vorgeschichte?«

So begannen sie, ihre Anklagen aufzuzählen.

»Wenn ich nur darüber spreche, werde ich schon zornig. Vor zwanzig Jahren kam ich in ein Dorf, in dem ein von einem Geist besessenes Schwein durchgedreht war und den Haushalt des Dorfvorstehers zerstört hatte. Das Haus war eingestürzt und die ganze Familie dabei zu Tode gekommen. Das Schwein war in die Geisterstadt geflohen. Zu der Zeit war ich gerade neu im Geschäft. Ich habe das Geistwesen verfolgt, wurde aber von einem Haufen Geister zusammengeschlagen. Was für eine Erniedrigung! Hua Cheng schickte außerdem einen seiner Lakaien und ließ mir ausrichten, wenn man eine ganze Familie von Schweinen auffräße, sei es nur recht und billig, dass ein Schwein im Gegenzug die Familie umbrächte. Man habe Glück, wenn ein Schwein keine Rache wolle. Aber wenn doch, habe man es nicht anders verdient. Sagt selbst, was ist das für eine verdrehte Logik?«

»Was für ein Zufall! Unsere Sekte hat etwas Ähnliches erlebt, nur war es in unserem Fall ein besessener Hahn.«

»Unsere Geschichte ist simpel. Weil der Himmelsbeamte, den wir verehren, auf seiner Abschussliste stand, brannte er alle Tempel nieder, ganz egal wie oft wir sie neu errichteten. Was für ein Ärgernis! Wie sinnlos!«

»Ich habe auch etwas zu berichten. Ihr alle wisst, was meinem Bruder passiert ist, nicht wahr? Er war begabt und eine goldene Zukunft lag vor ihm. Er hatte nur einen kleinen Makel: Er konnte seine Finger nicht von den Frauen lassen. Vor Jahrzehnten hat eine Geisterprostituierte ihn verführt und ausgesaugt – wie Trockenobst sah er aus! Und dieser Hua ... Hua ... dieser Geisterkönig hat ihr auch noch Unterschlupf gewährt!«

Im Untergeschoss ereiferte man sich in glühenden Anklagen, während Hua Cheng, der von oben alles hörte, aussah, als würde er sich zu Tode langweilen. Er hatte für all das nicht einmal ein verächtliches Grinsen übrig.

»Ich glaube, ich habe von Eurem Bruder gehört«, sagte Himmelsauge. »War das nicht der, der unter dem Vorwand, magische Rituale durchzuführen, verheiratete Frauen vergewaltigt hat? Der, der für drei Monate eingesperrt wurde?«

Der Mann räusperte sich verlegen.

Da wurde die Gruppe dadurch abgelenkt, dass die Bediensteten die Speisen auftrugen.

»Das Essen ist da. Kommt, genug geredet, Bruder Himmelsauge. Lasst uns essen.«

Xie Lian richtete sich auf. Hua Cheng warf einen Blick auf die Speisen, die die Angestellten auf den Tisch gestellt hatten. »Ich weiß, ohne hinzusehen: Wenn sie das essen, werden sie augenblicklich umkippen.«

»Das wird Ärger geben«, flüsterte Xie Lian.

Obwohl die Mönche und Kultivierer in ihrer Beharrlichkeit äußerst lästig waren, konnte Xie Lian sie nicht in diesem zwielichtigen Gasthaus ihrem Schicksal überlassen. Er konnte aber auch schlecht die Stimme erheben und sie warnen.

Plötzlich sagte Himmelsauge: »Moment!« Er starrte die Teller an und hielt die anderen davon ab, etwas zu essen. Eine kalte Schärfe lag in seinem Blick.

Es ist durchaus fähig, dachte Xie Lian anerkennend.

»Stimmt etwas nicht, Bruder Himmelsauge?«, wunderten sich die anderen.

Himmelsauge strich mit einem Finger über den Tellerrand. Dann hob er den Finger. »So viel Fett, dabei habe ich nur den Tellerrand berührt!«, rief er aufgebracht. »Das Geschirr ist nicht sauber. Was ist das hier für ein Laden?«

Xie Lian hatte gedacht, Himmelsauge hätte bemerkt, dass etwas nicht stimmte, aber der hatte etwas anderes im Sinn gehabt. Er war überrascht – doch das Resultat war dasselbe.

Als Himmelsauge ausgesprochen hatte, stimmten die anderen mit ein: »Meine Güte, er hat recht! Was ist dieses Klebrige hier? Es sieht aus wie Spucke ... Moment! Da ist ein Haar in diesem Essen!«

Jemand angelte mit seinen Stäbchen tatsächlich einige schwarze Haare aus dem Essen. »Verdammt, was ist in dieser Küche los? Wer zum Teufel arbeitet hier so schlampig?«

Die lächelnden Bediensteten rangen nervös die Hände. »Ähm ... Wir haben vor Kurzem einige Schweine geschlachtet. Das sind wahrscheinlich Schweineborsten.«

Aber als die Haare mit den Stäbchen aus dem Essen gezogen wurden, wurden sie immer länger und länger. »Welches Schwein hat denn so lange Borsten? Wäscht sich Eure Chefin die Haare in der Küche?«

»Nehmt alles weg und macht es noch einmal!«

»Jawohl«, sagten die Angestellten hastig. »Wir bereiten alles noch einmal zu. Bitte, meine Herren, trinkt.«

Sie sollten auch das Wasser nicht trinken. Mit Sicherheit ist auch etwas in den Bechern, dachte Xie Lian.

Noch bevor die ersten ihre Becher an die Lippen gesetzt hatten, rief Himmelsauge die Bediensteten zurück, die sich gerade erst zum Gehen gewandt hatten.

Einer von ihnen kam zurück und lächelte unterwürfig. »Braucht Ihr sonst noch etwas, Meister?«

»Lasst mich Euch etwas fragen. Habt Ihr eine seltsame Frau gesehen, die mit einem kleinen Kind unterwegs ist?«, erkundigte sich Himmelsauge.

Er fragt also tatsächlich nach. Zum Glück habe ich ihnen aufgetragen, uns nicht zu verraten, dachte Xie Lian.

Doch noch während er das dachte, antwortete der Bedienstete, ohne zu zögern: »Oh ja!«

Xie Lian stutzte.

Erstaunt setzten die Männer ihre Becher ab. Mit leiser Stimme fragten sie: »Wo sind sie?«

»Oben«, antwortete der Kellner ebenso leise.

Die Gruppe wurde sofort wachsam, alle Blicke richteten sich nach oben.

Xie Lian hielt schnell das Loch zu, das Hua Cheng mit seinem Finger in den Boden gestochen hatte. Kurz darauf hörten sie leise Geräusche, als würden mehrere Personen die Treppe hinaufschleichen.

Xie Lian lauschte an der Tür. Es schien, als habe der Kellner ihnen den Weg gewiesen und sie schlichen nun genau auf ihre Tür zu. In seinem linken Arm hielt er Hua Cheng, mit der rechten Hand hatte er das Schwert gegriffen. Ruoye hatte sich als Schutzschild direkt neben ihm aufgebaut. Alles war bereit und Xie Lian war angespannt und für einen Angriff gerüstet.

Doch die Schritte gingen an ihrem Zimmer vorbei und weiter den Flur entlang. Verdutzt trat er an die Tür und spähte durch einen Spalt nach draußen. Die Männer waren vorbeigegangen und hatten sich an einer anderen Tür versammelt.

Jemand schien sich in dem Zimmer aufzuhalten. Durch das papierne Fenster drang mattes Licht und der Umriss einer Frau, die am Tisch saß, zeichnete sich ab.

Er hätte nicht gedacht, dass der Angestellte tatsächlich sein Wort halten und ihre Anwesenheit geheim halten würde. Aber scheinbar gab es noch eine weitere »seltsame Frau«, die in Begleitung eines Kindes eingekehrt war.

Himmelsauge und die anderen warfen sich Blicke zu. Nachdem sie sich mit Gesten verständigt hatten, machten sie Anstalten, die Tür einzutreten.

Da erlosch plötzlich das Licht im Zimmer und der Umriss verschwand. Gleich danach waren hastige Schritte zu hören.

Eine Frau riss die Tür auf und schimpfte empört: »Was macht ihr stinkendes Mannsvolk hier? Was denkt ihr euch dabei, mitten in der Nacht vor meiner Tür rumzulungern? Eine Dame will hier ein Bad nehmen. Was habt ihr vor? Na?«

Die Figur der Frau war schlank und schön. Sie war ungeschminkt. Obwohl sie das Gebaren eines Kampfhahns an den Tag legte, war sie zweifellos durch und durch eine Frau. Sie schnalzte mit der Zunge, krempelte die Ärmel hoch und fuhr mit ihrer Schimpftirade fort: »Und auch noch eine Horde von Mönchen! Habt ihr keine Gelübde abgelegt? Wie ist das mit eurer Enthaltsamkeit?«

Einige der Mönche murmelten: »Das ist ein Missverständnis, ein Missverständnis ...«

Die Frau zog ihre Augenbrauen unglaublich hoch, dann hob sie die Hand, als wollte sie zuschlagen. »Es ist mir egal, ob es ein Missverständnis ist oder nicht! Verschwindet sofort von hier oder ich ertränke euch in der Wanne!«

»He, he, wohltätige Dame, wie könnt Ihr so reden? Denkt an Eure Tugend!«

»Lasst uns verschwinden ...«

Obwohl Xie Lian das Gesicht der Frau nicht erkennen konnte, kamen ihm ihre Stimme und ihre Art ungemein vertraut vor. Kurz darauf erschrak er, als er begriff, wer es war. »Lan Chang?«

»Ganz genau. Sie ist es«, bestätigte Hua Cheng.

Als die Gruppe sich von dannen schlich, schien Lan Chang erleichtert aufzuatmen. Sie blickte sich um, dann ging sie schnell wieder in ihr Zimmer zurück und schloss die Tür hinter sich. Ausnahmsweise hatte sie der Welt heute ihr wahres Gesicht gezeigt, das sie sonst unter dicker Schminke verbarg. Obwohl sie Falten um die Augen hatte, die ihr Alter verrieten, war sie unerwarteterweise auf elegante Art schön. Xie Lian hätte sie beinahe nicht erkannt. Wäre sie an jenem Tag im Shenwu-Palast so aufgetreten, wäre Pei Mings Unschuldsbeteuerung weniger glaubwürdig gewesen.

Während der ersten Welle der Erschütterungen, die von der Öffnung des Tonglu-Berges herrührten, war es vielen Geistern und Dämonen gelungen, aus ihrer Gefangenschaft zu entkommen. Lan Chang und der Fötusgeist gehörten dazu. Wenn die »seltsame Frau« Lan Chang war, musste das bedeuten, dass das »Kind« ...

»Der Fötusgeist muss bei ihr sein«, flüsterte Xie Lian Hua Cheng zu. »Diese Geistkreatur ist zu gefährlich, wir können sie nicht frei herumlaufen lassen.«

Doch das Gasthaus, in dem sie sich aufhielten, war ohnehin schon reichlich zwielichtig. Und noch dazu war da eine Horde religiöser Meister, die Hua Cheng jagten. Unter diesen Umständen würde es für Xie Lian und Hua Cheng nicht leicht werden, Lan Chang einzufangen.

Die Mönche und Kultivierer hatten die Treppe erreicht. »Was ist? War das nicht die Person, nach der die Herren gefragt haben?«, erkundigten sich die Angestellten.

»Nein«, antwortete Himmelsauge und seufzte schwer. »Lasst mich noch einmal fragen: Habt Ihr einen Kultivierer mit einem kleinen Kind gesehen?«

Der Kellner dachte nach. »Kein Kind, aber ein Kultivierer ohne Begleitung ist hier.«

Als sie das hörten, schöpften sie wieder Hoffnung. »Wo ist er?«, fragten sie leise.

Ebenfalls mit leiser Stimme antwortete der Kellner: »Dort.«

Dieses Mal zeigte er auf ein anderes Zimmer. Die Männer tauschten wieder Blicke aus und schlichen auf Zehenspitzen auf die Tür zu, die der Kellner ihnen gewiesen hatte.

Als sie noch einige Schritte von der Zimmertür entfernt waren, schnitt plötzlich ein scharfes Geräusch durch die Luft. Ein gelber Talisman kam aus dem Türschlitz geschossen, flog dicht an Himmelsauges Gesicht vorbei und blieb wie ein Nagel in der Wand hinter ihm stecken. Verblüfft sah die Gruppe nach und fand den Talisman zur Hälfte in die Wand eingesunken, als wäre er aus Eisen. Die Männer blickten einander verdutzt an.

Einige von ihnen wollten sofort das Zimmer stürmen, doch Himmelsauge hielt sie auf. »Das ist er nicht. Aber es ist jemand mit gewissen Fähigkeiten. Wir sollten nichts überstürzen.« Dann gestikulierte er mit einem Arm hinter dem Rücken und rief dem Gast zu: »Entschuldigt die Störung, Meister. Es war nur ein Missverständnis.«

Derjenige im Raum enthielt sich einer Antwort – ganz wie ein ehrwürdiger Meister.

Als die Gruppe sich zurückzog, fragte einer: »Meister, warum habt Ihr gesagt, es sei nicht der, den wir suchen? Hat dieser Schrottsammler nicht mit ähnlichem Geschick diese Geheimwaffe nach uns geworfen?«

Schrottsammler ... Xie Lian musste kurz überlegen, bis er begriff, dass mit »Geheimwaffe« die Fleischklößchen der untadeligen Reinheit gemeint waren. *Nun gut, wenn ihr meint ...*

»Natürlich ist er es nicht«, sagte Himmelsauge leise. »Sie werfen beide mit verborgenen Waffen, aber der in diesem Raum ist etwas schwächer und nicht so geschickt wie der Schrottsammler ...«

Er hatte seinen Satz noch nicht beendet, als sieben oder acht weitere gelbe Talismane hinter ihm hervorgeschossen kamen und sich wie Pfeile in die gegenüberliegende Wand bohrten. Die Gruppe flüchtete voller Angst und ohne ein weiteres Wort nach unten.

Als er sah, dass sie fort waren, öffnete Xie Lian leise die Tür, zog einen der Talismane aus der Wand und ging ins Zimmer zurück. Hua Cheng nahm den gelben Talisman zwischen zwei Finger, sah ihn kurz an und warf ihn dann weg. »Himmelsauges Auge ist gar nicht mal schlecht ...«

Eine Schicht spirituelles Qi umgab die Oberfläche des gelben Talismans, deshalb war er scharf wie ein Messer und hart wie Stahl gewesen und hatte sich mühelos in die Wand bohren können.

Als Xie Lian die Fleischklößchen geworfen hatte, waren sie mit solcher Kraft durch die Luft geflogen, dass sie eisernen Geschossen geglichen hatten. Sie waren jedoch nicht durch spirituelle Kräfte verstärkt gewesen, es war nur seine eigene Körperkraft gewesen. Schließlich hatte er Jahrhunderte ohne spirituelle Kräfte verbracht und war schon lange daran gewöhnt, sich in allen Lebenslagen auf seine körperlichen Fähigkeiten zu verlassen. Himmelsauge hatte seine Fähigkeiten anhand der spirituellen Kräfte beurteilt.

Xie Lian dachte nach. *Wie viele Leute beherbergt dieses Gasthaus eigentlich noch? Warum übernachtet ein solcher Kultivierer hier? Ist er vielleicht auch hier, um Geister oder Dämonen zu fangen? Es ist nicht verwunderlich, dass diese sterblichen Mönche und Kultivierer nichts bemerken. Aber müsste jemandem mit Himmelsauges Fähigkeiten nicht sofort auffallen, dass mit diesem Ort etwas nicht stimmt? Wie dem auch sei, ich muss um jeden Preis verhindern, dass sie bemerken, dass San Lang hier ist. Wenn sie laut werden und dieser Kultivierer etwas mitbekommt, haben wir sonst noch einen Verfolger an der Backe. Und mit ihm fertigzuwerden, könnte noch schwieriger werden.*

Die Gruppe ging wieder nach unten und setzte sich an den langen Tisch im Schankraum. Xie Lian lugte durch das Loch, das Hua Cheng in den Boden gestochen hatte.

»Ich werde sofort veranlassen, dass Eure Bestellung neu zubereitet wird«, sagte der Kellner. »Bitte geduldet Euch noch etwas, meine Herren, he he he.«

»Wartet! Nehmt das Wasser auch mit. Spült die Becher gründlich, bevor ihr sie uns zurückbringt.«

»Ist gut, he he he.«

Der Kellner wandte sich mit einem breiten Lächeln im Gesicht ab. Wahrscheinlich ging er in die Küche. Bevor sie eingetreten waren, hatte

Xie Lian bemerkt, dass die Küche sich hinter dem Gebäude befand. Er nahm Hua Cheng auf den Arm und schlüpfte zum Fenster hinaus, um sich draußen umzusehen.

Als er um das Gebäude herumlief, hob er ein paar kleine Kieselsteine auf und hielt sie fest in der Hand – nur für den Fall, dass er sie später noch gebrauchen könnte.

Er schlich an der Wand entlang bis zur Küche. Hua Cheng streckte wieder den Finger aus und stach in die Wand. Ein kleines Loch tat sich auf, als sei sie aus Tofu. Xie Lian trat dicht heran und lugte hinein, neugierig, zu sehen, welches Geschöpf dieses unheilvolle Gasthaus betrieb.

Das Licht in der Küche war gedämpft. Nur einige schwache Öllampen brannten, und auch diese waren kurz davor auszugehen. Niemand war zu sehen. Doch als er genau hinhörte, konnte er ein Kaugeräusch aus einer Ecke hören.

Xie Lian veränderte seinen Blickwinkel mehrmals, bis er endlich entdeckte, dass das Geräusch von unter dem Herd kam. Der Herd verdeckte den Blick, aber oben auf dem Ofen war ein menschliches Bein zu erkennen. Sein Eigentümer war offensichtlich bereits tot, doch das Bein zuckte im Rhythmus des kauenden Geräuschs.

Mehrere Bedienstete betraten die Küche. »Mein König ...«

Ein zerzauster, schmutziger Mann hob ruckartig seinen Kopf hinter dem Herd. »Was?« Seine Stimme war durch den vollen Mund undeutlich. Die Lippen des Mannes waren von frischem Blut verschmiert und in seinen Augen schimmerte ein gieriger Glanz. Eine menschliche Hand hing ihm aus dem Mund, als wäre es ein Hühnerfuß. Seine Miene und sein Aussehen waren grausig – und seine Identität offensichtlich: Es war der Mann, von dessen Körper Qi Rong Besitz ergriffen hatte.

Er sog die Finger der Hand in seine vollen Backen. Kurz darauf spuckte er den Kellnern einige Knochen ins Gesicht. »Ihr unnützer Abschaum!

Ihr seid nichts als Scheiße!«, schimpfte er lauthals. »Kommt hier rein und jammert, als wärt ihr auf einer Beerdigung. Und ich dachte, ihr bringt was zu essen! Na? Wo sind die Menschen? Wo ist das Fleisch? Habe ich euch das Gift nicht schon gegeben? Warum sind sie noch nicht umgefallen?«

Die Person, die tot auf dem Boden lag – und gerade aufgefressen wurde –, war wohl entweder der eigentliche Besitzer des Gasthauses oder ein unglückseliger Reisender.

Die Angestellten antworteten bedrückt: »König, es ist nicht so, dass wir nutzlos sind. Diese Mönche sind wählerische Hurensöhne. Sie machen alles kompliziert. Erst haben sie sich beschwert, dass die Teller fettig sind, dann haben sie ein Haar im Essen gefunden ... Sie haben nichts von dem gegessen, was wir ihnen vorgesetzt haben.«

Qi Rong kaute lautstark, dann saugte er das restliche Blut aus den zehn Fingern.

»Was? Was zur Hölle? Ich werde ihnen eigenhändig eine Henkersmahlzeit kochen! Sie sollten Freudentränen weinen, dass sie nicht gezwungen werden, niederzuknien und ihr Essen vom Boden aufzulecken! Was fällt diesen Arschlöchern ein, sich zu beschweren? Die sollten probieren, was mein Cousin kocht – das ist schlimmer als Scheiße! Die werden schon lernen, in Dankbarkeit vor mir zu kriechen!«

Xie Lian hatte es die Sprache verschlagen.

»Großer Bruder, hör nicht auf das, was dieser Abschaum von sich gibt«, sagte Hua Cheng.

»Mhm«, antwortete Xie Lian nur.

Qi Rong sprang auf und schlug wild fluchend auf die Bediensteten ein. »Ihr seid nichts als nutzloser Dreck! Ihr seid schuld! Könnt ihr nicht mal das Geschirr richtig spülen?!«

Nachdem er sich an ihnen abreagiert hatte, krempelte Qi Rong seine Ärmel hoch und wischte sich mit einer Hand das Blut von den Lippen.

Noch immer fluchend und schimpfend, nahm er einen Kochlöffel zur Hand und schlug damit auf einen Wok ein, was einen Riesenlärm machte. »Noch mal! Macht eure Drecksaugen auf und bestaunt mein Können! Danach will ich sehen, ob einer von euch noch wagt, Schwachsinn zu reden!«

Flammen schossen in die Höhe und er bereitete geschickt eine neue Auswahl an Gerichten zu, die er dann die Bediensteten auftragen ließ.

Und was für Gerichte das waren! Es war reichlich Fleisch dabei, das Gemüse war taufrisch. Das Geschirr war sauber und alles war ansprechend angerichtet. Xie Lian kehrte in das Zimmer im Obergeschoss zurück und spähte hinab.

Die Mönche und Kultivierer staunten ehrfürchtig.

»Das sieht gut aus!«

»Ja. Das sieht wirklich gut aus. Vor allem diese Hühnerfüße mit Salz und Pfeffer. So fett und zart ... nur ... vielleicht etwas zu fett und zart? Ich habe noch nie Hühnerfüße mit so langen Zehen gesehen ...«

»Oh! Das ist die Spezialität unseres Hauses. Das sind keine gewöhnlichen Hühnerfüße. Es sind nur die sorgfältig ausgewählten besten Füße der seltenen weißen Phönixhühner«, erklärten die Kellner. »Die Krallen wurden entfernt. Sehen sie nicht verlockend aus? Ganz so wie die weichen, zarten Hände einer jungen Frau.«

»Ihr habt recht. Aber noch mehr freue ich mich auf diese gebratene Schweinehaut. Sie sieht knusprig und zart aus und hat genau die richtige Bräune ... Moment, hatte das Schwein etwa Tätowierungen?«

»Oh! Das liegt daran, dass unser Koch seine Fähigkeiten im Schnitzen zur Schau stellen wollte«, beteuerten die Kellner. »Er hat das absichtlich eingeritzt, um etwas anzugeben, das ist alles.«

»Diese süßsauren Rippchen sehen aus, als seien sie nicht durchgekocht, und die Sauce ist zu dick. Ihr versucht doch nicht etwa, mit dem Geschmack irgendetwas Komisches zu überdecken, oder doch?«

»Oh! Nichts dergleichen«, versicherten die Kellner. »Alles, was wir hier servieren, wurde am selben Tag geschlachtet und wird frisch zubereitet. Unser Koch bevorzugt stärkere Aromen, das ist alles.«

Als Xie Lian beobachtete, wie die Kultivierer die Speisen in den Himmel lobten und bereit waren, jeden Moment ordentlich zuzulangen, konnte er nicht länger tatenlos zusehen. Er warf einen der Kiesel, die er zuvor aufgelesen hatte, durch das kleine Loch. Sein Wurf traf Himmelsauges Hand, mit der er gerade seinen Becher heben wollte, der mit Wasser zur »Entgiftung« gefüllt war. Sein Arm zuckte und er schüttete das Wasser einem der lächelnden Kellner direkt ins Gesicht.

Obwohl das Wasser nicht heiß war, war es, als hätte er ihn mit kochendem Wasser überschüttet. Der Kellner heulte auf und hielt sich die Hände vors Gesicht. »Aaaah!«

Alle, die am Tisch saßen, zogen erschrocken ihre Waffen. »Was ist los?«

Himmelsauge packte die Hand des Kellners und zog sie beiseite. Alle in der Gruppe schnappten nach Luft. Es sah aus, als wäre Wasser auf ein Blatt Papier getropft. Die Gesichtszüge des Kellners verliefen, als seien sie aus Tinte. Verschwommene, verwischte Spuren von Farbe liefen an seinen Wangen hinab.

Das Gesicht des Angestellten und sein unveränderliches Lächeln waren mit einem Pinsel aufgemalt worden.

Ohne ein weiteres Wort kippten die Männer den Tisch um und prügelten auf die Angestellten ein.

Diese legten ihre Arme schützend um ihre Köpfe, während die Schläge auf sie einprasselten. »Meine Herren! Bitte hört auf!«, heulten sie. »Ähm, diese … diese Frau mit dem kleinen Kind, nach der Ihr sucht … dieser seltsame Kultivierer! Er ist oben! Er ist dort oben! Geht und sucht ihn! Lasst uns gehen! Wir sind doch nur Aushilfen!«

»Pah! Aushilfen? Wen wollt ihr belügen?«

»Versucht ihr, uns reinzulegen? Denkt ihr, uns kann man so leicht etwas vormachen? Dafür ist es jetzt zu spät!«

»Wir lügen nicht! Es ist wahr!«, riefen die Angestellten elendiglich aus.

Die Schlägerei wurde immer wilder und als er sah, dass die Mönche die Oberhand behielten, wandte Xie Lian sich kopfschüttelnd ab. Er hatte vor, das Durcheinanders zu nutzen, um Lan Chang und den Fötusgeist zu ergreifen.

Doch bevor er die Tür seines Zimmers auch nur öffnen konnte, hörte er einen schrillen Schrei aus dem Flur. Die verängstigte Stimme Lan Changs war zu hören: »Nein ... Ich flehe Euch an, ich will nicht! Bitte, ich flehe Euch an, lasst uns gehen! Ich gehe auf die Knie und verbeuge mich vor Euch!«

Die wütende Stimme eines jungen Mannes antwortete: »Wen kümmert es, ob du dich verbeugst? Wenn ihr geht, was kann ich ... was kann mein General dann noch tun? Scheiße, dieses Mal habt ihr beide es übertrieben! Genug sinnloses Gerede, ihr kommt mit mir mit!«

Als er diese Stimme hörte, stieß Xie Lian die Tür auf. »Ihr?«

Ein schwarz gekleideter junger Mann stand in dem langen Flur und versperrte Lan Chang den Weg. Seine Miene war finster. Er blickte erstaunt auf, als Xie Lian aus der Tür trat. »Ihr?«

Xie Lian trat aus seinem Zimmer. »Fu Yao? Warum seid Ihr hier?«

Lan Chang erblickte ihn und ihre Augen weiteten sich. »Kronprinz ...?«

Fu Yao ließ seinen Blick über ihn wandern. Seine Lippen zuckten, aber wenigstens verdrehte er nicht die Augen. »Was macht Ihr hier?«

Xie Lian sah an sich herab, dann zog er schnell die Frauenkleider aus, die er noch immer trug. »Das ist eine lange Geschichte.«

Da bemerkte Fu Yao Hua Cheng, der neben Xie Lian stand, und seine Augen verengten sich. »Du ...?!«, brüllte er außer sich.

Hua Cheng schnaubte nur und schenkte ihm keine Beachtung.

Lan Chang wollte diese Chance nutzen und die Flucht ergreifen. Fu Yao bemerkte es und fuhr herum. »Bleib stehen!«

Er hatte noch keinen Schritt getan, als ein langes weißes Seidenband hervorgeschossen kam und sich um ihren Knöchel schlang. Lan Chang stolperte und fiel, drehte sich aber sofort auf den Rücken, die Arme schützend um den Bauch gelegt. Offenbar war der Fötusgeist wieder in ihrem Leib verborgen.

Während er Ruoye wieder einrollte, sagte Xie Lian: »Wenn Ihr sie aufhalten wollt, müsst Ihr es so machen ... Nur zu rufen ist zwecklos. Übrigens, ich habe Euch eben über Euren General sprechen hören. Was ist mit ihm passiert?«

Fu Yao gab keine Antwort. Er schnaubte nur verächtlich, stürzte sich auf Lan Chang und ergriff ihren Arm. Er wirkte aufgebracht. Er packte eine Frau grob und ohne Rücksicht an und zuvor hatte er geflucht und »Scheiße« gesagt. Das war für Fu Yao wirklich ungewöhnlich. Noch bevor es ihm gelang, Lan Chang auf die Füße zu ziehen, schwoll ihr Bauch plötzlich an wie ein Ballon.

Eine weiße Gestalt schoss hervor und stürzte sich kreischend auf Fu Yaos Gesicht.

Der Fötusgeist!

Jedes Mal, wenn er in den Bauch seiner Mutter zurückkehrte, konnte er seine Energiespeicher wieder aufladen. Sein Angriff war brutal und boshaft und Fu Yao musste sich anstrengen, ihn abzuwehren. Er blockte ihn mit der Handfläche ab und schlug ihn wie einen Ball gegen die gegenüberliegende Wand, wo er mit einem hellen Klang abprallte und auf Xie Lian zuschoss.

»Fangt ihn auf! Lasst ihn nicht entwischen!«, rief Fu Yao.

Bevor sich Xie Lian auch nur rühren konnte, hatte Hua Cheng sich schon schützend vor ihn gestellt. Der Fötusgeist-Ball blieb abrupt vor ihm stehen, änderte seine Richtung und wollte sich wieder auf Fu Yao stürzen.

Während er im oberen Stockwerk wie verrückt von einem zum anderen schoss, war auch im Schankraum ein heilloses Chaos ausgebrochen.

Oben konnten sie hören, wie die »Angestellten« unten um Gnade flehten.

»Meine Herren Kultivierer, bitte seid großmütig! Wir Niederen haben das nur getan, um uns einen Happen zu essen zu verdienen.«

»Ja, und es wird nie wieder vorkommen. Ehrlich, normalerweise stehlen wir höchstens mal ein Huhn. Wir haben das nur getan, weil dieser grüne … grüne Herr uns gezwungen hat, ihm zu dienen. Er ist jetzt in der Küche.«

Als Xie Lian bemerkte, wie chaotisch die Lage inzwischen war, fiel ihm plötzlich etwas ein und er sprang aus einem der Fenster im oberen Stockwerk.

Qi Rong saß mit übergeschlagenen Beinen in der Küche und pulte hochzufrieden in seinen Zähnen, während er darauf wartete, dass die »Mahlzeit« serviert wurde. Doch plötzlich hörte er ein lautes Rumpeln, dann trat jemand die Wand ein und sprang in die Küche.

»Qi Rong! Wo ist Guzi?«

Dieser klassische Auftritt eines Kriegsgotts erschreckte Qi Rong so sehr, dass er augenblicklich aufsprang. »Du?! Wieso bist du hier? Kannst du nicht anklopfen wie ein normaler Mensch?«

Ohne ein weiteres Wort stürzte sich Xie Lian auf ihn, versetzte ihm zwei heftige Schläge und drückte seinen Kopf danach auf das Schneidebrett wie den einer Ente, die geschlachtet werden sollte. »Rede keinen Unsinn! Was hast du dem Kind angetan?«

Qi Rong grinste ihn an und bleckte die Zähne. »He he he, siehst du, er ist doch hier, überall auf dem Boden verteilt!«

Auf dem Boden? Da lagen überall menschliche Knochen!

Zorn wallte in Xie Lian auf und er drückte noch fester zu. Qi Rong begann zu heulen und zu schreien. »Au au au au, mein Arm! Mein Arm ist gebrochen! Cousin, warte doch! Ist ja gut, ist ja gut, ich erklär's dir. Ich habe gelogen. Ich habe ihn nicht aufgegessen, wirklich nicht! Ich wollte es, aber ich habe ihn noch nicht gegessen.«

»Wo ist er jetzt?«

»Du erdrückst mich! Hör auf damit! Ich sag's dir. Der Junge ist im Schuppen mit dem Feuerholz eingesperrt. Mach die Tür auf, dann siehst du ihn.«

Xie Lian ließ Ruoye Qi Rong fesseln, dann öffnete er eine kleine Tür neben der Küche. Tatsächlich lag Guzi zusammengerollt in dem Schuppen. Xie Lian hielt ihm eine Hand unter die Nase, um seine Atmung zu überprüfen. Er atmete ruhig und gleichmäßig und sein Gesicht war rosig. Er sah aus, als würde er tief und fest schlafen. Doch als Xie Lian ihn hochnahm, spürte er, dass der Junge vor Fieber glühte. *Oh nein*, dachte er.

Inzwischen waren die Mönche und Kultivierer ebenfalls in die Küche gekommen. Als sie hereinstürmten, wären sie beinahe über die Haufen menschlicher Knochen auf dem Boden gestolpert. Es war ein schockierender Anblick und sie riefen empört aus:

»Was? Was für ein fürchterliches Gasthaus!«

»Also waren diese Speisen ... alle ... aus Menschenfleisch hergestellt?!«

»Ich habe doch gleich gesagt, dass ich noch nie so lange Hühnerfüße gesehen habe!«

Ein weiteres lautes Rumpeln war zu hören und ein großes Loch tat sich in der Decke auf.

Ein weißer Ball stürzte hindurch.

»Was ist das?«, schrien alle.

Kurz darauf sprang Fu Yao ebenfalls durch das Loch und schleuderte mehr als ein Dutzend gelber Talismane von sich. »Verschwindet! Ihr stört mich bei der Arbeit!«, brüllte er.

»Ah! Der Meister!«, riefen die Mönche.

In dem Moment kam Lan Chang durch das Loch nach unten gekrochen. »Hör auf, ihn zu schlagen!«

»Oho! Eine Frau!«, entfuhr es den Mönchen.

Wie eiserne Nadeln oder fliegende Klingen schossen die gelben Talismane durch die Luft. Xie Lian gelang es, ihnen durch geschickte Bewegungen auszuweichen.

Qi Rong konnte sich nicht wegducken und eine Menge Talismane bohrte sich in seinen Rücken. »Ihr Geistermörder!«, schrie er aufgebracht.

Die Gruppe Mönche trat zu ihm und untersuchte ehrfürchtig staunend die Talismane. »Oh, wirklich meisterhaft gezielt ... Das ist wahres Können ...«

Die Küche, die zuvor noch vollkommen in Ordnung gewesen war, war in kürzester Zeit verwüstet. Fu Yao sprang wie wild umher und versuchte, den Fötusgeist einzufangen, und Lan Chang jagte wie eine Verrückte Fu Yao hinterher. Qi Rongs halbes Gesicht war deformiert, weil Xie Lian ihn auf das Hackbrett gedrückt hatte, und sein Rücken war eine Zielscheibe für die Talismane geworden, die Fu Yao von sich schleuderte, während alle anderen zusahen. Auf ihrer Jagd trat Lan Chang manchmal sogar auf ihn.

»Warum? Warum sind plötzlich so viele Menschen hier?«, klagte Qi Rong. »Wer bist du? Wer seid ihr alle? Verdammt, kann man nicht mal mehr in Ruhe essen? Warum endet es immer so, egal wo ich hingehe? Warum sind immer alle gegen mich?«

Während er jammerte, verdrehte er die Augen und blickte durch die eingestürzte Wand in den Hof. Hua Cheng saß dort seelenruhig unter einem Baum, als habe er von dem Durcheinander in der Küche nichts bemerkt. Er war so ruhig und entspannt, dass er sogar die Muße hatte, einen Palast aus Goldfolie zu bauen. Wie lange er wohl schon so gelangweilt dort gesessen hatte? Er hatte bereits ein stattliches Bauwerk aus über einem Dutzend Bögen Goldfolie errichtet.

Qi Rong änderte augenblicklich seinen Tonfall. »He, seht mal alle raus, schnell! Der Blumensuchende Blutregen hat sich in ein Geisterkind verwandelt!«, schrie er, so laut er konnte. »Wenn ihr noch eine Rechnung mit ihm zu begleichen habt, dann tut es jetzt! Jetzt ist eure Chance! So eine Gelegenheit kommt nie wieder!«

Bevor er weiterreden konnte, spürte er plötzlich ein kalt glänzendes, scharfes und blutverschmiertes Schlachtermesser in seinem Mund.

Xie Lian hielt den Griff des Messers in der Hand. »Hm? Was brüllst du Geist da?«

Qi Rong hatte nicht gesehen, wie es Xie Lian gelungen war, ihm so plötzlich das Messer in den Mund zu stecken. Er hatte nur etwas Kaltes an seinen Lippen gespürt und dann bemerkt, dass etwas sehr Scharfes seine Zungenspitze berührte. Zwar war er unverletzt, wenn er sich aber auch nur das kleinste bisschen bewegen würde, würde sein Mund von seinem eigenen Blut geflutet werden. Die Worte blieben ihm im Halse stecken.

Die anderen hatten Hua Cheng jedoch bereits entdeckt, wie er im Hof des Gasthauses an seinem Palast baute.

»Ist er das?«

»Wahrscheinlich!«

Mit Guzi im Arm und Ruoye mit der freien Hand hinter sich herziehend, stürmte Xie Lian hinaus, um noch vor den anderen dort zu sein.

Qi Rong war noch immer von Ruoye gefesselt und er schrie auf, als er über den Boden geschleift wurde. »Du Hundesohn, Xie Lian, das machst du mit Absicht! Ich hab noch nie jemanden gesehen, der so böse ist wie du! Du falscher weißer Lotus, aaaaaaaaah ...«

Die Mönche begannen zu diskutieren.

»Greifen ... greifen wir an oder nicht?«

»Vielleicht ist es eine Falle. Besser wir beobachten ihn erst einmal von hier aus.«

In der Zwischenzeit hatte Hua Cheng sein Werk vollendet. Er stand auf und betrachtete seinen kleinen Palast mit hochgezogener Augenbraue. Dann versetzte er dem Bauwerk einen leichten Tritt. Der Palast fiel in sich zusammen.

Das Gasthaus donnerte und rumpelte ebenfalls, als würde es jeden Moment einstürzen.

Damit verflüchtigte sich auch die Illusion. Xie Lian drehte sich um und blickte zurück. Hinter sich sah er kein Gasthaus, sondern nur mehr eine kleine Hütte, die Art Gebäude, wie sie in einer einsamen Berglandschaft wie dieser ein gewöhnlicher Anblick war. Das Gasthaus war nur eine Täuschung gewesen.

Die Mönche und Kultivierer hatten sich noch nicht entschließen können, nach draußen zu stürmen. Sie wurden allesamt unter verrotteten Holzbalken und ausgefranstem Reisstroh begraben und von den Trümmern des einstürzenden Gebäudes bewusstlos geschlagen.

Xie Lian hastete an Hua Chengs Seite. »San Lang, wird es dich nicht schwächen, so viel Energie aufzuwenden?«

Hua Cheng machte eine wegwerfende Geste und die Goldfolie löste sich in Luft auf. »Keine Angst, großer Bruder, eine Kleinigkeit wie diese wird mir nicht schaden.«

Ein Stück des zerbrochenen Dachs bewegte sich und Fu Yaos Kopf kam zum Vorschein. Er schaufelte einen Haufen Stroh beiseite und rief ärgerlich: »Dir vielleicht nicht, aber mir schadet es!«

Nur Augenblicke zuvor war es ihm endlich gelungen, den Fötusgeist einzufangen, da war plötzlich alles dunkel geworden. Als er aufgeblickt hatte, war das brüchige Dach eingesackt und direkt über ihm eingestürzt. Was für ein Ärgernis. Fu Yao zupfte sich einige Strohhalme aus dem Haar und trat zornig zu Xie Lian und Hua Cheng. »Du ... Hast du das mit Absicht getan?!«

Hua Cheng blinzelte. Er gab keine Widerworte und schnaubte auch nicht. Er hob nur die tintenschwarzen Augen und sah Xie Lian an.

Dieser packte ihn sofort an der Schulter und schob ihn hinter seinen eigenen Körper. »Nein, nein, ganz bestimmt nicht. Kinder können ihre Kräfte noch nicht so gut dosieren ... Es tut mir leid, Fu Yao.«

Fu Yaos Haar war vollkommen durcheinander. Ungläubig starrte er Xie Lian an. »Kinder …? Eure Hoheit, glaubt Ihr etwa wirklich, dass ich so blind bin, nicht zu erkennen, wer das ist?«

»Wovon redet Ihr?« Xie Lian tat verwirrt. »Das ist nur ein gewöhnlicher kleiner Junge.«

Fu Yao starrte Hua Cheng an und seine Augen verengten sich. Hinter ihnen war ein leises Knarren zu hören. Lan Chang hatte ebenfalls einige Bruchstücke beiseitegeschoben und kam aus den Trümmern gekrochen. Fu Yao ging zu ihr.

Xie Lian atmete erleichtert auf. Er setzte Guzi auf dem Boden ab. Dabei hörte er eine zögerliche Stimme in seinem Ohr. »Eure Hoheit …?«

Xie Lian stellte sich sofort kerzengerade auf. »Feng Xin …?«

Am anderen Ende war tatsächlich Feng Xin und es klang, als würde er erleichtert aufatmen. »Ein Glück! Ihr habt Euer Passwort nicht geändert.«

Xie Lian lachte lautlos in sich hinein. Es war achthundert Jahren her, dass er sein Passwort eingerichtet hatte. Es war: »Du musst nur tausendmal das *Dao De Jing** aufsagen.« Er hatte es nie geändert, selbst Jahrhunderte später nicht, und Feng Xin erinnerte sich noch immer daran. Xie Lian musste daran denken, wie Feng Xin gelacht hatte, bis er heiser war, als er ihm das Passwort zum ersten Mal gesagt hatte. Er spürte einen Anflug von Nostalgie – auch wenn dies wahrlich kein geeigneter Zeitpunkt dafür war.

»Nein, ich habe es nicht geändert. Wie stehen die Dinge am Oberen Hof? Hat der Himmelskaiser von der Sache mit Lingwen erfahren?«

Als Hua Cheng bemerkte, dass Xie Lian mit einem Himmelsbeamten sprach, trat er ein paar Schritte zurück. Er legte eine Hand auf Guzis Stirn, um zu prüfen, ob er Fieber hatte.

Feng Xins Ton wurde ernst. »Es sieht nicht gut aus. Und ja, er weiß es. Der gesamte Obere Hof versinkt gerade im Chaos.«

* Begründungsschrift des Daoismus des legendären Philosophen Laotse.

Xie Lian seufzte. »Lingwen hat immer alle Angelegenheiten des Oberen Hofes koordiniert und verwaltet, das war also vorherzusehen. Kann nicht ein anderer Gott der Schriften ihre Aufgaben übernehmen?«

»Das haben sie versucht, aber sie sind der Aufgabe nicht gewachsen«, sagte Feng Xin. »Sie waren immer die Ersten, die auf den Lingwen-Palast geschimpft haben, als könnten sie die Aufgabe zehnmal besser erledigen. Und nun, wo es erforderlich wäre, dass sie ihren Platz einnehmen, kann keiner von ihnen auch nur halb so viel leisten wie Lingwen. Schon allein die Organisation von Neuigkeiten und Informationen hat sie überfordert. Einige Zivilgötter sind bereits ganz ausgestiegen und weigern sich, weiterhin mitzuarbeiten.«

Xie Lian schüttelte den Kopf.

»Und es ist nicht nur Lingwen«, fuhr Feng Xin fort. »Mit Mu Qing stimmt auch etwas nicht. Er war in Gewahrsam, hat aber den Beamten, der ihn bewachen sollte, angegriffen und verletzt und ist geflohen.«

»Was?!«

Als Xie Lian das hörte, schreckte er auf. Sofort blickte er Fu Yao an. Der schwarz gekleidete junge Mann sagte gerade etwas zu Lan Chang. Obwohl er unglücklich aussah, überwog die Sorge in seiner Miene. Xie Lian ging weiter weg und sprach leiser. »Was ist mit Mu Qing passiert? Wie ist es dazu gekommen?«

»Er war nicht nur in Gewahrsam, alle Himmelsbeamten des Xuanzhen-Palasts wurden vorläufig ihres Diensts enthoben, während die Ermittlungen im Gange sind. Alles wegen dieses Fötusgeistes.«

Xie Lian dämpfte seine Stimme noch weiter. »Was ist mit dem Fötusgeist passiert? Hat er wirklich etwas damit zu tun?«

»Ja. Mu Qing war dafür verantwortlich, die Geisterfrau Lan Chang und den Fötusgeist wieder einzufangen, nachdem sie entkommen waren. Aber es ist ihm nicht gelungen, er hat sie entkommen lassen. Während der Verfolgung hat der Fötusgeist Mu Qing erkannt. Er hat behauptet, er sei derjenige gewesen, der ihn dem Bauch seiner Mutter entrissen und zu einem Geist gemacht habe.«

»Das ist unmöglich!«, platzte es aus Xie Lian heraus. »Das kann nicht sein! Obwohl Mu Qing ein ... nun ja ... Sicherlich hätte er doch keinen Grund, so etwas zu tun?«

»Ich weiß es nicht. Man sagt, es gäbe eine bösartige Kultivierungsmethode, die den Aufstieg beschleunigen kann, und dabei werden die Körper toter Säuglinge verwendet. Nun zweifeln viele die Richtigkeit seines Aufstiegs an. Deswegen wurde er unter Arrest gestellt, bis gründliche Nachforschungen über seine Vergangenheit angestellt werden können. Keiner hatte damit gerechnet, dass er nicht die Ruhe bewahren und fliehen würde. Jetzt denken alle, er sei schuldig und deswegen geflohen.«

»Wartet mal. Das passt doch vorne und hinten nicht zusammen. Wenn Mu Qing der Mörder ist, warum haben der Fötusgeist und Lan Chang ihn dann im Shenwu-Palast nicht erkannt? Nur um nicht gefangen zu werden, haben sie ihn beschuldigt. Das ist doch eindeutig Verleumdung, oder?«

»Ich habe erst davon erfahren, als es schon zu spät war. Es scheint, dass Lan Chang und der Fötusgeist nicht wissen, wer das Ritual durchgeführt hat. Aber der Fötusgeist hatte einen Moment der Klarheit, als er erschaffen wurde. In diesem Augenblick konnte er sich dem Ritualmeister entwinden und ihn in den Arm beißen. Als der Fötusgeist mit Mu Qing gekämpft hat, entdeckte er eine Bissnarbe an dessen Arm, die Jahrhunderte alt war.«

»Und passten die Bissspuren zu den Zähnen des Fötusgeistes?«

»Sie passten ganz genau.«

»Was hat Mu Qing dazu gesagt? Wie hat er es erklärt?«, fragte Xie Lian mit zusammengezogenen Augenbrauen.

»Er hat zugegeben, den Fötusgeist zuvor schon gesehen zu haben«, sagte Feng Xin. »Aber er streitet ab, der Täter zu sein. Er sagt, er habe den Fötusgeist aus Mitleid gerettet und dabei sei er von ihm gebissen worden. Diese Erklärung ist so fadenscheinig, dass er besser gar nichts gesagt hätte.«

Das traf es auf den Punkt. Jeder, der Mu Qing kannte, wusste, dass jemanden aus Mitleid zu retten, ein Kind zu beschützen oder Gutes zu tun, ohne sich Ruhm zu erhoffen, nichts war, was man von ihm erwartete. Er war immer schon ein Außenseiter gewesen. Er tat nie mehr, als von ihm erwartet wurde, und er hatte im Himmel keine engeren Freunde. Nun, da er mit solchen Vorwürfen konfrontiert war, würde ihm niemand Glauben schenken oder sich für ihn einsetzen. Wahrscheinlich war das der Grund, warum er geflohen war, um selbst die Wahrheit ans Licht zu bringen.

»Auf jeden Fall ist hier alles in völligem Aufruhr, Eure Hoheit. Wo seid Ihr gerade? Der Himmelskaiser sagt, die Versammlung der Geister kann wahrscheinlich schon nicht mehr verhindert werden. Kommt schnell zurück und nehmt an der Krisensitzung teil!«

»Ich bin gerade …«, begann Xie Lian.

Bevor er fortfahren konnte, hörte er die kalte Stimme Fu Yaos hinter sich. »Mit wem sprecht Ihr da?«

Kapitel 74:
Scharfe Zähne, die Pfeile zerbrechen

Xie Lian seufzte schwer und wandte sich um. »Ich würde ja gern mit jemandem sprechen. Aber der Kommunikationskanal des Oberen Hofes ist zerstört und ich kenne kein Passwort eines Himmelsbeamten. Fu Yao, wisst Ihr das Passwort von jemandem? Ich möchte nur jemanden wissen lassen, dass ich hier bin, und um Unterstützung bitten.« Er benahm sich gelassen und natürlich und machte einen überzeugenden Eindruck.

Die finsteren Wolken, die Fu Yaos Miene verdunkelten, zerstreuten sich. »Ich kenne keines. Im Himmel herrscht ein ziemliches Durcheinander. Alle sind beschäftigt. Kümmert Euch am besten selbst um Eure Angelegenheiten.«

Da meldete sich Hua Cheng zu Wort. »Großer Bruder. Das Kind hat seit zwei Tagen nichts gegessen und glüht vor Fieber.«

Xie Lian ging zu ihm und tatsächlich war Guzis Stirn so heiß, dass man ein Spiegelei darauf hätte braten können. Er zerrte Qi Rong hoch und schimpfte: »So hast du dich also um ihn gekümmert?«

Qi Rongs Gesicht war blutverschmiert. »Ich bin schließlich nicht sein richtiger Vater. Ich habe schon großes Mitgefühl bewiesen, indem ich ihn nicht aufgegessen habe. Allein dafür habe ich Tugendpunkte verdient!«

»Der einzige Grund ist, dass er nicht gut schmecken würde, wenn er fiebert, nicht wahr?«, konterte Xie Lian.

Lan Chang zögerte einen Moment, dann sagte sie: »Ist der Junge krank? Lasst mich mal nach ihm sehen.«

Sie war von den herabstürzenden Trümmerteilen der Hütte mit blauen Flecken übersät, aber das Kind tat ihr leid und sie krabbelte zu ihm. Sie schloss Guzi in ihre Arme und legte ihm die Handfläche auf die Stirn. Mit ihrer Geisterkälte linderte sie sein Fieber.

Fu Yao trat dazu. In seinen Händen hielt er den Fötusgeist. Er knüllte ihn zu einem Ball zusammen und band ihn mit einem Talisman zusammen. »Zeit, zu gehen.«

Es war deutlich zu erkennen, dass Lan Chang nicht gehen wollte. Aber ihr Sohn war in seinen Händen, also blieb ihr keine Wahl.

»Wartet, geht noch nicht«, schaltete sich Xie Lian ein. »Fu Yao, habt Ihr die Möglichkeit, mit Eurem General zu sprechen?«

Fu Yao sah ihn an. »Was wollt Ihr?«

Zögerlich antwortete Xie Lian: »Eigentlich ...«

Bevor er das Wort ganz ausgesprochen hatte, schoss seine Hand schnell wie der Blitz vor. Er verdrehte Fu Yao die Arme hinter dem Rücken und hielt sie in einem eisernen Griff, sodass dieser sich nicht mehr rühren konnte. Dann fuhr er fort: »Eigentlich weiß ich bereits, dass er in Schwierigkeiten steckt.«

Fu Yao war unvorsichtig gewesen und hatte sich erwischen lassen. Nun war er geschockt und wütend zugleich. »Du hinterhältiger Trickser ...!«

»Nein, nein. Ich habe Euch allein mit meiner Körperkraft gefasst. Gern dürft Ihr mir bei Gelegenheit auflauern und probieren, ob Ihr das auch schafft.«

Hua Cheng klatschte Beifall. »Ganz meine Meinung.«

Fu Yao verdrehte die Augen vor Zorn. »Warum lasst Ihr mich nicht los, damit ich es versuchen kann?«

»Ein anderes Mal findet sich bestimmt eine Gelegenheit«, entgegnete Xie Lian streng. »Im Augenblick gibt es Wichtigeres zu tun. Fu Yao, würdet Ihr mir helfen, Euren General dazu zu bewegen, an den Oberen Hof zurückzukehren?«

»Zurückzukehren ...?« Fu Yao unterdrückte mühsam seinen Ärger und zischte: »Das sagt sich so leicht. Wenn Ihr in seiner Lage wärt, würdet Ihr dann zurückkehren? Nur damit man Euch zu Unrecht beschuldigen würde, nur um ein falsches Urteil über Euch ergehen zu lassen? Würdet Ihr zurückkehren, nur um auf den Tod zu warten?«

»Regt Euch nicht so auf. Ich meine es ernst. Ich bin nicht sarkastisch. Euer General und ich unterscheiden uns. Seine Lage ist nicht so verfahren, dass nichts mehr zu retten wäre. Das eigentliche Problem ist, dass er geflohen ist. Das war die ungünstigste Reaktion. Wenn es Euch gelingt, mit ihm Kontakt aufzunehmen, sagt ihm, dass ich ihm helfen kann, Nachforschungen anzustellen.«

Fu Yao sah ihn verblüfft an. »Ihr ... wollt ihm helfen?«

»Ja. Ich habe schon in vielen Fällen ermittelt und konnte viel Erfahrung sammeln. Zumindest bin ich erfahrener darin als er.«

»Eure Hoheit, muss ich Euch daran erinnern ... Über wie viele Himmelsbeamte habt Ihr Nachforschungen angestellt, seit Ihr in den Himmel zurückgekehrt seid? Und wie viele von ihnen haben diese Nachforschungen überlebt?«

Xie Lian räusperte sich leise. »Das ist etwas anderes. Das Problem liegt nicht bei mir. Wenn er tatsächlich kein Verbrechen begangen hat, kann ich seine Unschuld beweisen.«

Fu Yao lachte zornig auf und unterbrach ihn. »Genug! Als ob niemand wüsste, dass Ihr einander nicht grün seid. Ihr wollt ihm also helfen, Nachforschungen anzustellen? Hätte er dann überhaupt noch eine Chance? Wenn Ihr diese Gelegenheit nutzen wollt, um ihn fertigzumachen und ins Lächerliche zu ziehen, dann sagt das doch gleich, anstatt irgendwelchen Unsinn zu reden.«

Hua Chengs Miene verfinsterte sich, als er diese Worte hörte. Kurz darauf lächelte er. »Mach dir nichts draus, großer Bruder. Er kann Gut und Schlecht nicht auseinanderhalten. Verschwende nicht deine Zeit mit ihm. Manche Leute sind von Natur aus undankbare Ignoranten. Sie sind Kleingeister und zu beschränkt, um wahre Güte und Größe zu erkennen. Wer weiß, vielleicht würdest du bei deinen Nachforschungen feststellen, dass er wirklich etwas getan hat. Er traut dir nicht und ich habe gewiss keine Zeit, mich um seine Angelegenheiten zu kümmern. Soll er sich doch selbst abmühen.«

Fu Yao wandte sich ihm zu und spottete: »Kind.«

Hua Cheng wich seinem Blick nicht aus und entgegnete im selben Tonfall: »Niederer Beamter.«

Fu Yao entglitten ein wenig die Gesichtszüge.

Xie Lian verstärkte seinen Griff und sagte in warmem Tonfall: »Nun, das sind zwei vollkommen verschiedene Angelegenheiten. Wir müssen Persönliches und Dienstliches auseinanderhalten. Wenn ein Groll zwischen uns besteht, ist das eine Sache. Aber ob er ein Verbrechen begangen hat oder nicht, ist eine ganz andere Angelegenheit. Mu Qing ist zwar engstirnig, voreingenommen, überempfindlich, hat eine unangenehme Persönlichkeit, ist pingelig, unfreundlich im Ton, nörgelt an allem herum, greift andere andauernd an und hat deswegen keine Freunde und ist zudem nachtragend ...«

Xie Lian redete immer weiter und weiter, ohne auch nur einmal Luft zu holen oder eine Miene zu verziehen. Er endete mit: »... aber ich kenne ihn schon, seit wir jung waren. Selbst für ihn gibt es eine Untergrenze. Er würde jemandem, den er nicht mag, vielleicht in den Becher spucken, aber er würde nicht das Wasser vergiften.«

»Wirklich? Das ist trotzdem ekelhaft«, merkte Hua Cheng nüchtern an.

Auf Fu Yaos Stirn traten die Adern hervor. »Nein! Er würde auch nicht spucken!«

»Dann eben ein Abführmittel«, sagte Xie Lian.

Fu Yao machte den Eindruck, als hätte er Mühe, sich im Zaum zu halten. »Ihr ... Müsst Ihr ihn so beschreiben? Sprecht Ihr für oder gegen ihn?«, presste er zwischen zusammengebissenen Zähnen hervor.

»Entschuldigt. Mir sind gerade keine besseren Beispiele eingefallen.«

Fu Yao wand sich, konnte sich jedoch nicht aus Xie Lians Griff befreien. »Habt Ihr gerade jemandem am Oberen Hof alles mitgeteilt?«, fragte er besorgt.

»Noch nicht. Ich habe nur geplaudert. Seid unbesorgt. Ich werde Eurem General nicht schaden. Wenn er wirklich nicht zurückkehren möchte, warum schließt er sich mir nicht an? Wir könnten uns zusammentun. So gibt es für alles, was er tut, einen Zeugen. Sonst wird es schwer für ihn, seine Unschuld zu beweisen, und alles könnte nur noch schlimmer werden …«

Da wurde er von einem röhrenden Lachen unterbrochen. Qi Rong hatte Lan Chang die ganze Zeit angestarrt und war in irres Gelächter ausgebrochen: »Ha ha ha ha ha ha ha, ich hab's doch gewusst! Du bist doch das Fräulein Jian Lan, oder nicht?«

Lan Chang hielt Guzi in ihren Armen, um sein Fieber zu senken. Als sie jedoch Qi Rong hörte, erschauderte sie und ihre Augen weiteten sich. »Wer bist du? Wie kann es sein, dass du …?«

Qi Rong gackerte. »Woher ich dich kenne? Ich bitte dich. Es hätte nicht viel gefehlt und du hättest mich Cousin nennen müssen. Sind denn eigentlich alle, die ich früher kannte, zu Geistern geworden? Wo ich auch hinkomme, treffe ich auf vertraute Gesichter. Die Welt ist wirklich klein, he he!«

Xie Lian runzelte die Stirn. »Qi Rong, bist du wieder verrückt geworden? Wer ist Fräulein Jian Lan?«

»He, Cousin! Bist du blind oder tust du nur so dumm?«, spottete Qi Rong. »Sieh sie dir doch mal genau an. Sie war doch die Begehrteste unter den jungen Frauen in Xianle. Fräulein Jian Lan. Ihre Familie bestand aus Staatsmännern und Kaufleuten, sie war reich und berühmt. Ihr Aussehen war nur mittelmäßig, aber wann immer es einen Schönheitswettbewerb gab, stand ihr Name auf der Liste. Sie war so voller Stolz und Hochmut, dass sie andere kaum eines Blickes gewürdigt hat. Sie wäre beinahe dem Harem beigetreten und zu deiner Gespielin geworden.«

»Was?« Unwillkürlich zuckte Xie Lians Blick zu Lan Chang. Tatsächlich hatten der König und die Königin damals nach einer Gefährtin für ihn gesucht. Sie hatten einige sorgsam ausgewählte, besonders hübsche Mädchen zu einem Bankett in den Palast geladen, um zu sehen, ob eine darunter war, die ihm besonders gefiel. Aber Xie Lian hatte in seiner Jugend nichts als die Kultivierung im Sinn gehabt und er hatte das Bankett verlassen, nachdem er nur einmal durch den Raum gegangen war. Er hatte sich nicht einmal die Mühe gemacht, sich die Gesichter oder Namen dieser jungen Frauen zu merken, daher erinnerte er sich auch nicht an Lan Chang.

Sie warf einen Blick zu Fu Yao, der schnaubte jedoch nur verächtlich. »Mein General hat nichts dergleichen erwähnt. Diese Frau war auch eine Überlebende aus Xianle. Mit Sicherheit hat sie Euch in der Vergangenheit einmal gesehen.«

Xie Lian sah Hua Cheng an, der nicht besonders überrascht wirkte. Er hatte offenbar nicht gerade erst davon erfahren. Dann wandte er sich Lan Chang zu und murmelte: »Wart Ihr wirklich ...?«

Lan Chang hielt sich jedoch hastig die Ohren zu. »Sagt es nicht! Sprecht es nicht laut aus! Nennt mich nicht bei diesem Namen! Ich ... habe meinen Namen schon vor langer Zeit geändert!«

Xie Lian sah sie erstaunt an, dann ließ er seufzend die Arme sinken.

Die Tochter einer ehrenhaften Familie von damals war nun eine Prostituierte im Reich der Geister. Ihren Namen hatte sie wahrscheinlich geändert, weil sie befürchtete, Schande über ihre verstorbene Familie zu bringen. Dass das Mädchen von einst zu dieser Frau geworden war, wollte sie nicht zugeben. Diese Frau war einst seine Untertanin gewesen, eine aus seinem Volk. Er hatte nun wirklich allen Grund zu seufzen.

Da spürte er, wie sich etwas Warmes um seine Hand legte. Er blickte nach unten und sah, dass es Hua Cheng war. Der Junge sah ihn nicht an, aber er hatte Xie Lians Hand ergriffen. Seine Gestalt war die eines Kindes und seine Körpertemperatur war kühl wie immer. Und dennoch spürte Xie Lian die Wärme seiner Berührung.

Qi Rong hatte nicht einen Funken Mitgefühl in sich. »Wer hätte gedacht, dass das Fräulein Jian Lan, das damals so unerreichbar wirkte, zu so einer alten Hexe werden würde. Ich habe dich schon damals nicht für besonders hübsch gehalten. Und jetzt erkenne ich, dass ich recht behalten habe. Du bist echt keine Schönheit! Eins wüsste ich gern. Von wem ist dieser Bastard, den du da zur Welt gebracht hast?« Seine Worte waren taktlos und ließen Jian Lan erbleichen. »Doch nicht etwa mein Cousin? Nein, nein, der kriegt wahrscheinlich nicht mal einen hoch. Deshalb tut er immer so, als sei er enthaltsam und hege kein Interesse an Frauen. Was für ein Schwindler. Wie könnte er je einen Sohn zeugen? Oh, oh! Wie konnte ich das vergessen? Jetzt erinnere ich mich! Wurde Madam nach dem Sturz Xianles nicht an so einen Ort verkauft? Dann muss irgendein dahergelaufener Kerl aus Yong'an der Vater sein!«

Xie Lian konnte es nicht länger ertragen. Er war kurz davor, ihn zum Schweigen zu bringen, aber Jian Lan ging schneller in die Luft als er und versetzte Qi Rong eine schallende Ohrfeige. »Was redest du da für einen Schwachsinn?!«

Qi Rongs Nase blutete von ihrem heftigen Schlag. Er starrte sie aus großen Augen an. »Du bist nicht nur boshaft, sondern auch gewalttätig. Ein Nichts wie du wagt es, mich zu schlagen?! Mich, einen Beinahe-Supremus!«

Jian Lan spuckte ihm ins Gesicht, packte ihn am Genick und schlug ihm noch zweimal ins Gesicht. »Was soll denn ein beschissener Beinahe-Supremus sein?! Im Übertreiben bist du gut, was? Für wen hältst du dich? Glaubst du allen Ernstes, dass du mit den anderen drei Supremi auf einer Stufe stehst? Gibt es überhaupt irgendwas, in dem du gut bist, außer anzugeben? Natürlich wage ich es, dich zu schlagen!«

Ihre Worte trafen Qi Rong da, wo es wehtat. Er wurde zornig und begann zu toben. Speichel flog aus seinem Mund. »Du alte Hexe, nimm deine Hühnerklauen von mir! Ich halte dich für schmutzig und ekle mich vor dir! Kotz, kotz, kotz!«

Die beiden gingen aufeinander los, aber es war ein sehr einseitiger Kampf. Jian Lan hatte die Hände frei und konnte ihn würgen, wie es ihr gefiel, während Qi Rong von Ruoye gefesselt war und sich nicht rühren konnte. »Xie Lian!«, heulte er. »Halt sie doch auf! Was ist aus deinem mitfühlenden Herzen geworden?«

Xie Lian fixierte mit der einen Hand Fu Yao in einem eisernen Griff und hielt seinen Kopf geneigt, um mit Hua Cheng zu sprechen. Er beachtete Qi Rongs Geschrei nicht.

Jian Lan trat auf Qi Rong ein, ihre Augen blitzten rot auf. Voller Zorn rief sie: »Selbst wenn ich mich dahergelaufenen Rumtreibern hingeben musste – von einem Wurm wie dir möchte ich nicht mal am kleinen Finger berührt werden! Niemand will dich, du abscheuliche Kreatur! Abschaum! Du denkst, du bist gut genug, um auf andere herabzusehen? Du nennst andere ›dahergelaufen‹? Wer ist hier der Dahergelaufene?«

Qi Rong war außer sich. »Niemand will mich? Abschaum? Hat eine runtergekommene Nutte wie du das Recht, mich so zu beschimpfen? Nur ein Dahergelaufener würde dich mit deinem Aussehen nehmen! Warte! Leg den Stein wieder hin!«

Während sie noch zankten, grollte ein ohrenbetäubender Donner am Himmel. Alle sahen gleichzeitig nach oben.

»Hattet Ihr nicht behauptet, Ihr hättet nur geplaudert und nichts weitererzählt?«, fragte Fu Yao.

Hua Cheng runzelte die Stirn, dann schnaubte er. »Ungebetene Gäste.«

Ein Blitz zuckte am Nachthimmel und alle hielten sich geblendet die Hände vor die Augen. Als sie blinzelnd die Augen wieder öffneten, erblickten sie einen großen, schwarz gekleideten Himmelsbeamten, der mit einem Langbogen auf dem Rücken mit großen Schritten auf sie zukam.

»Eure Hoheit!«

Xie Lian ließ seinen Ärmel sinken und stellte sich schützend vor Hua Cheng. »Feng Xin! Warum seid Ihr hier?«

Feng Xin trat eilig auf ihn zu. »Ihr habt plötzlich keine Antwort mehr gegeben. Also habe ich herumgefragt und Euren Aufenthaltsort anhand der Schwingungen Eurer spirituellen Energie ermittelt.« Er zog die Augenbrauen zusammen. »Was ist hier los? Was für ein Durcheinander. Ist etwas vorgefallen?«

Xie Lian wollte ihm gerade antworten, da bemerkte Feng Xin, dass er Fu Yao festhielt und Hua Cheng hinter ihm stand. Dieses Bild deckte sich kein bisschen mit dem, was er erwartet hatte, und er schien sich zu fragen, was davon ihn mehr überraschte.

»Was ...« Er entschied sich schließlich, auf Hua Cheng zu zeigen. »Was ist mit diesem Kind?«

Xie Lian lachte nüchtern. »Niedlich, oder?«

Feng Xin starrte Hua Cheng an, dessen Gesichtsausdruck überhaupt nicht zu Xie Lians Beschreibung passte. »Niedlich ...?«, fragte er zweifelnd. »Warum nur finde ich, dass er aussieht wie ...?«

»Wie mein Sohn, nicht wahr?«, fragte Xie Lian ruhig.

Feng Xin sah ihn schockiert an. »Seit wann habt Ihr denn einen Sohn?«

Xie Lian lächelte ihn an. »Ich habe noch keinen. Ich sage nur, wenn ich einen hätte, wäre er sicherlich so niedlich. Nicht wahr?«

Hua Cheng hielt Xie Lians Hand und lächelte. »Stimmt.«

Feng Xin und Fu Yao fehlten die Worte.

»Ha ha ha ha ... Ah? Fräulein Lan Chang, lauft nicht weg!«, rief Xie Lian aus.

Feng Xin fuhr herum und sah, wie der Schatten einer Frau von Qi Rong aufsprang und davonrannte. Ohne einen Moment des Zögerns legte er einen Pfeil an und zielte auf ihre Beine.

Vielleicht spürte er, dass seine Mutter in Gefahr war, denn der Fötusgeist in Fu Yaos Händen, der noch immer von dem gelben Talisman zu einem Ball verschnürt war, begann zu beben. Er brach aus seinen Fesseln hervor und kreischte, während er sich auf Feng Xin stürzte.

Jian Lan war panisch geflohen. Als sie jedoch das Kreischen des Fötusgeistes hörte, erinnerte sie sich, dass ihr Sohn sich noch in der Gewalt eines anderen befand. Sie drehte sich um und rief: »Cuocuo!«

Das war das erste Mal, dass Xie Lian den Namen des Fötusgeistes hörte.

Feng Xin änderte sein Ziel und schoss auf den schneeweißen Fötusgeist. Ein lautes Knacken war zu hören und der Fötusgeist überschlug sich mehrere Male in der Luft, bevor er in einem nahen Baum landete. Er hatte den Pfeil mit seinen Zähnen zerbissen. Nun hatten alle die Gelegenheit, seine Gestalt deutlich zu erkennen.

Er konnte nicht mit einem menschlichen Fötus verglichen werden. Er ähnelte eher einem deformierten kleinen Monster. Seine Haut war so weiß, als wäre sie von einer Schicht Puder bedeckt. Seine Augen waren unnatürlich groß und leuchteten mit einem seltsamen Glanz. Auf dem Kopf hatte er spärliches gelbliches Haar. Zwei Reihen rasiermesserscharfer Zähne kauten auf Feng Xins Pfeil. Als er bemerkte, dass Feng Xin ihn ansah, zerlegte er den Pfeil in Windeseile zu kleinen Holzsplittern und spuckte die glänzende Pfeilspitze aus, sodass sie sich neben Feng Xins Stiefeln in den Boden bohrte. Dann streckte er ihm seine lange dunkelrote, schlangenartige Zunge heraus, als wollte er ihn provozieren.

Ohne ein Wort zu sagen, zog dieser einen neuen Pfeil hervor und zielte auf das Geistwesen. Der Fötusgeist huschte wie eine Eidechse am Baum hinauf und herunter und war dabei so flink und wendig, dass es kein Wunder war, dass Feng Xin Schwierigkeiten hatte, ihn zu treffen.

Ängstlich rief Jian Lan aus: »Kämpf nicht mit ihm, lauf schnell weg!«

Ein so abscheuliches und furchterregendes Monster zu lieben konnte nur ein leiblicher Elternteil über sich bringen.

Feng Xin legte an, schoss und ließ seinen Pfeil fliegen. Eines der kleinen Beine des Fötusgeistes wurde durchbohrt und er schrie auf, unfähig, weiter herumzukrabbeln.

Jian Lan lief zu ihm und streckte die Hand aus, um den Pfeil herauszuziehen – aber ihre Kräfte waren zu schwach und als sie den Pfeil berührte, wurde sie zurückgeschleudert. Dabei ging ein Funkenregen auf sie nieder.

Feng Xin schob den Bogen auf seinen Rücken und trat dazu. »Lass es gut sein. Wir gehen zurück. Mach uns nicht noch mehr Arbeit ... Jian Lan?«

Jian Lan war gerade erneut zurückgeschleudert worden und erzitterte, als sie seine Stimme hörte. Sie erstarrte und wandte ihren Blick ab.

Aber Feng Xin wirbelte sie herum, sodass sie ihn ansehen musste. »Jian Lan?«, wiederholte er.

Xie Lian konnte spüren, dass sich Ärger zusammenbraute, und fragte verwirrt: »Was ist los?«

Jian Lan hielt den Kopf gesenkt und murmelte: »Du irrst dich.«

»Was redest du da?«, rief Feng Xin aus. »Ich würde dich niemals mit einer anderen verwechseln. Du hast dich verändert, aber ich würde dich doch niemals ...«

Die Worte blieben ihm im Halse stecken – denn er hatte sie tatsächlich nicht erkannt, als sie Lan Chang gewesen war, als sie sich wie eine Prostituierte gekleidet hatte und ihr Gesicht unter dicker Schminke verborgen gewesen war.

Man konnte es ihm nicht vorwerfen. Feng Xin sah noch genauso aus wie damals, aber Jian Lan hatte sich zu sehr verändert. Ihr Aussehen, ihre Aufmachung, ihr Benehmen, ihre Sprache, ihre soziale Stellung ... selbst wenn ihre eigenen Eltern nun vor ihr stünden, hätten sie ihre geliebte Tochter wohl nicht erkannt.

Feng Xin war fassungslos. »Du bist es ... Du bist es wirklich. Du musst es sein! Ich dachte ... du hättest geheiratet und ein glückliches Leben geführt. Wie ... wie kam es, dass du so geworden bist?«

Bei dieser Frage fuhr sie plötzlich herum und schubste ihn. »Ich scheiß auf dich!«

Feng Xin stolperte einige Schritte zurück und bekam kein Wort mehr heraus.

Jian Lan fuhr fort, ihm aggressiv gegen die Brust zu trommeln. Dabei schrie sie: »Ich habe doch schon gesagt, dass ich nicht diese alte Hexe bin! Verstehst du etwa keine menschliche Sprache? Bist du bescheuert oder was ist los?! ›Du bist es, du bist es wirklich, du musst es sein‹ – musstest du gleich dreifach angreifen? Kannst du nicht einfach so tun, als würdest du mich nicht kennen? Kannst du nicht so tun, als würdest du mich nicht erkennen? Komm schon, alter Herr, lass mir doch ein letztes bisschen Würde, ja? Bitte?!«

Sie führte sich auf wie ein zänkisches Weib auf der Straße. Der Unterschied zu der Jian Lan in Feng Xins Erinnerung war so groß, dass er sie einfach nur fassungslos anstarrte. Xie Lian erging es nicht anders.

Qi Rong genoss diese Situation ungemein und kugelte sich vor Lachen auf dem Boden. »Ha ha ha ha ha ha ha, meine Fresse! Cousin! Merkst du das? Du wirst gerade von deinem treuesten Hund betrogen!«

Jian Lan trat gewaltsam einige Male zu. »Ein Hund! Ein Hund! Du bist selbst wie ein Hund!«

Streng genommen hatte Jian Lans Familie damals zwar alle Hoffnungen in sie gesetzt, aber letzten Endes war sie dem Harem nie beigetreten und keine Gefährtin des Kronprinzen geworden. Qi Rongs Schadenfreude ergab also keinen Sinn.

Xie Lian wusste dennoch nicht, was er sagen sollte. Er konnte sich nicht vorstellen, dass Feng Xin, der nicht einmal mit einer Frau sprechen wollte, wenn es sich irgend vermeiden ließ, tatsächlich ...

Der Fötusgeist zerkaute den Pfeil, der ihn festgenagelt hatte, mit seinen spitzen Zähnen und stürzte sich dann erneut auf Feng Xin. Da dieser gerade abgelenkt war, konnte er nicht verhindern, dass er seine Zähne in seinen rechten Arm schlug. Sofort trat Blut aus der Wunde.

Feng Xin war Rechtshänder, aber für einen Kriegsgott war eine solche Verletzung eine Kleinigkeit. Gerade wollte er mit seiner Linken zuschlagen, als Jian Lan ausrief: »Schlag ihn nicht!«

Feng Xins Hand erstarrte mitten in der Luft und ein furchtbarer Gedanke kam ihm.

Und nicht nur ihm – alle hatten den gleichen Gedanken. Feng Xin ließ zu, dass der Fötusgeist wie ein menschenfressender Fisch an seinem Arm knabberte, und blickte Jian Lan an. »Ist … das …?«

Kapitel 75:
Ich bestimme, welchen Weg ich beschreite

Xie Lian erinnerte sich schlagartig an etwas: An jenem Tag im Shenwu-Palast hatte Lan Chang wahllos alle möglichen Himmelsbeamten beschuldigt – aber auf Feng Xin, der doch direkt vor ihr gestanden hatte, hatte ihr Finger nicht gezeigt.

Augenblicklich stritt sie es ab: »Ist er nicht!«

Der Unglaube stand auch Fu Yao ins Gesicht geschrieben. Er schien fassungslos darüber, dass zwischen Feng Xin und dieser Frau eine Verbindung bestehen sollte. Als sie gesprochen hatte, sagte er sofort: »Er hat nicht einmal seine Frage gestellt. Wie kannst du so schnell antworten?«

»Ach was! Liegt es nicht auf der Hand, was er sagen wollte? Und ich sage Euch, es ist nicht so«, antwortete Jian Lan.

Feng Xin hingegen starrte den Fötusgeist an. »Wie hast du ihn genannt? Cuocuo?«

Dieser Name schien eine besondere Bedeutung zu haben*.

Jian Lan öffnete ihren Mund, dann schloss sie ihn wieder. Sie wollte nicht mehr streiten und sagte zornig: »Wie kann ein erwachsener Mann wie du nur so viel Unsinn reden? Wenn ich sage, es ist nicht so, dann ist es auch nicht so! Wie kommt jemand dazu, so bereitwillig einen Bastard anzuerkennen?«

»Was redest du da?«, fragte Feng Xin ebenfalls erbost. »Wenn es so ist, dann werde ich natürlich …«

»Dann wirst du was? Ihn anerkennen? Ihn großziehen?«, entgegnete Jian Lan.

»Ich …« Mehr brachte Feng Xin nicht heraus.

Er sah an sich herab auf das unförmige Monster, das an seinem Arm hing. Der Fötusgeist schien einen besonderen Hass auf ihn zu hegen. Er klammerte sich an seinem Arm fest und riss mit seinen Zähnen an ihm, als hinge sein Leben davon ab. Feng Xin konnte ihn nicht schlagen, aber er konnte ihn auch nicht nicht schlagen. Er ballte seine blutige Hand zur Faust.

* Der Name Cuocuo ist eine Verniedlichungsform des Wortes »cuowu«, was »Fehler« bedeutet.

Als Jian Lan sah, wie er sprachlos und vor den Kopf gestoßen dastand, als könne er die Wahrheit nicht verkraften, schnalzte sie verächtlich mit der Zunge. »Ich habe doch gesagt, dass es nicht so ist. Warum lässt du nicht locker? Er hat nichts mit dir zu tun. Du kannst ganz beruhigt sein.«

Qi Rong schrie: »Unsinn! Er muss es sein! Ich hatte recht! Er ist wirklich das Balg eines Dahergelaufenen! Lasst euch das auf der Zunge zergehen: Feng Xins eigener Sohn wurde dem Mutterleib entrissen und zu einem kleinen Geist gemacht, he he. Ich fasse nicht, dass es Leute gibt, die allen Ernstes zu diesem ›Söhne schenkenden‹ Nanyang beten! Betet nur und seht, was passiert, wenn ihr einen Sohn erwartet ...«

Xie Lian hob eine Hand und befahl damit Ruoye, Qi Rong zu knebeln. Jian Lan trat Qi Rong zusätzlich mehrmals heftig auf den Kopf, woraufhin er einige gedämpfte Schreie ausstieß.

In diesem Moment wachte Guzi auf, sah, wie sein Vater getreten wurde, und rief benommen: »Nein ... Nicht! Hört auf, meinen Papa zu treten ...«

Guzi klammerte sich an Qi Rongs Kopf, sodass Jian Lan ihn nicht mehr treten konnte. Sie änderte ihre Taktik, packte den Fötusgeist bei seinen bleichen Beinchen und rannte los. Dabei schimpfte sie ärgerlich: »Ich hab dir doch gesagt, dass du nicht beißen sollst! Du bist so ungezogen!«

Feng Xin war so verdattert, dass er es nicht geschafft hatte, sie rechtzeitig zu ergreifen.

»Ruoye, ergreif sie!«, rief Xie Lian reflexartig aus.

Ruoye nahm wie befohlen die Verfolgung auf. Doch erst, als er das weiße Seidenband davonfliegen sah, erinnerte sich Xie Lian, dass es eigentlich Qi Rong festgehalten hatte. Er wandte sich um und Qi Rong war tatsächlich hocherfreut aufgestanden, während Guzi noch immer seinen Kopf umklammerte.

»Ich bin wieder frei!«, verkündet er.

Als er sah, dass Feng Xin wieder ansprechbar war, änderte Xie Lian Ruoyes Kommando. »Ruoye, komm zurück.«

Es kam zurück und versetzte Qi Rong einen heftigen Schlag. Qi Rong, der gerade noch das Lied der Freiheit gesungen hatte, wurde so hart getroffen, dass er sich dreimal um die eigene Achse drehte. Er taumelte zu Boden und hielt sich das Gesicht. Nachdem er eine Zeit lang am Boden gelegen hatte, bäumte er sich vor Wut auf, packte Ruoye und brüllte es an: »Selbst ein alter Lumpen wie du schlägt mich?!«

Dieses Mal hielt er Ruoye fest umklammert, sodass es sich nicht befreien konnte, so sehr es sich auch wand. Es war, als hätten Qi Rongs Kräfte plötzlich enorm zugenommen.

Xie Lian wollte sich gerade selbst um ihn kümmern, da bemerkte Qi Rong das kleine Kind auf seinem Kopf. Er zog Guzi herunter und hielt es wie einen Schutzschild vor sich. »Komm keinen Schritt näher! Wenn du es doch tust, erwürge ich ihn! Hey, hey, hey, sieh mal hinter dich! Hua Cheng, dieser Hund, stirbt gerade!«

Erschrocken wandte sich Xie Lian um. Tatsächlich hatte Hua Cheng die Augenbrauen zusammengezogen und seine Hände zitterten an seinen Seiten. Es sah aus, als könnte er irgendetwas nur unter größten Anstrengungen ertragen. Als er jedoch bemerkte, dass Xie Lian ihn anblickte, sagte er augenblicklich: »Ich habe nichts.«

Der Aufruhr der zehntausend Geister!

Dieses Mal schienen die Erschütterungen stärker zu sein als zuvor. Xie Lian traf blitzschnell eine Entscheidung. Er eilte zu Hua Cheng und nahm ihn in die Arme. Qi Rong nutzte die Gelegenheit, um mit Guzi im Arm die Flucht zu ergreifen.

Jian Lan schien ebenfalls unter heftigen Kopfschmerzen zu leiden. Vergeblich hielt sie sich die Ohren zu, in dem Versuch, die Rufe der Erschütterungen abzumildern. Unter diesem Einfluss biss und zerrte der Fötusgeist noch brutaler. Feng Xin war schon unzählige Male gebissen worden und von blutenden Wunden übersät. Aber noch immer brachte er es nicht über sich, dieses Wesen zu schlagen. Stattdessen streckte er die

Hand aus und ergriff Jian Lans Arm. Der Fötusgeist ließ nicht von ihm ab, er holte mit seinen Krallen aus und verpasste Feng Xin einen hässlichen Kratzer im Gesicht. Feng Xin stöhnte und presste eine Hand auf die neue Wunde. Es war unklar, ob sein Auge verletzt war.

Xie Lian sah fassungslos zu und wollte gerade Ruoye losschicken, da stampfte Jian Lan außer sich vor Wut mit dem Fuß auf. »Wenn du nicht sofort aufhörst, werde ich sauer!«

Erst nachdem seine Mutter ihn zurechtgewiesen hatte, sprang der Fötusgeist zurück in ihre Arme und rollte sich brav zu einem kleinen Bündel zusammen.

Jian Lan blickte Feng Xin an und biss die Zähne zusammen. »Er und du habt nichts miteinander zu tun. Ich warne dich. Lass uns in Ruhe!« Dann bedeckte sie mit einer Hand ihren schmerzenden Kopf, mit der anderen hielt sie ihren Sohn fest und rannte davon.

Fu Yao tobte: »Lasst mich los!«

Feng Xin kniete auf dem Boden und hielt sich die Hand vors Gesicht.

Xie Lian beugte sich mit Hua Cheng im Arm zu ihm hinunter. »Seid Ihr in Ordnung? Lasst mich die Verletzung untersuchen. Hat Euer Auge etwas abbekommen?«

Blut quoll zwischen seinen Fingern hervor und Feng Xin antwortete mit geschlossenen Augen: »Nein. Fragt mich nicht.«

»Feng Xin ... Lan Chang ... Fräulein Jian Lan ... Was sie gesagt hat ...«

Xie Lian hatte seine Frage noch nicht gestellt, da holte Feng Xin mit der Faust aus. Mit einem lauten Krachen spaltete der den Baum neben ihnen. »Ich habe doch gesagt, Ihr sollt mich nicht fragen!«, brüllte er.

Der Satz klang unerwartet verbittert und hasserfüllt und Xie Lian konnte spüren, dass er sich gegen ihn richtete. Er war vollkommen verdutzt.

Hua Cheng kommentierte kühl: »Wer hat denn deine Frau und deinen Sohn zu Geistern gemacht? Geh und verbrenn den Richtigen mit deinem Feuer.«

Bei diesen Worten hob Feng Xin den Kopf und starrte mit geröteten Augen Fu Yao an.

Dieser war zunächst fassungslos, dann wütend. »Warum siehst du mich so an? Du glaubst doch nicht allen Ernstes, dass ich ... dass mein General das getan hat? Das war eine äußerst unglückliche Fügung! Er hat nichts getan, außer einer Frau zu helfen, die er als überlebende Adlige aus Xianle erkannt hatte. Er wollte den Fötusgeist retten, aber der lehnte jede Hilfe ab. Er widersetzte sich nicht nur dem Versuch, ihn zu retten, sondern wurde sogar zu einem Malus! Wenn mein General gewusst hätte, dass er nichts Gutes erreicht, sondern am Ende noch durch den Dreck gezogen wird, hätte er sicherlich die Finger davongelassen. Der kleine Geist kann nicht einmal erkennen, wer ihn geboren hat, glaubst du wirklich, er erinnert sich an seinen Mörder?«

Vielleicht lag es daran, dass er in letzter Zeit in so viele unerfreuliche Angelegenheiten verwickelt gewesen war, dass seine Worte so grob klangen.

»Dein General nennt das eine ›unglückliche Fügung‹? Sollten Leute mit noch größerem Unglück seiner Ansicht nach dann den Tod suchen?«, schoss Hua Cheng zurück.

Feng Xin schüttelte den Kopf. »Wie konnte nur alles so kommen? Wie konnte nur alles so kommen?«, murmelte er.

»Ihr ... solltet Euch zuerst um Eure Verletzungen kümmern«, sagte Xie Lian. »Habt Ihr Arzneien bei Euch?«

Feng Xin blitzte ihn an und erwiderte düster: »Ich bin in Ordnung. Kümmert Euch nicht um mich.« Mit der Hand auf seiner Wunde stand er auf und stolperte davon.

Xie Lian und Fu Yao riefen ihm ein paarmal hinterher und fragten, ob er an den Oberen Hof zurückkehren würde oder ob er die Verfolgung aufnähme. Aber er gab keine Antwort und bald schon war er nicht mehr zu sehen.

Fu Yao fuhr erneut auf. »Eure Hoheit! Wenn Ihr sie nicht verfolgt, werdet Ihr es wenigstens mich tun lassen?«, rief er ärgerlich.

Xie Lian besann sich. Er wog die Optionen ab und sagte schließlich: »In Ordnung.« Dann ließ er ihn los.

Fu Yao hatte bis zuletzt nicht geglaubt, dass er es wirklich tun würde, und schnaubte, während er sich die Handgelenke rieb. »Warum seid Ihr nun auf einmal bereit, mich gehen zu lassen?«

Xie Lian rieb sich die Nasenwurzel. »Ich fürchte, am Oberen Hof ist die Lage ... Nun ja, ich glaube, Euer General sollte vorerst nicht zurückkehren, sondern besser auf eigene Faust weiter ermitteln.«

Er hielt kurz inne, dann fügte er hinzu: »Was werdet Ihr nun tun? Ich glaube nicht, dass der Fötusgeist nur so dahergeredet hat, um zu entkommen. Vielleicht übt hinter den Kulissen jemand Einfluss auf ihn aus.«

Fu Yao klopfte sich den Staub von den Ärmeln. »Wie dem auch sei. Er ist unterwegs zum Berg Tonglu. Wenn ich ihn gefangen habe, lässt sich alles weitere klären.«

Er hastete davon.

Das Gasthaus, das so lebhaft gewesen war und in dem so viele verschiedene Gruppen aufeinandergetroffen waren, war mit einem Mal ruhig und verlassen. Xie Lian wandte sich um und betrachtete die eingestürzte Hütte. Er räumte einige Holzbalken beiseite, um sicherzustellen, dass die Mönche und Kultivierer wirklich nur ohnmächtig waren. Nachdem er sich versichert hatte, dass sie wahrscheinlich in Kürze zu sich kommen würden, ging er ebenfalls fort.

Nachdem er und Hua Cheng eine ganze Weile gewandert waren, hatten sie die einsamen Hügel hinter sich gelassen und fanden ein echtes Gasthaus, in dem sie sich ausruhten.

Die letzten paar Tage kamen Xie Lian wie ein einziger Strudel chaotischer Ereignisse vor. Er saß gedankenverloren auf der Fensterbank.

Ruoye hatte sich um seinen Arm gewickelt und schmiegte sich sanft an ihn, als würde es schnurren. Xie Lian kraulte es selbstvergessen.

Hua Cheng trat ans Fenster, um ebenfalls im Mondlicht zu baden. »Es hat nichts mit dir zu tun«, sagte er.

Xie Lian wurde aus seinen Gedanken gerissen. Er verstand sofort, was Hua Cheng meinte, schüttelte jedoch den Kopf. »Ich weiß nicht, ob das stimmt ... Feng Xin muss Fräulein Jian Lan nach dem Fall Xianles und vor seinem Aufstieg kennengelernt haben. Also während der Jahre meiner ersten Verbannung.«

»Aber das bedeutet nicht, dass du die Schuld dafür trägst, wie sich alles entwickelt hat.«

Xie Lian dachte eine Weile nach. Dann meinte er: »San Lang, ich habe dir nie von meiner ersten Verbannung erzählt, oder?«

»Nein.«

»Ich habe noch nie mit jemandem darüber geredet. Ich hoffe, es macht dir nichts aus, wenn du meinem Gerede zuhören musst?«

Hua Cheng zog sich hoch und setzte sich zu Xie Lian auf die Fensterbank. »Es macht mir nichts aus. Erzähl.«

Xie Lian begann zu erzählen und währenddessen stiegen viele Erinnerungen in ihm auf. »Damals war Feng Xin der einzige Palastdiener, der mir noch geblieben war. Das Leben war sehr hart. Alles, was ich als Kriegsgott und als Kronprinz besessen hatte, musste ich verpfänden.«

Hua Cheng schmunzelte. »Auch Hongjing, nicht wahr?«

Xie Lian lächelte ihn fröhlich an. »Ha ha ha ... Das stimmt. Jun Wu darf nichts davon erfahren, du darfst es keinem erzählen. Und auch die Dutzenden goldenen Gürtel habe ich versetzt.«

»Mhm. Also hat Feng Xin einen deiner goldenen Gürtel genommen und ihn Lan Chang gegeben?«, vermutete Hua Cheng.

Xie Lian schüttelte den Kopf. »Ich glaube nicht. Feng Xin hätte nicht einfach meine Sachen genommen. Ich habe ihm selbst gesagt, er soll sie verkaufen und das Geld für sich behalten.«

Xie Lian hatte ihm völlig ohne Grund eine Menge Geld geschenkt. Feng Xin hatte damals wiederholt abgelehnt, aber er hatte beharrlich darauf bestanden, sodass Feng Xin schließlich eingewilligt hatte: »Ich werde sie vorerst für Euch verwahren.«

»Ich schäme mich etwas, das zuzugeben, aber der Grund, warum ich ihn beauftragt habe, all diese Dinge zu verkaufen und das Geld zu behalten, waren nicht nur Schuldgefühle – es war auch Furcht.«

Er hatte damals all seine Anhänger verloren. Feng Xin war der Einzige, der ihn noch immer wie den Blumengekrönten Kriegsgott, wie einen Kronprinzen behandelte. Da war Xie Lian bewusst geworden, dass er noch kein einziges Mal eine besondere Belohnung erhalten hatte, obwohl sie beide zusammen aufgewachsen waren und Feng Xin sein vertrauter Palastdiener und Leibwächter war, und ihm wurde bange.

Er fürchtete, dass Feng Xin zu dem Schluss kommen könnte, dass sein Leben zu kurz war, und ihn verlassen würde. Daher war der goldene Gürtel nicht als Belohnung gedacht gewesen. Es war nicht nur ein Geschenk und vor allem war es kein Zeichen seiner Anerkennung – eher eines der Wiedergutmachung und Anbiederung.

In der Illusion, die der Fötusgeist geschaffen hatte, hatte Xie Lian einen Schutzzauber gesehen – wahrscheinlich hatte Feng Xin ihn Jian Lan damals gegeben. Nachdem Xianle gefallen war, waren alle Tempel und Schreine, die Xie Lian geweiht waren, niedergebrannt worden. Niemand glaubte mehr an den Kronprinzen von Xianle und seine Glücksbringer wurden nur noch als Abfall angesehen. Doch Feng Xin verteilte sie entschlossen und unermüdlich immer weiter und versicherte Xie Lian sogar: »Seht, Ihr habt immer noch Anhänger.« Tief in seinem Inneren wusste Xie Lian allerdings, dass sie die Glücksbringer wahrscheinlich wegwerfen würden.

»Selbst nach so vielen Jahren wusste ich nicht, dass Feng Xin jemanden mochte. Ich habe ihn nie danach gefragt und auch nicht darauf geachtet«, sagte Xie Lian zögerlich.

Schließlich war er seit seiner Geburt der Liebling des Himmels gewesen, mächtig und erhaben hatte er über allem gestanden. Feng Xin hatte ihn umkreist wie ein Planet die Sonne. Wie konnte er also ein eigenes Leben und eigene Gefühle haben?

»Es klingt vielleicht schäbig, einem Mädchen etwas zu schenken, das man selbst als Geschenk erhalten hat. Aber der goldene Gürtel war das beste Geschenk, das Feng Xin damals aufbringen konnte. Schließlich mussten wir regelmäßig Mahlzeiten auslassen und Feng Xin war niemand, der etwas verschwendete. Es ist nicht schwer, sich vorzustellen, wie sehr er Fräulein Jian Lan gemocht haben muss. Aber wenn er sie doch so geliebt hat ... warum haben sie sich getrennt?«

Ob der Fötusgeist Feng Xins Sohn war oder nicht – Xie Lian würde es sich nicht verzeihen, wenn diese Zeit der Armut dazu geführt hatte, dass Feng Xin das Mädchen, das er liebte, verloren hatte.

»Wenn er sie mochte, aber sie sich am Ende getrennt haben, beweist das, dass ihre Beziehung nicht über Mögen hinausging«, merkte Hua Cheng an.

Xie Lian lächelte ihn an. »San Lang, es ist nicht immer alles so absolut. Manchmal liegt es nicht an uns, ob der Weg, den wir gehen, ein leichter sein wird.«

»Ich kann vielleicht nicht entscheiden, ob es ein leichter Weg wird, aber ob ich ihn beschreite, liegt allein bei mir«, beharrte Hua Cheng leise.

Xie Lian blinzelte. Er fühlte sich, als habe sich ein Knoten in seinem Herzen gelöst. Wortlos starrte er Hua Cheng an.

Dieser legte den Kopf schief. »Großer Bruder, habe ich etwas Falsches gesagt?«

Xie Lian blickte in Hua Chengs leuchtende schwarze Augen, griff nach ihm und nahm ihn auf seinen Schoß. »Ha ha ha, San Lang, du hast recht.«

Hua Cheng wirkte überrumpelt und ließ sich ohne Gegenwehr hochheben.

Xie Lian lachte. »Lass mich ehrlich sein. Die selbstsichere Art, mit der du eben gesprochen hast, hat mich an mein jüngeres Selbst erinnert.«

Hua Cheng hatte sich inzwischen daran gewöhnt, umarmt und hochgenommen zu werden. Er zog seine Augenbrauen hoch. »Oh, wie traumhaft.«

Sie alberten noch eine Weile herum, dann legte Xie Lian Hua Cheng aufs Bett, bevor er sich selbst ebenfalls hinlegte. Er drehte sich mit dem Gesicht zur Wand und wollte gerade etwas sagen, als sich Hua Cheng abrupt aufsetzte. Seine Augen verengten sich und sein Blick wurde stechend, als er sich im Zimmer umsah.

Xie Lian spürte, dass etwas nicht stimmte, und setzte sich ebenfalls auf. Als er sah, was es war, brach ihm sofort kalter Schweiß aus. Völlig lautlos war eine dritte Person in ihrem Zimmer aufgetaucht. Bis eben war sie keinem der beiden aufgefallen.

Die Person saß am Tisch, auf dem eine Kanne Tee stand. Der aromatische Duft erfüllte die Luft. Und trotzdem hatte Xie Lian nichts bemerkt.

Er fühlte, wie ein kalter Schauer sein Rückgrat hinunterlief, während er Fangxin zog und Kamphaltung einnahm. »Wer ist da?«

Eine Männerstimme antwortete sanft: »Habt keine Angst. Tee, Xianle?«

Die Stimme und die Gestalt waren ihm mit einem Mal ungemein vertraut. Obwohl sein Herz noch wild in seiner Brust hämmerte, atmete Xie Lian erleichtert auf. Er strich sich einige Haarsträhnen, die sich gelöst hatten und ihm ins Gesicht fielen, hinter die Ohren.

»Majestät ...«

Noch bevor er seinen Atemzug beendet hatte, riss er die Bettdecke hoch und verbarg Hua Cheng und seinen eigenen Körper darunter.

»Weshalb seid Ihr herabgestiegen?«

Unter der Decke drückte er Hua Cheng, um ihm zu signalisieren, dass alles in Ordnung war. Jun Wu schenkte in aller Seelenruhe drei Schalen Tee ein, bevor er sich erhob. »Ihr seid nicht zurückgekommen, deshalb musste ich herabsteigen und selbst nachsehen, was Euch so lange aufhält.« Er faltete seine Hände hinter dem Rücken und trat langsam aus den Schatten heraus und auf ihn zu.

Xie Lians Blick glitt an seinem weißen Gewand entlang und landete auf dem Schwert, das er in der Hand hielt. Erschrocken sprang er aus dem Bett. »Majestät, lasst mich erklären ...«

Vollkommen unerwartet zog Hua Cheng hinter ihm die Decke von sich und setzte sich auf. Er saß lächelnd da, die Beine gekreuzt und die Arme auf den Knien ruhend. »Ich denke nicht, dass das nötig ist«, sagte er.

Xie Lian stand zwischen ihnen. »Ich meine, wir sollten uns erst einmal hinsetzen und uns unterhalten. Seht Euch dieses Kind an, Majestät. Sieht es nicht aus wie ...?«

»Wie Euer Sohn, richtig?«, beendete Jun Wu lächelnd den Satz.

Xie Lian lachte angestrengt. »Woher wusstet Ihr, was ich sagen würde?«

Jun Wu wandte seinen Blick endlich von Hua Cheng ab. Er klopfte Xie Lian sanft auf die Schulter und setzte sich wieder an den Tisch, ohne ein weiteres Wort zu sagen.

Xie Lian sah, dass es vorerst nicht zu einer Konfrontation kommen würde. Unbewusst atmete er erleichtert auf. Er hatte selbst schon gesehen, wie schrecklich und Furcht einflößend Jun Wu sein konnte, wenn er die Absicht hatte, jemanden zu töten. Unter keinen Umständen wollte er, dass Hua Cheng das erleben musste.

Dessen Miene blieb unfreundlich und sein Blick wich dem des Himmelskaisers aus. Jun Wu schob ihnen die Teeschalen hin. An Hua

Cheng gewandt sagte er: »Wir treffen heute nicht zum ersten Mal aufeinander, aber zum ersten Mal sehen wir uns aus der Nähe. Die Atmosphäre ist so friedlich, lasst uns zusammen trinken und die Wogen glätten, ja?«

Xie Lian räusperte sich leise und legte sich so beiläufig wie möglich sein Obergewand über die Schultern. Während er in seine Stiefel schlüpfte, fragte er: »Majestät, wie ist die Lage am Oberen Hof?«

Jun Wu setzte seine Schale ab, sah zum Fenster und betrachtete den Mond, dann seufzte er. »Lasst uns nicht darüber sprechen.«

»Gut. Wir sprechen nicht darüber«, sagte Xie Lian.

Das bedeutete, dass die Lage katastrophal war. Doch Jun Wu wandte sich ihm wieder zu und sagte, ohne eine Miene zu verziehen: »Das war ein Witz. Obwohl ich tatsächlich am liebsten nicht darüber sprechen möchte, bleibt mir keine Wahl. Xianle, bitte lasst Euren kleinen Freund einen Moment lang zurück und folgt mir nach draußen.«

Es gab also Angelegenheiten zu besprechen, von denen niemand erfahren durfte. Xie Lian wollte gerade tun wie geheißen, da kommentierte Hua Cheng von hinten: »Dass euer Oberer Hof vollkommen im Chaos versunken ist, ist schon lange kein Geheimnis mehr. Jeder noch so niedere Dämon weiß, dass die Versammlung der Geister dieses Mal nicht gestoppt werden konnte, und vor Aufregung heulen sie bereits ohne Unterlass. Wozu also die Geheimniskrämerei?«

Er stand vom Bett auf und schlenderte an den Tisch, nahm eine Teeschale und drehte sie gelassen in seinen Fingern, ohne die Absicht, tatsächlich aus ihr zu trinken.

Einige Augenblicke später saßen alle drei am Tisch. Hua Chengs Aussehen war das eines Kindes, aber seine Miene und sein Benehmen ließen das schnell vergessen.

»Vor Euch kann man wirklich nichts verbergen«, sagte Jun Wu nüchtern.

Jun Wu hatte den Tee ausgeschenkt und entsprechend musste ihm der nötige Respekt gezollt werden, daher nippte Xie Lian an seiner Schale. »Bleibt nicht noch etwas Zeit, bevor die Öffnung des Berges vollzogen ist und das Gebiet versiegelt wird? Wurde Euch bestätigt, dass es in diesem Augenblick bereits geschieht?«

Feng Xin hatte ihm das gesagt, aber Xie Lian vermutete, dass er übertrieben hatte.

Doch Jun Wu bestätigte seine Aussage. »In der Tat. Es ist nicht mehr aufzuhalten.«

»Ich vermute, du hattest vor, zu tun, was du immer tust«, kommentierte Hua Cheng. »Alle Kriegsgötter einsetzen, um alle Wege, die zum Berg Tonglu führen, abzuriegeln und die Geister aufzuhalten. Aber dann ist Mu Qing aus seiner Gefangenschaft entkommen. Und aufgrund seiner Abwesenheit gibt es eine Lücke in der südlichen Verteidigung.«

»Ist Feng Xin in die himmlische Hauptstadt zurückgekehrt?«, erkundigte sich Xie Lian. »Wie geht es ihm? Hat er etwas gesagt?«

»Er ist zurückgekehrt, aber in keinem guten Zustand. Nanyang kam verwundet zurück und gab uns eine grobe Zusammenfassung der Situation, dann bat er mich inständig, allen Himmelsbeamten aufzutragen, die Geisterfrau Lan Chang und ihren Sohn nicht anzurühren. Danach wollte er sofort wieder hinabsteigen, aber seine Verletzungen waren zu schwer. Er kann seinen rechten Arm kaum noch bewegen. Ich habe ihm befohlen, in der himmlischen Hauptstadt zu bleiben. Dadurch klaffen allerdings in der Blockade der Wege im Süden Lücken.«

Wenn es um irgendetwas anderes ginge, wenn sie zum Beispiel jemanden bräuchten, um ein Monster zu töten, eine spirituelle Arznei zu stehlen oder Ähnliches, hätte sich Xie Lian sofort freiwillig gemeldet. Aber Truppen anzuführen und Blockaden zu halten war nichts, was er allein bewerkstelligen konnte. Ein Einzelner konnte vielleicht durch eine Armee von Tausenden Männern und Pferden brechen, aber er hatte keine

Chance, sich gegen diese Armee zu verteidigen. Xie Lian wusste schon seit Langem, dass Menschen oder Truppen anzuführen nicht zu seinen Stärken gehörte. Es wäre für alle das Beste, wenn jemand Geeigneteres für diese Position ausgewählt werden könnte, daher bot er sich nicht als Freiwilliger an.

»Gibt es keinen anderen Kriegsgott, der diese Aufgabe übernehmen könnte?«, fragte er stattdessen.

»Die anderen Kriegsgötter haben ihre eigenen Gebiete, um die sie sich kümmern müssen, und ihre eigenen Verpflichtungen. Sie können nicht noch mehr übernehmen. Pei Xiu vom Mingguang-Palast wäre infrage gekommen, aber er ist schon lange im Exil. Und Qiying ist wie Ihr: ein Einzelkämpfer, der allein durch die Welt streift und sich von niemandem etwas sagen lässt. Keiner weiß, wo er sich gerade aufhält, und Anfragen über den Kommunikationskanal beantwortet der Junge einfach nicht. Zu allem Überfluss hat nun auch noch der Lingwen-Palast seine hauptverantwortliche Beamte verloren. Zurzeit versuchen andere, sich den Posten zu teilen. Die anderen Zivilgötter sind zwar wortgewandt und können sich in den Gesetzestexten ohne Weiteres zurechtfinden, aber wenn es um die Verteilung von Informationen, um das Treffen von Entscheidungen und die Koordination von Aufgaben geht ... Die letzten Tage ...«

So wie Jun Wu sich ausdrückte, klang es beinahe, als wäre der Obere Hof kurz davor auseinanderzubrechen. Xie Lian konnte es kaum ertragen, ihm zuzuhören. »Ich erinnere mich daran, dass Ihr erwähntet, es gäbe noch eine andere Lösung, selbst wenn das Zusammentreffen der Geister nicht verhindern werden könnte. Was ist das für eine Lösung?«

»Lösung? Es ist Selbstmord«, antwortete Jun Wu und sah ihn seufzend an. »Ich sagte auch, dass ich diesen Schritt nicht gehen wollte, wenn es nicht absolut notwendig wäre.«

Xie Lian hatte plötzlich eine Ahnung. »Könnte es sein ...?«

»Ganz recht. In der gegenwärtigen Lage ist der einzige Weg, das Ruder noch herumzureißen, einen Kriegsgott auszusenden, der sich in das Zusammentreffen der Geister einschleicht«, bestätigte Jun Wu seinen Verdacht.

Wenn sie den Kampf nicht aufhalten konnten, mussten sie sicherstellen, dass er bis zum bitteren Ende ausgetragen wurde und nicht ein einziger Geist übrig blieb. Xie Lian verschränkte die Arme, schob die Hände in die Ärmel und zog die Augenbrauen zusammen. »Ich kenne mich mit dem Berg Tonglu und seinen Gesetzmäßigkeiten nicht besonders gut aus. Wie kann ich mir diese Aufgabe vorstellen – müssen die Abertausende Geister und Dämonen, die den Berg erreichen, alle getötet werden?«

Das konnte niemand schaffen. Ein Gott müsste seine Identität verschleiern, um sich in den Berg einzuschleichen, und er dürfte keine Helfer bei sich haben. Ansonsten würden die Geister entdecken, dass Himmelsbeamte unter ihnen waren, und sie augenblicklich töten. Der Berg Tonglu war ein Ort äußerster Bosheit. In seinem Umkreis wurden die spirituellen Kräfte eines Himmelsbeamten noch viel stärker gehemmt, als sie es im Geisterreich des Schwarzen Wassers erlebt hatten.

»Nein«, erwiderte Jun Wu. »Das wird nicht nötig sein.«

»Ich kenne mich mit dem Berg Tonglu aus. Großer Bruder, sieh nach draußen«, sagte Hua Cheng.

Xie Lian sah aus dem Fenster in die Richtung, die Hua Cheng ihm wies. Draußen befand sich ein großes Feld, das mit Blumen und Kräutern bepflanzt war. Ein kleiner Blumentopf stand in einer Ecke. Hua Cheng stieg auf die Fensterbank und deutete auf den Blumentopf. »Im Herzen des Berges Tonglu liegt ein gigantischer Schmelztiegel.«

Kaum hatten die Worte seine Lippen verlassen, da fiel der kleine Blumentopf um und rollte zur Mitte des Feldes, wo er sich von selbst wieder aufrichtete. Von dem Blumentopf ausgehend pulsierte der flache

Erdboden in konzentrischen Wellen und formte dadurch eine Vielzahl hoher und niedriger Hügel und Erdwälle.

»Tonglu, der zentrale Vulkan, ist vollkommen von Bergen umgeben«, fuhr Hua Cheng fort. »Das gesamte Tonglu-Gebirge ist so groß wie sieben Städte.«

Xie Lian sah ihm staunend zu, dann sprang er aus dem Fenster. Als er auf dem Feld zwischen den kleinen Hügeln stand, kam er sich vor wie ein Riese, der auf ein grenzenloses Land hinabblickte.

»Die Kämpfe beginnen in den äußeren Ausläufern des Gebirges. Das Ziel ist es, den Schmelztiegel in der Mitte zu erreichen.« Auf seine lässige Geste hin begannen viele kleine Objekte, sich auf dem Boden zu bewegen.

Xie Lian bückte sich, um die Szene näher zu betrachten, und erkannte, dass viele kleine Gräser und Pflänzchen sich durch die Hügel bewegten, als seien sie kleine Menschen, die das Gebirge durchwanderten. »Das bedeutet, dass die Geister stärker sind, je näher man an den Schmelztiegel gelangt?«, vermutete er.

»Ja. Denn die schwachen wurden bereits in den Ausläufern getötet«, bestätigte Hua Cheng. Mit einer weiteren Geste ließ er eine zarte Brise über das Feld wehen und die Gräser wurden allesamt davongetragen.

Die kleinen Hügel waren nun verlassen und wirkten beinahe traurig. Doch der Blumentopf in der Mitte begann plötzlich, rot aufzuleuchten – er sah wirklich aus wie ein kleiner Schmelztiegel, in dem ein Feuer loderte.

Xie Lian starrte ihn an und bemerkte eine winzige rote Blume, die zwischen einer Vielzahl unscheinbarer Gräser stand, die auf den Rand des Blumentopfs gesprungen waren. Die Pflänzchen auf dem Topf drehten sich, als vollführten sie einen Tanz, und die rote Blume tanzte am wildesten.

Hua Cheng beugte sich neben Xie Lian hinunter. »Nur einer Handvoll Geister gelingt es, ins Innere des Schmelztiegels zu gelangen. Wenn sie drinnen sind, verschließt sich der Schmelztiegel.«

Die kleinen »Gestalten« tanzten und tanzten, bis sie eine nach der anderen herunterfiel und vom schwarzen Erdboden verschluckt wurde.

»Innerhalb von neunundvierzig Tagen muss es einem Geist gelingen, aus dem Schmelztiegel zu entkommen«, fuhr Hua Cheng fort.

Der Blumentopf begann, wie wild zu beben, dann brach mit einem lauten Knall ein roter Lichtblitz aus ihm hervor, der eine Schockwelle aus Staub nach sich zog.

Die kleine rote Blume kam aus der Erde und reckte ihre beiden Blütenblätter in die Höhe, als würde sie in den Wind rufen und der ganzen Welt verkünden, wie mächtig sie war. Bei diesem Anblick musste Xie Lian laut loslachen.

Doch vielleicht war sie etwas zu übermutig geworden – die kleine Blume taumelte und wäre beinahe vom Blumentopf heruntergefallen. Xie Lian streckte eilig seine Hand aus, fing sie sanft auf und barg sie in seiner Handfläche. Das Blümchen wirkte noch etwas benommen von seinem Sturz. Es schüttelte seinen Kopf, dann blickte es nach oben und sah seinen Retter an.

Xie Lian klopfte sich den Staub ab, der sich in seinem Haar verfangen hatte. »Also ist dieses kleine Ding hier, das aus dem Berg Tonglu geboren wurde, der Geisterkönig der neuen Generation?«

Hua Cheng nickte. »Ganz genau. Der anfängliche Kampf ist ein Prozess zur Stärkung. Er kann nicht übersprungen werden. Wenn ein Geist nicht stark genug ist und es ihm nicht gelingt, dem Schmelztiegel zu entkommen, wird er in ihm ersticken und zu Asche verbrennen. Er wird zur Nahrung für einen geeigneteren Kandidaten.«

Er stand auf und wandte sich an Jun Wu, der noch im Zimmer saß. »Dein Plan ist, die Mächtigen auszulöschen und die kleinen Fische zu verschonen. Es gibt nur eine begrenzte Anzahl an Geistern, die das Potenzial haben, ein Geisterkönig zu werden. Sind diese Kandidaten aus dem Weg geräumt, schaffen es die verbliebenen schwachen Geister vielleicht, den Schmelztiegel zu erreichen, aber sie werden nicht die Kraft haben, aus ihm auszubrechen. Wenn es keinem Geist gelingt zu entkommen, wird es keinen neuen Geisterkönig geben.«

Xie Lian nickte. »Das klingt nicht unmöglich. Aber wird es funktionieren? Wurde das zuvor schon einmal versucht?«

Jun Wu trat ans Fenster. »Ich weiß es nicht. Und nein, noch nie zuvor hat jemand den Versuch unternommen. In der Vergangenheit ist es immer gelungen, die Geister aufzuhalten, bevor sie sich versammeln konnten.«

Hua Cheng verschränkte die Arme. »Ich befürchte, es ist unmöglich. Sich unter diesen Umständen in den Kampf zu begeben wäre der reinste Selbstmord. Ich schlage vor, dass derjenige, der diese großartige Idee hatte, es selbst ausprobiert.«

»Das habe ich vor«, sagte Jun Wu unbeeindruckt.

Xie Lian sah ihn erstaunt an. »Majestät?«

»Xianle, das ist der Grund, weshalb ich herabgestiegen bin. Ich werde zum Berg Tonglu gehen. Ich möchte, dass Ihr an den Oberen Hof zurückkehrt und vorübergehend meine Aufgaben übernehmt.«

Xie Lian ließ die Hände sinken und sprang auf. »Das kann doch nicht gutgehen! Vorübergehend Euren Platz einnehmen? Ich? Majestät, bitte macht keine Witze! Niemand wird auf mich hören.«

Jun Wu lächelte. »Dann wird das eine gute Gelegenheit sein, sie zu überzeugen, es doch zu tun.«

Xie Lian rieb sich die Nasenwurzel. »Majestät, entschuldigt bitte, aber dieses Mal kann ich Euer Vorhaben nicht gutheißen. Das ist einfach zu absurd. Um ein etwas unpassendes Beispiel aus dem Reich der Sterblichen anzuführen: Ein Herrscher kann auf das Schlachtfeld ziehen, aber habt Ihr je davon gehört, dass ein Herrscher sich einschleicht und hinterrücks mordet? Die himmlische Hauptstadt kann deshalb im Himmel schweben, weil Ihr sie in der Luft haltet. Kein anderer Himmelsbeamter kann das, nur mit Eurer Macht kann es gelingen. Nur Ihr hindert den Himmel am Einstürzen.«

»Xianle. Es gibt niemanden auf der Welt, dessen Abwesenheit den Himmel zum Einsturz bringen könnte«, entgegnete Jun Wu und verschränkte seine Hände hinter dem Rücken. »Wenn Ihr Euch daran gewöhnt habt, wie die Welt funktioniert, werdet Ihr verstehen, dass das Leben auch ohne die weitergeht, die auf der Strecke geblieben sind. Immer wird jemand Neues da sein, um die alten zu ersetzen. Würde ein neuer Geisterkönig geboren, der wie ein weiterer Blumensuchender Blutregen oder ein Booteversenkendes Schwarzes Wasser wäre, gäbe es kein Problem. Aber sollte ein neues Unheil in Weiß erstehen, wird die Welt im Chaos versinken.« Er sah Xie Lian in die Augen. »Ihr habt selbst erlebt, wie schwierig es ist, einen Supremus wie ihn zu töten. Ich muss gehen, es gibt keine andere Lösung.«

Xie Lian wusste, dass Jun Wu sich nicht nur aufspielte. Die Stärksten unter Millionen von Geistern zu identifizieren und zu töten, während man in geschwächtem Zustand von jeglicher Hilfe abgeschnitten war – Xie Lian würde nicht von sich behaupten, dass er dieser Aufgabe gewachsen wäre. Jun Wu war der Einzige, der eine reelle Chance hatte. Aber er würde ein Jahrzehnt lang fort sein – was mochte in dieser Zeit auf der Welt passieren? Und was am himmlischen Hof?

Da meldete Hua Cheng sich zu Wort: »Wer sagt, dass es keine andere Lösung gibt?«

Kapitel 76:

Der Berg Tonglu öffnet sich für die Versammlung der zehntausend Geister

Am nächsten Tag machten sich Xie Lian und Hua Cheng auf den Weg.

Nachdem sie losgegangen waren, ergriff Hua Cheng Xie Lians Hand. »Großer Bruder, wenn du Jun Wu das nächste Mal siehst, sprich nicht mit ihm. Dreh dich um und lauf weg.«

»Wieso?«, fragte Xie Lian erstaunt.

»Wenn er mit dir reden will, kommt nie etwas Gutes dabei heraus.«

Xie Lian lachte. »Wie meinst du das? Der Auftrag, den er mir eigentlich zugedacht hatte, war doch nicht so übel ...«

»Am Ende ist es doch dasselbe. Ob du zum Berg Tonglu gehst oder ihm hilfst, den Oberen Hof zu verwalten, beides sind keine guten Aufträge. Der Obere Hof liegt in Scherben, man könnte ihn genauso gut auch gleich auflösen. Was denkt er sich dabei, diese Last auf deinen Schultern abzuladen? Du kannst nur zwischen Selbstmord durch das Schwert oder Selbstmord durch den Säbel wählen.«

Darüber musste Xie Lian lachen, doch dann sagte er nüchtern: »Trotz allem hätte ich nicht erwartet, dass du mich freiwillig zum Berg Tonglu begleiten würdest. Ich denke schon eine ganze Weile darüber nach, wie ich das am besten sagen soll. San Lang, bitte fühl dich nicht gezwungen, das zu tun.«

Er hatte den Verdacht, dass Hua Cheng ihn nur begleitete, weil er wusste, was Xie Lian durch den Kopf ging – dass für ihn die Vorstellung, in einem Schmelztiegel eingeschlossen auf Leben und Tod zu kämpfen, weniger bedrohlich war, als die Verantwortung für die Verwaltung des Oberen Hofes auf sich zu nehmen.

Hua Cheng antwortete jedoch: »Großer Bruder, ich habe dir doch schon mehrmals versichert, dass ich mich nicht gezwungen fühle. Glaubst du mir nicht?«

»Nein, das ist es nicht ...«, sagte Xie Lian.

Hua Cheng nickte. »Dann entspann dich. Ich kenne meine Grenzen. Bitte denk nicht, dass du mir etwas schuldig wärst. Ich denke dabei auch an mich selbst. Auch mir wäre es das Liebste, ich könnte den neuen Geisterkönig im Keim ersticken, bevor er geboren wird.«

Die gegenwärtige Lage war sowohl für die Geisterkönige als auch den Himmel von Vorteil. Es gab nur eine bestimmte Menge an Reis und jeder wollte einen Bissen. Schon jetzt war es nicht genug, sodass es ab und an zu Spannungen kam. Niemand hatte ein Interesse daran, dass noch jemand hinzukam und Ansprüche erhob. Und sollte dieser Neue zusätzlich noch ein wahnsinniger Quälgeist sein, der jeden Moment durchzudrehen drohte, dann wären ihre Rationen ernsthaft bedroht.

Jun Wu hatte sich Hua Chengs Vorschlag angehört und ernsthaft darüber nachgedacht. Xie Lian allein wäre der Aufgabe nicht gewachsen. Aber in Begleitung eines Geisterkönigs, der schon einmal am Berg Tonglu gewesen war, hatte er eine bessere Chance als Jun Wu selbst.

Selbstverständlich hatte Hua Cheng seine Hilfe nicht angeboten, ohne eine Gegenleistung zu erwarten, und Jun Wu hatte in seine Bedingungen eingewilligt: Der Himmel verpflichtete sich, die Geisterstadt in Ruhe zu lassen, bis der Berg Tonglu sich das nächste Mal öffnen würde. Und zusätzlich musste der himmlische Hof die Heldentaten des Blumensuchenden Blutregens ein Jahr lang verkünden und feiern ...

In Xie Lians Vorstellung klangen die Lobeslieder des Himmels in etwa so: »Ihr törichten Himmelsbeamten! Wisst Ihr, wem Ihr Eure Rettung verdankt?« Für die Himmelsbeamten, die ohnehin schon keine großen Stücke auf Hua Cheng hielten, wäre das die reinste Qual und ein Schlag ins Gesicht.

Hua Cheng lächelte. »Mit mir an deiner Seite wird diese Reise viel einfacher.«

Xie Lians Gedanken kehrten in die Gegenwart zurück. »Ich denke immer noch, wir sollten abwarten, bis dein Zustand sich normalisiert hat und du wieder deine gewohnte Gestalt annehmen kannst.«

»Mach dir darüber keine Sorgen. Es wird bald vorbei sein.«

»Ach?«, machte Xie Lian plötzlich erstaunt.

»Was ist? Großer Bruder, warum schaust du so?«

»Bedeutet das, dass du wieder älter wirst?«

Hua Cheng verschränkte die Hände hinter dem Rücken. »Mhm. Ich habe das jetzt lange genug ausgehalten, ich kann nicht länger warten.«

Gerade hatte er ausgesprochen, da griff Xie Lian ihm unter die Arme und hob ihn lachend hoch. »Wie schade! Wenn du wieder erwachsen bist, werde ich dich nicht mehr hochheben können. Ich muss dich so viel wie möglich umarmen, solange ich noch kann, ha ha ha ha ha ha ha ...«

Für ihre Reise zum Berg Tonglu konnten sie keinen Tausendmeilenzauber anwenden, also mussten sie laufen. Nach Dutzenden Tagen hatten sie schließlich Städte, Dörfer und andere Anzeichen der Zivilisation hinter sich gelassen und waren in eine einsame, hügelige Gegend gelangt, die von üppigen grünen Wäldern bedeckt war.

Sie drangen tiefer und tiefer in die dichten Wälder vor und begegneten dabei immer mehr Geistern und Dämonen. Sie hatten die eigenartigsten Formen und Gestalten und alle hatten es eilig. Je weiter sie vordrangen, umso dichter waren die Wege von ihnen bevölkert.

Xie Lian hielt Hua Chengs Hand und raunte: »So viele sind gekommen.«

»Diese Zusammenkunft der zehntausend Geister ist größer als alle bisherigen. Das liegt daran, dass der Himmel die Wege nicht blockieren konnte. Viele, die es eigentlich nicht vorhatten, haben sich nun doch auf den Weg gemacht«, erklärte Hua Cheng.

Unter den Geistern gab es nicht nur Einzelkämpfer, viele waren auch in Gruppen gekommen. Nach einer Weile trafen Xie Lian und Hua Cheng auf einen großen Zusammenschluss verwahrlost aussehender Geister. Sie trugen grausam aussehende Gesichter und sangen, während sie liefen: »Das Universum ist ein Schmelztiegel und die lebendigen Geschöpfe sind das Kupfer. Unendliche Widrigkeiten harren im Abgrund des Leids.

Das Universum ist ein Schmelztiegel und die lebendigen Geschöpfe sind das Kupfer. Unendliche Widrigkeiten harren im Abgrund des Leids.«

Sie wirkten kein bisschen ängstlich, sondern freudig und entschlossen.

Hua Chengs Miene erstarrte, als Xie Lian und er ihren Gesängen lauschten. »Sie verstehen nicht einmal die Bedeutung dieser Sätze, aber rufen sie lauter heraus als alle anderen.«

Die meisten der Geister und Dämonen hatten keine Vorstellung davon, wie grausam der Kampf war, der ihnen bevorstand. Viele dachten wohl, es wäre nicht so schwer für sie, zu einem Supremus zu werden. Ihre wagemutige Hoffnung und ihr blinder Heldenmut musste jedem missfallen, der die Brutalität der Schlacht schon einmal erlebt hatte.

»Können sie als Gruppe teilnehmen?«, fragte Xie Lian.

»Diese Gruppen setzen sich normalerweise aus Geistern zusammen, die einander schon kennen. Sie tun sich zusammen und planen, den Kampf gemeinsam zu bewältigen und einander zu verschonen. Aber sie werden diese Versprechen nicht halten. Wenn sie sich dem Berg nähern, nimmt ihre Kraft mit jedem Gegner, den sie töten, zu. Wenn sie Gnade walten lassen, verringern sie dadurch ihre Chance, den Schmelztiegel zu überleben. Und die einfachsten Opfer sind oftmals die, die einem vertrauen und besonders nahestehen.«

Er runzelte die Stirn und hielt sich das rechte Auge zu. Offensichtlich war eine neue Welle der Kopfschmerzen im Anmarsch.

Voller Sorge packte Xie Lian ihn an den Schultern und zog ihn mit sich in den Wald am Wegesrand. Dann hockte er sich mit ihm hin, um seinen Zustand besser einschätzen zu können. »San Lang, wir werden das Gebirge bald erreichen. Bist du wirklich sicher, dass es dir gut geht?«

Hua Cheng entspannte sein Gesicht und antwortete: »Sei unbesorgt, großer Bruder, alles ist gut. Es geht gleich wieder.«

Aber nur weil Hua Cheng das gesagt hatte, konnte Xie Lian nicht einfach aufhören, sich Sorgen zu machen.

»Großer Bruder, komm näher. Ich muss dir etwas sagen.«

Xie Lian wusste nicht, was Hua Cheng vorhatte, und beugte sich dicht zu ihm. Hua Cheng umfasste sein Gesicht und legte seine Stirn an die Xie Lians. Dieser blinzelte verblüfft. Er wartete, bis Hua Cheng ihn wieder losließ, bevor er um eine Erklärung bat. »San Lang, was …?«

Hua Cheng unterbrach ihn lächelnd. »Fertig. Hier sind nur Geister und Dämonen und du bist ein Himmelsbeamter. Dein Geruch würde dich verraten. Das wird helfen, ihn zu überdecken.«

Das war es also. Er hatte Xie Lian seinen Geruch übertragen. Xie Lian musste plötzlich an jene Nacht denken, als sie mit ihrer Atemluft spirituelle Energie ausgetauscht hatten. Er befürchtete, Hua Cheng könnte ebenfalls daran denken und es erwähnen, und sagte hastig: »Gut. Jetzt verkleiden wir uns.«

Sie mussten sich tarnen, um in der Menge der Geister und Dämonen nicht aufzufallen, aber ein einfacher Umhang würde ausreichen. Viele Geister trugen Masken und Umhänge, also würden sie damit nicht seltsam wirken. Sobald sie sich zurechtgemacht hatten, nahm Xie Lian Hua Chengs Hand und sie gingen langsam weiter.

Nachdem sie eine Weile unterwegs waren, hörten sie entfernten Lärm auf dem Weg vor sich.

Unsicher fragte Xie Lian: »Gibt es irgendwelche Orientierungspunkte, die einem verraten, dass man das Gebirge erreicht hat?«

»Ja. Aber du solltest ihnen nicht trauen.«

Xie Lian wollte noch weitere Fragen stellen, doch der Lärm wurde immer lauter. Als die beiden aus dem Wald traten, erblickten sie eine große, dicht gedrängte Menge, die vor einer steilen Felswand stand. Es waren sicherlich drei- oder vierhundert Geister und Dämonen, aber gemessen daran, wie viele Geister zu der Versammlung wollten, war diese Menge hier nur die Spitze des Eisbergs.

»Wieso geht es nicht weiter? Sind wir den falschen Weg gegangen?«

»Das kann nicht sein … Heißt es nicht, dass alle Wege zum Berg Tonglu führen?«

Die Menge war noch überwiegend friedlich. Vielleicht lag es daran, dass sie das Gebirge noch nicht betreten und die Kämpfe noch nicht offiziell begonnen hatten.

Xie Lian fragte einen Geist, der am Rand der Menge stand: »Was ist da vorne los?«

»Bist du blind oder was?!«, kreischte der Geist. »Da steht ein Berg im Weg. Wir können nicht weiter!«

Xie Lian musterte den Geist, der neben ihm stand. Die Hälfte seines Kopfes war abgetrennt – er war es, der blind war. Aber dazu äußerte er sich besser nicht. »Können wir nicht daran vorbeigehen?«, erkundigte er sich.

Da kamen einige Geister um die Kurve geeilt. Lange Zungen hingen ihnen aus den Mündern. »Was zur Hölle?! Irgendwas stimmt nicht mit diesem Berg! Wir sind über eine Stunde gerannt und haben kein Ende gefunden. Und dann mussten wir wieder eine Stunde laufen, um zurückzukommen.«

Die umstehenden Geister wandten sich an Xie Lian. »Nein.«

»Können wir nicht hinaufklettern oder darüber hinwegfliegen?«, fragte er.

Kaum hatte er gesprochen, da fiel ein großer, über zwei Meter langer Vogel mit einem lauten Plumps auf den Boden. Es schien so, als sei er auf der Stelle gestorben.

»Tot!«, rief ein Geist aus. »Der Vogelgeist ist vor Erschöpfung gestorben. Er hat sich so angestrengt und hat es trotzdem nicht geschafft.«

Die Geister wandten sich wieder an Xie Lian: »Nein.«

Xie Lian versuchte es noch einmal: »Könnten wir dann nicht …?«

Doch bevor er seine Frage stellen konnte, fuhren ihm die Geister über den Mund, als wollten sie ihn mit aller Macht zum Schweigen bringen. »Hör auf, Fragen zu stellen, du Unglücksbringer!«

»Ist ja gut«, sagte Xie Lian.

Hunderten Geistern und Dämonen war durch diese unpassierbare, unüberwindbare Felswand der Weg abgeschnitten. Unzählige Stimmen redeten und kreischten durcheinander. »Ich weiß! Das ist kein gewöhnlicher Berg – das ist eine Barriere!«, rief einer.

»Ganz gewiss gelangen wir ins Tonglu-Gebirge, sobald wir diesen Berg überwunden haben. Das ist bestimmt ein Test, den wir bestehen müssen, um den anderen Berg erreichen zu können. Wenn wir diese einfache Prüfung nicht bestehen, sollten wir gar nicht erst daran denken, uns an das zu wagen, was danach kommt. Dann können wir auch gleich wieder nach Hause gehen.«

»Wartet, wartet!«

»Was ist denn?«

Eine überrascht klingende Stimme wurde laut: »Ich ... rieche etwas Komisches.«

»Was denn? Vielleicht ist es das Menschenfleisch, das du dabeihast. Ist es schlecht geworden?«

»Nein, nein. Es ist nicht der Geruch von totem Fleisch. Es ist der Geruch eines lebenden Menschen«, sagte die Stimme. »Nein, nein ... das ist auch nicht richtig! Es ist beinahe wie ... der Geruch eines Himmelsbeamten!«

Kaum hatte er diese Worte gesprochen, setzten sich erstaunte Ausrufe wie Wellen in der Menge fort. Die Geistermenge wurde unruhig.

»Was?! Du verarschst uns doch, warum sollte ein Himmelsbeamter hier sein?«

»Wartet ... Ich rieche es auch!«

»Wie kommt es, dass ich nichts rieche?«

»Jetzt, wo ihr es sagt ... Ich rieche auch was ... Hat sich ein Himmelsbeamter hier eingeschlichen?«

»Unmöglich! Welcher Himmelsbeamte hätte den Schneid, an einen Ort wie diesen zu kommen?«

Die Unruhe breitete sich in alle Richtungen in der Menge der Geister und Dämonen aus. Xie Lian fühlte sich beklommen, aber er ließ sich nichts anmerken. Hua Cheng hatte doch zuvor seinen Geruch überdeckt, wieso konnten die Geister ihn noch immer riechen? Niemand hätte seine Anwesenheit bemerken dürfen.

Hua Cheng hielt seine Hand und flüsterte ihm zu: »Großer Bruder, sei vorsichtig. Etwas versucht bewusst, das Wasser zu trüben und Chaos zu verursachen.«

»Es könnte auch sein, dass sich außer mir noch ein anderer Himmelsbeamter hier versteckt«, entgegnete Xie Lian.

Der Geist, der den Menschengeruch als Erster wahrgenommen hatte, sprang auf einen Felsen, um eine Rede zu halten. »Hört alle her! Es könnte sein, dass diese verdammten Himmelsbeamten in ihrem Reich gesehen haben, dass sie unseren Weg nicht blockieren können, und dass sie Leute zum Berg Tonglu geschickt haben, um uns den Spaß zu verderben. Um Klarheit zu schaffen und um rauszufinden, wer eine spirituelle Aura hat, schlage ich vor, dass alle Anwesenden die Masken, Umhänge und anderen verdeckenden Kleiderschichten ablegen. Nennt alle euren Namen. Gebt ihnen keine Chance, unsere Zusammenkunft zu unterwandern und sich unter uns zu verbergen!«

Die Menge stimmte lautstark seinem Vorschlag zu und der Geist fuhr fort: »Ich fange an! Ich bin der Dämon der Lebensauslöschenden Klinge, benannt nach dem Schwert eines Henkers. Um Menschen zu enthaupten, habe ich nie eine andere Klinge benutzt.«

Xie Lians Erfahrung hatte ihn gelehrt, je pompöser und übertriebener der Name eines Geistes war – vor allem wenn er Begriffe enthielt wie ›unvergleichlich‹, ›tausend Hände‹, ›mächtig‹, ›lebensauslöschend‹ und so weiter –, desto einfacher war es, den entsprechenden Geist auszulöschen. Meist reichte ein einziger Schlag, oft genug waren damit sogar gleich drei auf einmal erledigt. Xie Lian hörte kopfschüttelnd zu, wie Hunderte von Namen laut herausgerufen wurden.

Da stieß ihn ein Geist in seiner Nähe mit dem Ellbogen an. »He, warum hast du deinen Umhang noch nicht ausgezogen? Was bist du für ein Ding?«

Diese Frage war keinesfalls respektlos gemeint. Wenn Xie Lian kein Mensch war, dann war nichts Falsches daran, ihn als »Ding« zu bezeichnen. Was die erste Frage des Geistes betraf, gab es unzählige, die ihre Umhänge und Masken noch nicht abgelegt hatten. Auch ganz in Xie Lians Nähe stand einer, der ihn mit verschränkten Armen beobachtete.

Als er sah, dass alle Augen auf ihn gerichtet waren, ergab sich Xie Lian in sein Schicksal und legte seinen Umhang ab. »Ich bin ein Puppenspieler«, sagte er.

Die Geister traten näher an ihn heran. »So ist das also! Kein Wunder, dass du so menschlich aussiehst. Ich bin noch nie zuvor einem Puppenspieler begegnet.«

Xie Lian lächelte in die Runde, ohne noch etwas zu sagen. Puppenspieler waren eine Dämonenart, deren böses Qi sehr schwach war. Sie experimentierten mit verschiedenen Materialien, um die perfekte Puppe herzustellen, daher war es nicht ungewöhnlich, dass alle möglichen Gerüche an ihnen hafteten. Besonders beliebt war bei ihnen menschliche Haut, und menschlicher Geruch war besonders intensiv. Der Traum eines jeden Puppenspielers war, aus dem gestohlenen Haar eines Himmelsbeamten eine Perücke für seine Puppe herzustellen, und manche waren tollkühn genug, ihr Glück zu versuchen – also wäre es nicht allzu ungewöhnlich, wenn der Geruch eines Himmelsbeamten an ihm haftete.

»Und wo ist deine Puppe?«, fragte ein Geist.

Xie Lian sah sich in der Menge um, dann bückte er sich, und hob Hua Cheng hoch.

»Oh, ausgezeichnet!«

»Welche Materialien hast du benutzt? Tss, tss, tss, sie sieht so echt aus.«

»Ich denke, du wirst ein harter Gegner sein ...«

»Wie könnt ihr sagen, dass sie echt aussieht? Ich finde, sie sieht vollkommen unecht aus. Ist die Haut nicht zu blass? Und warum sollte ein Kind so lange Wimpern haben?«

Hua Cheng hatte die Arme vor der Brust verschränkt und sein Gesicht war ausdruckslos, dennoch ließ sein Aussehen so manches kalte Herz einer Geisterfrau höherschlagen.

»Ich sterbe! Was für ein hübsches Püppchen!«

»Meister, nimmst du Bestellungen an? Kann ich eine bestellen, die ganz genauso aussieht? Wir können gern über den Preis verhandeln.«

Manche konnten sich nicht zurückhalten und streckten sogar die Hände aus, um Hua Cheng anzufassen. Xie Lian zog ihn schnell an sich und hielt ihn fest im Arm.

Das gefiel den Geistern nicht. »Wie kleinlich! Er ist ihm so wichtig, dass wir ihn nicht mal anfassen dürfen.«

Mit der linken Hand hielt er Hua Cheng noch fester, mit der rechten strich er über sein Haar. »Natürlich. Das ist meine Puppe. Außerdem ist sie sehr temperamentvoll. Niemand außer mir darf sie berühren, sonst wird sie sehr wütend.«

Hua Cheng zog eine Augenbraue hoch und die Geister lachten laut auf.

»Oh, er kann sogar die Augenbrauen hochziehen! Was für eine eigenartige Ausstrahlung er hat!«

In dem Moment ertönte eine Stimme: »Ich denke nicht.«

Xie Lian wandte sich um und sah, dass derjenige, der gesprochen hatte, der Dämon der Lebensauslöschenden Klinge war.

»Der menschliche Geruch, der dir anhaftet, ist etwas zu übermächtig«, beschuldigte er ihn.

»Er ist ein Puppenspieler, da ist das doch verständlich«, merkten die umstehenden Geister an. »Er hat auch Geister-Qi an sich.«

»Nein, nein, seht genauer hin. Das Geister-Qi dieses ›Puppenspielers‹ scheint nicht aus seinem Inneren zu kommen. Es fühlt sich an, als sei es nur von außen auf ihn übertragen worden.«

Sein oberflächliches Geister-Qi wäre in den meisten Situationen völlig ausreichend gewesen. Aber unter der strengen Begutachtung durch eine so große Menge an Geistern würde jedes kleinste Detail aufs Genaueste untersucht werden. Genau wie Himmelsauge wirkte der Dämon der Lebensauslöschenden Klinge auf den ersten Blick nicht besonders helle und Xie Lian hatte ihn für einen unbedeutenden, nichtigen Geist gehalten. Wer hätte gedacht, dass gerade er so schwer zu täuschen sein würde.

»Du scheinst dich ja gut damit auszukennen. Also sag: Wie können wir den Unterschied erkennen? Was schlägst du vor?«, fragte ein umstehender Geist.

»Es gibt eine Methode, mit der wir feststellen können, was er ist«, sagte der Dämon der Lebensauslöschenden Klinge.

Er zog einen Gegenstand aus seinem Ärmel und die Geister wichen augenblicklich vor ihm zurück, als sie erkannten, was es war.

»Was zum …?! Du trägst einen Talisman bei dir? Bist du sicher, dass du nicht selbst der Himmelsbeamte bist, der sich hier eingeschlichen hat?«

»Unsinn! Ich habe auf dem Weg hierher einige Kultivierer getötet und ihre Besitztümer an mich genommen, das ist alles. Das hier sind nur gewöhnliche Talismane, mit denen man kleine, unbedeutende Geister und Dämonen abwehren kann. Ich bin sicher, dass sie euch nichts anhaben können. Seht!«

Er hielt sich einen Talisman vor die Stirn. Knisternd verbrannte der Talisman, nur ein dünnes schwarzes Rauchfähnchen blieb zurück. Auf der Stirn des Geistes war eine schwarze Brandmarke zu sehen.

»Obwohl dieser Talisman mir nicht schaden kann, hat er eine Spur in meinem Gesicht hinterlassen«, erklärte der Dämon der Lebensauslöschenden Klinge. »Das beweist meine Identität.«

Talismane aus Papier konnten zur Abwehr von Geistern verwendet werden, also konnte man mit ihrer Hilfe auch bestimmen, ob ein Geist wirklich ein Geist war.

Der Dämon der Lebensauslöschenden Klinge deutete auf Xie Lian. »Wenn du wirklich ein Puppenspieler bist, dann halte den Talisman an deine Stirn. Wir werden ja sehen, ob er eine Spur hinterlässt.«

Xie Lian stand reglos da und zeigte keine Reaktion, während seine Gedanken rasten.

Doch Hua Cheng raunte ihm zu: »Keine Angst, großer Bruder.«

Xie Lian wusste, dass das bedeutete, Hua Cheng glaubte, sich um das Problem kümmern zu können. Er setzte ihn ab und trat ruhig näher, nahm einen Talisman und drückte ihn sich gegen die Stirn. Knisternd verbrannte der Talisman zu schwarzem Rauch. Doch nachdem der Rauch verweht war, war auf Xie Lians Stirn nichts zu sehen.

Das bewies, dass das Geister-Qi nur oberflächlich an ihm haftete.

Der Geist im Umhang, der mit verschränkten Armen dastand, rührte sich nicht, während Hunderte Geister und Dämonen heulend und schreiend auf Xie Lian und Hua Cheng eindrängten und alle möglichen seltsamen Waffen hoben. Doch ein unsichtbares Hindernis hielt sie zurück.

»Ha! Du kannst ja richtig was!«, riefen die Geister aus.

Xie Lian zuckte mit den Schultern. »Ich habe nichts gemacht.«

Hua Cheng, der hinter ihm gestanden hatte, trat nun vor, die Hände hinter dem Rücken verschränkt. »Ihr Geister seid eine Gruppe unbedarfter Tölpel. Warum schaut ihr denn so verdattert?«

»Ha, und du bist ein Mann von Welt, was, kleiner Puppengeist?«

»Dass er kein Geister-Qi an sich hatte, ist nun erwiesen. Aber wer bist du? Erklär uns das!«

»Was seid ihr nur für Dummköpfe! Natürlich ist kein Geister-Qi an seinem Körper – weil ich der wahre Puppenspieler bin«, antwortete Hua Cheng.

Während er sprach, spürten alle Geister, wie ein eisiger Hauch sie umwehte. Es war, als wäre das gesamte Feld auf einen Schlag zu Eis gefroren. Trotz der geisterhaften Kälte ihrer eigenen Körper schauderten sie.

»Was … passiert … hier …?«

»Ich zeige euch etwas von der Welt«, erklärte Hua Cheng.

Er hob den Zauber auf und die Geister hörten auf zu bibbern.

»Du bist der Puppenspieler, er ist der Puppenspieler, wer ist denn nun der echte? Nein, nein, er ist es ganz gewiss nicht. Was für eine Kreatur ist er dann?«, fragte der Dämon der Lebensauslöschenden Klinge.

Bevor Hua Cheng antworten konnte, sagte Xie Lian: »Ich bin selbstverständlich der, der zu ihm gehört.«

Die Geister waren zunächst vollkommen verwirrt. Dann dämmerte es ihnen langsam. »Also … ist es genau umgekehrt? Er ist der Meister und du bist die Puppe?«

Der Dämon der Lebensauslöschenden Klinge war skeptisch. »Warum hast du dann behauptet, dass du der Puppenspieler bist? Warum hast du gelogen?«

Lächelnd erklärte Hua Cheng: »Weil ich mir dachte, dass es lustig wäre.«

Xie Lian lächelte ebenfalls. »So ist es. Der Meister dachte, es wäre lustig, und das ist der wichtigste Grund, den es gibt.«

Als die Geisterfrauen ihren anfänglichen Schreck überwunden hatten, fuhren sie ihre langen Krallen und Zungen wieder ein und umringten Xie Lian von Neuem, nur war diesmal er es, den sie musterten. Aus irgendeinem Grund hatten ihre ihn betreffenden Äußerungen einen ganz anderen Grundton als zuvor, als sie Hua Cheng begutachtet hatten. Sie waren nun noch direkter.

»Also ist dieser kleine Mann hier die wahre Puppe? Ach, dieses Alter gefällt mir besser. Jetzt wünsche ich ihn mir noch mehr. Bist du sicher, dass du keine Bestellungen annimmst?«

»Ähm … Danke für das Kompliment«, sagte Xie Lian. »Aber in Wirklichkeit bin ich ziemlich alt …«

»Er besteht aus menschlicher Haut, nicht wahr? Er ist wirklich großartig verarbeitet. Er hat nicht diesen ranzig stinkenden Männergeruch, den diese Kerle normalerweise an sich haben. Meister, wie bewahrst du ihn in diesem Zustand? Benutzt du Parfüm?«

»Es ist menschliche Haut. Kein Parfüm ist nötig, nur regelmäßiges Baden und immer genug Wasser zu trinken.«

»Wahnsinn, was diese Puppe alles kann! Ihr Gesicht und ihr Körper sehen richtig gut aus, nicht wahr? Ihre Haut fühlt sich auch gut an. Aber sie ist etwas zu dünn. Ich frage mich, ob überhaupt Fleisch an ihr ist, wenn man ihr die Kleider auszieht, hi hi hi hi …«

Bis zu diesem Punkt hatte Xie Lian die ganze Zeit höflich und bescheiden gelächelt, aber seine Augenbrauen zuckten, als er bemerkte, wie einige der Geisterfrauen sich ihm mit leuchtenden Augen näherten, um seine Brust zu befühlen. Hua Cheng legte zwei Finger aneinander und riss sie aufwärts. Mit einem Mal wurden die jungen und alten Hände, die sich Xie Lian entgegenstreckten, abgestoßen. Xie Lian duckte sich hinter Hua Cheng, sehr zum Ärger der Geisterfrauen.

»Was, willst du etwa auch behaupten, die Puppe sei temperamentvoll und kein anderer dürfe sie anfassen? Sie sieht gar nicht so störrisch aus.«

Hua Cheng streckte die Hand aus und hob Xie Lians Kinn an. »Er ist auch nicht störrisch. Aber ich bin es. Die Dinge, die ich liebe, darf niemand außer mir berühren.«

Xie Lian hob brav seinen Kopf. Dabei tat ihm der Bauch weh, so sehr musste er ein Lachen unterdrücken. Aber er spielte mit und sah Hua Cheng in die Augen. »Nein, San … Meister, Ihr seid auch nicht störrisch«, sagte er ernst.

Hua Cheng lachte und blickte sehr zufrieden drein. Die beiden gingen nun vollkommen in ihren Rollen auf.

Da sagte ein anderer Geist in ihrer Nähe: »Ich finde immer noch, dass der Menschengeruch an ihm zu stark ist.«

»Was willst du denn noch?«, fragten die Geisterfrauen.

»Ich habe gehört, dass solche Puppen aus Haut im Inneren nicht aus echtem Fleisch bestehen und nicht bluten, wenn man sie sticht«, sagte ein anderer Geist. »Lasst mich mit dem Messer zustechen, dann werden wir ja sehen ...«

Doch bevor er aussprechen konnte, brachte ihn ein Todesstarren zum Schweigen.

»Wag es ja nicht, ihn anzurühren«, warnte Hua Cheng. »Glaubst du, ich würde dir gestatten, den Schatz zu berühren, an dem mein Herz am meisten hängt?«

Zuvor hatte er nur durch seine Aura die umstehenden Geister von sich gestoßen. Nun, da er auch mit Worten drohte, traute sich keiner, ihm übereilt zu nahe zu kommen. Ohne es zu merken, waren sie vor ihm zurückgewichen. Zwar umringten sie ihn noch, aber sie hielten großen Abstand.

Als der Dämon der Lebensauslöschenden Klinge, der den ganzen Konflikt ausgelöst hatte, bemerkte, dass sich die Dinge in eine ungute Richtung entwickelten, bemühte er sich, die Wogen zu glätten. »Sei nicht zornig, Puppenspieler. Wir haben das Gebiet des Tonglu-Gebirges noch nicht betreten. Wenn wir es erreicht haben, können wir weiterreden. Lasst uns jetzt nicht untereinander streiten.«

Hua Cheng wandte seinen Blick zur Seite. »Wieso fragt ihr nicht den da, warum er seinen Umhang nicht auszieht, anstatt meine Puppe zu belästigen?«

Die Gestalt hatte die ganze Zeit in der Nähe gestanden und während die Unruhe ausgebrochen war, den Umhang anbehalten. Mit verschränkten Armen hatte sie dagestanden und den Anschein erweckt, als würde die Szene sie königlich amüsieren, und gleichzeitig, als würde sie sie nichts angehen. Doch nun, da Hua Cheng auf sie gedeutet hatte, war sie kein stiller Beobachter mehr, sie war die Hauptattraktion.

Der Dämon der Lebensauslöschenden Klinge trat auf sie zu. »Bitte, Freund, nimm den Umhang ab und zeig dich.«

Die Gestalt blieb lange reglos stehen. Gerade als Xie Lian schon vermutete, sie könne jeden Moment mit einem Tritt Dreck in die Luft aufwirbeln und fliehen, streckte sie die Hand aus und zog in einer geschmeidigen Bewegung den Umhang herunter.

Unter dem Umhang kam ein Mann zum Vorschein. Er hatte ein hübsches, aber gewöhnliches Gesicht. Würde man ihn in einer Menschenmenge sehen, würde er nicht als hässlich auffallen, doch man würde sein Gesicht vergessen, sobald er außer Sichtweite wäre. Die Geister wirkten enttäuscht, Xie Lian dagegen wurde instinktiv wachsam.

»Ganz klar ein falsches Gesicht«, sagte Hua Cheng so leise, dass nur Xie Lian ihn hören konnte.

Er nickte zustimmend.

Wenn Himmelsbeamte oder Geister höheren Ranges etwas in der Sphäre der Sterblichen zu tun hatten, benutzten sie oft solche falschen Gesichter, um Unannehmlichkeiten aus dem Weg zu gehen, die mit ihrer wahren Gestalt unvermeidlich wären. Die wichtigste Funktion einer solchen Maskerade war, unauffällig zu bleiben. Ob das Gesicht attraktiv war oder nicht, spielte keine Rolle, wichtig war nur, dass alle, die es sahen, es schon wieder vergessen hatten, sobald sie den Blick abwandten. Wenn es ihnen nicht in Erinnerung blieb, war die Tarnung erfolgreich. Das nun enthüllte Gesicht hatte genau diese Eigenschaft, daher lag die Vermutung nahe, dass es falsch war. Die Identität des Mannes blieb unbekannt.

Der Dämon der Lebensauslöschenden Klinge reichte ihm einen Talisman. Der Gewandete nahm ihn und hielt ihn sich, ohne zu zögern, an die Stirn. Knisternd stieg Rauch auf und er hatte eine Brandspur im Gesicht.

Er war also ein Geist und kein Mensch.

Die Geister und Dämonen fingen wegen der ganzen Unruhe an, sich aufzuregen. »Ist jetzt ein Himmelsbeamter unter uns oder nicht?«

»Wer hat überhaupt damit angefangen? Vielleicht war das Ganze ein Irrtum?«

Der Dämon der Lebensauslöschenden Klinge hob seine Hand in dem Versuch, die Menge zu beruhigen. »Ich war es, der es als Erster bemerkt hat, und es ist wahr. Ich habe ganz deutlich den schweren Geruch eines Himmelsbeamten ... Aaah!«

Er schrie mitten im Satz auf und fiel um. Xie Lian eilte zu ihm und sah, dass in seinem Bauch ein frisches blutiges Loch klaffte – man hatte ihm in den Bauch gestochen. Die Wunde wies an den Rändern einen schwachen, aber eindeutigen Glanz auf, wie ihn nur die Waffe eines Himmelsbeamten hinterlassen konnte.

Die Geister waren schockiert. »Seht euch diese Verletzung an!«, rief einer aus. »Unter uns befindet sich tatsächlich ein Himmelsbeamter!«

Der Dämon der Lebensauslöschenden Klinge presste eine Hand auf die Verletzung und schrie in Panik: »Passt auf! Er will uns alle umbringen!«

Die Geister und Dämonen waren wie von Sinnen vor Angst. In einem Aufschrei hoben alle ihre Waffen und machten sich kampfbereit. Dabei brüllten sie: »Wo ist er? Wer will uns umbringen? Wo hältst du dich versteckt?«

Genau, wie ich es mir dachte – diejenigen, die sich selbst die lächerlichsten Namen geben, sind die Ersten, die fallen. Das waren Xie Lians Gedanken, als er sah, wie der Dämon der Lebensauslöschenden Klinge zu Boden ging.

Als die Panik abebbte und wieder etwas Ruhe einkehrte, rief Xie Lian: »Ihr alle habt meinen Meister und mich gesehen – wir haben nichts getan.«

Dabei blickte er die Gestalt mit dem Gewand an. Diese hob die Hände und sagte mit ruhiger, leiser Stimme: »Ich ebenso wenig.«

Xie Lian beugte sich hinunter, um sich die Verletzung der Lebensauslöschenden Klinge anzusehen. »Es ist ein Schwertstich«, stellte er fest. »Wer auch immer ein Schwert führt, ist …«

Als er sich umwandte, traf ihn fast der Schlag. Allem Anschein nach war das Schwert nicht nur im Himmel und unter den Sterblichen, sondern auch in der Geisterwelt die beliebteste aller Waffen. Von den vierhundert anwesenden Geistern waren mindestens dreihundert mit einem Schwert bewaffnet. Sie hatten also unzählige Verdächtige.

Xie Lian räusperte sich. »Zu dumm, dass wir keine Talismane mehr haben. Damit wäre es eine Leichtigkeit, herauszufinden, wer der Himmelsbeamte ist.«

Er hatte nur vor sich hingeredet, weil er den Anschein erwecken wollte, sich nützlich zu machen. Wenn sich tatsächlich Kollegen aus dem Himmel unter die Menge gemischt hatten, lag es ganz sicher nicht in seinem Interesse, zu ihrer Enttarnung beizutragen. Glücklicherweise war undenkbar, dass der Dämon der Lebensauslöschenden Klinge so viele Talismane bei sich trug.

Doch kaum hatte er ausgesprochen, zog dieser völlig unverhofft mehrere dicke Stapel Talismane hervor. »Und ob wir genug haben!«

Xie Lian hätte zu gern einen Blick über seine Schulter geworfen. »Wo genau hast du die alle her?«

»Das spielt keine Rolle«, entgegnete der Dämon der Lebensauslöschenden Klinge.

»Und ob das eine Rolle spielt«, sagte Xie Lian. »So viele Talismane sind schwer, niemand trägt gern ein solches Gewicht mit sich herum. Diese Stapel sind schwer genug, um jemanden damit totschlagen zu können … Wie viele Kultivierer hast du getötet?«

Der Dämon der Lebensauslöschenden Klinge funkelte ihn an. »Vielleicht zwanzig.«

Kein Wunder. Wenn jeder Kultivierer einige Dutzend Talismane bei sich getragen hatte, dann würden alle zusammen mehrere Hundert ergeben. Die Geister in der Menge wollten nun endlich herausfinden, wer unter ihnen ein Himmelsbeamter war, also schmiedeten sie eilig einen Plan. Sie taten sich zu Zweiergruppen zusammen und hielten sich gegenseitig die Talismane an die Stirn. Dabei beobachteten sie, ob beim jeweils anderen eine Brandspur sichtbar wurde. Einige niederrangige Dämonen hatten große Angst davor. »Muss ich das wirklich tun? Wird das nicht meine Seele zerstreuen ...?«

»Ach was. Es sind dieselben Talismane, die sie zuvor schon benutzt haben. Sie sind zu schwach, um Schaden anzurichten.«

»Ah ...«

Hua Chengs Augen verengten sich, als hätte er etwas bemerkt. Unzählige Geister und Dämonen in dieser Menge von über vierhundert hatten nun einen Talisman vor der Stirn. Das war ein eigenartiger und lächerlicher Anblick. Doch nichts passierte.

Die Geister sahen einander hilflos an. »Was ist los?«

»He, Lebensauslöschenden Klinge, was waren das für Kultivierer, die du getötet hast? Diese Talismane taugen nichts!«

Xie Lian war das Ganze von Anfang an komisch vorgekommen. Er runzelte die Stirn.

Gerade als er etwas sagen wollte, kräuselte eine Geisterfrau, die neben ihm stand, die Lippen und begann zu heulen. »Ich mache da nicht mehr mit. Ich ... Oh? Was soll das – ich kriege ihn nicht mehr ab!«

Einige weitere Geisterfrauen schrien sofort auf. »Ich auch! Wieso geht er nicht mehr ab?!«

Verdammt!

»Duck dich!«, warnte Hua Cheng Xie Lian mit leiser Stimme.

Dieser befolgte seine Anweisung augenblicklich und Hua Cheng hielt ihm die Ohren zu. Nicht weit von ihnen entfernt zog der Gewandete sich den Umhang über den Kopf und begab sich in eine halb knieende Position. Da hallte auch schon ein ohrenbetäubendes Donnern in den Himmel, laut und dröhnend wie Feuerwerk.

Xie Lian spürte, wie heftige Erschütterungen sich aus allen Richtungen auf sie zubewegten. Ein seltsamer, schwer zu beschreibender Gestank erfüllte die Luft.

Alle Talismane waren explodiert.

Was die Geister und Dämonen betraf, an deren Stirn sie festgeklebt hatten … Denjenigen mit festen Körpern war der Kopf explodiert, Blut und Fleischfetzen waren überallhin gespritzt. Jene mit leeren, hohlen Körpern waren vollkommen vernichtet worden, sie hatten sich wie schwarzer Rauch aufgelöst. Die steile Felswand erhob sich über ein Schlachtfeld heulender und schreiender Überlebender.

Hua Cheng nahm die Hände von Xie Lians Ohren und sah sich das Durcheinander unbeeindruckt an, während Xie Lian ein mulmiges Gefühl überkam, als er aufstand. Er hatte sich die Talismane genau angesehen. Es waren ganz gewöhnliche Zauber zur Geisterabwehr gewesen. Wie kam es, dass sie auf einmal eine solche Wirkung entwickelt hatten?

Aus den schwarzen Rauchschwaden, die am Himmel hingen, kam ein Papierfetzen herabgesegelt. Xie Lian fing ihn auf, warf einen Blick darauf und wusste sofort, was passiert war. »Wie listig.«

Es war eine abgerissene Ecke eines der Talismane. Wäre er nicht zerrissen, hätte er es nicht bemerkt: Der Talisman hatte zwei Lagen.

Auf dem oberen Papier standen völlig geläufige Zauberformeln geschrieben. Doch darunter verborgen befand sich eine zweite Lage aus hauchdünnem Papier. Sie war fast vollständig verbrannt, sodass nicht mehr zu erkennen war, welche Zauberformel darauf gestanden hatte. Es stand jedoch fest, dass es sich um einen äußerst bösen und aggressiven Zauber gehandelt haben musste.

Viele der überlebenden Geister, die zwischen den Staubwolken und Rauchschwaden umherliefen, heulten ununterbrochen. Xie Lian duckte sich auf den Boden, als er die Geister schreien hörte: »Wartet! Wartet! Die Schlacht hat noch nicht begonnen! Warum habt ihr denn jetzt schon angefangen?«

»Ja! Hatten wir nicht abgesprochen, dass wir Geister zusammenhalten und gemeinsam einen Weg über diesen Berg finden wollen?«

Einer zog eine Grimasse und rief: »Narren wie ihr habt es nicht anders verdient, als gleich in der ersten Runde draufzugehen! Es wurde nie festgelegt, wann die Schlacht beginnt. Wir sind alle Gegner – je schneller ihr erledigt seid, desto besser! Denkt ihr, ich würde euch warnen, bevor ich zuschlage?«

»Moment mal! Ich steige aus! Wir sind noch nicht im Tonglu-Gebirge angekommen. Kann ich nicht jetzt noch umkehren?«

»Was denkst du, wo du bist? Glaubst, du kannst einfach rein- und rausgehen, wie es dir passt? Noch nicht im Tonglu-Gebirge, sagst du? Dann sieh dich mal genau um!«

Als die Staubwolken und der Rauch sich verflüchtigten und den Blick auf ihre Umgebung freigaben, erstarrten die Geister vor Schreck.

»Was? Wie kann das sein?«

Und nicht nur ihnen erging es so. Auch Xie Lian war verblüfft über den Anblick, der sich ihm bot.

Als sie diesen Ort erreicht hatten, hatte ihnen eine hohe Felswand, die zu überwinden unmöglich war, den Weg versperrt. Aber wie durch ein Wunder war die Felswand verschwunden.

Nein, genauer gesagt war sie nicht verschwunden – sie hatte sich bewegt und stand nun hinter ihnen.

Ohne es zu bemerken, hatten sie die Grenzlinie des Tonglu-Gebirges überschritten.

Zuvor hatte Xie Lian Hua Cheng gefragt, ob es irgendwelche Anzeichen gäbe, dass man das Gebirge betreten hatte. Jetzt verstand er, was Hua Cheng gemeint hatte, als er geantwortet hatte, die Anzeichen seien nicht eindeutig. Der Grund dafür war, dass sie sich bewegen konnten und den Reisenden Streiche spielten wie ein unartiges Kind.

Plötzlich hörte Xie Lian hinter sich eine verächtlich schnaubende Stimme: »Ich will jetzt sehen, ob du tatsächlich eine Geisterpuppe bist oder doch was anderes.«

Der Dämon der Lebensauslöschenden Klinge.

Xie Lian fuhr herum, doch noch bevor Ruoye losfliegen konnte, blitzte es gleißend auf. Der Dämon konnte nicht einmal mehr schreien, bevor er auf Hüfthöhe in zwei Hälften geschnitten wurde.

Xie Lian eilte zu ihm. Ja, er war ganz eindeutig zweigeteilt und so tot, wie man nur sein konnte. Xie Lian blickte auf und sah, dass es der Mann mit dem Umhang gewesen war. Er steckte sein Schwert langsam wieder in die Scheide und ging mit selbstbewussten Schritten auf ihn zu.

Xie Lian kamen der Mann selbst und die Art, wie er sich bewegte, seltsam vertraut vor. »Und Ihr seid ...?«

Der Mann lachte leise. Es schien, als wolle er antworten, stattdessen bückte er sich. Die unerwartete Bewegung ließ alle Alarmglocken in Xie Lians Kopf läuten. Er ließ den Mann nicht aus den Augen und bereitete sich gedanklich schon auf einen möglichen Überraschungsangriff vor. Doch der Mann schlang seine Arme nur um die schlanken Taillen zweier Geisterfrauen. »Sind die Damen unversehrt?«

Die Geisterfrauen waren beide gut aussehend. Da sie keine Schwerter trugen, hatten sie bei dem Talismantest nicht mitgemacht und waren so dem Unheil entgangen. Dennoch hatten sie aufgrund der Schockwelle der Explosionen das Bewusstsein verloren. Nun, da sie mit solch liebevoller Aufmerksamkeit bedacht wurden, kamen sie allmählich wieder zu sich. Dankbar antworteten sie: »Danke, es ist alles in Ordnung ...«

Doch kaum hatten sie ausgesprochen, da veränderte sich der Gesichtsausdruck der beiden Frauen abrupt. Sie stießen den Mann mit dem Umhang von sich. »Wir verschwinden!«, riefen sie noch und hasteten davon.

Der Mann wirkte unbeeindruckt. Er strich sich nur verwundert übers Kinn und runzelte die Stirn. »Da stimmt doch etwas nicht. Dieses Gesicht ist doch nicht so hässlich?«

Obwohl er noch das falsche Gesicht trug, wusste Xie Lian bereits, wer er war. »General Pei, warum seid Ihr hier?«

Der Mann wandte sich ihm zu und lächelte. Er strich sich mit der Hand über das Gesicht und enthüllte sein wahres Aussehen – es war tatsächlich Pei Ming. »Der Himmelskaiser hat mich geschickt, um Euch zur Hand zu gehen.«

»Wirklich? Danke. Und entschuldigt bitte die Umstände. Ihr seht es ja selbst, hier ist es höllisch gefährlich«, sagte Xie Lian.

»Großer Bruder, es besteht kein Grund, dankbar zu sein. Er hat mit Sicherheit einiges an Belohnungen von Jun Wu eingestrichen«, mahnte Hua Cheng.

Pei Ming trat zu ihnen und blieb vor Hua Cheng stehen. Er bückte sich und streckte lachend eine Hand aus, um dessen gegenwärtige Größe zu messen. »Meine Augen täuschen mich doch nicht? Ist das der Blumensuchende Blutregen? Du siehst verändert aus. Was hast du gegessen, um rückwärts zu altern? Ha ...«

Nur ein einziges »Ha« kam ihm über die Lippen, da holte Xie Lian mit seinem Seidenband aus. Es schlug so hart zu, dass nicht viel gefehlt hätte und Pei Ming wäre zurückgeschleudert worden.

Mit einem Sprung nach hinten gelang es ihm gerade noch, den Schlag abzumildern. »Eure Hoheit, schätzt Ihr Hua Chengzhu so sehr, dass man nicht einmal einen Witz machen darf?«

»Seid Ihr wirklich General Pei?«, fragte Xie Lian streng.

Pei Ming klopfte auf das Schwert an seiner Hüfte und ließ es aufblitzen, sodass Xie Lian es sehen konnte. »Garantiert echt. Umtausch ausgeschlossen.«

»Eine Fälschung würde ich nicht umtauschen, sondern sie zurückschicken«, konterte Xie Lian.

»Großer Bruder, schlag ihn tot! Er ist nicht echt«, warnte Hua Cheng.

»Hey!«, sagte Pei Ming.

»Wenn Ihr wirklich General Pei seid, warum hat der Talisman dann eine Brandspur auf Eurer Stirn hinterlassen?«, hakte Xie Lian nach.

»Das ist ganz einfach. Deswegen.« Er warf Xie Lian einen kleinen Gegenstand zu.

Dieser war äußerst wachsam und fing ihn nicht mit den Händen auf, sondern mit der Spitze seines Schwerts. Er hob ihn auf seine Augenhöhe, um ihn zu betrachten. »Eine Süßigkeit?«

Auf seiner Schwertspitze lag ein glänzendes schwarzes Bonbon.

Pei Ming zog ein weiteres hervor und warf es sich in den Mund. »Geisterduftbonbons, die ich in der Geisterstadt gekauft habe. Wenn Ihr eines zerkaut, habt Ihr den Mund voller Geister-Qi, dass sich von innen her ausbreitet. Sehr nützlich, wenn man vorgibt, ein nichtmenschliches Wesen zu sein.«

Fasziniert drehte Xie Lian das Geisterduftbonbon in seinen Fingern. »So etwas kann man in der Geisterstadt kaufen?«

Pei Ming kaute auf dem Bonbon in seinem Mund. »Fragt doch Euren Hua Chengzhu. Er weiß besser als jeder andere, dass man in der Geisterstadt alles kaufen kann, wenn man nur weiß, wo. Der Geschmack ist nicht schlecht, Eure Hoheit, probiert doch mal.«

Xie Lian hätte schon gern gewusst, wie Geister-Qi schmeckte. Er wandte sich an Hua Cheng: »Vielleicht hätten wir auch solche Geisterduftbonbons besorgen sollen, bevor wir hergekommen sind.«

Doch Hua Cheng nahm ihm das Bonbon aus der Hand. »Großer Bruder. Wenn du irgendetwas aus der Geisterstadt brauchst, dann frag einfach. Aber iss nicht solches Zeug.«

»Wieso nicht?«

Obwohl Hua Cheng keine Kraft ausübte, verpuffte das Bonbon mit einem schrillen Ton zu einem schwarzen Rauchwölkchen. »In der

Geisterstadt ist alles gefährlich«, erklärte er. »Zum Beispiel dieses Bonbon hier. Es kommt aus einer zwielichtigen Produktionsstätte und wurde aus irgendwelchen mickrigen Geistern zweifelhafter Herkunft hergestellt. Es schadet deiner Gesundheit, davon zu essen.«

Pei Ming störte das nicht. »Das macht doch nichts. Sie sind ja nur für Notfälle. Ich esse sie nicht regelmäßig.«

»Außerdem ist der Geruch beißend. Himmelsbeamte und Menschen nehmen das nicht wahr, aber solche minderen Geister haben einen ranzigen Gestank.«

Pei Ming fehlten die Worte.

Hua Cheng schmunzelte. »Verstehst du jetzt, warum die beiden Geisterfrauen nichts mit dir zu tun haben wollten?«

Es lag an dem ordinären, faulig stinkenden Geister-Qi, das Pei Mings Körper absonderte.

Xie Lian räusperte sich leise. »General Pei ... lasst uns keine mehr davon essen«, schlug er beschwichtigend vor.

Pei Ming zog die übrigen Geisterduftbonbons mit einer missbilligenden Geste hervor und warf sie fort. »Gut. Aber wir haben gerade erst die äußersten Ausläufer des Tonglu-Gebirges erreicht. Wenn wir weitergehen, werden wir mächtigeren Geistern und Dämonen begegnen, die auf den ersten Blick erkennen können, dass wir verdächtig aussehen. Was sollen wir dann tun?«

Die Geisterfrauen hatten Hua Cheng begeistert umschwärmt, seinen Geruch mochten sie augenscheinlich außerordentlich gern. Das Geister-Qi, das Hua Cheng Xie Lian übertragen hatte, war zweifellos von höchster Qualität. Es war also nicht nötig, Geisterduftbonbons zu kaufen. Doch um zu verhindern, dass jemand bemerkte, dass das Qi nur oberflächlich aufgetragen war, müssten sie womöglich, so wie beim letzten Mal, ihre Lippen aufeinanderlegen und Hua Cheng müsste etwas Konkreteres übertragen, wie zum Beispiel Luft oder Körperflüssigkeit ...

Xie Lian verbot es sich augenblicklich, diesen Gedanken zu vertiefen. »Ich weiß es auch nicht. Ich bin nur eine Puppe«, sagte er nüchtern.

Das bedeutete, dass er seine Rolle weiterhin spielen würde.

»Gut. Eure Hoheit, Ihr solltet dicht bei Eurem Meister bleiben«, entgegnete Pei Ming.

Xie Lian tat so, als habe er ihn nicht gehört, und ließ seinen Blick über die Umgebung schweifen. »Ich hätte nicht gedacht, dass bereits zu Beginn so viele fallen würden.«

Über vierhundert Geister waren hier versammelt gewesen, fast alle von ihnen waren nun entweder tot oder verwundet. Xie Lian musste wieder an die kleine Darbietung denken, die Hua Cheng ihm zuvor gezeigt hatte. Er hatte nicht übertrieben. Es war tatsächlich so, als sei ein Windstoß über sie gefahren und habe alle Gräser entwurzelt. Nur einige wenige hatten ihm standzuhalten können, und diese waren in beklagenswertem Zustand. Abgetrennte Gliedmaßen lagen überall auf dem Schlachtfeld und aus allen Richtungen hörten sie das Stöhnen der Verletzten.

Hua Cheng stand zwischen den Überlebenden. »Begreift ihr jetzt, was für ein Ort das Tonglu-Gebirge ist?«

Die Geister, die das Glück hatten, noch am Leben zu sein, gaben keinen Laut von sich.

»Ihr seid erst am äußeren Rand. Noch habt ihr die Chance umzukehren«, sagte Xie Lian sanft. »Wenn ihr nicht weitermachen und noch beängstigendere Dinge erleben wollt, dann bleibt hier und seht, ob ihr nicht entkommen könnt.«

Genau das hatten die verbliebenen Geister vor. Als sie bemerkten, dass Xie Lian und die anderen nicht vorhatten, sie zu töten, zogen sie sich gegenseitig hoch und stützen einander, dann flohen sie, so schnell sie konnten.

Xie Lian sah ihnen nach und sagte: »Der Dämon der Lebensauslöschenden Klinge hatte einen großspurigen Namen, aber er war nicht zu unterschätzen. Entschlossen, gnadenlos und brutal.«

»Dieser Geist war ein guter Manipulator. Er hat die ganze Unruhe absichtlich verursacht«, stimmte Pei Ming zu. »Er war auch flink auf den Beinen. Eure Hoheit, dieser Hieb von Euch hat ihm die perfekte Gelegenheit gegeben, seine Verletzung zu nutzen, um alle auszutricksen.«

Xie Lian blinzelte. »Moment mal. Mein Hieb? Welcher Hieb? Ich habe nicht einmal mein Schwert gezogen.«

»Nicht?«, wunderte sich Pei Ming. »Ich meine den Stich in seinen Bauch. Hätte er nicht wegen des Lochs in seinem Bauch mit Eurem heiligen Glanz an den Rändern alle in Panik versetzt, hätte ihm keiner der Geister geglaubt und niemand hätte sich einen Talisman an die Stirn gehalten.«

Xie Lian sah ihn verwirrt an. »Ehrlich gesagt, General Pei, dachte ich, Ihr hättet ihm diesen Stich versetzt.«

»Eure Hoheit, kann es sein, dass Ihr mich verkennt? Hinterhalte und heimliche Attacken sind nicht mein Stil.«

»Wenn Ihr es nicht wart und ich es nicht war, war dann etwa ein dritter Himmelsbeamter da? Oder war der heilige Glanz an seiner Wunde nicht das, wonach er aussah ...?«

Er drehte sich um, um nachzusehen, aber der Leichnam des Dämons der Lebensauslöschenden Klinge war verschwunden. Überrascht fragte er: »Wo ist seine Leiche?«

»Ich habe ihn doch gerade eben erst an der Hüfte zweigeteilt«, sagte Pei Ming nicht minder verblüfft.

»Großer Bruder, nimm dich in Acht«, mahnte Hua Cheng düster. »Im Bereich des Tonglu-Gebirges wird ein Geist umso stärker, je mehr Konkurrenten er tötet.«

Und der Dämon der Lebensauslöschenden Klinge hatte gerade auf einen Schlag an die vierhundert Geister und Dämonen umgebracht!

Kapitel 77:
General Mings Bedauern und das Zerbrechen des verhassten Schwerts

Von schwarzem Rauch umweht, standen die drei angespannt und wachsam auf dem Schlachtfeld zwischen den Leichen.

Da die Felswand sich nun hinter ihnen befand, konnten sie den Weg sehen, der vor ihnen lag. Er wand sich einem dichten, dunklen Wald entgegen und führte weiter ins Gebirge. Zwischen den Bäumen war das laute Krächzen von Krähen zu hören, das gespenstisch widerhallte.

Xie Lian strengte all seine Sinne an und griff dabei unbewusst nach Hua Chengs Hand. In dem Moment, als ihre Hände sich berührten, bekam er es mit der Angst zu tun.

Hua Cheng war ein Geist, aber seine Körpertemperatur war glühend heiß, als hätte er hohes Fieber. Verwundert blickte Xie Lian ihn an. »San Lang ... verwandelst du dich zurück?«

Obwohl Hua Cheng von der Stirn bis in die Fingerspitzen glühend heiß war, blieb sein Gesichtsausdruck unverändert. »Bald.«

Dass er seine wahre Gestalt wieder annehmen würde, war unter den gegebenen Umständen eine großartige Neuigkeit. Doch gleichzeitig war die Phase, die der eigentlichen Transformation vorausging, äußerst kritisch und gefährlich. Xie Lian fasste augenblicklich einen Entschluss: »Ein Schutzzauber. Ich werde dich abschirmen.«

Und er begann sofort damit. Er wies Ruoye an, einen großen Kreis von zwölf Metern Durchmesser um Hua Cheng herum zu bilden. Dann stieß er Fangxin als »Türschloss« vor dem Kreis in den Erdboden.

Hua Cheng setzte sich in Meditationshaltung hin. »Großer Bruder, behalte Fangxin zu deiner Verteidigung.«

»Das geht nicht. Dieser Zauber darf nicht halbherzig beschworen werden. Er muss von einer Waffe versiegelt werden, die menschliches Blut gekostet hat ...«

Bevor er ausgesprochen hatte, spürte er plötzlich, wie etwas an seinem Rücken rieb. Als er sich umsah, war er kurz sprachlos vor Erstaunen.

Ein kleiner silberner Krummsäbel stand aufrecht hinter ihm. Er zwinkerte ihm mit seinem großen silbernen Auge zu und schmiegte sich mit seinem Griff an ihn, als wollte er seine Dienste anbieten.

Xie Lian beugte sich zu ihm hinunter. »Eming – du auch?«

Der berüchtigte Krummsäbel Eming mit seiner langen silbernen Klinge, eine Waffe mit wilder, dämonischer Ausstrahlung, war auf höchstens die Hälfte seiner Größe zusammengeschrumpft. Sein silbernes Auge, das eigentlich eine lange und schmale Form hatte, war nun so groß, rund und leuchtend wie das eines Kindes.

Xie Lians Kommentar gab ihm offenbar das Gefühl, nicht ernst genommen zu werden. Energisch drückte er seinen Griff in Xie Lians Hand.

Pei Ming bückte sich, um ihn anzusehen. »Das also ist der berühmte Krummsäbel Eming?«

Er sah aus, als würde er jeden Moment die Hand austrecken und ihn anfassen. Emings Ausdruck änderte sich umgehend und er richtete drohend seine Klinge auf ihn. Zum Glück zog Pei Ming seine Hand gerade noch rechtzeitig zurück, sonst wäre sicherlich Blut geflossen.

Xie Lian streichelte Eming. »Fangxin macht das schon.«

Fangxin blieb reglos. Eming hatte sich so enthusiastisch angeboten und war dennoch brüsk zurückgewiesen worden. Er trollte sich weinend zurück an Hua Chengs Seite. Dieser würdigte ihn keines Blickes und versetzte ihm einen Schlag mit der flachen Hand. »Wieso weinst du denn? Das liegt nur daran, dass du nutzlos bist, nichts als ein Stück Schrott!«

Eming fiel wie weggeworfener Abfall flach auf den Boden, als hätte der Schlag ihn getötet. Xie Lian wusste nicht, ob er lachen oder weinen sollte. Eilig schloss er Eming in seine Arme und streichelte ihn ein paarmal. »Das stimmt nicht. Hör nicht auf ihn. Du bist kein Schrott, du bist sehr nützlich.«

Pei Ming ging die Stimmung im Bannkreis auf die Nerven. Er trat hinaus und zog wieder sein Schwert. »Eigentlich sollte die Lage nicht so angespannt sein. Wer hätte auch gedacht, dass wir es gleich zu Beginn mit einem so schwierigen und hartnäckigen Charakter zu tun bekommen würden. Eure Hoheit, Ihr habt auch wirklich immer besonderes Glück.«

Der Hauptzweck ihrer Reise zum Berg Tonglu war, alle Geistwesen auszulöschen, die das Potenzial hatten, zu einem Supremus zu werden. Ihre Aufgabe bestand darin, die Mächtigsten unter den Geistern zu jagen. Xie Lian konnte nicht mit Sicherheit sagen, ob das Zusammentreffen mit dem Dämon der Lebensauslöschenden Klinge als Glück oder als Pech zu bezeichnen war.

»So wie du es ausdrückst, General Pei, war das Pech Seiner Hoheit das einzige Problem. Hast du jemals in Betracht gezogen, dass der Dämon der Lebensauslöschenden Klinge es auf dich abgesehen haben könnte?«, merkte Hua Cheng an.

Pei Ming lachte laut auf. »Wenn er eine Frau wäre, würde ich das gern glauben.«

Aber schon nach kurzer Zeit blieb ihm das Lachen im Halse stecken. Seine Miene erstarrte und er machte einen Satz nach hinten. Als er den Kopf hob, tropfte Blut von seiner Wange.

Eine blutende Schnittwunde war auf seinem Gesicht erschienen.

Ungläubig betastete er seine Wange und als er seine Hand betrachtete, war sie voller Blut. Das war mehr als nur ein leichter Kratzer.

Sie waren beide die ganze Zeit äußerst wachsam gewesen. Xie Lian war sich sicher, dass er keine Schwingungen spürte, die auf einen Angriff gegen ihn selbst hindeuteten. »Es sieht so aus ... als wäre tatsächlich etwas hinter Euch her, General Pei.«

Pei Ming wollte gerade etwas entgegnen, da hörte er wieder das Geräusch einer Klinge, die durch die Luft zischte. Dieses Mal war er vorbereitet, riss sein Schwert hoch – und traf.

Eine in der Luft schwebende Gestalt wurde sichtbar. Sie zerfiel in zwei Hälften, wo Pei Mings Schwert sie zerteilt hatte, und beide Teile,

Ober- und Unterkörper, stürzten mit einem dumpfen Schlag zu Boden. Ihre Augen stierten Pei Ming boshaft an.

Es war der Dämon der Lebensauslöschenden Klinge.

Pei Ming trat zu ihm, stellte einen Fuß auf seine Brust und hielt sein Schwert mit der Spitze an seinen Hals. »Was bist du?«

Das Geistwesen hatte behauptet, ein Dämon zu sein, der aus der Waffe eines Henkers hervorgegangen war. Wenn das wahr wäre, hätte er seine wahre Gestalt enthüllen müssen, als Pei Ming ihn mit dem Schwert in zwei Teile geschnitten hatte. Was für eine Henkerswaffe war das, die weiterhin auf so niederträchtige Art Unheil bringen konnte, nachdem sie bereits durchtrennt worden war?

Plötzlich traten die Augen des Dämons hervor. Er streckte die Arme aus, lachte kalt und zerbrach Pei Mings Schwert mit bloßen Händen.

Bei dem lauten Knacken riss Pei Ming die Augen auf.

Und nicht nur er, Xie Lian reagierte ganz genauso.

Pei Ming war immerhin ein regulär in den Himmel aufgestiegener Kriegsgott. Auch wenn er im Tonglu-Gebirge gefangen war und seine spirituellen Kräfte in diesem Gebiet auf ein Mindestmaß reduziert waren, sollte seine magische Waffe sich nicht so einfach zerbrechen lassen.

Der Dämon der Lebensauslöschenden Klinge lachte schallend. »Ich fasse nicht, dass du so ein nutzloses Schwert benutzt!«

Da seine Waffe zerstört war, wollte Pei Ming mit den Fäusten zuschlagen. Doch der Dämon der Lebensauslöschenden Klinge stieß sich mit den Händen vom Boden ab und erhob sich in die Lüfte. Er presste die ausgestreckten Finger seiner rechten Hand aneinander und holte aus. Wo er auch hinzielte, schnitt ein heller, kalter metallischer Lichtstrahl durch die Luft, als hielte er eine rasiermesserscharfe Waffe in der Hand. Die wahre Gestalt dieses Wesens war eindeutig eine scharfe Waffe.

Xie Lian stand auf und wollte den Kreis verlassen, um Pei Ming zu helfen, aber Hua Cheng hielt ihn auf. »Großer Bruder, sieh genau hin«, sagte er leise.

»Ihr müsst nicht einschreiten!«, rief Pei Ming ihm zu.

Wie könnte der berühmte Kriegsgott des Nordens jemals wieder in den Spiegel blicken, wenn er es nicht schaffte, mit einer niederen Geisterwaffe in den äußersten Ausläufern des Tonglu fertigzuwerden?

Doch obwohl der Dämon der Lebensauslöschenden Klinge nur noch seinen Oberkörper hatte, war er äußerst beweglich. Er schien jede Bewegung Pei Mings vorauszuahnen und wich jedem seiner Schläge geschickt aus – es sah nicht besonders gut aus für Pei Ming. Nach Hunderten von Angriffen und Ausweichmanövern hatte der Dämon Pei Ming mehrere tiefe Schnittwunden zugefügt.

Xie Lian konnte es nicht mehr mit ansehen und rief: »General Pei, kommt in den Kreis zurück!«

Pei Mings Gesichtsausdruck sprach von grimmiger Entschlossenheit, er weigerte sich, klein beizugeben. Xie Lian konnte sich auch nicht einfach in den Kampf einmischen – für manche Kriegsgötter war es erniedrigend, in einem Zweikampf Mann gegen Mann auf die Hilfe anderer angewiesen zu sein.

»General Pei, kommt zurück! Hier geht etwas Seltsames vor sich! Merkt Ihr das nicht? Dieser Dämon kennt Eure Techniken und Bewegungen zu gut!«, versuchte Xie Lian es erneut.

Selbstverständlich hatte auch Pei Ming das längst bemerkt, er konnte es nur noch nicht glauben. Doch da es selbst Xie Lian aufgefallen war, der nur von Weitem zusah, musste er es sich wohl oder übel eingestehen, dass er keine Chance hatte. Xie Lian zog Fangxin aus dem Boden und schuf einen kleinen Durchgang im Bannkreis. Pei Ming ergriff die Chance und sprang hinein. Dabei wirkte er äußerst aufgebracht.

Xie Lian stieß Fangxin wieder in die Erde. »General Pei, wollt Ihr Eure zerstörte magische Waffe nicht aufheben?«

Pei Ming wischte sich das Blut von der Stirn. »Das ist keine magische Waffe«, sagte er. »Das ist nur ein gewöhnliches Schwert.«

Xie Lian atmete erleichtert auf, als er das hörte. Zwar war sicherlich jedes Schwert, das Pei Ming aus seiner Sammlung auswählte, eine kostbare Waffe, aber das war dennoch kein Vergleich mit einem magischen Werkzeug.

»Warum habt Ihr Eure magische Waffe nicht mitgebracht?«, fragte er.

»Ich habe keine geschaffen.«

Xie Lian staunte nicht schlecht. »Wieso nicht?«

Kriegsgötter veredelten für gewöhnlich ihre liebste Waffe zu einem magischen Werkzeug, was in etwa so war, wie einem Tiger Flügel zu verleihen.

Pei Ming gab keine Antwort, der Dämon der Lebensauslöschenden Klinge dagegen schnaubte verächtlich. »Das ist doch offensichtlich. Es liegt daran, dass sein liebstes Schwert schon lange nicht mehr existiert!«

Pei Ming runzelte die Stirn. »Wer bist du eigentlich?«

»Ihr fragt nicht mehr, *was* er ist?«, bemerkte Xie Lian.

Der Dämon der Lebensauslöschenden Klinge schnaubte erneut. »Wer ich bin? Ha! Pei Ming, als du mich mit einem Schlag deiner Handfläche in zwei Hälften zerbrochen hast, hättest du da gedacht, dass dieser Tag jemals kommen würde?«

Xie Lians Augen weiteten sich. »General Pei, kennt Ihr ihn?«

Pei Ming grübelte lange und seine Miene wurde dabei immer ernster. Schließlich wagte er eine Vermutung: »Bist du ... Mingguang?«

Das Lächeln schwand aus dem Gesicht des Dämons, als dieser Name erwähnt wurde. Er sah nicht mehr aus wie der gewöhnliche kleine Geist, als der er anfangs erschienen war.

»Er heißt ›Mingguang‹?«, stutzte Xie Lian. »General Pei, ist Mingguang nicht Euer Titel?«

Innerhalb eines Augenblicks stiegen unzählige Szenarien vor seinem geistigen Auge auf, Szenarien von Betrug und Verrat. Sie erschienen nicht allzu weit hergeholt, nun, da es im Himmel ähnliche Fälle gegeben hatte. Ein Gedanke drängte sich ihm auf: *Ist er etwa ein zweiter Erdmeister Yi?*

Pei Ming schien seine Gedanken erraten zu haben. Er hielt sich mit einer Hand seine Verletzungen und sagte: »Eure Hoheit, was denkt Ihr denn? Ich habe Euch doch bereits versichert, dass ich der einzig wahre General Pei bin. Ich bin echt!«

»Warum habt Ihr ihn dann Mingguang genannt?«

»Weil das sein Name ist. Es ist der Name, den ich ihm gegeben habe. Er ist mein Schwert.«

»Ah«, machte Xie Lian. »Ich verstehe. Seid Ihr dann ... ›der General, der sein Schwert zerbrach‹?«

»Ganz genau«, antwortete Pei Ming. »Mingguang war mein Schwert, als ich noch ein Sterblicher war. Und vor vielen Jahrhunderten habe ich mein Schwert mit meinen eigenen Händen zerbrochen.«

Kein Wunder!

Kein Wunder, dass der Dämon der Lebensauslöschenden Klinge ihn gut genug kannte, um jede seiner Bewegungen vorherzusehen. Er war das Schwert, das Pei Ming geführt und mit dem er vom Norden bis zum Süden zahllose Siege errungen hatte, also kannte er selbstverständlich Pei Mings Techniken wie kein anderer. Kein Wunder auch, dass er sich noch so flink bewegen konnte, nachdem er in zwei Hälften geschnitten worden war. Das lag daran, dass er ohnehin schon in zwei Teile zerbrochen gewesen war.

»Also hat er sich die Stichwunde selbst zugefügt«, überlegte Xie Lian. »Und der heilige Glanz an der Wunde war ...«

»Mein eigener. Damals bin ich aufgestiegen, als ich ihn gerade zerbrochen hatte. Dabei muss er etwas von meinem göttlichen Glanz abbekommen haben. Und diesen Glanz kann man nicht mehr verlieren.«

Der Dämon der Lebensauslöschenden Klinge – nein, Mingguang – benutzte seine Hände wie Schwerter und begann, auf Fangxin einzuschlagen. Seine Miene war düster, als schlüge er in seiner Vorstellung Pei Ming selbst.

Xie Lian konnte nicht umhin, noch weitere Fragen zu stellen. »Ähm … General Pei, warum hasst Euer Schwert Euch so sehr? Was habt Ihr mit ihm gemacht? Was ist das für eine Geschichte vom General, der sein Schwert zerbrach?«

Pei Ming tastete nach seiner Arzneiflasche. »Nur eine dumme Geschichte von früher. Was bringt es, jetzt noch darüber zu reden? Lasst uns zuerst überlegen, wie wir mit ihm fertigwerden.«

Obwohl Ruoye den Bannkreis bildete, würde der Zauber zusammenbrechen, falls Fangxin zu Boden gehen sollte. Es war, wie wenn man das Schloss an einer Tür zerbrach.

Xie Lian warf einen Blick nach hinten und sah, dass Hua Cheng in eine tiefe Meditation versunken war. Seine Augen waren fest geschlossen und er schien sich der Außenwelt nicht mehr bewusst zu sein. Der Anblick verlieh Xie Lian neue Zuversicht.

Da hörte er Pei Mings Stimme: »Hoheit, wird Euer Schwert standhalten?«

Xie Lian drehte sich um. »Ich weiß es nicht. Fangxin ist alt.«

»Das macht nichts. Mingguang ist auch ziemlich alt.«

Xie Lian seufzte erleichtert. »Dann sollten es eine Zeit lang gutgehen, solange er keine Verstärkung ruft …«

Da hörten sie schwere Schritte, die sich aus dem Wald näherten. Kurz darauf tauchte ein riesiger, unansehnlicher Mann mit dunkler Haut auf. Der stämmige Mann trug eine Lederrüstung und war unnatürlich groß. Als sie ihn erblickten, brach Xie Lian und Pei Ming der kalte Schweiß aus.

Der Mann hatte gesehen, dass jemand wie verrückt mit den bloßen Händen auf ein Schwert einschlug. Er war neugierig geworden und kam nun auf sie zu. Xie Lian und Pei Ming hielten sich beide die Hände vors Gesicht und wandten sich ab.

Als Mingguang den riesigen, kräftig aussehenden Leichnam näher kommen sah, rief er: »He, großer Kerl, komm und hilf mir mal! Hilf mir, das Schwert zu besiegen und den Schutzzauber zu brechen. Dann teilen wir uns die, die sich darin verstecken!«

Doch der stämmige Mann hatte als Mensch offenbar nicht in der Zentralebene gelebt und war nicht dort zum Geist geworden. Er sprach eine andere Sprache und hatte kein Wort verstanden. Er rief etwas Unverständliches zur Antwort. Eine Weile riefen die beiden sich Dinge zu, aber sie erreichten damit nur, dass ihnen beiden die Adern an der Stirn hervortraten.

Pei Ming setzte alles daran, möglichst natürlich und dennoch elegant zu wirken, während er sein Gesicht mit der Hand schützte. »Eure Hoheit, was redet dieser Barbar?«, fragte er leise.

»Er ist sauer, weil er denkt, dass Euer Schwert ihn provozieren will. Er sagt, es soll niederknien und um Gnade flehen, sonst schlägt er es tot«, flüsterte Xie Lian.

»Oh, gut. Hoffentlich fangen sie gleich zu kämpfen an.«

Doch der Riese hatte ihr Flüstern gehört und starrte nun in ihre Richtung. Seine Brauen zogen sich zusammen. Xie Lian und Pei Ming verschwendeten keinen Gedanken mehr daran, wie sie aussehen mochten, und pressten die Hände fester vor ihre Gesichter. Dennoch erkannte der stämmige Mann, wer sie waren. Er stampfte mit dem Fuß auf und brachte den Boden zum Beben. »Ihr seid es! Der Schrottsammler! Und Pei Xius General!«, rief er dröhnend.

Nun, da sie erkannt waren, ließen sie die Hände sinken. Nach einem Moment des Zögerns antwortete Xie Lian in sanftem Ton in der Banyue-Sprache: »General Kemo, bitte beruhigt Euch.«

Der seltsame Riese war Kemo – wie vielen anderen war es ihm gelungen, während der Erschütterungen, die der Berg Tonglu ausgelöst hatte, der Gefangenschaft zu entkommen. Ursprünglich hatte Xie Lian ihn gefangen und er hatte Pei Ming während seiner Verhandlung neben Pei Xiu stehen sehen. Seine Augen röteten sich beim Anblick seiner Feinde und ohne ein weiteres Wort trat er nach Fangxin. Der Tritt brachte das Schwert in Schieflage.

Mingguang klatschte und jubelte und rief immer wieder: »Großartig! Heldenhaft!«

Als Xie Lian sah, wie Fangxin unter den Angriffen der beiden immer stärker zu zittern begann, legte er eine Hand an Hua Chengs Stirn, zog sie jedoch sofort wieder zurück, als er die starke Hitze spürte. »Was sollen wir tun?«

Xie Lian musste Hua Cheng mit dem Schutzzauber abschirmen und durfte sich nicht ablenken lassen, aber Pei Ming stellte für die Waffe, die ihn in- und auswendig kannte, keine große Bedrohung dar.

Da hörten sie Mingguang schimpfen: »He, du Geisterbarbar! Kannst du vielleicht nicht im selben Moment zuschlagen wie ich? Du hast meine Hand getroffen!«

Kemo ignorierte ihn.

Xie Lian ergriff Pei Ming, als er die Spannungen bemerkte, die sich zwischen den beiden aufbauten. »General Pei! Kemo wird nicht glauben, dass Ihr ihm nichts anhaben wollt, und wird nicht davon ablassen, eine Erklärung von Euch zu fordern. Schnell, legt die Fingerspitzen Eurer Hände aneinander, haltet Eure Handgelenke über Eurem Kopf gekreuzt, lasst sie vor Eurem Gesicht sinken und öffnet sie dann. Das ist in seinem Volk das Signal des Waffenstillstands. So könnt Ihr Wohlwollen zeigen und ihn fürs Erste aufhalten.«

Pei Ming war fassungslos. »Was?« Er verstand nicht, wie eine einfache Geste angesichts der erbitterten Feindschaft, die Kemo gegen sie hegte, etwas bewirken sollte.

Doch Xie Lian schenkte ihm keine Beachtung und packte ihn. »Kommt, wir machen es gemeinsam, dann hört er auf.«

Pei Ming war an der Hand verletzt. Als Xie Lian ihn ergriff, presste er die Lippen zusammen. Er war bereit, Xie Lians Anweisung zu befolgen – aber Mingguang hatte alles gehört, was sie gesagt hatten. Er sprang direkt vor Kemo, überkreuzte seine Hände über dem Kopf und ließ sie sinken, bevor er sie öffnete. Er warf den beiden einen verächtlichen Blick zu. »So leicht mache ich es euch nicht!«

Als Kemo jedoch diese Geste sah, traten seine Augen hervor und unter seiner dunklen Haut zeichneten sich dicke Adern ab. Er öffnete seine Hand, holte aus und schlug Mingguang wie mit einem eisernen Fächer so heftig, dass dieser in die Luft flog.

Während er zuschlug, verstanden weder Pei Ming noch Mingguang, was vor sich ging. Erst einen Moment später dämmerte es Pei Ming und er wandte sich an Xie Lian: »Eure Hoheit, ich dachte, Mingguang wäre verschlagen. Ich hätte nicht gedacht, dass Ihr noch heimtückischer seid. Ich bin beeindruckt.«

Xie Lian wischte sich den kalten Schweiß ab. »Das ist doch nichts.«

Es hatte zwar so gewirkt, als habe er Pei Ming Anweisungen gegeben, aber in Wirklichkeit waren sie für Mingguang gedacht gewesen. Als dieser ihn gehört hatte, hatte er sich beeilt, um Kemo als Erster sein Wohlwollen zu zeigen und ihren Plan zu durchkreuzen. Aber die Geste, die Xie Lian beschrieben hatte, war in Wirklichkeit keine des Waffenstillstands, sondern eine heftige Beleidigung. Nicht nur das, es war die gröbste Provokation, die es in der Banyue-Kultur gab, sie war in etwa gleichbedeutend mit der Aussage: »Ich hacke dir deinen Hundekopf ab, ficke deine Frau, ermorde deine ganze Familie und ebne die Gräber deiner Ahnen ein.« Dass Kemo außer sich geriet, war angesichts solcher Provokationen nicht verwunderlich. In einer anderen Situation hätte Mingguang Xie Lians Worten sicherlich misstraut, aber in dieser Lage, da Pei Ming schon dabei war, die Hände zu heben, hatte er keine Zeit gehabt, um weiter darüber nachzudenken, und sich leicht täuschen lassen.

Mingguang hatte erst begriffen, was passiert war, als Kemo ihn schon in die Luft befördert hatte. Er wollte retten, was zu retten war, und da sie nicht miteinander reden konnten, fing er instinktiv zu schreien an – das wirkte allerdings auf Kemo, als würde er ihn beschimpfen. Er probierte einige andere Gesten aus, wie zum Beispiel, seinen Daumen in die Luft zu recken, aber seine Bemühungen waren längst vergeblich. Er sah nun aus wie jemand, der mit geheucheltem Wohlwollen um Gnade bettelte, nachdem er zuvor die boshaftesten und ordinärsten Verwünschungen von sich geben hatte.

Kemo hieb noch einige weitere Male auf ihn ein. Er kannte einige Schimpfworte und Flüche in der Sprache der Zentralebene und schimpfte, während er zuschlug, sodass auch Mingguang immer zorniger wurde. Der Kampf eskalierte zunehmend, sie schlugen einander immer heftiger.

Pei Ming hätte sie am liebsten angefeuert.

Mingguang sah sich voller Zorn um. Dann winkte er Kemo zu, zeigte zuerst auf sich selbst und dann auf Xie Lian und Pei Ming in dem Bannkreis. Anschließend streckte er die Hände aus und wiederholte die Bewegung, bei der er die Arme über dem Kopf kreuzte und dann im Senken öffnete.

Kemo hielt irritiert inne und fragte mit gerunzelter Stirn: »Wen meinst du damit eigentlich, mich oder die?«

Oh nein, dachte Xie Lian, doch er wagte nicht, unüberlegt etwas zu sagen. Er war sich nicht sicher, wie er Kemo am besten beruhigen konnte.

Als Mingguang ahnte, dass er das Ruder vielleicht doch noch würde herumreißen können, strengte er sich noch mehr an. Er drehte sich zu Pei Ming und wiederholte die Geste mit verzerrtem Gesicht. Dann wandte er sich mit einem ruhigen Ausdruck zu Kemo um.

Dieser brachte den Ausdruck auf seinem Gesicht mit seinen Bewegungen in Zusammenhang und verstand schließlich, was Mingguang ihm mitteilen wollte.

Der Hass auf dieselben Feinde verband sie.

Nun, da sie Verbündete waren, stürmten beide auf den Bannkreis los. Xie Lians Gedanken rasten. Er holte tief Luft, dann rief er so laut er konnte in der Banyue-Sprache: »General Pei der Jüngere! Banyue!«

Als er diese beiden Namen hörte, hielt Kemo abrupt an und zischte: »Sind sie etwa auch hier?!«

Xie Lian gab keine Antwort, stattdessen rief er erneut: »General Pei der Jüngere! Banyue! Kemo ist hier! Kommt nicht näher! Lauft schnell weg und kommt nicht zurück!«

Kemo dachte, die beiden hielten sich in der Nähe versteckt und Xie Lian fordere sie auf zu fliehen. Sein Zorn flammte in ihm auf. »Versucht es doch!«, rief er und eilte davon.

»He! Großer Kerl! Wo rennst du hin? Er lügt, komm zurück!«, schrie Mingguang. Aber Kemo war schon verschwunden. Vor Wut stampfte Mingguang mit dem Fuß auf. »So ein Trottel!«

Xie Lian wischte sich zum zweiten Mal den kalten Schweiß ab und dachte dabei: *Eine Fremdsprache zu lernen ist unglaublich nützlich.*

Als er sah, wie Mingguang erneut Fangxin angreifen wollte, hob er die Hand. »Halt! Wenn du nicht aufhörst, werden wir nicht mehr so nett zu dir sein.«

»Seid ihr jetzt etwa nett zu mir?«, fragte Mingguang.

»Hast du nicht etwas vergessen?«, entgegnete Xie Lian.

»Was denn?«

Pei Ming sah aus, als wolle er etwas sagen, blieb jedoch stumm. Hinter seinem Rücken holte er etwas hervor. »Wie konntest du etwas so Bedeutendes vergessen?«, fragte er.

Was er hinter seinem Rücken vorgeholt hatte, war Mingguangs untere Hälfte.

Mingguang wurde starr vor Schreck, als er sie sah. »Ah! Meine untere Hälfte!«

Die ganze Zeit über hatte er seine Hände als Füße verwendet und sich mit seinen Armen aufgestützt. Er hatte sich an diese Art der Fortbewegung gewöhnt, ohne es zu bemerken, und dabei ganz vergessen, sich seine andere Körperhälfte zurückzuholen. Während er und Kemo gekämpft hatten, hatte Pei Ming die Gelegenheit beim Schopfe gepackt und die verlassene, unbewegliche Körperhälfte in den Bannkreis gezogen.

»Tu jetzt nichts, was du später bereuen würdest!«, drohte Pei Ming.

Allerdings hörte sich dieser Satz etwas eigenartig an. Wäre die Geisel eine vollständige Person, könnte Pei Ming seine Finger um ihren Hals oder Schädel legen, während er die Drohung aussprach. Das Bild, das sich dann ergeben hätte, wäre wirkungsvoll gewesen. Es hätte verdeutlicht, dass es ihm ernst war. Nun aber hatte er nur die untere Körperhälfte in seiner Gewalt. Wo sollte er sie anfassen, sodass es nicht seltsam wirkte und dennoch den Gegner einschüchterte?

Pei Ming fiel nichts ein, also stellte er sich einfach auf eines der Beine.

»Willst du dich über mich lustig machen?«, fragte Mingguang.

Xie Lian fand auch, dass diese Pose nicht besonders bedrohlich wirkte. »General Pei, auf ein Bein zu treten ist nicht besonders überzeugend. Könnt Ihr ihn nicht ... so anfassen, dass es überzeugender wirkt?«

»Eure Hoheit, sagt so etwas nicht so leicht dahin. Denkt Ihr, ich würde auf sein Bein treten, ohne dass mir klar wäre, dass ich mich dadurch zugleich gegen die andere, stillose Option entscheide, die Ihr da vorschlagt? Warum kommt Ihr nicht selbst her und packt ihn da, wo es wehtut?«

Am Ende brachte es keiner von ihnen über sich, ihn an jenem bedeutenderen Körperteil zu ergreifen.

»Schon gut. Dann machen wir es eben so«, sagte Xie Lian.

Sie besprachen sich eine kurze Zeit, dann nahm jeder eines von Mingguangs Beinen. Das sah schon deutlich bedrohlicher und weniger seltsam aus.

»Tritt zurück. Wenn nicht, wird dein Körper in weitere Teile zerrissen«, forderte Xie Lian.

Mingguang lachte verächtlich. »Ha! Dachtet ihr wirklich, meine untere Körperhälfte wäre nutzlos?«

Während er sprach, spürte Xie Lian, wie eine mörderische Aura an seinem Arm emporkroch. Augenblicklich warf er das Bein von sich. »General Pei, passt auf!«

Die leblose untere Hälfte bewegte plötzlich die Beine und trat völlig unerwartet zu. Pei Ming warf das Bein gerade noch rechtzeitig von sich, um den heftigen Tritten, die wie messerscharfe Klingen durch die Luft fuhren, auszuweichen. Der Unterkörper drehte sich in der Luft und landete mit einem Knie auf dem Boden, dann richtete er sich langsam auf, bis er aufrecht dastand.

Seine Bewegungen waren beeindruckend geschmeidig, Xie Lian konnte nicht umhin, sie zu bewundern. »Nicht schlecht.« Doch dann änderte er augenblicklich seinen Tonfall. »Nein, sehr schlecht!«

Die Situation war wirklich nicht gut. Xie Lian hatte mit großer Sorgfalt einen Bannkreis beschworen, um Mingguang von ihnen fernzuhalten, nun jedoch war alles kompliziert geworden. Mingguangs obere Hälfte war noch immer außerhalb des Kreises, aber die untere war in seinem Inneren.

Pei Ming erkannte es ebenfalls. »Wir sind erledigt«, murmelte er.

Manche Geister mit zweigeteilten Körpern konnten sich nur bewegen, wenn ein Teil die Führung übernahm, andere wiederum konnten beide Körperhälften nach Belieben bewegen. Sie hatten nicht gewusst, zu welcher Art Mingguang gehörte. Aber da seine untere Hälfte starr wie eine Leiche dagelegen hatte und sich nicht einmal gerührt hatte, als er darauf getreten war, hatte Pei Ming angenommen, dass er zur ersten Kategorie gehörte. Dabei hatte er ihnen nur vorgegaukelt, dass er seine untere Hälfte nicht bewegen konnte.

Mingguang klatschte außerhalb des Bannkreises lachend in die Hände. »So sieht es aus! Das nennt man ›einen Wolf ins eigene Haus locken‹, oder ›Schildkröten in einem Topf fangen‹!«

Hua Cheng saß in tiefer Versenkung da, die Augen fest geschlossen. Er befand sich mitten in seiner Verwandlung. Pei Mings Schwert war von Mingguang zerbrochen worden. Xie Lians Fangxin steckte als Türschloss in der Erde, um ihren Schutzzauber zu versiegeln. Keiner der beiden Himmelsbeamten hatte eine Waffe. Xie Lian wusste sich keinen anderen Rat und sagte: »Eming!«

Der Krummsäbel hatte wie Metallschrott auf dem Boden gelegen, aber als Xie Lian ihn ansprach, sprang er sofort auf und flog in seine Hand. Xie Lian hielt den Griff fest und holte aus. Mingguangs untere Hälfte hob ein Bein und trat zu. Xie Lian blockte den Tritt ab und stieß den Unterkörper zurück, sodass er beinahe aus dem Bannkreis getaumelt wäre.

Sein Oberkörper sah von außen zu. Das Lachen war ihm vergangen, er blickte nun etwas ängstlich drein. Er klatschte in die Hände und die untere Hälfte verwandelte sich in ihre wahre Gestalt zurück: Ein grünes Schwert von beinahe einem Meter Länge, von dem eine intensive blutdürstige Ausstrahlung ausging, schwebte in der Luft.

Xie Lian war den Umgang mit dem Krummsäbel nicht gewohnt, aber Eming lag gut in seiner Hand.

Gerade wollte er angreifen, da sagte Pei Ming: »Eure Hoheit, ich möchte Euch ja nicht beunruhigen, aber Euer Hua Chengzhu scheint ein Problem zu haben.«

Erschrocken fuhr Xie Lian herum. Tatsächlich war Hua Chengs Stirn gerunzelt und die Hände, die auf seinen Knien lagen und ein Mudra* formten, zitterten.

Als das grüne Schwert bemerkte, dass Xie Lian abgelenkt war, nutzte es die Gelegenheit und stürzte sich auf ihn. Aber Eming glitt aus Xie

* Bestimmte Handhaltungen, die mit der Anwendung verschiedener Kräfte in Zusammenhang stehen.

Lians Hand und parierte den Schlag des zerbrochenen Schwerts mitten in der Luft mit einem lauten Klirren.

»Eming, bitte halt ihn einen Moment lang in Schach!«, rief Xie Lian. Dann kniete er sich vor Hua Cheng hin. »Was ist nur los? Was hat er für ein Problem?«

»Seht mich nicht an«, entgegnete Pei Ming. »Ich bin mit dem Geisterkönig nicht so vertraut wie Ihr.«

Xie Lian sprach Hua Cheng an. »San Lang? Kannst du mich hören? Komm zu dir! Du musst das nicht länger ertragen.«

Mingguangs Stimme war von außerhalb des Kreises zu hören: »Ein kleines Messerchen wagt es, sich mir entgegenzustellen?«

In der kurzen Zeit waren das zerbrochene Schwert Mingguang und Eming schon unzählige aufeinandergeprallt, sodass die Funken nur so flogen. Hätte Eming seine volle Größe, hätte er schnell die Oberhand gewonnen, doch der geschrumpfte Krummsäbel sah im Kampf mit dem Langschwert Mingguang ein wenig so aus wie ein Kind, das von einem Erwachsenen geprügelt wurde. Er kämpfte zwar hitzig und stark, aber er war einfach nicht lang genug und seine Fähigkeiten waren deutlich eingeschränkt. Schon einige Male war es knapp gewesen.

Während Xie Lian mit Hua Cheng beschäftigt war, warf er einen Blick auf das Kampfgeschehen und rief: »Pass auf!«

Nachdem er gerufen hatte, begann Eming, sich um sich selbst zu drehen, und wurde zu einem silbernen Wirbelwind. Kurz darauf landete er einen Treffer. Der Oberkörper Mingguangs stieß einen Schmerzensschrei aus – der Schlag hatte gesessen.

»Guter Eming!«, lobte Xie Lian.

»Wartet mal, Eure Hoheit«, sagte Pei Ming. »Ich glaube, er ist gerade größer geworden, als Ihr ihn gelobt habt.«

Xie Lian sah genauer hin. »Meint Ihr wirklich?«

»Es sieht so aus. Versucht es noch einmal.«

Es war nur etwas Lob. Also sagte Xie Lian: »Gut. Eming, hör gut zu. Du bist schön und talentiert, wild und frei, liebenswert und gütig, klug und listenreich, sanft und entschlossen, die Nummer eins auf der ganzen Welt …«

Er war noch nicht fertig, da hielt er inne. Pei Ming applaudierte aufgeregt.

Mingguang sah sie von außerhalb des Kreises ungläubig an. Er war ebenso erstaunt wie zornig. »Was ist das für ein tückischer Zauber? Wie kommt es, dass ich noch nie davon gehört habe?«

Es stimmte tatsächlich: Mit jedem Wort des Lobes, das Xie Lian geäußert hatte, war Emings Klinge etwas größer geworden. Wenn seine Größe zuvor der eines zehnjährigen Kindes entsprochen haben mochte, glich es nun einem Jugendlichen von vierzehn oder fünfzehn Jahren.

Das zerbrochene Schwert, das plötzlich einem gewachsenen Eming gegenüberstand, bekam nun ein Problem. Es konnte sich nur nach rechts und links bewegen, während Emings Bewegungen geschmeidig und unberechenbar waren. Da sich abzeichnete, wie der Kampf enden würde, formte Mingguang ein Mudra.

Als Pei Ming es sah, rief er aus: »Oh nein – er hat all seine Kräfte auf die untere Hälfte übertragen!«

Sie konnten sehen, wie die schwarze Aura, die die zerbrochene Klinge umgab, sich ausweitete. Als Eming erneut zuschlug, wurde er von der schwarzen Aura abgestoßen und zurückgeschleudert, sodass er schräg in der Erde stecken blieb.

Xie Lian zog ihn heilig heraus. »Ist alles in Ordnung?«

»Es ist alles gut. Passt auf«, sagte Pei Ming und nahm Xie Lian Eming aus den Händen.

Xie Lian war überrumpelt, da fühlte er plötzlich etwas Kaltes auf seiner Haut. Pei Ming hatte ihm Eming mit einem Klatschen vors Gesicht geschlagen, sodass der Griff seinen Mund berührte.

Xie Lian nahm Eming von seinem Gesicht. Seine Lippen fühlten sich von dem Schlag und der Kälte des Silbers taub an. Verdutzt rieb er sich den Mund. »General Pei, wieso habt Ihr das getan?«

»Seht doch mal nach unten, Eure Hoheit.«

Xie Lian senkte den Kopf und war sprachlos vor Staunen. Eming war noch länger geworden.

Mingguang konnte nicht mehr und er schrie außerhalb des Kreises: »Was zur Hölle?! Was ist das denn schon wieder für eine Zauberei? Warum fahrt ihr nicht gleich alles auf einmal auf?«

»Ehrlich gesagt wüsste ich auch gern, wie das funktioniert hat«, stutzte Xie Lian.

Vor Energie strotzend, baute sich Eming auf und stürzte sich auf das zerbrochene Schwert Mingguang. Krummsäbel und Schwert lieferten sich einen erbitterten Kampf.

Xie Lian nutzte die Zeit, um nach Hua Cheng zu sehen, und Pei Ming beobachtete Mingguang, der vornübergebeugt dastand. Er hatte seine Kräfte an seine untere Hälfte übertragen, die Eming bekämpfte, daher war von seinem Oberkörper kaum noch etwas zu befürchten, das war allen klar. Pei Ming stand auf und wollte aus dem Kreis treten, um die obere Hälfte anzugreifen.

Da hörten sie plötzlich schwere Schritte, die mit hoher Geschwindigkeit näher kamen. Kemo war zurückgekommen.

»Du verräterischer Kultivierer der Zentralebene!«, rief er voller Hass. »Du hast gelogen! Ich hoffe, dass du für den Rest deines Lebens Schrott sammeln musst! Sie waren überhaupt nicht in der Nähe!«

Xie Lian hatte nicht erwartet, Kemo für lange Zeit fernhalten zu können, aber er war schneller zurückgekehrt, als er gedacht hatte, und noch dazu in einem ungünstigen Augenblick.

Mingguang war hocherfreut und zeigte auf Fangxin. »Großer Kerl! Schnell! Hau das Schwert um! Wenn der Schutzzauber aufgehoben ist, sind sie hilflos!«

Er musste nichts weiter sagen. Kemo holte einmal mit der Hand aus und Fangxin geriet in eine noch schlimmere Schieflage. Noch ein weiterer Schlag und mit dem dritten fiel Fangxin.

Das zerbrochene Schwert hörte auf zu kämpfen und flog aus dem Kreis heraus und an Mingguangs Seite. Es verwandelte sich in ein paar Beine zurück und verband sich mit seiner oberen Hälfte wieder zu einem vollständigen Körper. Er sprang auf die Füße und klopfte Kemo anerkennend auf die Schulter. Anschließend zeigte er zuerst auf Pei Ming, dann auf sich selbst. Danach auf Xie Lian und auf Kemo.

Kemo verstand und nickte, sie würden sich ihre Beute aufteilen. Während Kemo auf Xie Lian zutrat, der schützend vor Hua Cheng stand, ließ er jeden einzelnen Knöchel seiner eisernen Fäuste knacken.

Mingguang streckte die Beine aus und grinste. »Pei Ming, wirst du mich wieder in zwei Teile schneiden? Versuch es doch.«

Pei Ming gab keine Antwort.

Mingguang lachte verächtlich. »Der General, der sein Schwert zerbrach. He he, was für eine schöne Geschichte. Wenn selbst so etwas zu einer schönen Geschichte werden kann, muss der Himmel wahrlich blind sein.«

»Ich habe es nie als schöne Geschichte angesehen«, sagte Pei Ming.

»Unsinn! Du weißt genau, wie viele du getötet hast. Gefährten, Verbündete, die dir Jahr um Jahr gefolgt sind!«

In der Zwischenzeit war Kemo an Xie Lian herangetreten. Dieser hielt Eming fest in der Hand. Er hatte keine Angst vor Kemo, befürchtete aber, dass Hua Cheng etwas passieren könnte, wenn er nicht aufpasste.

Kemo bemerkte an seinen Augen, dass er nicht ganz bei der Sache war. »Du musst dich gar nicht erst anstrengen, dir neue Tricks auszudenken. Noch einmal falle ich nicht auf dich herein!«

»Ich habe Euch nicht angelogen«, entgegnete Xie Lian. »Banyue und General Pei der Jüngere waren in der Nähe, aber sie sind geflohen, nachdem ich sie vor Euch gewarnt hatte. He, Banyue, warum bist du hier?«

Kemo war außer sich. »Hältst du mich für einen Idioten? So ein dummer Trick ...«

Doch bevor er weitersprechen konnte, hörte er über sich eine Stimme: »Kemo!«

Es war die Banyue-Sprache, und die Stimme war ihm sehr vertraut. Kemo blickte nach oben und sah, wie eine Menge dunkelroter Gegenstände direkt auf sein Gesicht zustürzten. Er wurde sofort blass und barg seinen Kopf in den Armen. »Verschwindet!«

Es war ein Schauer von Giftschlangen, wie es sie nur im Königreich Banyue gab – Skorpionschlangen. Und selbstverständlich war es die Staatspräzeptorin von Banyue, die sie fallen gelassen hatte.

Banyue sprang von einem Baum herunter und landete neben Xie Lian. »General Hua ...«

Xie Lian wandte sich an Kemo: »Ich habe es doch gesagt. Banyue ist wirklich hier ...«

Kemo hörte gar nicht zu. Er schrie ohne Unterlass Banyue an. »Du hast sie auf mich geworfen! Du hast diese Skorpionschlangen auf mich geworfen! Du weißt, wie sehr ich sie hasse, und trotzdem hast du sie auf mich geworfen!«

Banyue hockte sich hin. »Tut mir leid ... Ich kann nichts anderes, als Skorpionschlangen zu werfen ...«

Mingguang bemerkte, dass sich das Blatt zu wenden begann. »Was ist da los? Wer ist das?«

Ein Schatten sprang von einem Baum und verstellte ihm den Weg. »Der frühere Kriegsgott und Beamte des Palasts Mingguang, Pei Xiu!«

Wie aus dem Nichts war Verstärkung aufgetaucht. Pei Ming rief erstaunt: »Pei der Jüngere? Warum bist du auch hier?«

»Banyue, warst du nicht bei der Regenmeisterin?«, fragte Xie Lian.

Pei Ming zog die Brauen zusammen, als dieser Name erwähnt wurde.

»Ja«, antwortete Banyue. »Wir sind mit der Regenmeisterin gekommen.«

Mingguang musterte Pei Xiu abschätzend. »Du bist Pei der Jüngere?«

»Jawohl«, bestätigte Pei Xiu.

Mingguang betrachtete Banyue aus zusammengekniffenen Augen. »Ich habe gehört, dass du wegen eines kleinen Mädchens deinen Himmelsbeamtenstatus weggeworfen hast. Ha ha! Pei Ming, hast du nicht immer gesagt ›Brüder sind wie Gliedmaßen, Frauen sind wie Kleider‹? Er hat nicht einmal ein Zehntel deines Gespürs, wenn es um Frauen geht! Die Staatspräzeptorin von Banyue sieht aus wie eine kleine Wachtel. Was zur Hölle? Wurdest du betrogen und hast all die Jahre damit vergeudet, die Brut eines anderen aufzuziehen? Ha ha ha ha ha ...«

»So ein Blödsinn«, sagte Pei Xiu. Dann feuerte er einen Stoß aus seiner Handfläche ab.

Als Kemo in die Luft geschleudert wurde, brüllte er: »Ich hasse euch!«

»He, großer Kerl! Ich bin auf deiner Seite!«, rief Mingguang.

Kemo wandte sich um und sah, wie Mingguang in die Luft sprang und sich in ein langes grünes Schwert verwandelte, das direkt in seine Hände geflogen kam. Kemo öffnete seine großen Hände, deren Handflächen so groß waren wie eiserne Fächer, und umfasste den Schwertgriff. Augenblicklich hüllte eine schwarze Aura seinen gesamten Körper ein.

Ein wahnsinniger Leichnam, der ein Dämonenschwert zur Hand nahm, war wie ein wildes Ungetüm, dem giftige Reißzähne wuchsen.

Als Pei Ming Xie Lian Eming ins Gesicht gedrückt hatte, war diesem eine Idee gekommen. Obwohl er nicht genau verstand, wie das funktionieren könnte, dachte er, er könnte vielleicht mit derselben Methode Hua Cheng helfen. Wenn niemand hinsah, würde er ihm heimlich etwas von seinem Atem einhauchen, um zu sehen, ob es ihm Erleichterung brachte. Als er sah, wie kritisch die Lage wurde, rief er: »Vorsicht!«

Pei Ming konnte sich schlecht in den Kampf einmischen, also stellten sich Pei Xiu und Banyue gemeinsam dem Feind entgegen. Obwohl sie über gute Techniken verfügten – Pei Xiu war schnell und präzise in seinen Bewegungen, Banyue war agil und unvorhersehbar – stießen sie schnell an ihre Grenzen. Pei Xiu hatte keine spirituellen Kräfte und Banyue fehlte es an Körperkraft. Kemo, der sich mit Mingguang verbündet hatte, hatte beides im Überfluss, und das brachte sie in Schwierigkeiten.

Nachdem Banyue von Kemo beschimpft worden war, traute sie sich nicht mehr, mit Skorpionschlangen zu werfen. Pei Xiu hingegen scheute sich nicht und ließ die Schlangen nur so herabregnen, was Kemo so aufbrachte, dass er unentwegt brüllte. Nur der Aura des Schwerts Mingguang hatte er es zu verdanken, dass die Schlangen sich nicht an ihn heranwagten.

Trotz alledem entspannte sich Xie Lian, nachdem er dem Kampf eine Weile zugesehen hatte, weil er erkennen konnte, dass Kemo und Mingguang nicht gut miteinander harmonierten. Kemo stammte aus dem Königreich Banyue und war es gewohnt, große, schwere Waffen zu tragen, wie zum Beispiel einen Morgenstern. Er hatte nicht viel Erfahrung im Schwertkampf. Obwohl er unfassbar stark und die Waffe in seiner Hand rasiermesserscharf war, gelang es ihnen gemeinsam nicht, ihr volles Potenzial zu entfalten, und die Zeit reichte nicht aus, damit sie sich aneinander gewöhnen konnten.

Xie Lian entschied sich, die Gelegenheit zu nutzen. Vor Hua Cheng hockend, legte er die Hände wie zum Gebet aneinander. »Vergib mir.«

Doch als er Hua Chengs hübsches schneeweißes kleines Gesicht mit den fest geschlossenen Augen ansah, war er wie erstarrt. Schließlich schaffte er es, sich zu überwinden. Er kniff die Augen zu, aber in seiner Nervosität zielte er nicht richtig und seine Lippen landeten auf Hua Chengs Stirn. Sein Kuss war zart und das Gefühl war weich, dennoch spürte er, wie sein Herz brach.

Eine Stimme neben ihm sagte: »Eure Hoheit, Ihr macht das falsch. Welchen Sinn hat es, seine Stirn zu küssen?«

Xie Lian kippte vor Schreck beinahe zur Seite. Als er die Augen aufschlug, sah er, dass Pei Ming neben ihm hockte.

In einem ungewöhnlich abweisenden und leicht verletzten Tonfall sagte er: »General Pei, könntet Ihr Euch bitte abwenden?«

Pei Ming hob entschuldigend die Hände. »Ist ja gut, ist ja gut. Ich werde nicht hinsehen.«

Dann drehte er sich weg und beobachtete stattdessen das Kampfgeschehen. Nachdem er eine Weile zugesehen hatte, rief er Kemo zu: »So benutzt man doch kein Schwert. Wenn du kein Schwert führen kannst, dann lass es besser sein!«

Natürlich verstand Kemo kein Wort, aber Mingguang in seiner Hand antwortete: »Das sagt der Richtige. Der, der sein eigenes Schwert zerbrochen hat und jetzt nichts Besseres zu tun hat, als herumzustehen und an anderen herumzunörgeln!«

Während er noch rief, stürmte Pei Ming los, um sich in den Kampf zu mischen. Er landete genau vor Kemos Füßen.

Dieser holte mit dem Schwert aus, als ein klares Klirren erklang. Der Schlag hatte nicht getroffen und er staunte nicht schlecht, als er den Kopf senkte.

Das Schwert Mingguang war wieder in zwei Teile zerbrochen.

Pei Xiu nutzte die Chance und schleuderte Kemo eine neue Welle von Skorpionschlangen entgegen. Es war, als sei ein großes Fass mit dunkelroter Farbe über Kemo ausgekippt worden, die ihn von Kopf bis Fuß einfärbte. Er schrie, während er mit aller Kraft versuchte, die Schlangen von seinem Körper zu lösen.

Pei Ming sah auf Mingguang hinab. »Du magst meine Techniken in- und auswendig kennen, aber natürlich weiß ich auch, an welcher Stelle du am leichtesten brichst.«

Banyue sprang mit zwei großen Töpfen in den Händen von oben auf sie zu. Wortlos drehte sie die Töpfe so, dass die Öffnung nach unten zeigten, und fing den verblüfften Mingguang und den brüllenden Kemo ein.

Xie Lian atmete erleichtert auf. *Viele Hände, schnelles Ende. Das wäre erledigt*, dachte er bei sich.

Banyue verschloss die Tongefäße und schüttelte sie, dann hielt sie ihr Ohr dicht daran und lauschte dem Echo aus dem Inneren.

»Banyue, hör auf herumzuspielen«, mahnte Xie Lian eilig. »Steck sie weg und pass gut auf, dass sie nicht entkommen.«

Banyue nickte. Sie hockte sich vor Xie Lian und sah Hua Cheng an. »General Hua, ist das Euer Sohn?«

Xie Lian lächelte. »Leider nicht.« Doch das Lächeln schwand schnell.

»Oh«, sagte Banyue. »Ich habe vorhin gesehen, wie Ihr ihn geküsst habt, deswegen dachte ich, so wäre es.«

Xie Lian wollte nicht mehr darüber reden und hielt sich die Stirn.

Banyue fand Hua Cheng ausgesprochen süß, sie zupfte an einem seiner dünnen Zöpfchen und sah ihn besorgt an. »Er scheint krank zu sein. Soll ich ihn in einen Topf stecken, damit er schneller gesund wird? Mir ging es damals schnell wieder gut, als ich in Eurem Topf war.«

Pei Xiu trat dazu. »Das wird nicht nötig sein. Sei unbesorgt, Seine Hoheit wird sich gut um ihn kümmern.«

»Oh«, sagte Banyue.

Pei Ming blickte sie an. »Du bist die Staatspräzeptorin von Banyue?«

In seinem Blick lag deutliche Geringschätzung. In seinem Schatten auf dem Boden hockend, nickte Banyue. Pei Xiu stellte sich, bewusst oder unbewusst, direkt vor sie, aber Pei Ming schob ihn zur Seite und trat auf sie zu, als wolle er sie genauer betrachten.

Als er nur noch etwa zwei Schritte von ihr entfernt war, wurde Banyue plötzlich blass und versteckte sich eilig hinter Xie Lian. Sie floh geradezu, allerdings zeigte ihr Gesicht keine Angst.

Alle wunderten sich, aber Xie Lian verstand schon bald. »General Pei ... die Geisterduftbonbons ...«, merkte er an.

Pei Ming blinzelte, dann verfinsterte sich seine Miene. Offenbar hatte der Duft der Geisterbonbons sich noch nicht vollständig verflüchtigt. Banyue war eine Geisterfrau und sie konnte den muffigen Geistergestank, den er an sich trug, nicht ertragen ...

Xie Lian konnte sich ein Lachen nicht verkneifen. Dann fragte er: »Warum ist die Regenmeisterin auch zum Berg Tonglu gekommen? Wo ist sie jetzt? Warum begleitet sie Euch nicht?«

»Während des Aufruhrs der zehntausend Geister sind unzählige nichtmenschliche Kreaturen zum Berg Tonglu geströmt. Als sie das Reich Yushi durchquerten, nahmen sie einige Bauern als Proviant gefangen. Weder die Regenmeisterin noch das Wachpferd waren anwesend. Wir haben sie bis hierher verfolgt, sobald wir davon erfahren hatten. Wir sind alle zusammen gereist, aber auf dem Weg haben wir Eure Hoheit in der Banyue-Sprache nach uns rufen hören. Da haben wir uns aufgeteilt, um nach Euch zu suchen«, erklärte Pei Xiu.

Xie Lian hatte in seiner Not einfach irgendetwas gerufen und nicht geahnt, dass sie sich wirklich in der Nähe befanden – durch Zufall hatte er genau ins Schwarze getroffen. Yushi wirkte von außen betrachtet wie ein kleines, ruhiges Dorf, es war nicht ungewöhnlich, dass Geister es durchquerten und Leute gefangen nahmen.

Pei Ming runzelte die Stirn. »Ich konnte dich zuvor im Reich der Sterblichen nicht finden. Wie kommt es, dass du bei der Regenmeisterin warst? Erzähl mir jetzt nicht, dass du die Staatspräzeptorin Banyue verfolgt hast.«

»Nein«, sagte Pei Xiu mit gesenktem Kopf. »Die Regenmeisterin hat mich gerettet.«

Nachdem er ins Exil geschickt worden war, war Pei Xiu ziellos durch das Reich der Sterblichen gewandert. Da er nichts weiter zu tun hatte,

hatte er einige der Nester von Qi Rong ausgehoben. Das hatte Qi Rong verärgert und er hatte Schlägertruppen zusammengerufen, um ihn zu umzingeln und zu vernichten. Hätte Pei Xiu seine spirituellen Kräfte nicht verloren, hätte ihn das nicht weiter kümmern müssen, aber er besaß nun einen sterblichen Körper und als Hunderte von Geistern auf ihn losgegangen waren, hatte er schwere Verletzungen erlitten. Als er mit dem Tode rang, fand ihn die Regenmeisterin, die auf ihrem Ochsen vorbeiritt. Sie stand ihm bei und nachdem sie sich versichert hatte, wer er war, nahm sie ihn mit nach Yushi, damit er heilen konnte.

»Die Regenmeisterin hat dir keinen Ärger gemacht?«, fragte Pei Ming erstaunt.

Nach allem, was Shi Qingxuan berichtet hatte, gab es zwischen Yushi und dem Mingguang-Palast seit jeher Konflikte. Vor vielen Hundert Jahren hatte die Regenmeisterin Pei Mings vorherigen Vizegeneral niedergeschlagen. Pei Ming schien sie nicht für besonders großzügig zu halten.

»Nein. Sie hat mir niemals Ärger gemacht. Im Gegenteil, sie hat mich sehr unterstützt.«

Da wurde plötzlich ein summendes Geräusch laut: »Regenmeisterin? Die Regenmeisterin aus dem Reich Yushi?«

»Genau«, sagte Xie Lian, ohne nachzudenken.

Da erst bemerkte er, dass es Mingguangs Stimme gewesen war. Obwohl er in einem Tontopf eingeschlossen war, hatte er alles mit angehört, was draußen gesprochen worden war. Er schnalzte mit der Zunge. »Pei Ming! Du hast mit so vielen Frauen geschlafen und dieser nutzlose Nachfahre ist das Beste, was du hervorbringen konntest? Er war auf den Schutz von jemandem aus Yushi angewiesen, um überleben zu können, und er redet gut von ihm? Ha, es wird mit jeder Generation schlimmer!«

Pei Ming blickte etwas unbehaglich drein. Xie Lian verstand den Witz nicht oder warum es einen Grund gab, sich zu ärgern. Flüsternd fragte er Banyue: »Verstehst du, was er sagt?«

»Nicht wirklich«, antwortete Banyue. »Aber ich glaube, ich habe Bruder Pei Xiu einmal sagen hören, dass sein General, bevor er in den Himmel aufstieg, ein General des Königreichs Xuli gewesen sei.«

Stellte es denn ein Problem dar, dass Pei Ming einst ein General von Xuli gewesen war?

Ja, ein großes sogar. Soweit Xie Lian wusste, hatte Xulis eiserne Kavallerie einstmals das Königreich Yushi dem Erdboden gleichgemacht.

»Die Regenmeisterin war die letzte Herrscherin des Königreichs Yushi«, fügte Banyue hinzu.

Kein Wunder, dass Pei Mings Gesicht jedes Mal einen eigenartigen Ausdruck annahm, wenn die Regenmeisterin erwähnt wurde, und kein Wunder, dass die Regenmeisterin sich nicht zurückgehalten hatte, als sie den vorherigen Vizegeneral diszipliniert hatte. Ein uralter Groll herrschte zwischen den beiden Parteien.

Dazu muss man wissen, dass Himmelsbeamte es als vollkommen normal ansahen, dass die Königreiche in der Sphäre der Sterblichen einander bekämpften und auslöschten. Die Reiche erstanden und vergingen, es war immer dasselbe, Jahrhundert um Jahrhundert wiederholte sich dasselbe Schauspiel. Doch wenn ihre eigene Heimat an die Reihe kam, verloren viele von ihnen ihre Gelassenheit. Es fiel ihnen nicht leicht, denjenigen, die dafür verantwortlich waren, am himmlischen Hof zu begegnen.

Pei Xiu legte einen Talisman auf den Tontopf und Mingguangs Stimme verstummte abrupt.

»Warum seid Ihr auch gekommen?«, fragte Pei Xiu.

»Vielleicht, damit ich dich endlich wieder mitnehmen kann«, antwortete Pei Ming.

Xie Lian erinnerte sich an Hua Chengs Worte. Offenbar war dies die »Belohnung«, die Pei Ming mit Jun Wu ausgehandelt hatte, bevor er zum Berg Tonglu entsandt worden war.

Pei Ming klopfte Pei Xiu auf die Schulter. »Da du nun schon einmal hier bist, mach mich wenigstens stolz. Wenn du dich hervortust, kannst du vielleicht schneller an den Oberen Hof zurückkehren.«

Bevor Pei Xiu eine Antwort geben konnte, brach der Talisman auf dem Topf in seinen Händen in Flammen aus. Die Wut des eingesperrten Mingguang war so lodernd, dass sie ihn entzündet hatte.

»Pei Ming! Erinnerst du dich daran, was du damals gesagt hast?«

Pei Xiu wollte schon einen neuen Talisman auflegen, um ihn zum Schweigen zu bringen, aber Pei Ming hielt ihn auf. »Ich habe viel gesagt in meinem langen Leben. Was meinst du?«

»Erinnerst du dich daran, wie du all die Männer getötet hast, die deinem Befehl jahrelang gefolgt waren? ›Manche Menschen kann man töten, andere nicht. Manche Dinge kann man tun, andere nicht.‹ Das klingt, als hättest du das Herz eines Buddha besessen, bereit, jedem zu vergeben!«, spie Mingguang. »Und jetzt? Denkst du wirklich, dass niemand weiß, was für verabscheuungswürdige Dinge dein kleiner Pei getan hat? Es hat sich schon überall herumgesprochen! Und doch bist du hier und versuchst, ihm den Hintern zu retten und ihm zu helfen, sich vor seiner Vergangenheit zu verstecken! Die Brüder, die dir von Nord bis Süd in jede Schlacht gefolgt sind, hatten den Tod verdient und er soll leben? Du wirfst Kleider fort, die du einmal getragen hast, und brichst Gliedmaßen, die ihren Dienst erfüllt haben! Nur dein kleiner Pei ist dein Juwel, wir anderen sind nur Unkraut für dich, ja?«

Er brüllte voller gedankenloser Wut, doch Pei Ming hörte ihm zu, bis er ausgesprochen hatte. »Du bist nicht Mingguang«, sagte er dann plötzlich.

Der Topf verstummte augenblicklich. Einen Moment später war Mingguangs Stimme noch einmal zu hören: »Was redest du da für einen Unsinn? Du hast doch selbst gesehen, dass ich Mingguang bin! Hast du meine Gestalt nicht mit eigenen Augen gesehen?«

Doch Pei Ming wiederholte voller Überzeugung: »Nein. Du bist nicht Mingguang.«

»Und wer soll ich dann sein?«, erklang es eingeschnappt aus dem Topf.

Pei Ming nahm Pei Xiu den Topf aus den Händen. Voller Überzeugung sagte er: »Ich glaube, du bist Rong Guang.«

Der Topf verfiel in Schweigen, als dieser Name erwähnt wurde. Pei Xius Augen weiteten sich.

»General Pei der Jüngere, wer ist dieser Rong Guang?«, fragte Xie Lian.

Pei Xiu fing sich wieder. Er zögerte kurz, dann antwortete er: »Bevor der General aufstieg, war Rong Guang der Vizegeneral, der ihm am längsten gefolgt war, sein fähigster und treuester Untergebener.«

Und dann hörte Xie Lian endlich die Geschichte vom General, der sein Schwert zerbrach.

Damals, als Pei Ming noch ein Sterblicher gewesen war, war er als General auf dem Schlachtfeld wie in der Liebe gleichermaßen erfolgreich gewesen. Er ging aus jedem Kampf als Sieger hervor, keine Niederlage konnte seinen Ruhm trüben. Das verdankte er seinem eigenen Mut und seinen Fähigkeiten ebenso wie der Unterstützung durch seinen Vizegeneral. Dieser trug den Namen Rong Guang.

Rong Guang war bekannt dafür, ein Meister der Täuschung zu sein, er war listig und ein geschickter Manipulator. Die beiden unterschieden sich stark in ihrer Persönlichkeit und ihren Fähigkeiten. Aber sie kannten sich, seit sie jung waren, und arbeiteten ausgesprochen gut zusammen. Einer stand im Licht, einer im Schatten – das Band ihrer Freundschaft war über die Jahre fest wie Eisen geworden. Den Namen für Pei Mings Schwert, Mingguang, hatten sie sich gemeinsam ausgedacht. Er war eine Kombination ihrer beiden Namensbestandteile »Ming« und »Guang«.

Pei Ming war ein ausgezeichneter Krieger und in den turbulenten Zeiten ihrer Epoche war das mehr wert als Gold. Er stieg unaufhaltsam immer weiter auf. Doch so sehr er sich auch hervortat, über den Rang eines Generals kam er nicht hinaus. Unzählige Ehrentitel wurden dem General vorangestellt, aber immer gab es einen anderen, der noch eine Stufe über ihm stand. Vor dem König musste auch er niederknien.

Pei Ming verschwendete damals nicht allzu viele Gedanken daran. Aber als sie eine Stadt nach der anderen einnahmen und der Glanz seines Heldentums heller und heller erstrahlte, wurden die Truppen unter Rong Guangs Kommando unruhig. Pei Ming war nicht so stolz, dass er je seine Herkunft und Prinzipien vergaß, seine Untergebenen dagegen strebten nach Höherem für ihn.

Am eifrigsten war Rong Guang. Er stand in engem Kontakt zu den Soldaten, so war es für ihn ein Leichtes, die Leidenschaft in ihren Herzen anzufachen und ihnen seine Ideen einzuimpfen.

»General Pei hat mehr verdient!«

»General Pei wird unterdrückt, genau wie wir!«

»Das Königreich Xuli braucht General Pei, und es braucht uns, um ihn zu unterstützen!«

Sie hatten vor, in das Königreich Xuli einzumarschieren und Pei Ming zum König zu erklären, auf dass er die Elitetruppen anführen und seinem Reich größten Ruhm einbringen sollte. Sie träumten von einer goldenen Zukunft, in der sie alle vier Meere mit ihrer eisernen Kavallerie einnehmen würden und die ganze Welt unter einer Nation vereint wäre.

Unglücklicherweise hatte Pei Ming jedoch keinerlei Interesse daran, König zu werden. Seine größten Freuden waren erfolgreiche Schlachten zu kämpfen und mit schönen Frauen zu schlafen, und um das zu erreichen, musste er nicht König werden. Zudem hatte der König von Xuli sich zwar nicht durch besondere Leistungen hervorgetan, aber er hatte auch nichts falsch gemacht – Pei Ming wusste, dass er kein besserer König sein würde. Ein Umsturz und das Chaos, das damit einherginge, hätte aus seiner Sicht mehr Nachteile als Vorteile, wieso sollte er das ohne gewichtigen Anlass riskieren? Und so gelang es ihm jedes Mal, Rong Guang auf andere Gedanken zu bringen, wenn er wieder davon anfing.

Doch Rong Guang wurde immer besessener, je länger sich Pei Ming widersetzte, und irgendwann ließ er sich nicht mehr von seinen Ideen abbringen. Schließlich kam der Tag, an dem die Soldaten beschlossen, dass sie sich durchsetzen wollten. Wenn sie Erfolg hätten, würde Pei Ming sich schon nicht wehren, den Thron zu besteigen.

Als Xie Lian bis hierhin zugehört hatte, war er sprachlos. *Kann man das jemandem aufzwingen, so wie man Enten in einen Hof drängt …?*

Pei Xiu sah ihm seine Verwirrung an und sagte: »Rong Guang wollte vielleicht nicht unbedingt, dass Pei Ming König wird, aber er brauchte seinen guten Namen, um die Revolte anzuzetteln. Er hatte nicht denselben guten Ruf wie der General und ihm allein wäre es womöglich nicht gelungen, genug Leute für seine Sache zu begeistern.«

Xie Lian dachte darüber nach. »Das war womöglich nicht der einzige Grund.«

Sie hatten Pei Mings Namen benutzen wollen, um ihn auf den Thron zu heben, und Pei Ming hatte nicht mehr so tun können, als habe er von nichts gewusst. Also hatte er sein Schwert genommen, eine kleine Gruppe Vertrauter zusammengestellt und den Palast gestürmt.

Es war die letzte Schlacht seines Lebens gewesen.

Kapitel 78:

Gefahr von links und von rechts, der Weg nach Osten oder nach Westen

»Hat General Pei die Schlacht gewonnen oder verloren?«, fragte Xie Lian.

»Gewonnen. Und verloren«, antwortete Pei Xiu.

Alle Rebellen waren damals durch Pei Mings Schwert ums Leben gekommen. Viele davon waren seine vorherigen Untergebenen gewesen, Männer, denen er seit Jahrzehnten freundschaftlich verbunden gewesen war. Pei Ming und sein Schwert Mingguang hatten immer Seite an Seite mit ihnen gekämpft. Nun hatte er seine Waffe benutzt, um sie zu töten.

Als der Kampf sich dem Ende zuneigte und der Ausgang der Schlacht sich bereits deutlich abzeichnete, war es keine Überraschung, dass der König von Xuli befahl, den verletzten Pei Ming gefangen zu nehmen, und ihn des Verrats anklagte.

Pei Ming war ein guter Kämpfer auf dem Schlachtfeld, im Gerichtssaal aber, wo nicht mit echten Waffen gekämpft wurde, konnte er keinen Sieg erringen. Er hatte zwar für die Verteidigung des Throns gekämpft, am Ende hatte es ihm jedoch nur ein Todesurteil eingebracht.

Pei Ming hielt den Topf in seinen Händen. Er hörte Pei Xiu und Xie Lian reden, hatte allerdings keine Kraft, ihnen weitere Beachtung zu schenken. »Ich hätte wissen müssen, dass du es warst. Das ist ganz dein Stil.«

Rong Guangs Verbitterung musste von dem zerbrochenen Schwert Besitz ergriffen haben, das das Blut von Millionen vergossen hatte. Ihre Energien hatten sich vereint und über so lange Zeit überleben können.

Doch die Stimme, die aus dem Topf kam, blieb eisig und abweisend. »Deine Brüder sind schon lange tot. Ich bin nichts als ein Schwert.«

Xie Lian wusste, dass er es vielleicht niemals zugeben würde und dass es zwecklos war, ihn weiter zu befragen. »Macht Euch nichts daraus, General Pei«, sagte er.

Pei Ming nickte und gab Pei Xiu den Topf zurück.

Somit hatten sie zwei besonders boshafte Geister unterworfen. Trotz aller äußeren Umstände war das ein guter Anfang.

»General Pei und ich werden weiter ins Tonglu-Gebirge vordringen. Banyue, was habt ihr vor? Werdet ihr die Regenmeisterin suchen?«, fragte Xie Lian.

»Die Regenmeisterin ist schon vorausgegangen, um die bösen Geister zu jagen, die die Bauern entführt haben«, erklärte Pei Xiu. »Wir müssen in dieselbe Richtung wie Ihr und der General, um sie einzuholen. Also werden wir Euch begleiten und unterstützen.«

Pei Mings Miene verfinsterte sich. »Wir sollten uns beeilen. Die Herrin von Yushi ist kein Kriegsgott und der Weg ist voller Gefahren.«

Xie Lian nahm Hua Cheng auf den Arm, Banyue steckte die beiden Töpfe ein und sie machten sich eilig auf den Weg, der sie tiefer in den dichten Wald führte.

Da sie sich noch im äußersten Bereich des Tonglu-Gebirges befanden, liefen ihnen keine mächtigen Geistwesen mehr über den Weg, die meisten waren nichts als kleine Fische. Sie hatten kein Interesse daran, ihre Zeit mit sinnlosen Kämpfen zu vergeuden, also setzten sie ihren Weg zügig fort und gingen Auseinandersetzungen aus dem Weg. Einige der kleinen Fische waren töricht genug, sie herauszufordern, sie ließen sich jedoch durch Banyues Skorpionschlangen rasch in die Flucht schlagen.

Nach einem Tag erreichten sie das Ende des Waldes und betraten die zweite Höhenlage des Tonglu-Gebirges. Die Bäume wurden spärlicher, die Wege breiter und es gab Anzeichen menschlicher Ansiedlungen. Xie Lian erblickte einige verfallene schwärzliche kleine Häuser am Wegesrand, die in diesem verlassenen Landstrich einen seltsamen Anblick boten.

»Wie kommt es, dass hier Häuser stehen?«, wunderte er sich.

Banyue und Pei Xiu schüttelten beide den Kopf, um zu zeigen, dass sie es auch nicht wussten.

»Ich fürchte, das kann Euch nur der Geisterkönig in Euren Armen beantworten«, sagte Pei Ming.

Daran hatte Xie Lian auch gedacht, als er die Frage gestellt hatte. Wäre Hua Cheng wach gewesen, hätte er es ihm sicherlich erklären können. Er sah hinab. Hua Chengs Körpertemperatur war nicht mehr so hoch und nahm beständig weiter ab, aber seine Augen waren noch immer fest verschlossen. Xie Lian machte sich Sorgen.

»Eure Hoheit, wir betreten bald die nächste Höhenlage. Wir werden nun immer mächtigeren Wesen begegnen. Sollten wir eine Pause einlegen und warten, bis Hua Chengzhu aufgewacht ist?«, fragte Pei Ming.

Die Gruppe war an eine Weggabelung gelangt. Der eine Weg führte nach Osten, der zweite nach Westen. Xie Lian überlegte, dann entschied er: »Es ist schon tiefe Nacht. Lasst uns hier übernachten.«

Nachdem sie einen ganzen Tag unterwegs gewesen waren, war es Zeit, dass sie sich ausruhten. Hua Cheng brauchte Schutz bei seiner Verwandlung.

»Gut«, sagte Banyue. »Bruder Pei Xiu braucht auch Ruhe.«

Da erst erinnerten sich die anderen daran, dass Pei Xiu ein Sterblicher war und Ruhe und Nahrung benötigte. Er hatte sich während ihrer Wanderung nicht einmal beklagt. Die Fluchfesseln an Xie Lians Körper sorgten dafür, dass er ähnliche Bedürfnisse hatte, aber die Sorge um Hua Cheng hatte alle anderen Gedanken aus seinem Kopf verdrängt.

Die Gruppe schlug ihr Lager an der Weggabelung auf. Banyue zündete ein Feuer an und Pei Xiu ging auf die Jagd. Als er sah, dass alle beschäftigt waren, betrachtete Xie Lian wieder Hua Chengs Gesicht.

Kurz darauf ließ ihn eine Ahnung seinen Kopf umwenden, und tatsächlich stand Pei Ming da und beobachtete ihn. Sie starrten sich einen Moment lang an, dann lachte Pei Ming nüchtern. »Ist ja gut. Ich gehe weg.«

»Nein. Schon in Ordnung«, sagte Xie Lian.

Es war schließlich nicht so, dass er etwas vorhatte, das niemand sehen durfte. Warum musste Pei Ming ihm das Gefühl geben, als täte er etwas Heimliches?

Da kam Banyue mit einem Topf in der Hand zu ihm. »General Hua ...«

»Was ist?«

Banyue zeigte auf ein vollkommen panisches wildes Huhn, das in dem Topf steckte. »Bruder Pei Xiu hat es gefangen. Ich soll es kochen, aber ich weiß nicht, wie.«

Nachdem Pei Xiu gejagt hatte, war er losgezogen, um das Gebiet zu erkunden.

Pei Ming schien in jeder Hinsicht unzufrieden mit Banyue zu sein. »Bist du kein Mädchen?«, wies er sie schroff zurecht. »Den ganzen Tag kämpfen und töten! Dass du dich nicht zurechtmachen kannst, sei mal dahingestellt – aber wie kann es sein, dass du nicht einmal kochen kannst?«

Xie Lian und Banyue sahen einander fassungslos an. Banyue war kein Mädchen, das in einem gewöhnlichen Haushalt aufgewachsen war, und sie hatte keine Ahnung davon, wie Pei Ming Schönheit definierte. Sie verstand seine Bemerkung nicht und stand ratlos da. Xie Lian dagegen kannte Pei Ming inzwischen nur allzu gut. Er war einfach unmöglich, wenn es um Frauen ging.

»Stell den Topf hin, Banyue. Ich zeige es dir«, sagte Xie Lian.

Banyue hatte großes Vertrauen in ihn und folgte freudig seinen Anweisungen. Nach einer halben Stunde rupfte Xie Lian dem wilden Huhn die bunten Federn aus und Pei Ming starrte auf seine blutverschmierten Hände. »Das würde eine gute Geschichte ergeben: der General, der Hühner ermordet, und der Federn rupfende Kronprinz«, spottete er.

Xie Lian hatte zugesehen, wie er das Huhn mit seinen bloßen Händen getötet hatte. Es war ein blutiger und unschöner Anblick gewesen.

»General Pei, hättet Ihr nicht ein Messer oder so etwas benutzen können? Das wäre sauberer gewesen.«

»Haben wir denn eines?«, gab Pei Ming zurück.

Noch während er sprach, sahen beide die zwei Tontöpfe an, die auf dem Boden standen. Rong Guang schien ihre Blicke im Inneren seines Gefängnisses zu spüren, denn sein Topf begann, wie wild zu wackeln.

»Verschwindet! Haut ab, je weiter, desto besser! Passt ja auf! Ich könnte Gift auf meine Klinge streichen und euch alle umbringen!«

Die beiden gingen schnell weg. Als sie außer Hörweite des Topfes waren, schüttelte Pei Ming den Kopf und sagte zu Xie Lian: »Er leugnet es immer noch. Das ist typisch für ihn. Ich bin ganz sicher, dass er es ist.«

Xie Lian hatte gehört, wie Rong Guang endlos auf Pei Ming geschimpft hatte, und dabei eine seltsame Art von Mitgefühl entwickelt. »Ich verstehe Euch. Ich habe einen jüngeren Cousin, der ein bisschen so ist wie General Rong. Er kann noch besser schimpfen, aber sonst ist er zu kaum etwas in der Lage.«

Rong Guang hatte Pei Ming wenigstens geholfen, Schlachten zu gewinnen. Hätte Qi Rong jemals versucht, Xie Lian im Kampf zu helfen, hätte er ihn schneller ins Verderben gestürzt, als der Feind ihn hätte töten können.

Pei Ming schien sich vorzustellen, wie es wäre, wenn Rong Guang nicht kämpfen, sondern nur fluchen könnte, und sagte voller Mitgefühl: »Das ist wirklich schrecklich.«

Xie Lian warf das gerupfte Huhn in den Topf zurück, füllte ihn mit Wasser und stellte ihn zum Kochen aufs Feuer. Dann und wann warf er eine Handvoll wilde Früchte oder Kräuter dazu. Banyue tat es ihm gleich und gab sich die größte Mühe, Dinge zu finden, die essbar aussahen, um sie in den Topf zu geben. Pei Ming hatte keine Ahnung, was sie da taten. Aber da er noch nie in seinem Leben eine Küche betreten hatte, sah er auch kein Problem in ihrem Tun. Sein Beitrag bestand darin, Holz nachzulegen und sich um das Feuer zu kümmern.

»Eure Hoheit, ich habe eine Frage, die ich Euch schon immer einmal stellen wollte«, sagte er. »Es hat sich nie ergeben, da wir einander immer nur flüchtig begegnet sind.«

Es entsprach der Wahrheit, dass sie einander nie nähergekommen waren. Xie Lians erster Eindruck von Pei Ming war gewesen, dass er ein talentierter Kampfkünstler, aber zugleich ein Verbrecher und Frauenheld war. Mehr als einmal hatten sie einander gegenübergestanden. Nun, wo sie sich öfter über den Weg gelaufen waren, hatte sich seine Meinung von ihm geändert, ohne dass er es bemerkt hatte, und ihre Beziehung war freundschaftlicher geworden.

»Bitte, General Pei, fragt.«

»Ihr wurdet zweimal verbannt und tragt zwei Fluchfesseln an Eurem Körper. Ihr hättet den Himmelskaiser bitten können, sie zu entfernen, nachdem Ihr das dritte Mal aufgestiegen wart. Warum habt Ihr das nicht getan?«

Xie Lian beobachtete, wie Banyue grübelnd ihr Gesicht verzog. Plötzlich erhellte sich ihre Miene. Sie zog ein paar lange weinrote Skorpionschlangen hervor und warf sie in den brodelnden Kochtopf.

»General Pei – dann möchte ich Euch auch gern eine Frage stellen«, sagte er.

»Bitte«, antwortete Pei Ming.

»Warum habt Ihr kein neues magisches Schwert erschaffen, nachdem Ihr Mingguang zerbrochen hattet?«

»Was für eine unangenehme Frage«, kommentierte Pei Ming.

»Ebenso«, sagte Xie Lian und ahmte seinen Gesichtsausdruck nach.

Beide schmunzelten.

»Ich fand nie, dass das eine schöne Geschichte ist«, meinte Pei Ming plötzlich.

»Das verstehe ich.«

Gerade wollte er seinen Gedanken ausführen, als er hinter sich eine Bewegung spürte. Er wandte sich um. »San Lang?«

Tatsächlich war es San Lang, der sich aufgesetzt hatte. Überrascht und froh trat Xie Lian zu ihm und half ihm auf. »San Lang! Du bist wach! Du siehst ... größer aus?«

Zuvor hatte Hua Cheng so ausgesehen, als sei er kaum älter als zehn. Nun dagegen wirkte er, als sei er mindestens dreizehn oder vierzehn. Er sprach mit der rauen Stimme eines Jugendlichen und nicht mehr mit seiner Kinderstimme. »Ja. Danke, großer Bruder, dass du mir Erleichterung verschafft hast.«

»Ein Glück«, sagte Pei Ming.

»Kein Ursache, ich …«, antwortete Xie Lian, aber seine Gedanken schweiften ab, als ihm bewusst wurde, dass Hua Cheng soeben das Wort »Erleichterung« verwendet hatte. Sein Lächeln erstarrte und er fragte sich: *Er wird es doch wohl nicht so gemeint haben, wie ich gerade gedacht habe?*

Einen Moment später berührte Hua Cheng seine Schulter. »Hoheit, hör mir zu«, sagte er düster. »Im Osten ist irgendetwas, das schnell auf uns zukommt. Du musst ihm aus dem Weg gehen!«

Xie Lian sah ihn überrascht an. Dann blickten beide in Richtung Osten, als könnten sie durch die endlos schwarze Nacht sehen und Gestalten ausmachen, die sich in der Dunkelheit bewegten. Obwohl Xie Lian nichts wahrnehmen konnte, sagte er: »Gut. Wir brechen auf.«

»Wohin?«, fragte Pei Ming.

Die Weggabelung bot ihnen nur zwei Möglichkeiten. »Nach Westen«, beschloss Xie Lian.

Banyue nahm den kochenden Topf vom Feuer, als hätte sie vor, ihn mitzunehmen. »Bruder Pei Xiu ist noch nicht zurück.«

Noch während sie sprach, huschte ein Schatten vom westlichen Weg auf sie zu. Es war Pei Xiu, der von seinem Rundgang zurückkam. »General! Schlagt nicht diese Richtung ein! Eine große Gruppe von Dämonen kommt genau auf uns zu!«

»Wie viele?«, wollte Hua Cheng wissen.

Pei Xiu blieb einen Moment lang wie angewurzelt stehen, als er bemerkte, dass Hua Cheng ihm an Pei Mings Stelle Antwort gab. »Den Erschütterungen nach zu urteilen, sind es mindestens fünfhundert.«

Ein Kriegsgott zog einen Rückzug nur dann in Betracht, wenn er keine andere Wahl hatte. »Gehen wir nun in den Westen oder in den Osten?«, fragte Pei Ming.

»In den Westen«, sagte Hua Cheng entschlossen.

»In den Westen«, stimmte Xie Lian ihm zu.

Obwohl sich viele Dämonen von Westen her näherten und aus dem Osten nichts zu sehen war, sagte Xie Lians Instinkt ihm, dass es sicherer war, den westlichen Weg einzuschlagen.

Ohne zu zögern, machte sich die Gruppe auf den Weg. Xie Lian war entschlossen, kaltblütig zu morden, falls sie auf eine herumstreunende Horde Dämonen stoßen sollten.

Nachdem sie viele Kilometer gelaufen waren, ohne jemandem zu begegnen, wunderte er sich. »General Pei der Jüngere, wann und wo habt Ihr diese fünfhundert Dämonen gehört?«

»Nicht weit von hier. Sie waren nur wenige Kilometer hinter mir und bewegten sich mit großer Geschwindigkeit«, antwortete Pei Xiu.

»Das ist seltsam«, sagte Xie Lian.

Die Gruppe ging in Richtung Westen und die Dämonen kamen ihnen entgegen. Beide waren schnell unterwegs, sie hätten einander längst begegnen müssen. Wie kam es, dass sie bisher keinen einzigen Dämon gesehen hatten und nichts spüren konnten?

»Pei der Jüngere hat sich bestimmt nicht geirrt«, sagte Pei Ming. »Vielleicht sind sie umgekehrt und zurückgegangen?«

»Das kann ich mir nicht vorstellen. Es klang so, als hätten sie es sehr eilig gehabt. Beinahe so, als wären sie ...«

»Um ihr Leben gerannt«, beendete Hua Cheng seinen Satz.

Plötzlich blieb Xie Lian wie angewurzelt stehen – und nicht nur er, die ganze Gruppe kam zum Stillstand. Vor ihnen lag ein Leichenfeld, das ihnen den Weg versperrte.

Unter den Leichnamen waren Menschen und Tiere in allen erdenklichen Gestalten, sogar körperlose waren darunter. Schwarze Rauchfähnchen und umherschwebende Geisterlichter waren das Einzige, was übrig geblieben war. Der Anblick verschlug ihnen den Atem.

Xie Lian bückte sich. »Sie sind wirklich um ihr Leben gerannt ... Sie hatten nur kein Glück.«

Als Pei Xiu gehört hatte, dass diese Gruppe Dämonen sich ihnen näherte, war er zurückgekehrt, um Xie Lian und die anderen zu warnen. Und kaum hatte er sich umgewandt, musste das, was sie gejagt hatte, sie eingeholt und alle auf einen Schlag getötet haben.

»Das ist das Werk eines Einzelnen«, sagte Hua Cheng.

Xie Lian nickte zustimmend. Wären zwei größere Gruppen aufeinandergetroffen, wäre die eine nicht so restlos ausgelöscht worden und der Kampf hätte nicht so schnell geendet.

Über fünfhundert Dämonen in so kurzen Zeit zu töten ... Wer das getan hatte, musste um ein Vielfaches mächtiger sein als der Dämon der Lebensauslöschenden Klinge. Das war jemand, den sie im Auge behalten sollten.

»Ich hoffe, dass die Regenmeisterin nicht diesen Weg eingeschlagen hat ...«, sagte Banyue, den Suppentopf fest im Arm.

»Kein Grund zur Sorge. Meine Herrin hat den Ochsen bei sich«, beruhigte Pei Xiu sie.

Da hörte Xie Lian nicht weit von ihnen entfernt ein Klacken. Er stand auf, um nachzusehen, und fand einen Schädel mit klappernden Zähnen. Von ihm kam das Geräusch.

Als der Schädel bemerkte, dass er entdeckt worden war, schrie er ängstlich: »Gnade! Ich werde nie mehr zurückkommen, ich will nach Hause, ich will zurück!«

Xie Lian hob ihn mit beiden Händen auf und sprach mit sanfter Stimme zu ihm. »Hab keine Angst, wir kommen nur zufällig hier vorbei. Kannst du uns sagen, was passiert ist?«

Die Kiefer des Schädels klapperten noch immer, als er antwortete: »Ihr ... ihr kommt nur zufällig vorbei? Geht nicht weiter, dort lauert etwas Schreckliches ... Mit uns hat es schon über eintausend Geister ermordet, und es ist immer noch nicht zufrieden ... Es ist ... Es ist noch ...«

Über eintausend!

Das war weit mehr, als sie sich vorgestellt hatten.

»Von wem sprichst du da?«, fragte Xie Lian. »Kennst du seinen Namen? Oder seinen Spitznamen? Weißt du, wie er aussieht?«

»Nein, nein, ich konnte ihn nicht deutlich erkennen«, antwortete der Schädel. »Es ging alles so schnell. Ich habe nur gesehen, dass er ein schwarz gekleideter Mann war, sehr jung, mit einem sehr blassen Gesicht ...«

»Das klingt nach Ärger. Eure Hoheit, Hua Chengzhu, seid Ihr sicher, dass wir weiter in Richtung Westen gehen sollten und nicht nach Osten?«

Als der Schädel diese Frage hörte, kreischte er: »Der Osten ist auch nicht gut! Geht nicht in den Osten!«

»Was ist denn im Osten?«, hakte Xie Lian nach.

»Wir ... haben es nicht gewagt, in Richtung Osten zu gehen, deshalb sind wir nach Westen gegangen«, erklärte der Schädel. »Auf dem Weg, der in den Osten führt, ist ein Mann mit weißen Kleidern, der an nur einem Tag über zweitausend Geister getötet hat. Er ist noch viel schrecklicher als der im Westen ...«

Über zweitausend!

Alle verstummten, als sie das hörten. Xie Lian warf Hua Cheng einen Blick zu. »Der Weg in den Westen war also die richtige Entscheidung.«

Der Schädel stieß ein Seufzen zwischen seinen klappernden Zähnen hervor. »Beide Wege sind die falsche Entscheidung! Es gibt keinen richtigen Weg!«

In der Tat bedeutete jeder der beiden Wege für einen niederen, machtlosen Geist den sicheren Untergang. Ob Osten oder Westen, er würde mit

Leichtigkeit zerquetscht werden. Welchen Weg er auch wählte, nichts als Staub und Rauch würde von ihm übrig bleiben. Das Geisterlicht in den leeren Augenhöhlen des Schädels blitzte noch ein paarmal auf, bevor es immer mehr verblasste und schließlich erstarb.

Xie Lian setzte den Schädel sanft auf dem Boden ab. »San Lang, weißt du, was das für ein Wesen ist, das da im Osten lauert?«

»Das ist schwer zu sagen«, antwortete Hua Cheng. »Aber es kommt in unsere Richtung. Wir sollten vermeiden, ihm zu begegnen. Mit dem im Westen können wir etwas leichter fertig werden.«

Xie Lian nickte. »Gut. Dann gehen wir weiter in diese Richtung.«

Die Gruppe durchquerte das Leichenfeld und eilte weiter voran. Sie gingen die ganze Nacht, begegneten jedoch dem schwarz gekleideten Mann nicht, von dem der Schädel gesprochen hatte. Auch von der Regenmeisterin fanden sie keine Spur. Xie Lian begann, sich Sorgen zu machen.

Je weiter sie vorankamen, desto mehr Häuser und Gebäude konnten sie entlang der Straße sehen. Bald schon konnten sie Ansiedlungen mit den verschiedensten Gebäuden ausmachen. Sie entdeckten ärmliche Slums, ein Theater, einen Gemischtwarenladen, ein vornehmes Anwesen ... Die Straße, auf der sie gingen, war von Menschenhand gepflastert, das Muster der Steine war noch schwach zu erkennen. Dies musste einst ein florierendes Städtchen gewesen sein, aber nun war es verlassen, einsam und totenstill.

Am Straßenrand war ein alter Brunnen. Das Wasser, das sie aus ihm heraufzogen, sah sauber aus, daher entschieden sie, dort zu rasten. Xie Lian und Pei Xiu tranken beide etwas Wasser und wuschen sich das Gesicht. Als sie aufsahen, erblickten sie Banyue, die auf sie zutrat.

Sie hielt noch immer den schwarzen Topf im Arm und hatte gewartet, bis sie fertig waren. »General Hua, Bruder Pei Xiu, esst etwas.«

»Gut. Vielen Dank«, sagte Pei Xiu.

»Wir hatten heute alle einen langen Tag. Lasst uns probieren«, stimmte Xie Lian zu.

Alle scharten sich um den Topf, aber als Banyue den Deckel hob, erstarrten ihre Mienen.

Geruch war eigentlich farb- und formlos – doch als Banyue den Deckel anhob, war es, als sei eine geheimnisvoll greifbare Entität entwichen, die die Luft um den Topf herum verzerrte.

Sie starrten lange Zeit ins Innere des Topfes. In ihren Augen spiegelte sich eine unerschöpfliche, bodenlose Dunkelheit, ein tiefer Abgrund, der nach ihnen zu greifen schien. Keine Worte hätten den Ausdruck auf ihren Gesichtern beschreiben können.

Nach einer Weile riss Xie Lian sich aus seiner Starre, klopfte Banyue auf die Schulter und zeigte ihr seinen nach oben gereckten Daumen. »Nicht schlecht für den ersten Versuch«, sagte er.

Pei Ming sah die beiden ungläubig an. »Es ist ihr erster Versuch, aber trifft das auf Euch auch zu? Wenn ich mich recht erinnere, habt Ihr ihr jeden Schritt vorgemacht. Ich hatte schon so eine Ahnung, dass etwas nicht in Ordnung war. Also habe ich mir das nicht bloß eingebildet.«

Hua Cheng meldete sich zu Wort. »Ist das so? Na, wenn der große Bruder es gekocht hat, muss ich es probieren.«

Pei Ming und Pi Xiu sahen ihn entgeistert an. In ihren Augen lagen Ehrfurcht, Panik, Respekt und noch weitere Gefühle.

»Großer Bruder, wie heißt diese Speise?«, fragte Hua Cheng.

Xie Lian räusperte sich leise. »Gestürzte Phönixe*.«

»Ein guter Name«, kommentierte Hua Cheng, dann griff er in die unergründliche Dunkelheit des Topfes.

Pei Ming und Pei Xiu sahen ihm ängstlich zu, als befürchteten sie, er könne jeden Augenblick von dem Topf verschlungen werden. Doch Hua Cheng zog ein kleines, verkohltes Etwas hervor, das aussah wie eine verstümmelte und verbrannte Leiche, und steckte es sich seelenruhig in den Mund.

»Wie ist es?«, fragte Pei Ming.

* »Gestürzte Phönixe« kann zwei Bedeutungen haben: zum einen »Geschlechtsverkehr«, aber auch »eine Zeit des Aufruhrs und Chaos«.

»Es schmeckt so, wie es heißt«, sagte Hua Cheng.

Pei Ming wandte sich Pei Xiu zu, auf dessen Gesicht ein undeutbarer Ausdruck stand. »Es wurde für dich gekocht. Guten Appetit.«

Er nahm Banyue den Topf aus den Händen und steckte ausdruckslos eine Hand hinein.

Xie Lian wusch sich mit dem kalten Wasser aus dem Brunnen noch einmal das Gesicht und richtete sich das Haar. Dann wandte er sich von den anderen ab und sah sich um. »Wie kommt es, dass es hier solche Ansiedlungen gibt, obwohl dieser Ort doch vom Rest der Welt abgeschnitten ist? Sind die Gebiete hier im Tonglu-Gebirge wirklich bewohnbar?«

Am Tag zuvor hatte er bereits dieselbe Frage gestellt, aber niemand hatte ihm eine Antwort geben können. Das war nun anders.

»Sie waren einst bewohnt. Aber das ist lange her«, erklärte Hua Cheng. »Das Gebirge ist so groß wie sieben Städte, es erstreckt sich weit in alle Richtungen. Diese Häuser sind die Überreste von Städten und Dörfern eines alten Königreichs. Wenn wir uns dem Schmelztiegel nähern, wirst du noch mehr Ruinen entdecken und noch reichere Landstriche.«

Xie Lian glaubte ihm sofort. »So ist das also.«

Da hörten sie Pei Mings Stimme: »Pei der Jüngere, was soll das? Jetzt ist nicht die Zeit für einen Mann niederzuknien ... Steh auf!«

Xie Lian wandte sich nicht um. »Wie ist der Name dieses alten Königreichs? San Lang, kennst du ihn?«

Hua Cheng rührte sich ebenfalls nicht. Die Hände hatte er hinter dem Rücken verschränkt. »Das Königreich Wuyong.«

»Eure Hoheit? Eure Hoheit? Habt Ihr vielleicht ein Gegengift? Man kann nicht jemanden töten, ohne sich auch um die Bestattung zu kümmern. Und du!« Pei Ming zeigte auf Banyue. »So hast du für ihn gekocht? Was ist mit der Schlange? Sie bewegt sich noch, obwohl sie so lange gekocht wurde – ist sie ein Geist geworden?«

Banyue verbeugte sich in einem fort, während sie sich entschuldigte. »Es tut mir leid ... Es tut mir leid ... Sie ist wirklich zu einem Geist geworden. Ich wusste ja nicht, wie lange ein Geist gekocht werden muss ... Es tut mir leid ...«

Xie Lian stützte derweil gedankenverloren sein Kinn in die Hand. »Ich bin unwissend und ungebildet – ich kann mich nicht erinnern, diesen Namen jemals zuvor gehört zu haben. Wie alt ist dieses Königreich?«

Doch kaum hatten die Worte seine Lippen verlassen, wurde er unsicher. Wuyong, Wuyong ... der Name hörte sich fremd an. Wenn er allerdings genauer nachdachte, kam es ihm vor, als hätte er ihn vor langer Zeit schon einmal gehört.

»Das weiß keiner genau«, entgegnete Hua Cheng. »Aber es muss vor dem Reich Xianle existiert haben. Es ist wahrscheinlich mindestens zweitausend Jahre alt.«

Xie Lian ließ seinen Blick über die Umgebung schweifen. »Diese Gebäude sehen nicht so aus, als seien sie Tausende Jahre alt.«

»Das liegt daran, dass das Tonglu-Gebirge die meiste Zeit über verschlossen ist. Es ist, als würden die Bauwerke in einem Museum stehen, daher sind sie so gut erhalten.«

Xie Lian senkte den Kopf und grübelte.

Pei Ming überließ Pei Xiu sich selbst und trat zu ihnen. »Geisterkönig, du weißt so viel. Aber ist das nicht etwas zu weit hergeholt, um es zu glauben? Darf ich fragen, was deine Quellen sind? Ich habe noch nie zuvor auch nur ein Wort davon gehört.«

Hua Cheng sah ihn nicht an. »Und darf ich dich etwas fragen? Welche Art Mensch könnte das Gebirge betreten, um an diese Informationen zu kommen?«

»Selbstverständlich könnte jeder Geist das tun«, sagte Pei Ming. »Doch wenn sie wirklich verwertbare Informationen sammeln wollten, müssten sie sie über lange Zeit zusammentragen. Wenn man die hier stattfindenden Schlachten bedenkt, müsste der Informant ein mächtiger Geist sein.«

»Und wer könnte nach dem Sammeln der Informationen das Gebirge wieder verlassen?«, fragte Hua Cheng.

»Nur ein Supremus, ein Geisterkönig wie du.«

»Also habe ich diese Informationen selbst gesammelt. Und wenn ich euch nichts sage, werdet ihr nichts erfahren.« Hua Cheng wandte sich endlich zu ihm um. Sein Ton wurde leicht spöttisch. »Für einen Himmelsbeamten des Oberen Hofes mag es schwierig sein, ein Geheimnis zu bewahren, schwieriger als eine himmlische Prüfung. Aber das trifft auf mich nicht zu.«

Er hatte recht. Wäre ein Himmelsbeamter an solch wichtige Informationen gelangt, würde es keine zwei Stunden dauern, bis in allen Kommunikationskanälen aufgeregte und offene Diskussionen darüber entbrannt wären. Doch Hua Cheng hatte das alles jahrhundertelang für sich behalten, hatte es niemandem erzählt und sich nicht damit großgetan. Das bewies, wie groß seine Selbstbeherrschung war.

»Ich verstehe. Aber wenn Seine Hoheit etwas fragt, bist du bereit, ihm alle Fragen zu beantworten«, bemerkte Pei Ming.

»Das stimmt nicht«, sagte Xie Lian plötzlich.

Alle sahen ihn an. »Was?«

Xie Lian hatte still vor sich hin gegrübelt. Nun ballte er seine rechte Hand zur Faust und schlug sie in seine linke Handfläche. »Ich sagte, ich hätte den Namen Wuyong noch nie zuvor gehört. Aber das war falsch. Ich habe den Namen schon einmal gehört.«

Hua Cheng sah ihn ernst an. »Großer Bruder, wo hast du ihn gehört?«

Xie Lian sah ihn an. »Als ich in meiner Jugend im königlichen Tempel gelernt habe. Mein Meister, der Staatspräzeptor, hat mir eine Geschichte erzählt, als er mich als Schüler aufgenommen hat.«

Es war eigentlich keine richtige Geschichte gewesen. Es war eher der Versuch gewesen, ein großes, glorreiches, legendäres Bild in Xie Lians jungen Geist einzupflanzen.

Einstmals hatte es ein altes Königreich gegeben. In diesem gab es einen Kronprinzen, der begabt, klug und zielstrebig war. Er war in der Kampfkunst ebenso bewandert wie in den literarischen Künsten, eine herausragende Persönlichkeit, wie es sie nur einmal in der Geschichte geben konnte. Er liebte sein Volk und sein Volk liebte ihn. Selbst als er schon lange tot war, geriet er nicht in Vergessenheit.

»Mein Junge, ich hoffe, dass Ihr einmal so werdet wie er«, hatte der Staatspräzeptor liebevoll und ernst zu Xie Lian gesagt.

Der junge Xie Lian hatte aufrecht vor ihm gesessen und, ohne nachzudenken, erwidert: »Ich will nicht so werden wie er. Ich will ein Gott werden! Wenn dieser Kronprinz wirklich so großartig war, wie Ihr sagt, warum ist er dann kein Gott geworden? Wenn die Leute ihn wirklich niemals vergessen haben, wie kommt es dann, dass ich noch nie gehört habe, dass jemand von diesem Kronprinzen gesprochen hat?«

Xie Lian hatte nicht die Absicht gehabt, provokativ oder rebellisch zu sein, als er diese Fragen gestellt hatte. Er war wirklich neugierig und an den Antworten interessiert gewesen. Doch als der Staatspräzeptor ihn so reden gehört hatte, hatte sich seine Miene verfinstert.

Daher konnte Xie Lian das *Dao De Jing* in- und auswendig. Der Staatspräzeptor hatte ihm in jener Nacht aufgetragen, es einhundertmal abzuschreiben, um ihn daran zu erinnern, durch Versenkung Körper und Geist zu kultivieren. Xie Lian war sich sicher, wäre er nicht der ehrenwerte Kronprinz gewesen, hätte der Staatspräzeptor ihn zusätzlich auf Nägeln knien lassen.

Durch diesen Vorfall hatte sich jedes Wort des *Dao De Jing* unauslöschlich in sein Gedächtnis eingebrannt und auch eine blasse Erinnerung an den Kronprinzen von Wuyong war zurückgeblieben.

Xie Lian hatte immer gern gelesen, aber Aufzeichnungen über das alte Königreich Wuyong waren ihm niemals untergekommen. Also hatte er angenommen, dass sich der Staatspräzeptor diese Geschichte ausgedacht hatte, um ihn etwas zu lehren … oder vielleicht hatte er auch zu viel Karten gespielt und etwas verwechselt. Doch ihm lag weder etwas daran, ihn als Lügner zu entlarven, noch hatte er das Verlangen, das *Dao De Jing* weitere hundertmal abzuschreiben, also hatte er nicht mehr an die Sache gedacht.

»Eure Hoheit, das klingt, als habe der Staatspräzeptor von Xianle über großes Wissen verfügt«, sagte Pei Ming. »Darf ich fragen, was aus ihm wurde?«

Xie Lian zögerte zunächst. Dann erwiderte er: »Ich weiß es nicht. Es gibt viele Menschen, die ich nach dem Fall des Reichs Xianle nie mehr wiedergesehen habe.«

In diesem Moment spürte er, wie sich etwas um seinen Knöchel schlang, und erstarrte. »Was ist das?«

Gerade wollte er ausholen und die Knochen desjenigen brechen, der ihn da festhielt, doch er sah zuerst nach unten. Erleichtert atmete er auf. »General Pei der Jüngere, könnt Ihr Euch nicht anders bemerkbar machen? Das war knapp – ich hätte Euch beinahe die Hand zertreten.«

Die Hand gehörte tatsächlich Pei dem Jüngeren. Sein Körper lag lang hingestreckt auf dem Boden, sein Gesicht im Dreck. Seine Arme waren ausgestreckt, mit einer Hand umklammerte er Pei Ming, mit der anderen Xie Lian. Die beiden beugten sich vor, um zu hören, was er sagte. »Was wollt Ihr sagen?«

Banyue hielt noch immer den Kochtopf fest. »Ich weiß es nicht. Bruder Pei Xiu ist über den ganzen Boden gekrochen. Es scheint, als habe er etwas Wichtiges entdeckt.«

Pei Ming staunte. »Oh, wirklich? In deinem Zustand kannst du noch eine bedeutende Entdeckung machen? Ich hatte nichts anderes erwartet, Pei der Jüngere. Also, was hast du gefunden?«

Pei Xiu lockerte seinen Griff und streckte den Finger aus. Xie Lian sah in die Richtung, in die er wies, und sagte: »Das sind ...«

Alle traten heran, um es selbst zu sehen. »Hufspuren eines Ochsen?«

Pei Xiu hob seinen Kopf aus dem Dreck. »Das sind ... die Spuren, die der ... Ochse der ... Regenmeisterin hinterlassen ... hat«, krächzte er.

»Bruder Pei Xiu, wie redest du denn? Deine Pausen sind an den falschen Stellen«, sagte Banyue.

»Es ist nichts«, versicherte Pei Xiu. »Die Regenmeisterin ... die ... die ...«

Er blieb am Wort »die« hängen und konnte nicht fortfahren.

»Könnte er ... durch eine Skorpionschlange vergiftet worden sein?«, vermutete Xie Lian.

»So wirkt das Gift nicht ...«, erklärte Banyue.

»Die Regenmeisterin ist dem schwarz gekleideten Mann im Westen begegnet und hat gegen ihn gekämpft«, sagte Hua Cheng.

»Wirklich? Woher weißt du das?«, stutzte Xie Lian.

Hua Cheng wollte gerade sprechen, da streckte Pei Xiu, der nun gar nicht mehr sprechen konnte, einen zitternden Zeigefinger aus und schrieb etwas auf den Boden. Aus einem eigenartigen Gefühl des Respekts heraus scharten sich die anderen um ihn. Mit schiefen Schriftzeichen schrieb er »Kampfformation«. Als er fertig geschrieben hatte, ballte er die Finger zur Faust und bewegte sich nicht mehr, als habe er seine letzte Energie auf das Zeichnen der Schriftzeichen verwendet.

Hua Cheng blickte auf. »Das ist es. Der Ochse der Regenmeisterin war einst eines der goldenen Tiere an den Türklopfern der Kultivierungshalle des Königreichs Yushi. Für gewöhnlich hinterlässt er keine Spuren, aber wenn er in eine Schlacht gerät, kann er seine Gestalt ändern. Diese Hufspuren hier unterscheiden sich von seinen gewöhnliche Hufspuren, sie sind viel größer.«

»Der Geistkönig weiß ja bestens Bescheid«, kommentierte Pei Ming.

Hua Cheng wies auf die Hufspuren am Boden und wandte sich an Xie Lian: »Sieh mal hier, großer Bruder.«

Xie Lian kam näher heran. »Ja, du hast recht ... Diese Hufspuren scheinen aus dem Nichts erschienen zu sein, der Feind muss sie überrascht haben.«

»Ja. Und die Spur ist tief, also war es offensichtlich ein starker Gegner. Der Ochse hat den Feind auf die Hörner genommen und wurde tief in den Boden gedrückt, mindestens sechs Zentimeter.«

Die beiden vollzogen das Kampfgeschehen nach und auch Pei Ming beteiligte sich dabei. »Aber am Ende war es eine Pattsituation«, sagte er.

»Ja«, bestätigte Xie Lian.

Sie konnten keine Blutspuren finden, auch hing kein Geister-Qi in der Luft. Alles deutete darauf hin, dass es zwischen den beiden Gegnern zu einem kurzen, heftigen Kampf gekommen war und dass beide den Schauplatz sofort verlassen hatten, nachdem sie bemerkt hatten, dass sie den jeweils anderen nicht besiegen konnten.

Hua Cheng teilte den anderen mit, dass die Gestalt im Osten ihre Marschrichtung geändert hatte, und sie zogen weiter nach Westen, wenn auch langsamer.

Bald schon erblickten sie ein seltsam aussehendes riesiges Gebäude, das am Wegesrand stand. Schon von Weitem konnten sie sehen, dass es die anderen Häuser überragte. Obwohl einige Teile der umgebenden Mauer und des Dachs eingestürzt waren, bot es noch immer einen erhabenen Anblick. Xie Lian blieb verwundert stehen. »Was ist das für ein Ort?«

Hua Cheng warf nur einen kurzen Blick auf das Bauwerk. »Ein Tempel des Reichs Wuyong.«

Pei Ming hatte sich einen von Pei Xius Armen über die Schulter gelegt, um ihn zu stützen. »Und woher weißt du, dass es ein Tempel ist?«

»Weil es da steht«, sagte Hua Cheng.

Als sie das hörten, blickten alle auf. Auf dem steinernen Tor vor dem Gebäude waren riesige Schriftzeichen eingraviert. Sie waren vom Alter verwittert und zerkratzt, aber noch immer deutlich lesbar.

Sie schwiegen einen Moment, dann sagte Xie Lian: »Das ist bestimmt eine Schrift, aber ...«

Aber er konnte diese Schrift nicht lesen. Er war verblüfft, dass Hua Cheng trotzdem so unbekümmert dastand.

Dieser wandte sich ihm zu. »Die Übersetzung lautet ungefähr: ›Seine erhabene Hoheit, der Kronprinz, steigt im Lichterglanz herab, um das Land Wuyong zu schützen.‹ Es ist nur eine sinnentleerte Huldigungsfloskel. Großer Bruder, sieh dir die beiden letzten Schriftzeichen an – findest du nicht, dass sie den modernen Zeichen ›Wu‹ und ›Yong‹ ähneln?«

Die Erwähnung des »erhabenen Kronprinzen« löste etwas in Xie Lian aus. Die Schriftzeichen erschienen ihm zwar wie die Malerei eines Kindes, mit geschwungenen Linien, Kreisen und eigenartigen Symbolen, bei genauerem Hinsehen waren ihm die Striche, die die Zeichen für »Wuyong« bildeten, jedoch vertraut, wie eine andere Schreibart seiner eigenen Sprache.

»Hua Chengzhu, du kannst tatsächlich die verlorenen Schriften eines untergegangenen Königreichs lesen und verstehen. Ich staune«, sagte Pei Ming.

Hua Cheng zog eine Augenbraue hoch und lächelte ihn gekünstelt an. »Ich habe zehn Jahre im Tonglu-Gebirge verbracht. Schon innerhalb eines Monats kann man viel lernen. Wenn ich nach zehn Jahren nicht einmal ein paar Worte lesen könnte, wie könnte ich dann noch auf dieser Welt weilen?«

Nicht einmal die zehn fähigsten Götter der Schriften des Oberen Hofes würden so eine Aussage wagen, was also sollte Pei Ming, ein Kriegsgott, tun? Er lächelte nur aufgesetzt zurück und sagte: »Mag sein.«

Xie Lian atmete auf. »Ein Glück, dass du hier bist, San Lang.«

»Ich kann nur grob einige Sätze in der Wuyong-Sprache übersetzen. Wenn wir auf etwas Schwierigeres stoßen, musst du mir helfen, großer Bruder. Dann sehen wir es uns gemeinsam an.«

Xie Lian fühlte, wie ihm vor Nervosität der Schweiß ausbrach. »Ähm ... Ich bin in diesen Dingen nicht so gut wie du, San Lang. War denn der Gott, der in Wuyong verehrt wurde, gleichzeitig ihr Kronprinz?«

Hua Cheng verschränkte die Arme. »Ich glaube schon.«

Xie Lian runzelte die Stirn, als er seine Gedanken aussprach: »Wenn mein Meister vom Kronprinzen von Wuyong wusste, dann muss er auch gewusst haben, dass er aufgestiegen ist. Warum hat er mir erzählt, er wäre gestorben?«

»Es gibt drei Möglichkeiten«, erwiderte Hua Cheng. »Erstens, er wusste es nicht. Zweitens, er hat gelogen. Drittens, er hat nicht gelogen und der Kronprinz von Wuyong ist tatsächlich gestorben, es war nur kein gewöhnlicher Tod.«

»Wenn der Himmelskaiser hier wäre, könnten wir ihn fragen, ob er etwas über dieses Königreich oder über diese Person weiß«, überlegte Pei Ming.

»Das ist unwahrscheinlich. Das Königreich Wuyong ist vor über zweitausend Jahren untergegangen. Verglichen damit ist Jun Wu ein Jungspund, der einer viel späteren Generation angehört.«

Jun Wu war vor ungefähr eintausendfünfhundert Jahren aufgestiegen. Er war ein berühmter General einer kriegerischen Epoche, der sich selbst zum König erklärt hatte und der, nachdem er einige Zeit geherrscht hatte, zum Unsterblichen geworden war. Als höchster Kriegsgott, der über eintausend Jahre lang geherrscht hatte, umringten seine Herkunft viele Rätsel.

Mit »Generation« spielte Hua Cheng auf die himmlischen Dynastien an. Jun Wu war der Herrscher der gegenwärtigen Himmelsdynastie und

Hunderte von Himmelsbeamten bildeten unter ihm den Oberen Hof. Die Götter und Herrscher, die ihnen vorangegangen waren, gehörten zur vorherigen Generation. Genauso wie in der Welt der Sterblichen die Regierungen und Herrscherfamilien sich änderten, folgte im himmlischen Reich eine Dynastie auf die andere. Es dauerte viel länger, aber das Prinzip war dasselbe. Neue Gläubige ersetzten die alten und ebenso traten neue Götter an die Stelle der vorherigen.

Der Untergang eines Gottes war manchmal das Ergebnis von Fehlern oder ihm lag eine Verbannung zugrunde. Oder ein anderer, mächtigerer Gott erschien, der den alten verdrängte. Und manchmal lag es auch einfach daran, dass sich das Leben und die Glaubensvorstellungen der Menschen änderten und sie das Interesse und den Glauben an einen Gott allmählich verloren.

Zum Beispiel hatte ein Himmelsbeamter, der für Pferde zuständig war, eigentlich einen bequemen Posten. Die Menschen brauchten immer zuverlässige Transportmittel und sie konnten keinesfalls den Zustand und das Wohlergehen ihrer Pferde und Kutschen dem Schicksal allein überlassen. Jeder wollte schließlich starke, gesunde Pferde haben, um sicher reisen zu können. Also konnte ein solcher Gott mit regelmäßigen Opfergaben und ergebener Anbetung rechnen.

Doch was, wenn eines Tages etwas Neues entdeckt würde, das schneller war als ein Pferd? Wenn eine neue Erfindung die Pferdekutschen überflüssig machen würde, würde die Anzahl der Anhänger eines solchen Himmelsbeamten zwangsläufig abnehmen. Diese Art von Himmelsbeamten, die wie Sternschnuppen vorüberzogen, stellten den Großteil des Himmels.

Ein solcher Niedergang war grausam, denn der Prozess war unaufhaltsam. Himmelsbeamte in dieser Situation waren gezwungen, ihrem eigenen Abstieg machtlos zuzusehen, bis sie schließlich gänzlich verschwanden – es sei denn, sie sprangen vom Himmel herab, lebten wieder als Sterbliche, begaben sich erneut auf den Pfad der Kultivierung und stiegen als neuer Gott ein weiteres Mal in den Himmel auf. Nicht jeder besaß jedoch den Mut und das Glück, um so etwas auf sich zu nehmen.

So waren die Götter der vorangegangenen Generation verschwunden. Manche sagten, sie hätten ein verheerendes Unglück hervorgerufen und einen chaotischen Krieg verursacht und seien daher alle zur selben Zeit in Ungnade gefallen. Aber dafür gab es keine Belege und es spielte inzwischen ohnehin keine Rolle mehr. Einige Jahrhunderte später wurde Jun Wu geboren und mit ihm begann ein neues himmlisches Zeitalter. Unzählige neue Götter stiegen auf, die die entstandenen Lücken füllten. Auf diese Weise entstand der gegenwärtige stabile Obere Hof.

Wenn es also nicht doch noch einen Himmelsbeamten gab, der älter war als der eintausendfünfhundert Jahre alte Jun Wu, gab es niemanden, der etwas über den Gott wissen konnte, der im Königreich Wuyong, dessen Spuren stillschweigend aus der Geschichte getilgt worden waren, verehrt worden war.

Die Gruppe betrat durch die Stelle, an der das Mauerwerk am stärksten eingestürzt war, das Gelände und trat in einen großen, dunklen Saal ein. Sie waren erst wenige Schritte hineingegangen, da fiel Xie Lian etwas Merkwürdiges auf.

Er hatte angenommen, der Saal sei dunkel, weil kein Licht hineindringen konnte und alle Fenster verschlossen waren. Doch je länger er sich umsah, desto seltsamer kam ihm die Umgebung vor.

Er trat an die Wand und fuhr leicht mit den Fingern darüber. Als er sich die Finger danach ansah, rief er erstaunt aus: »Das ist ...«

»Schwarz«, bestätigte Hua Cheng.

Es war nicht einfach dunkel – die Wände der riesigen Halle waren vollkommen schwarz.

»Soweit ich bisher gesehen habe, sehen alle Tempel im Tonglu-Gebirge so aus«, sagte Hua Cheng.

Es war ein beklemmender Anblick. Warum sollte man die Wände im Inneren eines Tempels so höllisch schwarz streichen? Die Farbe allein wirkte beängstigend – wie sollte man mit reinem Herzen dem Göttlichen huldigen, wenn man von allen Seiten von ihr umgeben war?

»Und alle sind wie dieser?«, wunderte sich Pei Ming. »Ist das vielleicht eine Folge des Zerfalls?«

»Die Häuser, an denen wir vorbeigekommen sind, waren nicht schwarz. Und sie müssen dasselbe Alter haben«, wandte Xie Lian ein.

Während er sprach, tastete er sich weiter an den Wänden des Tempels entlang. Sie waren nicht nur von diesem schrecklichen Schwarz überzogen, ihre Oberfläche war auch uneben, zerkratzt und zernarbt wie das ruinierte Gesicht einer Frau. Sie waren außerdem äußerst fest und hart. Da begriff er plötzlich: »Dieser Tempel wurde niedergebrannt.«

»Woher wisst Ihr das?«

Xie Lian wandte sich um. »Die Wände waren ursprünglich mit Wandmalereien versehen. Solche Bemalungen werden normalerweise in dicken Farbschichten aufgetragen. Wenn sie brennen, färben sie sich schwarz und manche Teile schmelzen und verändern ihre Form. Wenn sie abkühlen und wieder fest werden, fühlen sie sich uneben und hart an.«

»Ihr wisst wahrhaft viel. Ich staune schon wieder«, sagte Pei Ming.

Xie Lian rieb sich die Stirn und räusperte sich leise. »Das ... ist nichts, worüber Ihr staunen solltet. Ich weiß das, weil viele meiner Kronprinzentempel genauso aussahen, nachdem sie angezündet worden waren.«

Die Gruppe verfiel in Schweigen.

Da kam Xie Lian plötzlich noch ein Gedanke. »Und das Steintor draußen. Die Kratzspuren über dem Schriftzug – sie sehen nicht aus wie normale Abnutzung. Menschen müssen mit Klingen darauf eingeschlagen haben.«

Pei Ming runzelte die Stirn. »Warum sollten sie das tun?«

»Weil sie mit den Worten nicht einverstanden waren«, antwortete Hua Cheng kühl.

»Genau«, stimmte Xie Lian zu. »Es ist dasselbe, wie eine Tempelinschrift zu zerstören.«

Banyue sah ihn erstaunt an. »Also haben die Leute von Wuyong selbst diesen Tempel niedergebrannt?«

Wieder schwiegen sie. Xie Lian wollte gerade etwas sagen, da rief Pei Ming: »Was hat das zu bedeuten?«

Xie Lian wandte sich ihm zu. Pei Ming hielt den linken Arm hoch, eine Skorpionschlange hatte sich fest in seiner Hand verbissen. Sie schwang den Schwanz wild hin und her und versuchte, ihn zu stechen.

Banyue war im Begriff, wieder auf die Knie zu fallen. »Es tut mir leid, ich habe Schlangen überall an meinem Körper ...«

Xie Lian wusste nicht, ob er lachen oder weinen sollte. Er hielt sie aufrecht. »Banyue, gewöhne dir nicht an, dich zur Entschuldigung hinzuknien. General Pei, wie kam es dazu, dass ihre Schlange Euch gebissen hat?«

Pei Mings Miene war finster. Den Arm noch immer erhoben, sagte er: »Woher soll ich das wissen? Ich habe nur meinen Arm um sie gelegt und schon ist es passiert.«

»General Pei! Und warum legt Ihr den Arm um sie?«, fragte Xie Lian geduldig.

Pei Ming schwieg. Erst als er darüber nachdachte, schien ihm das Problem bewusst zu werden. Einen Moment später antwortete er: »Gewohnheit. Ist es nicht selbstverständlich, an einem dunklen, gruseligen Ort wie diesem den Arm schützend und tröstend um eine Frau zu legen?«

»Entschuldigt, aber ich habe keine Angst«, protestierte Banyue.

Xie Lian verstand. Was Pei Ming passiert war, war nur die Rache dafür, dass er seine Finger nicht bei sich behalten konnte.

Pei Ming befreite sich von der Schlange, aber an seiner Hand blieb eine starke Schwellung zurück. »Schnell, gebt mir das Gegengift.«

»Ich habe alles Shanyue-Gras, das ich dabeihatte, schon aufgebraucht, tut mir leid«, erwiderte Banyue.

»Es ist alles in Ordnung. General Pei, Ihr seid ein Himmelsbeamter. Die Hand wird bald abschwellen«, versicherte Xie Lian.

Dann wandte er sich wieder der Wand zu und untersuchte sie. Er erstarrte, als sein Blick über einen geschwärzten Bereich glitt. »Kommt mal alle her«, rief er. »Hier ist noch ein Gesicht zu erkennen.«

Kapitel 79:
Vier Himmelskönige verborgen an der schwarzen Wand

Da war tatsächlich ein Gesicht zu erkennen. Vielleicht hatten die Flammen es nicht vollständig verbrannt, oder die geschmolzene Farbe war heruntergelaufen und hatte es vor der Zerstörung bewahrt. Auf jeden Fall befand sich an der Stelle, auf die Xie Lian deutete, der Überrest einer Abbildung, die ein menschliches Gesicht zeigte. Er begann, die schwarze Rußschicht abzukratzen.

»Eure Hoheit, findet Ihr diese alte Wandmalerei wirklich so interessant?«, fragte Pei Ming. Seine noch immer stark geschwollene linke Hand hielt er in der rechten.

»Das würde ich so nicht sagen. Vielmehr habe ich eine gewagte Idee«, antwortete Xie Lian.

»Und welche wäre das?«

»Es kommt nur selten vor, dass jemand das Gebiet des Tonglu-Gebirges betreten kann. Während wir unseren Auftrag erfüllen, die Geburt eines neuen Geisterkönigs zu verhindern, können wir vielleicht auch mehr über die Geschichte dieses Titels herausfinden. Wer hatte als Erstes die Idee, einen Geisterkönig zu erschaffen? Auf welcher Macht beruht all das? Vielleicht können wir die Kräfte dahinter auf einen Schlag zerstören und der Welt dieses Unheil für immer ersparen. Dann müssten wir uns nie wieder Sorgen wegen eines künftigen Geisterkönigs machen.«

»Das ist tatsächlich ein gewagter Gedanke«, kommentierte Pei Ming. »Doch wenn Hua Chengzhu in all den Jahren, die er hier verbracht hat, nichts herausfinden konnte, verschwenden wir wahrscheinlich nur unsere Zeit. In unserer gegenwärtigen Lage würde ich von diesem Vorhaben abraten.«

»Ich habe nichts herausgefunden, weil mein Talent und meine Fähigkeiten begrenzt sind«, meldete sich Hua Cheng zu Wort. »Und außerdem war ich, als ich das letzte Mal hier war, mit Töten beschäftigt. Wenn der große Bruder unsere Nachforschungen leitet, könnten wir durchaus etwas in Erfahrung bringen.«

»Nein, nein, nein – ich bin derjenige, dessen Können begrenzt ist. Du bist viel fähiger als ich«, wandte Xie Lian ein.

Als könne er ihr Gerede nicht mehr ertragen, schob Pei Ming Pei Xiu in Banyues Arme und wandte sich zum Gehen. »Ich brauche etwas frische Luft.«

Es gelang Xie Lian erstaunlich leicht, die schwarze, fest gewordene rußige Masse abzukratzen. Er blinzelte ungläubig. »Das könnte ...«

Die feste, verkohlte Schicht ließ sich mühelos in großen Stücken abziehen. Innerhalb kürzester Zeit hatte er ein großes Stück des Wandgemäldes freigelegt. Das Gesicht, das es zeigte, hatte ungefähr die Größe der Faust eines Säuglings. Die Zeichnung war schlicht, aber der Ausdruck auf dem Gesicht lebhaft. Ganz deutlich war die Leidenschaft in den Augen zu erkennen. Die harte schwarze Schicht schien das Gemälde wie eine Schutzschicht bewahrt und dazu beigetragen zu haben, dass die Farben darunter noch immer so leuchtend waren wie an dem Tag, an dem sie aufgetragen worden waren.

Xie Lian wandte sich um. »San Lang, hilf mir mal ...«

Hua Cheng rührte sich nicht, aber ein silberner Glanz erschien plötzlich in der Dunkelheit. Hunderte von silbernen Schmetterlingen tauchten aus dem Nichts auf und flogen auf die Wände zu. Xie Lian konnte das leise Geräusch ihrer Flügelschläge hören. Unzählige kleine Risse breiteten sich auf den schwarzen Wänden aus, wie eine Maske, die zerbrach und ein Gesicht freigab.

Dann, mit einem Mal, fiel die gesamte schwarze Masse zu Boden und enthüllte das Bild, das sich dahinter verborgen hatte – es war ein riesiges, farbenfrohes Wandgemälde.

Xie Lian lief ein Schauer über den Rücken, als er den Kopf hob und das Bild betrachtete.

Es war in vier Bereiche unterteilt. Der oberste war erfüllt von goldenem Licht und von Wolken umhangen, aber keine Menschen waren zu sehen. Im zweiten war ein einzelner Mensch zu sehen: ein gut aussehender junger Mann in weißer Kleidung. Goldenes Licht umgab ihn. Der Künstler hatte dieselbe Goldfarbe verwendet wie im oberen Teil. Der dritte Abschnitt zeigte vier Personen. Sie waren nur etwa halb so groß wie der Mensch auf der zweiten Ebene und ihre Gesichter, ihre Kleidung und ihre Gestik unterschieden sich voneinander. Im untersten, vierten Teil waren unzählige Figuren dargestellt. Sie hatten wiederum die halbe Größe der Personen des dritten Abschnitts. Sie alle trugen denselben Gesichtsausdruck der Leidenschaft und Ehrerbietung. Das Gesicht, das Xie Lian zuerst entdeckt hatte, war eines aus diesem untersten Bereich.

Das Gemälde war kunstvoll und elegant ausgestaltet und Xie Lian stand lange schweigend davor, bevor er etwas sagen konnte. »San Lang, hast du ... hast du das vorher schon einmal gesehen?«

»Ich habe das halbe Tonglu-Gebirge durchquert und mir beinahe jeden Tempel des Reichs Wuyong angesehen«, antwortete Hua Cheng zögerlich. »Aber ich schwöre dir, so etwas wie das hier habe ich noch nie zuvor gesehen.«

»Ich kann mir nicht vorstellen, dass dieses Wandbild zweitausend Jahre alt ist«, sagte Xie Lian.

»Das ist ausgeschlossen«, bestätigte Hua Cheng. »Sieh doch, wie gut die Farben erhalten sind. Das Bild ist in einem sehr guten Zustand. Ich würde sagen, es ist höchstens einhundert Jahre alt, vielleicht sogar noch jünger.«

Das bedeutete, dass dieses Wandbild lange nach der Zerstörung des Reichs entstanden war.

Xie Lian deutete auf den obersten Abschnitt. »Dieser Bereich stellt wahrscheinlich den Himmel dar. Er zeigt, wie das Dao* des Himmels über allen anderen Lebewesen steht.«

Dann zeigte er auf den zweiten Bereich. »Dieser zeigt den Kronprinzen von Wuyong. Dies ist ein Tempel, der zu seinen Ehren erbaut wurde,

* »Dao« bedeutet wörtlich »Weg«, steht aber auch für philosophische Strömungen/Lehren.

also ist er selbstverständlich die Hauptfigur der Abbildung – deshalb ist er auch am größten dargestellt und von einem goldenen, himmlischen Schein umgeben. Er steht nur knapp unter dem Dao des Himmels.«

Dann wies er auf den untersten Teil. »Die Figuren ganz unten sind am kleinsten dargestellt, ihre Gesichter unterscheiden sich nicht voneinander. Das ist gewiss das Volk von Wuyong.«

Zuletzt zeigte er auf den dritten Abschnitt. »Aber wer sind diese vier? Sie stehen auf einer Ebene zwischen dem Kronprinzen und dem Volk von Wuyong, also haben sie alle denselben Status. Sind sie Minister? Leibwächter? Oder …?«

Hua Cheng trat näher heran. »Sieh, großer Bruder, ihre Körper umgibt auch ein Schimmer von spirituellem Licht.«

Es war tatsächlich so. Der Schein, der den Kronprinzen umgab, war nur so gleißend, dass er den goldenen Schimmer dieser vier Personen überstrahlte.

Xie Lian begriff und sagte: »Sie sind Himmelsbeamte, die der Kronprinz ernannt hat, nachdem er in den Himmel aufgestiegen war.«

Das bedeutete, dass sie denselben Status innehatten wie einst Feng Xin und Mu Qing.

Xie Lian machte einen Rundgang durch den großen Saal und vergewisserte sich, dass nur diese eine Wand, die dem Eingang gegenüberlag, ein Geheimnis barg. Die anderen Wände waren durch und durch verkohlt.

Wer hatte dieses Wandbild angefertigt und für wen war es bestimmt? Welche Botschaft sollte diese Malerei übermitteln?

Xie Lian konnte dem Bild nichts weiter entnehmen. Er murmelte leise vor sich hin, dann wandte er sich an Hua Cheng: »Lass uns auf unserem weiteren Weg die Wuyong-Tempel genau untersuchen. Ich habe da so ein Gefühl … dass dies nicht das einzige Wandbild dieser Art ist.«

Hua Cheng legte den Kopf schief. »Das werden wir.«

Die beiden verließen gemeinsam mit Banyue, die Pei Xiu stützte, den Tempel. Da erst bemerkte Xie Lian, dass Pei Ming noch nicht wieder aufgetaucht war. »Wo ist General Pei?«

Pei Ming hatte gesagt, er brauche frische Luft, und war nach draußen gegangen. Obwohl sie lange im Tempelsaal geblieben waren, war er nicht zurückgekommen. Xie Lian rief einige Mal nach ihm, erhielt aber keine Antwort.

»Er wird doch wohl nicht ausgerechnet jetzt verloren gegangen sein?«

Die vier sahen sich in dem kleinen, verlassenen Dorf um, fanden jedoch nichts. Hier im Tonglu-Gebirge konnten sie auch den Kommunikationskanal nicht benutzen.

Gerade als Verzweiflung in Xie Lian aufstieg, sagte Hua Cheng: »Großer Bruder, sei unbesorgt. Es gibt noch eine Möglichkeit.«

Er streckte eine Hand aus. In seiner Handfläche saß ein winziger silberner Schmetterling. Er begann, sacht mit den Flügeln zu schlagen, erhob sich und flog einige Male um Xie Lian herum.

Dieser fand das zwar schön, wusste aber nicht, wie es ihnen weiterhelfen sollte. »Was …?«

Da hörte er plötzlich angestrengtes Atmen. Wenige Augenblicke später war von dem silbernen Schmetterling eine Männerstimme zu hören: »Ich hätte nicht gedacht, dich hier zu sehen.«

Es war Pei Ming.

Xie Lian warf Hua Cheng einen Blick zu und sah, dass er schmunzelte. »Gestern habe ich jeden mit einem silbernen Schmetterling versehen.«

Pei Xiu schaffte es unter großen Mühen, seinen Kopf zu heben. »Also kannst du … silberne Schmetterlinge benutzen … um unsere Bewegungen zu überwachen, ohne dass wir … etwas bemerken … ja? Ganz … wie man es vom Blumensuchenden Blutregen … erwarten würde.«

»Sei still, wenn du nicht richtig sprechen kannst«, fuhr Hua Cheng ihn an.

Xie Lian legte seine Hand um den silbernen Schmetterling auf seiner Handfläche und sprach zu ihm: »General Pei? Wo seid Ihr? Wer ist da bei Euch?«

»Es tut mir leid, großer Bruder«, sagte Hua Cheng. »Du kannst durch ihn zwar hören, aber nicht sprechen.«

Xie Lian dachte darüber nach und sagte dann: »Das ergibt Sinn.« Wenn die Stimme der Zuhörer durch den Schmetterling übertragen werden könnte, bestünde die Gefahr, dass sie dadurch ihren Standort verrieten.

Kurz darauf war die erschöpfte Stimme eines anderen Mannes zu hören: »Pei der Ältere, ich warne dich – rede jetzt besser keinen Unsinn. Nimm dich in Acht oder ich schlage dich noch tot.«

Xie Lians Augen weiteten sich, als er diese Stimme hörte. Es war Lingwen in ihrer männlichen Gestalt!

»So ist das also!«, rief er aus. »Der Schwarzgekleidete, der so viele Geister getötet hat ... war Lingwen in ihrer männlichen Gestalt.«

»Hat die ... ehrwürdige Lingwen ... General Pei entführt?«, fragte Pei Xiu.

»Ich weiß es nicht, ich muss weiter zuhören«, entgegnete Xie Lian.

Am anderen Ende sagte Pei Ming: »Warum bist du so aufgebracht?«

»Schweig!«, befahl Lingwen. »Ich habe dir befohlen zu schweigen. Nicht ich bin aufgebracht, sondern ein anderer. Ich warne dich – ich kann meinen Körper nicht kontrollieren. Ich trage keine Verantwortung, falls er dir Verletzungen zufügt.«

»Denkst du, du kannst mir damit Angst einjagen? Wir sind doch beide in derselben Lage – weder du noch ich können einen Muskel rühren«, erwiderte Pei Ming.

Xie Lian blickte auf. »Lingwen hat General Pei nicht gefangen genommen. Jemand anders hält sie beide irgendwo fest.« Er wurde ernst. »Jemand, der mächtig genug ist, den Brokatheiligen zu unterdrücken. Wer könnte das sein?«

»Trägst du ihn noch?«, fragte Pei Ming.

Er sprach es nicht aus, aber alle wussten augenblicklich, was gemeint war.

Der Brokatheilige!

»Ja. Und er kann dich nicht leiden. Also pass auf, was du sagst«, antwortete Lingwen.

»Wie kannst du wissen, was er denkt?«, wunderte sich Pei Ming. »Ganz ehrlich, ich glaube dir kein Wort. Was ist nur in dich gefahren, so einen Ärger zu machen? Wie konntest du so weit gehen, aus dem Shenwu-Palast zu stehlen? Du hast alles aufgegeben und bist hierher zum Berg Tonglu gekommen. Hat *er* etwa gesagt, dass du das alles tun sollst?«

»Das hat er nicht. Ich selbst wollte hierherkommen«, sagte Lingwen. »Pei der Ältere, hör auf, mir Fragen zu stellen! Das ärgert ihn. Ich kann es spüren.«

Pei Ming schwieg.

Nach einer Weile atmete Lingwen erleichtert auf. Offensichtlich hatte der Brokatheilige sich beruhigt, also nahm sie das Gespräch wieder auf. »Und du, Pei der Ältere? Was führt dich hierher ins Tonglu-Gebirge? Und was ist mit deiner Hand passiert? Haben eine Million Hornissen dich gestochen? Das sieht ja fürchterlich aus.«

Pei Mings Stimme klang klagend. »Ich hatte keinen guten Start. Es ist eine lange Geschichte. Pei der Jüngere ist auch nicht gerade eine Hilfe. Ich hätte nicht gedacht, mich in einer solchen Lage wiederzufinden. Kaum war ich eingetroffen, wurde ich schon vom Schicksal gebeutelt. Wäre ich nicht verletzt, hätte ich mich niemals an diesen höllischen Ort schleppen lassen. Ich habe nicht einmal gesehen, wer es war.«

Könnt Ihr nicht sagen, was für ein höllischer Ort das ist? Sagt doch, ob Ihr in einer Höhle seid oder in einem Gebäude, damit wir wenigstens wissen, wo wir suchen müssen, dachte Xie Lian.

Aber einige Anhaltspunkte gab es doch. Im Tonglu-Gebirge konnte keine Tausendmeilenabkürzung verwendet werden, also konnte Pei Ming nicht allzu weit entfernt sein. Ihre Stimmen klangen hohl und es gab ein leichtes Echo, also waren sie an einem weitläufigen Ort. Und Xie Lian konnte das Geräusch von Wasser hören.

Auf dem Weg hatten sie keine Flüsse oder Seen gesehen und es gab auch keine Gebäude, die größer waren als der Wuyong-Tempel. Also gab es nur eine Möglichkeit, wo sie sein konnten – unter der Erde.

Das half ihnen allerdings nicht wirklich weiter. Dieses Dorf war klein, so klein allerdings nun auch wieder nicht. Sie befanden sich unter der Erde, aber wo genau?

»Und was ist mit dir?«, fragte Pei Ming. »Ich habe gehört, dass du über eintausend Geister getötet hast – alle fürchten dich. Glückwunsch. Nun, du scheinst nicht mehr die Höchste der Zivilgötter zu sein, warum änderst du nicht deine Laufbahn und wirst einer von uns Kriegsgöttern? Was ist das für eine Kreatur, die dich hier festhält?«

Lingwen lachte abschätzig. »Das weiß ich selbst nicht. Ich bin aus Versehen mit der Regenmeisterin zusammengestoßen und war danach benommen. Da hat mich etwas von hinten überfallen. Es bringt nichts, mich danach zu befragen. Früher oder später wird es sich zeigen. Denk nur daran, deine Identität nicht preiszugeben.«

Da unterbrach eine dritte Stimme ihre Unterhaltung. »Pei Ming, Nangong Jie, was für ein scheußliches Paar ihr doch seid. Ihr könnt es wohl nicht lassen, eure hinterhältigen Pläne zu schmieden. Denkt ihr, ich wüsste nicht, was sich unter euren falschen Häuten verbirgt?«

Kapitel 80:
Warum Nein zu Xuli, warum Nein zu Jingwen

Es war eine fremd klingende Männerstimme.

Obwohl Xie Lian wusste, dass man ihn dort nicht hören konnte, sprach er mit leiser Stimme. »Da ist jemand. Ich weiß nicht, ob er Pei Ming etwas antun wird. Wir müssen so schnell wie möglich herausfinden, wo sie sind.«

Die beiden Gefangenen schienen vollkommen überrascht zu sein und es dauerte einen Moment, bis Pei Ming das Wort ergriff. »Darf ich fragen, wer Ihr seid? Da Ihr schon so weit gegangen seid, welchen Sinn hat es noch, Euer Gesicht zu verhüllen?«

»Diese Frage solltest du dir selbst stellen«, sagte die Stimme.

»Da hegt jemand einen Groll gegen dich. Wahrscheinlich eine der vielen Geisterfrauen, die du ins Verderben gestürzt hast«, bemerkte Lingwen.

»Das kann nicht dein Ernst sein! Welcher Teil dieser ... Kreatur ... sieht in deinen Augen aus wie eine Frau? Außerdem hat sie nicht nur mich gefangen – vielleicht hegt sie auch einen Groll gegen dich.«

»Das spielt doch jetzt alles keine Rolle mehr. In unserer Lage ist es sinnlos, darüber zu streiten, wer schuld ist. Lass uns dieses Hindernis gemeinsam überwinden«, schlug Lingwen vor. »Vielleicht hat sie ja auch etwas gegen uns beide. Fällt dir jemand ein, auf den das zutrifft?«

»Nicht wirklich. Es gibt zu viele Möglichkeiten«, sagte Pei Ming.

Der Mann musste an sie herangetreten sein, denn seine Stimme war nun lauter zu hören. Aber seltsamerweise war anstelle des Geräuschs von Schritten bloß ein eigenartiges Poltern zu hören gewesen.

»Würdet ihr beiden euch wohl zusammenreißen und aufhören, vor meinen Augen zu flirten?«, schimpfte er.

Seine Worte und sein Tonfall schienen ihn zu verraten und nach einem kurzen Moment des Schweigens rief Lingwen aus: »Du bist ... Jingwen Zhenjun?«

Die Stimme antwortete nicht.

Pei Ming schien ebenso fassungslos zu sein. »Jingwen Zhenjun? Auf keinen Fall. Jingwen Zhenjun würde sich doch nicht so ungehobelt äußern!«

Lingwen schnaubte verächtlich. »Er war schon immer so. Wenn er mit anderen zusammen ist, verhält er sich anders, als wenn wir unter uns sind. Kein Wunder, dass du ihn nicht erkennst.«

Xie Lian runzelte die Stirn. »Jingwen Zhenjun?«

Der Name schien eine Erinnerung in ihm zu wecken, aber er war sich nicht sicher. Es klang wie der Name eines Zivilgottes. Unter ihnen gab es unzählige, die alle dieselben Schriftzeichen im Namen verwendeten: »Literatur« (Wen), »Respekt«(Jing) oder »Ruhe« (Jing).

Pei Xiu erklärte mit leiser Stimme: »Jingwen Zhenjun war ... der vorherige oberste Gott der Schriften ... derjenige, der Lingwen ... in den Himmel berufen hat.«

Da erinnerte sich Xie Lian. Als er das erste Mal aufgestiegen war, war Lingwen noch eine niedere Beamte am Mittleren Hof gewesen, weit davon entfernt, die höchste Zivilgöttin des Oberen Hofes zu sein. Jingwen war ihr Vorgänger. Doch er hatte schon lange seinen Posten als Zivilgott aufgegeben. In einem Radius von vierhundert Kilometern gab es nicht einen einzigen Tempel, der ihm geweiht war.

»Wir kennen uns doch alle. Warum können wir nicht einfach friedlich über alles reden?«, fragte Xie Lian. »Warum müssen wir gleich mit Waffengewalt aufeinander losgehen?«

»Gerade weil sich alle untereinander kennen, hat jeder schon das Messer gezückt«, entgegnete Hua Cheng.

Er hatte kaum ausgesprochen, da redete Jingwen weiter. Nun, da er erkannt worden war, schien er darauf bedacht, die Form zu wahren. Er sprach in einem freundlicheren Ton, aber seine Worte hatten noch immer einen scharfen Klang. »Nangong, ist es dir nicht gut ergangen als Göttin der Schriften, als höchste Zivilgöttin am Oberen Hof? Warum hast du alles weggeworfen und bist hierhergekommen?«

»Siehst du? Er hat etwas gegen dich. Nur deinetwegen bin ich mit in diese Lage geraten«, beschwerte sich Pei Ming.

»General Pei«, fuhr Jingwen fort. »Ihr müsst nicht denken, dass ich Euch vom Haken lasse, nur weil ich mich an Nangong rächen will. Sie hat meine Anhänger verspottet und heimlich Leute geschickt, um meine Tempel zu entweihen. Glaubt ja nicht, dass ich nicht weiß, wer ihr die Kriegsgötter zur Verfügung gestellt hat!« Er wandte sich wieder an Lingwen: »Du solltest auch nicht lachen, Nangong! Kaum zu glauben, dass ich dich damals wegen deines Talents berufen habe. So dankst du es mir? Du undankbare, giftige Hexe. Ich habe so lange auf diesen Tag gewartet, zu lange!«

Xie Lian rieb sich die Stirn. *Die »drei Krebsgeschwüre« machen ihrem Namen wirklich alle Ehre – einer ist schrecklicher als der andere.*

Unerwartet antwortete Lingwen mit tonloser Stimme: »Jingwen Zhenjun. Niemand außer uns ist hier und du hast gesagt, was du sagen wolltest. Was soll das jetzt noch? Hast du mich wirklich als Beamte berufen, weil du mein Talent wertgeschätzt hast? Andere wissen vielleicht nicht, was damals passiert ist, aber du erinnerst dich ganz bestimmt an die Einzelheiten. Warum hast du mich berufen? Und erinnerst du dich daran, wie du mich hinterher behandelt hast?«

Je länger Xie Lian zuhörte, umso neugieriger wurde er. »Was ist zwischen Jingwen Zhenjun und Lingwen vorgefallen? General Pei der Jüngere, kennt Ihr die Geschichte?«

Pei Xiu hatte ebenfalls gespannt zugehört. »Es tut mir ... leid. Zu dieser Zeit war ich ... noch nicht ... aufgestiegen, deshalb kann ich mich ... nicht daran erinnern.«

Seine Sprache wird wohl nicht mehr besser, dachte Xie Lian bei sich.

»Großer Bruder«, schaltete sich Hua Cheng ein, »du musst nicht bei den anderen nach Antworten suchen. Frag einfach mich.«

Xie Lian staunte. »San Lang, du weißt, welche Skandale es in der Vergangenheit im Himmel gegeben hat?«

Es zeigte sich, dass das keine Übertreibung gewesen war. Was die dunklen Geschichten und Gerüchte eines jeden Himmelsbeamten betraf, so hatte Hua Cheng seine Hausaufgaben gemacht. Er nickte und erzählte Xie Lian, was er wusste.

Die Geschichte war folgende: Jingwen und Lingwen waren beide Zivilgötter aus dem Königreich Xuli. Jingwen war mehrere Jahrhunderte älter als Lingwen und hatte einstmals einen gefestigten Status in Xuli gehabt. Ursprünglich war nie vorgesehen gewesen, dass die beiden sich jemals begegneten. Doch in einem Jahr richtete der königliche Hof von Xuli eine große Festlichkeit aus, um die Zivilgötter zu ehren. Im Rahmen dieses Festes gab es auch einen Wettbewerb. Junge Studenten sollten anonym Aufsätze verfassen, die im größten Tempel des Reichs – damals dem Palast von Jingwen – ausgehängt werden würden. Das vorgegebene Thema war das Königreich Xuli selbst, der genaue Inhalt durfte frei gewählt werden. Die Aufsätze sollten vom Volk beurteilt werden und der beste würde einen Ehrenpreis erhalten.

Jingwen Zhenjun war zu dieser Zeit herabgestiegen und trieb sich in der Sphäre der Sterblichen herum. Aus einer Laune heraus dachte er sich, es könnte Spaß machen, sich in einen Studenten zu verwandeln und selbst an dem Wettkampf teilzunehmen. Mit leichtem Pinselstrich schrieb er einen wortgewandten, eleganten Aufsatz, in dem er ein Loblied auf das Königreich Xuli sang. Er war sich sicher, dass sein Aufsatz die anderen weit übertreffen und den ersten Preis gewinnen würde. Er stellte sich vor, wie er, wenn die Ergebnisse des Wettbewerbs verkündet würden, seine wahre Gestalt enthüllen und den Zuschauern zeigen würde, dass in Wirklichkeit Jingwen selbst der Sieger war. Diese Geschichte würde sicherlich noch über viele Generationen weitererzählt werden.

Wäre es wirklich so gekommen, wäre das ein glückliches Ende gewesen. Aber was in Wirklichkeit geschehen war, war weniger schön. Als die Zeremonie beendet war und der Gewinner verkündet wurde, war es nicht Jingwens »Ode an Xuli«, die den ersten Preis erhielt, sondern ein politisch kritischer Aufsatz mit dem Titel »Nein zu Xuli«. Das war eine überraschende Wahl, aber der Text hatte das Interesse der Leser geweckt.

»Hast du ›Nein zu Xuli‹ jemals gelesen, San Lang?«, fragte Xie Lian.

»Ich habe es durchgeblättert«, antwortete Hua Cheng. »Wenn du es lesen willst, werde ich dir ein anderes Mal eine Zusammenfassung geben.«

»Das ist nicht nötig«, sagte Xie Lian hastig. »Ich denke nur, es muss ein überragendes Werk sein, wenn es sich sogar gegen den Aufsatz des Himmelsbeamten Jingwen Zhenjun durchsetzen konnte.«

»Es ist nicht schlecht, aber es ist auch keine Sensation«, kommentierte Hua Cheng. »Zu jener Zeit war die politische Lage in Xuli angespannt. Die Leute hatten viel an der Staatsführung auszusetzen und ein kritischer Text traf den damaligen Zeitgeist. Texte wie ›Ode an Xuli‹ gab es schon genug, niemand wollte sie mehr lesen. Wenn man die beiden vergleicht, ist es nicht verwunderlich, dass ›Nein zu Xuli‹ gewonnen hat.«

Xie Lian nickte. »In der Literatur kann es keine klaren Sieger geben. Alles ist subjektiv. Ein Sieg wie dieser ist eigentlich bedeutungslos. Vor allem wenn der Inhalt der Texte nicht einmal vergleichbar war.«

»Genau. Das dachte Jingwen zunächst auch«, bestätigte Hua Cheng.

Die Leute aus Xuli suchten überall nach dem Autor des Aufsatzes »Nein zu Xuli«, aber selbstverständlich bekannte sich niemand zu dessen Autorenschaft – wer würde es schließlich wagen, einen solchen Preis für sich zu beanspruchen? Die, die nach Ruhm gierten und fälschlicherweise behaupteten, den Text verfasst zu haben, wurden schnell entlarvt. Bald schon bekamen die Regierungsbeamten Wind davon und der Siegeraufsatz wurde von den Festlichkeiten verbannt.

Jingwen Zhenjun war nicht erfreut über das Ergebnis des Wettbewerbs. Nach einigen Monaten hatte er die ganze Angelegenheit jedoch schon wieder vergessen. Das Tragische war, dass zu dieser Zeit eine schockierende Nachricht am Oberen Hof die Runde machte: Der Verfasser des Aufsatzes »Nein zu Xuli« und Gewinner des Wettbewerbs war gefunden und ins Gefängnis geworfen worden. Es war eine junge Frau, die auf der Straße Schuhe verkaufte. Das war inakzeptabel!

»Eine ... eine Schuhverkäuferin?«, stutzte Xie Lian.

»Ja. Das hat Nangong Jie getan, als sie noch eine Sterbliche war.«

Deswegen also hatte er ab und an gehört, dass der Lingwen-Palast abschätzig als »Palast der ausgetretenen Schuhe« bezeichnet wurde. Xie Lian fand es nicht richtig, solchen Bemerkungen auf den Grund zu gehen, und so hatte er nie erfahren, woher dieser Spottname rührte.

Ursprünglich hatte es keine Anhaltspunkte dafür gegeben, dass der Aufsatz »Nein zu Xuli« irgendeine Verbindung zu jener Schuhverkäuferin haben könnte. Doch die junge Frau half ihren Kunden manchmal, Briefe oder Gedichte zu schreiben, um sich etwas dazuzuverdienen. Einer dieser Kunden hatte bemerkt, dass ihre Schrift der ähnelte, in der der berühmte Aufsatz verfasst war, und hatte sie gemeldet. So kam es, dass sie entdeckt worden war.

Nachdem Jingwen Zhenjun davon erfahren hatte, hatte er die junge Frau, Nangong Jie, augenblicklich und mit einem einzigen Schwung seines Pinsels in den Himmel berufen.

Zu dieser Zeit hatte es nicht viele weibliche Himmelsbeamte gegeben. Es war nicht so, dass es gar keine Frauen gab. Doch die wenigen, die es gab, waren verantwortlich für Blumen und Pflanzen, Handarbeit und Stickerei, Gesang und Tanz und Ähnliches. Niemand wollte einer Frau einen Beamtenposten geben, nicht einmal als Vizebeamtin am Mittleren Hof. Vollwertige Himmelsbeamtinnen waren noch seltener. Die Frauen in den Tempeln der Zivilgötter waren alle gleichermaßen schön, aber keine von ihnen war für einen eigenen Bereich zuständig, der etwas mit Schriften oder Gelehrsamkeit zu tun hatte. Sie waren sanfte, gute

Seelen, die Tusche rieben und Papier bereitlegten. Sie wurden kaum als »echte« Himmelsbeamte angesehen, eher als schöne Objekte, an denen man sich erfreuen konnte.

Jingwen Zhenjuns Tat brachte ihm die Anerkennung der anderen Zivilgötter ein. Jeder sagte, die junge Frau habe großes Glück gehabt, dass sein weises Auge sie erblickt habe. Sie entkam so nicht nur einer Verurteilung und einer Gefängnisstrafe, sondern erhielt die Möglichkeit, sich als Phönix in die höchsten Höhen zu erheben. Es war eine schöne Geschichte.

Doch in Wirklichkeit waren die Hauptfiguren dieser Geschichte erbitterte Feinde.

»Ich hatte eine so hohe Meinung von dir, aber du stellst es dar, als hätte ich böse Absichten gehegt«, klagte Jingwen.

Lingwen war stets zu allen gleich höflich, niemals war ihr Tonfall unterwürfig oder überheblich. Doch nun war ein Hauch von Spott in ihrer Stimme wahrzunehmen. »Bitte. Es ist zwecklos, dass du überall herumläufst und allen versicherst, was für eine hohe Meinung du von mir hattest. Hättest du tatsächlich so große Stücke auf mich gehalten, hättest du mich nicht so viele Jahre in deinem Palast Wasser und Tee servieren lassen. Oder mich Tische abwischen und Hunderte Kilometer laufen lassen, nur um Gedichtmanuskripte abzuholen, oder mich endlos Geschenke an andere Himmelsbeamte überbringen lassen.«

Xie Lian dachte nach und fand, dass Lingwens Anschuldigungen nicht einer gewissen Grundlage entbehrten. Als er zum ersten Mal aufgestiegen war, hatte er Lingwen als Dienstbotin erlebt, die jedes Mal, wenn er sie sah, unterwegs war, um irgendeinen niederen Auftrag zu erfüllen. Gerade deswegen konnte Xie Lian sich noch jetzt an sie erinnern.

»Du nimmst mir bloß übel, dass ich dich nicht befördert habe. Aber hast du dir jemals Gedanken darüber gemacht, warum ich es nicht getan habe?«, entgegnete Jingwen.

»Warum? Das wüsste ich tatsächlich gern. Als Sterbliche hatte ich noch Zeit zum Lesen und Schreiben. Selbst in der Gefängniszelle konnte ich wenigstens die Wand anstarren und in Ruhe nachdenken. Nachdem du mich berufen hattest, ist kein Tag vergangen, an dem ich nicht wie ein Tier für dich geschuftet habe, an dem ich nicht gezwungen war, als deine Dienstbotin überall herumzurennen und vor dir und den anderen Himmelsbeamten zu buckeln. Wenn es deine Absicht war, mich zu Tode zu schinden, hätte dir kein besserer Weg einfallen können.«

»Nangong! Nicht einmal jetzt bist du bereit, deine Fehler einzugestehen?!«, donnerte Jingwen.

»Welche Fehler sollen das sein?«, konterte Lingwen.

»Behauptest du etwa, alles sei meine Schuld? Die Aufgaben, die ich dir übertragen habe, waren nur zu deinem Besten! Wenn du nicht einmal solche einfachen Aufgaben meistern konntest, welches Recht solltest du dann haben, wichtigere zu übernehmen? Ich habe dir so viele Möglichkeiten gegeben, dein Können zu mehren und zu beweisen. Wie kannst du es wagen, mir vorzuwerfen, ich hätte dich nicht unterstützt, wenn du schlichtweg unfähig warst? Du hältst zu große Stücke auf dich selbst! Trotz allem bist du immer noch eine Frau – du hättest es niemals bis ganz nach oben schaffen können. Du musst zugeben, dass das die Wahrheit ist!«

Lingwen lachte laut auf, machte dabei aber einen zornigen Eindruck. »Nun gut!« Ihre Stimme wurde leise. »Du sagst selbst, ich hätte es nicht bis ganz nach oben schaffen können. Dann beantworte mir eine Frage: Hat dein Palast zu seiner Blütezeit jemals auch nur annähernd an den Lingwen-Palast herangereicht?«

Xie Lian konnte spüren, wie der unterdrückte Groll der Vergangenheit immer heftiger wurde, und hielt es für keine gute Idee, die beiden noch länger reden zu lassen. Da er keine andere Wahl hatte, griff er zu einer etwas groben Methode.

Mit voller Wucht rammte er eine Faust in den Boden. Mit einem lauten Knall entstand um ihn herum ein großer Krater.

Hua Cheng durchschaute augenblicklich, was er vorhatte. »Großer Bruder!«

Xie Lian wedelte mit beiden Händen den Staub fort und hustete ein paarmal. »Das ist der direkteste Weg. Ich kümmere mich um diese Seite. San Lang und General Pei der Jüngere ... legt Euch dort drüben hin.«

Eigentlich hatte er die beiden in die andere Richtung losschicken wollen, um ihm zu helfen, aber er war sich nicht sicher, ob sie in ihrer derzeitigen Verfassung dazu in der Lage waren. Doch Hua Cheng war nicht bereit, auf ihn zu hören und sich untätig auf den Boden zu legen. Er positionierte sich auf der gegenüberliegenden Seite des Kraters, zog Eming und stieß die Klinge in den Boden.

Dieser Stoß hatte dieselbe Wirkung wie Xie Lians Faustschlag. Abwechselnd ließen die beiden einen Donnerschlag um den anderen ertönen und entfernten sich dabei immer weiter voneinander. Nachdem er einige Male zugeschlagen hatte, hielt Xie Lian inne, um zu lauschen, aber Pei Ming und Lingwen zeigten keine Reaktion. Offenbar hatten sie das laute Donnern nicht gehört.

Lingwen hatte Jingwen genau an seinem wunden Punkt getroffen. Er schnaubte, als sie ihm mit ihren Worten die Maske der Höflichkeit vom Gesicht riss, und nahm wieder den scharfen, sauren Tonfall an, mit dem er sie zuvor ein »schreckliches Paar« genannt hatte. »Nangong Jie, werde ja nicht überheblich, nur weil du etwas Erfolg gekostet hast! Wer weiß, wie viele Bastarde du in diesem armseligen Knast zur Welt gebracht hättest, wenn ich dich nicht herausgeholt hätte!«

Das war nun wirklich eine unerhörte Bemerkung und Xie Lian wäre vor Schreck fast die Hand abgerutscht. Selbst Pei Ming konnte es nicht mehr mit anhören. »Ihr wart einst ein Zivilgott! Nehmt Euch zusammen!«

»Siehst du, Nangong? Siehst du, wie dein Liebhaber dich in Schutz nimmt? General Pei, für wen haltet Ihr Euch, mir zu sagen, ich solle mich zusammenreißen?«

»Gibt es einen, der in deiner Fantasie nicht mein Geliebter ist?«, rief Lingwen verächtlich aus. »Du willst, dass wir miteinander abrechnen? Gut, dann tun wir das!«

Xie Lian hatte inzwischen bereits eine ordentliche Strecke zurückgelegt. Er schlug erneut gegen den Boden und dieses Mal hörte er durch den Schmetterling, wie Jingwen sagte: »Was war das für ein Lärm?«

Xie Lian jubelte innerlich – er ging in die richtige Richtung.

Pei Ming und Lingwen hatten es ebenfalls gehört.

»Ist oben ein Kampf ausgebrochen?«, wunderte sich Pei Ming.

Xie Lian nahm Anlauf und der nächste Schlag war noch stärker als die vorangegangenen.

»Es kommt näher!«, rief Pei Ming aus. »Es klingt gewaltig! Es scheint direkt über uns zu sein!«

Er hatte den richtigen Punkt gefunden. Xie Lian schlug nicht mehr zu. Stattdessen zog er Fangxin und stieß es in die Erde. Die Aura des Schwerts dehnte sich gewaltsam aus und donnernd brach der Boden auf.

Einen Moment später fiel Xie Lian in eine düstere, kalte Höhle. Er betete im Stillen, dass er nicht direkt auf Pei Mings und Lingwens Kopf gelandet war. Er wedelte den Staub fort und stand auf. Das Schwert fest in den Händen haltend, wandte er sich nach allen Seiten um. »Jing...«, rief er.

Sobald er Jingwen Zhenjun erblickte, verstummte er und seine Augen weiteten sich.

Jingwen war erzürnt über den Anblick des Eindringlings. »Wer bist du?!«

Kein Mann stellte diese Frage, sondern die Steinstatue eines Mannes. Sie war grob gemeißelt und unbekleidet, bis auf eine Stoffbahn, die ihr als Lendenschurz diente. Es war ein bizarrer und zugleich komischer Anblick.

Nun verstand er, warum er zuvor keine Schritte, sondern nur dumpfe Schläge gehört hatte. Und auch, warum Pei Ming und Lingwen beide erschrocken innegehalten hatten, als sie ihn gesehen hatten, und warum Pei Ming gesagt hatte, dass diese Kreatur nichts mit einer Geisterfrau gemein habe.

Pei Ming und Lingwen waren mit etwas gefesselt, das wie Schriftrollen aussah. Zusätzlich hielt Jingwen sie fest, sodass sie sich keinen Millimeter bewegen konnten.

Xie Lian gewann seine Selbstbeherrschung zurück und stammelte: »Ich …?«

»Ihr seid der Kronprinz von Xianle?«, fragte Jingwen.

»Was? Ihr kennt mich? Das ist wirklich …«, stutzte Xie Lian.

Aber es war nicht so seltsam, wie er zunächst dachte. Xie Lians erster Aufstieg in den Himmel war ein weltbewegendes Ereignis gewesen. Auch wenn er damals nicht jeden Himmelsbeamten des Oberen Hofes gekannt hatte – es hatte keinen gegeben, der ihn nicht kannte. Und das war noch immer so. Er erinnerte sich nicht daran, wie Jingwen damals ausgesehen hatte, aber dieser erinnerte sich an ihn.

»Selbstverständlich. In Eurem Dasein als Gott gab es so viele Höhen und Tiefen. Es wäre schwer, Euch nicht zu erkennen.«

Xie Lian fühlte sich eigenartig berührt. »Das ehrt mich, das ehrt mich … aber wie kommt es, dass Ihr …?«

»Dass ich mich in das hier verwandelt habe?«

Xie Lian räusperte sich leise und nickte. Er wusste, dass seine Frage etwas unhöflich gewesen war.

Jingwen rief in einem neuerlichen Ausbruch: »Das habe ich alles Nangong Jie zu verdanken! Als der Palast von Jingwen an Ansehen verlor und meine spirituellen Kräfte immer schwächer wurden, hat sie meine

Schwäche ausgenutzt, mich gejagt und versucht, mich zu töten. In meiner Todesangst hatte ich keine andere Wahl, als Besitz von dieser steinernen Statue zu ergreifen!«

»Das war doch gar nichts verglichen mit dem, was du mir angetan hast«, hielt Lingwen dagegen. »Du hast mir befohlen, bis Mitternacht im Jingwen-Palast zu bleiben, und dann allen erzählt, ich wäre zurückgeblieben, um dich zu ärgern. Worte verletzen und töten, ohne Spuren zu hinterlassen. Ich war wenigstens so anständig, mit sichtbar gezücktem Messer zu antworten.«

Als sie ausgeredet hatte, holte Lingwen plötzlich mit dem Fuß aus und trat Jingwen in den Unterleib. Xie Lian hatte nicht den Eindruck, als könne dieser Tritt viel ausrichten – da sie gegen Stein und nicht gegen einen Körper aus Fleisch und Blut trat, dachte er, sie würde höchstens den Stoff, den er wie einen Lendenschurz um die Hüften trug, herunterreißen. Doch überraschenderweise heulte Jingwen laut auf, als hätte er wirklich einen schmerzhaften Tritt in den Schritt bekommen, und versuchte, sich mit den Händen zu bedecken.

Doch es war bereits zu spät. Lingwens Fußtritt hatte den Stoff heruntergerissen, der ihn verhüllt hatte, und Xie Lian sah die Wahrheit. Unter dem weißen Stoff verborgen war ... nichts.

Nichts ... mit anderen Worten, das, was man im Schritt einer nackten Steinstatue zu sehen erwartet hätte, war ... nicht da.

Es war die Statue eines Eunuchen.

Ein Eunuchensklave!, erkannte Xie Lian.

Diese Art Statue fand man öfter in den Gräbern der Mächtigen und Wohlhabenden. Es waren Grabbeigaben, die sehr starke Yin-Energie aufwiesen, daher war es eine gute Wahl, von einer von ihnen Besitz zu ergreifen. Doch dass ein Himmelsbeamter wie Jingwen, den es so kränkte, einer Frau zu unterliegen, ausgerechnet in Gestalt eines Eunuchensklaven auftrat, war an Ironie kaum zu überbieten.

Lingwen lachte lauthals los. »Und ich habe mich schon gefragt, warum du so verärgert und frustriert bist! Das ist also der Grund! Du hast gesagt, ich könnte nicht an dich heranreichen? Nun, ich kann es nicht erwarten, zu sehen, wie hoch du in deiner gegenwärtigen Gestalt steigen kannst! Ha ha ha ha ha ha …«

Nun, da sein Lendenschurz heruntergerissen war und zerknüllt im Dreck lag, geriet Jingwen schier außer sich vor Zorn. Er packte Lingwen am Haar und tobte: »Sei still! Wer weiß, mit wie vielen Himmelsbeamten du geschlafen hast, um dorthin zu kommen, wo du heute bist? Welchen Grund hast du, so stolz zu sein?! Entschuldige dich, auf der Stelle!«

Er zerrte so fest an Lingwens Haaren, dass er ihr beinahe ein großes Büschel ausriss. Doch Lingwen ertrug den Schmerz, ohne um Gnade zu flehen, und dachte nicht daran, sich zu entschuldigen.

»Ihr wollt ein Zivilgott sein?«, kommentierte Pei Ming voller Abscheu. »So stillos und unkultiviert – Ihr verhaltet Euch schlimmer als ein zänkisches Weib auf der Straße!«

Xie Lian brummte nur in sich hinein. Er befürchtete, wenn Jingwen noch mehr gereizt würde, würde er die beiden mit einem Handgriff erwürgen. Dennoch konnte er nicht anders, als »Hey!« zu rufen und eine Hand zu heben, um Jingwens Aufmerksamkeit zu erregen. »Bitte, Jingwen Zhenjun, beruhigt Euch. Es spielt doch gar keine Rolle, ob Ihr dort etwas habt oder nicht. Wirklich. Das ist die Wahrheit.«

Jingwen hielt Lingwen mit der einen Hand fest, mit der anderen bedeckte er seinen Schambereich. »Lügner!«, schmetterte er. »Es spielt keine Rolle?! Dann gebt doch Eures weg und seht selbst!«

»Es ist wahr, glaubt mir«, wiederholte Xie Lian voller Ernst. »Obwohl ich es habe, könnte ich gut darauf verzichten. Weil ich ohnehin … dieses *Problem* habe.«

Einmal mehr hatte er sich geopfert, um als Beweis zu dienen. Jingwen beruhigte sich ein wenig, als er seine Worte hörte. »Ihr habt was?«

»Nun ... das eben. Ihr versteht mich schon«, sagte Xie Lian. »Und selbst wenn ich dort etwas habe, benutze ich es niemals.« Er hüstelte. »Außerdem – ganz egal ob männlicher oder weiblicher Himmelsbeamter oder was auch immer – das sind doch bloß Äußerlichkeiten. Es ist nicht gut, darin verhaftet zu sein ...«

»Wenn Ihr denkt, es spielt keine Rolle, dann schneidet Eures doch ab, um es zu beweisen!«, unterbrach ihn Jingwen.

Xie Lian schwieg.

»Habt Ihr nicht eben selbst gesagt, es spielt keine Rolle? Heuchler! Ihr wollt es also behalten, dann hört auf, solchen Schwachsinn zu reden! Denkt Ihr, ich bin wie ein kleines Kind, dem man zwei, drei Bonbons hinwerfen kann, um es zu beschwichtigen? Es ist in Ordnung, wenn Ihr Eures nicht abschneiden wollt. Ich werde stattdessen seines abschneiden!«

Er deutete auf Pei Ming, der wie vom Donner gerührt dastand. »Was zur Hölle?!«

Das war eine Katastrophe. Zwar mochte es unzählige Leute geben, die es gefreut hätte, wenn Pei Ming entmannt worden wäre, doch Xie Lian konnte auf keinen Fall zulassen, dass Jingwen seinen Willen bekam.

»Jingwen Zhenjun!«, rief er hastig aus. »Es war nicht richtig von Lingwen, Euch so zu ärgern, nachdem Euer Ansehen geschwunden war. Aber auch Ihr habt ihr Unrecht getan. Ihr seid also quitt. Es ist nicht nötig, zu solchen Extremen zu greifen.«

Während er so versuchte, ihn abzulenken, löste er heimlich Ruoye, das sich daraufhin wie eine Schlange hinter Jingwen versteckte.

»Quitt? So einfach ist das nicht«, entgegnete Jingwen. »Aber Ihr habt mich gerade daran erinnert, dass ich diese Hexe noch zu etwas befragen wollte. Nangong, hattest du beim Fall Xulis deine Hände im Spiel?«

Jingwen war im Reich Xuli als Zivilgott auf den Altar gehoben worden, was bedeutete, dass Xuli seine Existenzgrundlage war. Es zu zerstören hatte selbstverständlich großen Einfluss auf ihn und konnte zu seinem Untergang führen. Also war es nicht aus der Luft gegriffen, dass Jingwen Lingwen verdächtigte.

Aber Lingwen hielt die Lippen fest verschlossen und gab keine Antwort.

»Sag schon! Hast du es getan?!«, schrie Jingwen. »Ich weiß, dass du es warst! Du musst es gewesen sein, sonst wäre das Reich nicht so schnell gefallen! Diese böse Hexe ist an allem schuld! Dieser Idiot von General muss ihr verfallen sein!«

Lingwen hat keinen Ton gesagt und Ihr gebt Euch Eure Antworten schon selbst ... aber Moment mal – welcher General?, überlegte Xie Lian.

Lingwen begann, leise zu lachen. Hätte Jingwen nicht die Gestalt einer steinernen Statue mit unbeweglichen Gesichtszügen gehabt, er hätte vor Zorn mit den Zähnen geknirscht. »Worüber lachst du?«

Lingwen hob den Kopf und antwortete leise: »Weißt du, welche Folgen es hat, wenn man ihn ›Idiot‹ nennt?«

Jingwen hatte noch nicht begriffen, da zerriss plötzlich die Schriftrolle, die Lingwen gefesselt gehalten hatte. Zwischen den herumwirbelnden Fetzen schoss eine Hand aus Lingwens schwarzem Ärmel und packte Jingwens Kopf. Bevor er auch nur ein Wort herausbringen konnte, wurde er schon zu Boden gezwungen. Ein Riss erschien auf seinem steinernen Gesicht. Und dann ein weiterer, und noch einer ...

Es knackte einmal und noch ein zweites Mal und mit einem dritten lauten Knacken zerbrach sein gesamter Körper.

Lingwen hatte sich aus ihren Fesseln befreit und stand da, umgeben von einer schwarzen Aura, die aus ihrem Innersten herausstrahlte. Zu ihren Füßen lag ein Haufen zerbrochener Steine.

Das »alte Königreich« in der Legende des Brokatheiligen war also Xuli gewesen und Bai Jing war ein Bewohner dieses Reichs gewesen.

Xie Lian war noch dabei, seine Gedanken zu ordnen, als er hörte, wie Pei Ming, der noch immer gefesselt war, die Stimme erhob. »Lingwen? Hör auf.«

Lingwen hatte sich umgewandt und kam langsam auf ihn zu. Xie Lian erinnerte sich daran, dass sie zu Pei Ming gesagt hatte, der Brokatheilige möge ihn nicht. *Oh nein, wird er ihn töten?*

Lingwen versuchte, ihm gut zuzureden. »Bai Jing, er ist längst tot. Das ist alles Unsinn. Nichts davon ist wahr.«

Aber es war zwecklos. Lingwen wandte sich an Pei Ming: »Pei der Ältere, ich kann ihn nicht aufhalten. Er hat gehört, wie Jingwen gesagt hat, du seist mein Geliebter, deshalb ist er fest entschlossen, dich zu töten. Eure Hoheit, helft mir!«

Xie Lian hatte bereits sein Schwert gezogen und die Schriftrollen zerschnitten, die Pei Ming gefesselt hatten. Dieser war sofort auf den Beinen und die beiden sprangen aus der unterirdischen Höhle.

Von oben sahen sie, dass Lingwen in den Stein geschlagen hatte, genau dort, wo Pei Ming gerade noch gesessen hatte. Sie hatte voller Wucht zugeschlagen und Staub und Steinsplitter stoben davon. Der Hieb war sogar noch heftiger gewesen als Xie Lians Schläge, mit denen er das Erdreich geöffnet hatte, als er sie gesucht hatte.

Xie Lian wickelte Ruoye um seinen Unterarm, während Pei Ming sich die schmerzenden Handgelenke rieb. Nachdem er so lange gefesselt gewesen war, war die Schwellung seiner linken Hand etwas zurückgegangen. Es sah jetzt nur aus, als sei er von fünfhunderttausend Hornissen gestochen worden, anstatt von einer Million. »Das ist so unfassbar ungerecht ...«, klagte er.

Bevor er noch etwas hinzufügen konnte, tauchte plötzlich Lingwen direkt vor ihm auf.

Beide gingen aufeinander los und wurden mehrere Meter zurückgeschleudert. Xie Lian und Pei Ming warfen sich einen Blick zu. Die Situation war nicht lösbar, ihnen blieb nur die Flucht und sie eilten los.

Xie Lian drehte im Laufen den Kopf und rief: »Lingwen! Könnt Ihr versuchen, noch einmal mit General Bai zu sprechen?«

Lingwen war ihnen dicht auf den Fersen. »Ich habe es versucht. Aber er glaubt mir nicht mehr.«

»Bestimmt ist er gekränkt, weil du ihn angelogen hast«, rief Pei Ming.

»Lingwen«, rief Xie Lian. »Könnt Ihr Euch in Eure weibliche Form zurückverwandeln? Die Zerstörungskraft ist etwas schwächer in einem weiblichen Körper.«

»Nein.«

»Wieso nicht?«

»Er lässt mich nicht.«

»Ich verstehe«, mischte sich Pei Ming ein. »Der Typ hat Angst, einen weiblichen Körper zu bewohnen. Was für ein Schisser!«

Mit einem lauten Donnern schlug ein Dach hinter ihnen ein. Beinahe hätte es Xie Lian und Pei Ming unter sich begraben.

»Ich habe das nicht geworfen. Ihr seid selbst schuld. Ihr habt ihn beleidigt. Jetzt ist er noch wütender. Ihr seid beide in großer Gefahr«, rief Lingwen.

»Was? Was hat das mit mir zu tun? Ich habe nichts gesagt!«, rief Xie Lian aus. »Lingwen, sagt ihm, dass er mich da herauslassen soll, ja?«

»Besser, Ihr bleibt. Mit mehreren wird es einfacher. Eure Hoheit, wo ist Pei der Jüngere?«, rief Pei Ming. »Wo ist Staatspräzeptorin Banyue? Euer Blumensuchender Blutregen?«

»Rechnet nicht damit, dass sie zu uns stoßen. Sie sind in die andere Richtung gegangen, um nach Euch zu suchen. Wir haben schon Dutzende Kilometer zurückgelegt. Wir reden später, lauft jetzt. Er hat schon Tausende Geister getötet, es wäre nicht gut, ihm jetzt gegenüberzutreten.«

Doch gerade als er ausgesprochen hatte, wurden seine Füße leicht und sein ganzer Körper wurde hochgehoben. Und nicht nur er, Pei Ming erging es genauso. Als er sich umsah, bemerkte er, dass sie beide in einem großen Netz gefangen waren und in der Luft hingen.

Das war eine unverhoffte, schlimme Entwicklung. Das Netz bestand aus einem speziellen Material, es war unmöglich, es mit bloßen Händen zu zerreißen. An die zweihundert Geister und Dämonen brachen aus den umliegenden Wäldern hervor und klatschten begeistert in die Hände.

»Wir haben sie!«

»Ha ha ha ha, wie viele sind es diesmal? Diese Falle ist zu gut!«

»Lasst uns nachsehen, was wir hier haben. Wie viele sind es?«

In ihrer panischen Flucht hatten sie nicht auf den Weg geachtet und waren in einem Moment der Unaufmerksamkeit in die Falle dieser drittklassigen Geister getappt. Xie Lian griff nach Fangxin, um das Netz zu durchschneiden. Aber sein Rücken war leer und er erinnerte sich, dass ihm das Schwert aus der Hand gefallen war, als er in die Höhe gehoben worden war.

Lingwen hatte das Netz bereits erreicht und Fangxin lag zu ihren Füßen.

Die Menge an Geistern hatte noch nicht bemerkt, wer sich ihnen da genähert hatte, und rief außer sich vor Freude: »Noch einer!«

Lingwen hob die Hände und in ihren Handflächen erschienen zwei Bälle schwarzen Geisterfeuers. Sie blickte nach oben und wandte sich an Xie Lian und Pei Ming: »Ihr beiden, das ... liegt nicht mehr in meiner Hand.«

Xie Lian keuchte auf. »Lingwen, was passiert, wenn wir davon getroffen werden?«

»Als ich das letzte Mal Feuerbälle dieser Größe benutzt habe, habe ich Seine Hoheit Qiying damit angegriffen. Er war verletzt, aber nicht allzu schlimm. Er konnte noch umherhopsen und rennen.«

Das klang so, als würde der Schaden nicht allzu groß werden. Selbst wenn sie getroffen würden, würden ihre Verletzungen nicht allzu schlimm sein. Xie Lian und Pei Ming seufzten erleichtert. »Gott sei Dank ...«

Doch kaum hatten sie die Worte ausgesprochen, vergrößerten sich die Geisterfeuer in Lingwens Händen plötzlich um das Zehnfache – sie wurden zu zwei mächtigen Flammensäulen, die sich gen Himmel erstreckten.

Xie Lian und Pei Ming stockte der Atem.

»Wenn Ihr aber von Flammen dieser Größe getroffen werdet, kann ich nicht vorhersagen, was passieren wird«, sagte Lingwen.

»Warte! Ich bin doch verdammt noch mal nicht einmal dein Geliebter!«, brüllte Pei Ming.

»Ich weiß das. Aber es spielt keine Rolle, wenn wir beiden die Einzigen sind, die das glauben«, antwortete Lingwen.

Die Geister und Dämonen hatten sich vor den Geisterfeuern erschreckt und allesamt ihre Waffen gezogen. Sie umringten Lingwen und riefen: »He, du! Du traust dich was, unsere Beute zu stehlen! Du bist wohl lebensmüde! Ergreift ihn!«

Doch niedere Geister wie diese stellten für den Brokatheiligen keine Bedrohung dar. Sie waren nichts als eine kleine Zwischenmahlzeit für ihn. Lingwen legte den Kopf leicht schief, in ihren Augen spiegelte sich das lodernde Geisterfeuer. Sie war bereit, die Köpfe derer, die sich freiwillig opferten, gnädig entgegenzunehmen.

In diesem Moment flog ein Wirbelsturm herbei.

In einem einzigen Augenblick wurden sämtliche ängstlich heulenden Geistern in die Lüfte gewirbelt. Es war kein Sturm, der sie nach oben schleuderte, es war eher eine riesige Hand, die sie in die Höhe warf.

Der Brokatheilige bemerkte, dass etwas vor sich ging. Die Geisterfeuer in seinen Händen wurden wieder kleiner, als er sich wachsam nach allen Richtungen umsah.

Xie Lian versuchte, nach oben zu blicken, doch die dichten Bäume versperrten ihm die Sicht. Das Heulen der Geister verstummte abrupt und er wusste nicht, was über ihm vor sich ging.

Pei Ming fragte aufgeregt: »Wer ist das?«

Xie Lian bemerkte etwas und fragte plötzlich: »Riecht Ihr das?«

»Was?«

»Blumen.«

»Was?«, fragte Pei Ming verwirrt.

Xie Lian schloss seine Augen. Kurz darauf sagte er bestimmt: »Ja. Es riecht nach Blumen.«

Es war ein schwacher, seltsamer und kühler Blütenduft. Er wusste weder, welche Blüte das war, noch, woher der Duft kam. Er war leicht, sanft und kaum wahrnehmbar, beinahe so, als wäre er nicht da.

Pei Ming runzelte die Stirn. »Ich rieche keine Blumen. Aber ich rieche ...«

Bevor er den Satz beenden konnte, spürte er, wie etwas auf sein Gesicht tropfte. Ohne nachzudenken, wischte er es mit der Hand ab und seine Pupillen zogen sich vor Schreck zusammen.

Es war Blut.

Einige Tropfen fielen auf die Geisterfeuer in Lingwens Händen und die Intensität der Flammen nahm sofort ab. Sie sah wachsam nach oben – und genau in diesem Augenblick fiel ein sturzbachartiger Blutregen vom Himmel.

Pei Ming hing höher als Xie Lian im Netz und die Fluten durchweichten ihn, bis er aussah wie eine rot gefärbte, ertrunkene Ratte und nur noch das Schwarz und Weiß seiner Augen zu erkennen war.

Das Geisterfeuer in Lingwens Händen war erloschen und sie versuchte, sich unter einem Baum unterzustellen, damit es ihr nicht erging wie Pei Ming.

Xie Lian spürte, wie das Netz unter seinem Körper zerriss und er hinabstürzte. Er drehte sich im Fall und landete auf den Füßen, gerade als der Regen auch über ihm ausbrach.

Er konnte nirgends unterschlüpfen, also hob er seinen Ärmel, um so wenig wie möglich abzubekommen.

Aus der plötzlichen Dunkelheit hörte er ein leises Lachen. Die Luft war durchströmt von einem mysteriösen, verführerischen Blütenduft.

Xie Lian hob den Kopf und blickte nach oben. Er spürte keine Regentropfen auf seinem Gesicht, stattdessen spürte er etwas Weiches, das ihn sanft berührte.

Er streckte die Hand danach aus. Als er sich ansah, was er in der Hand hielt, entdeckte er eine winzige rot leuchtende Blüte. Er blickte wieder nach oben und sein Atem stockte. Er konnte es kaum glauben.

Der Blutregen, der den Himmel verdunkelt hatte, hatte sich in einen Schauer aus sacht herabwehenden Blüten verwandelt.

Er musste nicht erst überlegen, wessen Werk das war. Xie Lian schloss die Finger um die kleine Blüte und sagte: »San Lang.«

Er wandte sich um und sah, dass Lingwen lautlos zu Boden gesunken war. Ein großer, schlanker Mann stand neben ihr und lachte leise. Sein Haar war rabenschwarz und er trug ein rotes Gewand. Er konnte kein anderer sein als Hua Cheng.

Wie zuvor das Blut fielen die Blüten vom Himmel, wie Blüten wehten die Blutstropfen im Wind. Hua Cheng trug einen schelmischen Ausdruck im Gesicht, wie damals, als sie sich das erste Mal begegnet waren, und seine Augen leuchteten lebhaft. Er steckte seinen schlanken, silbernen Krummsäbel gelassen ein und sagte mit tiefer Stimme: »Hoheit, ich bin wieder da.«

Kapitel 81:
Die Berge so hoch, der Weg so weit, das Tal unpassierbar

Über den mit zarten Blüten bedeckten Boden ging Xie Lian langsam auf ihn zu. Als er sah, dass auf Hua Chengs Schultern einige Blütenblätter lagen, musste er den Impuls unterdrücken, sie mit den Händen wegzufegen. Eine solche Geste wäre zu intim gewesen. Er verschränkte die Arme hinter seinem Rücken und lächelte. »Ich wusste gar nicht, dass du nicht nur Blut-, sondern auch Blumenregen erzeugen kannst. Faszinierend.«

Hua Cheng trat ihm lächelnd entgegen und wischte sich dabei die Blütenblätter von den Schultern. »Das war improvisiert, ich habe es mir heute erst ausgedacht. Geplant hatte ich eigentlich nur den üblichen Blutregen. Aber dann fiel mir ein, dass du da sein würdest. Bestimmt hättest du es mir übel genommen, wenn ich dich mit Blut durchtränkt hätte. Also habe ich im letzten Moment das Blut durch Blumen ersetzt. Es freut mich, wenn es dir gefallen hat.«

Während Xie Lian nichts von dem Blut abbekommen hatte, war Pei Ming vollkommen durchnässt. Er rief von hoch oben in der Luft: »Entschuldigt bitte, Ihr beiden. Würdet Ihr mich wohl herunterlassen?«

Einige silberne Schmetterlinge flogen empor und zerschnitten das Netz mit ihren funkelnden Flügeln, sodass Pei Ming endlich befreit war und sicher auf dem Boden landete. Xie Lian sah nach unten und bemerkte, dass ein silberner Schmetterling auf Lingwens Rücken saß, genau zwischen ihren Schulterblättern.

»San Lang? Lingwen und der Brokatheilige sind doch unversehrt, oder?«

»Ja. Ich habe sie nur vorläufig in einen Schlaf versetzt«, antwortete Hua Cheng.

»Der Brokatheilige war vollkommen außer sich und doch ist es dir gelungen, ihn so schnell unter Kontrolle zu bringen«, staunte Xie Lian.

Hua Cheng zog die Augenbrauen hoch. »Das war nicht schwer. Aus irgendeinem Grund hat er sich mir nicht widersetzt.«

Xie Lian murmelte eine Zeit lang gedankenverloren vor sich hin. Dann sagte er: »Da fällt mir ein, als du ihn zuvor angezogen hast, hat er dir auch nichts getan. Er hat sich uns sogar gezeigt.«

Pei Ming trat hinzu. »Plaudern könnt Ihr beiden später. Wollt Ihr ihr nicht den Umhang ausziehen?«

»Das ... wäre doch ziemlich unpassend, oder?«, entgegnete Xie Lian.

Pei Ming war anderer Meinung. »Sie ist in ihrer männlichen Gestalt, was ist daran also unpassend?«

Während er noch sprach, schritt er bereits zur Tat. Doch als er Lingwens Kragen berührte, war es, als würde er heftig von etwas gestochen. Seine Hände zuckten zurück und er wurde augenblicklich blass. Sie waren voller Blut. »Das Gewand! Es beißt!«

Da erst erklärte Hua Cheng ruhig: »Der Brokatheilige wird Lingwen nicht gehen lassen. Du kannst ihn ihr nicht ausziehen.«

Pei Ming betrachtete noch immer seine blutenden Hände. »Sollte so etwas noch einmal vorkommen, würde der Herr Geisterkönig mich bitte etwas eher warnen?«

»General Pei, es ist doch nicht so, dass er Euch nicht warnen wollte. Ihr wart nur zu schnell«, beschwichtigte Xie Lian.

»Das stimmt«, schmunzelte Hua Cheng.

Trotz der Verwundung verloren die drei keinen Moment ihr Ziel aus den Augen. Sie wandten sich zurück in die Richtung, aus der sie gekommen waren. Jemand musste Lingwen tragen und Pei Ming nahm diese Aufgabe wortlos auf sich.

Pei Xiu und Banyue warteten in jenem Dorf auf sie, in dem sie sich getrennt hatten. Sie trafen in der Nähe des Wuyong-Tempels wieder aufeinander. Als er sie kommen sah, kam Pei auf sie zu. »General, Eure Hoheit, das ... Wandgemälde ... im Tempel ist ... verschwunden!«

Pei Ming, der Lingwen trug, strich sich mit der freien Hand das blutgetränkte Haar aus der Stirn. »Was für ein Wandgemälde?«

Banyues Augen weiteten sich vor Schreck, als sie sah, dass Pei Ming über und über mit Blut verschmiert war.

Xie Lian berichtete Pei Ming kurz, was in seiner Abwesenheit vorgefallen war, und trat dann mit Pei Xiu in den Tempel. Und tatsächlich war die Wand, an der die Malerei gewesen war, nun genauso schwarz und verbrannt wie die übrigen Wände des Tempels. Es sah aus, als hätte die Wandmalerei niemals existiert.

Hua Cheng fuhr mit der Hand über die Wand und ließ sie dann sinken. »Das Gemälde war magischen Ursprungs.«

Xie Lian nickte. »Vielleicht fürchtete derjenige, der es hinterlassen hat, dass es entdeckt wird, und wagte deshalb nicht, es zu lange dort zu lassen.«

Banyue zögerte lange, aber schließlich nahm sie all ihren Mut zusammen und fragte Pei Ming: »Geht ... geht es Euch gut?«

Pei Ming sah sie an. »Warum fragst du nicht deine Schlangen, ob es mir gut geht, immerhin waren sie es, die mich gebissen haben!«, blaffte er sie an.

Pei Xiu öffnete den Mund und wollte Banyue in Schutz nehmen, aber er war sich nicht sicher, ob es klug wäre, Pei Ming zu widersprechen.

Banyues Augen wurden noch größer und sie rechtfertigte sich stotternd: »Aber ... der Biss der Skorpionschlangen lässt einen nicht am ganzen Körper bluten ...«

Pei Ming hob die linke Hand und zeigte auf die deutlich sichtbaren Bissspuren, zum Beweis, dass er tatsächlich gebissen worden war. Dieser »eiserne Beweis« war unumstößlich und Banyue blieb nichts anderes übrig, als sich zu entschuldigen. »Es tut mir leid ...«

Pei Xiu konnte es nicht mehr mit ansehen und tätschelte ihr die Schulter. »Nimm es dir ... nicht so ... zu Herzen. Das ist nicht ... wegen der ... Skorpionschlangen.«

Xie Lian riss ebenfalls der Geduldsfaden. »General Pei, könnt Ihr nicht einmal in einer Situation wie dieser aufhören, kleine Mädchen zu ärgern?«

Doch für Pei Ming war ebendas der Inhalt seines Daseins. Er benutzte seine spirituellen Kräfte, um die Blutspuren und den Dreck von seinem Körper verschwinden zu lassen, und sein Gesicht strahlte, während er lachend sagte: »Sind kleine Mädchen nicht dazu da, dass man sie ärgert? Außerdem, von welchem kleinen Mädchen redet Ihr? Die Staatspräzeptorin Banyue ist doch schon viele Jahrhunderte alt. Habt Ihr dennoch Angst, dass ich sie beschämen könnte?«

Niemand hatte noch Lust, sich mit ihm auseinanderzusetzen.

Zwar konnte Pei Xiu noch nicht wieder fehlerfrei sprechen, aber er konnte sich bewegen und so übernahm er die Aufgabe, Lingwen zu tragen. Sie durchquerten die Ortschaft und machten sich auf den Weg zur nächsten Höhenlage des Tonglu-Gebirges.

Am nächsten Tag erreichten sie ein kleines Tal. Hohe, felsige Berge ragten an beiden Seiten empor und in der Mitte verlief ein Pfad. Als sie das Tal erreichten, kam Lingwen langsam wieder zu sich. Sie war noch benommen und konnte sich wegen des silbernen Schmetterlings, der auf ihrem Rücken saß, nicht bewegen. Sie zeigte keinerlei Reaktion, als sie bemerkte, dass sie von jemandem getragen wurde.

»Warum sind hier so viele Leute?«, fragte sie verwirrt. »Wieso seid Ihr alle hier? Ist das nicht das Tonglu-Gebirge?«

»Das sollen viele sein?«, entgegnete Pei Ming. »Ich sage dir, später werden es noch mehr sein. Da sind noch welche, die du noch nicht gesehen hast. Später werden es genug sein, um eine Runde Karten zu spielen.«

Xie Lian konnte nur aus ganzem Herzen zustimmen und sich ein Lachen nicht verkneifen. »Übrigens, Lingwen, Qiying hat Euch damals vom Puqi-Schrein aus verfolgt. Wo ist er jetzt?«, fragte er nach einer Weile.

»Ich weiß es nicht. Nachdem ich das Tonglu-Gebirge erreicht hatte, waren zu viele nichtmenschliche Wesen um mich herum, sodass ich ihn aus den Augen verloren habe. Ich habe keine Ahnung, wo er jetzt sein könnte.«

Pei Ming seufzte. »Ich kann immer noch nicht glauben, dass du es warst, die Xuli den Garaus gemacht hat. Das war ein starkes Stück.«

Da erst erinnerte sich Xie Lian, dass Pei Ming auch aus dem Königreich Xuli stammte. Doch er schien nicht besonders an seinem Heimatland zu hängen. Schließlich war er dort nur ein General gewesen und kein Herrscher, und außerdem war er vor seinem Aufstieg vom König hintergangen worden. In seiner Stimme waren weder Trauer noch Zorn zu hören, sondern nur ein milder Spott. Dennoch befürchtete Xie Lian, dass es den Brokatheiligen provozieren könnte, wenn zu viel über Xuli gesprochen würde, deshalb lenkte er das Gespräch in eine andere Richtung. »San Lang, es gibt etwas, das ich schon die ganze Zeit fragen wollte«, sagte er an Hua Cheng gewandt.

Dieser hatte seinen Blick nicht von den hohen Bergen zu ihren Seiten abgewandt, seit sie das Tal betreten hatten. »Bitte, frag.«

»Der Schmelztiegel im Berg Tonglu, was ist das eigentlich genau? Ist das tatsächlich ein gigantischer Topf?«

Ein Lächeln huschte über Hua Chengs Gesicht und er sah Xie Lian an. »Natürlich nicht. Aber das ist eine gute Frage, großer Bruder.« Er hob einen Finger und fuhr fort: »Wir können ihn bereits sehen.«

Die Gruppe blieb unverwandt stehen und alle blickten in die Richtung, in die er zeigte.

»Das ... ist der Schmelztiegel?«, fragte Xie Lian.

»Ja«, bestätigte Hua Cheng und verschränkte die Arme.

Ein großer Berg in weiter Ferne spiegelte sich in seinen tiefschwarzen Augen. Er sah aus, als würde er am Ende der Welt stehen, und war so gigantisch, dass er den Himmel zu berühren schien. Er thronte hoch über all den anderen Bergen um ihn herum. Der dunkelblau getönte Berggipfel ragte in ein Meer aus Wolken und himmlischen Winden hinein. Die Schneeschicht und das ewige Eis, die ihn bedeckten, waren schwach zu erkennen.

»Der Schmelztiegel ist ein aktiver Vulkan im Herzen des Gebirges«, erklärte Hua Cheng. »Er erwacht zum Leben, wenn ein neuer Geisterkönig geboren wird.«

»Mit einem Vulkanausbruch?«, fragte Xie Lian.

»Genau. Die Geburt eines jeden Geisterkönigs ist begleitet von lodernden Flammen, Lava und Zerstörung.«

Allein bei der Vorstellung konnte einem Hören und Sehen vergehen. Xie Lian stand gedankenverloren da.

»Das ist zu weit entfernt«, sagte Pei Ming. »Wenn wir in dieser Geschwindigkeit weiterreisen, wird es sehr lange dauern, den Berg zu erreichen. Selbst wenn wir nicht mit einrechnen, dass wir unterwegs unzählige Geister töten müssen.«

Xie Lian nickte. »Jedes Mal, wenn der Berg Tonglu sich für die Schlacht einer neuen Generation öffnet, ist es wie eine schwere Kindsgeburt«, erwiderte er.

Hua Cheng lachte. »Großer Bruder, der Vergleich ist sehr zutreffend.« Plötzlich blieb er stehen. »Wir sind übrigens da.«

Xie Lian sah ihn verwirrt an. »So schnell?«

»Nicht beim Schmelztiegel. Wir haben einen Wuyong-Tempel erreicht«, erklärte Hua Cheng.

Tatsächlich war vor ihnen, inmitten des Tals, ein hohes, großes Tempelgebäude zu erkennen, das sich zu einer Seite neigte. Es war der zweite Tempel, den sie auf ihrem Weg durch das Gebirge sahen.

Xie Lian war verblüfft, beinahe wollte er sich die Augen reiben. »Ist dieser Tempel echt?«

Die Frage rutschte ihm unwillkürlich heraus. Und den anderen erging es ähnlich. Der Tempel wirkte vollkommen unwirklich und deplatziert.

Er hätte niemals an einem Ort wie diesem erbaut werden dürfen. Wer hatte schon je einen Tempel gesehen, der in ein so enges Tal eingezwängt mitten auf einem Bergpfad stand? Und was war das für ein schreckliches Feng-Shui?

Und wenn er schon hier errichtet werden musste, warum hatte man ihn nicht an eine Seite gebaut? Wie ein hirnloser Despot stand der Tempel mitten auf dem Pfad und versperrte den Weg durchs Tal.

»Wo das Abnormale ist, ist das Böse nicht weit. Nehmt Euch gut in Acht«, mahnte Pei Ming mit leiser Stimme.

Lingwen lag schwer auf Pei Xius Schulter und hob unter Anstrengungen den Kopf. »He, wenn Ihr nicht hindurchgehen wollt, könnt Ihr doch springen und über die Felswände rennen.«

Doch Xie Lian beharrte: »Nein. Wir müssen hineingehen und nachsehen, ob es im Inneren ein Wandgemälde gibt.«

»Sei unbesorgt, großer Bruder. Geh nur hinein. Es ist in Ordnung«, versicherte Hua Cheng.

Dass diese Äußerung von Hua Cheng kam, beruhigte alle und sie setzten gemeinsam ihren Weg fort. Sie konnten nichts Außergewöhnliches feststellen. Als sie durch den Eingang in die große Tempelhalle traten, bemerkten sie, dass die Wände hier ebenso von Ruß geschwärzt waren, wie sie es schon im ersten Tempel gesehen hatten. Und genau wie dort ließen sich auch hier mit einem leichten Kratzen kleine, harte Stücke von der verkohlten Wand lösen.

Xie Lian war zunächst nervös und angespannt, aber er beruhigte sich etwas, nachdem er sichergestellt hatte, dass sich nichts in der Dunkelheit versteckte. »Tun wir es«, sagte er.

Stück für Stück trugen sie die verkohlte oberste »Schutzschicht« von der Wand ab und erkannten, dass sich tatsächlich auch hier ein Wandgemälde verbarg. Xie Lian und Hua Cheng machten sich sofort daran, die Malerei genauer zu untersuchen.

Das Bild unterschied sich vollkommen von dem in dem anderen Tempel. Sie betrachten zuerst den obersten Teil. Ein weiß gekleideter junger Mann saß auf einem Jadedivan, sein Gesicht war von klarer Schönheit – dies war zweifellos der Kronprinz von Wuyong. Seine Augen waren fest geschlossen und seiner Körperhaltung nach zu urteilen, meditierte er. Doch er war nicht entspannt.

Die Brauen des Kronprinzen waren zusammengezogen und kalter Schweiß perlte in dicken Tropfen auf seiner Stirn. Um ihn herum standen vier Personen mit äußerst besorgten Mienen. Diese waren eindeutig die vier Schutzgötter. Ihre Ausstattung und Kleidung sahen genauso aus wie auf dem ersten Bild.

Weiter unten bröckelte die oberste Schicht, war jedoch noch nicht vollständig entfernt. Xie Lian konnte nur eine chaotische rote Fläche ausmachen. Er runzelte leicht die Stirn. »Wie seltsam.«

Er streckte die Hand aus und berührte verblüfft die Wand. »Wurde diese Wandmalerei etwa nicht gut erhalten?«

Obwohl er nicht erkennen konnte, was das Gemälde darstellte, wirkten die Pinselstriche und Farben blass und verwischt, als lägen sie hinter einem Nebelschleier. Aber wenn dies ein magisches Wandbild war, konnte es doch unmöglich altern wie ein gewöhnliches Gemälde.

Hua Cheng runzelte ebenfalls die Stirn. »Geben wir ihm noch etwas Zeit.«

Die beiden warfen sich einen Blick zu. Als die harte schwarze Schicht abgetragen war und das Bild offen vor ihnen lag, traten sie einige Schritte zurück. Sie standen nebeneinander und betrachteten die Malerei, die sich in ihrer Gänze in Xie Lians Augen spiegelte.

Er hielt den Atem an und fühlte, wie es ihn schauderte. Erschrocken fragte er: »Ist das ... die Hölle?«

»Nein. Das ist die Menschenwelt«, sagte Hua Cheng düster.

Und tatsächlich war es die Sphäre der Sterblichen. Überall waren Häuser, dichte Wälder und Menschenmassen zu sehen – aber alles war getaucht in ein Meer aus Flammen und flüssiger Lava. Der rote Nebelschleier, den Xie Lian zuvor gesehen hatte, war die Farbe des Feuers gewesen.

Die Häuser und Bäume standen in Flammen. Die Körper der Menschen brannten lichterloh und sie schrien. Ihre verzerrten Gesichter waren so realistisch dargestellt, dass Xie Lian beinahe meinte, ihre Schreie hören zu können.

Im Mittelpunkt der Wandmalerei war ein leuchtend roter Berg zu sehen. Er sah aus wie ein gewaltiger Schmelztiegel, rot glühend vor Hitze. Es war ein fürchterlicher Anblick. Die lodernden Flammen und die Lava waren aus diesem Vulkan gespien worden.

»Bedeutet das ... dass ein Vulkanausbruch das Königreich Wuyong zerstört hat?«, überlegte Xie Lian.

»Ja und nein«, antwortete Hua Cheng.

Xie Lian ging ein Licht auf. »Ja und nein, denn dies hier ist ... ein Traum.«

Der Untergang der Menschenwelt, wie er im unteren Teil des Bildes dargestellt wurde, zeigte wahrscheinlich einen Traum, den der Kronprinz von Wuyong einst gehabt hatte.

Der Kronprinz selbst und seine vier Gefährten waren von goldenem Licht umgeben, was bedeutete, dass er zu diesem Zeitpunkt bereits in den Himmel aufgestiegen war. Das Wandbild zeigte, wie ein Albtraum ihn quälte. Daher waren auch in der »Traumlandschaft« die Linien und Farben blasser dargestellt als in der »Realität«.

Es gab Himmelsbeamte, die über erstaunliche spirituelle Kräfte und ungewöhnliche Begabungen verfügten. Manche konnten, schon wenn sie nur ein winziges Zeichen wahrnahmen, die Zukunft vorhersehen. Diese Vorhersagen manifestierten sich in Form prophetischer Träume. War der

Traum des Kronprinzen von Wuyong Realität geworden? War das Königreich in einem Flammenmeer untergegangen?

Xie Lian murmelte still vor sich hin, dann sagte er: »Jemand scheint uns etwas mitteilen zu wollen. Dieses Wandgemälde wirkt so, als sei es die Fortsetzung des vorherigen Bildes. Ich vermute, je näher wir dem Schmelztiegel kommen, umso mehr Antworten auf unsere Fragen werden wir erhalten.«

Lingwen, die zum Fenster hinausblickte, meldete sich zu Wort: »Hört mal, eine Frage: Kommt Euch das nicht seltsam vor?«

»Was?«, fragte Pei Ming.

»Ich könnte mich irren, aber standen die beiden Berge schon die ganze Zeit so nah beieinander?«

Alle sahen zum Fenster hinaus. Als sie eingetreten waren, hatten ungefähr drei Meter zwischen dem Tempel und den Felswänden gelegen. Aber nun waren sie merklich dichter aneinandergerückt, ganz so, als würden sie sich jeden Moment berühren. Xie Lian wollte gerade hinausgehen, um nachzusehen, als es plötzlich knackte und ein lautes Kreischen zu hören war, als würden die Steine des Gebäudes mit großem Druck aneinandergerieben.

Nun hatten es alle bemerkt. »Was ist los?«

Die Steine unter ihren Füßen bebten und die Decke über ihnen begann zu wanken. Ein, zwei Trümmerstücke fielen in Wolken von aufwirbelndem Staub herunter.

»Ein Erdbeben?«, mutmaßte Pei Ming.

Nur einen Moment später wölbten sich die Wände um sie herum unter dem Druck und brachen auf.

»Das ist kein Erdbeben!«, rief Xie Lian. »Das ist ...«

Die felsigen Berghänge zu beiden Seiten des Tempels drängten gegen den Wuyong-Tempel, der zwischen ihnen stand.

Es blieb keine Zeit für Erklärungen.

»Lauft!«, schrie er.

Das wäre nicht nötig gewesen. Pei Ming hatte bereits eine Wand eingetreten und so einen Fluchtweg geschaffen. Die Gruppe stürzte aus der Tempelhalle, befand sich jedoch noch immer im Tempelgebäude – das Gebäude war sehr lang und hinter der großen Halle schlossen sich viele Nebenzimmer an, kleine Kämmerchen, Räucherstuben, Übungsräume und so weiter. Während sie vorwärtseilten, mussten sie unzählige Mauern eintreten und Türen zerschlagen. In einer Situation wie dieser war die Art der Kriegsgötter, sich einen direkten Weg zu bahnen, die bestmögliche. Doch als sie gerade zwei kleinere Hallen durchquert hatten, schlug ein riesiger, schwerer Felsbrocken, ungefähr so groß wie ein halber Mensch, direkt neben Xie Lians Füßen ein.

Weitere große Felsbrocken stürzten von beiden Seiten in die Schlucht. Mit einem grollenden Lärm, der kein Ende nehmen wollte, fielen immer mehr Steine vom Himmel. Die großen waren Bruchstücke des Dachs und so groß wie Wasserfässer, die kleineren hatten die Größe menschlicher Köpfe, aber auch sie stürzten mit beeindruckender Wucht herab. Glücklicherweise blieb ein letzter Rest des Dachs stehen und es gelang allen, sich rechtzeitig darunter zu flüchten.

Hua Cheng blieb als Einziger völlig entspannt. Während Xie Lian sich hastig duckte, hörte er ihn neben sich: »Großer Bruder, kommst du zu mir?«

Xie Lian sah sich zu ihm um. Hua Cheng war dicht hinter ihm, seine Schritte waren so sicher, als würde er fliegen. Er hatte von irgendwoher einen roten Regenschirm, den er aufgespannt über seinen Kopf hielt, und grinste Xie Lian an. Die Felsbrocken und Steine prasselten hart auf den Regenschirm ein, aber Hua Cheng hielt den Griff unbewegt und sicher in nur einer Hand.

Xie Lian eilte unter den Schirm. »Das war knapp! Ein Glück, dass du da bist, San Lang.«

Hua Cheng strahlte ihn an und neigte den Schirm etwas weiter zu Xie Lian. »Komm näher.«

Obwohl es nicht der richtige Zeitpunkt dafür war, fühlte sich Xie Lian gerührt. »Kannst du den Schirm noch halten? Ich kann dir helfen ...«

Die anderen rannten wie verrückt umher und suchten nach Schutz. Sie konnten es schwer ertragen, zu sehen, wie ihre beiden Gefährten es sich so gemütlich machten, und begannen, sie anzuschreien.

»Hey! Das ist unfair!«

»Hua Chengzhu, habt Ihr vielleicht noch mehr Regenschirme?«

»Kann ich mit unter den Schirm kommen?«

Hua Cheng setzte ein falsches Lächeln auf. »Nein. Und noch mal nein.«

Xie Lian schämte sich etwas, als er den Protest der anderen hörte. »Dieser Berg ist wirklich seltsam«, sagte er und versuchte, unter dem Schirm hervorzuschlüpfen. Doch ohne dass er es gemerkt hatte, hatte Hua Cheng einen Arm um ihn gelegt und hinderte ihn daran.

»Du hast recht. Dies ist ein seltsames Gebirge. Seltsam und voller Magie«, erklärte er gelassen. »Es gibt drei große Berge im Tonglu. Sie heißen Alter, Krankheit und Tod und können sich im Bereich des Gebirges frei bewegen, aber ansonsten unterscheiden sie sich in nichts von gewöhnlichen Bergen. Daher betrachtet man sie auch als Erkennungsmerkmal des Tonglu-Gebirges.«

Felsbrocken stürzten noch immer mit voller Wucht um sie herum zu Boden, doch unter dem Regenschirm herrschte Frieden und Harmonie.

»Ich verstehe. Als Rong Guang die Gestalt des Dämons der Lebensauslöschenden Klinge angenommen hatte, war es einer dieser Berge, der uns den Weg verstellt hat«, erkannte Xie Lian.

Lingwen wurde auf Pei Xius Rücken mal hierhin, mal dorthin gerissen, aber sie versuchte dennoch unter großer Anstrengung, sich am Gespräch zu beteiligen. »Kein Wunder, dass dieser Tempel an einem so eigenartigen Platz mitten im Tal errichtet wurde. Sein ursprünglicher Standort war vielleicht gar nicht so eigenartig und die beiden Berggeister haben ihn später erst zwischen sich eingequetscht.«

»Aber Geburt, Alter, Krankheit und Tod gehören doch zusammen*«, entgegnete Xie Lian. »Wenn es die letzten drei gibt, wieso fehlt dann Geburt?«

»Bedauerlicherweise gibt es keinen Berg namens Geburt. Zumindest habe ich noch keinen gesehen«, erklärte Hua Cheng.

»Bedeutet das nicht, dass es hier keine Chance auf Leben gibt? Wie grausam«, sagte Xie Lian.

Einen Moment später rief Banyue aus: »Die Berge rücken immer näher zusammen!«

Als sie den Bergpfad betreten hatten, war das Tal an die dreißig Meter breit gewesen. Je weiter sie gegangen waren, umso enger war es geworden. Als sie das Tor des Tempels erreicht hatten, hatten noch ungefähr zehn Meter die beiden Seiten voneinander getrennt. Nun knackten und ächzten die Wände des Gebäudes unter dem Druck. Der Tempel war aus steinernen Säulen und anderen stabilen Materialien erbaut worden, die sich jetzt zwischen den beiden Felswänden verkeilten – aber sie würden nicht mehr lange standhalten.

»Wir können weder vor noch zurück. Lasst uns das Dach durchbrechen und nach oben flüchten!«, rief Pei Ming. »Der Trümmerregen kann uns nichts anhaben, schlagt die Brocken einfach entzwei!«

»Das geht nicht«, mahnte Xie Lian. »Im Moment blockiert noch der Tempel die beiden Berge. Was, wenn wir nach oben entkommen und sie uns erwischen? Wir würden zermalmt werden.«

Während ihres Austauschs waren die Berge laut krachend noch schneller aufeinander zugerückt. Nur noch ungefähr sechs Meter Platz blieb zwischen den beiden Abhängen. Lingwen konnte sich noch nicht wieder bewegen, ihr blieb nichts, als laut zu rufen: »Könnt Ihr Euch bitte schnell etwas einfallen lassen? Wenn nicht, dann lasst mich wenigstens

* Im buddhistischen Glauben sind Geburt, Alter, Krankheit und Tod die vier Ursachen körperlichen Leids.

frei, damit ich selbst etwas unternehmen kann. Ich möchte nicht zwischen diesen Wänden zerquetscht werden.«

Das Wasser stand ihnen bis zum Hals, in dieser angespannten Lage war es nicht leicht, eine gute Idee zu ersinnen. Als der Spalt nur noch eine Menschlänge breit war, schrie Pei Ming plötzlich laut auf. Mit seinen Armen drückte er gegen den Berg auf der linken und mit seinen Beinen gegen den auf der rechten Seite. Er benutzte seinen eigenen Körper als Keil, indem er sich mit aller Kraft gegen die näher rückenden Felswände stemmte. »Selbst wenn ich zermalmt werde, dann wenigstens nicht kampflos. Ich halte sie auf – jetzt beeilt Euch und lasst Euch schleunigst etwas einfallen!«

Alle waren wie erstarrt vor Schreck. Lingwen zeigte ihm mühsam einen hochgereckten Daumen. »Pei der Ältere, was für ein Mann!«

Zwischen zusammengebissenen Zähnen presste er hervor: »Keine Ursache!«

Zu beschreiben, was für unfassbare Kräfte ein Kriegsgott hat, ist hier sicherlich nicht nötig. Die beiden Felswände strebten noch immer aufeinander zu, aber Pei Mings Strategie hatte sie einstweilen aufgehalten. Doch er verbrauchte dabei all seine spirituellen Kräfte und würde nicht lange standhalten können. Während Xie Lian sich noch das Hirn zermarterte, um sich eine Möglichkeit zur Flucht einfallen zu lassen, gewannen die Berggeister schon wieder die Oberhand und zwangen Pei Ming, die Knie zu beugen.

»General, ich komme Euch zur Hilfe!«, rief Pei Xiu, sobald er es bemerkte. Er warf Lingwen, die er noch immer auf der Schulter trug, Banyue zu, bevor er sich als weiteren menschlichen Keil zwischen die Berge stemmte. Er war jedoch nur ein Sterblicher und verfügte über keinerlei spirituelle Kräfte. Der Brokatheilige, den Lingwen am Körper trug, wäre nützlich gewesen, doch er war zu gefährlich. Ihn zu entfesseln könnte eine ähnliche Wirkung haben, wie Öl ins Feuer zu gießen oder von einer Schlange gebissen zu werden, nachdem man in eine Grube voller hungriger Wölfe gefallen war.

Banyue setzte Lingwen ab. »Ich helfe auch ...«

Sie hatte den Körper eines kleinen Mädchens und ihre Arme und Beine waren bei Weitem nicht so lang wie die eines erwachsenen Mannes. Sie war zu klein, um sich in den Spalt zu stemmen. Stattdessen legte sie ihre Handflächen auf Pei Xius Rücken und übertrug ihre spirituellen Kräfte auf ihn. Die vereinten Kräfte der beiden explodierten, ihre Gesichter röteten sich und die Adern traten unter ihrer Haut hervor.

Hua Cheng, derjenige unter ihnen, der über die stärksten Kräfte verfügte, zeigte keine Spur von Beunruhigung. Er drehte gelassen den roten Schirm in seiner Hand.

Da schlug plötzlich Xie Lian seine Faust in die Handfläche und rief: »Ich hab's! Ich hab's! Ich hab's, ich hab's!«

Ihm war etwas eingefallen. »Da wir weder vor noch zurückkönnen und eine Flucht nach oben keine Option ist, gehen wir nach unten. Lasst uns ein Loch graben und darin unterschlüpfen.«

»Eine gute Idee. Könnt Ihr bitte sofort damit anfangen?«, antwortete Lingwen.

»Und ... beeilt ... Euch ...«, presste Pei Ming zwischen zusammengebissenen Zähnen hervor.

»Ist ja gut, schon dabei«, sagte Xie Lian.

Xie Lian stach schon wie verrückt mit Fangxin auf den Boden ein, um ein Loch zu bohren. Erde und Sand flogen durch die Luft. Hua Cheng stand neben ihm und hielt ihm den Schirm über den Kopf. Er half ihm nicht nur nicht, er drängte ihn sogar aufzuhören. »Großer Bruder, lass das sein. Setz dich hin und ruh dich aus.«

Niemand konnte es ertragen, ihm zuzuhören. »Hua Chengzhu!«

»Hm? Was ist denn?«

Lingwen lag zusammengerollt auf dem Boden. »Hua Chengzhu, Seine Hoheit und Ihr selbst seid in derselben Lage wie wir. Wenn Ihr einen Ausweg wisst, könnt Ihr uns bitte helfen? Schließlich möchte keiner von uns hier zu Brei zerquetscht werden.«

Sie sprach die Worte nicht aus, die alle dachten, aber keiner zu sagen wagte: *»Und wenn Ihr keine Idee habt, könnt Ihr Euch dann nicht auch zwischen die Berge stemmen?«*

Xie Lian fürchtete sich zwar, aber instinktiv vertraute er Hua Cheng. Während er noch grub, fragte er: »San Lang, du hast einen Plan, oder?«

Hua Cheng lachte. »Großer Bruder, du musst nur warten. Du musst nichts tun. Noch einen Moment, dann ist alles gut.«

Obwohl sie wussten, dass Hua Cheng einen Plan haben musste, stand ihnen das Wasser bis zum Hals. Lingwen wollte gerade wieder etwas sagen, als Xie Lian stutzte: »Was ist das für ein Geräusch?«

Zum lauten Rumpeln der herabstürzenden Steinbrocken war ein weiteres Geräusch hinzugekommen – ein Schaben, und es klang so, als käme es schnell näher. Es schien sich rasch zu bewegen und genau auf sie zuzukommen.

Xie Lian kam das Geräusch bekannt vor, als hätte er es schon einmal gehört, und er hörte auf, wie ein Besessener zu graben. »Das ... Könnte das ...?«

Gerade, als die Worte seine Lippen verließen, tat sich neben seinen Füßen der Boden auf und gab den Blick in ein Loch frei, das groß genug war, dass zwei Männer nebeneinander hineinfallen könnten. In der Tiefe war der Kopf eines Spatens zu sehen, auf dem sich ein helles weißes Licht widerspiegelte.

Es war der Spaten des Erdmeisters!

Die Schaufel blitzte einen Moment lang hervor, dann zog sie sich rasch wieder in das Loch zurück.

»Etwas spät, aber immerhin hat er es geschafft«, kommentierte Hua Cheng. »Kommt!«

Ohne ein weiteres Wort packte Xie Lian Lingwen und warf sie in das Loch, dann tat er dasselbe mit Banyue und Pei Xiu und schließlich mit Pei Ming. Nun, da die »Keile« fort waren, bewegten sich die Berge wieder schneller aufeinander zu. In dem Getöse legte Hua Cheng seinen Arm um Xie Lians Taille und hielt ihn fest. »Komm, schnell!«

Xie Lian fest im Arm, sprang er in das Loch. Xie Lian wurde in die Dunkelheit gerissen. Einen Augenblick später war ein donnernder Knall von oben zu hören.

Die Lücke zwischen den beiden Bergen hatte sich vollends geschlossen.

Wären sie noch über der Erde gewesen, wären sie in diesem Moment zu Fleischpasteten zerquetscht worden. Sie brauchten einen Augenblick, um wieder zu Atem zu kommen. Dann leuchteten einige kleine Flammen auf und erhellten die Dunkelheit.

Xie Lian inspizierte den unterirdischen Weg, auf dem sie sich fanden. Er war weder besonders breit noch besonders schmal. Er war ordentlich und sauber angelegt – wie es von einem Tunnel, den der Spaten des Erdmeisters gegraben hatte, nicht anders zu erwarten war.

Diejenigen, die zuerst in das Loch geworfen worden waren, lagen noch schwer atmend am Boden.

Hua Cheng ließ Xie Lians Hüfte los und dieser ließ den Arm sinken, den er, ohne es zu merken, um Hua Chengs Schultern gelegt hatte. Er wandte seinen Blick dem schwarz gekleideten Mann mit dem Spaten zu.

Dieser atmete ebenfalls schwer, stützte sich auf seinen Spaten und wischte sich den kalten Schweiß von der Stirn. Xie Lian trat einige Schritte auf ihn zu, um ihn genauer zu mustern. Er sah aus wie ein ordentlicher, anständiger junger Mann und gut aussehend war er auch – vielleicht eine Sieben von Zehn. Aber seinem Aussehen fehlte jede Persönlichkeit. Er war einer jener Menschen, die man leicht übersehen konnte.

Als Xie Lian näher trat, blickte der Mann auf. »Eure Ho...«

Ohne ihn ausreden zu lassen, hatte Xie Lian ihn bereits am Handgelenk ergriffen. »Wo ist der Windmeister?«

Der Schwarzgekleidete sah ihn erschrocken an. »Was? Ich ... ich weiß es nicht.«

Xie Lian seufzte schwer. Dann sagte er streng: »Eure Exzellenz Schwarzes Wasser, wozu die Schauspielerei? Eure Vergeltung geht mich nichts an. Aber der Windmeister war einst Euer Freund und er hat weder etwas verbrochen noch jemandem geschadet. Ich hoffe also ...«

Lingwen unterbrach ihn. »Schwarzes Wasser? Eure Hoheit, denkt Ihr wirklich, dass er das ist? Sein Gesicht sieht ganz anders aus.«

Xie Lian drehte sich um und blickte zweifelnd. »Er hat den Spaten des Erdmeisters. Außerdem kennen wir doch alle das Geheimnis einer guten Tarnung, nicht wahr? Das Gesicht muss so unscheinbar sein, dass es in jeder Menschenmenge untertauchen kann. Es muss eine Fälschung sein.«

Wie zuvor schon erwähnt, war die erste Regel der Tarnung, das Gesicht so unauffällig wie möglich zu halten. Und auf den schwarz gekleideten jungen Mann, der vor ihnen stand, passte diese Beschreibung perfekt. Selbst wenn man sein Gesicht eine Stunde lang anstarren würde, hätte man sein Aussehen am nächsten Morgen wieder vergessen. Es bestand kein Zweifel – dies war ein falsches Gesicht.

Doch einen Moment später sagte der schwarz gekleidete junge Mann: »Es tut mir leid, Eure Hoheit, aber das ... So sehe ich nun einmal aus.«

Wie bitte?

»Das ist tatsächlich sein wahres Erscheinungsbild«, bestätigte Hua Cheng.

Dies war ein echtes, natürliches Allerweltsgesicht.

Xie Lian schlug sich mit der flachen Hand vor die Stirn, legte seine Hände dann wie zum Gebet aneinander und verbeugte sich zur Entschuldigung. »Es tut mir leid.«

Er war sich seiner Sache so sicher gewesen und nun hatte er diesem Mann ins Gesicht gesagt, dass er so unscheinbar war, dass man ihn in einer Menschenmenge nicht wiedererkennen würde. Aber es stimmte, sein Gesicht war das perfekte Beispiel für eine gelungene Tarnung.

Dem schwarz gekleideten jungen Mann war die Situation genauso unangenehm. Er winkte ab und sagte: »Es ist schon in Ordnung. Ich bin daran gewöhnt ...«

»Eure Hoheit Yin Yu, tausend Dank für Eure Hilfe«, sagte Lingwen.

Als er den Namen hörte, blinzelte Xie Lian. Erst da bemerkte er, dass die Stimme des jungen Mannes ihm bekannt vorgekommen war. Er musste sie zuvor schon einige Male gehört haben. Sein Blick glitt an dem jungen Mann hinab zu seinem Handgelenk. Es wurde von seinem Ärmel verdeckt, aber Xie Lian war sich sicher, dass er eine schwarze Fluchfessel trug.

Pei Ming erhob sich und musterte den jungen Mann genau, wie um sich seiner Identität nochmals zu vergewissern. »Eure Hoheit Yin Yu? Ich hätte nicht damit gerechnet, Euch hier anzutreffen. Ihr ...«

Yin Yu kratzte sich mit einem Finger an der Nase und erwiderte den Gruß. »Lingwen Zhenjun, General Pei, Pei der Jüngere.«

Da schnaubte eine Stimme: »Yin Yu? Seid Ihr etwa der Yin Yu, der gegen seinen eigenen Shidi* eine klägliche Niederlage erlitten hat?«

Das Gesicht des Himmelsbeamten verkrampfte sich, während die Stimme weitersprach: »Ich muss schon sagen, seid Ihr nicht zu armselig? Die Verbannung außen vorgelassen, kann ich nicht glauben, dass Ihr dem Himmel den Rücken gekehrt und zum Laufburschen eines Geisterkönigs geworden seid. Verglichen mit Quan Yizhen steht Ihr wirklich schlecht da, kaum vorstellbar, dass Ihr sein Shixiong** seid ...«

Es war die Stimme Rong Guangs, der in dem Tontopf eingeschlossen war. Pei Xiu brachte einen Talisman am Topf an, um ihn zum Schweigen zu bringen.

* Bezeichnung für den jüngeren Schüler desselben Meisters.
** Bezeichnung für den älteren Schüler desselben Meisters.

Eigentlich machte es keinen großen Unterschied, ob er als Dienstbote Jun Wu oder Hua Cheng diente. Doch mit seinen damaligen Kollegen aus dem Himmel zusammenzutreffen war, als wäre ein kaiserlicher Beamter zum Kriminellen geworden und nun von seinen früheren Kameraden auf frischer Tat ertappt worden. Die Atmosphäre war äußerst angespannt. Niemand wusste, was er sagen sollte, also blieb Yin Yu nichts anderes übrig, als sich schweigend umzudrehen und damit fortzufahren, mit dem Spaten des Erdmeisters einen Pfad zu graben. Während er grub, setzte die Gruppe ihren Weg durch den Gang fort.

Pei Ming dachte noch immer an den Bruder seines Freundes. »Hua Chengzhu, da es dir gelungen ist, den Spaten des Erdmeisters zu bekommen, nehme ich an, dass ihr beiden Geisterkönige euch untereinander austauscht? Als ich dich zuvor danach gefragt habe, hast du mir gesagt, du und der Dunkle Wasserdämon Xuan stünden einander nicht nahe und du könnest daher nichts über seinen Aufenthaltsort sagen. Wenn das möglich ist, könntet du ihm etwas ausrichten? Bitte ihn, Qingxuan freizulassen, wenn er ihn noch nicht getötet hat.«

»Du irrst dich. Ich weiß nicht, wo das Schwarze Wasser sich aufhält«, antwortete Hua Cheng.

»Woher hast du dann den Spaten?«

»Den habe ich gefunden«, behauptete Hua Cheng.

Er weigerte sich eiskalt, irgendetwas zuzugeben – da war nichts zu machen. Niemand konnte ihm etwas anhaben und in ihrer jetzigen Lage waren sie alle von ihm abhängig.

Beleidigt sagte Pei Ming: »Na gut, schön. Hua Chengzhu, du hattest großes Glück, so leicht an ein magisches Werkzeug zu kommen.«

Lingwen, die von Pei Xiu auf dem Rücken getragen wurde, sagte aus alter Gewohnheit: »Dieser Spaten gehört einem Himmelsbeamten des Oberen Hofes. Hua Chengzhu, bitte gebt ihn zurück an seinen ...« Bevor sie ausreden konnte, wurde ihr bewusst, dass sie nicht mehr dem Oberen

Hof angehörte und es nicht ihre Aufgabe war, sich darum zu kümmern. Sie verstummte.

Xie Lian rieb sich die Nasenwurzel und überlegte, ob er später im Geheimen noch einmal wegen dieser Angelegenheit nachfragen sollte, da meinte Hua Cheng leise, sodass nur er es hören konnte: »Das Schwarze Wasser hat ihn weggeworfen. Nachdem seine Verkleidung als Erdmeister aufgeflogen war, hat er den Spaten in der Geisterstadt gelassen und ist geflohen. Ich dachte, er könnte nützlich sein, also habe ich jemanden geschickt, um ihn zu holen, bevor wir das Tonglu-Gebiet betreten haben.«

»Ich verstehe. Es wäre ja auch zu schön gewesen, den Aufenthaltsort des Windmeisters herauszufinden ... Der Spaten ist äußerst nützlich in den Bergen. San Lang, du hast an alles gedacht und perfekt geplant.«

»Ich habe nur deshalb daran gedacht, weil mir selbst die Berggeister damals zu schaffen gemacht haben, das ist alles«, antwortete Hua Cheng.

Unwillkürlich stellte sich Xie Lian vor, wie Hua Cheng damals zum ersten Mal im Tonglu-Gebirge gewesen und als Anfänger all diesen Hindernissen getrotzt hatte.

Da erhellten einige kleine silberne Lichter die Dunkelheit. Es waren silberne Schmetterlinge, die als Lichter dienten.

Xie Lian hielt seine Handfläche unter einen der kleinen Schmetterlinge und wandte seinen Blick nach oben. »Was genau sind diese Berggeister? Warum haben sie uns angegriffen?«

»Es ist schwer zu sagen, was genau sie sind. Sie waren schon uralt, als ich das erste Mal hierherkam. Es ist nicht so, dass sie es auf uns abgesehen hätten – sie versuchen, jeden aufzuhalten, der den Berg Tonglu erreichen will. Wem sie nicht den Weg verstellen können, den attackieren sie.«

»Sie greifen jeden an? Wenn das so ist, haben sie dasselbe Ziel wie wir. Die Regenmeisterin und Seine Hoheit Qiying sind auch im Tonglu-Gebirge. Ich hoffe, dass ihnen nichts zustößt.«

Yin Yu hatte die ganze Zeit emsig gegraben und ihnen einen Weg gebahnt, aber als er Quan Yizhens Namen hörte, kam er kurz aus dem Rhythmus.

Xie Lian bemerkte es und blickte ihn an. Er erinnerte sich, dass Yin Yu zuvor, als er auf Quan Yizhen getroffen war, eine Maske getragen hatte. Was wäre wohl passiert, wenn dieser gewusst hätte, dass es sein Shixiong war, der da vor ihm gestanden hatte?

Lingwen hob mühsam den Kopf. »Eure Hoheit Yin Yu, habt Ihr Seine Hoheit Qiying gesehen? Er kam mehrere Male zu meinem Palast und bat mich, ihn bei der Suche nach Euch zu unterstützen.«

Yin Yu erstarrte einen Moment lang und stotterte: »W... Wirklich?«

»Ja. Als Ihr gerade verbannt worden wart, kam er beinahe jeden Tag. Da es nie etwas Neues gab, kam er nach einiger Zeit nur noch alle drei Tage, dann einmal im Monat. Zuletzt kam er noch mindestens einmal im Jahr. Er hatte immer das Gefühl, das es in der Geschichte mit dem Brokatheiligen ein Missverständnis gegeben haben musste, und wollte Eure Seite der Geschichte hören, damit er Euch helfen könnte, das aufzuklären. Aber es gab nie ein Lebenszeichen von Euch.«

Yin Yu schwieg. Er seufzte schwer, bevor er sich mit neuer Energie wieder dem Graben widmete.

Er will nicht mehr darüber sprechen, vermutete Xie Lian.

Lingwen war aufmerksam genug, es ebenfalls zu bemerken, also sagte sie nichts mehr und ließ Yin Yu in Ruhe seine Arbeit tun.

Es dauerte einige Zeit, bis Yin Yu wieder etwas sagte. »Chengzhu, Eure Hoheit, wir sind nun schon fünfzehn Kilometer weit vorgedrungen. Soll ich weitergraben?«

Der Spaten des Erdmeisters verrichtete sein Werk schnell wie der Wind, er grub sich geschmeidig durch den Boden, als würde er Tofu schneiden, und ließ keine Erdaufschüttungen zurück. Da die Gruppe sich im Laufschritt fortbewegt hatte, war sie sogar schneller vorangekommen als über der Erde. Ohne es zu bemerken, hatten sie die fünfzehn Kilometer hinter sich gebracht.

Xie Lian bemerkte erstaunt, dass Yin Yu mit seiner Frage auch ihn angesprochen hatte. »Ihr müsst mich nicht fragen«, sagte er sanft.

»Das ist doch egal. Was denkst du, großer Bruder?«

Xie Lian überlegte. »Da wir schon beinahe am Ende des Tals angelangt waren, als die Berge zusammengerückt sind, sollten fünfzehn Kilometer weit genug sein. Hier unter der Erde haben wir nicht genügend Luft. Wenn wir noch länger hierbleiben, könnte uns schwindelig werden. Ich würde sagen, wir sollten aufwärtsgraben.«

»Jawohl«, bestätigte Yin Yu. Augenblicklich änderte er die Richtung und grub eine schön geformte Treppe aus Erde, die aufwärtsführte.

Dieser Mann ist ein ausgezeichneter Assistent. Er ist schnell und zielstrebig und redet nur so viel wie nötig, dachte Xie Lian bei sich.

Alle folgten Yin Yu. Nachdem sie Dutzende Stufen hinaufgestiegen waren, spürte Xie Lian unter seinem Fuß etwas Hartes, das aus dem Boden ragte. Es schien weder feste Erde noch Gestein zu sein, also bückte er sich, um nachzusehen. Er fuhr mit seinen Händen über den Boden. Kurz darauf runzelte er die Stirn.

Hua Cheng sah ihn an und sagte: »Großer Bruder, fass das nicht an!«

Aber es war schon zu spät. Als Xie Lian aufstand, hielt er in beiden Händen jeweils einen Schädel. »Hört mal, ich habe eine Frage. Sind wir in ein Massengrab geraten?«

Pei Ming zog seufzend einen Oberschenkelknochen aus der Wand und staunte über seinen Fund. »Sieht ganz danach aus. Seht Euch die Struktur dieses Knochens an. Er muss einer wunderschönen Frau mit langen, schlanken Beinen gehört haben. Was für ein Jammer, dass ihre Knochen hier begraben wurden.«

»Das ist wirklich bedauerlich«, sagte Hua Cheng. »Das war ein langes Bein, das ist wahr. Aber das ist der Knochen eines Mannes.«

Als Pei Ming hörte, dass der Knochen keiner Frau gehört hatte, verlor er das Interesse und warf ihn fort.

»Genauer gesagt ist das der Knochen eines Mannes, der zu einem Geist wurde. Bestimmt haftet Leichengift an ihm«, fuhr Hua Cheng fort.

Pei Ming öffnete seine Hände und tatsächlich war auf seinen Handflächen grünes Leichen-Qi zu sehen.

»Kannst du nicht einmal deine Finger bei dir behalten, nur ein einziges Mal?«, spottete Lingwen.

»Leichengift wird ... ihm ... nicht schaden. Der General ist ... ein Himmelsbeamter. Er wird sich ... schnell ... erholen«, kommentierte Pei Xiu.

Der Oberschenkelknochen war nicht nur lang und schlank, er war auch robust und leicht und lag gut in der Hand. Pei Ming hob ihn wieder auf und umwickelte das eine Ende mit einem Stück Stoff, um ihn daran festzuhalten. Er hatte wohl vor, ihn als Waffe zu benutzen. »Eure Hoheit, wie kommt es, dass es Euch nichts ausmacht, diese Schädel so lange festzuhalten?«

Xie Lian legte die beiden Schädel vorsichtig ab und zeigte den anderen seine Handflächen. Sie leuchteten ebenso grün wie die Pei Mings, aber die Farbe verblasste rasch. »Um ehrlich zu sein, wurde ich schon unzählige Male von Leichen vergiftet. Wenn nicht tausend-, dann doch mindestens achthundertmal. Das Gift kann mir nichts mehr anhaben, schon gar nicht in dieser geringen Menge.«

Seine Erklärung klang so albern, dass seine Gefährten beinahe losgelacht hätten. Hua Cheng wirkte jedoch überhaupt nicht belustigt. Er ging zu ihm und zertrat die Schädel unter seinen Stiefeln.

Xie Lian hatte sich eigentlich entspannt gefühlt, aber er spürte, dass Hua Cheng erbost war, als er das laute, brutale Krachen der zersplitternden Knochen hörte. Er wollte fragen, was los war, befürchtete jedoch zugleich, dass er schuld an Hua Chengs schlechter Stimmung war, und traute sich nicht.

Kurz darauf erkundigte sich Hua Cheng tonlos: »Wieso dauert das so lange?«

Die Erdoberfläche sollte eigentlich keine sechs Meter über ihnen sein. Selbst wenn der Weg aufwärts nicht gerade, sondern schräg verlief, hätte es nicht so lange dauern sollen.

Yin Yu war genauso verblüfft. »Ich weiß es auch nicht ... Wartet – da! Wir sind durch!«

Gleich nachdem Hua Cheng nachgefragt hatte, hatte der Spaten die Erdoberfläche durchstoßen. Yin Yu grub ein großes Loch frei und sprang als Erster hinaus. »Wir sind ... draußen?«

Alle stiegen durch das Loch, sahen einander allerdings verwirrt an, als ihre Füße die »Erdoberfläche« berührten.

»Sind wir wieder über der Erde? Da stimmt doch etwas nicht. Wo sind wir hier?«, fragte Pei Ming.

Mit Sicherheit waren sie nicht im Freien, dafür war es viel zu düster. »Es war noch heller Tag, als wir durch das Tal gegangen sind. Es kann nicht sein, dass es so schnell dunkel geworden ist«, bemerkte Lingwen.

Einige der silbern leuchtenden Schmetterlinge flogen los und umflatterten sie. Endlich konnten sie deutlich erkennen, wo sie gelandet waren.

Es war eine gigantische Höhle, riesig und leer. Die gewölbte Decke war hoch und breit und sah beinahe aus wie ein tintenschwarzer Nachthimmel. Um sie herum befand sich eine Vielzahl kleinerer Höhlen, von denen jede in eine andere Richtung führte.

»Ist dieser Ort von Menschen geschaffen oder ist er natürlichen Ursprungs?«, staunte Xie Lian.

Hua Cheng sah sich um und verschränkte die Arme. »Er ist natürlichen Ursprungs.«

Obwohl er seine Frage beantwortet hatte, konnte Xie Lian den beklemmenden Moment zuvor nicht vergessen.

»Der Punkt, an dem wir uns entschieden haben, aufwärtszugraben, war genau unterhalb dieses Berges. Wir haben in ihn hineingegraben.«

»So ist das also. Dann lasst uns schnell einen Ausgang finden.«

»Aber in ... welcher Richtung?«, fragte Pei Xiu.

Das war die große Frage. Von der Höhle gingen viele winzige Gänge aus, durch die kein Mensch gehen konnte, aber es gab sieben oder acht größere Höhlengänge, die sie erkunden konnten. Xie Lian verschränkte die Arme und dachte nach.

»Sollen wir uns ... in Gruppen ... aufteilen? Das ginge am ... schnellsten«, schlug Pei Xiu vor.

Xie Lian ließ die Arme sinken. »Nein. Uns zu trennen wäre das Ungünstigste, was wir im Moment tun könnten. Wenn sich irgendetwas in der Dunkelheit versteckt, könnten wir leicht überfallen werden. Besser lassen wir uns Zeit und suchen gemeinsam nach dem richtigen Weg, als unsere Kräfte aufzuteilen.«

Pei Ming schwang seine neue Knochenwaffe. Er schien fasziniert davon zu sein, sie herumzuschwenken, und sagte dabei: »Dann bleiben wir zusammen. Lasst uns diesen Weg zuerst erkunden.«

Gemeinsam schlugen sie den Weg ein. Hua Cheng und Xie Lian gingen vorneweg.

Nachdem sie eine Zeit lang schweigend gegangen waren, wagte Xie Lian zu flüstern: »San Lang?«

Hua Cheng machte schon lange keinen verärgerten Eindruck mehr und antwortete: »Hast du eine Frage?«

Xie Lian brachte es nicht über sich, ihn zu fragen, ob er zuvor böse auf ihn gewesen war, also sagte er beiläufig: »Nein, es ist nichts. Nur ... dieser Tunnel hat so viele Biegungen und Kurven, beinahe wie Gedärme. Mir ist ein bisschen schwindelig.«

»Möchtest du eine Pause machen?«, fragte Hua Cheng sofort. Er klang nicht, als würde er scherzen.

»Nein, nein, ist schon gut«, antwortete Xie Lian hastig.

Hinter ihnen meldete sich Pei Ming zu Wort: »Habe ich richtig gehört? Eure Hoheit, Euch ist vom Laufen schwindelig?«

Xie Lian schämte sich etwas für das, was er gesagt hatte. Er hatte schließlich nur so dahergeredet, um ein Gespräch zu beginnen, also ignorierte er Pei Mings Kommentar. »Bleibt alle zusammen«, mahnte er streng. »Dieser Tunnel ist kurvenreich, zu leicht könnte etwas passieren ...«

Während er sprach, wandte er sich um und blieb augenblicklich stehen. Er griff nach Hua Cheng, um ihn ebenfalls zurückzuhalten. »San Lang!«

»Was ist?«, fragte Hua Cheng und als er sich umwandte, runzelte er die Stirn.

Hinter ihnen war niemand!

Pei Ming war gerade noch hinter ihnen gewesen, als er seinen Kommentar abgegeben hatte. Nun war der dunkle Gang bis auf sie beide leer. Hua Cheng packte Xie Lian an der Schulter und sagte mit düsterer Stimme: »Großer Bruder, bleib dicht bei mir. Geh nirgendwohin.«

Xie Lian hielt den Atem an und lauschte wachsam. »Versteckt sich etwas in diesem Berg?«

»Nein. Aber es ist noch viel beunruhigender, dass nichts hier ist.«

Denn das bedeutete, dass sie es mit etwas zu tun hatten, das lautlos näher kommen und jeden unbemerkt entführen konnte.

Kapitel 82:
Im Leben dasselbe Grab, doch kein Frieden unter der Erde

»Es kann sich doch unmöglich etwas angeschlichen und die anderen verschleppt haben, ohne dass wir etwas bemerkt haben«, flüsterte Xie Lian leise.

Wenn er auch an seiner eigenen Beobachtungsgabe zweifelte, vertraute er der Hua Chengs. Außerdem konnte er sich bei drohender Gefahr stets auf sein eigenes Bauchgefühl verlassen.

»Lass uns zurückgehen und nachsehen«, sagte Hua Cheng.

Seite an Seite gingen die beiden den Weg zurück, den sie gekommen waren, und folgten Kurven und Biegungen, bis sie schließlich stehen blieben.

Allerdings nicht freiwillig, vielmehr waren sie dazu gezwungen, denn der Weg endete abrupt. Der Tunnel hatte sich zwar in alle möglichen Richtungen gewunden, aber es war nur ein einzelner Weg ohne Abzweigungen. Doch jetzt versperrte eine massive, kalte Steinmauer, die zuvor noch nicht dagewesen war, ihnen den Weg, sodass sie nicht zu ihrem Ausgangspunkt zurückkonnten.

Die beiden waren wenig überrascht. »Ist das eine Illusion oder ist sie echt?«

Ein silberner Schmetterling flog auf die raue Steinmauer zu und berührte sie sacht. Sie machte einen vollkommen gewöhnlichen Eindruck. Der Schmetterling wurde von ihr zurückgeworfen.

»Sie ist echt«, bestätigte Hua Cheng.

Xie Lian nickte. »Dann wird es schwierig.«

Es gab zwei verbreitete Arten von Geistermauern. Die erste Art war eine reine Illusion. Das bedeutete, man sah eine Mauer, wo in Wirklichkeit keine war. Diese Täuschung konnte man leicht loswerden: Man musste sie nur berühren, sich selbst ohrfeigen oder sich mit kaltem Wasser übergießen, um sich wachzurütteln, und danach die Mauer erneut berühren.

Die zweite Art verwirrte das Orientierungsgefühl und das Gedächtnis, und dieser Sorte beizukommen, war nicht ganz so einfach. Zum

Beispiel konnte es vorkommen, dass sie einen an einer Weggabelung durcheinanderbrachte. Man glaubte, den linken Abzweig genommen zu haben, obwohl man sich nach rechts gewandt hatte. Dieses »Geisterkarussell« war nichts als eine einfache Täuschung: Bei allen Menschen war die Schrittweite des linken und rechten Beins minimal unterschiedlich. Unmenschliche Kreaturen konnten die Wahrnehmung eines Menschen derart verzerren, dass diese Abweichung sich so vergrößerte, dass man dachte, man liefe geradeaus, während man in Wirklichkeit einen großen Kreis beschrieb. Kam man dann wieder am Ausgangspunkt an, wunderte man sich: *Was? Wieso bin ich jetzt wieder hier?*

Für Xie Lian und Hua Cheng waren beide Arten nichts als ein billiger Trick. Aber die Mauer, der sie sich jetzt gegenüberfanden, war von einer dritten Art: Sie war echt.

Xie Lian zog in Erwägung, der Mauer einen heftigen Schlag zu versetzen, um zu sehen, was sich hinter ihr befand, da sagte Hua Cheng: »Gib mir deine Hand, großer Bruder.«

Xie Lian war verwirrt, reichte Hua Cheng aber seine Hand. Dieser nahm sie sanft in seine eigene. Die andere hielt er darüber, als wolle er etwas darauflegen.

Xie Lian hielt einen Moment den Atem an. Dann hob er erstaunt seine Hand. »Was ist das?«

Den Mittelfinger seiner linken Hand zierte nun ein dünnes rotes Band, das Hua Cheng sorgsam festgebunden hatte. Das Band setzte sich fort und das andere Ende war um Hua Chengs eigenen Finger gebunden. Hua Cheng lächelte ihn an und hob seine Hand, um Xie Lian zu zeigen, dass sie nun identische kleine Schmetterlingsknoten an ihren Fingern trugen. »Jetzt sind wir verbunden.«

Xie Lian spürte, wie ihm die Hitze ins Gesicht stieg. Vielleicht war er etwas zu empfindlich. Er rieb sich hastig die Wangen. Er befürchtete, dass Hua Cheng bemerken würde, wie sehr sich sein Herzschlag beschleunigt hatte. »Ist das ein Zauber?«, fragte er lächelnd.

»Ja.« Hua Cheng sah ihn direkt an. »Wir werden uns nicht aus eigenen Stücken trennen, das ist nur eine Vorsichtsmaßnahme. Das rote Band kann nicht zerreißen oder kürzer werden. Solange das Band intakt ist, bedeutet das, dass die Person am anderen Ende wohlauf ist. Es wird uns immer wieder zueinander zurückfinden lassen, es sei denn, einer von uns ist nicht mehr.«

»Was meinst du mit ›ist nicht mehr‹?«, fragte Xie Lian beklommen.

»Tot oder vollständig aufgelöst«, erklärte Hua Cheng.

Xie Lian wollte etwas entgegnen, da drang ein fernes Rumpeln an sein Ohr. Er lauschte angestrengt und wunderte sich: »Ist da ein Kampf im Gange?«

Der Stärke und Häufigkeit nach zu urteilen, schlug jemand auf den Berg selbst ein. »Kein gewöhnlicher Mensch besitzt solche Kräfte«, sagte Xie Lian. »Das muss ein Kriegsgott sein. Könnte es General Pei sein?«

»Es kommt von dort vorne«, stellte Hua Cheng fest.

Mit »vorne« meinte er die Richtung, in die sie unterwegs gewesen waren, bevor sie umgekehrt waren, weil Pei Ming und die anderen verschwunden waren. Wie konnte es sein, dass sie nun aus dieser Richtung zu hören waren? Und wenn es nicht Pei Ming war, wer war es dann?

Die beiden warfen sich einen Blick zu und gingen dann nebeneinanderher, um nachzusehen. Als sie ungefähr die Hälfte des Weges zurückgelegt hatten, verstummte das Geräusch. Sie konnten nicht sagen, ob derjenige absichtlich damit aufgehört hatte oder ob ihm die Kraft ausgegangen war.

Nun waren sie schon so weit gelaufen, welchen Grund hätte es geben können, wieder umzudrehen? Xie Lian und Hua Cheng setzten ihren Weg in die Richtung fort, aus der die Schläge gekommen waren. Einige silberne Schmetterlinge tanzten in der bläulichen Dunkelheit vor ihnen und beleuchteten ihren Weg. Mit seinen scharfen Augen bemerkte Xie Lian etwas Eigenartiges an der steinernen Wand. »Was ist das? Ein rotes Band?«

Von Weitem konnten sie nicht erkennen, was es war, aber es sah höchst merkwürdig aus. Es sah tatsächlich aus wie ein rotes Band, nur war es viel dicker. Es wand sich nach allen Seiten und je näher sie kamen, desto mehr glich es einem langen roten Wurm.

Xie Lian trat heran und untersuchte es vorsichtig. »Ist das nicht eine von Banyues Skorpionschlangen?«

Und in der Tat, es war die untere Hälfte einer dunkelroten Skorpionschlange, die sich wand und ihren Körper hin und her warf. Ihre obere Hälfte steckte in der steinernen Wand. »Ob sie in ein Loch gekrochen ist und nicht mehr herauskommt?«, überlegte Xie Lian.

»Wahrscheinlich nicht«, sagte Hua Cheng.

Der Körper der Skorpionschlange hing in der Luft. Schlangen kletterten nicht an Wänden hoch. Wie sollte sie einen so hohen Punkt erreicht haben, bevor sie in das Loch gekrochen war? Außerdem waren viele Risse und Öffnungen in der Wand. Wenn die Schlange sich verkriechen wollte, warum würde sie dann ein so kleines Loch aussuchen? Das »Loch« sah zudem merkwürdig aus – es hatte die exakt gleiche Form wie der Körper der Schlange, deshalb saß die Schlange auch so unbeweglich fest.

Xie Lian wollte nach ihr greifen, sie herausziehen und nachsehen, aber die Schlange peitschte ihren Schwanz panisch hin und her, griff wahllos mit ihrem Stachel an und hätte Xie Lian beinahe getroffen. Daraufhin versetzte Hua Cheng ihr einen Schlag und obwohl die Bewegung beiläufig gewirkt hatte, schien sich die Schlange so sehr erschreckt zu haben, dass sie reglos verharrte. Xie Lian wusste nicht, ob er lachen oder weinen sollte, und wollte gerade schon etwas sagen, da hielt er inne. »Hast du das gehört?«

»Ja.«

Beide wandten ihren Blick nach vorne.

In der Dunkelheit konnten sie ein leises Atemgeräusch hören, sehr gleichmäßig und ruhig.

Zwei Silberschmetterlinge umtanzten einander und flogen auf das Geräusch zu, sie stiegen höher und höher und erhellten die Dunkelheit. Allmählich wurde ein Händepaar sichtbar.

Es waren die Hände eines Mannes. Sie waren von Blutspuren bedeckt und von Verletzungen übersät und hingen reglos herab wie die einer Leiche. Die Schmetterlinge flogen noch höher und warfen ihr Licht auf die zerwühlten Haare und den Kopf der Person, der ebenfalls herabhing wie der eines Toten. Es war jedoch kein Unterleib zu sehen.

Tatsächlich – der Person, die hoch oben in der Wand »hing«, fehlte die untere Hälfte ihres Körpers. Nur die obere Hälfte war vorhanden, als wäre sie direkt aus der Wand gewachsen.

In seiner Vergangenheit hatte Xie Lian oft erlebt, wie die Adligen nach seltenem Wild jagten und die Köpfe ihrer Beute als Trophäen mit nach Hause brachten. Sie behandelten sie mit einer chemischen Lösung, damit sie nicht verwesten, und hängten sie dann an die Wände ihrer Wohnräume. Das Bild, das sich ihm nun bot, erinnerte ihn an den Anblick dieser Jagdtrophäen – die Köpfe von Tigern, Hirschen, Wölfen und anderen Tieren. Doch dieser Mann atmete ganz offensichtlich – er war noch am Leben.

Xie Lian trat näher heran: »Was ist das? Ist das die wahre Gestalt des Berggeistes?«

Doch er bekam keine Antwort. Xie Lian spürte, wie ihm ein kalter Schauder das Rückgrat hinaufkroch. Er fuhr herum und wirklich – Hua Cheng war verschwunden!

»San Lang?«, rief er aus.

Natürlich antwortete ihm niemand, aber der Mann, der in der Wand hing, begann zu murmeln, als rede er im Schlaf und wäre im Begriff aufzuwachen. Unter den gegebenen Umständen interessierte sich Xie Lian jedoch nicht für ihn. Er drehte sich ein paarmal suchend um die eigene Achse, dann fiel ihm das rote Band wieder ein, das um seinen Finger gebunden war, und seine Panik flaute etwas ab. Es war noch da und nicht zerrissen. Xie Lian entspannte sich bei dem Anblick. Er nahm das Band in die Hand und zog leicht daran, während er loslief. Er ging, bis er das Ende des Bandes erreicht hatte.

Das rote Band verschwand in einer steinernen Wand.

Xie Lian konnte es nicht fassen. Er zog ein paarmal an dem Band, aber dadurch zog er es nur immer weiter aus der Wand. Er fragte sich, ob Hua Cheng womöglich in der Wand festsaß. Im selben Moment, als ihm die Idee kam, zog er auch schon Fangxin und machte sich bereit, ohne ein weiteres Wort die Wand zu zerschlagen. Doch er hatte die Wand noch nicht einmal mit der Spitze seines Schwerts berührt, da wurde ihm schwarz vor Augen. Es war, als hätte die Wand vor ihm ein riesiges Maul aufgerissen. Sie heulte laut auf, als sie seinen Körper vollständig verschlang.

Die Dunkelheit verschwand nicht, vielmehr hüllte sie Xie Lian vollkommen ein, nachdem er verschluckt worden war. Er war umgeben von Sand und Erde, die heftig und schwer auf ihm lasteten und ihm den Atem zu nehmen drohten. Alles war in ständiger Bewegung. Es fühlte sich an, als sei er im Bauch eines gigantischen Dämons gelandet, der alles Mögliche verschluckt hatte und nun in seinem Magen alles durchrührte, um es verdauen zu können. Zugleich hatte er das Gefühl, in Treibsand zu versinken. Auch wenn er genug Kraft hatte, konnte er nirgendwo ansetzen, und je mehr er versuchte, sich zu wehren, desto tiefer sank er ein. Xie Lian wollte die Wand zerbrechen, um zu entkommen, doch dann wurde ihm klar, dass Hua Cheng ebenfalls hier gefangen sein musste. Und so entschied er stattdessen, sich vorwärtszubewegen. Er ruderte mit den Armen, um gegen die Erde und den Sand anzukommen, während er sich an dem roten Band entlang Stück für Stück vorarbeitete.

Eine Hand tauchte auf und packte ihn fest am Handgelenk. Xie Lian erschrak. »Wer ist da?«

Sobald er den Mund aufmachte, bekam er Erde und Matsch hinein, die er angewidert ausspuckte. Die Hand ließ nicht von ihm ab und zog an ihm, dann umfasste ihn ein Paar starker Arme. Eine vertraute Stimme war zu hören: »Großer Bruder, ich bin es.«

Xie Lians Anspannung fiel von ihm ab, als er diese Stimme hörte, und er schloss seine Arme fest um Hua Cheng. »Was für ein Glück ... Das rote Band ist nicht zerrissen. Ich habe dich gefunden«, seufzte er.

Hua Cheng erwiderte seine Umarmung und sagte selbstsicher: »Es ist nicht zerrissen. Ich habe dich auch gefunden.«

Zuvor hatten sie beide gleichzeitig dieselbe merkwürdige Erfahrung gemacht. Xie Lian hatte den Mann mit dem halben Körper betrachtet, der in der Wand hing, während Hua Cheng ihre Umgebung im Blick behalten hatte, um sie vor möglichen Überfällen durch irgendetwas, das in der Dunkelheit lauern mochte, zu schützen. Xie Lian hatte direkt neben ihm gestanden, aber innerhalb des Bruchteils einer Sekunde, kaum mehr als ein Wimpernschlag, war er verschwunden und eine steinerne Wand befand sich dort, wo er gerade noch gestanden hatte. Hua Cheng hatte an dem roten Band gezogen, war ihm gefolgt und hatte festgestellt, dass es in die Wand führte.

Obwohl wahrscheinlich nur eine einzelne Wand die beiden getrennt hatte, hatte jeder von ihnen befürchtet, dass der andere in ihr gefangen sein könnte, und so waren sie zur selben Zeit ins Innere der Wand geraten. Zum zigsten Mal hatte Xie Lian den wiederkehrenden Gedanken, dass Hua Cheng wirklich an alles gedacht hatte. »Was für ein Glück, dass wir mit dem roten Band verbunden waren. Sonst hätten wir einander vielleicht nicht mehr wiedergefunden. Kein Wunder, dass General Pei und die anderen so plötzlich verschwunden waren – sie wurden nicht überfallen, sie wurden ... von dem Berggeist verschluckt.«

»Genau«, bestätigte Hua Cheng. »Wir haben einen ungünstigen Ort zum Graben ausgewählt und sind direkt im Bauch des Berggeistes gelandet.«

Xie Lian räusperte sich unwillkürlich.

Es stimmte. Sie befanden sich zweifellos im Bauch eines der drei Berge Alter, Krankheit oder Tod. Als Yin Yu Xie Lian gefragt hatte, ob er damit anfangen solle, aufwärtszugraben, mussten sie sich genau unterhalb des Berges befunden haben, und Xie Lian hatte ihn fröhlich dazu ermutigt. Er war wirklich der größte Unglücksrabe unter dem Himmel. Der Sand und die Erdmassen drückten auf sie ein und nahmen mehr und mehr von dem Raum um sie herum ein, außerdem wurde es immer stickiger.

Xie Lian hielt es für keine gute Idee, noch länger so auszuharren. »Wie kommen wir hier heraus?«, fragte er.

»Der Berggeist ist nicht gerade erfreut darüber, dass von unten in ihn hineingegraben wurde«, sagte Hua Cheng. »Er versucht, uns zu verdauen. Das ist keine angenehme Lage, großer Bruder, aber vertrau mir: Früher oder später kommen wir von ganz allein raus.« Dann scherzte er: »So muss sich ›im Leben dasselbe Grab‹* anfühlen.«

Xie Lian erschrak bei dem Kommentar, aber seine Mundwinkel zuckten unwillkürlich nach oben. Als er es bemerkte, unterdrückte er sein Lächeln hastig. »Der Mann mit dem halben Körper wurde wahrscheinlich auch von dem Berggeist verschluckt. Das Geräusch, das wir gehört haben, muss von ihm gekommen sein. Er hat auf die Wand eingeschlagen und versucht freizukommen. Er und die Skorpionschlange wurden beide nur halb verschluckt.«

Deswegen boten sie einen so grausigen Anblick.

»Aber er ist keiner von unserer Tonglu-Expeditionsgruppe«, merkte Hua Cheng an.

Xie Lian erinnerte sich an den wirren Haarschopf. »Warte, ich weiß, wer es war. Es war wahrscheinlich Qiying!«

* Abwandlung des Zitats: »Im Leben dieselbe Decke, im Tod dasselbe Grab.« Es drückt aus, dass Liebende im Leben und später im Tod verbunden bleiben.

Es dauerte eine Weile, bis Hua Cheng sich erinnerte. »Ah, der Lockenkopf. Ja, ich denke, das war er.«

»Ich frage mich, ob er in Ordnung ist. War er ohnmächtig? Er hat keine Antwort gegeben.«

»Er hat nichts. Er hat nur geschlafen.«

»Woher weißt du das?«, fragte Xie Lian.

»Ich habe einige silberne Schmetterlinge draußen gelassen. Ich habe gerade einen zu ihm geschickt. Mit meinem rechten Auge kann ich durch ihn sehen.« Kaum hatte er ausgesprochen, da machte er »Hm?«, als hätte er etwas Interessantes gesehen.

»Was ist draußen zu sehen?«, erkundigte sich Xie Lian.

Hua Cheng gab keine Antwort. Stattdessen neigte er seinen Kopf und drückte Xie Lians Kinn sanft nach oben, sodass sie sich an der Stirn berührten. Augenblicklich weiteten sich Xie Lians Augen, bevor er sie schloss und wieder aufschlug.

Mit seinem rechten Auge konnte er ein vollkommen anderes Bild sehen als das, was vor ihm lag. Es war dunkel, aber er konnte grobe Umrisse erkennen. Der silberne Schmetterling, durch den er sehen konnte, schien sich hinter einem Grasbüschel versteckt zu halten. Ein schwarzer Schatten kam von oben näher.

»Da kommt jemand. Ich frage mich, wer das sein könnte«, wunderte sich Xie Lian. »Wo versteckt sich der Schmetterling? Kann er entdeckt werden?«

»Er sitzt in seinem Haar. Sein Licht ist verborgen, er wird nicht entdeckt werden.«

Der schwarze Schatten war endlich nah genug. Er hob den Kopf und ein grausig blasses Gesicht war zu erkennen.

»Yin Yu?«, stutzte Xie Lian.

Kapitel 83:
Auf den Schultern von Riesen

1

Tatsächlich war es Yin Yu. Den Spaten des Erdmeisters hielt er noch immer in den Händen. Obwohl er vom Berggeist verschluckt worden war, konnte er sich mit diesem magischen Werkzeug leicht einen Weg in die Freiheit graben. Dass er hier auftauchte, war nicht weiter verwunderlich, vor allem da Quan Yizhen mit seinen wütenden Schlägen den ganzen Berg zum Beben gebracht hatte.

Xie Lian empfand es als äußerst unangenehm, mit dem linken und dem rechten Auge unterschiedliche Bilder zu sehen. Er blinzelte leicht und stellte fest, dass das rechte Auge die Szene draußen trotzdem weiterhin sehen konnte, woraufhin er seine Augen geschlossen hielt. In dem Moment passierte etwas mit seinem Blickfeld. Es begann zu wackeln und schwang wie wild von links nach rechts. Es schien, als sei Quan Yizhen aufgewacht und habe den Kopf geschüttelt.

Als Yin Yu sah, dass er sich rührte, bedeckte er sein Gesicht mit seiner Geistermaske. Doch Quan Yizhen schenkte ihm keine weitere Beachtung – denn in dem Moment, da er aufwachte, wurde sein ganzer Körper gewaltsam nach hinten gerissen und er versank noch tiefer in der Wand.

Der Berggeist hatte ein weiteres großes Stück von Quan Yizhens Körper verschluckt.

Solange seine Arme noch außerhalb der Wand gewesen waren, hatte Quan Yizhen wie wild mit den Fäusten auf die Wand eingeschlagen und mit aller Kraft versucht freizukommen. Doch der Berggeist war vermutlich Tausende Jahre alt und verfügte über unermessliche dämonische Kräfte. Er riss sein Maul auf, schluckte erneut und Quan Yizhen sank tiefer und tiefer, bis das Geräusch seiner Schläge verstummte, sobald seine Arme in der steinernen Wand verschwanden. Der Berggeist schien innezuhalten und von Quan Yizhen schaute nur noch der Kopf heraus.

Da bemerkte er, dass unter ihm jemand stand. »Wer seid Ihr?«, fragte er, ohne nachzudenken.

Yin Yu gab keine Antwort, aber selbst durch die Maske hindurch war eine eisige Schärfe in seinem Blick zu erkennen, die einen erschaudern ließ. *Das ist nicht der Ausdruck eines Mannes, der über alte Zeiten plaudern will*, dachte Xie Lian.

Gedankenlos wie zuvor sprach Quan Yizhen weiter: »Ist das, was Ihr da habt, ein Spaten? Helft mir und grabt mich aus dieser Wand frei. Ich möchte hier raus.«

Er hatte schon immer so gesprochen. Arglos, naiv und furchtlos, wie ein Kind. Ohne zu wissen, wer der Fremde war, bat er ihn schon um Hilfe. Die Möglichkeit, dass diese eigenartige, düstere Gestalt, die plötzlich aufgetaucht war, genauso gut gekommen sein könnte, um ihn zu töten, zog er gar nicht in Betracht.

Als Yin Yu seine Worte hörte, schlossen sich seine Hände fester um den Griff des Erdmeister-Spatens. Den glänzenden Spaten in der Hand, trat er langsam auf Quan Yizhen zu. Mit bedächtigen Schritten näherte er sich, wie ein Mörder, der im Begriff war, ein unsagbares Verbrechen zu begehen.

Xie Lian beunruhigte es ungemein, das mit anzusehen. »Moment mal. Warum habe ich das Gefühl, dass er Quan Yizhen mit dem Spaten den Kopf abschlagen möchte?«

»Das könnte sein«, sagte Hua Cheng.

Xie Lian schluckte sprachlos.

»Aber zum jetzigen Zeitpunkt können wir nicht zulassen, dass er Quan Yizhen tötet. Der Berggeist kann im Moment nur lebendige, rohe Menschen verschlucken, und die sind schwer verdaulich. Ein Leichnam wäre leichtere Kost. Sollte Quan Yizhen umkommen und dem Berg die Möglichkeit geben, einen Himmelsbeamten zu verstoffwechseln, würden seine Kräfte exponentiell zunehmen. Das würde uns die Flucht deutlich erschweren.«

»Warte, warte, warte«, sagte Xie Lian schnell. »San Lang, Verdauung hin oder her, Yin Yu ist dein Untergebener. Nach allem, was du über ihn weißt, denkst du, er wird Quan Yizhen töten? Besteht ein Groll zwischen den beiden?«

Quan Yizhen war in seiner Suche nach Yin Yu so beharrlich gewesen. Da sie Kultivierungsbrüder und Anhänger derselben Sekte waren, war es undenkbar, dass sie sich nach so vielen Jahren nicht sehr gut kannten. Xie Lian hielt den Grund der Suche für offensichtlich: Quan Yizhen glaubte, dass Yin Yu es wert sei, dass er nach ihm suchte. Und was könnte jemand mit einem Gemüt wie Quan Yizhen schon tun, das jemanden dazu brächte, ihn töten zu wollen?

»Nein«, sagte Hua Cheng. »Aber das Verlangen, jemanden zu töten, muss nicht unbedingt auf einem oder zwei besonders schlimmen Vorfällen beruhen. Es kann auch aus kleinen Anlässen erwachsen. Kleine Anlässe, die ansonsten unbemerkt bleiben.«

»Was meinst du damit?«

Während er noch fragte, änderte sich das Bild vor seinem rechten Auge. Vor sich sah er nun nicht mehr Hua Chengs rotes Gewand und auch nicht den Mann, der vor einem Kopf in einer Wand stand, stattdessen bot sich ihm der Anblick einer großen Straße. Gerade wollte er fragen, was es damit auf sich hatte, da hörte er Lärm.

Eine Gruppe von Kultivierern stand im Kreis auf der Straße. Sie schien jemanden voller Zorn anzuschreien. Als Xie Lian genauer hinsah, entdeckte er ein kleines Kind, das in der Mitte der Menge auf dem Boden kauerte. Es hatte dichtes, lockiges Haar und sein Gesicht war blutverschmiert.

Jedes normale Kind hätte wahrscheinlich voller Angst geweint und geschrien, wenn es umringt und angeschrien würde. Aber obwohl dieses Kind erst um die zehn Jahre alt war, hatte es nicht nur keine Angst, es wirkte sogar freudig erregt – sein Blick zuckte umher und es hielt seine kleinen Fäuste geballt, als würde es ihm in den Fingern jucken, zuzuschlagen.

Ein junger Kultivierer bahnte sich einen Weg durch die Menge und trat auf das Kind zu. »Lasst es gut sein. Hört auf, ihn anzuschreien. Er hat bestimmt begriffen, dass er im Unrecht war.«

»Ah?«, machte Xie Lian leise.

Der junge Kultivierer hatte leuchtende Augen und ein strahlendes, kluges Gesicht. Seine Haltung war aufrecht. Es war Yin Yu.

Vielleicht lag es daran, dass er in der Blüte seiner Jugend stand, oder daran, dass er mutig und energiegeladen war, jedenfalls prägte damals noch nicht die Blässe eines Mannes sein Gesicht, dem die Jahre zugesetzt hatten. Er sah viel strahlender und glücklicher aus als der Yin Yu, an den Xie Lian sich erinnerte. Jeder, der ihn so sah, würde sagen, dass er ein stattlicher junger Mann war. Dieser junge Mann von damals und der Mann von heute waren zwei vollkommen unterschiedliche Personen.

»Damals sah er nicht so gewöhnlich und unscheinbar aus«, kommentierte Xie Lian.

Hua Cheng lachte. »Jeder ist schließlich einmal jung gewesen.«

Da bemerkte Xie Lian erst, dass er seine Gedanken aus Versehen laut ausgesprochen hatte. »Solche Dinge kann dein rechtes Auge sehen?«

»Nicht direkt. Jemand anders hat es gesehen und ich leihe mir dessen Perspektive aus.«

»Toll! Ein großartiger Zauber.«

»Es ist ganz einfach. Wenn man einen Untergebenen auswählt, muss man seine Herkunft genau unter die Lupe nehmen. Ich bin ziemlich gut darin, also wenn du jemals meine Hilfe brauchst, dann frag mich ruhig.«

In der Szene, die sie mit dem rechten Auge sahen, war nun ein anderer Kultivierer in Yin Yus Alter zu ihm getreten. Er rief zornig: »Begriffen, dass er im Unrecht war? Einen Dreck hat er begriffen! Sieh ihn dir doch an, sieht er aus, als hätte er irgendetwas begriffen? Der Bengel wirkt, als hätte er noch nie etwas verstanden! Wir haben friedlich unsere Morgenübungen gemacht und niemanden gestört, da kam dieser Teufelsbraten und hat Steine und Dreck nach uns geworfen! Wir müssen ihm eine Lektion erteilen!«

Yin Yu hielt ihn zurück. »Lass ihn doch, Jian Yu. Du hast ihn schon verprügelt. Ich bin sicher, dass es nicht wieder vorkommen wird. Ihr alle habt eurem Ärger Ausdruck verliehen. Was wollt ihr denn noch? Wenn ihr ihn noch härter bestraft, bringt ihr ihn noch um. Seht euch den Jungen doch nur an. So wie er angezogen ist, hat er niemanden, der sich zu Hause um ihn kümmert und ihm Benehmen beibringt. Ignoriert ihn einfach. Geht alle wieder hinein und beruhigt euch.«

»Ich sage euch, der Bengel ist wahnsinnig, er ist nicht normal!«, grollte Jian Yu, während er sich umwandte. »Seht ihn euch an, er lacht noch, obwohl er geschlagen wurde! Er hat eine weitere Tracht Prügel verdient!«

Yin Yu schob den anderen beiseite und drängte ihn zu gehen. »Du sagst doch selbst, er ist wahnsinnig. Warum ärgerst du dich dann so über ihn?«

Es war klar zu erkennen, dass Yin Yus Worte unter den Kultivierern Gewicht hatten. Obwohl die Menschen noch verärgert waren, gingen sie davon, wie er sie angewiesen hatte. Yin Yu warf dem Jungen, der auf dem Boden saß, einen Blick zu, dann bückte er sich zu ihm. Doch noch bevor er seinen Mund aufmachen konnte, hatte das Kind eine Handvoll Dreck aufgehoben und sie ihm mit aufgeregter Miene an den Kopf geworfen.

Der Dreck traf Yin Yu mitten ins Gesicht und er war einen Moment lang so verdutzt, dass er ihn nicht einmal abwischen konnte. »Warum bist du so frech, Kleiner? Warum bewirfst du die Kultivierer im Tempel mit Dreck?«

Das Kind stand auf und nahm eine provozierende Haltung ein. »Schlag mich doch!«

Yin Yu stand auf. »Das ist eine Angriffsstellung meiner Sekte. Wer hat sie dir beigebracht?«

Aber der Junge wiederholte nur: »Schlag mich doch!«

Wie ein Äffchen hüpfte er herum und hob weitere Händevoll Dreck und Steine vom Boden auf, um sie mit großer Zielsicherheit nach seinem »Gegner« zu werfen. Yin Yu war älter als er und war sich seines überlegenen Status sehr wohl bewusst. Er würde nicht mit einem Kind kämpfen. Also wich er seinen Angriffen immer wieder aus. »Diese Wurfhaltung stammt auch aus meiner Schule. Bist du jeden Tag auf die Mauer geklettert und hast heimlich unsere Techniken gelernt? Hör auf damit! Ich sagte, hör auf! Ich habe dir doch nichts getan. Willst du unbedingt kämpfen?«

Unerwarteterweise kam Quan Yizhen tatsächlich abrupt zum Stehen, sobald Yin Yu diese Worte gesprochen hatte. Er rieb seine schmutzigen Hände aneinander und nickte. »Ja, will ich.«

Er hatte die Worte voller Ernst gesprochen. Xie Lian und Yin Yu waren beide vollkommen verblüfft.

Es war unnötig zu erwähnen, wer dieser Junge war. Xie Lian sagte voller Hochachtung: »Qiying ist wirklich ein Kampfkunstfanatiker. Er wurde geboren, um ein Kriegsgott zu sein.«

Obwohl alle Quan Yizhen für ein geisteskrankes Kind hielten, hatte Xie Lian Verständnis für ihn. Eine Leidenschaft wie diese prädestinierte einen Menschen zum Gott.

Jemand, der diese Besessenheit verstehen konnte, hatte Potenzial, eine Chance, und sei sie auch noch so gering. Wer sie nicht nachvollziehen konnte, wer sich über »verrückte Idioten« wie ihn lustig machte, hatte nicht die geringste Hoffnung, diesen Weg jemals zu beschreiten.

Yin Yu blinzelte, dann lächelte er. Aber das Lächeln verging ihm, als eine weitere Ladung Dreck ihn mitten ins Gesicht traf.

»Hey! Ich habe doch gesagt, du sollst damit aufhören ... Hör mir zu! Wie wäre es, wenn du unserer Sekte beitrittst und lernst, wie man kämpft?«, sagte er schnell.

Bei diesen Worten hielt Quan Yizhen inne. In den Händen hielt er schon eine weitere Ladung Dreck, Xie Lian konnte jedoch nicht sehen, ob er sie warf oder fallen ließ, denn ein lautes, hallendes *Klonk!* drang von der äußeren Steinwand her an sein Ohr.

Yin Yu hatte Quan Yizhen mit dem Spaten zwar nicht das Genick gebrochen, aber die scharfe Kante war haarscharf an seinem Gesicht entlanggeschrammt. Es war ein äußerst riskanter Schlag gewesen.

Der silberne Schmetterling, der in Quan Yizhens Haarschopf versteckt saß, blieb unbewegt. Der plötzliche Schlag schreckte ihn nicht auf, doch das Bild, das Xie Lian mit seinem rechten Auge sah, begann zu wackeln, und er rief ungehalten: »Nicht!«

Hua Cheng schien so etwas erwartet zu haben. »Sieh einfach zu. Er hat zwar die Tendenz, aber seine Absicht zu töten ist noch nicht stark genug.«

Von Quan Yizhen war nur der Kopf in der Wand zu sehen. »Willst du mich töten?«

Yin Yu gab keine Antwort.

Quan Yizhen wirkte äußerst verwirrt. »Habe ich etwas falsch gemacht?«

Das wollte Xie Lian auch wissen. »Hat er etwas getan?«

»Das ist schwer zu sagen. Sieh es dir selbst an, großer Bruder.«

Vor Xie Lians rechtem Auge erschien das Bild einer Kultivierungshalle mit langen weißen Wänden und einer schwarz verkleideten Decke. Yin Yu sah um einige Jahre älter aus als in der vorangegangenen Szene. Er saß über seinen Tisch gebeugt und schrieb fieberhaft. Neben ihm standen viele seiner Mitkultivierer, alle waren erbost und beschwerten sich lauthals.

»Bruder Yin Yu, es ist unerträglich, wie Quan Yizhen isst! Er verteilt seinen Reis überall und isst dreimal so viel wie alle anderen! Es ist, als sei er ein verhungernder Geist oder so etwas. Niemand kann in Ruhe essen, wenn er schüsselweise Reis in sich hineinschlingt!«

»Bruder Yin Yu, ich möchte nicht mehr mit ihm zusammenwohnen, ich möchte das Zimmer wechseln. Wenn er morgens aufsteht, ist er schon so wütend, dass ich jeden Tag befürchten muss, dass er mir die Knochen zertrümmert. Ich halte es nicht mehr aus!«

»Bruder Yin Yu, ich will nicht mehr mit ihm trainieren. Er arbeitet nicht mit uns zusammen und denkt nur an sich selbst. Er will nur angeben und schlägt dabei wahllos um sich. Lieber möchte ich mit dem schwächsten Shidi trainieren als mit ihm!«

Yin Yu wurde von den Beschwerden schier überrollt. »Ist ja gut, ist ja gut. Wie wäre es damit: Ich kümmere mich um alles und versuche, die beste Lösung für alle zu finden. Geht erst einmal zurück an eure Arbeit.«

Einer wollte sich mit dieser Antwort nicht zufriedengeben. Er schlug auf den Tisch und beschwerte sich lauthals – selbstverständlich war es Jian Yu. »Yin Yu, du hättest dem Meister nicht raten sollen, den Bengel als Schüler anzunehmen. Seit er da ist, haben wir nichts als Ärger. Überleg doch mal, wie lange er schon bei uns ist. Und ist seitdem ein einziger Tag vergangen, an dem es nicht seinetwegen Beschwerden gab? Ist ein einziger Tag vergangen, an dem er nichts zerstört hat?«

Die Kultivierer wurden wieder laut und Yin Yu versuchte, sie zu beruhigen. »Keine dieser Beschwerden ist eine große Sache ...«

»Keine große Sache?! Er hat unsere Ruhe und unseren Frieden zerstört! Kultivierung verlangt nach Frieden, so heißt es doch. Wie sollen wir so vorankommen?«

»Das stimmt, früher gab es nie so viel Unruhe!«

»Yizhen macht das nicht aus Bosheit«, erklärte Yin Yu. »Er versteht einfach nicht, wie die Welt funktioniert, und weiß nicht, wie er mit anderen auskommen kann.«

»Unwissenheit ist keine Entschuldigung! Wenn er es nicht weiß, kann er es nicht lernen? Wir leben alle mit anderen zusammen und wir alle müssen lernen, mit ihnen auszukommen. Wie alt ist er jetzt? Er kann sich nicht sein Leben lang wie ein Kind verhalten! Andere sind in seinem Alter schon Vater!«

»Und diese Sonderbehandlung durch den Meister – der Bengel ist doch gerade einmal ein paar Jahre hier! Seit er hier ankam, wurde er immer bevorzugt behandelt. Er hatte den besten Übungsraum, hat die besten Aufbaumittel bekommen, kann die Morgen- und Abendlektionen schwänzen und er muss nicht einmal die Schriften rezitieren. Selbst wenn der Meister ihn dabei erwischt, wie er einen Fehler macht, wird er nur ermahnt, nicht ausgeschimpft! Was ist so besonders an ihm? Bruder Yin Yu! Du bist der älteste Schüler. Wenn du dir so ein Verhalten erlauben würdest, würden wir darüber hinwegsehen. Aber wer zum Henker ist er? Keine Bildung, kein Benehmen. Er ist vielleicht begabt, na und? Wir können ihn nicht länger dulden!«

Diese Beschwerde hatte den Zweck, Unfrieden zu säen, und die Menge stimmte hastig zu.

Yin Yus Miene verdüsterte sich und er umklammerte mit aller Kraft den Pinsel in seiner Hand. Xie Lian konnte sich des Eindrucks nicht erwehren, dass es von nun an nur noch abwärtsgehen würde.

Ein Mensch mit einem normalen Maß an Geduld hätte den Köder leicht geschluckt. Jemand Engstirniges wäre auch ohne den Köder schon in die Luft gegangen. Würde Yin Yu auf die Provokation eingehen?

Nachdem er eine Zeit lang nachgedacht hatte, legte er den Pinsel ab. Mit zusammengezogenen Augenbrauen sagte er in strengem Ton: »Shidi, es trifft alles zu, was du sagst.«

Die Menge sah ihn erstaunt an.

»Ich werde euch etwas Unschönes sagen. Ganz gleich welchen Übungsweg man beschreitet, nichts geht über angeborenes Talent. Und er ist nicht nur talentiert, er ist auch bereit, hart zu arbeiten. Wenn ihr tatsächlich glaubt, der Meister würde ihn bevorzugen, dann strengt euch an und versucht, mit ihm Schritt zu halten oder ihn sogar zu übertreffen. Dann werden die Übungsräume und Aufbaumittel euch auch zugänglich sein. Statt eure Zeit damit zu verschwenden, euch über ihn zu ärgern, solltet ihr euch darauf konzentrieren, härter zu trainieren. Habe ich nicht recht?«

Sie alle schämten sich etwas, als sie seine Worte hörten. Doch sie beharrten:

»Du bist großzügig und willst Ärger von ihm fernhalten.«

»Deine Nachsicht allein macht dich tausendmal besser als ihn.«

Jian Yu sprach eine Warnung aus: »Yin Yu, heute verteidigst du ihn, aber nimm dich in Acht. In Zukunft wird er dir vielleicht übel mitspielen!«

Nachdem die Diskussion beendet war, war keiner mit dem Ergebnis zufrieden. Als seine Shidi gegangen waren und Yin Yu die Tür seines Studierzimmers geschlossen hatte, entdeckte er etwas, als er gerade die Fenster schließen wollte. Erschrocken sprang er auf. »Wer ist da?«

Quan Yizhen kauerte mit hängendem Kopf auf seiner Fensterbank. »Wie lange bist du schon hier?« Er zog an ihm, konnte ihn jedoch nicht bewegen. »Yizhen, wenn du herumsitzen willst, dann such dir einen anderen Ort. Ich möchte das Fenster schließen.«

Plötzlich fragte Quan Yizhen: »Shixiong, bin ich fürchterlich?«

Yin Yu lachte tonlos. »Du hast alles mit angehört?«

Quan Yizhen nickte und Yin Yu zog ein Gesicht, das vieles bedeuten konnte. Er kratzte sich an der Nasenwurzel. »Es ist ... nicht so schlimm ...«

Jeder normale Mensch hätte sofort bemerkt, wie sehr Yin Yu sich zwingen musste, diese Worte zu sprechen, aber Quan Yizhen nahm sie für bare Münze. »Oh.«

Yin Yu bemerkte es und lächelte ihn aufmunternd an. »Mach dir am besten nichts daraus. Du hast nichts falsch gemacht, es ist alles in Ordnung, so wie es ist.«

Jeder, der bei klarem Verstand war, hätte sofort erkennen können, dass die anderen Schüler Quan Yizhen nicht ausstehen konnten. Alles an ihm störte sie. Aber der eigentliche Grund war nicht sein ungeheurer

Appetit, dass er morgens schlecht gelaunt war oder dass er rücksichtlos und ein schlechter Übungspartner war. Was sie wirklich störte, war, dass er als Letzter der Schule beigetreten war und dennoch am meisten bekam.

Quan Yizhen nickte. »Ich finde auch.«

Yin Yu tätschelte ihm die Schulter. »Geh trainieren! Das ist das Wichtigste. Mach dir keine Sorgen über unwichtige Dinge.«

Quan Yizhen sprang von der Fensterbank. Der Richtung nach zu urteilen, in die er davonging, würde er wirklich trainieren. Yin Yu schloss das Fenster, nahm ein Buch von seinem Schreibtisch und begann erneut mit seiner Lektüre.

Nachdem er diese beiden Szenen betrachtet hatte, lobte Xie Lian: »San Lang, dein Untergebener hat einen außergewöhnlich gütigen Charakter. Er lässt sich nicht so leicht aus der Ruhe bringen.« Doch dann fiel ihm ein, dass der Yin Yu der Gegenwart beinahe Quan Yizhen mit dem Spaten des Erdmeisters den Kopf abgeschlagen hatte. Eilig fragte er: »Ist draußen alles in Ordnung?«

Hua Cheng zeigte ihm das Szenario. Yin Yu hatte sich beruhigt. Er hatte den Spaten aus der Wand gezogen und schien darüber nachzudenken, was er mit Quan Yizhens Kopf anfangen sollte.

Xie Lian war erleichtert. »Ich vermute, die Probleme haben erst nach seinem Aufstieg in den Himmel angefangen?«

»Ganz genau«, bestätigte Hua Cheng.

Ein prächtiger großer Saal erschien vor Xie Lians Auge. Yin Yu saß aufrecht in der Mitte. Jian Yu und Quan Yizhen standen hinter ihm Wache, einer zu seiner Rechten, der andere zu seiner Linken. Viele Götter liefen in dem Saal umher, alles Himmelsbeamte des Oberen Hofes. Xie Lian sah viele vertraute Gesichter – Lingwen in ihrer männlichen Gestalt, einen distanziert aussehenden Pei Ming, Lang Qianqiu mit seinem perfekten Lächeln ... Alle trugen formelle Kleidung und waren begleitet von niederen Beamten, die große rote Geschenke trugen.

Das war eindeutig der Obere Hof, der Palast Yin Yus. Es war die Einweihungszeremonie des Palasts. Der große, bedeutende Tag, an dem seine göttliche Residenz offiziell anerkannt wurde.

Xie Lian staunte. Dass Hua Cheng kein Problem hatte, Szenen aus der Sphäre der Sterblichen abzubilden, war nicht weiter verwunderlich. Das Reich der Menschen war seine Welt, er musste nur sein Netz auswerfen und konnte sich nach Belieben die Augen von Reisenden, umherstreifenden Geistern, Vögeln oder anderen Tieren zu eigen machen. Aber die himmlische Hauptstadt unterlag anderen Gesetzen – wie kam es, dass er sie ebenfalls sehen konnte?

Hua Cheng schien seine Gedanken erraten zu haben. »Großer Bruder, sieh mal in die Nische nahe der Eingangstür.«

Xie Lian folgte seiner Anweisung. Die »Nische« war ziemlich groß, so wie der ganze Saal riesenhaft war. Mindestens zehn Leute standen in der Ecke.

»Rate mal, wer von ihnen das Schwarze Wasser ist.«

Da erst erinnerte sich Xie Lian, dass He Xuan jahrelang als Spion am Oberen Hof gewesen war. Er musste Hua Cheng diese Informationen verkauft haben. Xie Lian sah genau hin und versuchte, es zu erraten. Einen Moment später glaubte er, ihn gefunden zu haben. »Der in Schwarz?«

»Falsch – zu konservativ. Rate noch mal.«

Xie Lian riet erneut: »Der dort, der nicht lächelt oder spricht?«

»Wieder falsch«, sagte Hua Cheng.

Er riet noch mehrere Male, aber er lag jedes Mal falsch. In dem Moment wurde ein Gast angesagt: »Verehrte Gäste, der Windmeister!«

Xie Lian wandte seinen Blick zum Eingang der großen Halle. Shi Qingxuan spazierte über die Schwelle und wedelte dabei lässig mit seinem Fächer, sein Gesicht klar und hell wie ein Frühlingswind. Er warf ein Geschenk zur Seite und grüßte höflich. »Meine herzlichen Glückwünsche dem Palast von Yin Yu zu seiner Einweihung.

Entschuldigt bitte die Verspätung, zur Strafe trinke ich einen, ha ha ha ha!«

Yin Yu lächelte milde von seinem Thron herab. »Ach was, Eure Exzellenz, Ihr seid nicht zu spät. Bitte hier entlang, Windmeister.«

Hua Cheng löste endlich das Rätsel. »Der da ist es.«

Xie Lian war vollkommen verwirrt. »Der Windmeister ist das Schwarze Wasser?«

Das war nun wirklich zu weit hergeholt. Hua Cheng musste lachen. »Du hast mich missverstanden. Nicht er, sondern der hinter ihm.«

Xie Lian sah genauer hin und erblickte einen Himmelsbeamten niederen Ranges, der hinter Shi Qingxuan am Eingang zum Saal stand. Er war dafür verantwortlich, die Geschenke der Gäste entgegenzunehmen. Sein Erscheinungsbild war nicht besonders markant, aber er trug ein eifriges Lächeln im Gesicht.

Shi Qingxuan trat mit freudigem Gesichtsausdruck in den Saal und warf dem Himmelsbeamten eine kleine Perle als Trinkgeld zu. Die Augen des Himmelsbeamten leuchteten auf und als er die Perle mit beiden Händen auffing und dem Windmeister überschwänglich dankte, erweckte er ganz und gar den Eindruck eines unterwürfigen Lakaien.

»Das ist das Schwarze Wasser? Mit so einem Lächeln im Gesicht?«, stutzte Xie Lian.

»Ja, das ist er. Das Lächeln ist falsch. Der Mann hat mindestens fünfzig Schatten, jeder mit einer anderen Identität, überall am himmlischen Hof. So kann er mehr als achtzig Beamte am Oberen Hof und mehr als dreihundert Beamte am Mittleren Hof überwachen. Nur mit der Identität des Erdmeisters wäre er nicht weit gekommen.«

Gegen seinen Willen empfand Xie Lian Hochachtung für die Schauspielkünste des Schwarzen Wassers, für sein taktisches Denken und seine unvergleichliche Energie. »Wo sind diese fünfzig Schatten jetzt?«

»Jun Wu nimmt wahrscheinlich einen nach dem anderen hoch.«

Während er sprach, hörten sie eine scharfe Stimme von draußen. »Eure Hoheit Yin Yu, Ihr solltet uns heute eine gute Erklärung dafür liefern, was mit Eurem Shidi los ist!«

Alle Himmelsbeamten erstarrten und das Lächeln wich aus ihren Gesichtern, während sie sich nach dem Geräusch umwandten. Augenscheinlich befanden sich Leute außerhalb des Tores, die vorgehabt hatten hineinzustürmen, aber aufgehalten worden waren. Jetzt rief die Stimme aus voller Kehle: »Euer Shidi Quan Yizhen greift Himmelsbeamte des Oberen Hofes an, die ihm an Status und Ansehen überlegen sind. Werdet Ihr nicht einschreiten?«

Auch Yin Yu war das Lächeln vergangen und leise fragte er die beiden, die hinter ihm standen: »Was ist da los? Yizhen, hast du dich wieder mit jemandem geprügelt?«

»Ja«, antwortete dieser.

Jian Yu traten vor Zorn die Augen hervor und er biss die Zähne zusammen. »Schon wieder, du räudiger Bengel!«

Wie immer, wenn so etwas passierte, war Shi Qingxuan der Erste, der den Mund aufmachte. Er schob sich seinen Fliegenwedel* in die Rückseite seines Kragens und fragte: »Was ist los? Heute ist die große Einweihungsfeier des Palasts. Gibt es etwas, das nicht warten kann?«

Am Ehrentag eines Himmelsbeamten so einen Aufruhr zu veranstalten – da war jemand entweder blind und unwissend oder bewusst darauf aus, einen Streit zu provozieren.

»Oh, es ist der glücksverheißende Tag der Einweihungsfeier? Das wussten wir nicht«, sagten die Leute außerhalb der Palasttore. »Andererseits hat er auch nicht gefragt, ob uns der Zeitpunkt recht ist, als er uns grundlos angegriffen hat. Warum sollten wir also einen Termin vereinbaren, um mit ihm abzurechnen? Quan Yizhen gehört zum Yinyu-Palast. Seine Hoheit Yin Yu persönlich hat ihn berufen. An wen sollen wir uns wenden, wenn nicht an ihn?«

* Meist aus Pferdehaar, dient als Erinnerung, dass weltliche Begierden beseitigt werden können, ebenso wie als Waffe.

Das war es also – sie waren gekommen, um Streit zu suchen.

Lingwen zog die Augenbrauen zusammen. »Wieso muss das sein?«

Yin Yu stand auf. »Ich verstehe euch. Doch gerade ist kein guter Zeitpunkt. Können wir später darüber reden?«

Die Menschen schnaubten empört. »Wir hoffen nur, dass Ihr nicht alles vertuschen wollt!«

Sie hatten die Einzelheiten ihrer Situation noch nicht erklärt und äußerten schon den Vorwurf der Vertuschung. In dieser Situation waren ganz eindeutig sie die Aggressoren. Shi Qingxuan wollte sich gerade wieder äußern, da trat Quan Yizhen von seinem Platz hinter Yin Yus Thron hervor. »Geht Ihr jetzt oder nicht?«

Die Aufrührer waren offensichtlich der Meinung, dass er es während der Feierlichkeit nicht wagen würde, handgreiflich zu werden, also riefen sie ungehemmt: »Wieso? Werdet Ihr uns angreifen, wenn wir nicht gehen? Vor den Augen all Eurer Mithimmelsbeamten ...«

Quan Yizhen war jedoch niemand, dessen Tun durch rationales Denken vorhergesehen werden konnte. Ohne ein weiteres Wort hob er die Fäuste und stürzte nach draußen. Sofort erklang schreckliches Heulen von draußen und jeder einzelne Himmelsbeamte im Saal war vor Schreck wie erstarrt.

Es dauerte eine Weile, bis Lingwen sich zu Wort meldete. »Wachen, haltet ihn auf! Er bringt sie noch um!«

Yin Yu stand zunächst wie angewurzelt da, dann eilte er hinaus. »Hört sofort auf!«

Doch die, die Streit gesucht hatten, riefen nur: »Das ist ja wirklich ein feiner Palast! Schön, schön! Zwei Kultivierungsbrüder, die sich zusammentun, um Leute zu quälen!«

An diesem Abend lief Yin Yu in einem Nebenzimmer des Yinyu-Palasts auf und ab, während Jian Yu vor Wut kochte. »Dieser stinkende Bengel hat unsere perfekt geplante Einweihungszeremonie ruiniert!«

Xie Lian konnte Jian Yus Ärger vollkommen nachvollziehen. Er selbst maß Dingen wie Einweihungszeremonien zwar keine so große Bedeutung bei, aber anderen Himmelsbeamten waren solche Feierlichkeiten sehr wichtig. Immerhin war es ein Ritual, das den betreffenden Himmelsbeamten offiziell am Oberen Hof aufnahm. Was heute passiert war, war – in Ermangelung eines besseren Beispiels – damit vergleichbar, dass die Krönungszeremonie eines Herrschers ruiniert wurde. Wer wäre da nicht wütend?

Yin Yu seufzte. »Das ist jetzt erledigt. Die anderen müssen ihn zuerst provoziert haben. Außerdem war heute nicht er derjenige, der angefangen hat. Die anderen haben beschlossen, während der Zeremonie Streit zu suchen. Was hätte er da tun sollen?«

»Es gibt so viele Leute am Oberen Hof, wieso gerät ausgerechnet er in Schwierigkeiten und nicht ein anderer?«, wollte Jian Yu wissen.

»Du kennst die Antwort. Er ist niemand, der einstecken kann, ohne zurückzuschlagen. Es ist nicht so, dass andere nicht auch provoziert werden. Der Unterschied ist, dass andere es erdulden können und er nicht.«

»Das hier ist die himmlische Hauptstadt. Es ist nicht das Reich der Sterblichen. Ist es denn so schwer, sich zusammenzureißen und nicht aufzufallen? Wenn er sich benehmen würde, statt immer Ärger zu suchen, wäre das heute nicht passiert! Jetzt sieh uns an. Wir haben das Gesicht verloren! So viele Himmelsbeamte haben zugesehen. Wenn sich das erst einmal herumgesprochen hat, interessiert es doch keinen mehr, wer angefangen hat. Sie werden nur sagen, dass der Palast von Yin Yu sich nicht korrekt verhalten hat und Leute öffentlich zusammengeschlagen wurden. Niemand wird danach fragen, wer im Recht war. Du glaubst, es gibt einen Grund, warum er sich so aufführt? Es gibt keinen! Wer in einer brenzligen Lage wie dieser als Erstes die Fäuste erhebt, wird als Angreifer wahrgenommen. Er versteht einfach gar nichts! Er kann nichts, außer uns das Leben schwer zu machen!«

Nach diesem Ausbruch stürmte Jian Yu wütend aus dem Nebenzimmer. Yin Yu blieb allein zurück, sein Herz schwer vor Sorge.

Eine Weile später sah er sich um und entdeckte eine Gestalt auf seiner Fensterbank. Obwohl dieser Anblick ihm bereits vertraut war, fuhr er erneut vor Schreck zusammen. »Warum hockst du schon wieder da? Wann bist du hergekommen? Was ist das für eine komische Angewohnheit?«

Quan Yizhen beantwortete seine Fragen nicht. »Sie haben mich zuerst beleidigt«, sagte er stattdessen.

Yin Yu öffnete den Mund, um etwas zu erwidern, entschied sich dann aber doch dagegen. Stattdessen tröstete er ihn. »Yizhen, nimm dir nicht zu Herzen, was Jian Yu gesagt hat.«

Quan Yizhen fuhr fort: »Sie haben mich zuerst beleidigt. Ich kenne sie nicht einmal. Sie haben gesagt, ich sei nur ein niederer Himmelsbeamter, und haben mich ohne Grund angeschrien, dann haben sie mich ausgelacht und gesagt, ich soll abhauen und ihnen nicht den Weg versperren. Ich habe gesagt, dass sie sich entschuldigen sollen, aber sie haben es nicht getan, deshalb habe ich sie geschlagen. Erst als ich sie geschlagen habe, waren sie still. Sonst hätte ich das nicht getan.«

Inzwischen waren friedlichere Zeiten eingekehrt, aber in der Vergangenheit war es nicht unüblich gewesen, dass Himmelsbeamte, sowohl vom Oberen als auch vom Mittleren Hof, andere, die weniger Erfahrung hatten, beleidigten und ärgerten.

Yin Yu seufzte erneut.

»Sind Himmelsbeamte niederen Ranges weniger wert als andere Leute?«, fragte Quan Yizhen.

»Nein.«

Stimmte das? Es war wohl offensichtlich, dass Yin Yu seinen eigenen Worten keinen Glauben schenkte, das bemerkte sogar Quan Yizhen.

»Mir gefällt es hier nicht«, sagte er kurz darauf.

Yin Yu schwieg.

»Die anderen ärgern sich über mich, aber ich ärgere mich noch mehr über sie«, erklärte er. »Früher konnte ich sechzehn Stunden am Tag trainieren. Jetzt muss ich die Hälfte der Zeit Leute treffen, reden und mir irgendwelchen Unsinn anhören. Es gibt Leute, die mich ohne Grund anschreien und schlagen, sie entschuldigen sich nicht und ich darf mich nicht einmal wehren. Hier ist es nicht wie im Himmel. Mir gefällt es hier nicht.«

Yin Yu seufzte. »Mir gefällt es hier auch nicht.«

»Dann lass uns zurückgehen«, sagte Quan Yizhen.

Yin Yu schüttelte den Kopf. »Obwohl es mir hier nicht gefällt, möchte ich bleiben.«

»Wieso möchtest du bleiben, wenn es dir nicht gefällt?«, fragte Quan Yizhen verständnislos.

Yin Yu musste unwillkürlich lachen. Er wusste nicht, wie er es erklären sollte. Wie konnte er Quan Yizhen verständlich machen, dass die himmlische Hauptstadt zu erreichen der Traum eines jeden Kultivierers war? Und wie schwer es für jemandem in seinem Alter war, dieses Ziel noch zu erreichen?

»Weil es ... nicht so leicht ist aufzusteigen. Da es so schwer war und ich es dennoch geschafft habe, möchte ich bleiben und die Dinge verbessern.«

Quan Yizhen hielt nicht viel von dieser Begründung. »So eine große Sache ist ein Aufstieg doch nicht. Es spielt doch keine Rolle, wenn man nicht aufsteigt.«

Yin Yu fand diese Aussage gleichzeitig lustig und lächerlich. »Wie meinst du das, es ist keine große Sache? Wieso versuchst du es dann nicht selbst?«

Als er bis hierhin zugesehen hatte, kommentierte Xie Lian: »Man sollte aufpassen, worüber man Witze macht.«

»Sehr wahr«, sagte Hua Cheng. »In einem halben Jahr, wenn Quan Yizhen tatsächlich in den Himmel aufsteigt, wird ihm das Lachen noch vergehen.«

»Können wir uns das auch ansehen?«, fragte Xie Lian.

»Können wir. Moment.«

Das Bild änderte sich. Es war weiterhin die himmlische Hauptstadt zu sehen, aber dieses Mal war die Szene ein Festessen im Mondschein.

Xie Lian sah eine Zeit lang zu. »Das Mittherbstfest?«, vermutete er.

»Genau.«

»Wo versteckt sich das Schwarze Wasser diesmal?«

»Sieh selbst, er ist der Einzige, der isst.«

Alle Himmelsbeamten an der festlichen Tafel waren damit beschäftigt, kleine Ansprachen zu halten, die anderen zu begrüßen oder Spiele zu spielen. Alle, bis auf einen – und sein Gesicht verschwand schier in einer riesigen Schüssel, die vor ihm stand. Dieses Mal versteckte sich He Xuan nicht. Er saß offen und für alle sichtbar in Gestalt des Erdmeisters da, aber niemand bemerkte ihn.

Yin Yu und Jian Yu saßen neben dem »Erdmeister«. Die ihnen zugewiesenen Plätze waren am Rand der Festtafel. Yin Yu aß weder noch sprach er mit jemandem.

Neben ihm murmelte Jian Yu: »Gott sei Dank ist dieser räudige Bengel nicht erschienen.«

Yin flüsterte zurück: »Es ist schon eine Weile her, dass er aufgestiegen ist. Du solltest aufpassen, wie du über ihn redest.«

»Es ist doch die Wahrheit. Ist es falsch, sie auszusprechen? Er ist aufgestiegen, na und? Er wird nicht klüger werden, egal wie viele Jahrhunderte er lebt.«

Während sie redeten, traf eine Gruppe von Himmelsbeamten ein und setzte sich an den Tisch. Es waren vor allem neue Gesichter und sie grüßten einander mit knappen Worten. Ein Himmelsbeamter erkundigte sich beiläufig: »Und wer ist diese Exzellenz ...?«

»Das ist der Kriegsgott des Westens«, antwortete ein anderer.

Als der erste Himmelsbeamte das hörte, stand er erfreut auf und brachte einen Trinkspruch aus: »Oh! Was für eine Ehre! Ich habe schon viel von Euch gehört, Exzellenz!«

Yin Yu erhob sich ebenfalls und sagte: »Ihr übertreibt, es kann nicht viel gewesen sein.«

»Seid doch nicht so bescheiden, Exzellenz! Ich habe wirklich viel gehört. Man erzählt sich, Seine Hoheit Qiying aus dem Westen sei jung und talentiert und dass er innerhalb kürzester Zeit nach seinem Aufstieg schon die Anerkennung und Zuneigung unzähliger Anhänger gewinnen konnte. Ihr seid sogar in der Rangliste des Laternenwettkampfes unter den ersten Zehn. Ihr regiert den Westen, niemand kann Euch die Zügel aus der Hand nehmen, vor Euch liegt eine große Zukunft. Eine große Zukunft, sage ich Euch! Dass ich Euch heute treffen darf – Ihr seht etwas älter aus, als ich es mir vorgestellt hatte. Aber noch immer jung genug und würdig, als talentiert gepriesen zu werden. Jung und talentiert!«

Das Lächeln auf Yin Yus Gesicht erstarrte und die peinliche Frage, ob er den Trinkspruch erwidern sollte oder nicht, stand plötzlich im Raum. Der andere ließ nicht ab von seinen Versuchen, eine Verbindung zu ihm herzustellen, er bezeichnete sie sogar als Brüder: »Ich will ehrlich sein, ich treffe selten jemanden, den ich auf Anhieb leiden kann, aber Bruder Quan, bei Euch habe ich das Gefühl, als würdet Ihr zur Familie gehören. Mein Reich ist ebenfalls im Westen, also, mein Bruder, lasst mich unbedingt wissen, falls Ihr künftig irgendetwas benötigt. Wir sollten einander doch alle unterstützen, nicht wahr? Ha, ha ha ...«

Er lachte herzlich und alle um sie herum, die Yin Yu kannten, lachten ebenfalls.

Xie Lian fühlte sich, als wäre er durch die Zeit gereist, so deutlich konnte er die unangenehme, peinliche Atmosphäre nachempfinden.

Jian Yus Gesicht verdüsterte sich vor Zorn, aber Yin Yu bewahrte die Fassung. Seine Hand zitterte zwar einen Moment lang, aber er konnte sich zusammenreißen. »Es tut mir leid ...«

Gerade als er das Missverständnis aufklären und aus der Welt schaffen wollte, rief jemand: »Qiying ist gekommen!«

2

Es wurde unruhig am anderen Ende der Tafel und der Himmelsbeamte, der zu Yin Yu gesprochen hatte, wirkte erschrocken. »Was? Ihr ... Ihr seid nicht Seine Hoheit Qiying?«

Da erst erklärten die anderen Himmelsbeamten ihm das Missverständnis und hielten sich ihre Bäuche vor Lachen. »Ihr habt Euch in der Person geirrt, Bruder. Es gibt zwei Kriegsgötter des Westens. Habt Ihr das vergessen? Der eine ist Yin Yu, der andere ist Qiying. Sie sind Kultivierungsbrüder und waren Schüler desselben Meisters. Derjenige, der neben Euch sitzt, ist Seine Hoheit Yin Yu. Ha ha ha ...«

»Oh! Oh, ich habe mich geirrt, wie unangenehm! Ha ha ha, ich war zu unwissend und hatte nur von Qiying gehört ...«, sagte der Himmelsbeamte hastig.

Als er geendet hatte, hatte Yin Yu die Augen geschlossen, als sei er es leid, weiter zu reden, und habe genug von der Unterhaltung.

Jemand hatte bemerkt, wie unschön die Lage war, und den anderen Himmelsbeamten mit dem Ellbogen angestoßen. Erst da begriff er, dass seine Worte verletzend gewesen waren. Er lachte verlegen und räusperte sich dann. »Nun, ich werde dann gehen, Eure Hoheit Yin ... Yue ... Ah, nein, nein, nein, Yin Yu! Lasst uns wieder einmal plaudern und ein frohes Mittherbstfest noch, ha ha ha ...«

Während er sagte, dass er gehen wolle, nahm er seinen Becher und wandte sich in die Richtung, in der Qiyings Ankunft gefeiert wurde. Am anderen Ende des Banketts hatten sich bereits viele Himmelsbeamte um Quan Yizhen geschart. Jeder wollte ihn als Erstes begrüßen. Die Menschenmenge verdeckte den Blick auf die Person in ihrer Mitte.

Es erweckte den Anschein, als habe diese Szene kurz nach Quan Yizhens Aufstieg und der Einweihung seines eigenen Palasts stattgefunden. Er hatte den Gipfel seiner Popularität im Himmel erreicht und es gab noch keine Anzeichen dafür, wie unbeliebt er später einmal sein würde. Obwohl sie beide Kriegsgötter des Westens waren, war er viel bekannter als Yin Yu. Die Gäste des Festessens strömten alle zu ihm, sodass das Ende der Tafel, an dem Yin Yu saß, verlassen und ruhig dalag. Nur He Xuan blieb dort sitzen und trank seelenruhig seine Suppe.

Ob Yin Yu aufstand oder sitzen blieb, es fühlte sich gleichermaßen unangenehm an. So sagte er nach einer Weile: »Gehen wir.«

Von allen unbemerkt verließen die beiden das Festessen.

Jian Yu war außer sich vor Wut. »Diese überheblichen Kleingeister! Und das sollen Himmelsbeamte sein! Bevor der Bengel aufgestiegen ist, haben sie ihn mit dem Hintern nicht angesehen und haben sich noch dauernd über ihn beschwert. Jetzt sieh sie dir an. Er steigt auf, bekommt ein paar Laternen und nun loben sie ihn in den Himmel! Wie ein Fähnchen im Wind ändern sie ihre Meinung! Die Zügel fest in der Hand, sagen sie? Jung und talentiert? Seine Anhänger sind alle wahnsinnig, so wie er auch! Nur Idioten können einen Geisteskranken verehren!«

Da trat Shi Qingxuan mit einem Glas Wein auf sie zu.

»Lass es gut sein, wir verschwinden«, zischte Yin Yu leise.

Jian Yu hielt den Mund, als er bemerkte, dass jemand auf sie zukam.

Shi Qingxuan sah die beiden verblüfft an. »Yin Yu, geht Ihr schon? Qiying ist doch gerade eingetroffen. Ich habe ihn kürzlich sagen hören, dass er Euch lange nicht gesehen hat. Er hat mich gefragt, wie es Euch geht. Wollt Ihr nicht etwas mit ihm plaudern?«

Yin Yu zwang sich zu einem Lächeln. »Nein. Ich fühle mich etwas unwohl, ich gehe besser.«

Shi Qingxuan dachte sich nichts weiter dabei. Als er den »Erdmeister« hinter ihnen erblickte, sagte er lachend: »Dann ruht Euch besser aus, wir reden beim nächsten Mal. Bruder Ming! Ich habe doch gesagt, du sollst nicht hier hinten sitzen! Komm, komm ... komm mit zu meinem Platz ...«

Jian Yu wartete, bis Shi Qingxuan gegangen war und sie nicht mehr beachtete, dann grollte er: »Plaudern, von wegen! Dem Bengel wird das Lachen schon noch vergehen. Früher oder später wird er eine Niederlage erleiden. Ich kann es kaum abwarten.«

Er schimpfte immer weiter. Yin Yu, der frustriert geschwiegen hatte, sagte schließlich: »Lass es jetzt gut sein, hör auf mit deinen Hasstiraden.«

»Lass gut sein, lass gut sein, nie sagst du etwas anderes«, konterte Jian Yu. »Wie soll ich es gut sein lassen? Als er gerade hier angekommen war, hätten sie ihn, ohne mit der Wimper zu zucken, hinausgeworfen, wenn du nicht die ganze Zeit um ihn herum gewesen wärest, ihm den Hintern abgeputzt und die Wogen geglättet hättest. Ich kann das nicht mehr mit ansehen, ich bin so frustriert!«

Die beiden kehrten zum Yinyu-Palast zurück. Verglichen mit der lebhaften Atmosphäre, die am Tag der Einweihungsfeier geherrscht hatte, wirkten die Säle nun verlassen und einsam. Nur einige wenige niederrangige Beamte hielten sich hier auf.

Nachdem sie das Tor hinter sich geschlossen hatten, wurde Yin Yus Stimme lauter. »Kannst du denn nicht endlich einmal damit aufhören? Ich will das nicht hören! Es ist das Gewöhnlichste, was es gibt, dass ein aufgestiegener Himmelsbeamter einen Palast gründet. Er hat nichts falsch gemacht. Wenn es dich so aufregt, nur über ihn zu sprechen, warum fängst du dann immer wieder damit an?«

»Wirf mir nicht vor, dass ich meine Meinung sage. Irgendjemand muss doch mit dir darüber sprechen. Yin Yu, der Westen ist nicht unendlich groß, es gibt nicht unbegrenzt viele Anhänger. Er hat schon so viele gewonnen. Der Wolfsdämon wäre in deine Zuständigkeit gefallen und er hat dir die Gelegenheit einfach genommen, er hat sie dir gestohlen. Sieh dich doch an – dein Gebiet schrumpft immer mehr. Wie viel wird dir am Ende noch übrig bleiben? Wie willst du dich über Wasser halten, wenn es so weitergeht?«

»Das zählt doch nicht als Stehlen. Er zwingt doch niemanden mit vorgehaltener Waffe, ihn anzubeten. Alle tun es freiwillig. Und was den Wolfsdämon angeht ...« Yin Yu seufzte. »Ich hätte ihn nicht besiegen können. Es war nutzlos, zu mir zu beten. Es ist doch klar, dass sie sich an ihn gewandt haben.«

»Es ist nur ... ich mache mir Sorgen, dass wir am Ende mit leeren Händen dastehen, wenn es so weitergeht«, sagte Jian Yu verbittert. »Verdammt, sogar die niederen Beamten scheren sich nur um ihren eigenen Vorteil – einer nach dem anderen kündigt unter irgendeinem Vorwand, nur um bei anderen Himmelsbeamten in Dienst zu treten. Nutzloses Pack!«

Yin Yu seufzte wieder und ließ sich auf einem Meditationshocker nieder. »Was soll all das Gerede? Diejenigen, die gehen wollen, werden am Ende immer gehen, und die, die bleiben möchten, werden bleiben. Ich bin nicht aufgestiegen, um Machtkämpfe auszufechten oder über Territorien zu streiten. Kannst du nicht einfach damit aufhören?«

»Ein Berg bietet nur Platz für einen Tiger«, so hieß es und diese Situation war das beste Beispiel dafür: Feng Xin und Mu Qing, deren gemeinsames Gebiet der Süden war, stritten schon seit Jahren unaufhörlich. Wären sie nicht für ein gemeinsames Gebiet zuständig, wäre es vielleicht etwas besser, aber Feinden war es nun einmal bestimmt, immer wieder aufeinanderzutreffen, und man wurde eben dort eingesetzt, von wo man aufgestiegen war. Ob auf der Erde oder im Himmel, Menschen oder Götter, so war das Leben. Es bestand kein Anlass für Quan Yizhen, den Westen aufzugeben und in ein anderes Gebiet zu ziehen.

Während die beiden noch diskutierten, klopfte jemand lautstark an die Tür. »Wer ist da?«, fragte Jian Yu.

»Ich«, kam die Antwort.

Jian Yu wandte sich ärgerlich an Yin Yu und zischte: »Warum kommt der stinkende Bengel und klopft an deine Tür?«

Yin Yu bedeutete ihm, den Raum zu verlassen. Dann setzte er eine neutrale Miene auf und öffnete die Tür. Draußen stand tatsächlich Quan Yizhen. Er schien seit ihrem letzten Zusammentreffen gewachsen zu sein. Er hatte nun dieselbe Größe wie damals, als Xie Lian ihn kennengelernt hatte. Und er hatte es sich abgewöhnt, auf Fensterbänke zu klettern.

»Yizhen, du bist es«, sagte Yin Yu ruhig. »Möchtest du nicht am Mittherbstbankett teilnehmen? Warum bist du hergekommen?«

Quan Yizhen folgte ihm in den großen Saal und sagte: »Heute ist mein Geburtstag.«

Der Tag des Mittherbstfests war gleichzeitig der Tag von Quan Yizhens Geburt. Und er war gekommen, um sich nach seinem Geschenk zu erkundigen.

Xie Lian hatte gehört, dass Yin Yu als Quan Yizhens Shixiong ihm stets ein Geschenk zu seinem Geburtstag machte. Doch nach all den unangenehmen Vorfällen hatte er in diesem Jahr keines besorgt. Schenkte man dem Glauben, was Shi Qingxuan beim Festessen gesagt hatte, so war Yin Yu Quan Yizhen schon längere Zeit absichtlich aus dem Weg gegangen. Ein Mensch, der auch nur etwas Feingefühl besaß, würde bemerken, wenn jemand nichts mit ihm zu tun haben wollte, und würde ihn nicht auch noch persönlich aufsuchen und um ein Geschenk bitten. Doch Quan Yizhen dachte sich nichts dabei, voller Selbstsicherheit an Yin Yus Tür zu klopfen.

Xie Lian hatte noch nie etwas gesehen, dass so traurig und so peinlich zugleich war. Würde er nicht Stirn an Stirn mit Hua Cheng sitzen, hätte er sich die Hände vors Gesicht geschlagen, um es nicht mehr mit ansehen zu müssen.

Yin Yu lachte tonlos. »Ah, stimmt. Heute ist dein Geburtstag. Ich hatte hier im Palast in letzter Zeit viel zu tun, also ...«

Quan Yizhen Augen weiteten sich. »Also ... hast du nichts?«

Als fände Yin Yu es nun doch unangemessen, veränderten sich seine Worte, sobald sie seine Lippen erreichten: »Nein, ich habe es nicht vergessen. Es ist hinten, warte einen Moment.«

Quan Yizhen setzte sich, wo er stand, und legte seine Hände auf die Knie. Er nickte immer wieder mit dem Kopf, einen Ausdruck freudiger Erwartung auf dem Gesicht.

Yin Yu ging ins Nebenzimmer, in dem Jian Yu saß und grimmig dreinblickte. Yin Yu hatte in Wirklichkeit natürlich kein Geschenk vorbereitet und so begann er, sobald er den Raum betreten hatte, hektisch in allen Schubladen und Schränken, in Kommoden und Regalen zu suchen. Doch er konnte nichts finden, was sich für diesen Anlass eignete.

»Schnell, hilf mir, etwas zu finden. Etwas, das sich als Geschenk eignet«, rief er Jian Yu zu.

Dieser nahm einen Putzlappen und warf ihn voller Zorn auf den Boden. Er stampfte zweimal mit dem Fuß darauf, dann sagte er voller Hass: »Schenk ihm doch das.«

»Jian Yu!«, tadelte Yin Yu.

»Das ist immer noch mehr, als er verdient. Ich fasse nicht, dass er so schamlos ist, herzukommen und nach einem Geschenk zu fragen!«

»Er versteht es nicht«, sagte Yin Yu hilflos. »Ich habe ihm jedes Jahr ein Geschenk gemacht. Wenn er dieses Mal keines bekommt, wirkt das zu gezwungen. Ich schenke ihm einfach irgendetwas, es geht doch nur um die Geste. Ich hab's, such mir das Diamantarmband zur Geisterabwehr, das wir neulich bekommen haben. Es ist etwas unpassend, aber es ist besser als nichts.«

Er musste Jian Yu mehrmals nachdrücklich auffordern, bis der davonstürmte. Yin Yu kehrte in den großen Saal zurück und setzte sich Quan Yizhen gegenüber. »Warte noch einen Moment. Hier herrscht gerade etwas Durcheinander. Ich habe Jian Yu losgeschickt, um dein Geschenk zu holen. Was treibst du in letzter Zeit so? Es läuft ganz gut für dich, nicht wahr? Ich habe gehört, dein Palast konnte die Zahl seiner Anhänger in den letzten Monaten verfünffachen. Meine Glückwünsche.«

»Ich verstehe nichts von irgendwelchen Anhängern. Ich tue nur dasselbe wie immer und aus irgendeinem Grund kommen sie alle in meine Tempel gerannt. Neulich habe ich einen Wolfsdämon getötet.«

Yin Yus Lächeln schwand. Alles, was ihm selbst nicht gelang, schaffte Quan Yizhen mit Leichtigkeit. Es war, als sei man unglücklich in ein Mädchen verliebt, das einen geflissentlich ignorierte, dann aber weinend in die Arme eines anderen rannte, der es nicht einmal beachtete und noch sagte, es sei nichts Besonderes. Ein hässliches, bitteres Gefühl.

Quan Yizhen redete eine Zeit lang, dann sagte er plötzlich: »Ich habe dich beim Mittherbstfest gesehen. Ich wollte mit dir reden, aber da warst du schon gegangen.«

Yin Yu atmete erleichtert auf, als Quan Yizhen endlich aufhörte, aufgeregt über die Kämpfe in seinem Gebiet zu sprechen. »Ja, mir ist etwas dazwischengekommen und ich musste früher gehen.«

Quan Yizhen nickte. »Jemand sagte, es sei, weil sie dich als falsche Person angesprochen hätten.«

Yin Yu fiel alles aus dem Gesicht. Aber Quan Yizhen bemerkte es gar nicht. Lächelnd sagte er: »Wie lächerlich das ist, wie dumm!«

Xie Lian konnte es nicht mehr aushalten. Er vergrub sein Gesicht in Hua Chengs Armen. »Das ... das ... das ... das ist ja unerträglich ...«

Xie Lian war felsenfest überzeugt, dass Quan Yizhen die Vorstellung, dass jemand einen so dämlichen Fehler machte, ernsthaft lustig fand und dass er nicht bemerkte, wie verletzend das für Yin Yu gewesen sein musste. Doch das änderte nichts daran, dass er glaubte, ersticken zu müssen, wenn er noch länger Zeuge dieses beklemmenden Gesprächs sein müsste.

Zum Glück kam in diesem Moment Jian Yu mit dem Geschenk herbei. Er überreichte es Yin Yu und wandte sich wortlos zum Gehen. Yin Yu sah aus, als habe man ihn gerade gerettet und überreichte Quan Yizhen das Geschenk. Dieser schien hocherfreut und sprang vor Aufregung auf.

In Yin Yus Lächeln war deutliche Erschöpfung zu erkennen. »Wie wäre es, wenn du es in deinem Palast auspackst?«

Quan Yizhen nickte. »Gut. Dann gehe ich jetzt. Ach, nächsten Monat gehe ich auf Patrouille. Wenn du Zeit hast, komm doch mit, Shixiong.«

Yin Yu hörte ihm schon nicht mehr zu und gab eine unverbindliche Antwort. Nachdem er Quan Yizhen verabschiedet hatte, kam Jian Yu schimpfend und türenknallend hervor. »Für wen hält der sich?! Hat seine Mutter ihn als Kind hundertmal auf den Kopf fallen lassen? Wenn nicht, dann ist er hergekommen, um sich über uns lustig zu machen! ›Ich verstehe nichts von irgendwelchen Anhängern‹, was für ein Quatsch! Und die Patrouille, will er damit etwa angeben? Wie niederträchtig!«

Dieses Mal unterband Yin Yu seine Schimpftirade nicht. Er zog sich schweigend ins Hinterzimmer zurück und kam nicht wieder heraus.

Xie Lian erahnte instinktiv, dass die Schachtel mit dem Geschenk das Problem war. »War der Brokatheilige in der Schachtel?«

»Du hast es erraten«, sagte Hua Cheng.

»Dann ist Jian Yu derjenige, der für die ganze Sache die Verantwortung trägt. Warum also wurde Yin Yu so hart bestraft?«, fragte Xie Lian.

»Du wirst es bald wissen. Der nächste Teil spielt drei Tage später«, entgegnete Hua Cheng.

Kaum hatte er das gesagt, waren drei Tage vergangen. Die Sonne schien in den stillen Palast. Yin Yu war zu sehen, wie er kraftlos durch die Nebenzimmer lief und scheinbar etwas suchte. Er durchwühlte die Fächer und Schubladen. Als er einen Schreibtisch durchsuchte, zog er ein Armband hervor, das mit Zauberformeln beschriftet war. Er interessierte sich zunächst nicht dafür und legte es achtlos beiseite, aber einen Moment später nahm er es hoch und rief: »Jian Yu?«

Jian Yu trat ein. »Was gibt es?«

Yin Yu hielt das Armband hoch. »Warum ist das Armband hier?«, fragte er verwirrt. »Das wollte ich ihm doch schenken. Du solltest es doch für mich einpacken.«

Jian Yu schnaubte. »Ein Geschenk für ihn? Er hat nicht einmal einen Tropfen deiner Spucke verdient!«

Yin Yu war fassungslos. »Du hast nicht wirklich den Putzlappen eingepackt, oder? Es besteht kein Grund, ihn so zu provozieren.«

Ein geheimnisvolles Lächeln trat auf Jian Yus Gesicht. »Nein. Ich habe ihm etwas Besseres eingepackt.«

Sein Tonfall klang merkwürdig und Yin Yu runzelte die Stirn. »Was hast du ihm gegeben?«

»Diesen Umhang, den wir neulich gefunden haben«, antwortete Jian Yu.

Yin Yus Gesichtsausdruck änderte sich augenblicklich. Es war deutlich zu erkennen, dass dies für ihn kein beiläufiges Gespräch mehr war. »Was? Ich habe mich schon gefragt, warum ich ihn nirgends finden kann. Dieser Umhang kann den Geist verwirren und Menschen das Blut aussaugen!«

Er wandte sich um und wollte davoneilen, da packte Jian Yu ihn. »Warum so besorgt? Ja, das Ding kann den Geist verwirren, aber du bist derjenige, der ihn ihm gegeben hat, also kannst nur du ihn kontrollieren. Und das Blutsaugen funktioniert vielleicht bei Sterblichen, aber einem Himmelsbeamten wird er nichts anhaben können. Es sind schon drei Tage vergangen und ihm ist nichts zugestoßen.«

Yin Yu dachte darüber nach und ging dabei im Zimmer auf und ab.

»Ist der Bengel nicht außerdem begabt? Jung und talentiert, so heißt es doch. Nun wird sich zeigen, wie talentiert er wirklich ist«, fuhr Jian Yu fort.

Am Ende warf Yin Yu resigniert die Hände in die Luft und seufzte. »Nein! Wir wissen nicht, wie gefährlich dieses Ding ist. Wenn etwas passiert, sind wir erledigt. Wie kannst du nur so leichtfertig sein?«

Er stürmte hinaus und reagierte nicht auf Jian Yus Rufe.

Auf dem Weg zum Qiying-Palast stieß er mit mehreren Himmelsbeamten zusammen. Als er dort ankam, war Quan Yizhen nicht da. Er schnappte sich wahllos einige vorbeikommende Leute und fragte: »Wo ist Qiying? Es ist dringend!«

»Qiying? Seine Hoheit ist bei einem Zusammentreffen im Shenwu-Palast. Alle hochrangigen Kriegsgötter des Oberen Hofes sind heute dort ...«

Yin Yu hörte sich den Rest des Satzes nicht mehr an und eilte los. Erst als er am Shenwu-Palast ankam, wurde ihm bewusst, dass er nicht eintreten konnte. Nur »hochrangige Kriegsgötter des Oberen Hofes« waren zu dem Treffen einbestellt worden und er hatte keine Einladung erhalten. Und selbst wenn es ihm gelungen wäre, in den Palast zu gelangen, hätte er diese Angelegenheit nicht vor all den anderen Himmelsbeamten besprechen können. Ihm blieb nichts anderes übrig, als draußen zu warten.

Er spähte durch eines der Fenster und sah viele vertraute Gesichter im Inneren des Saals: Feng Xin, Mu Qing, Pei Ming und weitere. Aber er hatte nur Augen für Quan Yizhen, der in eine beeindruckende glänzende Rüstung gekleidet war.

Nichts an ihm sah seltsam aus. Vielmehr war es Lingwen, die neben Jun Wus Thron stand, die einen merkwürdigen Eindruck machte. Es war deutlich zu erkennen, dass sie nicht bei der Sache war, andauernd machte sie kleine Fehler.

Das fiel auch Jun Wu auf. »Lingwen? Lingwen?«

Er musste sie mehrmals ansprechen, bevor sie ihn bemerkte. »Was? Was ist?«

Jun Wu schmunzelte. »Was ist heute mit Euch los? Wieso starrt Ihr unentwegt Qiying an? Geht es Euch vielleicht so wie mir – gefällt Euch seine neue Rüstung auch so gut?«

Die Kriegsgötter im Saal mussten lachen. Lingwen stammelte eine Entschuldigung und wischte sich unauffällig den kalten Schweiß von der Stirn. Die Hand, in der sie den Pinsel hielt, schien leicht zu zittern.

Wäre Xie Lian damals dabei gewesen, hätte er wohl auch gelacht. Doch nun war ihm bewusst, wie beunruhigend es für Lingwen gewesen sein musste, zu sehen, wie Quan Yizhen voller Selbstsicherheit das blutdürstige Gewand trug, das sie selbst Jahrhunderte zuvor geschaffen hatte.

Yin Yu ging unruhig auf und ab. Er war aufgebracht und nervös, setzte sich hin und stand wieder auf.

Als das Treffen endlich zu Ende war, war Quan Yizhen der Erste, der aus dem Palast trat. Als er Yin Yu draußen entdeckte, grüßte er ihn: »Shixiong, was machst du hier?«

Yin Yu sprang sofort auf. Er machte ein paar belanglose Bemerkungen, dann kam er direkt zur Sache. »Deine Rüstung ...«

»Sie ist fantastisch! Der Himmelskaiser und Lingwen haben sie beide bewundert. Danke, Shixiong.«

Yin Yu zwang sich, ruhig zu bleiben. »Sie ist wirklich großartig. Aber die Person, die sie geschmiedet hat, hat gesagt, dass es ein Problem damit gibt. Ich soll sie noch einmal zurückbringen, damit sie überarbeitet werden kann.«

Hätte er Quan Yizhen direkt angewiesen, die Rüstung auszuziehen, hätte dieser womöglich bemerkt, dass er beeinflusst wurde. Es wäre schlimm, wenn die Wahrheit ans Licht käme, daher konnte Yin Yu es nicht darauf ankommen lassen, dass Quan Yizhen etwas bemerkte, und wählte diesen Umweg.

Überrascht fragte Quan Yizhen: »Was denn für ein Problem? Ich habe gar nichts bemerkt.«

Ein Geschenk zurückzuverlangen war eine unangenehme Situation. Yin Yu überlegte fieberhaft, was er entgegnen sollte, da sagte Quan Yizhen: »Übrigens, Shixiong, nächsten Monat können wir gemeinsam auf Patrouille gehen.«

Yin Yus Kopf schnellte hoch und er sah ihn entgeistert an. »Was?« Beinahe vergaß er die ganze Sache mit dem Brokatheiligen. »Ich glaube nicht, dass mein Name auf der Liste für die Patrouille steht.«

Quan Yizhen sah ihn aufgeregt an. »Doch. Ich habe dich vorgeschlagen und der Himmelskaiser hat gesagt, er würde darüber nachdenken.«

In diesem Augenblick konnte Xie Lian förmlich spüren, wie Yin Yu das Blut heiß ins Gesicht schoss. Jahrelang unterdrückte Wut und unausgesprochener Groll explodierten in seinem Geist.

»Hast du den Verstand verloren?!«, schrie Yin Yu.

Noch nie zuvor hatte Quan Yizhen Yin Yu so zornig gesehen und er blinzelte ihn verwirrt an. Einige Himmelsbeamte, die gerade vorbeikamen, warfen ihnen skeptische Blicke zu.

Yin Yu schlug die Hände vor die Stirn. »Habe ich gesagt, dass ich gehen möchte?! Was hat die Patrouille der Kriegsgötter mit mir zu tun?! Ich habe dich nicht darum gebeten, warum also hast du den Himmelskaiser gefragt?!«

Ein Außenstehender hätte diesen Ausbruch vielleicht nicht verstehen können, für Xie Lian dagegen war Yin Yus Verhalten nachvollziehbar. Immerhin war das eine schlimme Erniedrigung für einen stolzen Kriegsgott.

Die Patrouille der Kriegsgötter war eine Zeremonie, die den mächtigsten Kriegsgöttern des Oberen Hofes vorbehalten war. Diejenigen, die dafür ausgewählt wurden, bewiesen ihre Stärke, indem sie Böses unterwarfen. Dadurch konnten sie nicht nur ihre Namen bekannt machen und Anhänger gewinnen, sondern durch den Wettstreit mit anderen Kriegsgöttern auch ihre Fähigkeiten verbessern und unter Beweis stellen und Kontakte knüpfen. Es war eine wichtige Angelegenheit und es gab strenge Auswahlkriterien, wie zum Beispiel über besondere Fähigkeiten und Stärken zu verfügen, mindestens viertausend Tempel zu besitzen oder zu den zehn Besten beim Mittherbstbankett zu gehören.

Yin Yus Fähigkeiten reichten nicht aus, um sich für die Patrouille der Kriegsgötter zu qualifizieren. Bekäme er die Chance teilzunehmen, würde er selbst vielleicht davon profitieren, aber diejenigen, die seinen Status kannten, würden sich das Maul über ihn zerreißen. Es mochte Himmelsbeamte geben, denen das egal war und die alles daransetzten, sich irgendwie hineinzuschummeln. Aber Yin Yu hatte kein dickes Fell. Er wusste genau, dass er nicht die Qualifikationen besaß, und würde es nicht ertragen, nur mitgenommen zu werden, weil jemand ein gutes Wort für ihn eingelegt hatte. Und dieser jemand war auch noch ausgerechnet Quan Yizhen, der einst auf seine Hilfe angewiesen gewesen war, um nicht aus dem Himmel geworfen zu werden.

Quan Yizhen verstand das alles nicht. Er dachte, er hätte Yin Yu einen Gefallen getan, indem er ihn vorgeschlagen hatte. Mehr hatte er sich nicht dabei gedacht. Er konnte sich nicht vorstellen, dass es ein Problem gab. Aber Yin Yu war aufgebracht und sah wütend aus. Zum ersten Mal wollte Quan Yizhen etwas sagen. Aber er unterbrach sich und wirkte, als würde er sich nicht trauen.

Einen Moment später murmelte er: »Shixiong, warum bist du böse auf mich? Habe ich etwas falsch gemacht?«

Wieder dieser Satz.

Xie Lian hoffte inständig, er würde aufhören zu reden.

Yin Yu traten die Adern auf der Stirn hervor. Er war kurz vor einem Nervenzusammenbruch und raufte sich verzweifelt die Haare. »Genug! Ich habe genug! Ich werde verrückt! Ich werde verdammt noch mal verrückt, nur deinetwegen!«

Dann richtete er seinen Finger auf den Shenwu-Palast. »Quan Yizhen, genug geredet. Du gehst augenblicklich zurück und machst diese Empfehlung rückgängig! Hör auf, mir noch mehr Ärger zu bereiten! Tu es, jetzt sofort!«

Quan Yizhen drehte sich auf der Stelle um und rannte in den Palast zurück, ohne ein weiteres Wort zu sagen. Yin Yu blinzelte und da erst fiel ihm ein, dass Quan Yizhen noch immer den Brokatheiligen trug. Er tat das nicht, weil er einen Fehler gemacht und ihn eingesehen hatte, sondern weil er kontrolliert wurde.

Die wenigen Himmelsbeamten, die den Shenwu-Palast zu diesem Zeitpunkt noch nicht verlassen hatten, sahen Quan Yizhen erstaunt nach, der wie der Blitz wieder hineinstürmte. Yin Yu stand draußen, zitterte leicht und rief noch einmal: »Halt!«

Quan Yizhen war schon beinahe bei Jun Wu angelangt, als er abrupt stehen blieb. Er brauchte einen Moment, um zu sich zu kommen. »Was war denn gerade mit mir los?«

Jun Wu zog die Augenbrauen zusammen. »Qiying, bewegt Euch nicht! Kommt zu mir und lasst mich Euch ansehen. Euer Blick geht ins Leere und eine böse Aura umgibt Euch. Es sieht ganz danach aus, als würde ein böser Zauber auf Euch liegen.«

Quan Yizhen kratzte sich verwundert den Kopf. »In Ordnung.«

Und dann schritt er vorwärts. Yin Yu hatte keine andere Wahl. »Komm zurück! Weg da!«, rief er.

Sobald der Befehl erteilt wurde, fuhr Quan Yizhen auch schon herum und rannte wie ein Verrückter aus dem Saal heraus und auf Yin Yu zu. Vielleicht lag es daran, dass er in seinem Zorn nicht klar denken konnte oder die Anspannung ihm so zusetzte, dass Yin Yu all diese schlimmen Entscheidungen traf. Er selbst begann ebenfalls, verwirrt umherzurennen, sodass er aussah wie ein flüchtender Einbrecher.

Jun Wu konnte das nicht übersehen. Er stand auf und befahl: »Bringt sie her!«

»Ja, Majestät«, antworteten die Kriegsgötter.

Yin Yus Verzweiflung wurde immer schlimmer, er konnte keinen klaren Gedanken mehr fassen und brüllte, während er sich die Hände vors Gesicht hielt: »Geh! Geh weg von hier! Zieh deine Kleider aus!«

Ein leerer Ausdruck lag in Quan Yizhens weit aufgerissenen Augen und mitten in seinem verrückten Lauf zog er sich die Rüstung aus. Eine Gruppe von Kriegsgöttern umringte sie auf halbem Wege und versuchte, sie zu ergreifen.

Als Quan Yizhen sah, dass sie ihn an der Ausführung seines Befehls hindern wollten, blitzten seine Augen auf. Er fixierte die Kriegsgötter, zielte und schlug mit seinen Fäusten auf sie ein, sodass er eine Reihe von Löchern in sie schlug.

»Aaaaah! Ein Mörder am Oberen Hof ...«

Kaum war Blut vergossen worden, hallten die Schreie überall wider. Yin Yu stand da wie angewurzelt, das Gesicht leichenblass. Die Einzige, die noch blasser war als er, war Lingwen.

Er hatte nicht damit gerechnet, dass der Brokatheilige so mächtig und so unfassbar böse war. Die Situation war vollkommen außer Kontrolle geraten.

Die niederen Himmelsbeamten, die vorgestürmt waren, um Quan Yizhen zu ergreifen, hatten seine Schläge nicht abwehren können und waren auf der Stelle ausgelöscht worden. Als Feng Xin, Pei Xiu und Lang Qianqiu sahen, wie brenzlig die Situation war, umzingelten sie Quan Yizhen und machten sich zum Angriff bereit.

»Kümmert Euch nicht um ihn! Fasst ihn nicht an! Er wird niemanden mehr töten!«, rief Yin Yu aus.

Solange sie ihn nicht daran hinderten, seine Befehle auszuführen, würde Quan Yizhen niemandem etwas tun. Doch er hatte nun bereits ein Dutzend Himmelsbeamte getötet, warum also sollten sie ihn laufen lassen? Niemand glaubte Yin Yus Worten.

Wäre er jemand, der auch in Notlagen klar denken und schnell reagieren könnte, hätte er »Leg dich auf den Boden, beweg dich nicht und ergib dich!« gerufen. Aber alles ging so schnell, dass er keine Zeit hatte, angemessen zu reagieren. Yin Yu hatte noch nie eine Situation wie diese erlebt, er war vollkommen außer sich und nicht in der Lage, die richtigen

Entscheidungen zu treffen. Er hatte einen Fehler begangen und dadurch eine Kettenreaktion ausgelöst.

Während er noch fassungslos und verwirrt herumlief, trat Mu Qing zu ihm. »Wollt Ihr etwa davonlaufen?«

Da erst wurde Yin Yu bewusst, dass er ziellos umhergerannt war. Er blieb stehen und versuchte zu erklären: »Ich wollte nicht ...«

Doch Mu Qing ließ ihn nicht ausreden und verdrehte ihm die Arme auf den Rücken. Xie Lian hörte ein dumpfes Knacken und Yin Yu verzog das Gesicht.

Für einen Kriegsgott war es eine zweifache Erniedrigung, von einem mächtigeren und stärkeren Kriegsgott überwältigt zu werden. Es war eine Demütigung für Körper und Seele.

Pei Ming hatte alles mit angesehen, ohne selbst einzuschreiten. »Wie kann das sein? Es ist, als hätten seine Kräfte plötzlich zugenommen«, bemerkte er.

Er sprach von Quan Yizhen. Die Erklärung war einfach: Quan Yizhen war ohnehin schon ein starker Kämpfer und durch den Brokatheiligen hatten sich seine Kräfte verdoppelt. Stellte sich einer der anderen Kriegsgötter ihm entgegen, waren es in Wirklichkeit zwei gegen einen. Quan Yizhen genoss einen unlauteren Vorteil. Aber da niemand von ihnen darüber Bescheid wusste, zögerten sie, ihn gemeinsam anzugreifen. Das würde zu armselig wirken.

So kämpfte sich Quan Yizhen von Kopf bis Fuß blutverschmiert die Hauptstraße der himmlischen Hauptstadt entlang. Als er einen Palast am Straßenrand erblickte, stürmte er direkt hinein.

»Er ist in den Yinyu-Palast eingedrungen!«, rief die Menge.

Yin Yu hatte ihm befohlen, zu »gehen«, aber er hatte kein Ziel genannt und so hatte Quan Yizhen wahllos eines ausgewählt.

Mehrere Kriegsgötter folgten ihm ins Innere des Palasts. Da alle anderen noch klar denken konnten, hielten sie sich im Kampf gegen ihn zurück. Quan Yizhen aber kümmerte das nicht und er kämpfte mit allem, was er hatte, gegen jeden, der sich ihm in den Weg stellte. Das ärgerte die anderen Himmelsbeamten.

»Irgendetwas stimmt doch nicht mit ihm«, schimpfte Feng Xin. »Lasst ihn uns niederschlagen und dann weitersehen!«

In dem Moment, als Feng Xin das rief, verloren die anderen Götter die Beherrschung. Sie hielten sich nicht länger zurück. Sie eilten auf ihn zu und schlugen ihn mit vereinten Kräften zusammen. Schwerter blitzten durch die Luft und Fäuste flogen, Tritte wurden ausgeteilt und mit einem lauten Donnern stürzte plötzlich der ohnehin schon baufällige Yinyu-Palast in sich zusammen.

Yin Yu wurde weiterhin von Mu Qing festgehalten. Als er sah, wie sein Palast um die Schlägerei herum einstürzte, traten ihm die Augen hervor und er rief: »Hört auf zu kämpfen!«

Die anderen Kriegsgötter konnte er dadurch nicht aufhalten, aber Quan Yizhen hörte seinen Befehl und hielt augenblicklich die Fäuste still. Alle Schwerter, Schläge, Fausthiebe und Tritte prasselten ungehindert auf ihn ein, es war ein Desaster.

Lang Qianqiu konnte den Hieb seines Langschwerts nicht mehr abbremsen und schnitt Quan Yizhen tief in die Schulter. Zum Glück war seine Klinge stumpf und er konnte sein Schwert rechtzeitig zurückziehen – wenigstens hatte er Quan Yizhen nicht in zwei Hälften geschnitten.

»Hört auf zu kämpfen, ich glaube, er kann sich nicht mehr bewegen!«, rief Lang Qianqiu.

Feng Xin wischte sich das Blut aus dem Gesicht. »Verdammt, das wurde aber auch Zeit!«

Quan Yizhen lag stocksteif auf dem Boden, wie von unsichtbaren Fesseln gehalten.

Mu Qing fesselte Yin Yu die Handgelenke mit einem Seil, das Unsterbliche bändigte, bevor er ihn losließ.

Yin Yu sackte benommen zu Boden und starrte verwirrt auf die Trümmer, die von seinem Palast übrig waren. Sein Blick schweifte umher und fiel dann auf Quan Yizhen, der vor ihm auf dem Boden lag.

Quan Yizhen verfügte über eine unfassbare Widerstandsfähigkeit. Selbst nachdem mehrere Kriegsgötter auf ihn eingeschlagen hatten, blieb er nicht lange still liegen, sondern setzte sich bald schon wieder auf. Er war sichtlich verwirrt. »Was geht hier vor?«

Die Kriegsgötter gerieten außer sich vor Zorn. Alle schrien zugleich: »Ihr steckt in riesigen Schwierigkeiten!«

Lingwen war dem Kampfgetümmel gefolgt und hatte alles genau beobachtet. Sie atmete schwer, ihr Gesicht noch immer leichenblass. Irgendwie war sie jedoch geistesgegenwärtig genug, um Hilfe herbeizurufen. Sie hob zwei Finger und hielt sie an ihre Schläfe. »Medizinbeamte, kommt schnell, ein Notfalleinsatz!«, rief sie in den Kommunikationskanal.

Quan Yizhen war nach wie vor vollkommen verwirrt. Als er sich umwandte und Yin Yu auf dem Boden sitzen sah, kroch er bis an seine Füße, als wollte er ihm aufhelfen. Der Anblick seines absolut unbefangenen Gesichts vor dem Hintergrund seines zerstörten Palasts machte Yin Yu sprachlos. Langsam verzerrte sich sein Gesicht.

Quan Yizhen erinnerte sich an nichts von dem, was vorgefallen war. »Shixiong, was ist los mit dir?«

Es war, als würde Yin Yu den Verstand verlieren. Er brach in irres Gelächter aus, starrte aus rot geränderten Augen und rief: »Quan Yizhen, warum gehst du nicht einfach sterben?! Geh sterben, hörst du?!«

Xie Lians Augen weiteten sich, als er diesen Ausruf hörte, und den umstehenden Himmelsbeamten erging es nicht anders.

Nachdem Quan Yizhen den Befehl vernommen hatte, machte er sich, ohne auch nur eine Sekunde zu zögern, ans Werk. Er hob ein Schwert vom Boden auf, ergriff mit der freien Hand seine Haare und zog daran seinen Kopf hoch. Dann zielte er mit dem Schwert auf seinen eigenen Hals.

In dem Moment, da er sich gerührt hatte, nahmen die Kriegsgötter an, dass er wieder zum Angriff übergehen würde. Sie hechteten von ihm weg und gingen in Deckung. Niemand rechnete damit, dass er sich selbst die Kehle aufschlitzen würde, und als sie es begriffen, war es bereits zu spät, ihm das Schwert noch zu entreißen. Alle schrien auf.

Yin Yu war vollkommen geschockt, aber er stand zu sehr neben sich, um zu begreifen, was da vor sich ging. Nur wenige Sekunden bevor es zu einem Blutvergießen kommen konnte, erschien plötzlich Jun Wus Gestalt hinter Quan Yizhen.

In kürzester Zeit hatte er Quan Yizhen alle vier Gliedmaßen ausgerenkt. Jun Wu versetzte ihm daraufhin einen gezielten Schlag ins Genick, sodass er bewusstlos zusammensackte und reglos liegen blieb. Sein Körper war bis zur Unkenntlichkeit gebrochen, ein bloßer Haufen aus Fleisch und Blut.

Alle, Xie Lian eingeschlossen, seufzten erleichtert auf.

Alle, bis auf Jun Wu. Dieser wandte sich Yin Yu zu. Seine Miene war ernst und streng, er zeigte weder Wut noch Freude. »Ich nehme an, Ihr habt eine Erklärung dafür, wie es so weit kommen konnte?«

Yin Yu hatte sein Gesicht in den Händen vergraben und hob seinen Blick, als er angesprochen wurde. »Ich weiß es nicht. Ich war das nicht. Es ist …«

Sein ganzer Körper begann zu zittern, ganz so, als hätte er gerade erst begriffen, was er da für Worte geäußert hatte.

»Geh sterben!«, hatte er Quan Yizhen vor unzähligen Zeugen befohlen, und Quan Yizhen hatte versucht, den Befehl auszuführen. Es war undenkbar, dass niemand bemerkt hatte, wie eigenartig das war.

Mu Qing ergriff das Wort. »Majestät, Qiyings Verhalten lässt vermuten, dass er unter einem bösen Zauber steht. Irgendeine Kraft zwingt ihn dazu, Yin Yus Befehle zu befolgen. Aber wir wissen nicht, was es sein könnte.«

Lingwen wusste natürlich nur zu gut, welcher Fluch dafür verantwortlich war. Sie hielt sich jedoch im Hintergrund und sprach kein Wort. Hilfe herbeizurufen war das Äußerste, was sie zu diesem Vorfall beitragen konnte.

»So etwas gibt es?«, fragte Lang Qianqiu ungläubig.

Jemand bahnte sich seinen Weg durch die Menge und eilte nach vorne – es war Jian Yu. Es war eindeutig, dass er nach Yin Yu gesucht hatte, bevor er zum Palast zurückgekehrt war. Offensichtlich wusste er noch nicht, was vorgefallen war. »Was ist hier los? Was ... was ist mit dem Palast passiert? Wie konnte das passieren, wer war das?«

Jun Wu trat näher an Yin Yu heran. »Wie kontrolliert Ihr ihn?«

Sein Tonfall war nicht streng, doch in seiner Stimme lag eine Autorität, die einem den Atem nahm. Es war beängstigend, auf diese Weise von oben herab von ihm angesprochen zu werden.

Xie Lian hatte wahrlich schon viele Fehler gemacht, aber so hatte er Jun Wu noch nie gesehen. Er hatte ihn offenbar wirklich stets geschont und ihn mit ungewöhnlicher Höflichkeit behandelt.

Soweit Xie Lian es beurteilen konnte, hatte Yin Yu keine besonders gute Selbstbeherrschung und in Stresssituationen angemessen zu reagieren gehörte nicht zu seinen Stärken. In einer Situation wie dieser, wo sein Geist ohnehin schon vollkommen verwirrt war, war er noch weniger in der Lage, eine Antwort zu geben.

Als er erkannte, dass Yin Yu ihm nicht antworten würde, sagte Jun Wu: »Nun gut. Selbst wenn Ihr schweigt, kenne ich die Antwort. Es ist diese Rüstung, nicht wahr?«

Er war erledigt. Erledigt. Vollkommen erledigt.

Yin Yu saß auf dem Boden und barg den Kopf wieder in seinen Händen, während überall um ihn herum aufgeregtes Getuschel laut wurde.

»Erstaunlich … In all den Jahrhunderten im Himmel habe ich noch nie etwas so Unvorstellbares gesehen!«

»Ein Himmelsbeamter, der einen anderen so weit manipuliert, dass er ohne Rückhalt mordet … Er hat ihn mehr als ein Dutzend Himmelsbeamte töten lassen und ihm dann befohlen, sich selbst zu töten!«

»Wie niederträchtig …«

Als Jian Yu bemerkte, dass etwas Ungeheuerliches vorgefallen sein musste, wurde er blass. Er biss die Zähne zusammen und kniete sich vor der Menge auf den Boden. »Majestät! Diese Rüstung war … war … Ich war es, der sie Quan Yizhen gegeben hat! Yin Yu hatte nichts damit zu tun!«

Da regte sich Yin Yu. »Jian Yu …«, murmelte er.

Jian Yu fasste sich ein Herz und rief aus: »Ich wollte dem Bengel nur eine Lektion erteilen. Ich hätte doch nicht gedacht … dass etwas so Schreckliches passieren würde …«

Quan Yizhen war noch nicht wieder bei Bewusstsein. Er lag in einer Lache aus seinem eigenen Blut. Die Medizinbeamten, die herbeigeeilt waren, umringten ihn, genau wie der Rest der Menge.

»Ich habe den Kerl schon immer gehasst, aber Yin Yu war stets gut zu ihm. Er wusste nichts von der Rüstung!«, beteuerte Jian Yu.

Doch es war zu spät. Niemand glaubte ihm, dass Yin Yu nichts damit zu tun hatte. Sofort rief jemand: »Ihr seid nur ein niederer Beamter im Yinyu-Palast. Wenn schon Ihr ihn so hasst, dass Ihr ihm schaden wollt, ist schwer vorstellbar, dass der Himmelsbeamte, dem Ihr dient, besser ist.«

Andere spotteten sogar: »Er wusste von nichts? Wenn er von nichts wusste, wieso hat er ihm dann befohlen, sterben zu gehen? Wollt Ihr uns etwa weismachen, das sei ein Scherz gewesen?«

Man hätte argumentieren könne, dass Yin Yus Reaktionen verständlich waren, dass er unter großem Stress gestanden hatte und die Fassung verloren hatte, aber diese letzten Worte, »Geh sterben!«, machten all diese Erklärungsversuche zunichte. Diese Worte waren sein Verhängnis.

Xie Lian erinnerte sich daran, dass Lingwen, als sie ihm zum ersten Mal davon erzählt hatte, gesagt hatte, Yin Yu habe »einen Witz gemacht«. Jetzt verstand er, dass sie das gesagt hatte, um Yin Yu zu decken.

Jian Yu konnte es nicht glauben. »Was? Redet doch keinen Unsinn. Wie könnte er so etwas gesagt haben? Er war immer so freundlich zu dem Bengel, warum sollte er ihm sagen, er solle sterben? Yin Yu, das hast du doch nicht gesagt, oder? Du hast so etwas nicht gesagt. Es kann nicht sein, dass du das gesagt hast!«

Doch Yin Yu gab keine Antwort. Er schloss die Augen. Die Umstehenden waren sprachlos darüber, dass Jian Yu die Wahrheit nicht akzeptieren wollte.

»Wir alle haben es mit eigenen Ohren gehört. Wie könnt Ihr daran zweifeln?«

»Das muss ein Missverständnis sein! Es gibt so vieles, was Ihr nicht wisst!«, rief Jian Yu aus.

»Ganz gleich ob es ein Missverständnis ist und was wir wissen oder nicht, ich glaube nicht, dass es etwas gibt, was es wert wäre, den eigenen Shidi töten zu wollen.«

Yin Yu und Jian Yu schwiegen beide.

Die umstehenden Himmelsbeamten fuhren fort, ihre Kommentare abzugeben.

»Ich habe gehört, dass die Leute von Yin Yu nichts mehr von Quan Yizhen wissen wollten, seit er seinen eigenen Palast aufgebaut hat. Jedes Mal, wenn er zu Besuch kam, wurde ihm gesagt, es sei niemand da, und er wurde fortgeschickt. Ich habe mich darüber gewundert, aber jetzt verstehe ich, dass es daran lag, dass sie ihn hassen ...«

»Hat nicht jemand ihn beim Mittherbstfest für Quan Yizhen gehalten? Ich habe gesehen, wie aufgebracht er deswegen war.«

Das waren nicht von der Hand zu weisende Tatsachen. Aber sie führten zu den falschen Rückschlüssen.

»Ja, davon habe ich auch gehört. Es war peinlich, ja, aber keine Rechtfertigung, jemandem Schaden zuzufügen ...«

»Ja, das ist so was von kleinlich ...«

Jian Yus Augen röteten sich und er rief: »Ich habe doch schon gesagt, dass Seine Hoheit nichts damit zu tun hat! Ich bin derjenige, der dieses Verbrechen begangen hat! Ich habe doch alles gestanden, was redet Ihr also noch so?!«

Doch zu diesem Zeitpunkt war es bereits zu spät, Yin Yus Namen noch reinzuwaschen. In den Augen der anderen zeigten die Bemühungen Jian Yus nur, dass Yin Yu einen bösartigen, aber treuen Untergebenen hatte. Und mit nur einem Argument konnten sie ihn zum Schweigen bringen: »Nun, er war es, der Quan Yizhen gesagt hat, er solle sterben gehen!«

Die Stimmung heizte sich immer weiter auf.

»Führt sie beide weg. Lingwen, Ihr bleibt hier und wacht über Qiying«, befahl Jun Wu.

Lingwen senkte den Kopf bestätigend und Jun Wu ging zum Yinyu-Palast, die Hände hinter dem Rücken verschränkt.

Mehrere Kriegsgötter zogen Yin Yu auf die Füße. Außer sich vor Angst sagte er: »Jian Yu, lass es gut sein. Sag nichts mehr.«

Jian Yu wurde ebenfalls ergriffen und mit einem Band, das Unsterbliche bändigte, gefesselt.

»Du sagst immer ›Lass es gut sein, lass es gut sein‹. Dieses eine Mal solltest du es nicht gut sein lassen!«, rief er. »Wenn du es jetzt gut sein lässt, bist du erledigt! Du wirst verbannt werden, ganz sicher!«

Doch Yin Yu seufzte nur. »Lass es gut sein. Dann werde ich eben verbannt. Selbst wenn ich hierbleiben könnte ... es wäre bedeutungslos.«

»Du hättest ihn niemals beschimpfen dürfen«, fuhr Jian Yu fort. »Nur durch diese beiden Worte hast du alle Hoffnung zunichte gemacht! Du hast ihn noch nie zuvor beschimpft. Warum musstest du es jetzt tun, ausgerechnet jetzt? Warum diese beiden Worte?«

Yin Yu wirkte plötzlich um zehn Jahre gealtert. Jeglicher Glanz in seinen Augen war erloschen. Er blickte verloren drein und schüttelte den Kopf. »Ich weiß selbst nicht, wieso. In dem Moment war ich ... Ach, ich will nicht mehr darüber sprechen.«

Sie führten ihn ab. Kaum war er einige Schritte vorwärtsgestolpert, da rief Jian Yu plötzlich: »Wieso nur?!«

Alle wandten sich zu ihm um.

»Du hast doch genauso hart gearbeitet wie er! Du bist tausendmal, nein, eine Million Mal stärker als er! Quan Yizhen ist ein Niemand! Ich hasse ihn, na und? Warum ist er so und warum bist du so, wie du bist? Warum wird er nicht verbannt?!«

Voller Verbitterung biss er die Zähne aufeinander, er spürte den Hass in jeder Faser seines Seins. Er hasste das alles so sehr, dass Tränen seine Wangen hinabrannen. Manchmal war harte Arbeit nicht genug. Vielleicht begriff er das tief in seinem Herzen, aber er konnte es nicht akzeptieren und war nicht in der Lage, seine Verachtung loszulassen.

Yin Yu konnte keinen Schritt mehr tun. Er vergrub sein Gesicht in den Händen und sank vor seinem Palast zu Boden. »Genug! Ich habe gesagt, du sollst nicht mehr darüber sprechen! Lass mich einfach in Ruhe!«, rief er. Er hielt sich die Ohren zu und schrie, bis er heiser wurde. »Hör auf, mich wieder und wieder daran zu erinnern! Hör auf zu reden, ich bitte dich! Ihr alle, hört auf zu reden!«

Xie Lian konnte es nicht länger ertragen. »Das ist genug.«

Hua Cheng ließ die Szene verschwinden und die beiden lösten sanft ihre Köpfe voneinander.

Xie Lian hatte seine Stirn so lange an Hua Chengs gedrückt, dass sie sich nun etwas taub anfühlte, juckte und sehr warm war. Er wollte sie reiben, aber er konnte seine Arme nicht bewegen. Hua Cheng bemerkte es und rieb Xie Lians Stirn für ihn, als wäre es das Normalste der Welt, und ließ dann seine Arme sinken.

Draußen vor der steinernen Wand lief der maskierte Yin Yu unruhig auf und ab. Nach einer Weile wandte er sich an Quan Yizhen. »Du willst raus?«, fragte er kühl und mit verstellter Stimme.

Quan Yizhen nickte. »Ja.«

»Gut. Dann sieh her!«

Und im Bruchteil einer Sekunde schlug er mit rasender Geschwindigkeit Quan Yizhen den Spaten vor den Kopf!

Ein lautes *Klonk* war zu hören und Quan Yizhen verstummte augenblicklich.

Xie Lian war fassungslos. »Nein! Hat er ihn etwa totgeschlagen? Hat er ihn getötet?«

»Sei unbesorgt, großer Bruder«, antwortete Hua Cheng lachend. »Er ist nicht tot, nur bewusstlos.«

Nachdem er zugeschlagen hatte, seufzte Yin Yu. Schließlich hatte er wohl doch entschieden, Quan Yizhen aus der Wand auszugraben. Er hob den Spaten und begann, sich Stück für Stück durch die Wand zu arbeiten.

Jetzt verstand Xie Lian die Situation. Wenn Yin Yu beschloss, Quan Yizhen zu retten, es aber in einem Kampf endete, könnte er nicht gewinnen. Er riskierte außerdem, seine Identität preiszugeben, was zu Komplikationen führen könnte. Die Beziehung zwischen diesen beiden Kultivierungsbrüdern war komplex und belastet und es war schwer zu sagen, wer von beiden schlechter dran war. Es war aus Yin Yus Sicht das Beste, so zu tun, als würde er ihn nicht kennen.

»San Lang, sollten wir uns nicht auch überlegen, wie wir hier herauskommen?«, fragte Xie Lian.

Hua Cheng schien jedoch ganz glücklich mit ihrer Lage zu sein. »Was? Du willst schon raus?«

Xie Lian wusste nicht, ob er lachen oder weinen sollte. »Ja, natürlich. Willst du etwa hier einziehen?«

»Mit dir, großer Bruder, wüsste ich nicht, warum nicht. Ist ja gut, das war ein Scherz.« Er sah Xie Lian ruhig an und streckte die Hände aus, um ihm die Ohren zuzuhalten.

»Was machst du?«, wollte Xie Lian wissen.

Hua Cheng lächelte ihn an. »Ich bin zu faul, um mich mühsam hinauszugraben, also sprenge ich das Ganze einfach in die Luft.«

Xie Lian dachte gerade darüber nach, ob dadurch alle anderen, die der Berg verschluckt hatte, auch gesprengt würden, da änderte sich sein Gesichtsausdruck plötzlich. »Warte.«

Hua Cheng sah ihn ebenso angespannt an und ließ seine Hände sinken. Beide lauschten angestrengt. »Hörst du das?«, flüsterte Xie Lian.

»Ja.«

Auf der einen Seite der Mauer grub Yin Yu mit dem Spaten des Erdmeisters. Auf der anderen Seite musste noch jemand sein – sie hörten eine Stimme.

Dort saßen keine silbernen Schmetterlinge. Die Stimme drang direkt an ihre Ohren, weil die Person sehr dicht an der Mauer stand und sich beinahe gegen sie drückte, während sie sprach. Xie Lian hielt den Atem an und versuchte, etwas zu verstehen. Aber er konnte nur gedämpfte, undeutliche Worte hören, wie »aufgefressen«, »Oberer Hof« und »Kriegsgötter«. Seine Gedanken rasten und er wechselte einen Blick mit Hua Cheng. Dann versucht er unter Mühen, näher an die Stimme zu gelangen.

Es war eine Männerstimme. Sie schien sich mit jemandem zu unterhalten, denn jedes Mal, wenn sie etwas gesagt hatte, machte sie eine Pause. Doch Xie Lian konnte keine Antworten hören, wahrscheinlich weil die zweite Person zu weit entfernt war.

Als sie sich lautlos näher geschoben hatten, wurde die Stimme etwas klarer. Die Worte waren noch undeutlich, aber wenigstens konnte Xie Lian nun ganze Sätze verstehen.

»Der Kronprinz ist auch gekommen. Ich möchte diesen Schritt nicht gehen, da gibst du mir sicherlich recht. Aber er ist nicht mehr zu retten«, sagte der Mann.

Ich?, fragte sich Xie Lian. *Wieso bin ich nicht mehr zu retten? Moment mal, diese Stimme …*

Sie kam ihm vertraut vor. Er war sich sicher, dass er sie schon einmal gehört hatte, und das öfter, nicht nur ein- oder zweimal. Aber die Erinnerung lag weit zurück und er konnte die Stimme nicht so schnell einer Person zuordnen.

Während er sich noch das Hirn zermarterte, fügte der Mann hinzu: »Dann lass ihn hier sterben.«

Da fiel Xie Lian plötzlich ein, wem diese Stimme gehörte. Er spitzte die Lippen und sagte lautlos: »Staatspräzeptor?«

Die Person auf der anderen Seite der Wand hatte genau dieselbe Stimme wie sein damaliger Meister aus dem Königreich Xianle!

Kapitel 84:

Das Rätsel um den Staatspräzeptor bringt den Geist auf Abwege

Xie Lians Herz begann, wie wild zu rasen, und seine Finger zitterten. Doch er bewahrte die Fassung und gab keinen Laut von sich, er hob nur leicht den Kopf und flüsterte in Hua Chengs Ohr: »San Lang, beweg dich nicht. Die Stimme klingt wie die des Staatspräzeptors. Er darf uns nicht entdecken ...«

Obwohl die Stimme sich genauso anhörte, gab es noch keine Gewissheit. Es mochte Leute geben, deren Stimmen einander stark ähnelten. Außerdem waren Jahrhunderte vergangen, seit Xie Lian den Staatspräzeptor zuletzt gesehen hatte, seine Erinnerung könnte ihn täuschen. Er durfte jetzt keinesfalls unüberlegt handeln. Wenn sie sich im Hintergrund hielten und lautlos die Geschehnisse verfolgten, würde es ihnen vielleicht gelingen, etwas herauszufinden.

Hua Cheng neigte seinen Kopf zu Xie Lian und legte ihm einen Arm um die Taille. »Gut ... Beweg du dich auch nicht«, flüsterte er in sein Ohr.

Die beiden standen eingezwängt von Steinen und Erde, die sie von allen Seiten umgaben und sie zwangen, sich so eng aneinanderzuschmiegen, dass ihnen die Ohren heiß wurden. So unpassend der Zeitpunkt auch war, schoss Xie Lian doch ein Gedanke durch den Kopf: *Dasselbe Grab zu haben fühlt sich gar nicht so schlecht an.*

Da hörten sie, wie die Stimme weitersprach: »Und was ist mit den anderen beiden? Wohin sind sie gegangen?«

Die anderen beiden? Xie Lians erster Gedanke war, dass damit Hua Cheng und er selbst gemeint waren, und er wunderte sich. Er wollte die Ohren spitzen, um herauszufinden, wer die andere Person in diesem Dialog war, da passierte etwas Seltsames. Nachdem der Staatspräzeptor – er soll vorläufig als Staatspräzeptor bezeichnet werden – seine Frage gestellt hatte, folgte keine Antwort.

Es war merkwürdig. Sie waren dem Staatspräzeptor so nah, dass sie seine Fragen deutlich hören konnten. Seine Stimme war nicht laut, er musste nicht schreien, also konnte sich sein Gesprächspartner nicht allzu weit von ihm entfernt befinden. Wenn die andere Person eine Antwort gab, hätten sie sie hören müssen. Doch es herrschte absolute Stille.

Der Staatspräzeptor sprach erneut: »Danke ihnen für ihre Bemühungen. Aber es ist nicht mehr nötig, sich um die kleinen Fische zu kümmern. Sie werden nicht weit kommen. Wir haben Wichtigeres zu tun.«

Da begriff Xie Lian, dass mit »die anderen beiden« nicht Hua Cheng und er selbst gemeint waren, sondern zwei Begleiter des Staatspräzeptors.

Es wurde immer merkwürdiger. An der Stimme und am Tonfall des Staatspräzeptors war deutlich zu vernehmen, dass er eine Antwort erhalten hatte, und doch hörte es sich an, als würde er mit sich selbst oder der leeren Luft reden. Xie Lian kam eine bizarre Idee: Es war denkbar, dass der Staatspräzeptor der Einzige war, der die Stimme seines Gesprächspartners hören konnte. Aber diesen Gedanken schob er rasch beiseite.

Der Verdacht wurde immer stärker und er hielt den Atem an, um noch gespannter zu lauschen. Jeder Satz, den der Staatspräzeptor äußerte, erschien Xie Lian seltsamer als der vorangegangene. »Sind jetzt alle im Berg?«, fragte er. »Bring sie erst einmal zum Schmelztiegel. Ich werde mir bis dahin überlegen, wie sie einer nach dem anderen erledigt werden können. Je schneller, desto besser. Sie müssten in den nächsten zwei Tagen dort eintreffen.«

Der Schmelztiegel! Innerhalb von zwei Tagen. Im Tonglu-Gebiet konnte keine Tausendmeilenabkürzung verwendet werden, wie sollten sie so schnell dort hingelangen? Und was bedeutete »erledigt werden«?

Nach einem Augenblick fuhr die Stimme fort: »Ruf die anderen beiden her. Lasst uns gemeinsam zum Schmelztiegel gehen. Keiner von uns darf fehlen, wenn wir dem Kronprinzen gegenübertreten. Er ist noch nicht vollständig erwacht, aber wenn es so weit ist ... ist schwer vorherzusehen, was er diesmal tun wird.«

Xie Lian war wie vom Donner gerührt. Sprach der Staatspräzeptor von ihm?

Da plötzlich hörten sie das Echo von Explosionen durch das Innere des Berges hallen und Xie Lian konnte spüren, wie die Wand um sie herum erbebte.

»Was ist da los?«, hörten sie den Staatspräzeptor fragen.

Xie Lian wandte sich im Inneren der Wand an Hua Cheng und stellte dieselbe Frage: »Was ist los?«

»Auf der anderen Seite ist etwas passiert«, sagte Hua Cheng leise.

Die beiden lagen wieder Stirn an Stirn und vor Xie Lians rechtem Auge erschienen Yin Yu und Quan Yizhen. Was er sah, schien sich wenige Augenblicke zuvor ereignet zu haben.

Yin Yu hatte Quan Yizhen aus der Wand gegraben. Schwer atmend zog er ihn heraus und seufzte. Doch da sprang der »bewusstlose« Quan Yizhen plötzlich auf und riss Yin Yu die Maske vom Gesicht.

Quan Yizhen hatte seine Ohnmacht nur vorgetäuscht.

Nun, da Xie Lian darüber nachdachte, erschien es ihm logisch, dass Quan Yizhen Yin Yus Angewohnheit, beim Nachdenken auf und ab zu gehen, die Art, wie er redete, und die Stärke seines Schlages bekannt vorgekommen sein mussten. Vielleicht hatte er, schon bevor der Spaten ihn getroffen hatte, gewusst, wer sich hinter der Maske verbarg. Aber wer hätte gedacht, dass der Tag jemals kommen würde, an dem der einfältige Quan Yizhen vorsätzlich jemanden täuschte? Der Trick war einfach, doch von ihm hätte ihn niemand erwartet.

Unter der Maske kam Yin Yus bleiches Gesicht zum Vorschein, er wirkte geschockt und ängstlich.

Quan Yizhen geriet außer sich vor Aufregung. Blutverschmiert sprang er auf und rief: »Shixiong!«

Yin Yus Lippen verzerrten sich, er wirkte, als habe er etwas absolut Fürchterliches und Erschreckendes gesehen. Er schlug sich beide Hände vors Gesicht und rief: »Der bin ich nicht!«

Und er floh. Während er davonrannte, sandte er Schüsse hinter sich, um seinen Verfolger aufzuhalten. »Lauf mir nicht nach! Lauf mir nicht nach!«, brüllte er.

Quan Yizhen ignorierte die Schüsse und rannte ihm nach. Voller Freude rief er: »Shixiong! Ich bin es!«

»Scheiße noch mal, gerade weil du es bist, ist es so fürchterlich! Ich habe gesagt, du sollst mir nicht nachlaufen!«, entfuhr es Yin Yu.

Die beiden rannten und kämpften dabei unentwegt, sodass der Berg von Explosionen erbebte. Der Staatspräzeptor fragte verwirrt: »Was machen die dort? Was soll dieser Lärm?«

Wieder war nichts zu hören, aber es schien so, als habe er eine Antwort erhalten. »Ich verstehe. Diese Jugend heutzutage, überall muss sie Unruhe verbreiten. Ich gehe jetzt, es gibt noch viel vorzubereiten. Lass uns ein neues Treffen vereinbaren, wenn du in der Nähe des Schmelztiegels bist.«

Er wollte einfach so gehen. Hua Cheng hielt Xie Lian erneut die Ohren zu und dieser schloss die Augen. Einen Moment später erbebte der Berg um sie herum heftig und die Wand, die ihre Körper so dicht aneinandergepresst hatte, wurde in Stücke gesprengt. Die beiden sprangen heraus und landeten auf ihren Füßen. Endlich konnten sie wieder frische Luft atmen.

Doch außerhalb der Mauer befand sich nichts als eine leere Höhle. Vom Staatspräzeptor und der mysteriösen zweiten Person war keine Spur zu sehen.

Xie Lian und Hua Cheng blickten einander an. Sie mussten keine Verfolgung aufnehmen und hatten sich noch nicht voneinander gelöst, als ein schwarz gekleideter Mann aus der benachbarten Höhle stürmte.

Es war Yin Yu. Er schwenkte den Spaten des Erdmeisters, während er auf sie zulief und rief: »Chengzhu! Eure Hoheit!«

Quan Yizhen kam hinterher, sein Kopf blutverschmiert. Hua Cheng machte sich nicht die Mühe aufzublicken und winkte nur kurz mit der

Hand. Quan Yizhen hob beide Hände zur Abwehr, aber der Angriff Hua Chengs konnte nicht mit den Fäusten abgewehrt werden. Mit einem lauten Knall explodierte roter Rauch um Quan Yizhen herum.

Als der Rauch sich verzog, schaukelte an der Stelle, an der Quan Yizhen sich zuvor befunden hatte, ein rundes rotes Stehaufmännchen hin und her. Mit seinen großen Augen sah es vollkommen unschuldig aus.

Es war derselbe Zauber, den Hua Cheng zuvor schon bei Lang Qianqiu angewandt hatte. Da erst hielt Yin Yu auf seiner wilden Flucht inne. Er wischte sich den kalten Schweiß ab, während er näher trat. »Tausend Dank, Chengzhu.«

»Musstest du dich wirklich so fürchten?«, fragte Hua Cheng.

Yin Yu war noch zitterig und lächelte resigniert. »Ehrlich gesagt, wenn ich Seine Hoheit Qiying sehe, will ich nur so weit wie möglich fliehen.«

Xie Lian fand das einerseits lächerlich, andererseits konnte er Yin Yu aber auch verstehen. Die »charakterlichen Besonderheiten« Quan Yizhens schienen ihn nachhaltig traumatisiert zu haben.

Das Stehaufmännchen stand auf dem Boden und sah sie aus seinen großen Augen hilflos an. Es schaukelte heftig hin und her, aber niemand beachtete es.

Xie Lian hatte Mitleid mit ihm und wollte es gerade aufheben, als er spürte, wie der Boden erbebte. Die Erschütterung warf ihn beinahe um, sie war weit stärker als das Schaukeln des Püppchens.

Er stabilisierte seinen Stand und fragte: »Was ist das? Ein Erdbeben?«

Xie Lian brauchte keine Hilfe, doch Hua Cheng hielt ihn dennoch am Arm, um ihn zu stützen. An Yin Yu gewandt sagte er: »Sieh nach, was draußen los ist.«

Yin Yu nahm den Spaten zur Hand und grub ein sauberes Loch. Sonnenlicht drang von draußen herein. Als er hinausspähte, staunte er überrascht.

»Eure Hoheit Yin Yu, ist es ein Erdbeben oder stürzt der Berg ein?«, fragte Xie Lian.

»Weder noch. Der Berggeist ... rennt!«

Er rennt? Xie Lian und Hua Cheng sahen einander an, dann liefen beide los, um nach draußen zu sehen. Der Anblick, der sich ihnen bot, verschlug ihnen die Sprache.

Er rannte tatsächlich!

Die Landschaft zog rasend schnell an ihnen vorbei, sodass sie nur bunte Streifen ausmachen konnten. Es fühlte sich an, wie in einem Streitwagen zu sitzen, der von einem galoppierenden Pferd gezogen wurde, oder auf den Schultern eines wild davonpreschenden Riesen zu sitzen.

Hügel, Flüsse, Wälder und Ebenen wurden plattgewalzt, als der Berggeist sich seinen Weg durch die Landschaft bahnte. Durch das Loch drangen pfeifende Windböen ein, die ihre Haare und ihre Gürtelbänder tanzen ließen.

»Bei dieser Geschwindigkeit wird es wahrscheinlich nur zwei Tage dauern, bis wir den Schmelztiegel erreicht haben«, kommentierte Yin Yu.

Zwei Tage?

In dem Moment begriff Xie Lian. So war das also. Kein Wunder, dass sie die Antworten bei der Unterhaltung des Staatspräzeptors nicht hatten hören können, und kein Wunder, dass der Staatspräzeptor veranlasst hatte, sie so schnell wie möglich zum Schmelztiegel zu bringen. Der Staatspräzeptor hatte nicht mit einem anderen Menschen gesprochen, sondern mit dem Berggeist.

Hua Cheng musste zur selben Erkenntnis gelangt sein. »Auch gut. So kommen wir wenigstens schneller voran. Er sagte, am Berg Tonglu solle es ein neues Zusammentreffen geben. Wenn wir erst dort sind, werden wir erfahren, was er vorhat.«

Doch Xie Lian blickte düster drein. Hua Cheng bemerkte es und fragte: »Großer Bruder, was ist denn?«

»Was meinte er mit ›noch nicht vollständig erwacht‹?«

Die Stimme hatte gesagt: »Er ist noch nicht vollständig erwacht, aber wenn es so weit ist ... ist schwer vorherzusehen, was er diesmal tun wird.«

»Wenn dieser Mann wirklich mein Lehrer war und er über mich gesprochen hat, was hat er dann damit gemeint?«, überlegte Xie Lian.

»Großer Bruder, mach dir nicht zu viele Gedanken. Der Mann ist vielleicht gar nicht dein Lehrer und der Kronprinz, von dem er sprach, bist vielleicht gar nicht du. Vergiss nicht, der Kronprinz von Wuyong ist ebenfalls eine königliche Hoheit.«

»Aber was, wenn doch? Ich habe einige Vermutungen. Kannst du sie dir anhören und mir sagen, ob sie Sinn ergeben?«

»Ja, großer Bruder. Sprich.«

»Es gibt drei große Berge im Tonglu-Gebiet: Alter, Krankheit und Tod. Geburt ist der Einzige, der fehlt. Angenommen dieser Mann ist tatsächlich mein Lehrer. Angenommen, er hat die Fähigkeit, mit den Berggeistern zu sprechen, dann wäre es möglich, dass er mit den ›anderen beiden‹ die anderen Berggeister meinte.«

»So weit stimme ich dir zu. Und weiter?«, forderte Hua Cheng ihn auf.

»Ich frage mich, ob die drei Berggeister über ein menschliches Bewusstsein verfügen. Oder ob sie vielleicht einmal Menschen waren. Warum gibt es keinen Berg Geburt? Weil er sich erst noch manifestieren muss. Geburt ist noch ein Mensch, und dieser Mensch ist ... der Staatspräzeptor!«

Je mehr er darüber nachdachte, desto schlüssiger erschien ihm sein Gedankengang. Sein Herz raste, während er fortfuhr: »Das Tonglu-Gebirge gehörte einst zum Königreich Wuyong. Geburt, Alter, Krankheit und Tod gehören zusammen. Der Kronprinz von Wuyong hatte vier Gefährten. Zufällig gab es auch vier Staatspräzeptoren, die mich unterrichtet haben, als ich in Xianle heranwuchs. Einen Haupt- und drei Nebenpräzeptoren. Ist es normal, dass ein Reich so viele Staatspräzeptoren hat? Früher habe ich mir nichts dabei gedacht, aber es ist doch ungewöhnlich. Glaubst du, das ist Zufall? Oder könnte tatsächlich eine Verbindung bestehen?«

»Es wäre nicht verwunderlich, wenn es ein Zufall wäre. Die berühmten Vier Legenden sind doch auch vier. Und als das Vierfache Übel keine vier waren, musste ein weiteres hinzugefügt werden.«

»Ich weiß nicht, warum, aber mein Gefühl sagt mir, dass es eine Verbindung gibt«, sagte Xie Lian. »Geburt, Alter, Krankheit und Tod. Die vier Schutzgötter von Wuyong und die vier Staatspräzeptoren von Xianle ... Vielleicht sind sie alle dieselben.«

Er folgte der Spur seiner Gedanken und sprach weiter: »Aber sollte das wahr sein und meine vier Staatspräzeptoren waren tatsächlich die Schutzgottheiten des Kronprinzen von Wuyong, warum sind sie dann nach Xianle gekommen? Warum wurden sie meine Lehrer? Warum hat mein Meister mir die Geschichte des Kronprinzen von Wuyong erzählt? Warum hat er gesagt, dass ich so werden solle wie er? Ist irgendetwas an mir, von dem ich bisher nichts wusste? Was meinte er, als er sagte, ich sei noch nicht vollständig erwacht? Könnte es sein ...?«

Er redete vor sich hin wie ein Verrückter. Hua Cheng fasste ihn an den Schultern und versicherte ihm: »Das ist unmöglich. Ich kann dir versichern, dass du du bist. Du bist kein anderer. Vertrau mir. Mach dir nicht zu viele Gedanken und rede dir nichts ein, was nicht real ist.«

Es kam Xie Lian vor, als würde er aus einem Traum erwachen. »Du hast recht. Meine Fantasie ist mit mir durchgegangen ...«

Von seinen eigenen Eltern abgesehen war der Staatspräzeptor der Mensch, den Xie Lian am besten gekannt hatte. Wenn auch zurückhaltend aufgrund seines Status, hatte der Staatspräzeptor oft mit ihm geschimpft, wenn er nicht aufmerksam war, alles in allem war er allerdings ein guter Lehrer gewesen. Plötzlich zu begreifen, dass er einen Menschen, den er für einen Vertrauten gehalten hatte, in Wirklichkeit überhaupt nicht kannte, hatte ihm den Geist verwirrt und seine Gedanken auf Abwege gebracht.

Außerdem war da noch etwas: Sie waren sich so unfassbar ähnlich. Zwar war die Geschichte, die die Wandgemälde in den Tempeln erzählten, nicht vollständig, aber die Erlebnisse des Kronprinzen von Wuyong, die sie darstellten, erweckten in Xie Lian ein diffuses, aber furchterregendes Gefühl von Reinkarnation.

Hua Chengs Tonfall wurde sanft. »Aber großer Bruder, denk mal genau nach. Woher kam der Staatspräzeptor von Xianle?«

Xie Lian überlegte. »Ich bin nicht sicher.«

Das stimmte. Er konnte sich nicht daran erinnern, woher sein Lehrer stammte.

Nachdem er einige Zeit gegrübelt hatte, sagte Xie Lian: »Der Staatspräzeptor hatte die Position schon vor meiner Geburt inne. Ich weiß nur noch, dass er Mei Nianqing hieß, aber das könnte natürlich ein falscher Name gewesen sein. Oftmals habe ich gedacht, dass er unglaublich ist, und mich gewundert, warum er nicht aufgestiegen ist. Wenn der, den wir gehört haben, wirklich mein Lehrer war, hat er schon viel mehr Zeit auf der Welt verbracht als ich. Wenn er sich wirklich mit uns befassen will …«

»Schon in Ordnung«, antwortete Hua Cheng sorglos. »Wen kümmert es, ob er schon länger lebt? Was auch immer er ist, darüber werden wir uns Gedanken machen, wenn es so weit ist. Denk immer daran, was auch passiert, ich werde stets zu dir halten.«

Xie Lian war erstaunt über diese Aussage.

Yin Yus Anwesenheit war derweil vollkommen in den Hintergrund getreten. Da er die ganze Zeit kein Wort gesagt hatte, hatten sie ihn schlicht vergessen. Doch nun ergriff er das Wort. »Chengzhu, sollten wir nach den anderen suchen?«

Sie hatten sich aus der Wand befreit, aber Pei Ming und die anderen waren ebenfalls verschluckt worden und keiner wusste, in welchem Winkel des Berginneren sie gerade verdaut wurden.

»Ja«, sagte Xie Lian hastig. »Lasst uns nach ihnen suchen. Bitte wartet, Eure Hoheit Yin Yu.«

»Eure Hoheit, Ihr müsst mich nicht Hoheit nennen ... Ich bin schon lange kein Himmelsbeamter des Oberen Hofes mehr«, entgegnete Yin Yu.

Xie Lian lächelte. »Dann nennt mich auch bei meinem Namen. Lassen wir die Formalitäten sein. Ich bin schon lange kein Kronprinz mehr.«

Yin Yu warf Hua Cheng, der hinter Xie Lian stand, einen Blick zu. »Das ... traue ich mich nicht. Ich sollte das nicht tun«, stammelte er dann eilig.

»Wieso denn nicht?«, fragte Xie Lian.

Er trat einige Schritte vor, um das Stehaufmännchen Quan Yizhen aufzuheben, als plötzlich eine Gestalt von der Decke fiel und vor seinen Füßen schwer auf dem Boden aufschlug. Klar und deutlich war das knackende Geräusch brechender Knochen zu hören.

Xie Lians instinktive Reaktion war, Fangxin zu ziehen. Zum Glück war er ein ausgezeichneter Kämpfer und sah genau hin, bevor er zuschlug. Mitten in der Bewegung hielt er inne. »General Pei?«

Der Mann war tatsächlich Pei Ming. Er drehte sich auf die Seite, sprang auf und klopfte sich den Staub von den Schultern. Gelassen und elegant stand er da und blickte in die Runde. »Es sieht ganz danach aus, als hätten Seine Hoheit und der Geisterkönig sich hier eine schöne Zeit gemacht.«

»Ja, ja, nicht schlecht«, antwortete Xie Lian. »General Pei, seid Ihr verletzt? Mir kam es vor, als hätte ich ein Knacksen gehört ...«

»Ach, das war nichts. Aber danke für Eure Anteilnahme. Das Knacksen kam nicht von meinen eigenen Knochen, sondern von diesem hier.«

Er hielt etwas hoch. Es war der Oberschenkelknochen jenes Unglückseligen. Er war aus der Form geraten. »Nur durch die Hilfe meines lieben Freundes hier war es mir möglich, mir in diesem Berg einen Pfad in die Sicherheit zu graben. Es ist zwar ein Männerknochen, aber immerhin der eines zähen, unbeugsamen Burschen.«

Kaum hatte er geendet, fiel eine zweite Gestalt von der Decke, auch sie schlug hart auf dem Boden auf. Alle traten hinzu, um nachzusehen, wer es war, und dieses Mal war es Pei Xiu. Er hielt seine Arme schützend um Banyue, und die wiederum umklammerte die beiden schwarzen Tontöpfe, die Kemo und Rong Guang enthielten. Die beiden waren blass und zerzaust, aber sie schienen unverletzt und kamen schnell auf die Beine.

Pei Xiu spuckte etwas Staub aus. »Gene…ral! Eure Ho…heit.«

»Sieht ganz so aus, als hätten wir dem Berggeist nicht gut geschmeckt. Er hat uns wieder ausgespuckt«, kommentierte Pei Ming.

Hua Cheng und Xie Lian warfen einander einen Blick zu.

»Nicht unbedingt. Vielleicht hat jemand ihm befohlen, Euch auszuspucken«, entgegnete Xie Lian ruhig.

Pei Ming trat einige Schritte vor und runzelte die Stirn, als er die ungewöhnlichen Erschütterungen des Berges bemerkte. »Was ist mit diesem Berg los? Warum bebt er so stark?«

»Weil er gerade mit uns zum Schmelztiegel rennt«, antwortete Xie Lian.

Pei Ming ging zu dem Loch, das Yin Yu gegraben hatte, und blickte nach draußen. »So schnell! Großartig. Das erspart uns eine lange Wanderschaft.«

Aber eine Person fehlte noch.

»Wo ist Lingwen?«, fragte Xie Lian.

Hua Cheng benutzte sein rechtes Auge, um nachzusehen. »Der silberne Schmetterling auf ihrem Rücken wurde vom Berggeist verschluckt. Er ist fort.«

Das bedeutete, dass Lingwen und der Brokatheilige sich frei bewegen konnten. Das war eine ernste Angelegenheit. »Lasst uns nach ihr suchen!«, rief Xie Lian hastig aus.

Die Gruppe begann, im Inneren des Berges herumzulaufen. Hua Cheng setzte an die hundert Schmetterlinge frei, um den Berg zu durchsuchen, und am Ende führten sie ihn zu einem weiteren Loch.

Dieses Loch war gewaltsam in den Berg geschlagen worden. Durch seine unebenen Ränder konnten sie die Landschaft vorbeiziehen sehen. Der Wind, der durch das Loch in den Berg drang, verursachte ein dämonisches Heulen. Nachdem Lingwen von dem Berggeist ausgespuckt worden war, war sie wahrscheinlich durch dieses Loch entkommen.

Xie Lian spähte hinaus und sagte mit gerunzelter Stirn: »Was sollen wir jetzt tun? Die Zerstörungskraft des Brokatheiligen ist zu groß, wir können ihn nicht einfach entkommen lassen.«

»Mach dir keine Sorgen. Er ist ebenfalls unterwegs zum Schmelztiegel. Wir begeben uns auf unterschiedlichen Wegen zum gleichen Ziel.«

Nun, da sie wieder alle beisammen waren, berichtete Xie Lian ihnen von dem Gespräch, das sie zuvor mit angehört hatten, wobei er jedoch einige Details ausließ. Nachdem er geendet hatte, setzten sich alle hin und hingen ihren eigenen Gedanken nach. Sie mussten keine Geister und Dämonen bekämpfen und nicht einmal den Weg aus eigener Kraft zurücklegen und empfanden diesen Leerlauf als ziemlich langweilig.

Da Yin Yu darauf beharrte, dass er nicht mit Quan Yizhen sprechen konnte, und schon die Fassung verlor, wenn er nur sein Gesicht sah, hielt Xie Lian es für keine gute Idee, Quan Yizhen zu befreien, und so musste er weiterhin ein Stehaufmännchen bleiben. Pei Ming langweilte sich und spielte mit ihm, indem er ihn immer wieder umschubste.

Als Xie Lian sah, wie heftig das Püppchen schaukelte, kam es ihm vor wie ein Kind, das misshandelt wurde, und er hatte Mitleid. Er räusperte sich leise, dann sagte er: »General Pei, bitte hört auf damit.«

Pei Ming ließ vorerst von ihm ab. Aber als Xie Lian schläfrig wurde und an die Wand gelehnt döste, sodass ihn niemand mehr ermahnte, machte er weiter.

Yin Yu, der an dem Loch Wache hielt und ihren Fortschritt verfolgte, beobachtete ihn dabei. Er sah aus, als wolle er etwas sagen, hielt sich jedoch zurück. Und wie so oft, schlug extreme Freude in Tragik um.

Pei Mings regelmäßige Schläge endeten in einem dumpfen Schlag, als Pei Xiu vornüberfiel. Pei Xiu war Pei Mings Nachfahre, also vergaß er seine Spielerei augenblicklich und griff nach ihm. »Pei der Jüngere, was hast du?«

Yin Yu nutzte die Chance, trat leise vor, nahm das Stehaufmännchen hoch und setzte es neben Xie Lian.

»Was soll der ganze Lärm? Er wird schon nicht sterben. Seht Ihr nicht, dass Seine Hoheit schläft?«, zischte Hua Cheng.

Aber Xie Lian war bereits aufgewacht. Schlaftrunken stellte er fest, dass er an jemandes Schulter lehnte. Da hörte er Hua Chengs Stimme direkt neben sich. »Großer Bruder, du bist wach?«

Xie Lian rieb sich die Augen. Das Stehaufmännchen Quan Yizhen schaukelte neben ihm hin und her. Rasch steckte er es ein. »Ich habe an dich gelehnt geschlafen? Entschuldige ... Was ist denn los?«

»Es ist nichts. Schlaf ruhig, wenn du müde bist. Es dauert nicht mehr lange, bis wir da sind.«

Ihnen gegenüber schüttelte Pei Ming Pei Xiu wie verrückt am Kragen.

Xie Lian erschrak bei diesem Anblick und war nun vollkommen wach. Er dachte, etwas sei passiert, und eilte zu ihnen. Als er sich Pei Xiu genau angesehen hatte, sagte er: »Oh, seid unbesorgt, General Pei. Er ist nur ausgehungert und erschöpft.«

Pei Xiu war ein Sterblicher. Die ganze Zeit schon musste er ohne Nahrung und Wasser ausgekommen und er verfügte nicht über einen so reichen Erfahrungsschatz wie Xie Lian, was das Erdulden von Hunger und Schlägen anging. Er hatte es nicht mehr ausgehalten und war zusammengebrochen.

Pei Ming tat sich schwer mit der verharmlosenden Art, in der Xie Lian gesprochen hatte. »Was meint Ihr mit ›nur ausgehungert und erschöpft‹?«

Es war nicht zu ändern. Xie Lian gab nicht damit an, aber er konnte drei Tage mit nur einer Mahlzeit auskommen, er konnte zehnmal zusammengeschlagen werden und trotzdem wieder aufstehen und

Schrott sammeln, als sei nichts passiert. Welcher Himmelsbeamte konnte schon von sich behaupten, so erfahren zu sein? »Ähm … Hat jemand etwas zu essen?«, fragte er.

Niemand antwortete. Nur Banyue zog einen Topf hervor. »Es tut mir leid, ich habe nur das hier …«

Als Pei Ming erkannte, dass es der Topf mit den Gestürzten Phönixen war, brüllte er: »Warum hast du das immer noch bei dir? Wen willst du damit umbringen? Wirf das weg, sofort!«

Während alle laut und aufgeregt wurden, wandte Hua Cheng sich an Xie Lian: »Siehst du, ich habe doch gesagt, es ist nichts. Schlaf ruhig noch ein bisschen.«

Der Berggeist war den ganzen Tag gerannt, Xie Lian konnte sehen, dass es draußen schon dunkel wurde. »Wie weit sind wir gekommen? Wie lange dauert es noch, bis wir den Berg Tonglu erreichen?«

»Wir sind fast vierhundert Kilometer weit gerannt«, sagte Yin Yu.

Das war viel schneller, als wenn sie gelaufen wären. Xie Lian stand auf und trat an das Loch, an dem Yin Yu Wache hielt. Er wollte einfach nur hinaussehen, aber als er seinen Blick über die vorbeiziehende Landschaft schweifen ließ, entdeckte er etwas, das ihm die Haare zu Berge stehen ließ. »Was ist das?«

Als er am Berg hinuntersah, konnte er in der Dunkelheit ein gigantisches menschliches Gesicht auf dem Boden erkennen.

Das Gesicht hatte halbmondförmige geschlossene Augen und seine Mundwinkel waren zu einem gruseligen Lächeln nach oben gezogen.

Xie Lian wich vor Schreck einen Schritt zurück und Hua Cheng fing ihn auf. Er riss sich zusammen und sah noch einmal nach draußen. Es stellte sich heraus, dass das »Gesicht« nur ein Bild gewesen war, das die Hügel und Täler gezeichnet hatten, eine optische Täuschung. Die Illusion hatte allerdings außerordentlich real gewirkt und beim flüchtigen Betrachten einen schockierenden Anblick geboten.

»Was sind das für Vertiefungen, die aussehen wie Augen und ein Mund?«, wunderte sich Xie Lian.

»Das ist der Wuyong-Fluss. Die Leute aus dem Königreich nannten ihn ›Mutter Fluss‹. Seine Quelle lag hoch oben in den Bergen und der schmelzende Schnee der Berggipfel speiste ihn. Aber inzwischen ist er vollkommen ausgetrocknet. Wenn wir schon am Fluss angekommen sind, bedeutet das, dass wir nicht mehr weit vom Berg Tonglu entfernt sind«, erklärte Hua Cheng.

Xie Lian nickte. »Und die ›Nase‹?«

»Eine große Stadt am Ufer des Wuyong. Willst du hinuntergehen und sie dir ansehen?«

Xie Lian legte den Kopf schief. »Gibt es denn etwas zu sehen?«

»In der Stadt gibt es einen weiteren Wuyong-Tempel. Ich könnte mir vorstellen, dass er dich interessiert.«

Wenn es einen Tempel gab, beherbergte er vielleicht ein weiteres Wandgemälde.

»Gut, gehen wir«, sagte Xie Lian schnell. Er wollte unbedingt mehr über den Kronprinzen von Wuyong erfahren.

»Ja, lasst uns gehen«, meldete sich Pei Ming zu Wort. »Wir müssen Nahrung und Wasser für Pei den Jüngeren finden. Nur wie kommen wir hinunter? Mein Schwert ist zerbrochen.«

Auf Hua Chengs Wink hin erschien um jeden einzelnen von ihnen eine Vielzahl von silbern leuchtenden Schmetterlingen. Sie setzten sich auf Schultern, Rücken, Kopf und Ärmel. Man würde kaum für möglich halten, dass es diesen zarten Schmetterlingen gelingen sollte, sie zu tragen. Wortlos ließ Xie Lian alle von Ruoye aneinanderbinden, damit sie im Flug nicht getrennt würden. Yin Yu erweiterte das Loch, sodass fünf oder sechs Leute gleichzeitig hindurchpassten. Als alle Vorbereitungen abgeschlossen waren, traten Xie Lian und die anderen an das Loch.

»Macht Euch bereit«, rief Xie Lian.

»Wartet!«, sagte Pei Ming.

Xie Lian sah ihn an. »General Pei, stimmt etwas nicht?« Er folgte Pei Mings Blick und sah seine Hand an. Da erst bemerkte er, dass sein Finger noch immer durch das rote Band mit Hua Cheng verbunden war. Er räusperte sich leise. »Das ... das ist ... eine Art magisches Werkzeug. Um miteinander verbunden zu bleiben.«

»Oh«, sagte Pei Ming. »Ist es dadurch nicht schwer, sich frei zu bewegen? Immerhin ist es ein Band. Was, wenn Ihr darauf tretet oder es sich irgendwo verfängt? Es könnte etwas passieren.«

Seine Befürchtungen ergaben Sinn. Ein Kriegsgott sollte seine Bewegungsfreiheit nicht einschränken, das wusste auch Xie Lian. Doch aus irgendeinem Grund wollte er das Band nicht durchschneiden.

Sobald Hua Cheng das Zögern in seinem Gesicht bemerkte, als wäre er in einem inneren Widerspruch gefangen, sah er das Band an und lachte. »Es ist tatsächlich etwas unbequem.«

Xie Lian sah, wie sich das rote Band in Luft auflöste. »So ist es praktischer«, fuhr Hua Cheng fort.

Xie Lian starrte verdattert an die Stelle, an der das Band soeben noch gewesen war. Es hatte sie beide eine Zeit lang miteinander verbunden und nun war es fort. Das war keine große Sache – wirklich nur eine Kleinigkeit –, dennoch fühlte er sich etwas verloren. Aus Angst, dass es jemand bemerken könnte, zwang er sich zu einem Lächeln. »Auf geht's! Fertig ... Springt!«

Der Berggeist hastete weiter und bemerkte nicht, dass kleine Menschen, winzig wie Grashüpfer, von seinem Körper abgesprungen waren.

Von einem Ring aus silbernen Schmetterlingen getragen, landete die Gruppe leicht wie Federn und ohne sich auch nur ein Haar zu krümmen. Sie standen nun am oberen Teil der »Nase« des riesigen Gesichts.

Xie Lian richtete sich auf und ließ erstaunt den Blick über die Umgebung schweifen. »San Lang, sind hier wirklich ein Wuyong-Tempel und eine Stadt?«

»Ja.«

»Aber ... es ist nichts zu sehen.«

Das stimmte. Er hatte gedacht, wenn sie landeten, würde er ähnliche Straßen, Geschäfte, Wohnhäuser, Brunnen und Tempel sehen wie in der ersten Stadt. Doch nun stand er mitten in einem leeren Ödland ohne das geringste Anzeichen dafür, dass jemals eine Stadt existiert hatte.

Pei Ming hielt Pei Xiu aufrecht und stellte ein Bein auf einen Felsen. »Wo ist nun diese ›große Stadt‹?«

»Unter Euren Füßen«, sagte Hua Cheng.

»Was?«

Alle bückten sich, um den Felsen unter Pei Mings Fuß zu untersuchen. »Gibt es irgendeinen geheimen Mechanismus?«, fragte Xie Lian.

Hua Cheng legte seine Hand an den Griff seines Krummsäbels und trat zu ihnen. »Kommt, stellt euch hierher.«

Sie taten wie geheißen. Er zog den Krummsäbel Eming, richtete die Spitze auf den Boden und stieß schnell wie der Blitz neben dem Felsen hinein. Die Spitze der Klinge fuhr in die Erde. Ein krachendes Geräusch war zu hören und ein feines, spinnwebartiges Muster breitete sich rapide aus. Die Risse wurden größer und größer und schließlich stürzte die Erde mit einem lauten Schlag ein und gab den Blick auf ein kühles schwarzes Loch frei.

Hua Cheng sprang als Erstes hinein. Xie Lian hatte damit nicht gerechnet und stellte sich an die Kante des Lochs. »San Lang?«

Kurz darauf war Hua Chengs Stimme von unten zu hören: »Hier unten ist alles in Ordnung. Ihr könnt jetzt herunterkommen.«

Er hatte die Vorhut übernommen, um nach dem Rechten zu sehen. Xie Lian atmete erleichtert auf und sprang augenblicklich in das Loch. Hua Cheng nahm seine Hand und half ihm auf die Füße.

»Es ist so dunkel hier«, bemerkte Xie Lian.

Er hatte kaum ausgesprochen, da erhellten einige silberne Schmetterlinge die Dunkelheit, indem sie als schimmernde Lichtpunkte um sie herumtanzten. Auch einige Geisterfeuer wurden sichtbar, die die tieferen Teile des Lochs ausleuchteten.

Vor sich sahen sie nun eine lange Straße. Vor tausend Jahren mochte dies eine belebte Einkaufsstraße voller Läden und großer Gebäude gewesen sein. Der Felsen, auf den Pei Ming seinen Fuß gestellt hatte, war das Dach eines dieser Gebäude.

Nach und nach sprangen auch die anderen nach unten.

Xie Lian sah hoch. »Ich verstehe ... Die Stadt wurde begraben? Wie ist das passiert? Ein Erdbeben? Ein Erdrutsch? Oder ...?«

»Vulkanasche«, sagte Hua Cheng.

Xie Lian fuhr herum und sah ihn an.

»Die ganze Stadt wurde unter sieben Meter hoher Vulkanasche begraben«, erklärte Hua Cheng. »Was ihr hier sehen könnt, ist ein Teil, den die Geister und Dämonen ausgegraben haben, die zuvor zum Berg Tonglu gekommen sind. Tief in der Asche liegen noch weitere Teile der Stadt verschüttet.«

Xie Lian musste an das Wandbild im zweiten Tempel denken. In seinem Geist sah er wieder den roten, lebhaften Schein. Das bedeutete, dass das Unglück, das der Kronprinz von Wuyong vorhergesehen hatte, wirklich eingetreten war.

Pei Ming setzte Pei Xiu an den Straßenrand. »Das ist ja alles sehr interessant, aber gibt es hier Wasser? Er braucht dringend etwas zu trinken.«

»Der Fluss an der Oberfläche ist längst ausgetrocknet, aber ich meine mich zu erinnern, dass es unterirdisches Wasser in den tiefer liegenden Teilen der Stadt gibt. Vielleicht habt ihr Glück und findet es«, sagte Hua Cheng.

Pei Ming, Banyue und Yin Yu gingen los, um nach Wasser zu suchen.

Xie Lian war noch immer tief in Gedanken versunken, als Hua Cheng zu ihm trat. »Großer Bruder, sieh deine Hand an.«

Xie Lian gehorchte automatisch. Als er seine Hand hob, sah er, dass der leuchtend rote Knoten an seinem Mittelfinger, den Hua Cheng ihm umgebunden hatte, noch da war, obwohl das Band, das sie beide verbunden hatte, verschwunden war. Es war, als säße ein winziger roter Schmetterling auf seiner Hand.

Hua Cheng hatte ihm erklärt, dass der Knoten verschwinden würde, wenn das Band durchtrennt würde. »Das …«, staunte Xie Lian.

Hua Cheng lächelte. »Nur ein Tarnzauber, das ist alles. Das rote Band ist verborgen. Die Entfernung ist unbegrenzt und du musst nicht befürchten, darüber zu stolpern. Es war nie durchtrennt.« Er hob seine Hand und zeigte Xie Lian den identischen Knoten an seinem eigenen Finger. »Solange der Knoten da ist, ist die Person am anderen Ende des Bandes in Sicherheit. Je näher wir dem Schmelztiegel kommen, desto größeren Gefahren werden wir begegnen. Deshalb hielt ich es für keine gute Idee, das Band zu lösen. Was sagst du, großer Bruder?«

Als er hörte, dass das rote Band noch da war, zog Xie Lian unwillkürlich die Mundwinkel nach oben. Aber sobald er es bemerkte, beherrschte er sich und sagte ernst: »Ah, ja. So wissen wir immer, ob der andere in Sicherheit ist. Großartig, ein wirklich praktischer Zauber.«

Hua Cheng lächelte ihn an, sein Lächeln erstarb jedoch augenblicklich wieder. »Aber Hoheit, da ist noch etwas. Du musst mir jetzt gut zuhören.«

Als er ihn plötzlich so ernst dreinblicken sah, verdüsterte sich Xie Lians Miene ebenfalls. »Was denn?«

Hua Cheng sah ihm direkt in die Augen. »Ich weiß, dass du nicht sterben kannst und dass du den Tod nicht fürchtest. Aber so tapfer du auch sein magst, vergiss nicht, dass du immer noch verletzt werden kannst.«

Xie Lian sah Hua Cheng verblüfft an, während dieser fortfuhr: »Nicht zu sterben bedeutet nicht, nicht verletzt zu werden. Und es bedeutet auch nicht, keine Schmerzen zu spüren. Wenn du etwas Seltsames oder

Gefährliches siehst, fass es nicht an. Ruf mich und ich kümmere mich darum.«

Xie Lian erinnerte sich, wie sich Hua Chengs Miene verfinstert hatte, als er die Schädel voller Leichengift berührt hatte. War er wütend gewesen? Nur weil Xie Lian unbedacht etwas Gefährliches aufgehoben hatte?

Wenn das zutraf, fehlten ihm die Worte. Es dauerte einen Moment, bis er antworten konnte. »Ist gut ... Ich werde das nicht mehr tun.«

Seine Antwort klang überzeugend und Hua Cheng schien vorerst zufrieden zu sein. Er nickte und wollte sich gerade umdrehen, um weiterzugehen, da rief Xie Lian ihn zurück. »San Lang, warte!«

Hua Cheng hielt inne und sah ihn an.

Xie Lian zögerte lange, bevor er hervorbrachte: »Du ... du auch. Wenn wir etwas Gefährliches finden, werde ich es nicht anfassen, aber du auch nicht. Keiner von uns wird es berühren. In Ordnung?«

Einer von Hua Chengs Mundwinkeln zuckte nach oben. Als die Worte ausgesprochen waren, war Xie Lian nervös und lachte unbewusst, während Hua Cheng einen Schritt auf ihn zutrat. Gerade wollte er etwas sagen, da drang Pei Mings Stimme aus nicht allzu weiter Entfernung zu ihnen. »Was ist das denn?«

»Es scheinen Menschen zu sein«, sagte Banyue.

»Ja. Aber wie können Menschen zu so etwas werden?«, fragte Pei Ming.

Hua Cheng und Xie Lian wechselten einen Blick und gingen auf die Stimmen zu.

»Zu was werden?«, erkundigte sich Xie Lian.

Kapitel 85:

Der Heilige, geboren unter dem Unglücksstern

Pei Ming und die anderen waren auf der Suche nach einem Brunnen in den Hof eines Wohngebäudes getreten.

Xie Lian folgte ihnen und kommentierte beiläufig: »Wie groß und prächtig die Häuser in dieser Straße sind.«

»Der Berg Tonglu liegt in der königlichen Hauptstadt, im Herzen des Königreichs Wuyong«, erklärte Hua Cheng. »Dieser Ort liegt nahe am Berg, oder besser gesagt nahe an dem, was vor zweitausend Jahren die königliche Hauptstadt war. Einstmals war es eine reiche Gegend. Viele wichtige Persönlichkeiten und Regierungsbeamte lebten hier, deswegen sind die Wohnhäuser so eindrucksvoll.«

Tatsächlich gab es dort auch einen Brunnen – dieser bot jedoch einen schaurigen Anblick: Sieben oder acht Menschen hingen über seinen Rand, es sah aus, als wären sie am Verdursten gewesen und dann, als sie den Brunnen endlich erreicht hatten, erstickt.

Xie Lian untersuchte sie und blinzelte dann. »Das ... Ich würde nicht sagen, dass das Menschen sind. Es scheinen Steinfiguren zu sein?«

Selbstverständlich waren es keine lebendigen Menschen, aber es waren auch keine Leichen oder Skelette. Es waren grob behauene, aschgraue steinerne Statuen. Xie Lian wollte gerade die Hand ausstrecken und eine von ihnen berühren, da bemerkte er Hua Chengs Blick. Augenblicklich erinnerte er sich daran, dass sie sich gerade erst gegenseitig versprochen hatten, nichts Merkwürdiges oder Gefährliches anzufassen, und so unterdrückte er den Impuls schnell.

Wer um alles in der Welt käme auf die Idee, so viele schreckliche Statuen herzustellen? Es mussten einst Menschen gewesen sein, die aus unerfindlichen Gründen in diesen Zustand verwandelt worden waren.

Die Eingangstür des Wohnhauses stand weit offen. Xie Lian warf einen Blick ins Innere und sah, dass zwei weitere Menschen auf dem Boden lagen. Ihre Körper waren in einer engen Umarmung ineinander verschlungen. Ihre Gesichter waren unkenntlich und ihr Ausdruck nicht zu deuten, aber ihrer Körpersprache nach zu urteilen mussten sie große Angst gehabt haben. Zwischen sich hielten sie ein Bündel in den Armen. Bei genauerem Hinsehen bemerkte Xie Lian, dass es ein Säugling gewesen sein musste.

Es war klar zu erkennen, was passiert war. »Die Leute draußen waren wahrscheinlich die Diener dieses Haushalts und diese hier die dreiköpfige Familie«, vermutete Xie Lian.

»Mhm«, machte Hua Cheng. »Nachdem der Vulkan ausgebrochen war, hat sich das Flussbett mit Lava gefüllt. Diejenigen, die auf den Anhöhen wohnten, wurden nicht von der Lava oder den Flammen verbrannt, aber der Decke aus Vulkanasche, die sich über alles legte, konnten auch sie nicht entkommen. Sie sind erstickt.«

Die Vulkanasche hatte sich um ihre Körper gelegt und eine harte Hülle gebildet, die den letzten Moment ihres Lebens für immer konserviert und sie in steinerne Figuren verwandelt hatte. Als ihr Leben geendet hatte, hatten dieser Mann und seine Frau sich und ihr Kind umarmt. So waren sie im Tode zu einer Einheit geworden.

Der alte Brunnen war längst ausgetrocknet. Pei Ming war nicht daran interessiert, die Gesichter der Toten näher zu untersuchen. Pei Xiu mit sich tragend, ging er davon, um weiter nach Wasser zu suchen.

Plötzlich fiel Xie Lian etwas Seltsames auf. Er trat ins Haus und kniete sich neben die steinernen Körper der Familie.

Hua Cheng trat ebenfalls ein. »Hast du etwas entdeckt?«

»Ich finde, ihre Körperhaltung ist etwas eigenartig«, erklärte Xie Lian. »Die beiden Erwachsenen halten einander mit einem Arm fest, aber der andere ...«

Ihren jeweils anderen Arm hielten sie gegen die Brust gepresst, als würden sie sich krampfhaft an etwas festhalten.

»Willst du sehen, was sie in den Händen halten?«, fragte Hua Cheng.

Xie Lian hatte kaum zu nicken angesetzt, da tippte Hua Cheng eine der Steinfiguren leicht an.

»Moment, ist das nicht respektlos ihren Überresten gegenüber?«, rief Xie Lian aus.

Aber Hua Cheng war schneller gewesen und die Familie zerfiel zu einem Haufen grauer Asche.

»Kein Grund zur Besorgnis. Sie sind schon lange tot. Ihre Überreste sind längst nicht mehr erhalten.«

Außer den zerbrochenen Aschehüllen war nichts zurückgeblieben, die »Steinfiguren« waren hohl. Obwohl die Schicht aus Asche eine schützende Hülle geformt hatte, waren die Leichen im Inneren dennoch verwest und zerfallen. Außer Asche und Staub war nichts übrig geblieben. Alles, was einst gelebt hatte, war vergangen, nur das, was niemals gelebt hatte, war zurückgeblieben.

Zwischen dem Staub und den Ascheflocken, die nun auf dem Boden lagen, fanden sie einige Stoffstücke, die noch nicht vollkommen verrottet waren. Der Schmuck war ebenfalls erhalten: Sie entdeckten Ringe, Ohrringe, Halsketten und mehr. Xie Lian bezweifelte, dass dieses Paar sich im Moment seines Todes an seinem Schmuck festgeklammert hatte, und suchte weiter, da zog Hua Cheng etwas aus dem Haufen und reichte es ihm.

»Was ist das?«

»Das, was sie in ihren Händen gehalten haben.«

Es war ein Anhänger. Eine golden leuchtende Scheibe und etwas, das wie Knochen aussah, hingen an einer Kette. In die Goldscheibe waren Muster eingraviert. Xie Lian rieb vorsichtig den Staub davon ab, um sie genauer zu betrachten.

»Der Feuerstern in der Herzkonstellation*?«, rief er aus.

Eine Himmelskarte war in die goldene Scheibe eingraviert. Das Gold symbolisierte den Himmel, die Sterne waren Achate. Sie zeigten deutlich die Herzkonstellation – jene Himmelsphase, in der der Feuerstern scheinbar bewegungslos an einer Position verharrte.

* Der »Feuerstern« ist der Mars. In der antiken chin. Astrologie symbolisierte er Krieg, Unheil und Tod. Der »Feuerstern in der Herzkonstellation« bedeutet, dass Mars und Antares im Sternbild Skorpion in einer Linie stehen. Antares hat dieselbe Farbe und Helligkeit wie der Mars und wurde ebenfalls als »großes Feuer« bezeichnet. Diese Konstellation galt als ein Zeichen für Umsturz, Unruhe, Krieg oder Naturkatastrophen.

Der Feuerstern wurde immer schon als Stern des Krieges und des Todes betrachtet. Und wenn er in der Herzkonstellation stand, verhieß er noch größeres Unglück, beunruhigend vor allem für Kaiser, Könige und andere Herrscher. Warum war diese Himmelskarte in ein Schmuckstück eingraviert?

Nein, das konnte kein gewöhnliches Schmuckstück sein. Xie Lian suchte in dem Aschehaufen und fand noch zwei weitere, identische Anhänger. Insgesamt waren es also drei, sogar das Kind in den Armen des Paares hatte einen besessen. Welche Umstände hatten dazu geführt, dass dieses Amulett gleich dreimal erworben worden war?

»Das ist kein Schutzzauber, oder?«, fragte sich Xie Lian.

Das würde erklären, weshalb diese drei angesichts ihres Todes mit einem letzten hoffnungsvollen Stoßgebet diesen Gegenstand umklammert hatten.

»Es ist einer. Ich habe früher schon in dieser Stadt gegraben und habe diesen Anhänger bei vielen solcher Steinfiguren gefunden.«

»Das Volk von Wuyong verehrte seinen Kronprinzen«, murmelte Xie Lian wie zu sich selbst. »Also muss das sein Schutzzauber gewesen sein. Aber warum zeigt er eine Sternenkonstellation? Hat der Kronprinz irgendeine Verbindung zum Feuerstern?«

»Zum Zeitpunkt seiner Geburt zeigte der Himmel diese Konstellation«, erklärte Hua Cheng. »Für das Volk von Wuyong ist sie daher ein Symbol für den Kronprinzen.«

»Wie hast du das herausgefunden?«

Hua Cheng drehte die goldene Scheibe um. »Es steht hier geschrieben.«

Tatsächlich war eine Zeile von Schriftzeichen auf der Rückseite eingraviert. Hua Cheng übersetzte sie für Xie Lian: »Diese Worte bedeuten: ›Der Feuerstern in der Herzkonstellation brachte den Heiligen hervor.‹ Diese Sternenkonstellation gilt uns als ein unglücksverheißendes Omen, aber vor zweitausend Jahren hat man das vielleicht anders gesehen.«

Xie Lian grübelte über seine Worte und spürte eine eigenartige Schwere in seinem Herzen – auch er war unter jener Sternenkonstellation geboren, dem Feuerstern in der Herzkonstellation. War das nicht zu ungewöhnlich, um ein Zufall zu sein?

Er stand auf. »Lass uns zum Tempel gehen.«

Seite an Seite liefen die beiden die lange Straße entlang. Pei Ming und die anderen hatten bei ihrer Suche in diesem Bereich kein Glück gehabt und schlossen sich ihnen an. Überall am Straßenrand fanden sie die Überreste von Wagen. Manche standen einfach da, andere waren umgeworfen worden. Außerdem entdeckten sie viele weitere Menschen, die in allen erdenklichen Haltungen am Boden lagen. Die meisten waren wohl in ihre Häuser geflohen, um der Katastrophe zu entgehen, also waren die, die auf der Straße lagen, wahrscheinlich heimatlose Bettler oder Reisende gewesen, die es nicht rechtzeitig geschafft hatten, sich in Sicherheit zu bringen – ihre Todesschreie und ihr letztes Aufbäumen waren nun für die Ewigkeit konserviert. Sie durchquerten diese bizarre Landschaft.

Hua Cheng zeigte Xie Lian die Häuser, die einstmals die Residenzen mächtiger Kaufleute gewesen waren, und die, die zum Vergnügungsviertel gehört hatten. Xie Lian konnte nicht umhin, sich zu erkundigen, woher er das alles wusste. »San Lang, das Königreich Wuyong ist vor über zweitausend Jahren untergegangen und niemand aus der Bevölkerung hat überlebt. Wie konntest du lernen, ihre Schrift zu lesen?«

Er konnte nicht einfach von null angefangen haben, sich dieses Wissen anzueignen, irgendeine Art von Einstieg musste er gehabt haben.

»Das war nicht so schwer«, erklärte Hua Cheng. »Wie du selbst sehen kannst, sind manche der Schriftzeichen von Wuyong den heutigen gar nicht so unähnlich.«

»Das stimmt. Die beiden Zeichen, mit denen Wuyong geschrieben wird, sehen den modernen Schriftzeichen wirklich sehr ähnlich.«

»Genau. Diese beiden waren die ersten Zeichen der Wuyong-Schrift, die ich gelernt habe. Es gibt noch weitere und wenn sie mit anderen zusammen in einem Satz stehen, kann man die fehlenden Zeichen aus dem Kontext erraten. Manche sehen auch unseren Schriftzeichen ähnlich, haben aber eine andere Bedeutung. Das kommt allerdings selten vor.«

Xie Lian nickte und Hua Cheng fuhr fort: »Und dann gibt es Worte, die immer wieder auftauchen. So wie diese beiden.« Er zeigte auf zwei Gebäude am Straßenrand. »Es ist offensichtlich, was das für Gebäude sind. Die Worte auf den Schildern haben vorne unterschiedliche Zeichen, aber enden auf dasselbe. Daher ist es einfach, die Bedeutung des hinteren Teils herzuleiten: Es sind Teehäuser oder Restaurants. Und es gibt noch viele weitere Methoden. Wenn du mehr darüber wissen willst, werde ich dir alles erklären, wenn es so weit ist.«

So war das – es gab tatsächlich Menschen, die ohne fremde Hilfe etwas herausfinden konnten. Xie Lian staunte.

Der Wuyong-Tempel war das größte und eindrucksvollste Gebäude der Stadt. Als sie dort ankamen, meldete sich Pei Ming zu Wort, bevor sie eintreten konnten. »Was ist das für ein Lärm?«

Aus der Ferne hörten sie ein wiederkehrendes Quieken, dann verklang das Geräusch.

»Ratten?«, vermutete Xie Lian.

»Keine gewöhnlichen Ratten. Aber immerhin, wo es Ratten gibt, muss es auch Wasser geben«, sagte Hua Cheng.

Sie betraten den Tempel. Dieses Mal war keine verkohlte Kruste an den Wänden und sie konnten die leuchtenden Farben eines riesenhaften Wandgemäldes sehen, als sie ihre Köpfe hoben. Und es war nicht nur ein Wandbild, sondern jeweils eines an der linken, der mittleren und der rechten Wand – drei Stück. Jede der Wände zeigte ein Gemälde.

Die Gruppe stand vor dem ersten der drei Bilder und blickte nach oben. Der Kronprinz von Wuyong saß inmitten von Wolken, ein goldener

Glanz umgab ihn. Doch sein Ausdruck war ernst. In seiner linken Hand hielt er eine Kugel aus Licht, in deren Glanz ein kleiner, flammenspeiender Berg zu sehen war. Die Finger seiner rechten Hand hatte er aneinandergepresst, die Handfläche nach außen gewandt, wie in einer Geste der Ablehnung. Darunter war ein Palast dargestellt, in dem mehr als ein Dutzend Personen standen. Ihre Aufmachung war elegant und prächtig und jede wies eine andere Körperhaltung auf. Einige hielten die Arme weit ausgestreckt, andere trugen Rüstung und Bogen, wieder andere zeigten aufgeregt in die Ferne.

Das Wandbild war reich an Details und enthielt viele Informationen. Xie Lian sah es sich lange an, bevor er sich abwandte. »Ich erzähle dir, was ich meine, aus diesem Bild lesen zu können. Die Kugel aus Licht, die der Kronprinz in der linken Hand hält, zeigt einen Vulkanausbruch. Das bedeutet, dass er den Personen unten im Bild von seinem Traum erzählt hat. Die Haltung seiner rechten Hand ist ablehnend, als würde er etwas oder jemanden abweisen.«

»Was denkst du, was er abweist?«, fragte Hua Cheng.

»Das können wir erkennen, wenn wir uns die Leute unten im Bild ansehen«, antwortete Xie Lian. »Der Palast steht in der Sphäre der Sterblichen. Er ist prächtig, wahrscheinlich ist es der königliche Palast. Diese Leute müssen der Adel und das Königshaus von Wuyong sein. Sieh mal, dieser hier, der die Arme weit von sich streckt – es sieht so aus, als würde seine Haltung ›erweitern‹ bedeuten. Aber was erweitern? Das sehen wir, wenn wir seine Hand betrachten.«

Die Gruppe sah genauer hin. Der Mann hielt eine Landkarte in der Hand. Pei Ming wusste sofort, was das bedeutete: »Das Herrschaftsgebiet erweitern!«

»Genau. Und diese Generäle tragen Rüstung und Waffen, sie sind bereit, in die Schlacht zu ziehen. Da sind andere, die ihnen den Weg weisen. Seht, sie zeigen ganz eindeutig in eine Richtung. Es ist, als würden sie sagen: ›Geht dorthin, kämpft dort.‹ Mit diesen Informationen ist die Bedeutung des Gemäldes leicht zu verstehen. Um es grob zusammenzufassen: Es scheint, als habe der Kronprinz von Wuyong den Ministern seines königlichen Hofes von seinem prophetischen Traum erzählt. Würde es zu dem Vulkanausbruch kommen, würde es katastrophale Folgen haben, es könnte das Ende des Königreichs Wuyong bedeuten. Weil der Vulkan genau in seiner Mitte lag und das Königreich nicht groß genug war, würden all seine wichtigsten Städte zerstört werden. Wie konnte dieses Problem gelöst werden?«

»Man nimmt ein anderes Gebiet ein, wenn das eigene nicht groß genug ist«, folgerte Hua Cheng.

»Ganz genau. Die Minister schlugen vor, die Grenze zu überschreiten und in benachbarte Länder einzudringen. Doch der Kronprinz von Wuyong war damit nicht einverstanden, deshalb hat er seine rechte Hand in einer abweisenden Geste erhoben.«

Nachdem sie das erste Bild analysiert hatten, wandte sich die Gruppe dem zweiten zu. Die Farben waren hier deutlich düsterer, wohl weil es eine Kriegsszene darstellte.

Das Blut rann in Strömen über das Schlachtfeld und die Soldaten beider Seiten schlachteten einander gnadenlos ab. Xie Lian konnte die Soldaten von Wuyong erkennen, da die Rüstung dieselbe war, die die Generäle auf dem vorigen Bild trugen. Die Wuyong-Kämpfer sahen entschlossen und kämpferisch aus, wie sie die Köpfe ihrer Gegner unter ihren Füßen zertraten und auf ihren Hellebarden aufgespießte Leichen emporreckten. Die Szene war blutig und brutal, abgetrennte Arme, Beine und zerfetztes Fleisch waren zu sehen. Einige Soldaten grinsten wild, während sie ihre Hände nach sich duckenden Frauen und Kindern ausstreckten. Alles in allem stellte das Bild den Schrecken des Krieges äußerst deutlich und detailliert dar.

Dichte, düstere Wolken bedeckten den Himmel über dem Schlachtfeld, aber ein Hauch von silberfarbenem Licht war darin zu erkennen. Die

Hälfte des Kronprinzen von Wuyong war durch die Wolken hindurchzusehen, er beobachtete die Kampfszene. Seine Miene war voller Zorn. Einen Arm hielt er ausgestreckt und mehrere Strahlen goldenen Lichts gingen von seiner Handfläche aus. Diejenigen Wuyong-Soldaten, die von dem Licht berührt wurden, wurden davon nach oben gezogen.

Die Bedeutung dieses Bildes war einfacher herzuleiten als die des vorherigen. Xie Lian sah es einen Moment lang an. »Es scheint, als hätten die Minister und Generäle nicht auf den Kronprinzen gehört und ihre Armeen losgeschickt, um in die Nachbarländer einzufallen«, sagte er. »Die Soldaten mordeten skrupellos und unbarmherzig. Sie verschonten nicht einmal Frauen und Kinder, ebenso wenig die Alten und Schwachen. Als der Kronprinz davon erfuhr, wurde er wütend und bereitete dem Angriff der Wuyong-Soldaten ein Ende.«

»Wie rührend«, kommentierte Pei Ming trocken. »Aber um ehrlich zu sein, wenn das Schicksal des Reichs auf dem Spiel steht, kann man ihnen nicht vorwerfen, dass sie sich dafür entschieden haben, für ihre Zukunft zu kämpfen. Die Soldaten, die nicht an der Front durch ihre Feinde getötet wurden, kamen durch den Zorn ihres eigenen Kronprinzen um – oder durch ihren eigenen Zorn auf ihn. Für so jemanden würde ich nicht kämpfen wollen.«

Xie Lian lachte unsicher und sagte hilflos: »General Pei … Ihr habt recht.«

Hua Cheng schnaubte bei dieser Bemerkung.

»Der Vulkan war also im Begriff auszubrechen. Was gedachte der Kronprinz zu tun?«, fuhr Pei Ming fort. »Er konnte seine eigenen Leute nicht einfach auf ihren Tod warten lassen.«

»Lasst uns das dritte Wandbild ansehen. Vielleicht gibt es uns die Antwort«, entgegnete Xie Lian.

Die Gruppe betrachtete das dritte Bild. Die Farben standen in starkem Kontrast zu denen des vorangegangenen. Bei diesem war die Farbgebung wieder klar und leuchtend, durchdrungen von heiligem Licht. Aber Xie Lian hatte kaum einen Blick darauf geworfen, da fuhr ihm der Schrecken bis ins Mark. Seine Augen weiteten sich.

Pei Ming betrachtete das Bild. »Meine Güte, das hat der Kronprinz ersonnen? Ha, das ist wirklich mutig. Bewundernswert.«

Unten auf dem dritten Bild war das Königreich Wuyong zu sehen. Der Wuyong-Fluss wand sich durch die Landschaft. Der Kronprinz und die vier Schutzgötter waren ebenfalls zu erkennen. Aber nichts davon stand im Mittelpunkt des Bildes – was dem Betrachter als Erstes ins Auge fiel, war eine Brücke in der Mitte der Darstellung.

Der Kronprinz von Wuyong und seine vier Begleiter hielten eine gigantische Brücke in die Höhe, von der ein weißes Strahlen ausging. Die Menschen im unteren Teil des Bildes strömten mit lächelnden Gesichtern darauf zu.

Der Kronprinz von Wuyong hatte eine Brücke gebaut, die den Himmel mit der Erde verband, um sein Volk ins himmlische Reich zu bringen.

Xie Lian stand sprachlos vor dem Wandbild.

»Ist das überhaupt möglich?«, fragte Pei Ming.

»Wieso nicht?«, entgegnete Hua Cheng.

Alle blickten ihn an und er erklärte: »Einen General zu ernennen ist doch nichts anderes, als einen Sterblichen in die himmlische Sphäre zu bringen. Er bringt einfach alle, die sich in der Nähe der Hauptstadt befinden, vorläufig in den Himmel, um sie zurückzuschicken, wenn die Katastrophe vorüber ist. Warum sollte er das nicht tun können?«

»Blumensuchender Blutregen, rede nicht, als sei das so einfach«, widersprach Pei Ming. »Du solltest wissen, dass es spiritueller Energie bedarf, Generäle zu ernennen. Und wie viele Menschen beruft er mit seinem Rettungsplan?«

Tatsächlich war einen General zu ernennen für einen Himmelsbeamten nichts anderes, als seine eigene spirituelle Energie aufzuwenden, um einen Sterblichen in der Himmelssphäre zu halten, der dann in seinem Dienst stand. Wenn es keine Beschränkungen gäbe, was hätte einen Himmelsbeamten dann davon abhalten sollen, so viele Leute zu berufen, wie er wollte? Ein Herrscher hätte seinen kompletten Hof einschließlich Harem in den Himmel berufen können, ein General seine ganze Armee.

»Den Überresten nach zu urteilen, hatte das Königreich von Wuyong nur wenige Hunderttausend Einwohner. Davon dürften einige Zehntausend in der Nähe der Hauptstadt gelebt haben.«

»Das wäre ziemlich anstrengend, aber ... es wäre denkbar. Wenn auch nur gerade so«, sagte Xie Lian hastig.

»Selbst wenn es ›nur‹ einige Zehntausend wären – kein Himmelsbeamter würde es wagen, so viele Menschen zu berufen«, beharrte Pei Ming. »Wenn er diesen Plan wirklich in die Tat umgesetzt hat ... weiß ich nicht, ob man ihm zu seinem Wagemut oder zu seiner Dummheit gratulieren sollte. Es würde ihn auf jeden Fall einzigartig in der Geschichte machen.«

Xie Lian betrachtete fasziniert die Brücke auf dem Wandbild. Die Gesichter des Kronprinzen und seiner vier Schutzgötter erschienen ihm immer merkwürdiger – je länger er sie ansah, desto stärker ähnelten sie seinem eigenen Gesicht und denen seiner vier Staatspräzeptoren in Xianle.

Dann war da noch die Sternenkonstellation des Feuersterns ... Das Gefühl von Reinkarnation, von sich wiederholender Geschichte wurde übermächtig. Er wollte unbedingt wissen, was als Nächstes passiert war, aber vielleicht ahnte er es auch schon.

Er wandte sich ab, als fürchte er, das Bild länger zu betrachten. »Habt Ihr Wasser gefunden?«, fragte er.

Banyue zog Pei Xiu mit sich. »Der große Bruder ist auf die Suche gegangen.« Damit meinte sie Yin Yu.

Xie Lian sah Pei Xiu an, der die Augen geschlossen hielt. Er murmelte etwas zu sich selbst, dann sagte er: »Wenn wir weiter in Richtung des

Schmelztiegels gehen, halte ich es für das Beste, dass General Pei der Jüngere hierbleibt.«

Pei Xiu hatte einen sterblichen Körper, das war in vielerlei Hinsicht unpraktisch. Außerdem wussten sie noch nicht, was für Gefahren sie auf ihrer Wanderschaft noch erwarten würden.

Pei Ming hockte sich hin und musterte Pei Xiu genau. »Ja, ich denke auch. Aber würdet Ihr ihm bitte den Grund dafür nicht ins Gesicht sagen? Lasst mich mit ihm darüber sprechen. Der Junge wird es verstehen.«

»Ist gut, General Pei, seid unbesorgt. Ich verstehe das. Sonst hätte ich es nicht angesprochen, während er bewusstlos ist.«

Pei Xiu, der doch einst ein junger Kriegsgott mit einer vielversprechenden Zukunft gewesen war, musste nun zurückbleiben, weil er nicht mit den anderen mithalten konnte. Das war eine Demütigung. Aber Strafe musste sein, und so sollte sich die Verbannung anfühlen. Ihm würde nichts anders übrig bleiben, als sich in sein Schicksal zu fügen.

Sie blieben noch eine Zeit lang im Tempel und sprachen über ihre gegenwärtige Lage. »Wo ist Yin Yu?«, fragte Xie Lian verwundert. »Er ist schon lange fort. Wo er nur bleibt? Ob er immer noch kein Wasser gefunden hat?«

Hua Cheng starrte unverwandt auf einige der Geisterschmetterlinge, die auf seinen Fingerspitzen saßen. Sie waren ihnen zuvor sehr nützlich gewesen. Nun waren alle zu ihm zurückgekehrt, um neue Kräfte zu sammeln. Er blickte auf. »Er sollte nicht so lange brauchen.«

Xie Lian begann, sich Sorge zu machen, und stand auf. »Ich werde gehen und nachsehen. General Pei, haltet Ihr hier die Stellung. San Lang, begleitest du mich?«

Natürlich tat er das. Xie Lian ließ Ruoye zurück und wies es an, einen Bannkreis zu bilden. Dann verließen die beiden den Tempel und machten sich auf in die tiefer liegenden Gebiete der Stadt.

Sie kamen an vielen Häusern vorbei, und alle möglichen Gegenstände lagen auf der Straße herum. Xie Lian hob einen Krug auf, der ihm gefiel.

Hua Cheng wunderte sich darüber. »Was willst du denn damit?«

»Falls wir Wasser finden, können wir es darin zu General Pei dem Jüngeren bringen«, antwortete Xie Lian. Er war es gewöhnt, Schrott zu sammeln, und tätschelte den Krug in seinen Händen. »Außerdem sind das hier jahrtausendealte Antiquitäten.«

Hua Cheng lachte. »Wenn du solche Dinge magst, solltest du mal zu mir kommen. Ich habe viele Antiquitäten. Vielleicht ist etwas dabei, das dir gefällt.«

Nach einer halben Stunde hörten die beiden das Plätschern von fließendem Wasser. Kurz darauf rief Xie Lian aus: »Dort!«

Tatsächlich hatten sie einen unterirdischen Bachlauf gefunden. Xie Lian tauchte den Krug ins Wasser und begann, ihn gründlich zu spülen. Die Asche von zwei Jahrtausenden hatte eine dicke Kruste gebildet, die sich nicht so einfach abwaschen ließ, aber wenn er den losen Staub von der Oberfläche abspülte, konnte er den Krug benutzen. Er füllte ihn mit Wasser und senkte den Kopf, um selbst einen Schluck davon zu trinken.

Hua Cheng, der sich wachsam nach allen Seiten umsah, wandte sich gerade noch rechtzeitig zu ihm um. »Trink das nicht!«, warnte er.

Xie Lian hatte den Krug schon an die Lippen gesetzt und fragte verwirrt: »Was?«

Da hörten sie plötzlich eine Stimme: »So heiß.«

Außer ihnen beiden war niemand dort, woher war plötzlich diese dritte Stimme gekommen?

Xie Lian sah nach unten, von wo er den Klang der Stimme gehört hatte – und stellte fest, dass sie aus dem Krug in seiner Hand kam!

Schnell sah er in das Gefäß. Aus dem Wasser beobachteten ihn zwei blutrote Punkte. Das mussten Augen sein. Versteckte sich jemand in diesem Krug?

Als die seltsamen Augen seinem Blick begegneten, sprang das Ding aus dem Krug Xie Lian direkt ins Gesicht. Mit einem lauten Platschen spritzte das Wasser heraus. Er reagierte blitzschnell und schleuderte den Krug mit flinken Händen weit von sich. Die Antiquität schlug gegen eine Wand und zerbrach. Das Ding, das sich darin verborgen gehalten hatte, verkroch sich in die Dunkelheit. Alles ging so schnell, dass Xie Lian nicht genau erkennen konnte, was es war, nur, dass es aussah wie ein großes schwarzes Bündel. »Was war das?«

Hua Cheng hatte sich schützend vor ihn gestellt. In düsterem Tonfall fragte Xie Lian: »Dieses Ding war nicht von Anfang an in dem Krug, oder?«

Und warum hatte es »So heiß« gesagt? Müsste es im Wasser nicht eher kühl gewesen sein?

»Nein. Es ist aus dem Bach gekommen«, erklärte Hua Cheng. »Es gibt Wesen, die sich zusammenrotten und in diesen unterirdischen Wassern schwimmen. Deshalb wollte ich nicht, dass du davon trinkst.«

Aber du hättest General Pei den Jüngeren trinken lassen, tadelte Xie Lian insgeheim.

Plötzlich spürte er ein Schaudern an seinem Rücken und rief: »Wer ist da?«

Er hatte gerade jemanden husten gehört.

Es war bestimmt keine Täuschung gewesen und jeder seiner Muskeln spannte sich an. Kurz darauf vernahm er ein hastiges Geflüster. Überall um die beiden herum wurde ein Paar roter Punkte nach dem anderen sichtbar.

»Sei unbesorgt, sie sind nicht menschlich«, sagte Hua Cheng.

Gerade deshalb mache ich mir ja Sorgen, dachte Xie Lian.

Er strengte sich an, um zu verstehen, was die flüsternden Stimmen sagten.

»Hust, hust, hust ...«

»So heiß, es ist so heiß ...«

»Ich komme um vor Hitze ...«

»Hu, hu, hu, hu ...«

»Ich bekomme keine Luft ... Ist da jemand ...?«

»Ich kann mich nicht bewegen, ich kann mich nicht bewegen!«

Die Stimmen waren leise, aber deutlich zu verstehen und voller Schmerz. Wie Ameisen krochen sie Xie Lian unaufhaltsam in die Ohren. Gerade wollte er Fangxin ziehen, da hörte er spitze Schreie. »Eure Hoheit, wo seid Ihr? Rettet mich, rettet mich!«

Als er diese letzte Stimme hörte, spürte er, wie sich seine Nackenhaare aufstellten. Zunächst dachte er, sie riefe nach ihm. Da schickte Hua Cheng mit einem Wink unzählige Schmetterlinge los, die sich auf die rot glühenden Augen stürzten.

Die silbrig schimmernden Schmetterlinge warfen ihren Schein auf eine Vielzahl von Gestalten, die in der Dunkelheit flüsterten. Tatsächlich waren es keine Menschen – es waren Ratten!

Hua Cheng packte Xie Lian. »Ich hatte doch erwähnt, dass es hier Ratten gibt. Komm!«

Während er von Hua Cheng mitgerissen wurde, wunderte sich Xie Lian: »Das waren Ratten? Ich hätte sie eher für Katzen gehalten.«

Es stimmte. Diese Ratten waren größer als Katzen, ihr Fell war tiefschwarz und stachelig wie Nadeln. In ihren kleinen, rot glühenden Augen lag ein grausamer Glanz. Viele standen an die Wände gedrängt und beobachteten sie aus dem Schutz der Dunkelheit. Sie sprachen mit menschlichen Stimmen, was die Szene überaus gruselig machte.

Kaum hatten die Schmetterlinge sich auf sie gestürzt, begann der Kampf. Rote und silberne Lichter blitzten wild durcheinander. Der Hergang der Schlacht war nicht zu erkennen, aber sie war eindeutig blutrünstig und grausam.

»Diese Kreaturen werden Yin Yu doch wohl nicht irgendwohin verschleppt haben, oder?«, fragte Xie Lian.

»So wehrlos ist er nicht. Ich glaube, etwas anderes hat ihn aufgehalten«, erwiderte Hua Cheng.

Der erste Teil der Antwort ließ Xie Lian etwas entspannen, der zweite Teil dagegen beunruhigte ihn sofort wieder. »Mal davon abgesehen, wie groß diese Ratten sind – warum sind es so viele? Was fressen sie, dass sie so groß werden können?«

»Das ist einfach. Die Toten, natürlich. Es sind leichenfressende Ratten.«

Als die ganze Stadt unter einer Wolke von Vulkanasche begraben worden war, hatten sich die Menschen nirgendwo verstecken können, ebenso wenig ihre großen Tiere, ihre Ochsen, Pferd, Schafe und so weiter. Nur die Ratten konnten sich tief im Inneren der Erde verkriechen. Sie hatten die Katastrophe überlebt, indem sie sich in unterirdische Höhlen zurückgezogen hatten.

Als der Staub sich gelegt hatte, waren sie wieder hervorgekommen und hatten die inzwischen ausgestorbene Stadt nach Nahrung durchsucht. Aber alles war zerstört, von Lava eingeschlossen oder unter einer dicken Ascheschicht begraben. Lange Zeit mussten sie mit dem Vorlieb nehmen, was sie finden konnten.

Bis sie eines Tages den Geruch der Verwesung wahrnahmen.

Der Geruch kam von den menschenförmigen Steinfiguren. Einige Leichen waren nur von einer dünnen Ascheschicht umgeben und als sie zu verwesen begannen, verströmten sie einen starken Geruch und sonderten Flüssigkeiten ab.

Die verhungernden Ratten umringten die Steinfiguren und nagten kleine Löcher in die Umhüllung, durch die sie eindringen und die Leichen im Inneren auffressen konnten.

Die niedersten und abscheulichsten Kreaturen überlebten oftmals am längsten. Zusammen mit den Körpern der Toten waren auch ihre Panik, Angst, Wut und andere mächtige Gefühle in den steinernen Hüllen eingeschlossen gewesen. Als die Ratten die Leichen auffraßen, nahmen sie gleichzeitig auch diese Gefühle in sich auf. So erlangten sie die Fähigkeit, mit menschlichen Stimmen zu sprechen und das auszudrücken, was diese Menschen im Augenblick ihres Todes hatten sagen wollen.

»Ich verstehe. Deshalb haben sie diese Dinge gesagt. Ich habe mich schon gewundert, warum sie so etwas sagen sollten …«, bemerkte Xie Lian.

»Was sagst du da?«, fragte Hua Cheng plötzlich.

Xie Lian blinzelte. »Was sage ich denn?«

Hua Cheng starrte ihn an. »Was haben sie gesagt? Was hast du gehört?«

Xie Lian sah ihn verwirrt an. »San Lang, hast du sie denn nicht gehört? Sie sagten ›Es ist so heiß‹, ›Ich bekomme keine Luft‹, ›Ich kann mich nicht bewegen‹, ›Rette mich‹ und so weiter …«

Doch noch bevor Hua Cheng antworten konnte, dämmerte es Xie Lian.

Das konnte doch nicht sein!

Die Ratten konnten nur das wiedergeben, was die Menschen von Wuyong im Augenblick ihres Todes hatten sagen wollen. Und das waren selbstverständlich Worte in der Wuyong-Sprache. Wie war es möglich, dass er sie verstehen konnte?

Kapitel 86:

Der eifersüchtige Geisterkönig und drei entscheidende Fragen

Hua Cheng hatte mithilfe seiner Fähigkeit, Zusammenhänge herzuleiten, gelernt, die Schriftzeichen der Wuyong-Schrift zu erkennen. Er verstand ihre Bedeutung. Aber da niemand mehr lebte, der ihm die Worte vorlesen konnte, wusste er nicht, wie sie ausgesprochen wurden. Deshalb hatte er das Flüstern der leichenfressenden Ratten nicht verstanden.

Aber Xie Lian, der noch nie zuvor im Tonglu-Gebirge gewesen war, konnte sie verstehen. Was hatte das zu bedeuten?

Er musste nur einen einzigen Blick auf Xie Lian werfen, um sofort zu erkennen, was ihm durch den Kopf ging. Schnell beruhigte er ihn. »Bleib erst einmal ruhig, großer Bruder. Ich wiederhole die Worte für dich. Hör genau hin.«

»Ist gut.«

Hua Chengs Gedächtnis war außergewöhnlich und es gelang ihm, die Worte exakt und deutlich zu wiederholen, nachdem sie das Gebiet der Ratten verlassen hatten. Xie Lian starrte gebannt seine Lippen an, während er in gemäßigter Geschwindigkeit eine Reihe von seltsam klingenden Phrasen aussprach. Die Worte hatten einen ganz eigenen, uralten Rhythmus und von Hua Cheng gesprochen klangen sie tief, schön und wohlklingend.

Nachdem er sich eine Zeit lang auf die Worte konzentriert hatte, sagte Xie Lian: »Ich verstehe sie nicht.«

Das war seltsam. Er hatte die Worte verstanden, die die Ratten geflüstert hatten. Doch nun, da Hua Cheng genau dieselben Laute wiederholte, verstand er sie nicht. Und dennoch war er sicher, dass er sich nicht eingebildet hatte, die Ratten verstehen zu können.

»Als du ihre Stimmen gehört hast, hast du sie auf Anhieb verstanden, richtig?«, vermutete Hua Cheng.

Xie Lian nickte. »Genau. Ich musste sie nicht erst in meinem Kopf übersetzen.« Er hatte nicht einmal bemerkt, dass es eine andere Sprache war.

»Ich hab's«, sagte Hua Cheng.

»Was hast du?«

»Du hast nicht die Sprache von Wuyong verstanden, sondern die Gefühle derer wahrgenommen, die umgekommen sind.«

Xie Lian verstand und zugleich auch nicht.

»Es muss so sein, dass vor langer Zeit jemand diese Stimmen der Sterbenden gehört hat. Derjenige hat sie verstanden und behalten. Später dann hat er sie dir auf irgendeine Art ins Gedächtnis eingepflanzt und dir ihre Gefühle übertragen«, erklärte Hua Cheng. »Derjenige kannte die Wuyong-Sprache und hat den Schritt des ›Verstehens‹ übernommen, deshalb musst du die Sprache nicht kennen, um sie zu verstehen. Diese Stimmen waren bereits tief in deinem Geist verankert und in dem Moment, als du sie gehört hast, hast du umgehend ihre Gefühle erfasst.«

Xie Lian fand, dass diese Erklärung einigermaßen plausibel klang. »Ich verstehe ... Aber das lässt die Frage offen, wer es gewesen sein könnte, der diese Erinnerungen und Gefühle an mich übermittelt hat. Und warum derjenige das getan hat.« Er hielt inne und murmelte dann: »Der Staatspräzeptor?«

»Nicht unbedingt. Großer Bruder, du gehst bereits davon aus, dass dein Meister aus Wuyong stammte. Aber wenn das zutrifft, warum hat er dann nicht in der Wuyong-Sprache gesprochen, als wir ihn im Inneren des Berges mit dem Berggeist haben reden hören?«

Das war schwierig zu erklären. »Das Königreich Wuyong wurde vor zweitausend Jahren zerstört«, überlegte Xie Lian. »Um in der modernen Welt überleben zu können, mussten sie zweitausend Jahre lang unsere Sprache verwenden. Es ist nur natürlich, dass sie in der Sprache reden, an die sie sich nach so langer Zeit gewöhnt haben.«

Hua Cheng ergriff ihn an den Schultern. Sein Tonfall wurde streng: »Großer Bruder, du musst aufhören, immer auf diese Weise zu denken.«

Xie Lian wandte sich ihm zu. »Gut. San Lang, dann sag mir, wie es normalerweise vonstattengeht, wenn man einem anderen Menschen Erinnerungen und Gefühle überträgt.«

»Es gibt zwei Voraussetzungen, die erfüllt sein müssen. Erstens muss man der betreffenden Person vollkommen und rückhaltlos vertrauen. So sehr, dass man sich, wenn nötig, von ihr leiten lassen würde.«

Xie Lian dachte einen Moment nach, wer dafür infrage käme.

»Und zweitens muss es jemand sein, gegen den man nicht aufbegehren kann«, fuhr Hua Cheng fort. »Derjenige, der die Erinnerung überträgt, muss absolute Macht über einen besitzen und man muss ihn zutiefst fürchten. Denk gründlich nach. Wen gab es in all den Jahren, auf den diese beiden Bedingungen zutreffen?«

Xie Lian grübelte, zögerte und sagte dann langsam: »Ich denke, es sind drei Personen.«

»Sehr gut. Wer sind diese drei?«

»Der Erste ist der Staatspräzeptor von Xianle«, erwiderte Xie Lian.

Zwar hatte er seine Eltern innig geliebt und niemals gegen sie aufbegehrt, doch tief in seinem Inneren wusste er, dass die Wege, die sie beschritten, zu unterschiedlich waren, als dass er sich von seinem Vater bedingungslos hätte führen lassen. Der Staatspräzeptor hingegen hatte ihn von klein auf unterrichtet und begleitet. Auf ihn trafen beide Voraussetzungen zu.

Mit dieser Antwort hatte Hua Cheng gerechnet. »Und wer ist der Zweite?«, hakte er nach.

»Jun Wu«, antwortete Xie Lian.

Er hegte immensen Respekt für Jun Wu und bewunderte ihn zutiefst und es muss wohl nicht weiter ausgeführt werden, dass auch die erste Bedingung zutraf.

Hua Cheng wirkte nicht besonders beeindruckt, äußerte sich jedoch nicht dazu. »Und der Letzte?«

»Der Dritte erfüllt die erste Voraussetzung nicht, aber die zweite.«

Hua Cheng begriff. »Der Weiße ohne Gesicht?«, vermutete er düster.

Xie Lian schloss die Augen und nickte. Er hielt sich die Stirn. »Ich will ehrlich zu dir sein. Ich habe das noch niemandem anvertraut – nicht einmal Feng Xin und Mu Qing. Ich wollte nichts sagen, was Unglück bringen könnte, aber um ehrlich zu sein ...«

Um ehrlich zu sein, fürchtete er dieses Geistwesen über alle Maßen.

Es hatte eine Zeit gegeben, da hatte es schon gereicht, dass er nur seinen Namen hörte, und er hatte schon zu zittern begonnen. Aber Xie Lian hatte niemals zugelassen, dass jemand es bemerkte, denn er war die einzige Hoffnung, um den Weißen ohne Gesicht zu besiegen. Wenn selbst er sich fürchtete, würde das nicht alle in Verzweiflung stürzen? Wenn das passierte, wäre es eine Katastrophe.

Nun jedoch war alles viel besser. Hua Cheng verstärkte seinen Griff um Xie Lians Schultern. »Schon in Ordnung. Man muss sich nicht dafür schämen, vor etwas Angst zu haben.«

Ein Lächeln huschte über Xie Lians Gesicht. »Ich bin einfach nicht tapfer genug. Das ist alles.«

»Du darfst nicht so hart zu dir sein. Ohne Furcht kann es auch keine Tapferkeit geben.«

Xie Lian sah ihn verblüfft an.

Ohne Umschweife fuhr Hua Cheng fort: »Es sind also nur diese drei?«

Xie Lian nickte. Das bedeutete, dass einer dieser drei ihm die Erinnerungen und Gefühle, die die Leute von Wuyong im Augenblick des Vulkanausbruchs bewegt hatten, übertragen haben musste. Hua Cheng zog die Brauen zusammen, als er darüber nachdachte.

Xie Lian schwieg eine Weile, bevor er wieder etwas sagte. »Das sind doch nicht alle.«

Hua Cheng sah ihn erstaunt an. »Was?«

Xie Lian holte schnell Luft. »In Wirklichkeit sind es nicht nur diese drei. Es gibt noch eine vierte Person, die die erste Bedingung erfüllt. Aber ich bin überzeugt, dass sie nichts mit den Erinnerungen und Gefühlen der Toten zu tun hat.«

Bei diesen Worten wandte sich Hua Cheng ihm zu. »Ach? Woher weißt du das? Verbindet dich eine langjährige innige Freundschaft mit dieser Person?«

Keine langjährige, aber eine innige Freundschaft, dachte Xie Lian. Er glaubte, dass diese Person zählte, aber er schämte sich zu sehr, es laut auszusprechen, also antwortete er ausweichend: »Jedenfalls ... ist er vielleicht derjenige, dem ich am meisten vertraue. Mehr noch als meinem Meister und Jun Wu.«

»Wie soll das zählen?«

Xie Lian räusperte sich leise und sagte schüchtern: »Es ist etwas peinlich. Denn ... wenn ich einen schweren Fehler begehen oder in Schwierigkeiten geraten würde, weil ich in ein riesiges Hornissennest gestochen hätte, wäre er der Erste, den ich zu Hilfe rufen würde ... Und mein Vertrauen in meinen Meister und den Himmelskaiser ist nicht dasselbe wie mein Vertrauen in ihn ...«

Bevor er zu Ende sprechen konnte, bemerkte er einen eigenartigen Ausdruck auf Hua Chengs Gesicht. »San Lang?«

Da erst kehrte Hua Cheng wieder ganz in die Gegenwart zurück. Er zog eine Augenbraue hoch. »Oh. Es ist nichts. Ich habe an etwas anderes gedacht. Du vertraust dieser Person also wirklich so sehr?«

Normalerweise zog Hua Cheng die Augenbrauen hoch, wenn er entspannt war oder scherzte. Nun dagegen wirkte es unnatürlich.

Xie Lian nickte. »Mhm ... Ist das ein Problem?«

Hua Cheng neigte den Kopf leicht und rückte seine silbernen Armschienen zurecht. »Nein, zumindest kein großes«, sagte er beiläufig. »Aber meiner Meinung nach wäre es das Beste, wenn du anderen nicht so leicht dein Vertrauen schenken würdest.«

Als er Hua Cheng so reden hörte, war sich Xie Lian nicht sicher, ob dieser herausgefunden hatte, von wem er gesprochen hatte. Aber er wagte nicht, noch mehr zu enthüllen, und murmelte nur leise »Oh ...«.

Er wartete kurz ab und konnte sich dann doch nicht verkneifen zu fragen: »San Lang, fragst du nicht, wer diese Person ist?«

»Hm? Was? Da du dieser Person vertraust und sicher bist, dass sie nichts mit dieser Sache zu tun hat, gibt es keinen Grund nachzufragen.«

Xie Lian rieb sich die Nasenwurzel.

Hua Cheng fügte schnell hinzu: »Aber wenn du es sagen willst, werde ich gern zuhören.«

Obwohl seine Worte der Situation angemessen waren, wäre es seltsam, wenn Xie Lian es ihm nun offenbaren würde. Es käme ihm vor, als hätte er darum gebettelt, dass Hua Cheng ihn fragte, wem er am meisten vertraute. Xie Lian konnte nicht erkennen, ob er nur höflich war oder es ihn wirklich nicht kümmerte.

Da kamen die silbernen Schmetterlinge zurück, die sich in dem blutigen Kampf gegen die leichenfressenden Ratten behauptet hatten. Nach der zerstörerischen Schlacht wirkten die ermattet, sie flogen niedrig, als würden sie von Erschöpfung niedergedrückt.

Xie Lian begrüßte sie eilig und streckte die Hand aus, um einen besonders winzigen Schmetterling aufzufangen. »Ihr habt hart gekämpft«, sagte er.

Kaum hatte er die Hand ausgestreckt, machten die Schmetterlinge mitten in der Luft kehrt und flogen wie verrückt auf ihn zu, als hätten sie einen süßen Kuchen gerochen. Xie Lian hielt den winzigen Schmetterling in seinen Händen geborgen und war vollkommen überrumpelt.

Hua Cheng hüstelte und die Schmetterlinge hielten erneut inne, zogen sich dann höflich zurück und flogen ruhig zu ihm zurück. Sie landeten auf seinen silbernen Armschienen und wurden eins mit dem eingravierten Schmetterlingsmuster.

Die beiden setzten ihre Suche nach Yin Yu fort.

Nachdem sie eine Zeit lang gelaufen waren, sagte Hua Cheng plötzlich: »Es ist nicht Feng Xin, oder doch?«

Xie Lian war mit den Gedanken ganz woanders gewesen und blinzelte. »Äh, was?«

»Die Person, von der du gesprochen hast.«

Xie Lian winkte ab. »Natürlich nicht.«

Hua Chengs Augenbrauen zuckten. »Es ist auch nicht Mu Qing, oder?«

Ein Schweißtropfen rann an Xie Lians Stirn herab und seine abwinkende Geste wurde schneller. »Der ist es erst recht nicht. Aber warum fragst du nun doch danach?«

Hua Cheng lächelte ihn an. »Ich habe darüber nachgedacht und bin zu dem Schluss gekommen, dass die vierte Person die verdächtigste ist. Um böse Überraschungen zu vermeiden, wäre es gut, wenn du mir sagen könntest, wer es ist. Wer ist diese Person, der du am meisten vertraust und mit der dich eine jahrelange tiefe Freundschaft verbindet?«

Xie Lian starrte das Lächeln auf seinem Gesicht an. Sein Bauchgefühl verriet ihm, dass es nicht echt war. Gerade als er tief Luft holte und zum Sprechen ansetzen wollte, verschwand das schwache Licht der Schmetterlinge, die ihnen vorausflogen.

Dunkelheit hüllte sie ein. Hua Cheng griff nach Xie Lians Hand und duckte sich mit ihm an den Straßenrand.

Xie Lian spürte augenblicklich, dass irgendetwas nicht stimmte. »San Lang, kommt da etwas?«, flüsterte er.

Obwohl sie in der plötzlichen Dunkelheit nichts sehen konnten, folgte er Hua Chengs Schritten und sie verschwanden in einem der Häuser.

Hua Chengs Stimme erklang dicht neben seinem Ohr: »Es ist da.«

Sie hörten ein merkwürdiges Geräusch in der Dunkelheit. Obwohl das Geräusch aus weiter Ferne zu kommen schien, klang es seltsam schwer, und mit jedem Dröhnen schien es ein gutes Stück näher zu kommen, seine Geschwindigkeit war beachtlich. Xie Lian kam das Geräusch seltsam vertraut vor, er war sich sicher, es schon einmal irgendwo gehört zu haben. Als er es ganz aus der Nähe hörte, spähte er nach draußen.

Tatsächlich. Auf der Hauptstraße der unterirdischen Stadt befand sich eine Frau in einem Hochzeitskleid.

Das Hochzeitskleid hing in Fetzen an ihr herab. Es war ein verstörender Anblick. Ihr Gesicht war hübsch, aber leblos. Das kleine grüne Geisterfeuer, das über ihrem Kopf leuchtete, verlieh ihrer Miene zudem einen grünlichen Ton. In ihren Armen hielt sie ein kleines Kind, dessen Gesicht ebenfalls gruselig bleich wirkte, wenn auch lebendiger als ihr eigenes. Es war offensichtlich ein lebender Mensch.

»So trifft man alte Bekannte wieder«, sagte Hua Cheng.

Es war die Geisterbraut Xuan Ji mit Guzi.

Kapitel 87:
Gekrönt von Geisterfeuer

Sie waren ebenfalls zum Berg Tonglu gekommen.

»Guzi ist hier. Bedeutet das, dass auch Qi Rong gekommen ist?«, fragte Xie Lian.

»Daran besteht kein Zweifel. Du musst dir nur das grüne Licht über ihrem Kopf ansehen«, entgegnete Hua Cheng.

Guzi wirkte, als habe er etwas Angst vor Xuan Ji. Er wagte es kaum, sich in ihrem Arm zu rühren. Dennoch wand er sich einige Male, vielleicht weil ihr kühler Körper sich unangenehm anfühlte.

»Halt still!«, befahl Xuan Ji.

Im grünlichen Schein des Geisterfeuers wirkten ihre Gesichtszüge noch verzerrter, als sie ihren Mund öffnete. Geisterfeuer waren ein Erkennungszeichen der Geister, aber eines auf dem Kopf zu tragen, zeugte von sehr schlechtem Stil. Jede Geisterfrau, die etwas auf sich hielt, würde es sich verbitten, sich ein solches grünes Licht auf den Kopf zu setzen, dachte Xie Lian. Er vermutete, dass Qi Rong sie gezwungen hatte, es zu tragen. Die grüne Flamme und das rote Hochzeitsgewand bildeten einen so scharfen Kontrast, dass es in den Augen schmerzte. Der Anblick war noch bedrückender als der eines Sektenanhängers, den sein Guru in eine hässliche Uniform gezwängt hatte.

In Guzis Augen schimmerten Tränen. »Große Schwester, seit ich dieses Wasser getrunken habe, habe ich Bauchschmerzen.«

Wasser? Xie Lian brach kalter Schweiß aus. In dem Wasser wimmelte es von leichenfressenden Ratten. Zwar war das Wasser nicht giftig, aber Kinder, die von Natur aus schwächer waren, konnten Durchfall davon bekommen.

Es war offensichtlich, dass Xuan Ji keine Kinder mochte, und sie hatte wenig Geduld mit ihm. »Halte noch etwas aus. Wir sind schon auf dem Rückweg.«

Schon waren sie vorübergegangen und verschwanden in der Dunkelheit.

Ohne ein Wort wechseln zu müssen, machten sich Xie Lian und Hua Cheng auf und folgten ihnen leise. Nachdem sie um einige Ecken gebogen waren, erreichten sie eine weitere große Straße, an deren Ende ein besonders prachtvolles Gebäude stand. Aus dem Inneren waren Stimmen zu hören. Das war mit großer Sicherheit ihr Ziel.

Im Schutz der Dunkelheit liefen Xie Lian und Hua Cheng auf das Haus zu und sprangen mit einem Satz aufs Dach. Durch die Dachritzen lugten sie ins Innere.

Und tatsächlich lümmelte Qi Rong inmitten der großen Halle des Residenzgebäudes. Er hatte mehr als ein Dutzend Steinfiguren so um sich herum drapiert, dass sie ihm ihre Köpfe zuwandten. Da die Steinfiguren alle auf dem Boden lagen, sah es so aus, als hätten sie sich in vollkommener Unterwerfung vor ihm niedergeworfen. Er sonnte sich im Glanz dieser falschen Ehrerbietung, während er an einem blutigen Arm nagte. Er machte einen äußerst zufriedenen Eindruck.

In einer Ecke des Raums saßen einige Bauern. Und da war noch jemand, der mit hängendem Kopf dasaß und so wenig präsent wirkte, dass er leicht übersehen werden konnte. Es war Yin Yu.

Er war von Qi Rong gefangen genommen worden. Niemand war gefesselt, aber über dem Kopf eines jeden Gefangenen schwebte eine Lichtkugel aus hellem grünem Geisterfeuer. Bei genauem Hinsehen konnten sie erkennen, dass diese Geisterfeuer sich von dem unterschieden, das Xuan Ji wie einen Schmuck auf dem Kopf getragen hatte. Diese hier hatten Gesichter mit allen fünf Sinnesorganen. Aus ihren fest zusammengekniffenen Augen starrten sie nach unten und ihre Gesichter sahen verräterisch und boshaft aus. Ein jedes ließ die Person, die es bewachte, keinen Moment aus den Augen.

»Diese Feuerkugeln sind merkwürdig«, flüsterte Xie Lian.

»Das sind Qi Rongs Geisterfeuerfesseln. Wenn sie einmal den Blick auf jemanden gerichtet haben und derjenige es wagt, die Flucht zu versuchen, kreischen sie so laut sie können. Wenn dann eine Zauberformel gesprochen wird, verbrennt der Gefangene augenblicklich.«

Qi Rong kaute genüsslich an dem abgetrennten Arm, als Xuan Jis Stimme von draußen zu ihm drang: »Exzellenz, ich bin wieder da.«

Sofort warf er den Arm von sich und wischte sich den blutverschmierten Mund ab. Xie Lian war überrascht. Warum tat er das? Wollte er nicht, dass jemand ihn so sah? War etwa der Tag gekommen, an dem Qi Rong Schamgefühl entwickelte? Konnte es womöglich sein, dass es ihm peinlich war, wenn jemand sah, wie er aß?

Bevor Xuan Ji eintrat, setzte sie Guzi ab. Tapsend hastete er an Qi Rongs Seite. Aber als er ihn ansah, zeigte er anklagend mit seinem Finger auf ihn und rief: »Papa, du hast wieder heimlich schlimme Dinge gegessen!«

»Habe ich nicht!«, gab Qi Rong zurück.

»Ich rieche es! Dein Atem stinkt, wenn du schlimmes Zeug isst!«, beharrte Guzi.

Qi Rong hob seine Hand vor den Mund und atmete einige Male aus. An seinem Ausdruck war zu erkennen, dass er das Blut in seinem eigenen Atem riechen konnte. Er konnte es nicht leugnen und wurde ungeduldig. »Verdammt noch mal, Xuan Ji! Warum hast du ihn schon wieder zurückgebracht? Habe ich dir nicht aufgetragen, länger mit ihm herumzulaufen, während ich esse?«

Xuan Ji trat zögerlich ein. »Er hat Wasser getrunken und dann angefangen zu jammern, dass er Bauchschmerzen hätte, also habe ich ihn früher zurückgebracht. Exzellenz, bitte befehlt mir nicht mehr, mich um das Kind zu kümmern. Ich weiß nicht, was ich mit ihm anfangen soll.«

Qi Rong blitzte sie zornig an. »Wie bitte? Bist du etwa keine Geisterfrau? Wie kann eine Frau es nicht mögen, sich um ein Kind zu kümmern? Du bist wohl nicht ganz richtig!«

»Aber es ist nicht mal mein eigenes Kind«, hielt Xuan Ji dagegen.

Guzi zupfte Qi Rong am Ärmel. »Papa, du sollst dieses Zeug nicht mehr essen. Das ist nicht gut für dich ...«

Qi Rong ärgerte sich noch mehr und schimpfte: »Geh, geh nach draußen! Fall mir hier nicht auf die Nerven! Was soll das? Kinder haben ihre Nase nicht in die Angelegenheiten Erwachsener zu stecken! Geh nach draußen und spiel!«

Guzi blieb nichts anderes übrig, als hinauszugehen und im Dreck zu spielen. Während er ging, warf er einen Blick auf die Gruppe in der Ecke.

Erst als er gegangen war, begann Xuan Ji zu sprechen. »Exzellenz, ich verstehe das nicht. Warum habt Ihr ihn überhaupt mitgebracht, wenn er Euch auf die Nerven geht? Er hat ständig Hunger und Durst, dann heult er und andauernd ist er krank. Wären wir nicht auf den Berggeist gestoßen, der uns bis hierher gebracht hat, würden wir schon weit zurückliegen.«

Qi Rong lachte. »Der Junge will unbedingt Papa zu mir sagen – soll er nur. Ha, so ein Schwachsinn, natürlich werde ich den kleinen Dummkopf aufessen. Das Fleisch von Kindern ist so zart, selbst ohne Gewürze wird es köstlich schmecken! Hi hi hi hi ...«

»Warum habt Ihr ihn dann noch nicht gegessen?«, fragte Xuan Ji.

In Qi Rongs Augen blitzte ein gieriges grünliches Leuchten auf. »Du verstehst gar nichts! Ich töte ihn, wenn er zugenommen hat. Ich bewahre mir das Beste bis zum Schluss auf. Und wir haben noch so viele Vorräte, es besteht kein Grund zur Eile.«

Da die Sprache auf die Vorräte gekommen war, warf Xuan Ji einen Blick auf Yin Yu. »Ich finde, dieser neue Gefangene wirkt verdächtig. Sehr verdächtig. Exzellenz, habt Ihr herausgefunden, woher er kam?«

Wenn Qi Rong gewusst hätte, dass Yin Yu Hua Chengs Untergebener war, hätte er ihn wahrscheinlich augenblicklich verspeist, so groß war sein Hass auf Hua Cheng.

»Ja, ich habe es herausbekommen. Er ist auch mit der Regenmeisterin hergekommen, er ist einer ihrer Helfer.«

Ein unscheinbares Aussehen und eine unauffällige Persönlichkeit hatten manchmal auch ihr Gutes. Niemand käme auf die Idee, Yin Yu mit dem Blumensuchenden Blutregen in Verbindung zu bringen. Xie Lian atmete erleichtert auf, als er hörte, dass Yin Yu Qi Rong erfolgreich getäuscht hatte, was seine Identität anging.

Xuan Ji hingegen sah ihn entsetzt an. »Yushi Huang ist uns schon bis hierher gefolgt?«

»Ach was. Wie wir auch hat dieser Kerl hier die unterirdische Stadt durch Zufall gefunden. Die Regenmeisterin hat uns noch nicht entdeckt. Verdammt noch mal!«, schimpfte er plötzlich los. »Warum ist es so schwierig, mit der Regenmeisterin fertigzuwerden? Die ganze Zeit hat sie uns verfolgt und angegriffen, sodass wir uns hier verstecken mussten! Dabei haben wir uns doch nur ein paar ihrer Landeier zum Essen geholt. Warum kann sie uns das nicht gönnen? Was soll der Geiz? Diese Himmelsbeamten, ich wusste doch gleich, dass keiner von denen was taugt! Sie sind solche Kleingeister!«

Qi Rong war selbstgefällig wie immer. Die Bauern hatten sich um ihre eigenen Angelegenheiten gekümmert, als er sie mit seinen gierigen Händen ergriffen hatte, und er wagte es noch, ihre Herrin zu beschimpfen, dass sie ihm nicht freiwillig noch weitere angeboten hatte! Xie Lian juckte es in den Fingern, als er ihn so reden hörte.

»Warum lassen wir diese Leute nicht einfach frei?«, erkundigte sich Xuan Ji.

Qi Rong schien allein den Gedanken daran vollkommen abwegig zu finden. Er funkelte sie an. »Auf keinen Fall! Ich habe schon die Hälfte von ihnen aufgegessen, also spielt es keine Rolle mehr, ob ich die übrigen freilasse. Der Streit tobt bereits. Der einzige Weg, ihn zu verhindern, wäre gewesen, die Bauern gar nicht erst zu entführen. Aber jetzt kann ich sie genauso gut auch aufessen. Und wenn jemand es wagt, mich unter Druck zu setzen, werde ich alle zu Staub und Asche verbrennen und es wird ein böses Ende nehmen!«

»Ich hätte nicht gedacht, dass es sich so entwickelt. Bisher war es immer so einfach, Yushi Huang herumzuschubsen. Früher wäre so etwas niemals vorgekommen. Ich hatte gedacht, es würde unter den Teppich gekehrt werden, wenn wir Leute aus Yushi entführen, und sie würde ihren Groll hinunterschlucken. Nur deshalb habe ich dabei mitgemacht. Wer hätte gedacht, dass es solchen Ärger gibt und die Sache eine so erbitterte Verfolgung nach sich zieht?«

Offenbar war Xuan Ji die Regenmeisterin persönlich bekannt, wenn sie auch keine besonders hohe Meinung von ihr hatte. Wahrscheinlich kannten sie einander noch aus der Zeit, in der sie beide sterblich gewesen waren.

Xie Lian dachte an all die Legenden und flüsterte: »War Xuan Ji einst Generalin des Königreichs Yushi?«

»Du hast richtig geraten, großer Bruder, so ist es«, bestätigte Hua Cheng.

»Aber das kann doch nicht sein«, zweifelte Xie Lian. »Die Regenmeisterin entstammt der Königsfamilie von Yushi, sie hat einen hohen Status. Xuan Ji war nur eine Generalin, eine Untergebene. Wie kann sie so von ihr reden? Sie sagte sogar, es sei immer einfach gewesen, sie ›herumzuschubsen‹ ...«

In dem Moment sagte Qi Rong: »Wen kümmert schon irgendeine armselige Regenmeisterin? Warte nur, bis ich im Schmelztiegel zu einem Supremus werde! Ich werde so mächtig sein, dass ich die Welt aus ihren Angeln heben kann, und jeder, vom Himmel bis zur Erde, wird gezwungen sein, sich vor mir zu verbeugen! Sich in den Dreck vor meinen Füßen zu werfen! Dann werde ich die Geisterstadt dem Erdboden gleichmachen, die Insel des Schwarzen Wassers versenken und selbst Jun Wu wird sich hüten, mir den gebührenden Respekt zu verweigern. Ha ha ha ha ha ha ha ...«

Zu hören, wie er sich seine glorreiche Zukunft vorstellte und dabei nichts als Schwachsinn von sich gab, löste in Xie Lian nur den Drang aus zu lachen. Hua Cheng hingegen ließ sich nicht einmal zu einem Lachen herab.

Qi Rong fuhr an Xuan Ji gewandt fort: »Wenn es so weit ist, werde ich diesem Pei Ming den Schwanz abhacken und ihn dir geben, damit du damit spielen und ihn zu deinem Sklaven machen kannst.«

Bei der Erwähnung dieses Namens ballte Xuan Ji die Fäuste und ein Lebensfunke blitzte in ihrem leblosen Gesicht auf. »Das ist nicht nötig. Solange Ihr versprecht, ihn mir zu überlassen, und mir erlaubt, mit ihm zu tun, was ich will, werde ich ewig dankbar sein.«

Wenn es nicht um Pei Ming ging, sah Xuan Ji aus wie eine gewöhnliche Geisterfrau. Aber sobald General Pei Ming erwähnt wurde, konnte Xie Lian den Wahnsinn und die Besessenheit in ihrem Gesicht erkennen, die er am Berg Yujun erlebt hatte. Sie hatte ihre blinde, abwegige Hoffnung in Qi Rong gesetzt, eine Entscheidung die nur als »vor Liebe blind« beschrieben werden konnte.

Xie Lian blickte auf. »San Lang, Qi Rong hält Yin Yu und die Bauern gefangen. Was sollen wir tun?«

Sie könnten einen direkten Angriff starten, hineinstürmen und Qi Rong und Xuan Ji zusammenschlagen, aber die Bauern und Yin Yu waren ihre Geiseln. Qi Rong war unberechenbar, es war zu riskant. Er könnte für jeden Schlag, den sie ihm verpassten, eine Geisel töten. Oder er könnte, wie er es gesagt hatte, alle zu Asche verbrennen, wenn er in die Enge getrieben würde.

Hua Cheng blieb vollkommen ruhig. »Es gibt eine Zauberformel, mit der man Qi Rongs Geisterfeuerfesseln lösen kann. Lass uns überlegen, wie wir sie aus ihm herausbekommen können.«

»Wer soll das tun, und wie? Das schaffen wir bestimmt nicht.«

Kaum hatte er ausgesprochen, fiel ihrer beider Blick auf Guzi, der vor dem Haus im Dreck spielte.

Nach kurzem Zögern sagte Xie Lian: »Das geht nicht. Es ist zu gefährlich. Qi Rong hat ohnehin schon vor, Guzi aufzuessen. Was, wenn er bemerkt, dass der Junge ihn austricksen will?«

»Ob sein Gehirn überhaupt in der Lage ist, zu erkennen, dass man ihn austricksen will, sei mal dahingestellt. Wenn er dem Jungen etwas tun will, greifen wir ein und retten ihn. Großer Bruder, du solltest dir eher Sorgen darüber machen, ob das Kind durch die lange Zeit in Qi Rongs Nähe nicht schon Schaden genommen hat und ob es noch bei geistiger Gesundheit ist«, hielt Hua Cheng dagegen.

»Seinem Verhalten vorhin nach zu urteilen, ist es noch nicht so schlimm um ihn bestellt. Gut ... Wollen wir es wagen?«

Hua Cheng breitete seine Handfläche aus und ein besonders winziger Schmetterling erschien, der gemächlich abwärtsflatterte.

Qi Rong und Xuan Ji waren im Inneren des Hauses noch immer am Reden, während Guzi draußen ein Bild in die Erde gemalt hatte: Es zeigte eine große Person, die eine kleinere an der Hand hielt. Da entdeckte er plötzlich einen silbrig schimmernden Schmetterling. Mit vor Staunen geweiteten Augen blickte er auf und wollte gerade »Oh!« rufen, als das Wesen ihm plötzlich zuflüsterte: »Guzi, sag nichts. Wenn du einen Ton von dir gibst, werde ich sofort verschwinden. Ich bin es. Erinnerst du dich an mich?«

Hätte Guzi gerufen, hätte Hua Cheng ihm durch den Schmetterling den Geist verwirrt. Aber er hielt sich brav die Hände vor den Mund. »Ich erinnere mich an deine Stimme, du bist der große Bruder, der Schrott gesammelt hat«, flüsterte er zurück.

Xie Lian lachte. »Du hast ein gutes Gedächtnis. Das ist richtig, ich bin der Schrottsammler. Schleich dich mal an die Seite des Hauses und pass auf, dass Qi ... dass dein Vater dich nicht bemerkt.«

Guzi nickte. Er stand auf und wollte sich gerade davonschleichen, wurde jedoch augenblicklich von Qi Rong bemerkt.

»Hey! Lauf nicht da draußen rum, hörst du? Wenn du dich draußen rumtreibst, fressen die großen Ratten dich auf! Komm zurück!«, brüllte er.

Der silberne Schmetterling flog davon und versteckte sich.

Guzi riss vor Schreck die Augen auf. »Ich ... ich muss nur mal pinkeln!«, rief er.

Qi Rong schnalzte mit der Zunge. »Kinder können nichts als kacken und pinkeln!« Dann kümmerte er sich nicht weiter um Guzi.

Dieser verschwand um die Ecke des Hauses und flüsterte wieder: »Bruder Schrottsammler, Bruder Schrottsammler!«

»Nenn mich Meister. Bruder Schrottsammler hört sich etwas eigenartig an, ha ha ha ...«, sagte Xie Lian oben auf dem Dach. »Guzi, die Leute, die dein Vater entführt hat, sind arm dran. Sie sind Diener aus dem Haus einer anderen und ihre Herrin verfolgt deinen Vater. Wirst du uns helfen, sie zu befreien?«

»Ich weiß. Sie stammen aus dem Haus der Göttin, die den schwarzen Ochsen reitet«, sagte Guzi. Er kratzte sich am Kopf. »Ich will auch, dass sie gehen können ... aber mein Papa ist krank. Er sagt, er muss Menschenfleisch essen, damit es ihm wieder besser geht, und dass es normal ist, Menschenfleisch zu essen. Ich bin noch zu klein, aber er wird es mir beibringen, wenn ich älter bin. Allerdings finde ich das nicht so gut ...«

Das war schlimmer als »nicht so gut«!

Wir kommen gerade noch rechtzeitig, dachte Xie Lian bei sich. Durch die lange Zeit, die er an Qi Rongs Seite verbracht hatte, litt Guzis Urteilsvermögen bereits. Würde er noch länger unter seinem Einfluss stehen, würde er anfangen zu glauben, dass diese Art zu leben tatsächlich normal sei, und sich nichts dabei denken, das Fleisch von Menschen zu essen.

»Das ist überhaupt nicht gut!«, entgegnete er hastig. »Menschenfleisch zu essen kann euch sehr krank machen und die Geister dieser Menschen würden euch keine Ruhe lassen. Dein Papa ist nicht krank. Er ist nur ein Gierschlund, der sich nicht zurückhalten kann. Du musst einen Weg finden, zu verhindern, dass er jemals wieder Menschenfleisch isst. Sonst wirst du bald keinen Vater mehr haben.«

»Was soll ich denn tun?«, fragte Guzi.

»Lass mich, großer Bruder«, bat Hua Cheng.

Er sprach einige Worte zu dem silbernen Schmetterling. Guzi hörte am anderen Ende zu und strengte sich an, sich alles zu merken. Als er fertig gesprochen hatte, blickte Hua Cheng wieder auf. »Lass uns zuerst Xuan Ji aus dem Weg schaffen.«

Im Inneren des Hauses sagte diese gerade: »Ich halte den hier immer noch für verdächtig. Er sagt, er sei ein Anhänger von Yushi Huang. Aber er ist voller Geister-Qi. Ich glaube, er lügt. Ich werde ihn noch weiter befragen.«

Da Guzi außer Sichtweite war, ergriff Qi Rong die Gelegenheit, mit dem Rücken zur Tür weiter an dem Arm zu nagen. »Ist gut«, erwiderte er gelangweilt.

Abgesehen davon, dass Xuan Ji dem Wahnsinn verfiel, wenn sie auf Pei Ming traf, war sie vorsichtiger und misstrauischer als Qi Rong, schließlich war sie eine Frau. Außerdem hatte Guzi Angst vor ihr und wenn sie anwesend war, würde ihm leichter ein Fehler unterlaufen.

Xie Lian nickte. »Wie sollen wir sie fortlocken?«

Die beiden tauschten einen Blick aus und sagten wie aus einem Munde: »General Pei.«

Xie Lian legte seine Handflächen wie zum Gebet aneinander. »Es gibt keine andere Möglichkeit. Wir müssen Euch vorübergehend opfern, General Pei. Wenn wir gerettet sind, werden alle Euch dafür danken.«

Hua Cheng lachte laut los. »Sie sollten eher dir danken.«

Ein weiterer silberner Schmetterling löste sich aus dem Muster, das in Hua Chengs Armschienen eingraviert war, und flog neben Xie Lians Ohr. Die Stimme eines Mannes war durch ihn zu hören – Pei Mings Stimme. Hua Cheng hatte offensichtlich einige Schmetterlinge bei den anderen zurückgelassen, bevor sie sich getrennt hatten, und nun wurden ihre Stimmen zu ihnen übertragen.

Xie Lian hörte eine Zeit lang zu, dann flüsterte er: »Ist gut, ist gut. Lass uns das etwas abkürzen, und diese Sätze verwenden ...«

Xuan Ji hatte den Rücken dem Fenster zugewandt. Wie ein Habicht starrte sie Yin Yu an, während sie ihn befragte.

»In Yushi bin ich für die hungrigen Geister verantwortlich, die keinen Zufluchtsort haben«, sagte Yin Yu mit aufrichtiger Miene. »Wenn sie an unsere Türschwelle kommen, gebe ich ihnen eine Handvoll Reis und schicke sie ihres Weges, deshalb habe ich Geister-Qi an meinem Körper ...«

Die anderen Geiseln waren echte Bauern aus Yushi. Sicherlich gab es einige unter ihnen, die sich um die hungrigen Geister kümmerten, aber Yin Yu war keiner von ihnen. Sie alle wussten, dass er eine Lügengeschichte erzählte, hielten jedoch den Mund.

»He he! Ich bin auch ein hungriger Geist«, spottete Qi Rong. »Warum tust du mir nicht auch etwas Gutes? Nur weil ich ein paar Bauern gegessen habe, werde ich verfolgt. Was ist los mit deiner Herrin? So ein Geizkragen, aber nach außen hin tut sie, als sei sie großzügig ...«

Xuan Ji hingegen hatte nichts als Verachtung für diese Aussage übrig. »Es gibt so viele hungrige Geister in der Welt, wie kannst du ihnen allen helfen? Das ist doch nur gespielt.«

Da flog ein silberner Schmetterling mit unterdrücktem Leuchten lautlos hinter sie. Bevor er sich verbarg, ließ er einmal sein Licht aufblitzen. Alle Geiseln sahen ihn, doch sie bewahrten Ruhe. In stummer Einigkeit taten alle so, als hätten sie nichts gesehen. Xuan Ji wollte gerade mit der Befragung fortfahren, da kam es ihr vor, als höre sie eine Männerstimme. »Wenn das so ist, dann sollten wir zuerst ... Hast du noch ...? Komm ...«

Eigentlich lautete der Satz: »Wenn das so ist, dann sollten wir zuerst diese Ratten grillen. Hast du noch mehr Schlangen? Komm, gib sie mir.«

Als Xie Lian Pei Ming so reden hörte, erschrak er und verspürte zugleich Mitleid. Die leichenfressenden Ratten mussten sich ihnen genähert haben. Pei Ming hatte sie wohl für gewöhnliche Ratten gehalten und getötet, um sie für Pei Xiu als Mahlzeit zuzubereiten. Würde es nicht Probleme bereiten, diese Kreaturen zu essen? Sie mussten schnell zurück.

Doch nachdem Hua Cheng einige Teile des Satzes hatte verstummen lassen, ergab sich ein beachtlicher Effekt: Die Worte klangen, als hätten sie eine tiefere Bedeutung, aber es war nicht zu erkennen, was sie besagen sollten. Als Xuan Ji sie hörte, erschauderte sie und fuhr herum.

Doch der Silberschmetterling war flink und geschmeidig, längst hatte er sich etwas abseits verborgen. Irritiert wandte Xuan Ji sich wieder den Geiseln zu. »Hat jemand gerade etwas gehört? Habt ihr etwas gesehen?«

Yin Yu reagierte als Erster und schüttelte den Kopf. Die übrigen Gefangenen taten es ihm nach, alle wirkten ehrlich und eingeschüchtert.

Qi Rong sah mit blutverschmiertem Mund zu ihnen. »Was hast du gehört?«

Leicht verwirrt antwortete Xuan Ji: »Ich ... dachte, ich hätte Pei Mings Stimme gehört.«

»Was? Das hast du dir eingebildet. Ich habe nichts gehört.«

Der Schmetterling drängte sich dicht an Xuan Ji, sodass außer ihr niemand die Stimmen wahrnehmen konnte, die er übertrug.

»Wirklich?«, stutzte Xuan Ji. »Aber es fühlt sich so an, als ... als wäre er in der Nähe.« Sie war kurz wie benommen, dann seufzte sie schwer. »Vielleicht ist das eine gedankliche Verbindung zwischen Liebenden ... Exzellenz, wäre es nicht besser, ich sehe mich draußen einmal um?«

Xie Lian hatte nicht erwartet, dass es so einfach werden würde. Er ballte wortlos die Faust und lächelte Hua Cheng an. Dieser lächelte zurück, doch da machte Qi Rong ihnen einen Strich durch die Rechnung.

»Pah! Du warst doch gerade erst draußen! Gedankliche Verbindung, so ein Quatsch, das war reine Einbildung! Du tust ja auch nichts anderes, als achthundertmal pro Tag an ihn zu denken, natürlich bildest du dir da ein, ihn zu hören!«

Zunächst erschien es so, als hätten seine Worte sie überzeugt. Sie wirkte noch etwas unsicher, aber verwarf ihre Absicht, nach draußen zu gehen. Xie Lian war dadurch allerdings nicht entmutigt, denn er wusste genau, dass sie noch mehr gutes Material hatten.

Xuan Ji wollte gerade mit der Befragung fortfahren, als sie wieder Pei Mings Stimme hörte. »Du bist auch zu dumm! Komm her, ich zeige es dir.«

Kurz darauf war die Stimme eines Mädchens zu hören: »Bitte, General Pei. Ich habe es schon einmal getan. Ich habe Erfahrung damit, lasst mich das tun …«

Das war Pei Ming, der Banyue anwies, leichenfressende Ratten für Pei Xiu zuzubereiten … in Xuan Jis Ohren jedoch hörte es sich nach etwas ganz anderem an. Die Anklage in seinen Worten wandelte sich zu hilfsbereiter Sanftheit, die Ablehnung in denen des Mädchens zu schüchterner Ängstlichkeit. Xuan Ji kreischte und ein roter Schimmer glomm in ihren Augen auf. Das Geisterlicht auf ihrem Kopf begann zu lodern, genauso wie die wilden Flammen der Eifersucht in ihrem Herzen.

»Er ist es! Ich bin ganz sicher! Er ist hier, ich spüre es, ich spüre es mit meinem Herzen!« Sie riss sich an den Haaren und schrie. »Pei Ming! Immer bist du so! Welche Frau ist es diesmal? Ich bringe dich um!« Sie zeterte noch weiter, während sie auf ihren gebrochenen Beinen laut dröhnend hinauspolterte.

»He! Halt! Xuan Ji! Was zur Hölle?! Wie kannst du auf diesen kaputten Beinen so schnell rennen? Ist dieser Weiberheld das wirklich wert?«

Als Xie Lian zusah, wie Xuan Jis Rücken stolpernd und schwankend verschwand, verspürte er Mitgefühl.

Hua Cheng dachte wohl, er mache sich Sorgen um die anderen, die sie im Tempel zurückgelassen hatten. »Sei unbesorgt«, beruhigte er ihn. »Der Schmetterling wird sie in eine andere Richtung führen. Und selbst wenn sie sie findet, wird es ihr nicht gelingen, den Bannkreis, den Ruoye um sie gebildet hat, zu durchdringen. Lass uns jetzt unsere Aufgabe hier schnell zu Ende bringen.«

Nun, da Xuan Ji aus dem Weg geräumt war, kam Guzis Auftritt. Er stand auf und wischte sich die schmutzigen Hände an der Rückseite seines Gewands ab.

Xie Lian machte sich noch immer Sorgen. »Wird das wirklich gutgehen?«

»Vertrau mir, großer Bruder«, versicherte Hua Cheng ruhig. »Wenn es nicht funktioniert, finden wir eine andere Lösung. Es gibt noch viele Möglichkeiten. Wenn es sein muss, können wir ihm seine Fähigkeit zu sprechen für immer nehmen und uns in Ruhe etwas anderes einfallen lassen, um seine Geisterfesseln zu lösen.«

Als Guzi das Haus betrat, hatte Qi Rong bereits das Blut von seinen Händen abgeleckt. Sobald er ihn erblickte, rief er: »Komm her, mein Sohn, und massier deinem Papa die Beine!«

Guzi tat wie geheißen. Er klopfte ihm gehorsam die Beine und fragte dann: »Papa, die Leute in der Ecke sind nicht mit Seilen gefesselt ... Wieso können sie sich trotzdem nicht bewegen?«

Vergnügt antwortete Qi Rong: »He he, das liegt natürlich daran, dass sie vor lauter Angst vor mir die Beine nicht mehr bewegen können.«

Guzi riss staunend die Augen und den Mund auf. »So mächtig bist du?«

Diese Bewunderung fachte Qi Rongs Eitelkeit an. »Ganz genau! Sieh her, jetzt zeige ich dir, wie großartig dein Papa wirklich ist! Siehst du den Feuerball? Ich muss nur einen Befehl aussprechen und sie verbrennen alle zu Asche, also ist es ganz klar, dass sie Angst haben. Und es gibt noch zwei kleine Geister, die du dir gut merken solltest.«

Guzi nickte die ganze Zeit enthusiastisch, wie ein Küken, das Körner pickte.

»Der eine ist Hua Cheng, der andere wird Schwarzes Wasser genannt. Es sind zwei schwache Nichtsnutze, die nur so tun, als seien sie groß und mächtig. Sie hatten etwas Glück, wie Dumme es manchmal haben, aber in Wirklichkeit steckt nichts dahinter. Weißt du, was das bedeutet? Ich erklär's dir. Es ist nur Fassade. Es bedeutet, dass sie nach außen hin mächtig wirken, aber wenn es um wahre Kraft geht, reichen sie nicht an mich heran!«

Guzi sah nicht so aus, als hätte er alles verstanden. »Oh ...«, staunte er.

»Sie hatten nur Glück! Wenn ich so viel Glück gehabt hätte, wäre ich zehnmal stärker, als sie es jemals sein werden! Warte nur! Dieses Mal wird dein Papa es schaffen und dann werde ich ihre Gesichter zu Brei schlagen! Dann wird niemand es mehr wagen, auf mich herabzusehen! Nur ich werde dann auf andere herabsehen!« Er brannte vor Leidenschaft und wedelte so sehr mit den Armen, dass er schwankte.

Guzi hatte keinen blassen Schimmer, von wem oder was er redete, aber er tat ihm den Gefallen und jubelte: »Du schaffst das, Papa!«

Auf dem Dach schlug Xie Lian sich die flache Hand vors Gesicht. Qi Rongs große Worte hatten ihm die Sprache verschlagen. In dem peinlichen Bewusstsein, dass Qi Rong sein Cousin war, wandte er sich an Hua Cheng: »San Lang, er ... Ich ...«

Dieser setzte ein gespieltes Lächeln auf. »Mach dir seinetwegen keine Gedanken, großer Bruder. Er hat noch viele Sprüche auf Lager, das ist nur die Spitze des Eisbergs.«

Schon immer und überall auf der Welt haben Männer gern geprahlt. Eine Brise könnte einem Mann das Taschentuch einer Hure in die Hand wehen und er würde voller Stolz verkünden, dass die schönste und beliebteste aller Kurtisanen ihm hilflos verfallen sei. Wenn einer der Frau des Cousins des Enkelsohns des Onkels der Gespielin des Kaisers die Schuhe richtete und die Bänke abwischte, verzerrte er es und behauptete, einen wichtigen administrativen Posten in der königlichen Residenz zu bekleiden, um besser dazustehen. Männer, die nicht prahlten, waren eine Seltenheit.

Hauptsächlich prahlten Männer vor Frauen, aber sich vor ihren Söhnen großzutun kam beinahe genauso häufig vor. Xie Lian erinnerte sich an seine Jugend und daran, wie sein Vater immer wieder gern von seinem Heldenmut und seinem Geschick in der Politik gesprochen hatte, mal subtil und mal unverblümt. Das war der Grund gewesen, weshalb er in jungen Jahren fest davon überzeugt gewesen war, dass sein Vater als edler und gerechter Herrscher in die Geschichte eingehen würde. Als er dann bemerkt hatte, dass alles nur Prahlerei war, war er vollkommen desillusioniert gewesen. Die Enttäuschung war so groß, dass sie ihn zum jugendlichen Rebellen gemacht hatte.

Als er darüber nachdachte, schüttelte er verbittert schmunzelnd den Kopf. *Habe ich da gerade Qi Rong mit meinem Vater verglichen?*

Das war nicht angebracht. Beide mochten sich gern vor ihren Söhnen größer machen, als sie waren, aber bei seinem Vater hatte alles noch im normalen Rahmen gelegen. Qi Rong hingegen hatte die Grenze vollkommener Schamlosigkeit und Selbstgerechtigkeit längst überschritten. Kein Wunder, dass selbst das Schwarze Wasser, der immer darauf bedacht war, sich möglichst im Hintergrund zu halten, ihn so sehr verachtete, dass er keine Gelegenheit ausließ, ihn zusammenschlagen, wenn sie sich über den Weg liefen. Doch eines wunderte Xie Lian: Warum schimpfte Qi Rong auf andere und ließ ihn selbst dabei außen vor? Hatte er seine Meinung über ihn geändert?

Gleichzeitig begriff Xie Lian nun auch besser, warum Qi Rong es hinauszögerte, Guzi aufzuessen. Würde er vor einem anderen Menschen, einem älteren mit mehr Lebenserfahrung, prahlen, würde dieser ihm das nicht abkaufen. Selbst wenn er ihm zustimmte, würde es sich unehrlich oder übertrieben anfühlen, so wie Qi Rongs kleine Geisterdiener in der Vergangenheit. Aber Guzis Anerkennung war etwas anderes. Jedes seiner Worte kam aus tiefstem Herzen. Er glaubte ernsthaft, dass sein »Papa« der Stärkste und Mächtigste auf der Welt war.

Es war wahrscheinlich eine Weile her, dass Qi Rong so angegeben hatte. Befriedigt endete er und sagte: »Du musst immer gehorchen, hörst du? Wenn du nicht auf mich hörst, verpasse ich dir auch ein Geisterfeuer!«

Guzi bekam Angst und hielt sich die Hände über den Kopf. »Nein, ich will kein Geisterfeuer.« Er erinnerte sich an das, was Xie Lian und Hua Cheng ihm gesagt hatten, und wurde nervös. »Ähm, Papa ... wenn du jemandem mal so ein grünes Feuer auf den Kopf gesetzt hast, schaffst du es nicht, es ihm wieder abzunehmen, oder?«

Hätte seine Frage anders gelautet, zum Beispiel: »Kannst du es wieder herunternehmen, wenn du es jemandem aufgesetzt hast?«, hätte Qi Rong vielleicht nicht die Wahrheit gesagt. Aber stattdessen hatte Guzi auf Anweisung von Hua Cheng und Xie Lian einen Satz formuliert, der Zweifel ausdrückte: »Du schaffst es nicht, es ihm wieder abzunehmen, oder?«

Qi Rong sprang sofort darauf an und trat einer der Steinfiguren den Kopf weg. »Schwachsinn! Wenn dein Papa jemanden fesseln will, dann fesselt er ihn! Wenn er die Fessel lösen will, dann löst er sie! Sieh hin! Ich löse eine, um es dir zu zeigen!«

Dann zeigte er auf einen der Bauern und rief: »Hundeficker Xie Lian!«

Das Geisterfeuer auf dem Kopf des Bauern erlosch und er sprang auf seine Füße. Doch er kam nicht weit, bevor Qi Rong laut ausspuckte. Eine neue Kugel aus grünem Feuer kam aus seinem Mund und flog über den Kopf des Bauern, wo sie verharrte.

Qi Rong lachte schallend auf und tätschelte Guzi den Kopf. »Na, was sagst du jetzt? Dein Papa ist mächtig, was?«

Auf dem Dach wischte sich Xie Lian den Schweiß aus dem Gesicht.

Hua Cheng blickte kühl und unbeteiligt drein. »Ich glaube, dieser Abschaum möchte noch mehr Prügel«, sagte er eisig. Er ließ seine Fingerknöchel knacken.

»Schon in Ordnung«, beschwichtigte Xie Lian hastig. »Er ist viel leichter auf den Trick hereingefallen als erwartet.«

Sie hatten Guzi noch andere Möglichkeiten genannt, um an die Zauberformel zu gelangen, aber offenbar war das gar nicht mehr nötig. Und kein Wunder, dass Qi Rong zuvor nicht auf Xie Lian geschimpft hatte. Er hatte seine Meinung nicht geändert, sondern seine Beschimpfung zum Schlüsselwort für die Geisterfesseln gemacht. Qi Rongs Gefühle für Xie Lian saßen tief.

An diesem Punkt war es für die beiden nicht länger nötig, sich versteckt zu halten. Sie schlugen sich direkt durch das Dach und sprangen nach unten.

Der gewaltige Lärm ließ Qi Rong vor Schreck vom Stuhl fallen. »Wer ist da? Wer ist da?«

Als er erkannte, wer es war, brüllte er: »Hunde... Hunde...« Qi Rong wollte schon losschimpfen, hielt sich allerdings schnell den Mund zu, als er bemerkte, dass er damit die Gefangenen freilassen würde.

Einer der Bauern in der Ecke sagte: »Ich glaube, er hat die Zauberformel gerufen ... Lasst uns versuchen, uns zu befreien ...«

»Ja, es ist nur eine Beschimpfung, nicht wahr? Es tut mir zwar für diesen Xie Lian leid, aber er ist ja ohnehin nicht hier, also geht das schon klar.«

Hua Cheng zog eine Augenbraue hoch und sah in ihre Richtung.

Eine Perle kalten Schweißes rann Yin Yu über die Stirn. »Ähm ... Ich halte es für besser, das nicht auszusprechen, ganz gleich ob die Person hier ist oder nicht«, mahnte er. »Es könnte schlimme Folgen haben, vielleicht geraten wir in eine noch schlimmere Lage ...«

Am anderen Ende des Raums packte Qi Rong Guzi und hielt ihn wie einen Schild vor sich. Er änderte seine Beschimpfung ab: »Hunde... Hundebesteiger ... Xie Lian! Du bist schamlos! Du spionierst mir nach! Du bist niederträchtig!«

Xie Lian runzelte die Stirn: »Hundebesteiger, was soll das überhaupt heißen?«

Qi Rong setzte wieder eine arrogante Miene auf. »Ha, selbst wenn du die Zauberformel kennst, nützt sie dir nichts! Würdest du dich selbst beleidigen? Und Hua Cheng kann sie auch nicht aussprechen, stimmt's?«

Hua Chengs Gesichtsausdruck verdüsterte sich noch mehr. Seine Fingerknöchel knackten noch einige Male, aber Xie Lian bemerkte es nicht. Er blickte arglos drein und sagte: »Natürlich können wir. Was ist denn dabei?« Dann sprach er, ohne mit der Wimper zu zucken, den Schlüsselzauber mehrmals aus, denn mit jedem Mal konnte er nur einen Gefangenen befreien.

Die Geiseln wussten nun, dass er derjenige war, der mit der Zauberformel beleidigt wurde, und in Gedanken zeigten sie ihm ihre hochgereckten Daumen. Dabei dachten sie: *Was für ein Kerl, er ist tapfer genug, sich selbst zu erniedrigen!*

Doch keine der Geisterfesseln über ihren Köpfen löste sich bei dem Versuch. Xie Lian verzog missmutig das Gesicht, während Qi Rong in Gelächter ausbrach. »Ha ha ha ha ha! Du bist drauf reingefallen! Wenn nicht ich die Formel ausspreche, hat sie keine Wirkung! Du hast dich selbst für nichts und wieder nichts beschimpft! Ha ha ha ha ha ...«

Ein silberner Schmetterling flog vor Guzis Augen vorbei. Er blinzelte zweimal, seine Augenlider schlossen sich und er schlief augenblicklich ein. Qi Rong lachte noch immer, als ein heftiger Ruck an seinem Ärmel ihn achtzehnmal um die eigene Achse wirbeln ließ, bevor er gegen eine Wand prallte. »Hundeficker Xie Lian!«, rief er aus.

Kaum hatte er gerufen, verschwand die Feuerkugel über Yin Yus Kopf. Dieser sprang augenblicklich auf und hechtete in Deckung. Qi Rong hielt sich den Mund zu, als er bemerkte, was ihm da herausgerutscht war.

»Nur zu, sprich dich ruhig aus, du musst dich nicht zurückhalten. Lass alles heraus und schimpf ruhig weiter«, forderte Xie Lian ihn auf.

Während er sprach, schob er seine Ärmel hoch und ergriff Qi Rong. Der Geist wusste nicht genau, was er vorhatte, und so schrie er aus voller

Kehle: »Komm schon! Schlag mich doch! Selbst wenn du mich totprügelst, werde ich den Satz nicht mehr aussprechen!«

Hua Cheng, der danebenstand, sagte in eisigem Tonfall: »Sehr schön. Genau so möchte ich es haben.«

Qi Rong wandte sich um. Er bemerkte, wie Hua Cheng ihn mit einem aufgesetzten Lächeln ansah, das einen Moment später verschwunden war. Dann holte Hua Cheng aus und rammte seinen Kopf zehn Zentimeter tief in den Boden.

Er zog seinen Kopf wieder hervor und Qi Rong brüllte laut: »Du wagst es, mich so zu behandeln?! Ich hab genug! Ich werd alles in Brand stecken! Wir können alle zusammen sterben! Hua Cheng, du Hund! Brenne!«

Offenbar war »Hua Cheng, du Hund!« die andere Zauberformel, die das Feuer auslöste. Aber nachdem er sie ausgerufen hatte, war kein Schreien zu hören. Verwirrt öffnete er die Augen.

Die Bauern waren allesamt unversehrt, sie beobachteten ihn vom anderen Ende des Raums. Qi Rong war wie vor den Kopf geschlagen. »Was ist los? Warum stirbt keiner von euch? Sterbt! Wer hat euch befreit?«

»Das hast du selbst getan«, sagte Xie Lian.

Er zeigte auf den silbernen Schmetterling an ihrer Seite, der die Worte von zuvor wiedergab: »Du hast dich selbst für nichts und wieder nichts beleidigt! Ha ha ha ha ha ...«

Der Schmetterling hatte alles aufgenommen und die Zauberformel in seiner Stimme wiedergegeben. Qi Rong hatte die Worte nur einmal ausgesprochen, aber damit konnten sie unendlich viele Geisterfesseln lösen.

»Verschwinde jetzt. Niemand wird dich begleiten«, sagte Hua Cheng kalt. Mit einem weiteren gewaltigen Schlag trieb er Qi Rong unter die Erde.

Nachdem Rauch und Staub sich gelegt hatten, kamen die Bauern alle näher und starrten in die Tiefe. »Kann ... kann man ihn wieder von dort heraufholen?«

Yin Yu sprang in den Krater, den Hua Cheng geschlagen hatte, und kurz darauf kam er mit einem grünen Stehaufmännchen in der Hand wieder hervor. »Chengzhu. Wir haben den Grünen Geist Qi Rong eingesammelt.«

Das leuchtend grüne Stehaufmännchen fletschte die Zähne und rollte mit den Augen. Seine lange Zunge baumelte aus seinem Mund. Es sah aus, als würde es jemanden auslachen und gleichzeitig vor Zorn rasen und toben wollen. Jedes Kind würde dieses scheußliche, geschmacklose Ding entsetzt von sich werfen. Xie Lian wusste nicht, ob Qi Rongs Charakter das Aussehen beeinflusst hatte oder ob Hua Cheng ihn absichtlich so gestaltet hatte.

»Gib dieses Ding nicht uns. Behalte es und bring es weit, weit weg«, sagte Hua Cheng.

»Ist gut«, antwortete Yin Yu.

Um ehrlich zu sein, wollte Xie Lian das Ding auch nicht anfassen. Er hob Guzi vom Boden hoch.

Einige Schmetterlinge kamen aus unterschiedlichen Richtungen auf sie zugeflogen und landeten auf Hua Chengs Hand. Er senkte den Kopf und sagte dann: »Wir müssen so schnell wie möglich zum Tempel zurück.«

Xie Lian fuhr herum. »Ist dort etwas passiert?«

Kapitel 88:
Hasserfüllte Geisterfrau mit schwelender Eifersucht im Herzen

Hua Cheng hob leicht seine Hand, sodass der Schmetterling, der darauf saß, nah an Xie Lians Ohr war. Neben dem sanften Geräusch der Flügelschläge konnte er Pei Mings Stimme hören: »Dummerchen, hast du etwas Seltsames gehört?«

Wahrscheinlich lag es daran, dass Pei Ming schon seit langer Zeit immerfort Frauen hinterherjagte – obwohl Xie Lian sich sicher war, dass Pei Ming nichts für Banyue empfand, brachte die Art, wie er mit ihr sprach, einen schon zum Nachdenken.

»Ich bin nicht dumm ... und ja, ich habe es gehört«, entgegnete Banyue etwas gereizt. »Es hat sich wirklich seltsam angehört. Ich glaube nicht, dass es General Hua ist, der zurückkommt.«

Natürlich war es nicht Xie Lian, sondern das Dröhnen von Xuan Jis Schritten mit ihren kaputten Beinen.

Das Donnern dauerte nur kurz an und die beiden am anderen Ende der Verbindung verfielen in Schweigen. Als Nächstes hörten sie das irre Lachen einer Frau. »Hi hi, he he, ha ha ha ha ...«

Das Lachen hallte in der verlassenen unterirdischen Stadt wider, bevor es über den silbernen Schmetterling übertragen wurde. Es mischte sich mit einem diffusen Rauschen und war so noch grausiger anzuhören als in echt. Es war das Lachen der zugleich überglücklichen und schmerzhaft hasserfüllten Xuan Ji, die Pei Ming wiedergesehen hatte.

»Sollte der Schmetterling sie nicht in die entgegengesetzte Richtung führen?«, fragte Xie Lian.

»Sie ist klüger als erwartet«, antwortete Hua Cheng.

Xuan Ji war dem Silberschmetterling gefolgt und mit großer Geschwindigkeit bis ans Ende der Hauptstraße gerannt. Doch dort hatte sie niemanden vorgefunden. Einst war sie eine Generalin gewesen, die auf dem Schlachtfeld gekämpft hatte, und so bemerkte sie schnell, dass man sie in die Irre geführt hatte. Normalerweise hätte sie kehrtgemacht und wäre auf der Stelle zu Qi Rong zurückgegangen, doch sie war wild entschlossen, Pei Ming zu finden. So machte sie kehrt und rannte in die entgegengesetzte Richtung. Ihren Herren vergaß sie dabei völlig.

Aus einem schwer zu erklärenden Grund fand Xie Lian das lustig. Schnell machte er sich mit den befreiten Gefangenen im Schlepptau auf den Weg zum Wuyong-Tempel im Herzen der Stadt.

Xuan Ji hatte lange, viel zu lange schon auf ein Wiedersehen mit Pei Ming gewartet. Der Klang ihres Lachens ließ erahnen, wie verdreht und wahnsinnig ihr Gesicht aussehen musste. Pei Ming musste entsetzt über ihren Anblick sein. Er schien sich einen Moment zu sammeln, bevor er sprechen konnte. »Wer ...?«

Xuan Ji schnaubte kühl.

Nach einem Zögern fragte Pei Ming jedoch: »Wer bist du?«

Xuan Ji war so voller Hass, dass ihre Stimme schrill und zittrig klang. »Willst ... willst du mich etwa absichtlich ärgern? Du fragst allen Ernstes, wer ich bin?!«

Xie Lian wischte sich einen Tropfen kalten Schweißes ab. »General Pei, das kann doch nicht wahr sein ... Macht er das mit Absicht oder erkennt er sie wirklich nicht?«

»Wahrscheinlich Letzteres«, vermutete Hua Cheng.

Wenn man den Gerüchten Glauben schenken konnte, hatte Pei Ming im Laufe der Jahrhunderte Affären mit über eintausend Schönheiten gehabt. Wie sollte es ihm möglich sein, sich an jede von ihnen zu erinnern? Vor allem an eine Affäre, die bereits Hunderte Jahre zurücklag. Außerdem war der Vorfall mit der Geisterbraut am Berg Yujin an Pei Xiu übergeben worden. Pei Ming hatte sich dort kein einziges Mal blicken lassen und er hatte nie mehr auch nur einen Blick auf Xuan Ji geworfen.

»Ich verstehe. Du versuchst absichtlich, mich zu verärgern. Darauf werde ich nicht hereinfallen«, murmelte Xuan Ji zu sich selbst. »Ha. Du behauptest also, dich nicht an mich zu erinnern. Du versuchst, mich hereinzulegen, indem du mich anlügst, he he.« Dann kreischte sie plötzlich und fragte: »Wer ist diese kleine Schlampe? Hast du nicht höhere Standards? Du willst wohl mal etwas anderes ausprobieren?«

Banyue und Pei Ming gaben Laute der Verwirrung von sich, aber der hasserfüllte Tonfall Xuan Jis schien Pei Mings Gedächtnis auf die Sprünge zu helfen. Er zog die Augenbrauen zusammen. »Xuan Ji? Was ist mit dir passiert?«

Da erst wurde Xie Lian bewusst, wie vollkommen verwahrlost Xuan Ji aussah. Ihre Augen funkelten rot wie die eines bösen Geistes und der Saum ihres scharlachroten Brautkleides war vollkommen verdreckt. Sie kroch wie ein Krokodil auf dem Boden, langsam und doch bedrohlich. Bei diesem Anblick war nicht verwunderlich, dass er in ihr nicht gleich die edle, souveräne Generalin von einst erkannt hatte.

Pei Mings Frage erzürnte Xuan Ji noch mehr. »Was mit mir passiert ist? Du wagst es, mich zu fragen, was mit mir passiert ist?! Das ist alles deine Schuld! Das habe ich alles nur für dich getan!«

Hua Cheng hörte aufmerksam zu, damit ihm nicht die kleinste Regung entging. »Sie stürmt auf den Bannkreis zu.«

»Ruoye kann sie abhalten«, sagte Xie Lian.

Tatsächlich ertönte kurz darauf ein Kreischen durch den silbernen Schmetterling. Xuan Ji musste an dem Schutzzauber abgeprallt und über dreißig Meter in die Dunkelheit zurückgeschleudert worden sein.

»Seine Hoheit hat wirklich ein fabelhaftes magisches Werkzeug. Ich werde mir auch so eines anfertigen«, kommentierte Pei Ming.

Wenn Ihr wüsstet, wie es hergestellt wurde, würdet Ihr das nicht sagen ..., dachte Xie Lian.

Doch bevor er den Gedanken zu Ende führen konnte, hörte er Pei Ming rufen: »Was machst du denn da? Hör auf!«

»Glaub ja nicht, dass du dich da drin verstecken kannst!«

Ein Rumpeln erklang.

Xie Lian blickte entsetzt drein, während er lief. »Was ist das für ein Geräusch? Ist etwas zusammengebrochen? Was hat sie getan?«

»Es klingt, als hätte sie den Tempel eingerissen. Die Decke ist eingestürzt.«

Es stellte sich heraus, dass Xuan Ji, als sie bemerkt hatte, dass sie Ruoyes Bannkreis nicht durchbrechen konnte, vor lauter Wut den ganzen Tempel eingerissen hatte.

»Sind General Pei und die anderen verletzt? Pei der Jüngere und Banyue sind auch dort.« Xie Lian war besonders um Pei Xiu besorgt, der momentan sterblich war. Hoffentlich war er nicht zerquetscht worden.

»Sie sind unversehrt. Pei Ming hat sie beschützt«, versicherte Hua Cheng.

Als die steinerne Decke eingestürzt war, hatte Pei Ming sich wie ein Schutzschild aus Fleisch und Blut über Pei Xiu und Banyue geworfen, um sie zu schützen.

Xie Lian atmete erleichtert auf. »Das ist gut. Der Bannkreis wird dadurch nicht zerstört werden.«

Sie konnten hören, dass Pei Ming am anderen Ende der Verbindung vor Zorn raste. Mit einem heftigen Schlag zerschmetterte er die Trümmer, die auf ihm gelandet waren, und rief aus: »Genug jetzt mit deinem Wutausbruch! Selbst wenn du den Himmel einreißt, kommst du nicht hier herein!«

Xuan Ji antwortete nicht, sondern lachte nur boshaft.

»General Pei, Vorsicht!«, rief Banyue.

»Was ...?«

Dann passierte alles gleichzeitig. Mitten in dem Chaos hörte Xie Lian das scharfe Geräusch eines Schwerts, das in Fleisch schnitt. Es stand außer Frage, dass Pei Ming derjenige war, der angegriffen worden war.

»Was ist passiert?«, fragte Xie Lian besorgt. »Wer hat General Pei angegriffen? Ist der Schutzzauber durchbrochen? Das ist unmöglich ... Moment mal, ein Schwert?«

Da verstand er endlich, was Xuan Ji vorhatte. So war das also!

Xuan Jis Lachen verstummte und sie entgegnete kühl: »Wer sagt, dass ich hineinmöchte?«

Eine weitere Stimme begann zu lachen. »Hey, Pei Ming, sieh mal, wer hier ist! Deine alte Freundin Xuan Ji!«

Rong Guang!

Nun zeigte sich, dass Xuan Ji nicht in einem Wutanfall den Tempel zum Einsturz gebracht hatte, um in den Bannkreis zu gelangen. Ihr Ziel war es, die beiden geisterversiegelnden Tontöpfe zu zerstören, die Banyue bei sich hatte. Dadurch konnte sie die Geister befreien, die daraufhin im Inneren des Bannkreises angreifen konnten.

Kaum dass Rong Guang aus dem Tontopf entkommen war, verwandelte er sich in seine Schwertgestalt und fuhr Pei Ming in die Brust.

Dieser versuchte, ihn herauszuziehen, doch Rong Guang rührte sich kein Stück und blieb fest in seinem Körper stecken. »Das hättest du wohl gern! Du stirbst jetzt!«

Pei Ming biss die Zähne zusammen. »Staatspräzeptorin Banyue! Ist der andere Tontopf noch heil?«

Xuan Ji und Rong Guang griffen sie von beiden Seiten an. Käme jetzt auch noch Kemo dazu, wäre es aus und vorbei.

Banyue rief: »Ja! Kemo ist noch hier!«

Die Lage wurde immer brenzliger und Xie Lian machte sich Sorgen. Gerade als er seine Schritte noch weiter beschleunigen wollte, blieb Hua Cheng abrupt stehen.

Verwundert sah Xie Lian hinter sich. »San Lang?«

Auf Hua Chengs Handrücken saß ein weiterer Schmetterling, der ihm offensichtlich neue Informationen zuflüsterte. Als er geendet hatte, blickte Hua Cheng auf und lächelte. »Großer Bruder, kein Grund zur Panik. Es wird ein gutes Ende nehmen, selbst wenn wir nicht rechtzeitig kommen.«

Im Tempel hatte Mingguang unter dem Befehl Rong Guangs Pei Ming die Brust durchbohrt. Xuan Ji hatte seine Stiefel gepackt und begonnen, sich wie ein roter Gecko an seinen Beinen hinaufzuwinden. Mit dem leuchtenden Geisterfeuer auf dem Kopf sah sie aus wie eine vollkommen übergeschnappte Geisterfrau.

»Du ...«, rief Pei Ming.

»Mein Pei ... mein Pei ...«, murmelte Xuan Ji. Sie klammerte sich an Pei Ming, wobei sie ihren Körper auf schreckliche Art verzerrte und verdrehte. Es war schwer auszumachen, ob sie ihn strangulieren oder fest umarmen wollte. Da erblickte sie aus dem Augenwinkel Pei Xiu, den Pei Ming noch immer beschützte. Sie erinnerte sich daran, dass dieser kalte, herzlose Gott sie unter einem Berg versiegelt hatte, und rief zwischen zusammengepressten Zähnen hervor: »Du kleiner Bastard!«

Sie hatte schon ausgeholt, um ihn mit ihren Krallen zu schlagen, da packte jemand sie am Handgelenk. Die Hand, die sie festhielt, war ebenso bleich wie ihre eigene. Als sie den Kopf hob, erkannte sie, dass es Banyue war, die sie aufgehalten hatte.

Ihr Herz begann schmerzlich zu lodern, wann immer sie eine andere Frau an der Seite Pei Mings sah, und sie heulte: »Auf dich kleine Schlampe hatte ich es gar nicht abgesehen, aber siehe da, du opferst dich freiwillig!«

Mit diesen Worten wollte sie nach Banyues Kopf greifen. Aber diese war keine dieser guten, gehorsamen kleinen Bräute, die herumstanden und nur darauf warteten, zu Tode gekratzt zu werden. Mit festem Griff packte sie auch noch Xuan Jis anderes Handgelenk.

Xuan Ji war zu Lebzeiten eine Generalin gewesen. Sie wusste, dass ihre Körperkraft die der meisten Männer in den Schatten stellte und dass Frauen, seien es Menschen oder Geister, ihren Schlägen nichts entgegenzusetzen hatten. Im Traum hätte sie nicht gedacht, dass dieses kleine Mädchen, das so dünn und schwächlich aussah, als könnte ein leichter

Windstoß es umwerfen, über Kräfte verfügte, die ihre eigenen weit übertrafen. Nicht nur hielt es ihre beiden Handgelenke fest im Griff, was Xuan Ji noch mehr überraschte, war der Blick des kleinen Mädchens. Als ihre Blicke sich begegneten, lag eine solche Aggression und Mordlust in seinen Augen, ein Blitzen wie vom blanken Stahl einer Waffe, dass es Xuan Ji an ihre Zeiten auf dem Schlachtfeld erinnerte. Ihr Herz zog sich zusammen und sie riss ruckartig ihre Arme aus dem festen Griff.

Banyue half Pei Xiu auf und nutzte die Energie von Xuan Jis Stoß, um meterweit wegzuspringen und leichtfüßig zu landen. »Lass General Pei los!«, forderte sie.

Rong Guang, der in Pei Mings Brust steckte, rief: »Pei Ming, wie immer hast du Glück mit den Frauen. Sieh dir das nur an, zwei Geisterfrauen prügeln sich um dich! Ha ha ha ...«

Xuan Ji klammerte sich an Pei Ming fest wie eine rote Python, beide Hände hatte sie um seinen Hals geschlungen. »Deine kleine Geliebte kann ja richtig was«, höhnte sie.

Pei Ming spuckte einen Mundvoll Blut aus. »Sie ist nicht meine Geliebte!«

»Willst du es etwa leugnen? Wenn sie nicht deine Geliebte ist, wieso sollte sie mir dann befehlen, dich loszulassen?«

»Wenn meine alte Mutter hier wäre, würde sie dir dasselbe befehlen. Wäre sie dann deiner Logik zufolge auch meine Geliebte?«, entgegnete Pei Ming.

Dafür konnte nur seine flapsige Art verantwortlich gemacht werden, schließlich lief er auch herum und nannte Frauen ohne jeden Grund »kleines Dummerchen«.

Xuan Ji war außer sich vor Eifersucht und glaubte ihm kein Wort. »Was? Traust du dich nicht, es zuzugeben? Du hast doch so intim mit ihr gesprochen. Du hast es doch sonst immer bereitwillig zugegeben, wenn du eine neue Flamme hattest. Du warst immer gnadenlos ehrlich zu mir.

Was ich dabei empfunden habe, war dir egal. Weißt du eigentlich, wie elend es mir ging? Warum gestehst du es dann jetzt nicht? General Pei, hast du etwa gelernt, den Tod zu fürchten? Oder liebst du sie so sehr, dass du es nicht ertragen kannst, wenn ich auch nur einen ihrer Finger berühre?«

Sie waren noch immer ein gutes Stück vom Tempel entfernt und Xie Lian sah diese Szene aus der Ferne. Er konnte es nicht mehr aushalten, nur zuzusehen, und wandte sich um. »San Lang, warum gehen wir nicht und retten sie?«

Hua Cheng lachte. »Sei unbesorgt, großer Bruder. Schon sehr bald wird jemand auftauchen, um das für uns zu erledigen. Und selbst wenn wir jetzt hingingen, würde Xuan Ji ihren Würgegriff um Pei Ming nicht lockern.«

Das stimmte und in der Tat würde alles nicht so einfach werden, da sie sich ja auch noch um die Gefangenen kümmern mussten. Yin Yu und die anderen sahen dem Geschehen angespannt zu und gaben Kommentare ab.

»Ja, es ist eindeutig, die Liebe der Geisterfrau ist dabei, in Hass umzuschlagen. Sie dreht bald durch.«

»Ich glaube nicht. Ich könnte schwören, dass sie es nicht durchzieht. Wollt ihr noch Sonnenblumenkerne?«

»Ja, gib mir noch eine Handvoll. Danke.«

»Wie könnt Ihr jetzt in der Stimmung sein, Sonnenblumenkerne zu essen?«, stutzte Xie Lian.

»Habt Ihr nicht selbst welche gegessen, Eure Hoheit?«, fragte einer.

»Was?« Da erst bemerkte Xie Lian, dass er, während er die Szene beobachtet hatte, ohne es zu bemerken, eine Handvoll Sonnenblumenkerne von jemandem angenommen und aufgegessen hatte. Er schlug sich vor die Stirn. »Oh ... Wie unachtsam von mir ...«

Am anderen Ende war Pei Ming mit seinem Latein am Ende. »Xuan Ji, musst du immer wieder damit anfangen? Es sind so viele Jahre vergangen.

Können wir das nicht einfach vergessen und unserer Wege gehen? Ist das denn wirklich nötig?«

Xuan Jis Hände schlossen sich fester um seinen Hals und sie rief mit weit aufgerissenen Augen: »Nein! Du hast damit angefangen, und jetzt willst du alles vergessen und weggehen? Das könnte dir so passen!«

Pei Ming seufzte. »Du ... hast dich wirklich nicht verändert. Genau deshalb hat es mit uns beiden nicht geklappt.«

Xuan Ji brachte ihr zorniges Gesicht dicht an seines. »Was sagst du da? Du denkst, ich bin das Problem? Was meinst du damit? Bin ich dir nicht hübsch genug? Du hast mir gesagt, ich sei umwerfend! Habe ich dir die Schlachtpläne von Yushi und andere militärische Geheimnisse vorenthalten? Nein, aber du hast sie abgelehnt! Du sagtest, du magst es nicht, dass ich einen starken Willen habe, also habe ich meine Beine geopfert! Wie könnte jemand dich noch mehr lieben? Und was ist mit dir? In Hunderten von Jahren hast du mich nicht einmal eines Blickes gewürdigt! Oder wann warst du je da, um nach mir zu sehen?«

Pei Ming stieß das Gesicht von sich, das sich dicht an seines drückte. »Ich habe dich nicht besucht, weil ich wusste, dass du verrückt werden würdest, wenn wir uns sehen!«, rief er.

Xuan Ji packte den Griff des Mingguang-Schwerts und stieß es tiefer in seine Brust, dann zog sie es heraus. Pei Ming spuckte erneut Blut.

»Sag es! Schwöre auf deinen Status als Himmelsbeamter!«, brüllte Xuan Ji. »Schwöre, dass ich von nun an die Einzige für dich sein werde. Schwöre, dass du nie wieder eine andere Frau ansehen wirst! Dass deine Augen verfaulen, wenn du es doch tust!«

Rong Guang genoss das Ganze sichtlich. »Komm schon, Pei Ming, sag es! Sag es und du kannst dein kümmerliches Leben weiterführen!«

»Halt den Mund, verdammt noch mal!«, schimpfte Pei Ming. »Das hätte ich mir im Traum nicht vorgestellt – dass ich nicht auf dem Schlachtfeld sterbe, nicht durch das mächtigste Schwert der Welt, sondern durch die Hand einer durchgedrehten Geisterfrau!«

Das war nicht die Antwort, die Xuan Ji sich erhofft hatte. Sie geriet vollkommen außer sich und ihre Krallen schossen auf Pei Mings Kopf zu.

Xie Lian konnte es nicht länger mit ansehen. »San Lang, ich glaube, die Situation läuft aus dem Ruder«, sagte er, die Hand an Fangxins Griff. »Wird derjenige, von dem du gesprochen hast, rechtzeitig da sein? Wenn nicht, lass mich jetzt einschreiten!«

»Es ist alles gut. Großer Bruder, sieh doch. Da kommen sie.«

Kaum hatten die Worte seine Lippen verlassen, da erstarrte die vor Wut tobende Xuan Ji zu völliger Leblosigkeit. Es war, als habe jemand einen Versteinerungszauber auf sie gelegt, ihr Körper und Gesicht erstarrten vollkommen. Pei Ming hatte mehrere Schwertstöße von ihr erlitten und das Blut, das er ausgespuckt hatte, bedeckte den gesamten Boden. Aus der Dunkelheit konnten sie das Geklapper von Ochsenhufen hören.

Gemächlich kamen die Schritte näher. Kurz darauf erschien eine Person, die einen schwarzen Ochsen ritt, vor ihnen.

Die Person war eine Frau, die einen grünen Umhang trug. Ihre klaren Augen strahlten Ruhe aus. Als sie sich langsam näherte, hielt sie ihr Kinn erhoben, als betrachte sie etwas in weiter Ferne.

Pei Ming, dessen Mund von Blut verschmiert war, sah sie voller Staunen an. »Königin Yushi?«

Die Frau neigte ihren Kopf und sah ihn mit unveränderter Miene an. Dann lächelte sie sanft und neigte ihren Kopf, um seinen Gruß zu erwidern.

Xie Lian wunderte sich ebenfalls. »Königin Yushi?«

»Ganz genau«, bestätigte Hua Cheng. »Die gegenwärtige Regenmeisterin, die sechzehnte Prinzessin von Yushi, Yushi Huang. Sie war zugleich die letzte Herrscherin des Königreichs Yushi.«

Kapitel 89:
Die letzte Prinzessin schlitzt sich vor den Palasttoren die Kehle auf

»Mir wurde die Ehre zuvor nicht zuteil, die Regenmeisterin persönlich kennenzulernen. Ich wusste nicht, dass sie einst eine Prinzessin war ...«, sagte Xie Lian.

»Was ... hast du gemacht ... Warum ... kann ich ... mich nicht bewegen?!«, presste Xuan Ji zwischen zusammengebissenen Zähnen hervor.

Die Regenmeisterin wandte ihren Blick von Pei Ming ab und sprach: »Ich bringe das Schwert Yulong.«

»Das Schwert Yulong?«, fragte Xie Lian.

»Das Heiligtum des Königreichs Yushi, das alle Herrscher in seiner Geschichte getragen haben. Die Regenmeisterin hat es zu ihrer magischen Waffe gemacht. Es verfügt über die Macht, das Volk von Yushi zu unterwerfen. Xuan Ji war eine Landesverräterin. Sie trägt noch immer die Furcht und die Schuld in ihrem Herzen, also ist es nicht verwunderlich, dass sie nichts tun kann, als niederzuknien und zu gehorchen.«

Die Regenmeisterin hatte ihr befohlen, sich nicht zu bewegen, also bewegte sie sich nicht.

»Wenn du dich nicht bewegen kannst, tue ich es eben!«, rief Rong Guang aus.

Er holte aus, um Pei Ming einen weiteren Stoß zu versetzen. Doch bevor er sich erneut in dessen Brust bohren konnte, gab es eine Explosion von rotem Rauch. Das Schwert verschwand und mit einem Klirren fiel eine kleine Klinge, nicht länger als ein Finger, zu Boden.

»Was soll das? Warum kann ich mich auch nicht mehr bewegen?!«, brüllte Rong Guang voller Wut.

Xie Lian und die anderen gaben ihren Beobachtungsposten auf und gingen endlich auch zum Ort des Geschehens.

Hua Cheng betrachtete grinsend das kleine Mingguang-Schwert, das auf dem Boden lag und wie ein Spielzeug aussah. »So ist es besser.«

»Lass ihn los, Xuan Ji«, sagte die Regenmeisterin mit sanfter Stimme.

Xuan Jis Hände lösten sich von Pei Mings Hals, aber sie weigerte sich, sich so einfach geschlagen zu geben. »Nein! Ich lasse ihn nicht los! Endlich habe ich ihn, ich lasse ihn nicht mehr los!«

»Wenn du dich an etwas festhalten musst, warum hebst du nicht das auf, was du fortgeworfen hast, und hältst es in deinen Händen?«, entgegnete die Regenmeisterin.

Die Kraft des heiligen Schwerts war zu stark und Xuan Ji wurde gewaltsam von Pei Ming losgerissen. Sie fiel rückwärts zu Boden, wo sie zerzaust und elend liegen blieb. »Welches Recht hast du, mich zurechtzuweisen? Hältst du dich immer noch für die Herrscherin des Landes? Oder hast du schon vergessen, wie du zur Königin wurdest? Ich erkenne dich nicht an!«

Die Regenmeisterin schloss die Augen und schüttelte leicht den Kopf.

Banyue nutzte die Gelegenheit und schleuderte einen Tontopf auf Xuan Ji, der sie in sich aufsaugte, dann verschloss sie ihn und hatte damit die Geisterbraut im Topf versiegelt.

Somit war die Verursacherin des ganzen Durcheinanders aus dem Verkehr gezogen. Xie Lian trat an Pei Mings Seite und half ihm auf. »Seid Ihr in Ordnung, General Pei?«

»Ich werde nicht sterben ... aber, Eure Hoheit«, sagte er, »wart Ihr schon länger in der Nähe?«

»Ha ha ha, wie kommt Ihr darauf?«

Pei Ming hob das Miniatur-Mingguang-Schwert auf. »Blumensuchender Blutregen, wie fest hält dieses Siegel? Es wird nicht zerbrechen, wenn Druck darauf ausgeübt wird, oder?«

»Natürlich nicht«, antwortete Hua Cheng. »Um das Siegel zu lösen, muss man es am Griff fassen, spirituelle Energie ausüben und die geistige Erlaubnis erteilen. Das Siegel kann nicht durch ein Versehen oder eine Täuschung gelöst werden.«

Da erst wagte Pei Ming, erleichtert aufzuatmen. Die Bauern, die sie aus Qi Rongs Gefangenschaft befreit hatten, eilten freudig herbei, als wären ihre Eltern vor ihnen erschienen.

»Regenmeisterin!«

Xie Lian neigte ebenfalls den Kopf zum Gruß und sagte: »Königin Yushi.«

Die Regenmeisterin stieg von dem schwarzen Ochsen ab und erwiderte den Gruß: »Eure Hoheit.«

Xie Lians Blick fiel auf ihren Hals und er erschrak kurz, sagte dann jedoch schnell: »Während der Dürre in Xianle habt Ihr mir den Regenmeisterhut ausgeliehen und mir in dieser schweren Zeit beigestanden. Dafür konnte ich mich nie persönlich bedanken. Doch heute geht mein Wunsch in Erfüllung.« Dann verbeugte er sich tief.

Die Regenmeisterin stand ruhig da und wartete, bis er seine Respektsbezeugung beendet hatte, dann entgegnete sie langsam: »Eure Hoheit, Ihr hättet Euch wohl nie entspannen können, wenn ich diese Verbeugung abgelehnt hätte. Nun, da das erledigt ist, lasst uns die ganze Angelegenheit vergessen.«

Der Klang ihrer Stimme war klar und still, getragen und sanft. Sie trug ein sanftes Lächeln im Gesicht und strahlte Ruhe aus.

Plötzlich rief eine Stimme: »Hey, Pei Ming, ist das nicht peinlich? Eine Frau kommt zu deiner Rettung, und es ist auch noch Yushi Huang! Hi hi, ha ha ha ha ...«

Die Regenmeisterin ließ sich nicht aus der Ruhe bringen und blieb vollkommen ruhig, aber Pei Ming blickte etwas angestrengt drein. Der schwarze Ochse schnaubte in seine Richtung, schüttelte den Kopf und wedelte mit dem Schwanz.

Obwohl sich sein Zorn nicht gegen Hua Cheng richtete, wusste Xie Lian, dass Stiere aggressiv wurden, wenn sie rot sahen. Er erinnerte sich an manches schmerzhafte Erlebnis, bei dem er gejagt und gestoßen worden war. Schnell stellte er sich schützend vor Hua Cheng, aus Angst, dass dessen Umhang ihn provozieren könnte. Gleichzeitig klebte er eilig und geistesgegenwärtig einen Talisman auf das kleine Schwert, um ihm den Mund zu versiegeln.

Pei Ming konnte nicht umhin, etwas zu sagen. Er kratzte sich an der Nase und sagte höflich: »Königin Yushi, habt Dank für die Hilfe und die Rettung Pei des Jüngeren.«

Die Regenmeisterin wahrte ebenfalls die Form und legte ihre Hände aneinander. »Keine Ursache.«

Banyue trat vor und zupfte der Regenmeisterin am Ärmel. »Regenmeisterin, Bruder Pei Xiu ist vor Hunger bewusstlos geworden ...«

Hua Cheng wandte sich um und blickte ihn an. »Lasst uns erst einmal an die Oberfläche zurückkehren.«

Die Bauern aus Yushi kümmerten sich daraufhin um die Nahrungsversorgung. Die Regenmeisterin war die Göttin der Landwirtschaft und ihre Leute hatten daher immer Lebensmittel bei sich. Als sie wieder an die Erdoberfläche kamen, war die Nacht bereits vorbei und die Sonne ging auf. Die Regenmeisterin nahm einige Samenkörner aus ihrer Satteltasche, suchte ein Feld und pflanzte sie ein. Schon nach kurzer Zeit war das kleine Feld mit Korn bewachsen und zur Ernte bereit.

Alle, die hungrig waren, applaudierten. Xie Lian fiel ein, dass Guzi wahrscheinlich in den letzten Tagen auch nicht genügend zu essen bekommen hatte, und er weckte ihn auf.

Kaum hatte er die Augen aufgetan, da fragte Guzi, wo sein Papa war. Als er begriff, dass er schon wieder verlassen worden war, begann er, bitterlich zu weinen, sodass Yin Yu sich nicht mehr anders zu helfen wusste, als ihm das hässliche Stehaufmännchen zu geben. Als Guzi hörte, dass das sein Papa war, war es, als habe man ihm einen Schatz zur Verwahrung gegeben. Er hörte auf zu weinen und hielt das Püppchen fest im Arm, während er eine Süßkartoffel aß.

Inzwischen hatten sich Xie Lian, Hua Cheng, die Regenmeisterin und Pei Ming zusammengesetzt, um über das weitere Vorgehen zu sprechen. Sie konnten den Berg Tonglu bereits vor sich sehen. Nun, da sie so nah waren, konnten sie erkennen, dass die untere Hälfte des Berges großflächig rot eingefärbt war, wie von Blut befleckt. Die obere Hälfte war von einer dicken Schneeschicht bedeckt.

»Nicht nur General Pei der Jüngere, auch Banyue, Guzi und die übrigen müssen hierbleiben«, sagte Xie Lian. »Sie können nicht mit uns weitergehen.«

Pei Ming war dabei, aus einem kleinen Fläschchen medizinisch wirksamen Rauch auf seine Wunden aufzutragen. Er schüttelte seufzend den Kopf. »Auf dem ganzen Weg bis hierher hatte ich nur Pech. Ein Rückschlag nach dem anderen.«

Das beschrieb seinen bisherigen Weg sehr treffend und erklärte auch, warum ihm so elend zumute war.

Die Regenmeisterin saß aufrecht neben Xie Lian. Sie überlegte eine Zeit lang und sagte dann: »Eure Hoheit, Eure Aufgabe ist es, alle bösen Geister, die das Potenzial in sich tragen, zu einem Supremus zu werden, aufzuhalten. Es gibt einen, auf den Ihr genau achten solltet.«

Xie Lian horchte auf. »Habt Ihr unterwegs jemanden getroffen?«

Die Regenmeisterin nickte. »Ja. Auf dem Weg hierher bin ich auf einen jungen Mann in weißen Kleidern gestoßen.«

Xie Lian gab einen zustimmenden Laut von sich. »Über den, von dem Ihr sprecht, sind uns Gerüchte zu Ohren gekommen. Viele Geister und Dämonen fürchten ihn, beinahe wären wir ihm auch begegnet. Habt Ihr ihn persönlich getroffen? Wie konntet Ihr ihm entkommen?«

»Es ist mir unangenehm, das zuzugeben, aber wären die Beine meines Ochsen nicht so stark und das Interesse dieses jungen Mannes an mir nicht begrenzt gewesen, kann ich nicht sagen, wie unser Zusammentreffen verlaufen wäre.«

»Wie sah er aus?«

»Sein Gesicht war verschleiert. Er hatte Verbände um den Kopf gewickelt.«

Verbände um den Kopf? Xie Lian war wie erstarrt. »War es Lang Ying?«

Mit gerunzelter Stirn fragte Pei Ming: »Ihr kennt ihn?«

»Ich bin mir nicht sicher«, antwortete Xie Lian und wandte sich an Hua Cheng. »San Lang, Lang Ying ist doch in der Geisterstadt, oder?«

Hua Cheng blickte ernst drein und zögerte, bevor er antwortete: »Er war in der Geisterstadt, aber es ist schwer zu sagen, ob er noch immer dort ist. Großer Bruder, besser du bringst das genau in Erfahrung.«

Xie Lian fragte weiter: »Regenmeisterin, Ihr sagtet, der weiß gekleidete junge Mann trug Verbände um seinen Kopf. Kann es sein, dass er erst um die dreizehn, vierzehn Jahre alt oder etwas älter war? Ein schlaksiger Teenager?«

Doch die Regenmeisterin antwortete: »Nein. Der junge Mann war sicherlich sechzehn oder siebzehn Jahre alt und sein Körperbau war mit dem Eurer Hoheit vergleichbar.«

»Was?« Das hatte Xie Lian nicht erwartet. »Sechzehn oder siebzehn? Lang Ying ist jünger.«

War er es wirklich? Demzufolge, was er bisher wusste, konnte er nicht sicher sein.

Pei Ming warf das kleine Fläschchen beiseite, nachdem er fertig mit der Behandlung war. »So oder so werden wir alle im Schmelztiegel enden, wartet nur ab.«

Da er ein Kriegsgott war, erholte er sich unglaublich schnell. Nur ein Fläschchen der spirituellen Arznei hatte ausgereicht, um seine schwere Brustverletzung weitestgehend zu heilen.

Die Regenmeisterin legte den Kopf schief. »General Pei, warum habt Ihr kein Schwert bei Euch?«

Pei Ming hatte nicht damit gerechnet, dass sie ihn direkt ansprechen würde, und wusste nicht, was er antworten sollte. Pei Xiu, der wieder bei Bewusstsein war, antwortete für ihn, während er eine gegrillte Süßkartoffel aß. »General Peis ... Schwert wurde ... zerbrochen.«

»Iss du deine Süßkartoffel«, brummte Pei Ming.

Pei Xiu hielt den Mund.

Die Regenmeisterin jedoch dachte einen Moment nach, dann nahm sie ihr eigenes Schwert ab und überreichte es Pei Ming mit beiden Händen. Nichts an ihrer Miene wirkte seltsam und sie bewegte sich mit äußerster Anmut.

Pei Mings Ausdruck dagegen veränderte sich und er sah aus, als würde sie ihm eine giftige Schlange hinhalten. Nach kurzem Zögern sagte er: »Danke, aber das ist das heilige Schwert von Yushi. Es wäre unpassend, dass ich es führe.«

»Das Königreich Yushi wurde schon vor Jahrhunderten zerstört. General Pei, Ihr seid ein Kriegsgott, ein geübter Schwertkämpfer. Wir sind hier, um die Geburt eines neuen Geisterkönigs zu verhindern. Dieses Schwert wird von größerem Nutzen sein, wenn Ihr es tragt«, entgegnete die Regenmeisterin nüchtern.

Pei Ming zögerte noch etwas, aber am Ende lehnte er doch höflich ab. »Ich danke Euch für Eure Höflichkeit, Königin Yushi, aber das ist nicht nötig.«

Die Regenmeistern beharrte nicht weiter darauf. Sie redeten noch eine Zeit lang weiter und die Regenmeisterin erkundigte sich auch, ob sie etwas vom Windmeister zu berichten hätten. Da erst erfuhr Xie Lian, dass die beiden gut befreundet waren. Shi Qingxuan hatte Yushi oft besucht, um zu essen, zu trinken und zu feiern, aber er war schon lange nicht mehr dort gewesen – wegen des Vorfalls mit dem Schwarzen Wasser. Die Regenmeisterin hatte einen eigenen Suchtrupp ausgesandt, aber er war mit leeren Händen zurückgekommen. Sie seufzte schwer.

Sie entschieden, dass die Gruppe noch weitere zwei Stunden rasten sollte. Dann würde sie ihren Weg fortsetzen. Xie Lian lief herum und sucht nach einem Baum, an den er sich anlehnen und ausruhen konnte. Doch Hua Cheng hatte von irgendwoher etwas Seil und Stoff geholt und hängte zwischen den Bäumen zwei Hängematten auf. Sie legten sich hinein und genossen das Schaukeln und die Bequemlichkeit der Hängematten. Nachdem Xie Lian eine Weile dagelegen hatte, den Kopf auf die Arme gebettet, fragte er verwundert: »San Lang, was denkst du, warum hat General Pei das Schwert der Regenmeisterin nicht angenommen?«

Jeder Kriegsgott, der seine Waffe verloren hatte, würde alles daransetzen, möglichst schnell eine neue zu bekommen. Wollte General Pei geschlagen werden?

Hua Cheng lag ebenfalls auf seinen verschränkten Armen. »Jemand wie Pei Ming ... liebt die Frauen, aber er hat keine hohe Meinung von ihnen. Schlimm genug, dass er gerettet werden musste, und dann auch noch von einer Frau, dazu von einer, die er in der Vergangenheit gekannt hat. Das muss frustrierend und peinlich für ihn gewesen sein. Außerdem hat die Regenmeisterin einst einen seiner Nachkommen gefangen genommen. Er dachte wahrscheinlich, sie würde sich über ihn lustig machen. Mit all diesen Gedanken im Kopf, wie hätte er da das Schwert annehmen können?«

Ihre Hängematten quietschen, während sie darin schaukelten. »Was für ein unsinniger Stolz. Übrigens, San Lang, hast du es bemerkt? Die Regenmeisterin trägt eine alte Narbe am Hals.«

»Die muss ich nicht sehen, um sie zu kennen. Sie ist schließlich ›die Prinzessin, die sich den Hals aufschlitzte‹.«

Xie Lian richtete sich etwas auf. »Das dachte ich mir.«

»Hast du bemerkt, dass die Regenmeisterin etwas getragen spricht? Das liegt auch an der alten Verletzung.«

»Ach! Ich dachte, das läge an ihrer Persönlichkeit. Wie kam es dazu, dass eine Prinzessin wie sie ihren eigenen Hals aufgeschlitzt hat? Xuan Jis Bemerkung ›Hast du schon vergessen, wie du zur Königin wurdest?‹ hat mich auch neugierig gemacht. Wie ist sie denn zur Königin geworden?«

»Das ist eine lange Geschichte. Ich versuche, es kurz zusammenzufassen«, erwiderte Hua Cheng.

Zwar war Yushi Huang von königlicher Abstammung, doch sie war im Königreich Yushi von niederem Rang gewesen. Das lag daran, dass sie die Tochter einer Palastdienerin war. Ihr ruhiger Charakter und ihre in sich zurückgezogene Art trugen ebenfalls nicht gerade dazu bei, dass sich das änderte. Jedes einzelne ihrer fünfzehn älteren Geschwister und jedes der jüngeren hatte ein höheres Ansehen als sie.

Der Yulong-Tempel war der königliche Kultivierungsort in Yushi. Es war Brauch in Yushi, dass jeder Herrscher, um seiner Ehrerbietung dem Himmel gegenüber Ausdruck zu verleihen, einen seiner Nachfahren dort hinschickte, um für Reichtum und Frieden zu beten. Das hört sich nach einer leichten Aufgabe an, aber in Wirklichkeit war es ein hartes Los. Die Kultivierungsmethode im Yulong-Tempel ging mit harter Arbeit einher. Diener oder Hilfsmittel, die das Leben erleichterten, waren nicht gestattet. Auch diejenigen, die von königlicher Abstammung waren, wurden bei den strengen Übungen nicht geschont. So wurde diese Aufgabe gern von einem zum anderen geschoben. Wenn einer Pech hatte und dafür ausgewählt wurde, konnte es vorkommen, dass er ein Vermögen ausgab, um einen Ersatz zu finden. Doch in dieser Generation war kein längerer Auswahlprozess vonnöten, es stand von vornherein fest, dass Yushi Huang gehen würde.

Als er bis hierhin zugehört hatte, schüttele Xie Lian den Kopf. Obwohl sie beide Adelshäusern entstammten und beide in ihre jeweiligen Tempel eingetreten waren, unterschied sich die Erfahrung der Regenmeisterin sehr von seiner eigenen. »Kein Wunder, dass Xuan Ji keine hohe Meinung von ihr hat«, bemerkte er.

»Das ist klar. Xuan Ji mag keine Prinzessin sein, aber auch sie stammte aus gutem Hause und hatte viele Verehrer. Ihr Ansehen in der besseren Gesellschaft war deutlich höher.«

Nun, da Xuan Ji sich selbst ruiniert hatte, war es nicht verwunderlich, dass sie den Anblick der Regenmeisterin, wie sie friedlich und ruhig ihre Felder bepflanzte, nicht ertragen konnte. Die Regenmeisterin hatte ihr geraten loszulassen, aber aus Xuan Jis Sicht hatten die Worte herablassend und sarkastisch geklungen.

Jedenfalls hatte die Regenmeisterin ihre Tage im Yulong Tempel verbracht, bis eines Tages hoher Besuch aus dem Königreich Xuli eintraf.

Xuli und Yushi hatten sich nicht sofort miteinander überworfen. Zunächst bemühte man sich noch, die Form zu wahren, und zwang sich zur Höflichkeit. Um diesen falschen Frieden zu bewahren, schickte das Königreich Xuli eine Abordnung aus Adligen, Generälen und Beamten zum Staatsbankett von Yushi, die bei dieser Gelegenheit auch dem Tempel einen Besuch abstattete.

An jenem Tag war Yushi Huang damit beschäftigt, die Dachziegel des Tempelgebäudes zu reinigen. Als sie vom Dach hinabsteigen wollte, stellte sie fest, dass jemand die Leiter weggenommen hatte.

Die anderen fanden es alle unglaublich lustig, dass sie auf dem Dach festsaß und nicht mehr hinunterkonnte. Selbst die Prinzen von Yushi lachten hinter vorgehaltener Hand. Ein General aus Xuli, der ebenfalls über den Streich gelacht hatte, half ihr schließlich nach unten.

Dieser General war natürlich kein anderer als Pei Ming gewesen. Xie Lian dachte gerade, dass das für Pei Ming, diesen Schürzenjäger, typisch war, als er plötzlich eine Stimme hörte: »Dieser Pei Ming – wo er auch hinkommt, überall ist es dasselbe. Wie ein Hund, der überall hinpinkelt, um sein Territorium zu markieren.«

Dieser boshafte und grobe Vergleich riss Xie Lian auf einen Schlag aus seinen Gedanken. Er wandte sich um und hob das geschrumpfte Schwert auf. »General Rong, wie habt Ihr den Talisman abbekommen, der Euren Mund versiegelt hat? Ihr wollt wohl unbedingt mitreden, was?«

»Bringt mich nicht zum Schweigen! Lasst mich reden! Ich kenne alle Affären Pei Mings so gut wie meine eigene Handfläche! Drei Tage und drei Nächte würden nicht ausreichen, sie alle aufzuzählen. Pei Ming wusste damals bereits, dass Xuli bald in Yushi einfallen würde, und dennoch konnte er es nicht lassen, alle hochrangigen Prinzessinnen zu verführen. Sie waren alle verrückt nach ihm und gerieten in eifersüchtige Kämpfe. Haltet ihr das nicht für unmoralisch?«

Das war tatsächlich kein guter Stil – am einen Tag noch miteinander zu lachen und zu scherzen und am nächsten Tag in die Heimat des anderen einzumarschieren.

Xie Lian sagte etwas mitleidig: »Hatten denn Königin Yushi und General Pei ein gutes Verhältnis?«

»Es gab niemals ein Verhältnis«, erwiderte Rong Guang. »Er hat Yushi Huang nur zweimal getroffen. Es gab so viele schöne Frauen in Yushi, dass er sie am nächsten Tag bereits vergessen hatte.«

Nicht nur die Freundschaft zwischen Frauen konnte sich schnell in Feindschaft verwandeln, bei Männern ging das sogar noch schneller. Der einzige Unterschied war, was dabei am Ende herauskam. Wenn Frauen zu Feindinnen wurden, konnte es nach einigen Ohrfeigen und etwas zerkratzter Haut schon vorbei sein. Bei Männern hingegen konnte es bis zum Tod führen, und die Leiche blieb dabei nicht unbedingt intakt. Als Xuli den falschen Frieden nicht länger aufrechterhalten wollte, fehlte nur noch ein geeigneter Vorwand, um in das Land einzumarschieren. Pei Ming führte die Armee an und sie marschierten bis vor die Palasttore. Dem König blieb keine andere Wahl, als sich tief in seinem Palst zu verbarrikadieren. Doch Pei Ming musste nur etwas Druck ausüben, um die schwache Verteidigung des Palasts in die Knie zu zwingen. Es ging so leicht, wie ein Schneckenhaus zu zertreten.

So einfach machte er es sich allerdings nicht, schließlich spielten auch noch andere Überlegungen eine Rolle. Auf den Rat von Rong Guang hin tat er etwas anderes. Die Truppen von Xuli nahmen Hunderte von Verbrechern, die auf ihre Hinrichtung warteten, zogen sie an wie normale Bürger und zerrten sie vor die Palasttore. Pei Ming warf dem König von Yushi vor, sein Volk zu unterdrücken, und forderte, er möge zur Vergeltung vortreten, sich dreimal verbeugen und sich dann selbst töten. Nur dann würden die Bürger freigelassen werden und nur dann würde er versprechen, dass den übrigen Mitgliedern der königlichen Familie nichts zustieße. Würde der König ablehnen, würden die Gefangenen geköpft. Er räumte ihm drei Tage Bedenkzeit ein und mit jedem Tag, der verstrich, würde ein Drittel der Leute hingerichtet werden. Nach Ablauf der Frist würde er den Palast stürmen und die gesamte Königsfamilie sowie die übrigen Zivilisten töten.

»General Rong – was für ein niederträchtiger und zugleich eleganter Plan das war«, staunte Xie Lian.

Rong Guang war nicht wütend, eher schien er geschmeichelt. »Das sehe ich als Kompliment an.«

Es war ein hervorragender Vorwand für Xuli, in Yushi einzumarschieren. »Der König von Yushi war ein Tyrann, der sein Volk unterdrückte. Um für Gerechtigkeit zu sorgen, würde Xuli das geknechtete Volk von dieser Herrschaft befreien.« Welche Rechtschaffenheit – in der Tat, es war ein eleganter Plan.

Würde der König von Yushi nicht vortreten, würde er als selbstsüchtig, dumm und rücksichtslos gegenüber seinem eigenen Volk angesehen werden. Dabei hatte er immer wieder betont, dass er seine Untertanen liebte wie seine eigenen Kinder. Wenn seinen Worten nicht die entsprechenden Taten folgten, würde das Volk ihn hassen und schlussfolgern, dass es getäuscht worden war. »Habt Ihr nicht gesagt, Ihr liebt Eure Untertanen wie Eure eigenen Kinder? Warum opfert Ihr uns dann, um die Adligen zu retten?« Das wäre das Ende der Loyalität seines Volkes.

Wenn die letzten der »Zivilisten« getötet worden wären, würde das ganze Volk befürchten, dass Xulis nächster Schritt die Auslöschung der ganzen Stadt wäre. Xuli würde dann erklären, dass diejenigen, die hingerichtet worden waren, ohnehin zum Tode verurteilt gewesen waren und dass sie nur benutzt worden waren, um die selbstsüchtigen Lügen des Königshauses aufzudecken. Das würde die Furcht in den Herzen der Bürger besänftigen und sie schwach und folgsam machen. Dadurch, dass das Volk schon gebrochen wäre, würde die Übernahme von Xuli dadurch enorm vereinfacht.

Wenn jedoch der König von Yushi freiwillig vortrat, um sich zu opfern, wäre auch das ein gutes Ergebnis. Es würde ihnen die Mühe ersparen, ihn selbst zu töten. Außerdem glaubten Pei Ming und Rong Guang beide nicht daran, dass er diesen Schritt gehen würde oder dass es überhaupt irgendeinen Herrscher gab, der auf so erniedrigende Weise seinem Leben selbst ein Ende setzen würde. Sich vor dem eigenen Volk und den feindlichen Truppen zu verneigen, seine Fehler einzugestehen und dann zu sterben? Im Traum würde das nicht geschehen!

Doch unerwarteterweise trat das Staatsoberhaupt von Yushi nach nur einem Tag vor, gerade als Pei Ming die Hinrichtung der ersten Gruppe von »Zivilisten« befehlen wollte. Die Palasttore öffneten sich. Das Oberhaupt trat mit dem heiligen Schwert Yulong an der Hüfte heraus, kniete sich vor dem Volk nieder und neigte dreimal die Stirn zum Boden. Es zog das Schwert und schlitzte sich die Kehle auf, dass das Blut an die Palasttore spritzte.

Xie Lian hatte bereits erraten, was passiert war. »War es die Regenmeisterin, die vorgetreten war?«

»Ja«, antwortete Hua Cheng.

Nachdem die Palastdiener und die königliche Familie eingehend befragt worden waren, erkannten die Truppen von Xuli, was passiert war.

Die Truppen von Xuli, und mit ihnen Pei Ming und Rong Guang, hatten an jenem Tag um den Palast herum ein Gelage veranstaltet und auf äußerst arrogante Art Lärm gemacht. Sie hatten Parolen ausgerufen und laut gelacht. Im Inneren des Palasts herrschte absolutes Chaos, Schreie und Weinen waren von überall zu hören. Es war selbstverständlich undenkbar, dass der König hinausgehen und sich selbst töten würde. Er saß auf seinem Thron, seine Miene war finster und blass. All seine Nachfahren, die sich normalerweise bis aufs Blut zankten, um seine Gunst zu erlangen, hatten unentwegt geheult und geweint, aber der König saß unbewegt da. So versuchten sie einer nach dem anderen, ihn zu überreden.

Sie brachten die unterschiedlichsten Gründe und Argumente vor, wie zum Beispiel: »Es ist für das Volk!«, »Selbst wenn Ihr sterbt, wird Euer Name in die Geschichte eingehen!« oder »Wenn Ihr nichts tut, ist Euer Volk verloren!« Doch es gelang ihnen nicht, den König umzustimmen, und der erste Tag war bereits beinahe verstrichen. Einige der Söhne wurden ängstlich. Aufgebracht schrien sie ihren Vater an.

Der König war noch nicht tot, er empörte sich über ihr Verhalten und holte mit seinem Zepter aus, um sie zu schlagen. Niemals in der Vergangenheit hatten die Söhne und Enkel es gewagt, dem König Widerworte zu geben. Aber in der gegebenen Situation hatten sie allen Respekt verloren. So kam es, dass einer der Prinzen es nicht mehr aushalten konnte und zurückschlug. Sein Schlag fiel härter aus als gedacht und der König, der schon über sechzig war, ging zu Boden. Sein Kopf blutete und er blieb reglos liegen.

Die Prinzen und Prinzessinnen waren zunächst starr vor Schreck. Doch als sie bemerkten, dass er noch atmete, entspannten sie sich. Sie begannen, darüber zu diskutieren, wie sie den reglosen König vor die Tore bekommen könnten und wie sie ihn dazu bringen könnten, mit seinen schlaffen Gliedmaßen die schwierigen Bewegungen der Verneigung und des Selbstmords auszuführen. Selbst die lächerlichsten Ideen wurden berücksichtigt – wie zum Beispiel, ihn wie eine Marionette an Fäden zu binden und ihn so zu steuern. Der König geriet so in Zorn, dass er beinahe einen Herzstillstand erlitt. Schließlich beschlossen sie, dass zwei Personen ihn nach draußen tragen sollten, um den Selbstmord zu begehen. Doch nun gab es ein neues Problem: Wer sollten diese beiden sein? Es war eine gefährliche Aufgabe, schließlich könnte es passieren, dass General Pei Ming sie einfach mit Pfeil und Bogen erschoss, wenn ihm ihr Auftritt missfiel. Niemand wollte diese Aufgabe übernehmen.

Die Streitereien nahmen kein Ende. Die ganze Zeit über stand die sechzehnte Prinzessin schweigend und unbemerkt da, doch schließlich sagte sie zu dem alten König, der am Boden lag: »Bitte erlaubt mir, Euch auf den Thron nachzufolgen.«

König Yushi sah seiner Tochter, die er ihr Leben lang kaum eines Blickes gewürdigt hatte, tief in die Augen und eine einzelne Träne rann ihm aus dem Augenwinkel.

Nur eine einzige.

Üblicherweise hätte es erbitterte Kämpfe um die Thronfolge gegeben, aber dieses Mal stritt niemand. Wer auch immer den Thron bestieg, war zum Tode verurteilt. So wurde innerhalb einer Stunde die hastigste und einfachste Inthronisation von Yushi, wenn nicht in der gesamten Geschichte, vollzogen.

Kaum war sie zur neuen Königin gekrönt, schlitzte sie sich die Kehle auf, dass das Blut nur so spritzte. Sie war nicht mehr zu retten.

Pei Ming hätte nicht gedacht, dass es so kommen würde. Doch als es sich dann, noch während seines Gelages, so zutrug, war er starr vor Schreck. Rong Guang fluchte lauthals, erbost darüber, dass ihr Plan sich so entwickelt hatte. Wie konnten sie das nur tun? Das Staatsoberhaupt hatte Selbstmord begangen, aber es war nicht dasselbe Oberhaupt wie am Tag zuvor. Der Tod einer so unbedeutenden Person würde die Loyalität des Volkes nicht untergraben und nun konnten sie den alten König nicht ohne Weiteres töten.

Selbst heute noch war Rong Guang fassungslos darüber. »Wir hätten niemals mit diesem Zug gerechnet. Den Thron im letzten Moment abzugeben und einen Sündenbock zu finden – wirklich unglaublich!«

Die Soldaten von Xuli konnten dieses absurde Schauspiel nicht mehr mit ansehen und machten beträchtlichen Lärm. Es kam die Frage auf, ob diese »Königin« gerettet werden sollte oder nicht. Doch ihre Verletzung war zu schwer, die Medizinbeamten bestätigten, dass sie ihr nicht mehr helfen konnten.

Am Ende musste Pei Ming sein Versprechen halten und die Zivilisten vor den Palastmauern ebenso wie die königliche Familie verschonen. Sie verbanden die Verletzung der »Königin« und schickten sie in den Yulong-Tempel, auf dass sie dort ihren letzten Atemzug tun konnte. Später sollte sie im königlichen Mausoleum beigesetzt werden.

Als Yushi Huang in jener Nacht ihren letzten Atemzug tat, stieß die Statue des vorherigen Regenmeisters, unter der sie lag, einen Seufzer aus.

Donner grollte und Blitze zuckten. Die neue Regenmeisterin war aufgestiegen.

Als die Erzählung sich ihrem Ende zuneigte, sagte Xie Lian: »Jetzt wundert mich nicht mehr, dass Pei Ming so blass geworden ist, als er das Schwert zu Gesicht bekam.«

Kapitel 90:

Auf dem schwarzen Ochsen mit fliegenden Hufen den Berg Tonglu erklimmen

Yulong war das heilige Schwert, mit dem Yushi Huang sich damals selbst die Kehle aufgeschlitzt hatte. Selbstverständlich konnte Pei Ming es nicht annehmen. Es war zwar eine heilige Waffe, aber auch ein Mordwerkzeug.

»Wie großzügig Yushi Huang ist«, kommentierte Rong Guang. »Andernfalls könnte man meinen, dass sie ihm die Waffe angeboten hat, um ihn zu erschrecken oder ihn zu erinnern. Ich kann immer noch nicht glauben, dass sie ihm Yulong überlassen wollte. Als hätte er das gewagt, ha ha ha ha ...«

Xie Lian konnte sein Gerede nicht mehr ertragen. »Warum seht Ihr immer alles so negativ?« Und er klebte einen neuen Talisman auf Rong Guang, um ihn zum Schweigen zu bringen.

Da rief Pei Ming ihnen von Weitem zu: »Eure Hoheit, Blumensuchender Blutregen, habt Ihr Euch gut erholt? Packt die Hängematten ein, wir müssen los.«

Die Zeit der Ruhe war ohnehin kurz gewesen und während sie sich unterhalten hatten, war sie wie im Fluge vergangen.

Der Großteil der Gruppe blieb zurück, während Xie Lian, Hua Cheng und Pei Ming sich auf den Weg machten. Die Regenmeisterin hatte ein Reittier und bot an, sie bis zum Fuß des Berges Tonglu mitzunehmen. Xie Lian dankte ihr erfreut.

Der schwarze Ochse schüttelte sich und verwandelte sich. Er war plötzlich dreimal so groß wie zuvor und sein Rücken bot genügend Platz für sechs Personen. Er beugte seine Vorderbeine und senkte seinen Oberkörper ab, sodass die Regenmeisterin aufsteigen und ganz vorne sitzen konnte. Pei Ming stieg als Nächstes auf, ließ jedoch einen großen Abstand zwischen der Regenmeisterin und sich selbst. Zuletzt kamen Xie Lian und Hua Cheng. Nachdem Xie Lian aufgestiegen war, richtete der schwarze Ochse sich zu seiner vollen, ungeheuren Größe auf.

Xie Lian strich bewundernd durch sein weiches, glänzendes Fell. »Dieser Stier ist wirklich erstaunlich. San Lang, ich glaube, du hast es schon einmal erwähnt, wie hat er diese Kräfte erlangt?«

Das große Tier setzte sich in Gang und verfiel in einen zügigen Trab. Die Landschaft zog rasch zu beiden Seiten an ihnen vorbei, sie bewegten sich ruhig und schnell vorwärts.

Hua Cheng saß hinter Xie Lian und hielt seine Taille sanft umfasst, als hätte er Angst, er könne hinunterfallen. »Er war einst ein Türklopfer an einer der Seitentüren des Yulong-Tempels, der Kultivierungsstätte von Yushi.«

Es hatte im Yulong-Tempel den Brauch gegeben, dass Besucher die goldenen Türklopfer, die die Form von Tieren hatten, rieben, um ihnen menschliches Qi zu übertragen und gleichzeitig gutes Karma zu erlangen. Wenn Anhänger zu Besuch kamen, rieben sie für gewöhnlich die Drachen, Tiger, Kraniche und anderen heiligen Tiere. Kaum jemand beachtete den Ochsen, er war einsam und verlassen.

Als Yushi Huang im Tempel lebte, rieb sie den Kopf des Ochsen jedes Mal, wenn sie an ihm vorbeikam, um Wasser zu holen. Er nahm ihr Qi in sich auf und als die Regenmeisterin aufstieg, stieg er mit ihr auf. Er war der einzige Gefährte, den sie jemals ernannte.

Der schwarze Ochse bewegte sich schnell und Xie Lian lehnte sich leicht zurück. Es war beinahe so, als würde er in Hua Chengs Armen sitzen. Er schmunzelte über die Geschichte. »Es gibt wirklich nichts, was du nicht weißt. Egal wonach ich dich frage, du gerätst nie ins Straucheln, wenn es um klassische Geschichten geht.«

Hua Cheng lachte. »Gibt es noch etwas, das du wissen möchtest? Wenn ich es weiß, erzähle ich dir alles.«

Pei Ming saß vor ihnen. Da die Regenmeisterin sich nicht mit ihm unterhielt, hatte er ihnen zugehört. »Gut erzählt, Geisterkönig. Eure Hoheit, warum fragt Ihr nicht nach der Herkunft des Blumensuchenden Blutregens? Mal sehen, ob er Euch antwortet.«

Das Lächeln auf Xie Lians Gesicht erstarb. Es wäre nicht besonders höflich, nach dem Hintergrund des Geisterkönigs zu fragen. In seinen

Augen war das nichts anderes, als sich bei einem Mann nach der Größe seiner Männlichkeit zu erkundigen. Aus Sorge, Hua Cheng zu verärgern, wechselte er augenblicklich das Thema. »General Pei«, sagte er beiläufig.

»Was?«

»Dort vorne sind Schlaglöcher, passt auf.«

»Was?«

Doch da war es schon geschehen. Der Ochse, der die vier trug, stieß einen langen, tiefen Schrei aus. Pei Ming flog in hohem Bogen von seinem Rücken. Erstaunt fragte er: »Was zur Hölle?«

So etwas war ihm noch nie zuvor untergekommen. Fehler passierten und wenn er stürzte, war nichts daran zu ändern. Aber wie konnte es sein, dass nur eine Person aus der Mitte abstürzte, und nicht die, die vor und hinter ihr saßen? War das überhaupt möglich?

Der Ochse verlangsamte seine Schritte nicht. Xie Lian wandte sich um und rief nach hinten: »Ich sagte doch, da sind Schlaglöcher, General Pei ...«

Im weiteren Verlauf wurde Pei Ming noch sieben- oder achtmal abgeworfen. Endlich erreichten die vier auf dem Ochsen den Fuß des Berges Tonglu.

Ähnlich dem Berg Taicang war der Tonglu ein üppig bewaldeter Berg, in dessen Ausläufern sich in herrlicher Landschaft die königliche Hauptstadt erstreckte, die mächtigste und florierendste Stadt des Königreichs.

Die Stadt war einst unter dem Ascheregen und der Lava begraben worden, aber durch mehrere Erdbeben war sie wieder an die Oberfläche gekommen. Xie Lian saß auf dem schwarzen Ochsen und ließ seinen Blick über die Landschaft schweifen.

Gerade wollte er absteigen, da sah er Hua Cheng neben sich stehen, der ihm die Hand entgegenstreckte. Xie Lians Herz machte einen Satz und er reichte ihm die Hand, bevor er vom Rücken des Tiers glitt. »In der Hauptstadt gibt es bestimmt auch einen Tempel, oder?«

»Selbstverständlich«, bestätigte Hua Cheng.

Pei Ming war robust und obwohl er viele Male gestürzt war, humpelte er nicht und war unverletzt, wie es von einem Kriegsgott nicht anders zu erwarten war. Er streckte sogar seine Hand aus und tätschelte dem Stier den Hals, ungeachtet dessen, dass der ihm bedrohlich die Zähne zeigte.

»Ich schätze, das höchste Gebäude in der Stadt muss entweder der Palast oder der Tempel sein«, vermutete er.

»Nein«, sagte Hua Cheng, »der Tempel der Hauptstadt liegt auf dem Berg.«

Er zeigte in die Richtung. Auf halber Höhe des rot gefleckten Berges konnten sie das Dach eines Gebäudes erkennen. Der Großteil des eigentlichen Gebäudes war in einem dunstigen roten Schatten verborgen.

»Warum ist der Berg rot?«, wunderte sich Xie Lian.

Er hatte kaum ausgesprochen, da brüllte der Ochse und warf seinen Kopf zurück. Sie hatten sich schon abgewandt, drehten sich jedoch nun erstaunt wieder um. Das große Tier wälzte sich auf dem Boden, doch die Regenmeisterin ließ keinen Moment den Strick los, an dem sie ihn führte. »Was ist los?«

Der Ochse stieß einen menschlichen Schrei aus: »Aaaaaaaaaah!«

In dem Moment, als sie den Schrei hörte, zog die Regenmeisterin das Schwert Yulong und stieß es in Richtung des schwarzen Ochsen.

Die Klinge blitzte auf. Etwas Schwarzes, Pelziges wurde fortgeschleudert und flog gegen eine Mauer am Straßenrand, wo es einen großen blutigen Fleck hinterließ. Es war eine leichenfressende Ratte.

Nicht der Ochse, sondern die Ratte hatte den Schrei ausgestoßen. Sie war auf ihn geklettert und hatte zugebissen, als niemand hingesehen hatte. Obwohl die Ratte mehr tot als lebendig war, schrie sie weiter wie am Spieß. »Eure Hoheit, Kronprinz ... Eure Hoheit, Eure Hoheit, Eure Hoheit! Rettet mich, rettet mich, rettet mich!«

Die schrillen Schreie der Ratte ließen Xie Lians Kopfhaut kribbeln und ein stechender Schmerz fuhr in seinen Kopf. Hua Cheng zog ihn eilig hinter seinen eigenen Körper und hob die Hand. Die leichenfressende Ratte löste sich in einem Nebel aus Blut auf, nur die winzigen Augen blieben an der Mauer zurück und blickten sie mit einem irren Funkeln an.

»Regenmeisterin, bitte sieh nach deinem Ochsen«, sagte Hua Cheng.

Die Regenmeisterin war schon dabei, dem Ochsen durch das schwarze Fell zu streichen. »Es ist nur ein Kratzer.«

Doch sie hörten immer mehr flüsternde Stimmen von überallher:

»Hust, hust ... Bring mich weg, bitte bring mich weg von hier!«

»Ich hätte längst fliehen sollen ...«

»Ich kann es nicht glauben ... Wir hätten seinen Lügen keinen Glauben schenken dürfen! Jetzt droht uns ein fürchterlicher Tod!«

»Großer Bruder, großer Bruder? Hoheit!«

Die letzte Stimme war laut und deutlich gewesen, es war Hua Chengs.

Da erst kehrte Xie Lian wieder ganz in die Gegenwart zurück. »Entschuldige.«

Hua Cheng sah ihn ernst an. »Hast du wieder verstanden, was sie sagen?«

Xie Lian nickte.

Hua Cheng hielt ihm die Ohren zu. »Hör nicht auf sie. Diese Worte sind nicht an dich gerichtet.«

Xie Lian war wie benommen, sein Schädel dröhnte. »Ich weiß«, brachte er mühsam hervor.

Einer schwarzen Flutwelle gleich kamen Tausende und Abertausende der leichenfressenden Ratten auf die vier zugestürmt. Die Hauptstadt war dichter besiedelt gewesen als die vorherige Stadt. Das bedeutete, dass es mehr Tote gegeben hatte und damit auch mehr Futter für die Ratten. Es gab unzählige von ihnen und sie umzingelten die vier.

Pei Ming war in Kampfbereitschaft, eine dünne Schicht einer schützenden Aura umgab ihn. »Geht Ihr vor, ich locke sie weg ...«

Bevor er aussprechen konnte, stürzten sich die Ratten kreischend auf ihn, liefen aber an ihm vorbei in eine andere Richtung. Er wandte sich um und sah, dass sie die Regenmeisterin jagten.

Von allen unbemerkt hatte sie den schwarzen Stier wieder bestiegen und eilte mit ihm davon, um die Ratten abzulenken. Sie hatten sich schon einen Vorsprung von einigen Dutzend Metern herausgearbeitet, doch sie liefen nicht zu schnell, sondern gerade so, dass die Ratten sie zwar nicht einholen, ihnen aber auf den Fersen bleiben konnten. Es war die perfekte Distanz, um die Ratten fortzulocken.

Von Weitem rief sie ihnen zu: »Meine Herren, bitte geht weiter, ich werde die Ratten wegführen.«

Während sie weiterritt, warf sie dicke weiße Reiskörner auf den Weg. Die Ratten, die von Natur aus Reis liebten und viele Jahre darauf hatten verzichten müssen, schwärmten ihr hinterher.

Was eigentlich Pei Ming hatte tun wollen, hatte sie ihm abgenommen und ihn damit ein weiteres Mal seines Ruhms beraubt. Er verzog das Gesicht missmutig.

Hua Cheng ließ seine Hände sinken. »Komm, großer Bruder.«

Xie Lians Kopf pulsierte jedes Mal, wenn er die leichenfressenden Ratten hörte, und nun, da die Stimmen sich von ihm entfernten, atmete er erleichtert auf. Er nickte zustimmend, doch da wandte sich Pei Ming an die beiden: »Wartet. Ihr wollt einfach so gehen?«

Hua Cheng zog die Augenbrauen hoch. »Ja. Wieso?«

Pei Ming runzelte die Stirn. »Was ist mit der Regenmeisterin? Sie wird nicht allein zurechtkommen. Ist es nicht rücksichtslos, einfach weiterzuziehen?«

Xie Lian sah ihn verwundert an. »Wie kommt Ihr auf die Idee, die Regenmeisterin könne nicht auf sich selbst aufpassen? War soeben nicht klar zu erkennen, dass sie mehr als fähig ist?«

Pei Ming wirkte nicht besonders erfreut über diese Bemerkung. Entschieden sagte er: »Ich glaube nicht. Ein Kriegsgott ist anwesend, also gibt es keinen Grund, eine weibliche Himmelsbeamte diese Aufgabe übernehmen zu lassen. Eure Hoheit, geht Ihr beiden weiter. Ich stoße später zu Euch, wir treffen uns am Tempel.«

Und damit setzte er los. Xie Lian rief ihm einige Male nach, bis Hua Cheng dazwischenging. »Lass ihn, großer Bruder. Kümmere dich nicht um ihn. Er kann es nicht ertragen, von einer Frau beschützt zu werden, und muss versuchen, seine Ehre zu retten.«

Ohne weitere Zeit zu vergeuden, durchquerten sie eilig die Hauptstadt, vorbei an Unmengen von hohlen Steinmenschen, und hielten auf den Berg zu.

Nach einer Stunde betraten sie endlich den Bergpfad des Tonglu.

Der Berg sah aus, als wäre er blutrot eingefärbt, weil alle Bäume an seinen Hängen eine rote Farbe hatten. Es waren keine Ahornbäume, aber sie hatten dieselbe scharlachrote Färbung. Sie waren rot wie Blut und Xie Lian kam es so vor, als könne er auch den schweren Geruch von Blut wahrnehmen. Scheinbar hatten die Pflanzen hier über Jahrhunderte vom Hass und Blut gelebt, die in den Erdboden gesickert waren.

Der vierte Wuyong-Tempel stand auf einem Felsvorsprung auf halbem Weg. Aus diesem Grund war er auch nicht von der Lava verschlungen worden. Er war der größte der vier Tempel und im besten Erhaltungszustand. Viele Steinmenschen befanden sich in den unterschiedlichsten Körperhaltungen in seinem Inneren. Sie waren vermutlich Tempeldiener gewesen.

Die beiden liefen geradewegs auf den großen Saal zu – und wie erwartet erblickten sie ein Wandgemälde, als sie eingetreten waren.

Hua Cheng warf nur einen einzigen Blick darauf und sagte: »Es sieht so aus, als sei jemand vor uns hier gewesen.«

In dem großen Saal gab es nur ein einziges Wandbild. Die anderen beiden Wände waren intakt, aber die Wandbilder auf ihrer Oberfläche waren vollkommen zerstört.

So etwas sahen sie zum ersten Mal. Erstaunt fragte Xie Lian: »Wer könnte das getan haben?«

Sie wussten nicht einmal, wer die Wandmalereien angefertigt hatte, und nun stellte sich auch noch die Frage, wer sie zerstört haben mochte. Sie hatten keine Zeit zu vergeuden und wandten sich dem verbliebenen Bild zu. Schon beim ersten Blick, bevor er es überhaupt gründlich betrachten konnte, stellten sich Xie Lians Nackenhaare auf.

Was war das?

Das Wandbild unterschied sich vollkommen von denen in den vorherigen Tempeln. Nur eine einzelne Person war darauf zu sehen. Die Farben waren dunkel und die Umrisse und das Gesicht der Person waren extrem verzerrt dargestellt. Das Aussehen der Person war nicht zu erkennen, es war nur ersichtlich, dass es ein gewöhnlicher Mensch in zerschlissener Kleidung war.

Das war jedoch noch nicht weiter bemerkenswert. Was Xie Lian hatte zurückschrecken lassen, war die Tatsache, dass die Person unerträgliche Schmerzen zu leiden schien. Sie hatte ihre Kleidung zerrissen und ihre Haut freigelegt.

Und auf ihrem Körper waren drei Gesichter zu sehen, ein jedes so verzerrt wie ihr eigenes.

Die Gesichterkrankheit!

Vor Schreck verschwamm das Bild vor Xie Lian und ihm wurde schwarz vor Augen. »Es ist ... genau dasselbe ...«

Das Volk von Wuyong war ebenfalls von der Gesichtskrankheit heimgesucht worden.

Wie konnte es sein, dass die Erlebnisse des Kronprinzen von Wuyong, der mehr als zweitausend Jahre zuvor gelebt hatte, so sehr mit seinen eigenen übereinstimmten?

Hua Cheng bemerkte, wie sehr Xie Lian der Anblick des Bildes zusetzte. »Hoheit, sieh es nicht mehr an.«

Doch der Eindruck, den das Bild hinterlassen hatte, war zu überwältigend und das Trauma, das Xie Lian von der Gesichterkrankheit erlitten hatte, zu stark. Er starrte das Bild an, als sei er von ihm besessen.

Also zog Hua Cheng ihn beiseite und schloss ihn fest in die Arme. Seine Stimme war fest und zugleich sanft. »Alles gut, Hoheit. Hör mir zu ...« Er hielt kurz inne, dann fuhr er leise fort: »Siehst du? Die vorherigen Wandbilder haben eine chronologische Geschichte erzählt. Sie zeigten Ursache und Wirkung. Das letzte Bild zeigte, wie der Kronprinz von Wuyong eine Brücke errichtete, die in den Himmel führte. Das nächste Bild sollte also zeigen, was danach geschah. Aber dieses Bild steht in keiner Verbindung zu den vorangegangenen. Es ergibt keinen Sinn. So ist es doch?«

Xie Lian kam schnell wieder zu Sinnen und dachte nach. »Du hast recht. Etwas fehlt zwischen den Bildern. Jemand hat die vorherigen Bilder zerstört, bevor wir herkamen.«

»Wenn diese Person die beiden Bilder zerstört hat, wieso dann nicht auch dieses? Warum hat sie dieses verschont?«

»Es gibt zwei Möglichkeiten. Sie dachte, dass dieses Bild allein keinen Sinn ergibt und es daher keine Rolle spielt, ob es erhalten bleibt. Es war ihr egal, ob wir es sehen oder nicht.«

»Und die zweite Möglichkeit?«, fragte Hua Cheng.

»Die Person hat alle drei Wandbilder zerstört und erst hinterher dieses aufgemalt. Das würde bedeuten, es ist eine Fälschung«, sagte Xie Lian langsam.

»Ganz genau. Und warum denken wir nicht in größerem Maßstab? Vielleicht haben alle Bilder, die wir bisher gesehen haben, eine Lügengeschichte erzählt. Wir sind der Antwort schon sehr nah. Also mach dir nicht zu viele Gedanken, bevor wir die Wahrheit erfahren, in Ordnung?«

Nachdem Hua Cheng ihn so lange in den Armen gehalten hatte, gelang es Xie Lian endlich, das grausige Bild aus seinem Gedächtnis zu verdrängen. Da erst wurde ihm bewusst, in welcher Position sie zusammenstanden. Schnell trat er einen Schritt zurück und löste sich ganz aus der Umarmung. »San Lang, wie peinlich, ich …«

Doch Hua Cheng ließ ihn nicht gehen. Stattdessen zog er ihn wieder näher und lächelte. »Es gibt nichts, wofür du dich schämen musst, nur …« Er senkte seinen Kopf. »Es gibt noch eine dritte Möglichkeit.«

Die untere Hälfte von Xie Lians Gesicht ruhte an Hua Chengs Schulter und dieser flüsterte ihm direkt ins Ohr, so leise, dass niemand außer Xie Lian es hören konnte. Sein Atem stockte einen Moment, als er ihm zuhörte. »Die dritte Möglichkeit ist, dass jemand alle drei Wandbilder zerstören wollte, aber nicht rechtzeitig damit fertig wurde. Wir kamen herein, als er gerade das dritte Bild vernichten wollte. Das würde bedeuten, dass dieser Jemand sich jetzt noch hier in diesem Saal versteckt hält.«

Fortsetzung folgt.

Glossar

Figuren

Götter

Oberer Hof (aus eigener Macht aufgestiegene Götter):

Kriegsgötter:
Xie Lian: Xianle (himmlischer Titel), Kronprinz von Xianle, die Witzfigur der drei Sphären, der Gottgefällige Krieger, der Blumengekrönte Kriegsgott, Schrottgott, Unglücksgott, Tempelmeister

Jun Wu: Himmelskaiser (himmlischer Titel)

Mu Qing: Xuanzhen (himmlischer Titel), Gott des Südwestens, der Fegende General

Feng Xin: Nanyang (himmlischer Titel, »Sonne des Südens«), Gott des Südostens, General Juyang (»Vollkommene Sonne« oder auch »Gigantische Männlichkeit«)

Pei Ming: Mingguang (himmlischer Titel), General Pei, Gott des Nordens, (eins der »drei Krebsgeschwüre«), der General, der sein Schwert zerbrach (eine der Vier Legenden)

Pei Xiu: General Pei der Jüngere, der zweite Gott im Mingguang-Palast, entfernter Nachfahre von Pei Ming

Quan Yizhen: Qiying (himmlischer Titel), Gott des Westens

Yin Yu: ehemaliger Gott des Westens, Qiyings Vorgänger

Lang Qianqiu: Taihua (himmlischer Titel), Gott des Ostens, Kronprinz von Yong'an

Götter der Schriften (auch Zivilgötter genannt):
Lingwen: Nangong Jie (Geburtsname), Lingwen Yuanjun (Ehrentitel in weibl. Gestalt), Lingwen Zhenjun (Ehrentitel in männl. Gestalt), Minster Jie (eins der »drei Krebsgeschwüre«)

Jingwen: Jingwen Zhenjun (Ehrentitel), ehemaliger oberster Gott der Schriften, Lingwens Vorgänger

Meister der Fünf Elemente:
Shi Wudu: Wassermeister Wudu, das Unterdrückende Wasser, Gott des Reichtums, (eins der »drei Krebsgeschwüre«)

Shi Qingxuan: Windmeister Qingxuan, Bruder von Shi Wudu, nimmt oft die Gestalt einer Frau an (Herrin des Windes)

Ming Yi: Erdmeister Yi

Yushi Huang: Regenmeisterin Huang, einsame Bergbäuerin, Prinzessin, die sich die Kehle aufschlitzte (eine der Vier Legenden)

Mittlerer Hof (ernannte Götter):

Nan Feng: Offizier im Nanyang-Palast

Fu Yao: Offizier im Xuanzhen-Palast

Juan Yu: Offizier im Yinyu-Palast

Nangong Jie: Himmelsbeamte

Geister

Ränge:

Malus: kann einen Menschen töten

Periculus: kann einen Clan auslöschen

Saevus: kann eine Stadt massakrieren

Supremus: kann ein ganzes Reich vernichten

Das Vierfache Übel (Geisterkönige):

Hua Cheng: Blumensuchender Blutregen (Supremus), Chengzhu (Titel)

Qi Rong: die Nachtwandernde Grüne Laterne, der Grüne Geist (Beinahe-Supremus)

Das Unheil in Weiß: der Weiße ohne Gesicht (Supremus)

Das Booteversenkende Schwarze Wasser: Dunkler Wasserdämon, Wasserdämon Xuan (Supremus), He Xuan (menschlicher Name)

Sonstige Geister:

Xuan Ji: »Geisterbräutigam« (Saevus), Generalin von Yushi, ehemalige Geliebte von Pei Ming

Lang Ying: Junge mit der Gesichterkrankheit

Banyue: Staatspräzeptorin Banyue (Saevus), kontrolliert Skorpionschlangen

Kemo (»Mühlstein«): General von Banyue (Saevus)

Der Erhabene der Schwarzmalerei: ein Geist, der Menschen durch seine unglückverheißenden Vorhersagen in den Wahnsinn treibt

Lan Chang: Geisterprostituierte

Fötusgeist: Cuocuo, Sohn von Lan Chang, der aus dem Mutterleib entrissen wurde

Rong Guang: ehemaliger General Pei Mings

Brokatheiliger: ehemals General Bai Jing, bösartiges Gewand, mit dem man andere kontrollieren kann

Sonstige Figuren

Mei Nianqing: Staatspräzeptor von Xianle

Himmelsauge: Kultivierer mit dem dritten Auge

Orte

Xianle: ehemaliges Königreich in der Zentralebene

Huangji-Tempel: königlicher Tempel von Xianle, Xie Lian hat dort in seiner Jugend kultiviert

Shenwu-Palast: Palast von Jun Wu

Haus der Begegnungen: ein Teehaus am Yujun-Berg

Yujun-Berg: Berg im Norden, auf dem der Geisterbräutigam haust

Tonglu-Berg: Vulkan im Tonglu-Gebirge, aus dem die Geisterkönige hervorgehen

Gu-Stadt: auf dem Tonglu-Berg

Puqi: kleines Dorf, in dem Xie Lians Schrein steht

Banyue: ehemaliges Königreich im Norden

Yong'an: ehemaliges Königreich, grenzte an Banyue

Geisterstadt: Hua Chengs Territorium

Jile-Haus: Hua Chengs Anwesen in der Geisterstadt

Fugu: eine kleine Stadt

Terrasse der Weinkaskaden: eine Weinschänke im Wald

Geistergebiet des Wasserdämons: das Reich des Booteversenkenden Schwarzen Wassers im südlichen Meer. In seinem Reich befinden sich die Insel und das Herrenhaus des Schwarzen Wassers

Tempel der Tausend Lichter: von Hua Cheng für Xie Lian in der Geisterstadt errichtet

Xuli: ehemaliges Königreich,

Yushi: ehemaliges Königreich

Yulong: Tempel von Yushi, in dem Yushi Huang in ihrer Jugend kultiviert hat

Wuyong: vor zweitausend Jahren untergegangenes Königreich

Magische Waffen

Ruoye: Xie Lians Seidenband

Fangxin: Xie Lians Schwert

Hongjin: Xie Lians ehemaliges Schwert, Geschenk von Jun Wu, kann Geister erkennen

Eming: Hua Chengs Krummsäbel

Fengshen: Feng Xins Langbogen

Yulong: Yushi Huangs Schwert, heilige Waffe von Yushi

Mingguang: Pei Mings ehemaliges Schwert

Mo Xiang Tong Xiu

Junge, abergläubische Frau, die für ihren Sticker-
Gebrauch auf der Social-Media-Plattform Weibo bekannt ist.
Furchtbare Köchin, die beim Fotografieren anfängt zu zittern.
Langsame Tipperin, die nur schreibt, wenn ihr danach ist.
... Das ist alles gelogen.
In Wirklichkeit mag ich es, nachmittags einen Tee zu
trinken und in die Ferne zu schauen, oder mein geliebtes
Notizbuch aufzuschlagen und Gedichte zu schreiben.
Nein, nein, nein, das entspricht noch viel weniger der Wahrheit.
Na gut, schreiben tue ich ja schon.
Genau.

TOKYOPOP GmbH
Hamburg

TOKYOPOP
1. Auflage, 2024
Deutsche Ausgabe/German Edition

Aus dem Chinesischen von Nina Richter

Published originally under the title of《天官赐福》(Tian Guan Ci Fu)
Author©墨香铜臭 (Mo Xiang Tong Xiu)
German Edition rights under license granted by 北京晋江原创网络科技有限公司 (Beijing Jinjiang Original Network Technology Co., Ltd)
Illustrations by 日出的小太陽 (tai3_3_)
Illustrations granted under license granted by Reve Books Co., Ltd (Pinsin Publishing)

Redaktion: Markus Rohde, Simone Meinecke
Lektorat: Katrin Aust
Lettering + Herstellung: Annika Meyer-Wülfing
Umschlaggestaltung: Annika Meyer-Wülfing
Druck und buchbinderische Verarbeitung:
CPI – Clausen & Bosse GmbH, Leck
Printed in Germany

MIX Papier FSC® C083411
Wir achten auf die Umwelt.
Dieses Produkt besteht aus FSC®-zertifizierten und anderen kontrollierten Materialien.

ISBN 978-3-8420-9086-6

www.tokyopop.de

FINDER – LIGHT NOVEL

BLAUE FLAMMEN

Ai Satoko / Ayano Yamane

Shinji Kuroda ist das gefundene Fressen einer Schlägerbande, die ihn für die Taten seines Vaters bezahlen lässt. Niemand darf je von seinen Demütigungen erfahren! Diese Schmach kann Kuroda seiner Familie einfach nicht antun! Doch genau diese Scham macht Kuroda zum Opfer erneuter Erpressungen. Aber dies wird das letzte Mal sein, das schwört er sich! An ebendiesem Tag begegnet er am Ort der geplanten Geldübergabe Ryuichi Asami – seinem neuen Mitschüler, über den diverse Gerüchte kursieren. Ist er sein Retter oder der wahre Böse? Letztlich ist es ihm egal, denn er scheint auf seiner Seite zu sein. Wird er fortan von der Schlägertruppe verschont bleiben? Oder werden sie andere Wege finden, ihn zu erpressen ...?

YONA – LIGHT NOVEL
UNTER DEMSELBEN MOND
Mizuho Kusanagi / Touko Fujitani

Die Light Novel *Yona – Unter demselben Mond* ergänzt die Abenteuer der starken Heldin Yona und ihrer Gefährten um mehrere Kurzgeschichten.

Ein Regenschauer zwingt die Gruppe um Prinzessin Yona, in einer Höhle Unterschlupf zu suchen. Der Grüne Drache Jeaha nimmt die Unterbrechung zum Anlass, die anderen nach ihren Sorgen zu fragen. Schnell nimmt das Ganze eine ungeahnte Dynamik an ...

TOKYOPOP®

www.tokyopop.de

THE RISING OF THE SHIELD HERO – LIGHT NOVEL

Yusagi Aneko

Beim Stöbern in der Bibliothek entdeckt der Nerd Naofumi ein Buch mit der Aufschrift *Traktat der Waffen der vier Heiligen*. Nur wenige Augenblicke später verliert er das Bewusstsein und erwacht in einer videospielartigen Welt. Diese steht kurz vor ihrem Untergang und allein vier legendäre Helden sollen in der Lage sein, den bevorstehenden Angriffswellen der Monster aus anderen Dimensionen Einhalt zu gebieten. Naofumi ist einer von ihnen – der Held des Schildes. Allerdings genießt seine auf Verteidigung spezialisierte Waffe wenig Ansehen. Von Verachtung und Verrat umgeben, steht Naofumi nun vor seiner größten Aufgabe: der Held zu werden, den bisher niemand in ihm sieht!